Die Jägerin

Die Autorin

Susan Carroll hat Englisch und Geschichte studiert und schreibt historische Liebesromane. Mit ihrer Feuerfrau-Trilogie, in der sie sich erstmals auf fantastische Elemente einließ, eroberte sie auch hierzulande eine große Fangemeinde. Für ihre Bücher ist sie bereits mehrfach ausgezeichnet worden. Susan Carroll lebt und arbeitet in Rock Island, Illinois. Bei Weltbild erschienen bereits *Die dunkle Königin*, *Die Geliebte des Königs* und *Die Silberne Rose*, der erste bis dritte Band der Reihe um die berühmt-berüchtigte Katharina von Medici.

SUSAN CARROLL

Die Jägerin

Roman

Aus dem Amerikanischen
von Angela Schumitz

Weltbild

Die amerikanische Originalausgabe erschien 2007 unter dem Titel
The Huntress bei Ballatine Books, New York.

Besuchen Sie uns im Internet:
www.weltbild.de

Übersetzung: Angela Schumitz
Projektleitung: usb bücherbüro, Friedberg/Bay.
Redaktion: Susanne Aeckerle
Umschlaggestaltung: *zeichenpool, München
Umschlagmotiv: bridgemanart.com (© Camerarius, Adam)
Satz: Dirk Risch
Druck und Bindung: CPI Moravia Books s.r.o., Pohorelice
Printed in the EU
ISBN 978-3-86800-888-3

2014 2013 2012 2011
Die letzte Jahreszahl gibt die aktuelle Ausgabe an.

Gewidmet den Montagsladys Gina Hinrichs,
Sheila Burns, Trudy Watson und Stephanie Wilson.
Für Filme, chinesisches Essen und Freundschaft.

Danksagung

Den Bibliotheken in Bettendorf und Moline danke ich für ihre Hilfe bei meinen Recherchen und dafür, dass sie mir ein gemütliches Eckchen zum Schreiben überlassen haben. Mein besonderer Dank gilt auch den Mitarbeitern von Panera in Moline – sie haben mich stets unterstützt und bestens für mein leibliches Wohl gesorgt.

Prolog

Der Komet funkelte am Nachthimmel, heller als jeder Stern. Seinem gespenstischen Kopf folgte ein feuriger Schweif. Schon eine ganze Woche hing er wie ein Schwert über der Erde und verbreitete Angst und Bestürzung in ganz Frankreich.

Auf einer zerklüfteten bretonischen Klippe hatte sich eine Gruppe von Frauen versammelt und blickte nach oben. Ihre Gestalten waren verhüllt von fließenden grauen Umhängen, die Kapuzen tief in die Stirn gezogen wie Mönche, die sich vor weltlichen Versuchungen schützen wollen. Düster hoben sich die Frauen gegen die lodernden Flammen des Lagerfeuers ab. Die tosende Brandung, die rhythmisch gegen die tief unten liegenden Felsen schlug, machte die Szene noch unheimlicher.

Atemlos starrten die Frauen auf den Kometen und bemerkten nicht, dass auch sie beobachtet wurden.

Catriona O'Hanlon hatte sich flach auf den Bauch gelegt, um sich möglichst gut zwischen dem kargen Gestrüpp und den kümmerlichen Bäumen zu verstecken, die die Lichtung säumten. Die Irin war klein, doch das besagte nichts – ihr schlanker Körper war zäh und kräftig. Die straffen Glieder steckten in Männerkleidern; eine Kniehose aus ungebleichter Baumwolle und ein Lederwams halfen ihr, mit der Dunkelheit zu verschmelzen.

Eine feuerrote Haarsträhne war ihrer Kappe entkommen, doch sie wagte nicht, sie zurückzuschieben, aus Angst, selbst die kleinste Bewegung könne ihre Anwesenheit verraten, zumindest solange die Frauen auf der Lichtung so stumm waren.

Endlich erhob eine das Wort, jedoch so leise, dass Catriona die Ohren spitzen musste.

»Der Komet ist eindeutig ein Zeichen, Schwestern, das Omen, auf das wir so lange gewartet haben.«

Ja, ein Zeichen, dass ihr Hohlköpfe seid, dachte Catriona verächtlich; genau wie so viele andere abergläubische Narren, die ehrfürchtig erbebten vor einem großen Brocken, der Lichtjahre entfernt am Himmel glühte.

Wahre Töchter der Erde sollten genügend Verstand besitzen, sich einem solchen Unsinn zu verweigern. Seit Anbeginn der Zeit hatten sich weise Frauen bemüht, in einer unwissenden Welt das Licht des Wissens zu erhalten, vor allem des Wissens um die Heilkunst und die weiße Magie.

Aber es gab auch andere, die sich den dunkleren Künsten verschrieben hatten. Solchen Frauen ging es um Macht statt um Weisheit, und sie waren bemüht, Unruhe und Aberglauben zu verbreiten statt Wissen. Dazu gehörten auch die Weiber, die sich um das Lagerfeuer versammelt hatten. Sie nannten sich Schwesternschaft der Silbernen Rose und waren so fanatisch, dass sie gefährlich waren.

Langsam glitt Catrionas Hand zu der Scheide an ihrer Taille, und ihre Finger schlossen sich Trost suchend um den Griff ihres Degens.

Wie die meisten ihrer Landsleute hatte sie nichts gegen eine gelegentliche Keilerei. Doch wenn es jetzt zu einem Kampf käme, wäre sie eindeutig im Nachteil. Außerdem waren die Anweisungen ihres Clanhäuptlings unmissverständlich gewesen: Lass dich nicht mit dem Feind ein. Finde nur heraus, wer den gefürchteten Hexenzirkel der Silbernen Rose wiedererweckt hat. Wer ist die neue Anführerin?

Vielleicht die Große, die nun aus den Tiefen ihrer Kapuze das Wort an die Gruppe richtete?

»Kometen waren schon immer Vorzeichen für große Veränderungen, Omen, dass etwas Altes stirbt und etwas Neues geboren wird.« Die Frau deutete mit ihrer weißen, anmutigen Hand auf den Himmel. »Der dort brennt für unsere Silberne Rose, er kündet von ihrem Ruhm, ihrem längst fälligen Triumph, wenn sie den ihr zustehenden Platz als Herrscherin Frankreichs und vieler Länder mehr einnimmt.«

»Zuerst müssen wir sie finden«, murrte eine.

»Das werden wir.« Die große Frau legte die Hand feierlich auf die Schulter der anderen. »Das verspreche ich dir. Ich habe in Erfahrung gebracht, dass unsere junge Königin aus Frankreich verschleppt worden ist.«

»Sie weilt nicht mehr in Frankreich?«, klagte ein weiteres Mitglied des Zirkels bestürzt. »Aber das verzehnfacht ja unsere Schwierigkeiten, sie zu finden!«

»Nein, Megaera wird gerettet werden, das schwöre ich euch. Und dann werden wir den Schuft bestrafen, der es gewagt hat, unsere Königin zu entführen.«

»Jawohl, Tod dem Schurken!«, meldeten sich schrill weitere Stimmen.

»Der Hundsfott hat keine Gnade verdient.«

»Er soll bereuen, dass er je geboren wurde.«

»Vernichtet den Feind, der unsere Rose verschleppt hat.«

»Tod dem Wolf! Tod dem Wolf!«

Die Stimmen wurden lauter und lauter, bis die große Frau Schweigen gebot. Sie sagte wieder etwas, doch diesmal so leise, dass Catriona sie nicht verstehen konnte. Offenbar hatte sie einen Befehl erteilt, denn die Gruppe sammelte sich nun um das Feuer. Catriona kniff die blauen Augen zusammen, um einen Blick unter die Kapuze der Anführerin zu erhaschen.

Die Schärfe ihrer Augen hatte Catriona zusammen mit ihrer Geschmeidigkeit und Schläue vor langer Zeit den Spitznamen Cat eingebracht – zu einer Zeit freilich, bevor ihr Clan sie verstoßen und etwas ganz anderes genannt hatte.

Hexe.

Ihre Verbannung ging hauptsächlich auf die Boshaftigkeit von Banan O'Meara zurück, dem Mann, der Cats Mutter geheiratet hatte. Heute Nacht hätte Cat ihren Stiefvater gern dabei gehabt, dann hätte sie dem Schwachkopf zeigen können, wie richtige Hexen aussahen.

Als die Anführerin ihre Kapuze zurückschob, hielt Cat den Atem an.

»So ist es recht, meine Süße«, ermunterte Cat die Frau leise. »Nimm die Kapuze ab und lass mich dein irres, böses kleines Gesicht sehen!«

Doch als die Kapuze zurückfiel, musste sich Cat auf die Lippen beißen, um nicht enttäuscht zu fluchen. Die Züge der Frau waren hinter einer seidenen Maske verborgen, wie sie vornehme Damen trugen, um ihre zarte Haut vor der Sonne zu schützen. Cat konnte kaum etwas erkennen außer dem fein geschnittenen Kinn und dem goldenen Haar, das zu einem straffen Knoten zusammengebunden war.

Als die anderen ihre Kapuzen abnahmen, zeigte sich, dass sie ebenfalls maskiert waren. Nur ein einziges Gesicht war unverhüllt, das eines jungen Mädchens mit rabenschwarzer Mähne. Sie legte ihren Umhang ab. Darunter trug sie nur ein weißes Unterkleid. Offenbar war sie eine Novizin, an der jetzt das Ritual vollzogen werden sollte, das sie zu einer vollwertigen Anhängerin der Silbernen Rose machte.

Cat unterdrückte einen ungeduldigen Seufzer. Sie hatte keine Lust auf hirnrissige Aufnahmeriten. Ihr linkes Bein war schon ganz verkrampft, weil sie so lange reglos auf dem kalten Boden gelegen hatte. Doch ihr blieb nichts anderes übrig, als zu bleiben und zu hoffen, dass die Frauen nach diesem Unsinn ihre weiteren Pläne erörtern würden. Wenn sich dann alle in die Dunkelheit zerstreuten, hätte sie ja vielleicht sogar die Gelegenheit, die Anführerin allein zu erwischen, ihr die Klinge an die Kehle zu drücken und sie zu zwingen, die Maske abzunehmen.

Die Frau verschwand aus Cats Blickfeld, als sie sich vorbeugte und einen Dolch über den Flammen erhitzte. Der Rest der Gruppe stimmte einen eintönigen Gesang in einer Sprache an, die sie wahrscheinlich für uralt hielten. Cat war sich allerdings sicher, dass es der reine Unsinn war. Ihre Großmutter hatte sie in vielen alten Sprachen unterwiesen, doch dieses Gebrabbel ähnelte keiner davon.

Das dunkelhaarige Mädchen wiegte sich im Rhythmus des Singsangs. Auf ihrem schmalen Gesicht lag ein verträumter, abwesender Ausdruck – vielleicht die Folge eines betäubenden Giftes, vielleicht auch eines kräftigen Schlucks Branntwein. Cat hoffte dem jungen Mädchen zuliebe, dass dem so war, denn sie konnte sich gut vorstellen, was nun kommen würde.

Dennoch war sie es, die erzitterte, und nicht das junge Mädchen, das nun ruhig die Hand ausstreckte und die weiche, weiße Haut ihres Unterarms zeigte. Zwei Hexen packten sie am Arm, damit sie sich nicht im letzten Moment umbesinnen und zurückweichen konnte, während die Anführerin mit der glühend heißen Klinge auf sie zu schritt.

Cat war nicht zimperlich, sie hatte in ihren siebenundzwanzig Jahren schon viele Grausamkeiten miterlebt. Doch sie senkte den Blick und wappnete sich gegen die unvermeidlichen Schreie des Mädchens, egal, wie viel Mohnsaft der amen Närrin eingeflößt worden war.

Aber plötzlich durchbrachen ganz andere Geräusche die Stille der Nacht: das scharfe Knacken von Zweigen und Kiesel, die sich unter schweren Stiefeln lösten. Und diese Geräusche erklangen in Cats Rücken.

Sie drehte sich erschrocken um. Ganz im Bann der Szene, die sich da auf der Klippe abspielte, war ihr entgangen, dass sie nicht die Einzige war, die die Hexen aufgespürt hatte.

Rings um sie tauchten Schatten auf, ein großer Trupp Männer, mindestens ein Dutzend, kam den Pfad zur Lichtung heraufgestürmt. Hexenjäger? Cat war versucht, einen Warnruf auszustoßen. Es war ihr unerträglich, wenn eine Frau Hexenjägern zum Opfer fiel, egal, wie fehlgeleitet oder tückisch sie war. Töchter der Erde sollten untereinander Gerechtigkeit üben, das sollte keinem aufgeblasenen Priester oder dreckigem Söldner überlassen werden, der sein Brot mit Folter und Mord verdiente.

Doch für eine Warnung war es zu spät, und sie war auch nicht nötig. Der Zirkel war bereits alarmiert, einige der Frauen schrien entsetzt auf. Cat erhaschte einen verschwommenen Blick auf stämmige Beine, dicke Stiefel und das Funkeln gezückter Schwerter, als die Männer an ihrem Versteck vorbeistürmten. Sie rollte sich hastig zur Seite und verhinderte nur mit knapper Not, zertrampelt zu werden.

Die Frauen drängten sich kreischend um ihre Anführerin. Da der Pfad von den Männern versperrt war, blieb ihnen keine Möglichkeit zur Flucht, es sei denn, sie hätten sich in die Tiefe gestürzt, auf die zerklüfteten Felsen weit unter ihnen. Einige der Frauen zückten Messer und Schwerter, aber sie waren in der Unterzahl und hatten gegen diese kräftigen Kerle keine Chance.

Cat befürchtete, jetzt gleich ein grauenvolles Gemetzel zu erleben. Sie sprang auf und zückte ihre Waffe. Trotz der Anordnung ihres Clanhäuptlings konnte sie nicht untätig herumstehen und …

»Halt!«

Bei dem schroffen Befehl ihres Hauptmanns erstarrten seine Männer genauso wie Cat. Sie hielt sich weiter im Schatten versteckt, während der Mann vortrat. Im Feuerschein konnte Cat seine Züge deutlich erkennen. Mit seinem sandfarbenen Bart und dem lockigen Haar wirkte er weitaus gepflegter als seine ungehobelten Begleiter.

»Meine Damen!«, sagte er und verbeugte sich höflich vor den Frauen, die sich eng aneinander drängten. Er schenkte ihnen ein liebenswürdiges Lächeln, ganz so, als befänden sie sich auf einem Ball und er wolle eine von ihnen zum Tanz bitten.

Cat durchzuckte der Schock des Wiedererkennens. Sie kannte das viel zu charmante Lächeln, hinter dem sich ein kaltherziger Mörder verbarg: Ambroise Gautier. Er war kein Hexenjäger, sondern etwas viel Schlimmeres.

Mit seidiger Stimme, fast als wolle er sich entschuldigen, fuhr er fort: »Meine Lieben, ich bedauere es, euer teuflisches Ritual gestört zu haben, doch ich sehe mich gezwungen, euch unter Arrest zu stellen. Da ich euch keinen Schaden zufügen möchte, muss ich euch höflichst auffordern, die Waffen niederzulegen und euch zu ergeben. Bestimmt seht ihr ein, dass ihr nur zwei Möglichkeiten habt: Kapitulation oder Tod.«

Eine der Frauen schluchzte entsetzt auf, wahrscheinlich die junge Novizin. Doch die Anführerin wirkte sehr gelassen, als sie vortrat.

»Ihr irrt Euch, Monsieur«, sagte sie. »Es gibt eine dritte Möglichkeit: Wir können einfach verschwinden.«

»Ach ja, Mademoiselle?«, erwiderte Gautier grinsend, wobei seine Zähne aufblitzen; dann fragte er höflich nach: »Und wie wollt Ihr das anstellen? Wollt Ihr auf Eure Besen steigen und in den Nachthimmel entschwinden?«

»Nein, in eine Rauchwolke.« Die Hexe wirbelte herum und warf eine Handvoll feines Pulver ins Feuer.

Die überraschende Wirkung trat sofort ein: ein lauter Knall, gefolgt von einem Funkenregen, bei dem jeder, auch Cat, in Deckung ging.

Ein glühender Funke, den sie rasch erstickte, landete auf ihrem Ärmel. Was immer die Hexe ins Feuer geworfen hatte, es führte zu dichtem schwarzen Rauch, der sich, angefacht von der Meeresbrise, rasch ausbreitete.

Gautier fluchte und gab seinen Männern den Befehl zum Angriff. Großer Tumult entstand, Menschen riefen, schrien, fluchten, keuchten. Jemand ging zu Boden, ob nun ein Mitglied des Hexenzirkels oder einer der Männer, konnte Cat nicht erkennen, denn auch ihre Augen brannten vom Rauch.

Sie presste sich die Hand vor Mund und Nase, steckte den Degen wieder in die Scheide und trat eilig den Rückzug an. Halb rennend stolperte sie den Hügel hinab zu der Stelle, an der sie ihr Pferd angebunden hatte. Zu ihrer Erleichterung hatten Gautiers Männer ihren treuen Rotschimmel nicht entdeckt.

Gautier. Cat war noch ganz benommen, dass sie hier auf diesen kaltblütigen Söldner gestoßen war. Doch es war nicht so sehr die Furcht vor dem Mann, als vielmehr die vor der Person, der Gautier diente.

Katharina von Medici, die Königinwitwe von Frankreich. Bei den Töchtern der Erde war sie allerdings unter einem ganz anderen Namen bekannt: die dunkle Königin.

Während Cat ihr Pferd losband und sich in den Sattel schwang, warf sie einen frustrierten Blick in die Richtung, aus der sie gekommen war. Dort war inzwischen der Teufel los. Die List der Hexe hatte ihr nicht viel geholfen, denn der Rauch behinderte alle, die Angreifer wie auch die Mitglieder des Zirkels.

Cat räumte den Frauen wenig Chancen ein; wahrscheinlich würde keine von ihnen entkommen. Wenn Gautiers Männer auch nur eine aus dem Zirkel erwischten und sie vor die dunkle Königin zerrten, und wenn die dunkle Königin dann die Wahrheit über die Silberne Rose erfuhr …

Cat durchfuhr es eiskalt, als sie über diese Möglichkeit nachdachte. Dennoch blieb ihr nichts weiter übrig, als nach Faire Isle zurückzueilen und ihren Clanhäuptling zu warnen.

»Jetzt hat der Teufel seine Hand im Spiel, daran besteht kein Zweifel«, murmelte Cat, presste ihrem Rotschimmel die Knie in die Flanken und stürmte in die Nacht davon, als hinge das Schicksal der ganzen Welt von ihr ab.

1

Die Herrin von Faire Isle schritt über die vertrauten Pfade ihres Gartens. Ihre Füße steckten in Pantoffeln, die kaum ein Geräusch verursachten. Selbst die Lerche, die in der alten Ulme nistete, ließ sich zu dieser frühen Stunde nicht stören. Gerade lichtete sich der Himmel mit den ersten Spuren der Morgendämmerung.

Im Garten war es ebenso still wie im Haus hinter ihr. Mit seinen efeubedeckten Mauern, dem rechteckigen Turm und den längs unterteilten Fenstern bot Belle Haven ein Bild der Geborgenheit und Festigkeit. Das Herrenhaus war Zuflucht für viele Generationen weiser Frauen gewesen und das Heim derjenigen, die sie zu ihrer Anführerin erkoren hatten – der Herrin von Faire Isle.

Ariane Deauville, die derzeitige Trägerin dieses Titels, war eine große, beeindruckende Frau mit dichtem kastanienbraunen Haar und ernsten grauen Augen. Trotz aller Gefahren und Härten, die sie in ihren vierunddreißig Jahren erlebt hatte, strahlte Ariane für gewöhnlich eine majestätische Gelassenheit aus. Doch im Moment war ihr Gesicht blass und verhärmt vom Schlafmangel.

Stundenlang hatte sie sich unruhig im Bett herumgewälzt und es schließlich aufgegeben. Aus Sorge, die Nachtruhe ihres Gemahls zu stören, hatte sie sich leise aus ihrem warmen Bett gestohlen, hatte sich einen wollenen Umhang über das Nachthemd gelegt und war durch die Küchentür nach draußen geschlichen.

Ihr Garten war immer eine Quelle des Friedens für sie gewesen, die Kräuter, die in sorgfältig gepflegten Beeten wuchsen und die sie für ihre Heilkunst verwendete, hatten ihr immer

Trost gespendet. Doch an diesem Morgen wanderte ihr Blick in dieselbe Richtung, in die zahllose Menschen aus ganz Europa schauten – zum Himmel, wo eine seltsame Erscheinung den Frieden störte.

Selbst als es heller wurde, war der Komet unter der blassen Mondsichel noch deutlich zu sehen. Ehrfürchtig und eingeschüchtert starrte Ariane auf dieses gespenstische Phänomen.

Seit Anbeginn der Zeit hatten Menschen die Kometen als Vorboten von Überschwemmungen, Erdbeben, Seuchen, Hungersnöten und dem Tod von Kaisern und Königen betrachtet. Ariane wusste, dass sie über solch abergläubische Vorstellungen erhaben sein sollte.

Doch sie konnte den kalten Schauer nicht unterdrücken, der ihr über den Rücken lief. Sie senkte den Blick und schalt sich für ihre Torheit. Fern ihrer Insel braute sich Unheil zusammen, aber um das zu wissen, brauchte sie keinen Kometen. Der Zirkel der Rose war wiederauferstanden, ein Geheimbund, der so verrückt und gefährlich war wie die Zauberin, die ihn gegründet hatte.

Cassandra Lascelles hatte einst versucht, ein Heer um sich zu scharen, hatte Frauen, die Opfer der Grausamkeit dieser Welt geworden waren, in ihre Schwesternschaft der Silbernen Rose aufgenommen. Leider gab es allzu viele solcher Frauen, dachte Ariane traurig: misshandelte Ehefrauen, Mädchen, die unverheiratet schwanger geworden waren, alternde, von ihren Liebhabern verstoßene Kurtisanen. Die Verarmten, die Enttäuschten, die Verzweifelten und die Verrückten – sie alle waren unter das Banner der Silbernen Rose geflüchtet.

Cassandra hatte in ganz Frankreich Unruhen auslösen und schließlich das Haus der Medici zu Fall bringen wollen, um ihre Tochter Megaera auf den Thron zu setzen. Dieser Plan hätte sich als reiner Irrsinn abtun lassen, wenn Cassandra nicht das schreckliche *Buch der Schatten* besessen hätte, ein Werk voll des machtvollsten, zerstörerischsten und düstersten uralten Zaubers.

Ariane hatte damals in Irland gelebt, denn falsche Beschuldigungen der Hexerei und des Hochverrats am französischen König hatten sie ins Exil getrieben. Als sie von der Schwesternschaft der Silbernen Rose erfuhr, waren Cassandras finstere Pläne bereits von Arianes jüngster Schwester Miri und dem Hexenjäger Simon Aristide vereitelt worden.

Nachdem Cassandra Lascelles tot war und Megaeras Vater, Martin le Loup, das Mädchen hatte verschwinden lassen, schien die Gefahr gebannt. Das jedenfalls hatten alle gehofft. Doch vor wenigen Monaten hatten Ariane beunruhigende Gerüchte erreicht: Der Kult habe eine neue Anführerin, und die Hexen hätten sich auf eine beharrliche Suche nach Megaera begeben.

Alle erwarteten von Ariane, dass sie die Weisheit und Stärke besaß, mit dieser neuen Bedrohung fertig zu werden. Doch leider fühlte sie sich so müde und zerbrechlich wie noch nie. Sie fuhr mit der Hand unter ihren Umhang und strich mit den Fingerspitzen zärtlich über die leichte Schwellung ihres Bauches. Das Kind, das in ihr wuchs, begann gerade, seine Anwesenheit spürbar zu machen – ein schieres Wunder nach jahrelanger Unfruchtbarkeit.

Ein Geräusch aus dem Haus unterbrach Arianes sorgenvolle Gedanken. Kerzenlicht drang durch die Küchenfenster, Türangeln knirschten, eine Tür wurde leise geschlossen. Jemand suchte sie.

Ariane vermutete, dass es ihr Gemahl war. Nachdem Justice sie nicht mehr an seiner Seite fand, hatte er zweifellos fluchend die Bettdecke zurückgeschlagen und war murrend in sein Hemd und die Hose geschlüpft.

Wenn er sie in der kühlen Morgenluft im Garten fand, würde er sie bestimmt schelten.

»Bist du denn von Sinnen, Frau? Selbst die Sonne besitzt soviel Verstand, sich jetzt noch nicht zu zeigen. Es gibt da eine merkwürdige Gewohnheit, die sich manche von uns zugelegt haben: sie heißt Schlaf. Auch du solltest es ein wenig öfter damit versuchen, meine weise Herrin von Faire Isle.«

Arianes Mund verzog sich zu einem Lächeln. Selbst nach dreizehn Jahren Ehe wachte ihr riesiger Gemahl noch immer viel zu eifrig über sie. Um wie viel mehr würde er versuchen, sie zu beschützen, wenn er von dem Kind erfuhr? Sie konnte ihren Zustand nicht viel länger vor ihm verheimlichen.

Der Gedanke ließ ihr Lächeln verblassen. Auch wenn sie sich ein wenig darüber schämte, so war sie doch erleichtert, als sie erkannte, dass nun nicht ihr großer, strammer Gemahl über den Gartenweg zu ihr marschierte, obwohl die kleine kämpferische Person, die sich näherte, es mit denselben entschlossenen Schritten tat, wie Justice es getan hätte.

»Cat«, murmelte Ariane und stieß einen frohen, wenn auch beklommenen Atemzug aus. Sie freute sich, dass die Frau offenbar unversehrt war, doch sie hatte Angst vor ihrem Bericht.

Cat verharrte an der Stelle, an der sich der Pfad verzweigte. Ein Weg führte zum Obsthain und den Ställen.

»Ariane?«, rief sie leise.

»Hier drüben.« Ariane trat aus den Schatten der hoch aufragenden Ulmen. Als Cat auf sie zukam, schritt ihr Ariane eifrig entgegen, um ihre Freundin in die Arme zu schließen.

Bevor Ariane sie daran hindern konnte, fiel Cat auf die Knie und führte Arianes Hand ehrfürchtig an die Lippen.

»Wohl Euch, meine Herrin von Faire Isle. Ruhm und Ehre seien mit Euch!«

»Cat«, schalt Ariane sanft und versuchte, ihre Hand aus Catrionas festem Griff zu lösen. »Wie oft muss ich dich noch bitten, mich nicht so zu begrüßen? Ich bin keine Königin!«

»Für mich schon.« Cat legte den Kopf zurück. Der Himmel war gerade so hell, dass Ariane die glatte Kurve der Wangen und das intensive Leuchten von Cats blauen Augen erkennen konnte.

»Für immer und ewig. Meine Herrin, meine Königin, mein Clanhäuptling.«

Ariane zog an Cats Arm und drängte sie, sich zu erheben.

»Es wäre mir viel lieber, wenn du mich als Schwester und Freundin betrachten würdest.«

Sie schloss Cat herzlich in die Arme, und Cat erwiderte die Umarmung verlegen. Obgleich ihre Freundschaft schon zehn Jahre währte, waren Cat solche Zärtlichkeiten noch immer etwas peinlich, denn sie hatte im stürmischen Verlauf ihres Lebens nur wenig Liebe und Zuwendung erfahren, selbst von ihrer Mutter.

Nun zog sie sich zurück und musterte Ariane mit ruppiger Zuneigung. »Nun, wie geht es meinem Clanhäuptling?«

»Jetzt wieder besser, nachdem mein gälischer Recke unversehrt zurück ist«, erwiderte Ariane lächelnd, auch wenn sie besorgt wahrnahm, wie ihre Freundin aussah – Schmutz auf den Wangen, Staub auf dem Wams, das zudem an der Schulter zerrissen war. War da ein Brandloch im Ärmel?

»Oh, Cat, sag mir bitte nicht, dass du gekämpft hast!«

»Nay! Das habe ich Euch doch versprochen. Ich habe nicht einmal meinen Degen aus der Scheide gezogen.« Die gekränkte Empörung ließ merklich nach, als sie sich am Kinn kratzte und gestand: »Na ja, einen Moment lang schon, aber ich habe ihn gleich wieder zurückgesteckt, ohne irgendjemanden damit auch nur zu kratzen. Sobald ich die Hexen aufgestöbert hatte, bin ich geradewegs zurückgeeilt, um Euch Bericht zu erstatten.«

»Dann hast du den Zirkel tatsächlich gefunden?«

Cat straffte die Schultern. »Habt Ihr daran gezweifelt?«

»Nein.« Ariane hatte eher gehofft, dass Cat ihn nicht finden würde und sich all die Gerüchte, die nach Faire Isle vorgedrungen waren, als wilde Märchen erweisen würden.

»Und … und was ist nun damit?«, stammelte sie.

»Alles, was Ihr befürchtet habt, entspricht der Wahrheit. Die Schwesternschaft der Silbernen Rose existiert noch immer. Sie umfasst zwar nicht mehr so viele Mitglieder wie früher, doch es werden neue angeworben. Leider wurde ich gestört, bevor ich mich vergewissern konnte, wer ihre Anführerin ist.« Verärgert über ihren Misserfolg biss sich Cat auf die Unterlippe. »Die Hexen tragen Masken bei ihren Zusammenkünften, aber sie sind dazu übergegangen, sich mit einem Brandmal zu kennzeichnen – einer winzigen Rose auf dem rechten Unterarm. Sie hängen Megaera so glühend an wie eh und je, und sie sind wild entschlossen, sie zurückzuholen. Irgendwie haben sie herausgefunden, dass sie sich nicht mehr in Frankreich befindet. Wahrscheinlich ist es nur eine Frage der Zeit, bis sie Megaera finden – oder jemand noch Schlimmeres sie findet.«

Ariane erbleichte, als sie ihre schlimmste Befürchtung bestätigt fand. Ihr wurde schwindelig. Sie schloss die Augen und schwankte ein wenig.

»Herrin!«, rief Cat bestürzt und legte rasch den Arm um Arianes Taille, um sie zu stützen. Sie führte Ariane zu einer Bank und drückte sie behutsam auf den kalten Stein.

Ariane beugte sich vor, senkte den Kopf und atmete langsam und tief durch, bis der Garten sich nicht mehr vor ihren Augen drehte. Cat kauerte sich vor sie und rieb ihr die Handgelenke. Besorgt fragte sie: »Was soll ich tun? Soll ich Euch ein Glas Wasser bringen? Oder soll ich den Gnädigen rufen, damit er Euch ins Haus trägt?«

Ariane schüttelte den Kopf und richtete sich langsam wieder auf. Sie ärgerte sich, dass sie sich schwach gezeigt hatte.

»Nein, es ist nichts weiter«, beharrte sie. »Ab und zu überkommt mich ein Schwindel. Das ist ganz normal für eine Frau in meinem Zustand.«

Cat funkelte sie finster an und wirkte wenig überzeugt. »Ganz offenkundig habt Ihr Euch nicht ordentlich um Euch gekümmert. Was habt Ihr um diese frühe Stunde überhaupt hier draußen zu suchen? Es wundert mich, dass Euer Gemahl es Euch gestattet hat, zumal Ihr mit einem Kind schwanger geht.«

Ariane blieb stumm, doch an der schuldbewussten Art, wie sie das Gesicht abwandte, erriet Cat alles, was sie wissen wollte. Die Irin hockte sich auf die Fersen und stöhnte.

»Oh weh, bei allen Heiligen! Ihr habt ihm noch immer nichts davon gesagt? Ist das nicht ein klein wenig töricht? Der Gnädige wird es doch bestimmt bald merken. Es wundert mich, dass er es noch nicht getan hat, schlau, wie er nun mal ist.«

Bei Cats Beschreibung von Justice musste Ariane unwillkürlich ein wenig lächeln. Ja, schlau war der Gnädige, wie Cat ihn immer nannte, in der Tat. Ariane verstand es ausgezeichnet, in den Augen, den Fenstern der Seele, zu lesen. Mit ihrem unbeirrten Blick konnte sie den Charakter eines Menschen einschätzen und oft auch seine Gedanken lesen. Doch Justice verstand sich sogar noch besser darauf als sie. Ihr Gemahl war in dieser uralten Kunst des Gedankenlesens von seiner Großmutter Melusine unterwiesen worden, einer sehr kundigen Hexe.

Ariane und Justice waren sich so nah, wie ein Ehepaar es nur sein konnte, aber wenn nötig, konnte sie ihre Gedanken vor ihm verbergen, obwohl sie bis vor Kurzem kaum einen Grund dazu gehabt hatte. Justice hatte bestimmt gemerkt, dass sie sich vor ihm verschloss, doch er hatte sie nicht bedrängt, sondern darauf gesetzt, dass sie ihm von sich aus das Geheimnis anvertraute, das sie so streng behütete.

Ariane seufzte. »Es war falsch von mir, das Kind vor Justice zu verheimlichen. Aber Cat – du weißt doch, dass ich die Hoffnung, je wieder ein Kind zu empfangen, aufgegeben hatte. Ist es selbstsüchtig von mir, die Freude darüber noch ein Weilchen in Ruhe und ganz für mich allein zu genießen? Denn ich weiß, dass Justice mein Glück nicht mit mir teilen kann, ganz gleich, wie sehr er sich bemühen würde, so zu tun. Er wird schreckliche Angst um mich haben.«

»Verzeiht, wenn ich das sage, aber hat er nicht das Recht dazu?« Cat drückte Arianes Hand, um ihren Vorwurf abzuschwächen. Auch wenn ihre Handfläche rau und schwielig war, fühlte sich die Berührung tröstlich warm an. »Schließlich hat er Euch schon einmal fast verloren.«

»So war es wohl«, murmelte Ariane. Doch nach all den Jahren erinnerte sie sich kaum noch daran, dass sie beinahe gestorben wäre. Ihr war vor allem das Gesicht ihres tot geborenen Kindes im Gedächtnis geblieben, der runzlige kleine Körper ihrer Tochter – das Kind, nach dem sie sich so gesehnt hatte; das Mädchen, dem sie all die alten Weisheiten hatte beibringen wollen, die Heilkünste, die sie von ihrer eigenen Mutter gelernt hatte; die Tochter, die ihr eines Tages als Herrin von Faire Isle nachfolgen sollte.

Auch wenn es schon so lange her war, drohte der Schmerz über diesen Verlust Ariane zu überwältigen, zusammen mit der Sorge um das Kind, das jetzt in ihr heranwuchs. Doch sie drängte die düsteren Gedanken zurück. Ganz zu Anfang ihrer Schwangerschaft hatte sie sich fest vorgenommen, dass dieses Kind nur durch ihre Ruhe und Stärke genährt werden sollte. Es sollte nicht von den Sorgen und Ängsten seiner Mutter vergiftet werden.

»Ich werde es Justice bald sagen, das verspreche ich dir. Aber diesmal wird es anders sein, das weiß ich ganz genau.« Ariane legte die Hände auf ihren Bauch. »Dieses Kind ist stark, das spüre ich. Glaub mir, dieses Kind wird leben.«

»Wenn Ihr es sagt, dann ist es so«, erwiderte Cat ernst. »Aber …«

Ariane drückte Cats Hand, sie wollte nicht weiter darüber reden. »Bitte erzähl mir, was du noch herausgefunden hast. Du fürchtest, dass jemand viel Schlimmeres hinter Megaera her sein könnte?«

»Habe ich das gesagt?« Cat sah noch immer besorgt aus. Sie stand auf, drehte das Gesicht weg und rieb die Spitze ihres abgetragenen Stiefels an einer dicken Baumwurzel. »Nun ja, Ihr – Ihr kennt mich doch. Manchmal gehe ich völlig in meinen Geschichten auf und übertreibe ein wenig. Da schlägt wohl das Irische in mir durch, und …«

»Cat, hör auf damit!«

Der Befehlston in Arianes Stimme zwang Cat, sie anzusehen.

Ariane fuhr fort: »Ich weiß, was du zu tun versuchst. Mein kleiner Schwächeanfall hat dich beunruhigt, und jetzt willst du mich schonen. So sehr ich dein Mitgefühl schätze, du musst mir ehrlich Bericht erstatten. Glaub mir – was immer du erfahren hast, ich bin stark genug, es zu verkraften.«

Ich muss es sein, dachte Ariane grimmig.

Cat seufzte laut auf. Sie zog eine kleine Lederflasche unter ihrem Gürtel hervor und stärkte sich mit einem kräftigen Schluck Usquebaugh. Wie Cat diesen irischen Rachenputzer noch vor dem Frühstück zu sich nehmen konnte, war Ariane schleierhaft. Schon allein bei dem Gedanken daran drehte sich ihr der Magen um.

Cat verkorkte die Flasche und steckte sie zurück. Während sie Ariane heftig gestikulierend den Rest der Geschichte erzählte, lief sie im Garten auf und ab. Ariane hatte öfter schon der Gedanke belustigt, dass es nicht nötig wäre, Catriona O'Hanlon zu knebeln, um sie zum Schweigen zu bringen: Es würde reichen, sie zu fesseln.

Bei Cats Bericht aber war sie nicht einmal versucht, zu lächeln. Sie wollte nicht, dass Cat sich um sie sorgte, doch es fiel ihr schwer, die Ruhe zu wahren, als Cat die Soldaten beschrieb, die die Klippe heraufgestürmt waren.

»… Ich habe Gautier beinahe sofort erkannt, und danach hatte ich kaum noch Zweifel, wer ihn geschickt hat.«

»Die dunkle Königin«, flüsterte Ariane. Als ob die Sache nicht schon schwierig und gefährlich genug wäre, auch ohne die drohende Einmischung von Katharina von Medici. Sie verschränkte die Hände im Schoß, um Cat nicht zu zeigen, wie bestürzt sie war.

Mit überraschend gleichmütiger Stimme fragte sie: »Bist du dir ganz sicher, dass es Gautier war?«

»Aye, ich habe mir den Mann gut eingeprägt, als ich an dem Tag, an dem die dunkle Königin Euch begnadigt hat, mit Euch bei Hofe war. Wie ein äußerst entgegenkommender Dieb hat sie Euch damals alles zurückgeben, was sie Euch gestohlen hatte. Gautier war der grinsende Mistkerl, der hinter ihr stand. Ist er Euch nicht aufgefallen?«

»Nein«, antwortete Ariane reumütig. »Ich fürchte, ich habe nur auf Katharina geachtet. Dieses böse Weib hat einen langen Schatten auf mein Leben geworfen.«

»Eine ziemliche Großtat für jemanden, der so klein ist. Meine Großmutter hat mir immer einen kalten Schauer über den Rücken gejagt mit ihren schrecklichen Geschichten über die dunkle Königin von Frankreich. Als ich endlich vor ihr stand, war ich enttäuscht.« Cat rümpfte abfällig die Nase. »Sie war so … so alt und fett.«

Ariane musste zugeben, dass Katharina beträchtlich gealtert war.

Die einst imposante dunkle Königin hatte sich ungelenk und von Schmerzen geplagt bewegt, ihre Hände waren von Gichtknoten verunstaltet, ihre Wangen und ihr Kinn schwabbelig, das Gesicht von tiefen Furchen durchzogen. Die durchdringenden Medici-Augen, die ihrem Gegenüber einst sämtliche Geheimnisse entlocken konnten, waren trüb und wässrig geworden. Dennoch hatte Katharinas Verstand messerscharf gewirkt wie eh und je – und noch ebenso verschlagen.

»Möglicherweise regen wir uns völlig umsonst über die Königin auf. Ihre Macht scheint zu schwinden. Schließlich musste sie dem Herzog von Guise das Oberkommando über das französische Heer übertragen. Ich habe gehört, die Liebe und Unterstützung der Menschen von Paris gelten ihm und nicht Katharina oder ihrem jämmerlichen Sohn. Manche behaupten, dass der Herzog kurz davor steht, der heimliche Herrscher von Frankreich zu werden. Ihm fehlt nur noch der Titel.«

»Umso mehr fürchte ich Katharina«, entgegnete Ariane. »Wenn ihre Macht bedroht ist, verzweifelt sie und wird entsprechend gefährlicher. Ich kann mir gut vorstellen, warum sie Gautier geschickt hat, den Zirkel aufzustöbern: Sie will das *Buch der Schatten*. Wahrscheinlich hat sie nie aufgehört, danach zu suchen.«

»Glaubt Ihr denn, dass diese Hexen es noch immer haben?«

»Ich wünschte, ich wüsste es.«

Nach Cassandras Tod war das finstere Werk nie mehr aufgetaucht, obwohl Simon Aristide nichts unversucht gelassen hatte, um es zu finden. Katharina hatte sich schon immer eingehend für die dunklen Seiten des alten Wissens interessiert. Wenn ihr das Buch in die Hände fiele, hätte sie bestimmt keine Skrupel, Nutzen daraus zu ziehen. Doch im Moment plagte Ariane eine noch größere Sorge.

»Wenn Gautier eine der Hexen erwischt und sie zum Reden bringt, erfährt Katharina die Wahrheit über Megaera«, meinte sie. »Aristide hatte die Königin davon überzeugt, dass Cassandra die Silberne Rose war. Katharina glaubt, dass sie und ihre Tochter ertrunken sind. Wenn die Königin herausfindet, dass Simon gelogen hat, wird ihr Zorn sich gegen ihn wenden. Er muss gewarnt werden.«

Cat zuckte gleichmütig die Schultern. »Das ist noch die geringste unserer Sorgen. Soll der Hexenjäger doch sehen, wo er bleibt.«

»Leider ist der Hexenjäger inzwischen mit meiner Schwester verheiratet und der Vater ihres Kindes.«

Cat runzelte die Stirn. Die Ehe von Miribelle Cheney mit dem berüchtigten Hexenjäger Aristide war bei der Gemeinschaft der weisen Frauen auf wenig Verständnis gestoßen. Ariane selbst hatte es große Überwindung gekostet, Miri die Zustimmung zu geben, den Mann zu heiraten, der Faire Isle einst auf Befehl des französischen Königs überfallen und Ariane und ihre Familie ins Exil gezwungen hatte.

Doch sie musste zugeben, dass Simon sich nach Kräften um Wiedergutmachung bemüht hatte. Die dunkle Königin hatte ihm eine Gunst gewährt, nachdem er sie vor Cassandra Lascelles gerettet hatte, und Simon hatte darum gebeten, dass Ariane wieder nach Faire Isle zurückkehren dürfe.

Außerdem liebte Miri ihn von ganzem Herzen. Sie hatte in Simon immer nur das Gute gesehen und darauf beharrt, er sei nur fehlgeleitet und verwirrt. Und wenn es jemanden gab, der sich darauf verstand, verletzte Seelen zu heilen, dann Miri.

Ihre andere Schwester Gabrielle hatte nicht so viel Verständnis gezeigt. Leidenschaftlich und aufbrausend, wie sie nun einmal war, hatte Gabrielle ihren Gefühlen in einem beißenden Brief an Ariane freien Lauf gelassen.

»An was hast du nur gedacht, als du Miri erlaubt hast, diesen Schuft zu heiraten? Du hättest sie in der Speisekammer einschließen und den Schlüssel wegwerfen sollen! Wie konnte Miri nur so töricht sein? Das werde ich ihr nie verziehen. Niemals!«

Doch ebenfalls typisch für sie, hatte sie weiter geschrieben: *»Dieser Mistkerl sollte sich besser sehr gut um meine Schwester kümmern! Wenn sie unter seinen Händen Schaden nimmt oder ihr ein Unglück widerfährt, werde ich ihm das Fell über die Ohren ziehen!«*

Dieser Familienzwist bekümmerte Ariane sehr, doch nun musste sie ihn aus ihren Gedanken verbannen und sich um die weitaus dringenderen Angelegenheiten kümmern, die jetzt anstanden.

Sie erhob sich und fing ebenfalls an, auf und ab zu laufen. Nachdenklich legte sie die Fingerspitzen aneinander und stützte das Kinn darauf. Schließlich traf sie eine schwierige Entscheidung.

»Wir können nur eines tun«, sagte sie. Sie straffte die Schultern und wandte sich an Cat. »Megaera muss so bald wie möglich gefunden und in Sicherheit gebracht werden – hierher nach Faire Isle.«

Cat hinterfragte Arianes Entscheidungen so gut wie nie, doch jetzt verzog sie das Gesicht. »Verzeiht mir, aber haltet Ihr das wirklich für klug? Es gibt keine Garantie, dass wir hier für ihre Sicherheit sorgen können. Womöglich bringt sie noch die ganze Insel in Gefahr.«

»Daran habe auch ich gedacht. Aber dieses Risiko müssen wir eingehen. Hier wird das Mädchen auf alle Fälle sicherer sein als draußen in der Welt, wo nur ihr Vater sie beschützt.

Wenn der Zirkel noch immer im Besitz des *Buchs der Schatten* ist und ihnen Megaera in die Hände fällt, kann das die schlimmsten Folgen haben. Und wenn Katharina das Mädchen schneller findet, wird sie es zweifellos töten lassen.«

»Viele von uns würden dasselbe vorschlagen – weise Frauen, die befürchten, dass das Mädchen vom bösen Blut ihrer Mutter verseucht ist.«

»Oh Cat, du glaubst doch nicht etwa, dass …«

»Meine Güte, nein!« Cat lachte verbittert auf. »Ich selbst bin viel zu oft als Kind des Teufels verunglimpft worden, um Steine auf andere zu werfen. Ich berichte Euch nur, was ich gehört habe – selbst hier auf Faire Isle. Viele sind beunruhigt, dass einem so jungen Mädchen etwas gelungen ist, was ältere und viel erfahrenere weise Frauen nicht vermochten – das *Buch der Schatten* zu übersetzen und die fürchterlichen Zaubersprüche anzuwenden, um diese grässlichen Hexenklingen herzustellen und tödliches Gift zu brauen.«

»Doch nur, weil Cassandra das Kind dazu zwang. Ich gebe zu, ich habe das Mädchen nie persönlich kennengelernt, aber Miri hat mir versichert, dass Megaera ein außergewöhnlicher Mensch ist, klug und weise, wie es ihre Jahre nie vermuten ließen; und gleichzeitig strahlen ihre Augen eine große Unschuld aus. Vielleicht gelingt es meiner Schwester, andere zu überzeugen …«

»Nichts gegen Eure Schwester, Herrin, aber ich befürchte, auf eine Frau, deren Urteil so getrübt war, dass sie einen Hexenjäger geheiratet hat, wird kaum jemand hören«, entgegnete Cat unumwunden.

Ariane zuckte zusammen, denn sie wusste, dass Cat recht hatte. Sie rieb sich den Nacken, der sich verspannte, wie immer, wenn sie beunruhigt war.

»Es hat wenig Zweck, sich den Kopf zu zerbrechen, wie Megaera auf Faire Isle empfangen wird, solange wir sie nicht gefunden haben.« Ariane bedachte Cat mit einem bedauernden Blick. »Jemand muss sich auf die Suche nach Megaera machen, und ich fürchte, dieser Jemand bist du, meine liebe Freundin. Es tut mir leid, dass ich dich schon so bald wieder auf eine strapaziöse Reise schicken muss.«

»Schluss jetzt mit Euren Entschuldigungen.« Empört stemmte Cat die Hände in die Hüften. »Wen solltet Ihr denn sonst schicken als Euren gälischen Recken?«

»Niemanden.« Ariane lächelte. In ihrem Exil und getrennt von ihren Schwestern hatte sie im Lauf der Zeit gelernt, dass sie sich voll und ganz auf die temperamentvolle kleine Irin verlassen konnte. Neben ihrem Gemahl vertraute Ariane keinem mehr als Catriona O'Hanlon.

»Den Gnädigen könnt Ihr jetzt nicht losschicken«, fuhr Cat fort. »Nicht in Eurem derzeitigen Zustand. Ihr werdet Euren Gemahl in Eurer Nähe haben wollen, und Ihr kennt mich. Ich würde geradewegs in die Hölle marschieren, wenn Ihr es befehlt.«

»Wahrscheinlich wird es für dich schlimmer als die Hölle sein, wenn ich dir sage, wo du nach Megaera suchen musst. Unseren letzten Berichten zufolge hat Martin le Loup seine Tochter nach England gebracht.«

»England!« Cat wandte sich zwar nicht wie früher empört ab, um auf den Boden zu spucken, doch sie fluchte halblaut und stöhnte. »Was hat er sich denn dabei gedacht? Hätte er sich nicht in Irland oder Schottland, ja meinetwegen auch in Italien oder Bayern verstecken können? Warum zum Teufel musste es ausgerechnet England sein?«

»Ist das sehr schwer für dich, Cat?«, fragte Ariane besorgt. »Ich weiß, dass du für die Engländer wenig übrig hast.«

»Nur, weil die mörderischen Mistkerle mein Land jahrelang ausgeraubt und vergewaltigt haben.« Cat setzte ein gequältes Lächeln auf. »Aber keine Sorge, Herrin. Ich habe mich schon einmal unter den Engländern bewegt und es geschafft, meine Gefühle im Zaum zu halten. Mir blieb nichts anderes übrig, ich hatte nämlich keine Spucke mehr.

Und eines muss man selbst den Engländern lassen«, fügte sie

widerwillig hinzu. »Sie brauen ein erträgliches Ale. Wohin hat dieser – dieser Martin Wolf seine Tochter in diesem gottverlassenen Land verschleppt?«

»Seine letzte Nachricht kam aus Southwark. Martin hat Miri lange über seine Aufenthaltsorte auf dem Laufenden gehalten, doch vor vielen Monaten hat er aufgehört, ihr zu schreiben, etwa um die Zeit …« Ariane zögerte, sie enthüllte nur ungern das persönliche Leid eines anderen. Aber wenn Cat sich auf die Suche nach Martin machte, sollte sie besser alles wissen.

»Martin hat aufgehört, sich zu melden, nachdem Miri ihm geschrieben hatte, dass sie schwanger sei. Wolf hat meine Schwester jahrelang angebetet. Obwohl er versucht hat, es mit Fassung zu tragen, war ihre Hochzeit mit Simon Aristide bestimmt sehr schmerzhaft für ihn.«

»Also ist dieser Wolf nicht nur ein Narr, sondern auch noch liebeskrank. Wie reizend.« Cat schüttelte abfällig den Kopf. »Es tut mir leid, Herrin. Zum Teufel mit dem Liebesleid dieses Burschen. Ihm hätte klar sein müssen, dass sich Überlebende dieses Hexenzirkels auf die Suche nach Megaera machen würden. Dorthin zu fliehen, wo niemand das Kind beschützen, ja nicht einmal vor kommenden Gefahren warnen kann, ist der reine Wahnsinn.«

»Martin glaubte, es sei das Beste für Megaera, einfach unterzutauchen.«

»Dann ist er ein Schwachkopf. Aber was kann man schon erwarten von einem Mann, der töricht genug war, mit einer verrückten Hexe wie Cassandra Lascelles ins Bett zu steigen?«

»Er behauptet, er sei verführt worden.«

Cat schnaubte. »Das behaupten sie alle. Na gut, zumindest sollte es nicht schwer sein, diesen Wolf aufzustöbern, wenn er solch ein Tölpel ist.«

»Cat«, mahnte Ariane. »Mach bitte nicht den Fehler, Martin le Loup zu unterschätzen. Ich gebe zu, gelegentlich ist er ein bisschen vorschnell und stürmisch, aber er ist wahrhaftig kein

Narr. Wolf ist schlau, kühn und listenreich. Und Miri hat mir erzählt, dass er Megaera beschützt wie eine Löwin ihr Junges. Außerdem ist er manchmal sehr stur und stolz. Es könnte ziemlich schwierig werden, ihn dazu zu bewegen, Megaera nach Faire Isle zu schaffen.«

»Ach, ich werde schon einen Weg finden.« Cat befingerte liebevoll den Knauf ihres Degens.

»Catriona!«

»Was denn? Ich meinte doch nur meinen Charme, Herrin. Ich bin Irin, ich bin mit einer großen Menge Charme gesegnet.« Cat grinste verschmitzt.

Ariane versuchte, das Lächeln zu erwidern, doch die Spannung in ihrem Nacken war nach oben gekrochen und hatte sich direkt zwischen ihren Augen festgesetzt. Als sie sich die Schläfen rieb, wich Cats Lächeln einer Miene des Bedauerns.

»Oh weh, ich bin töricht, nicht er. Hier stehe ich und reiße dumme Witze, während Euch das Gewicht dieser Sorgen niederdrückt.« Cat trat zu Ariane und legte ihr sacht die Hand auf die Schulter.

»Macht Euch keine Sorgen, Herrin. Ich werde mich um diese Angelegenheit kümmern, das verspreche ich Euch.«

Über Cats starkes Gesicht huschte ein seltener Anflug von Verletzlichkeit.

»Außer meiner Großmutter seid Ihr die Einzige, die immer an mich geglaubt hat. Bitte verliert jetzt nicht Euer Vertrauen in mich!«

»Als ob ich das je könnte!« Ariane rang sich trotz ihrer Kopfschmerzen ein Lächeln ab. »Ohne dich hätten Justice und ich es nie all die Jahre in unserem Versteck in den Wicklow Mountains ausgehalten. Wir verdanken dir unser Leben.«

»Ich verdanke Euch weit mehr. Als mein Clan mich verstieß, kam ich mir völlig wertlos vor. Aber Ihr – Ihr habt mir meinen Stolz wiedergegeben.« Cat schluckte, dann sagte sie fest: »Ich werde das kleine Mädchen finden und sie beschützen, wie ich Euch beschützen würde – bis zu meinem letzten Blutstropfen.

Ich werde sie wohlbehalten zu Euch bringen, Herrin, das schwöre ich.«

»Achte bitte darauf, dass auch du wohlbehalten zurückkehrst. Was sollte dein Clanhäuptling denn ohne seinen gälischen Recken tun?«, scherzte Ariane, um zu verbergen, wie sehr sie Cats Ergebenheit rührte. Cat wäre es gar nicht recht gewesen, wenn sie das gewusst hätte.

Die Irin hatte bereits die Hand zurückgezogen und wirkte einigermaßen verlegen ob all dieser Gefühlsduselei. Um ihrer Freundin weitere Peinlichkeiten zu ersparen, beharrte Ariane darauf, dass sich Cat erst einmal ein wenig ausruhte und frisch machte. Später wollte sie dann noch einmal eingehender mit ihr über ihren Auftrag sprechen.

Es dauerte eine ganze Weile, bis sie Cat überredet hatte, ohne sie ins Haus zurückzukehren. Sie selbst wollte noch ein paar Augenblicke allein sein, um ihre Gedanken und Kräfte zu sammeln.

Nachdem Cat in der Küche verschwunden war, blieb Ariane noch lange im Garten sitzen. Die Sonne war längst aufgegangen und badete alles in einem hellen Glanz, der Tau funkelte auf der Wiese, die Lerchen trällerten munter. Es versprach, ein wundervoller Frühsommertag zu werden.

Ariane hätte es gerne genossen, denn dies würde womöglich einer der letzten Momente des Friedens sein vor einer langen Zeit der Sorge. Doch in ihrem pochenden Kopf jagten sich bereits die Gedanken, was jetzt zu tun war: Cat auf ihre Reise vorbereiten, Miri und Simon warnen, sich mit Justice beraten, wie die Sicherheit von Faire Isle noch verbessert werden könnte.

Und egal, wie sehr sie sich davor scheute, sie musste ihm auch von dem Kind erzählen. Cat hatte recht, Ariane konnte ihr Geheimnis nicht länger für sich behalten.

In dem Moment spürte sie, wie sich das Kind in ihr regte. Es war nicht wie das zarte Flattern eines Schmetterlings, sondern eher wie der starke Flügelschlag eines Adlers.

Ariane drückte die Hand auf ihren Bauch und versuchte zu lächeln, doch stattdessen stiegen ihr Tränen in die Augen. Wenn – wenn sie nur nicht immer so schwach und müde wäre, viel müder, als sie sein sollte.

Fast gegen ihren Willen wandte Ariane das Gesicht dem Himmel zu. Der Komet war nicht mehr zu sehen, aber sie hatte das Gefühl, als könne sie ihn spüren, wie er da über ihr hing, sein feuriger Schweif wie ein Schwert über dem Faden ihres Lebens.

Ihr Kind war wirklich sehr stark, es würde die Strapazen der Geburt bestimmt überstehen. Doch die Herrin von Faire Isle war sich nicht sicher, ob auch sie das tun würde.

2

Tretet vor, Hexe!«, knurrte der Ritter und zog sein Schwert. »Ich schicke Euch in die Hölle, bevor ich noch einmal von Eurem bösen Zauber in Versuchung geführt werde.«

Die Sonnenstrahlen, die sich auf der Waffe und dem Brustpanzer spiegelten, umgaben Sir Roland wie eine schimmernde Aura. Sein dunkles Haar war aus der Stirn zurückgeworfen, die dunkelbraunen Locken durch ein scharlachrotes Wams betont. Ein Kinnbart und ein Schnauzer ließen seine scharfen Züge weicher erscheinen, doch seine grünen Augen funkelten ungestüm. Dank seines imposanten Auftretens bemerkte man kaum, dass er gar nicht so groß war und eher drahtig als stramm. Doch seine Schultern waren ziemlich breit, seine Taille schlank und die Beine wohlgeformt. Seine kurzen Kniehosen zeigten straffe Waden und ließen muskulöse Oberschenkel erahnen.

Über die Hälfte der Frauen im Publikum waren in ihn vernarrt, und die Männer schwiegen ehrfürchtig. Selbst die Zuschauer im Innenhof, sonst eine raue, lärmende Bande, standen in seinem Bann, während Hekuba dem kühnen Sir Roland fauchend zu Leibe rückte.

Martin le Loup wies das Weib mit einer zornigen Geste zurück und äußerte seinen Widerstand dröhnend in einer Reihe geistreicher Couplets. Er schritt an den Rand der Bühne und genoss seine Macht, das Publikum weit über die Begrenzungen des Theaters hinaus zu führen. Die gut besetzten Galerien und der Innenhof, in dem sich das einfache Volk drängte und es nach Schweiß, Pfeifenrauch und abgestandenem Ale stank, verwandelten sich in eine mitternächtliche Heide, die Binsen, die unter seinen Stiefeln raschelten, zu windgepeitschten Gräsern.

»Ein liebestoller Narr war ich, mehr nicht«, deklamierte

Martin. »Gereist durch Länder der Verzweiflung, die Hoffnungen zerschmettert an fernen Gestaden. Meine Seele habe ich eingetauscht für einen dunklen Zauber, um meine Liebste zu gewinnen, nie habe ich den Preis bedacht. Alles vergeblich, kein Zauber ist stark genug, ein Herz zu fesseln, das verloren ist.«

Seine Kehle schwoll an, seine Stimme bebte bei dem Gefühl, das Martin nicht vortäuschen musste. Er musste nur an Miri Cheney denken, seine wunderschöne Herrin des Mondes.

Nein, nicht seine, niemals die Seine, erinnerte er sich mit einem dumpfen Schmerz. Sie war jetzt Madame Miri Aristide.

»So sollen denn hier auf dieser verfluchten Heide alle Träume sterben«, schrie er heiser.

Im Publikum schluchzte eine Frau erschüttert auf, und mehrere schnieften, als Martin fortfuhr.

»Mögen all meine Wünsche in einen todesähnlichen Schlaf versinken. Nie mehr werde ich in deine Dunkelheit reisen, Hexe. Mag mein Herz auch verloren sein, meine Seele ist es nicht.«

Hekuba sprang wutschnaubend hinter ihrem Kessel hervor. »Nay, Herr Ritter. Wenn Ihr mir die Treue brecht, seid Ihr des Todes.«

Die Menge ächzte auf, Warnschreie ertönten, während die Hexe näher schlich, gespielt in düsterer Vollkommenheit von Arthur Lehay, einem hervorragenden Schauspieler, solange er nüchtern war. In seinen Lumpen und der struppigen grauen Perücke gab er ein widerliches altes Weib ab, auch wenn sich Bartstoppeln auf seinem Kinn zeigten.

Aber nicht die Hexe, die ihn auf der Bühne bedrohte, ließ Martin einen Schritt zurücktaumeln, sondern die, die er im Publikum entdeckt hatte.

Er erstarrte. Sein Blick richtete sich auf eine zierliche Frau ganz vorne auf der ersten Galerie links der Bühne. Eingezwängt zwischen einer plumpen Matrone, die an einem Apfel kaute, und einem stämmigen Kaufmann hätte man die Frau kaum bemerkt, wenn sie nicht solch flammend rote Haare gehabt hätte.

Ein helles Leuchtfeuer. Und Martin erblickte diese lodernden Zotteln nicht zum ersten Mal an diesem Tag. Die Frau war ihm schon aufgefallen, als er aus der Barke in Southwark ausgestiegen war, und später hatte er sie noch einmal auf dem Marktplatz bei den Docks gesehen. Sie war züchtig gekleidet in ein schlichtes Gewand aus gesponnener Wolle, einzig ihr rotes Haar fiel ins Auge.

Martin, früher ein geschickter Dieb in den Straßen von Paris, war zu sehr Jäger, um nicht zu spüren, wann er selbst zur Beute geworden war. Er hatte sich mit Bedacht gemächlich fortbewegt, und wenn er zufällig nach hinten blickte, hatte die Frau immer die Waren an einer der Ladentheken gemustert. War sie eine Taschendiebin? Oder war sie gefährlicher? War sie auf einen Schatz aus, der weit wertvoller war als das, was in seinem Beutel steckte?

Als er sie vor dem *Crown* aus den Augen verlor, hatte er erst einmal erleichtert aufgeatmet und seine Befürchtungen als Folge der Anspannung abgetan, die ihn stets vor einer Vorstellung überfiel.

Aber hier war das Weib wieder …

»Wenn Ihr Euch nicht wehrt, edler Ritter, dann seid Ihr des Todes!«, schrie Hekuba ihm schon fast ins Ohr. Martin zuckte zusammen und merkte, dass er verpasst hatte, sein Schwert erneut zu ziehen.

Selbst jetzt, als er die Waffe herauszog, konnte Martin den Blick nicht von der Galerie wenden. Arthur breitete die Arme aus und gab dröhnend seine Drohungen zum Besten, hielt jedoch verdutzt inne, als Martin an ihm vorbeiraste.

Rothaarige waren in London wahrhaftig keine Seltenheit, vielleicht also täuschte er sich, vielleicht war es nicht dieselbe. Aber er musste sie eingehender betrachten.

Ohne auf die bösen Blicke des Bühnenmeisters zu achten, stolzierte Martin auf die linke Seite des Theaters. Beinahe wäre er mit einem der jungen Adligen zusammengestoßen, die für das Privileg, am Rand der Bühne zu sitzen, einen stattlichen Preis bezahlten. Edward Lambert, der Baron von Oxbridge, hatte mehr Recht dazu als die meisten anderen, denn mit dem Geld seiner Familie war das *Crown Theatre* erbaut worden.

Ned Lambert grinste und bespuckte Martin zum Spaß mit einem Kirschkern. Martin ignorierte seine Lordschaft, den Blick starr auf den Rotschopf gerichtet.

Offenbar in gespannter Aufmerksamkeit beugte sie sich vor und stemmte die Hände auf die Brüstung der Galerie.

Martin schnürte sich der Magen zusammen. *Mon Dieu,* kein Irrtum – sie war es. Sie hatte ein ungewöhnliches Gesicht, ihre zarten Wangenknochen standen in einem auffälligen Kontrast zu ihrem starken Kinn. Einen Moment lang blickte er direkt in ihre durchdringenden blauen Augen, und ihn durchzuckte das merkwürdige Gefühl, gerade das falsche Ende eines glühend heißen Schürhakens gepackt zu haben.

Er taumelte zurück, das Herz pochte ihm bis zum Hals. Wer zum Teufel war diese Frau? Er konnte sich nur einen Grund vorstellen, warum sie ihn verfolgte – sie war eine von ihnen. Es konnte nicht anders sein. Was er lange befürchtet hatte, war eingetreten: Die Hexen hatten ihn aufgestöbert, und das bedeutete, dass seine kleine Meg in höchster Gefahr schwebte.

Kalter Schweiß brach auf seiner Stirn aus. Eine blinde Panik ergriff ihn, der Drang, von der Bühne zu springen, nach Hause zu rasen und …

… und den Hexenzirkel geradewegs zu seiner Tochter zu führen. Wahrscheinlich hoffte die Hexe genau darauf. Die Stimme der Vernunft beruhigte ihn ein wenig. Wenn die Hexen Meg bereits gefunden hätten, würde diese rothaarige Teufelin nicht ihre Zeit damit vergeuden, ihn zu verfolgen. Sie hätte Martin einfach getötet oder es zumindest versucht.

Seine Lippen wurden schmal, und seine anfängliche Panik wich eiskalter Berechnung, die ihn und seine Tochter schon mehrmals gerettet hatte.

Ein schriller Pfiff und ein paar Buhrufe aus dem Hof rissen Martin aus seinen Gedanken. Martin merkte, dass das Publikum unruhig wurde und Arthur kurz davor stand, sich aus Verzweiflung seine grauen Barthaare auszurupfen.

Er schaffte es, wieder in seine Rolle zu schlüpfen, als sei alles in bester Ordnung. Sein Leben lang hatte er in den unterschiedlichsten Rollen geglänzt: als Soldat, Spion, Höfling, vornehmer Herr. Nur in einer einzigen Rolle hatte ihn sein Geschick anfangs im Stich gelassen: der des Vaters.

Als Meg in sein Leben getreten war, hatte sich alles verändert. Nun würde er sterben für sein kleines Mädchen – und töten. Wenn diese Hexen sie wieder bedrohten …

Der Gedanke erfüllte ihn mit solcher Wut, dass er Mühe hatte, seinen Schauspielkollegen nicht tatsächlich abzustechen. Arthur schrie erschrocken auf und schüttelte die Faust, bevor er in seiner Todesszene dramatisch zusammenbrach.

Der tosende Applaus, der sich nun erhob, war in Martins Ohren bloß ein fernes Rauschen. Er dachte nur noch an die Falle, die er dieser rothaarigen Hexe stellen würde.

Vielleicht gehörte sie zum Hexenzirkel der Silbernen Rose, vielleicht auch nicht. Egal, wer sie war, sie schuldete ihm eine überzeugende Erklärung für ihre Anwesenheit; denn andernfalls würde sie im Gegensatz zu der Hexe, die jetzt auf der Bühne zu seinen Füßen lag, nicht mehr aufstehen, um sich zu verbeugen und für den Beifall zu danken.

Lange nachdem die Schauspieler die Bühne verlassen hatten, saß Cat noch völlig benommen auf ihrem Platz. Wie eine unglückliche Maid, die hinterrücks in einen verzauberten Wald gelockt worden war, blinzelte sie und versuchte, den Weg in die Wirklichkeit zurückzufinden.

Noch bei keiner ihrer Reisen hatte sie so etwas wie dieses große, hölzerne Rund und diese nachmittägliche Vorstellung gesehen. Drei Shilling ihres knappen Münzvorrats hatte es sie gekostet, aber es war jeden Penny wert gewesen.

Cat war oft gebannt gewesen von den Geschichten, die die fahrenden Sänger in ihrer Heimat gesponnen hatten, doch jener Zauber hatte sich nur in ihrem Kopf abgespielt. Bei der Vorstellung an diesem Nachmittag war ihr, als wäre eines der Märchen aus ihrer Kindheit zum Leben erwacht. Und das war vor allem einem zu verdanken, dem stattlichen Sir Roland mit seinem betörenden Blick und seiner mitreißenden Stimme.

Als er quer über die Bühne auf sie zukam, war ihr, als würde ihr gleich das Herz aus der Brust springen. Und als sich ihre Blicke trafen, rang sie nach Atem, denn in diesem Moment fühlte sie wieder das wilde junge Mädchen in sich, das sie einst gewesen war. Den Kopf voller romantischer Ideen über die legendären irischen Helden, hatte sie sich zahllose Nächte vor dem Einschlafen vorgestellt, wie sie nackt in den Armen des mächtigen Cuchulainn oder des kühnen Brian Boru lag und …

Cat rieb sich den Hals. Plötzlich wurde ihr ganz heiß. Sie sah sich nervös um. Hatte hier jemand etwas von ihren törichten Fantasien gemerkt? Nein, sie war ganz allein, was sie allerdings eher beunruhigte.

Die Galerie, in der sie saß, hatte sich geleert, das übrige Theater ebenfalls. Die Zuschauer waren gegangen, die Schauspieler wahrscheinlich ebenso, darunter der Mann, den sie den ganzen Tag so entschlossen verfolgt hatte.

Was war sie doch für eine dumme Gans! Sie sprang auf und zuckte zusammen, weil sie ganz taub war von den drei Stunden, die sie auf der harten Bank zugebracht hatte. Auf dem Weg die Treppen hinunter und durch den Gang in den Innenhof rieb sie sich das Hinterteil. Der kiesbedeckte Boden war übersät mit Orangen- und Walnussschalen, und ein stinkender dunkler Fleck wies darauf hin, dass ein betrunkener Zuschauer sich dort erleichtert hatte.

Cat rümpfte abfällig die Nase. Die Bühne ragte leer und still vor ihr auf, aber ihr war, als vernehme sie Stimmen aus dem Gebäude dahinter. Wahrscheinlich waren es die Schauspieler, die sich umkleideten. Wenn sie Glück hatte, befand sich Sir Roland unter ihnen.

Wenn sie wegen ihrer Träumereien Martin le Loup aus den Augen verloren hatte, würde es sie teuer zu stehen kommen, denn es hatte sie wahrhaftig genügend Zeit gekostet, ihn aufzustöbern.

Die tagelangen heimlichen und mühsamen Nachforschungen in den Wirtshäusern und Unterkünften der Stadt, in denen Fremde abstiegen, hatten zu nichts geführt. Zufällig hatte sie ein Gespräch in der Schenke belauscht, in der sie an diesem Morgen gefrühstückt hatte.

Zwei Schauspieler hatten geklagt, dass der wichtigste Mann in ihrem Stück mit einer bösen Darmgeschichte daniederlag. Doch zum Glück beherrschte Marcus Wolfe Sir Rolands Text und hatte überredet werden können, einzuspringen.

Cat hatte die Ohren gespitzt. Marcus Wolfe … Martin le Loup. Die Namen klangen auffallend ähnlich. Vielleicht war es nur Zufall, aber es war mehr, als sie bislang herausgefunden hatte.

Aus diskreter Entfernung hatte sie beobachtet, wie die beiden Schauspieler ihren Freund begrüßten, als der aus der Barke stieg. Cats Puls hatte sich beschleunigt; Arianes Beschreibung von Martin le Loup schien bestens auf diesen Mann zu passen. Aber ganz sicher war sie sich nicht gewesen.

Dieser Mann klang so … so englisch. Vermochte jemand alle Spuren seiner Muttersprache zu tilgen?

Gewissheit konnte sie nur erlangen, wenn sie sich unter vier Augen mit diesem Marcus Wolfe unterhielt, und das war ihr bislang noch nicht gelungen.

Sie musste ihn unbedingt stellen, bevor er das Theater verließ, um sich nicht erneut auf die Suche nach ihm machen zu müssen.

Sie eilte quer durch den Innenhof auf der Suche nach einem Zugang ins Bühnengebäude. Doch nur auf der Bühne selbst entdeckte sie zwei Türen. Die erhöhte Plattform befand sich für einen normal großen Mann auf Augenhöhe, für Cat aber ein gutes Stück über ihrem Kopf.

Wäre sie nicht durch ihre verfluchten Röcke behindert worden, hätte sie hochspringen, sich am Rand festhalten und auf die Bühne hieven können. Doch der mit einem Vorhang verdeckte Bereich unter der Bühne versprach einen einfacheren Zugang.

Sie hob den schweren schwarzen Stoff hoch und schlüpfte dahinter. Hier war es staubig und düster. Als sich ihre Augen an die Dunkelheit gewöhnt hatten, entdeckte sie eine Leiter, die durch eine Falltür nach oben führte. Hekuba war im dritten Akt durch diese Tür auf die Bühne gelangt, so, als käme sie geradewegs aus den Tiefen der Hölle.

Cat tat es ihr nach. Sie kletterte nach oben, stemmte die Tür auf und ließ sie leise wieder hinter sich zugleiten. Dann machte sie sich auf den Weg zum Bühnengebäude.

Sie rechnete damit, zur Rede gestellt zu werden, warum sie in den privaten Bereich des Theaters eingedrungen war, und versuchte krampfhaft, sich eine überzeugende Ausrede einfallen zu lassen.

Doch das war unnötig, denn niemand bemerkte ihre Anwesenheit. Hinter der Bühne war es anscheinend leer bis auf ein Paar in der gegenüberliegenden Ecke, das sich offenbar über etwas stritt.

»Und ich sag dir eines, Alexander Naismith, wenn du weiter so sorglos mit deinem Kostüm umgehst, werde ich mich bei Master Roxburgh beschweren. Jawohl, genau das werde ich tun. Glaubst du etwa, feine Kleider wie dieses fallen von den Bäumen?«

Die einzige Antwort des Jungen bestand aus einem gelangweilten Gähnen. Cat erkannte bestürzt, dass es sich um die blonde Belinda handelte, die im vierten Akt Sir Rolands Herz gebrochen hatte.

Der Zauber der Vorstellung verflog weiter durch die Requisiten, die überall herumlagen: Hekubas Kessel war nichts weiter als ein rostiger eiserner Kochtopf, und der goldene Rahmen des Zauberspiegels bestand aus schlichtem goldbemalten Holz.

Als Cat daran vorbeikam, schnitt sie eine Grimasse. In dem Spiegel steckte nicht der geringste Zauber, der polierte Stahl gab nur allzu ehrlich eine kleine, zerzauste Frau in einem staubigen Umhang wieder. Ihr rotes Haar sträubte sich wie üblich dagegen, zu einem ordentlichen Knoten zusammengesteckt zu werden, und hing ihr in wirren Strähnen ins Gesicht.

Cat befeuchtete die Finger mit Spucke und versuchte, sich wenigstens ein paar Strähnen aus der Stirn zu wischen. Mitten in der Bewegung erstarrte sie, als sie im Spiegel eine dunkle Gestalt hinter sich aufragen sah. Er hatte sein Kostüm – das rote Wams und die Rüstung – gegen enge Lederhosen und ein schwarzes Wams getauscht, unter dessen geschlitzten Ärmeln das weiße Leinen seines Hemdes zu sehen war. Hemd und Wams waren am Hals aufgeschnürt und erlaubten einen Blick auf die nackte, mit krausen dunklen Haaren bedeckte Brust.

»Sir – Sir Roland?«, stammelte Cat. Ihr Puls raste. Wieder ärgerte sie sich über ihre Torheit und verbesserte sich hastig: »Ich – ich meine, Marcus Wolfe?«

Doch als sie sich umdrehte, war er weg. Wohin zum Teufel war er so schnell verschwunden? Nach einem Blick um eine Säule schloss sie, dass er nur in eine Richtung gegangen sein konnte – zurück auf die Bühne. Ihr war, als hörte sie Schritte.

Sie eilte ihm durch den Vorhang nach. Die spätnachmittägliche Sonne stand genau so, dass sie Cat blendete. Sie musste sich schützend die Hand über die Augen halten, als sie auf die Bühne trat – eine leere Bühne.

Verwirrt verzog sie das Gesicht und sah sich suchend um. War es ihm gelungen, sich durch eine der anderen Bühnentüren davonzumachen? Plötzlich wurde sie in eben der Galerie, in der sie gesessen hatte, einer Bewegung gewahr.

Wolfe führte die Hand in einem spöttischen Gruß zur Stirn, bevor er wieder im Schatten verschwand.

»Wartet. Bitte! Nur ganz kurz. Ich muss mit Euch reden. Ich …«

Doch er war schon wieder weg. Verblüfft schnappte Cat nach Luft, als sie merkte, dass der Mann Katz und Maus mit ihr spielte.

Sie marschierte zum Rand der Bühne und knurrte: »Na gut. Aber über eines solltet Ihr Euch im Klaren sein, Monsieur Maus: Diese Katze hat Krallen.«

Sie raffte ihre Röcke und kletterte über die Balustrade. In Anbetracht des Kurzschwerts an ihrer Seite und der Höhe der Bühne war der Sprung gar nicht so leicht, doch sie landete auf ihren Fußballen.

Sie taumelte ein wenig, fand aber ihr Gleichgewicht wieder und hastete zur Tür, die zu den Galerien führte. Dort angekommen, war von dem Mann nichts zu sehen; zumindest nicht in der Galerie, in der sie vorher gesessen hatte.

Er winkte ihr aus einer Galerie auf der anderen Seite des Theaters zu.

Zornig fluchend jagte Cat ihm nach. Sehr zu ihrem Verdruss musste sie zugeben, dass die Maus einen Vorteil hatte. Sie kannte das Theater weit besser als die Katze.

Zehn Minuten später stand sie verschwitzt, atemlos und erbost zum dritten oder vierten Mal vor dem Eingang zu den Galerien. Aufgebracht rief sie: »Na gut, Ihr Narr. Ich habe keine Lust mehr auf dieses Spiel. Schluss mit dem Quatsch.«

»Oh, da bin ich voll und ganz Eurer Meinung.«

Die Stimme war leise und seiden, und ihr so nah, dass Cat erschrocken zusammenfuhr. Sie wirbelte herum. Er lehnte ein paar Stufen über ihr an der Wand und musterte sie kühl, als weide er sich an ihrer Niederlage.

»Ihr wirkt einigermaßen verwirrt, meine Liebe. Ihr seid ständig im Kreis herumgelaufen, als ob Ihr etwas verloren hättet. Kann ich Euch behilflich sein?«

Cat schnaubte. Sie rang um Fassung und versuchte sich daran zu erinnern, warum sie hier war.

»Das – das kommt darauf an«, sagte sie, verärgert, weil sie so atemlos klang, als er einen Schritt von der Wand wegtrat.

Aus der Nähe betrachtet war er sogar noch attraktiver als vorhin auf der Bühne, obwohl von dem edlen Sir Roland nichts mehr zu sehen war. Er bewegte sich nicht mit dem heroischen Hüftschwung des Ritters, sondern eher wie eine Katze, als er die Treppen herabstieg. Und sein Gesichtsausdruck? Es gab wirklich nur eine passende Beschreibung: Er sah aus wie ein Wolf.

Einen Fuß von ihr entfernt blieb er stehen. »Worauf kommt es an?«, fragte er.

»Ob Ihr Martin le Loup seid.« Cat hatte eigentlich nicht direkt mit der Tür ins Haus fallen wollen, doch ihre Direktheit entlockte ihm eine Reaktion, auch wenn es nur ein leichtes Wimpernzucken war. Aber das reichte ihr.

»Tja, meine Liebe, ich fürchte, Ihr habt einen Fehler gemacht.«

»Das glaube ich nicht.« Cat musste sich zurückhalten, um sich nicht mit ihrem Sieg zu brüsten. »Ich musste lange nach Euch suchen, Monsieur le Loup, aber schließlich habe ich Euch doch gefunden. Mein Name ist …«

»Völlig irrelevant«, fiel er ihr ins Wort und baute sich so drohend vor ihr auf, dass Cat unwillkürlich zurückwich.

Das war ein Fehler, denn nun stand sie mit dem Rücken zur Wand, und er stemmte die Hände links und rechts von ihr dagegen, als wolle er sie an der Flucht hindern.

»Wie ich bereits sagte – Ihr habt einen Fehler gemacht. Aber es ist ein Fehler, den ich Euch vielleicht durchgehen lasse.« Er musterte sie durch schmale, raubtierhafte Augen, die so grün waren wie ein uralter Wald. Obwohl seine Stimme nach wie vor sehr leise klang, hatte sie etwas Gefährliches – eine Gefahr, die aus jeder Pore seines angespannten Körpers zu dringen schien und auf ihrer Haut ein Kitzeln hervorrief, das aufregend, aber auch beunruhigend war.

»Ihr versteht mich nicht. Wenn ich es Euch erklären dürfte

– ich habe etwas für Euch …« Cat griff unter ihren Umhang nach dem Brief, den Ariane ihr mitgegeben hatte. Doch er packte ihr Handgelenk mit einem eisernen Griff.

»Egal, was Ihr unter Eurem Umhang versteckt habt, es ist sicher am besten, wenn es dort bleibt, meine Süße. Ich habe kein Interesse an Euren Waren, und wie Ihr sicher bemerkt habt, sind alle anderen möglichen Kunden längst verschwunden. Doch am Ende der Straße liegt ein Bordell, und dort …«

»Ein Bordell?« Cats Wangen färbten sich flammend rot vor Empörung. »Ihr haltet mich für eine Hure?«

»Keine achtbare Frau würde einen Mann durch die Straßen verfolgen, wie Ihr es heute getan habt. Welchen anderen Grund solltet Ihr haben, wenn Ihr nicht die Beine für mein Geld breit machen wollt?« Sein Blick war spöttisch und herausfordernd zugleich.

Cat wusste nicht, worüber sie sich mehr ärgern sollte – über seine Beleidigung oder darüber, ihn so ungeschickt beschattet zu haben, dass er sie entdeckt hatte.

Sie befreite sich aus seinem Griff und hob stolz das Kinn. »Eher wird Frost in der Hölle Einzug halten, bevor Catriona O'Hanlon sich an einen Mann verkauft.«

»Ach so? Ihr macht es also umsonst?«

»Nein!«, fauchte Cat. »Und schon gar nicht für einen Nichtsnutz wie Euch.«

Sie trommelte mit den Fäusten gegen seine Brust und schob ihn von sich. Überrascht von ihrer Kraft taumelte er zurück. Wie die meisten Männer hatte er offenbar nicht damit gerechnet.

»Jetzt hört mir gut zu, Ihr Narr. Ich bin Euch gefolgt, weil ich mich vergewissern wollte, dass ich wirklich den Richtigen gefunden habe, bevor ich mich erkläre. Ihr schwebt in großer Gefahr, und …«

»Ach ja? Ich würde eher sagen, es ist umgekehrt.«

Er schlich wieder auf sie zu, doch Cat wich ihm aus. »Wir haben keine Zeit für derartigen Unsinn, le Loup.«

»Hört mir gut zu, meine Liebe. Wie ich Euch schon gesagt habe – Ihr. Habt. Einen. Fehler. Gemacht. Ihr. Habt. Den. Falschen. Wolf«, erklärte er, jedes einzelne Wort betonend, als habe er es mit einer Schwachsinnigen zu tun.

»Einem, der ganz offenkundig seinen Namen kennt, wenn er auf Französisch ausgesprochen wird. Übrigens – ich wundere mich, wie gut Ihr Euren Akzent verbergen könnt. Ich muss Euch loben.«

Sehr zu ihrer Verärgerung zog er nur eine Braue hoch. Menschen, die es vermochten, mit dieser schlichten Geste Verachtung und Skepsis zu zeigen, hatte Cat immer beneidet.

»Seid Ihr mir deshalb gefolgt? Um mir zu meiner Stimme zu gratulieren? So gern ich glauben würde, es sei meinem Charme zu verdanken, dass Ihr mir nachrennt …«

»Ha! Das würdet Ihr sicher gern glauben. Ich wette, Ihr seid so eingebildet, dass Ihr alles Mögliche glauben würdet.«

Seine Lippen wurden schmal, und er trat einen bedrohlichen Schritt näher. »Schluss mit diesen Nettigkeiten. Sagt mir, wer Ihr seid und was Ihr wollt, und zwar schnell.«

»Habe ich das etwa nicht die ganze Zeit versucht? Wenn Ihr nur endlich Euren Mund lang genug halten würdet, um mir zuzuhören!«

»Wer kann hier seinen Mund nicht halten? Hört endlich auf zu plappern und gebt mir eine direkte Antwort, Frau!«

Cat verschränkte die Arme vor der Brust. »Wie aufmerksam Ihr doch seid, le Loup. Ja, ich bin eine Frau, und zwar eine, die sich nicht beleidigen oder herumkommandieren lässt. Nennt mir einen Grund, warum ich Euch etwas sagen soll, solange Ihr so ungehobelt seid.«

»Hier ist ein ausgezeichneter Grund.« Er zückte seinen Degen und zielte auf sie. »Ich habe eine Waffe mit einer sehr scharfen Spitze.«

Cat sprang zurück. Instinktiv flog ihre Hand zu ihrer Klinge, und sie zog sie mit einer fließenden Bewegung aus der Scheide.

»Was für ein Zufall«, meinte sie mit einem zuckersüßen Lächeln. »Auch ich habe eine Waffe.«

»Meine ist größer.« Er bleckte die Zähne zu einem wölfischen Grinsen. »Ihr solltet Eure besser zurückstecken, kleines Mädchen. Ich bin zwar galant und bereit, die Damen zu ehren und zu beschützen, aber wenn Ihr mir mit einer Waffe kommt, dann betrachte ich Euch als ebenbürtig und behandle Euch wie einen Mann.«

»Ebenbürtig?«

Cat hätte sich beinahe verschluckt. »Ich glaube nicht, dass es jemanden gibt, der Euch an Arroganz ebenbürtig ist, aber bei einem Fechtkampf bin ich Euch und jedem anderen Mann mehr als gewachsen.«

Während sie Fechtstellung einnahm, besaß der Kerl die Frechheit, einen langen, gequälten Seufzer auszustoßen.

»Ich habe weiß Gott versucht, vernünftig mit Euch zu reden.« Er zuckte die Schultern. »Aber wie Ihr meint.«

Ihre Waffen prallten wuchtig aufeinander, die anfänglichen Finten und Paraden waren langsam und wohlüberlegt. Cat merkte, dass er dieselbe Taktik verfolgte wie sie: behutsam vorgehen, bis man den Gegner genauer einschätzen konnte.

Ihre Röcke und der schmale Gang behinderten sie. Sie wich zurück, bis sie in den offenen Innenhof gelangte, wobei sie sorgfältig darauf achtete, nicht über ihre Röcke zu stolpern.

Zwischen den Paraden schaffte sie es, ihren Umhang zu lösen und von sich zu werfen. Das Mieder ihres Gewandes saß recht eng, sie wünschte, sie könnte es lockern. Doch das war unmöglich, solange der Kerl um sie herumschlich wie ein Wolf, der seine Beute belauerte.

Er war geschmeidig und anmutig, das musste sie widerwillig zugeben. Der Kampf war wie ein herrlicher Tanz, wie sie einander umkreisten und aufeinander losgingen. Cat merkte, dass es ihr riesigen Spaß machte; sie hatte wahrhaftig schon lange keinen guten Kampf mehr gefochten. Und auch ihm schien es Spaß zu machen, seine grünen Augen funkelten, seine Lippen waren zu einem trägen Lächeln verzogen, seine Bewegungen fast spielerisch.

Einen Moment lang befiel Cat ein schlechtes Gewissen, als sie an ihre Herrin dachte; Ariane hätte es ganz und gar nicht gefallen, dass sie sich sogleich auf einen Kampf mit le Loup eingelassen, ja ihn regelrecht zum Duell gefordert hatte.

Aber zum Teufel mit dem Burschen – er hatte als Erster die Klinge gezückt, und einem Mann, der ein Schwert in der Hand hatte, war mit Vernunft nicht beizukommen. Vielleicht schafften sie es ja, vernünftig miteinander zu reden, wenn sie ihn entwaffnet hatte.

Cat bemerkte eine Lücke in seiner Deckung und stürmte vor, doch er wehrte den Schlag sogleich ab und sprang mit einem tiefen Lachen zurück.

»*Bon.* Ihr seid recht geschickt, Mademoiselle«, meinte er und deutete eine spöttische Verbeugung an. »Für eine Irin.«

»Ihr schlagt Euch auch recht wacker«, konterte sie. »Für einen Franzosen.«

Er schnitt eine Grimasse, als ihm aufging, dass er sich verraten hatte, als er kurz in seine Muttersprache zurückgefallen war. Doch sofort stürzte er wieder vor und bedrängte sie so, dass sie zurückweichen musste.

Cat parierte seine Schläge und fluchte, als sich ihre Röcke um ihre Beine wickelten.

»Wenn ich nicht in diesem elenden Kleid stecken würde, wäre ich um einiges besser«, knurrte sie.

»Dann erlaubt mir doch, Euch zu helfen, es loszuwerden.« Mit einem wuchtigen Schlag durchbrach er ihre Verteidigung und durchtrennte die obersten Bänder ihres Gewandes.

Cat blickte bestürzt auf ihr Mieder. »Mieser Schuft! Das war mein bestes Kleid. Mein einziges Kleid!«

Mit wütenden Hieben durchbrach sie nun ihrerseits seine Abwehr und zerfetze seinen Ärmel.

Le Loup zuckte zusammen und wehrte laut fluchend ihr Schwert ab.

»Elendes Weibsstück! Wisst Ihr, wie viel ich für dieses Wams bezahlt habe? Mehrere Crowns.«

»Dann habt Ihr Euer Geld verschw… verflucht!«, schrie Cat, als er konterte und weitere Bänder und auch den oberen Saum ihres Hemdes so beschädigte, dass die weiche Schwellung ihrer Brüste zum Vorschein kam.

Sie lief hochrot an, als er versuchte, einen besseren Blick auf ihren Busen zu erhaschen.

»Was zum Teufel sucht Ihr da?«, schrie sie aufgebracht.

»Ich weiß nicht.« Wieder hob sich aufreizend eine Braue. »Vielleicht das Mal einer Rose?«

»Das zeigt, wie wenig Ihr wisst. Die Rosen werden immer auf dem rechten Arm eingebrannt …« Cat verstummte, als sich seine Miene plötzlich veränderte. Sein Lächeln verblasste, seine Augen wurden hart und kalt.

»Aha. Also war mein erster Eindruck doch richtig: Ihr seid eine von ihnen.«

»Von wem?«

»Von diesem Zirkel. Ihr seid eine gottverdammte Hexe!«

»Nein, elender Narr. Natürlich nicht. Ich …« Cat konnte nicht weitersprechen, denn er drosch mit neuer Kraft auf sie ein. Nur mit Mühe schaffte sie es, mehrere brutale Hiebe abzuwehren.

Sein Gesicht war nun wutverzerrt, in seinen Augen lauerte tödliche Gefahr. »Was muss ich denn noch tun? Wie viele von euch Verrückten muss ich noch töten, um euch dazu zu bringen, dass ihr euch von meiner Tochter fernhaltet?«

»Aber ich bin nicht – wenn Ihr nur endlich zuhören würdet …« Cat keuchte vor Anstrengung, sich zu verteidigen. Sie merkte, dass er nicht mehr auf ihre Worte achtete. Ihr Duell hatte nichts Spielerisches mehr. Sie kämpfte um ihr Leben, und er hatte den Vorteil, den Männer stets im Kampf hatten: Stärke und Ausdauer. Für sie sprach nur ihre Schnelligkeit, ihre Geschmeidigkeit und ihr scharfer Verstand.

Er schlug so heftig auf sie ein, dass sie spürte, wie ihre Kraft nachzulassen begann. Ihr Atem ging stoßweise. Leider machte seine Wut ihn nicht sorglos, sondern nur noch entschlossener. Jetzt hatte sie bloß noch die Hoffnung, ihn abzulenken. Diese List hatte ihr schon in vielen Kämpfen gut gedient.

Sie wehrte einen Stoß ab, der fast ihre Schulter durchbohrt hätte, und packte ihr Schwert fester. Mit der anderen Hand riss sie ihr Mieder auf und entblößte eine Brust.

Seine Augen wurden groß, und seine Aufmerksamkeit ließ einen Moment lang nach. Doch dieser Moment reichte Cat. Sie stieß ihr Schwert in das Stichblatt seiner Waffe, entriss ihm sein Schwert und ließ es in hohem Bogen davonfliegen.

Er sprang zurück. Dabei rutschte er auf einer Orangenschale aus, verlor das Gleichgewicht und landete unsanft auf dem Hintern. Bevor er sich wieder aufrappeln konnte, stand Cat über ihm und zielte mit der Klinge genau auf sein Herz.

Er stützte sich auf die Ellbogen und funkelte sie wütend an. Seine Brust hob und senkte sich, seine Miene war verzerrt von Trotz und Verzweiflung. Cat merkte, dass er tatsächlich mit dem Todesstoß rechnete.

Sie hätte ihm diese Sorge rasch nehmen sollen, aber zum Teufel nochmal – der Bursche hatte gerade sein Bestes getan, sie niederzumetzeln.

Ihr Herz raste. Sie war so außer Atem, dass sie kaum sprechen konnte.

Erst einmal zog sie sich das Mieder wieder vor die Brust, dann keuchte sie: »Jetzt, Monsieur le Loup, können wir ja vielleicht …«

Doch ein plötzlicher stechender Schmerz in ihrem Rücken hinderte sie daran, weiterzusprechen. Der Angriff war so schnell und unerwartet gekommen, dass sie beinahe ihr Schwert fallen gelassen hätte. Doch irgendwie schaffte sie es, die Waffe weiter auf le Loup zu richten, während sie sich umdrehte, um nach ihrem Angreifer Ausschau zu halten.

Es war ein schlankes Kind, das nun mit raschelnden Röcken davonhuschte, ein ungelenker, eckiger Körper und große grüne

Augen, die le Loups überraschend ähnlich waren. Sie schien auch seine Verschlagenheit zu besitzen, denn sie hatte es geschafft, sich völlig unbemerkt an Cat heranzuschleichen. So etwas war ihr bislang nur sehr selten passiert.

»M-Megaera?«, stammelte Cat.

Das Mädchen blieb stumm. Ihr Gesicht war blass, ihr Kinn trotzig vorgereckt, während sie die Waffe, mit der sie Cat gestochen hatte, wieder unter ihrem Umhang verbarg.

Von dieser merkwürdigen Waffe hatte Cat bislang nur reden hören, sie aber mit eigenen Augen noch nie gesehen: eine Hexenklinge, ein Stilett kaum dicker als eine Nadel, mit einem Hohlraum versehen, durch den man seinem Gegner das tödlichste Gift verabreichen konnte.

Cat spürte es bereits wie Feuer durch ihre Adern rasen. Ihr wurde schwindelig. Sie stolperte weg von le Loup und konnte ihr Schwert kaum noch halten.

Blinzelnd kämpfte sie darum, nicht in Panik zu geraten und Herr ihrer Sinne zu bleiben, doch die Galerien des Theaters tanzten vor ihren Augen.

Mit Mühe wurde sie einer weiteren Angreiferin gewahr, aber sie konnte nichts tun, um sich gegen eine alte Frau mit schütterem grauen Haar, einer Haut wie ein Dörrapfel und einer riesengroßen Nase zu wehren.

Die Alte ging kreischend mit ihrem Krückstock auf Cat los. Der knorrige Griff landete auf ihrer Stirn. Schmerzerfüllt keuchte Cat auf.

Sie wankte, dann brach sie zusammen und ließ das Schwert aus den Händen gleiten. Aber nicht der Schlag der Alten hatte sie gefällt, wie Cat verzweifelt merkte, sondern das tödliche Feuer, das durch ihren Körper raste.

Sie warf einen vorwurfsvollen Blick auf das Kind und versuchte zu reden, brachte jedoch nur ein heiseres Krächzen zustande.

»Du – du kleine Hexe. Was hast du mir angetan?«

Durch den Nebelschleier, zu dem ihr Verstand geworden

war, nahm Cat wahr, dass le Loup aufgestanden war. Er warf sich zwischen Cat und seine Tochter und hob Cats Schwert auf.

»Das – das brauch ich nicht mehr«, versuchte sie, zu sagen, aber die Worte kamen nicht mehr über ihre Lippen. Sie wälzte sich auf die Seite.

Schwarze Schleier tanzten vor ihren Augen. Ihr letzter Gedanke war, dass sie kläglich versagt und ihren Clanhäuptling im Stich gelassen hatte.

»Verzeih mir, Ariane«, flüsterte sie.

3

Martin beugte sich über seine gefallene Gegnerin. Ihr Gesicht war leichenblass, und eine hässliche Beule schwoll auf ihrer Stirn an, wo die alte Agatha Butterydoor sie getroffen hatte.

Diese O'Hanlon-Hexe hatte sich als geschickte Schwertkämpferin erwiesen, zäh und stark. Er hätte nie gedacht, dass sie unter einem einzigen Schlag vom Krückstock eines dürren alten Weibes zu Boden gehen würde.

Aber vielleicht war das ja nur ein weiterer mieser Trick wie der, ihre Brust zu zeigen? Er kauerte sich neben sie, untersuchte sie vorsichtig und tastete nach dem Puls an ihrem Hals. Die Hexe zuckte nicht einmal mit der Wimper.

Gut, dachte Martin. Aber was sollte er jetzt mit ihr tun? Sie mit Steinen beschwert in die Themse werfen? Nein, dazu war er nicht fähig, obwohl es ihm schon mehrmals fast zum Verhängnis geworden war, diesen Hexen gegenüber zu galant gewesen zu sein.

Und selbst wenn er so kaltblütig gewesen wäre – es war noch hell, und auf den Straßen herrschte reger Betrieb. Er konnte von Glück sagen, dass diese kleine Szene keinen vom Theater herbeigelockt hatte.

Er konnte sich der Hexe nicht entledigen, aber er konnte es auch nicht riskieren, zu gehen und sie hier liegen zu lassen. Doch bevor er einen Entschluss fassen konnte, stürmte Meg hemmungslos schluchzend auf ihn zu. Martin nahm sie in die Arme und stellte sich so, dass sie die bewusstlose Hexe nicht sehen konnte. Seine Tochter hatte für ihr zartes Alter schon zu viel Gewalt und Schrecken erlebt.

»Oh, P-Papa.« Sie zitterte wie Espenlaub und drückte ihr

tränenüberströmtes Gesichtchen an sein Wams. »Ich – ich dachte, diese – diese schreckliche Frau würde dich töten.«

»*Non.* Beruhige dich, *ma petite.* Es ist alles vorbei.« Martin streichelte ihr beruhigend über den Rücken. Durch ihr Hemd und ihr Kleidchen konnte er ihre Knochen spüren. Obwohl Meg ein wenig zugelegt hatte, seit sie bei ihm war, kam sie ihm noch immer viel zu zerbrechlich vor.

Er schob sie etwas weg, damit er sich vor sie kauern konnte. Mit den Daumenkuppen wischte er ihre Tränen weg und brachte ein mühsames Lächeln zustande. »Was ist denn los? Hast du etwa gedacht, ein rothaariger Zwerg könnte deinen kühnen Papa besiegen? *Moi?* Martin le Loup? In dem Moment, als du kamst, hatte ich mir einen schlauen Plan zurechtgelegt. Ich hatte mich darauf eingestellt …«

… wie ein Hühnchen aufgespießt zu werden.

Martin verstummte. Sehr zu seinem Verdruss erzitterte er. Er hatte sich in zahllosen Duellen geschlagen, mehr als einmal war er nur mit knapper Not davongekommen und hatte sich danach bloß den Schweiß von der Stirn gewischt und gelacht, während das Blut ihm jubelnd durch den Körper geströmt war.

Noch nie hatte er solch eine Angst verspürt, solch eine Verzweiflung, wie in dem Moment, als er sich der Gnade dieser Hexe ausgeliefert sah. Er hatte nur noch an Meg gedacht. Gleich würde er sterben und seine Tochter schutzlos zurücklassen. Seit er Vater war, hatte er mit der Angst völlig neu Bekanntschaft geschlossen.

Er dankte Gott für Mistress Butterydoor und ihren Stock, auch wenn er nicht wusste, ob er Agatha umarmen oder erwürgen wollte. Doch diese zwiespältigen Gefühle löste die zänkische Alte oft bei ihm aus.

Sein Zorn trug den Sieg davon. Er umarmte Meg noch einmal zärtlich, dann richtete er sich auf und starrte die Alte wütend an.

»Erklärt Euch, Mistress Butterydoor. Welcher Teufel hat Euch geritten, dass Ihr meine Tochter hierhergebracht habt?«

Die Alte schnaubte nur hochnäsig, wie immer unbeeindruckt von Martins Zorn. Bevor sie ihm antworten konnte, zupfte Meg an seinem Ärmel. »Bitte, Papa, es war nicht Aggies Schuld. Ich habe sie angefleht, mich zum Theater zu bringen. Ich wollte dich unbedingt als Sir Roland sehen. Aber Aggie hat getrödelt, und dann hat es eine Weile gedauert, bis wir einen Fährmann gefunden haben, und dann sind wir zu spät gekommen.«

Meg ließ bekümmert die Schultern hängen. Sehnsüchtig fragte sie: »Warst du sehr großartig?«

»Selbstverständlich, *ma chère.*« Martin grinste, wurde jedoch gleich wieder ernst und bemühte sich um eine gewisse Strenge. »Doch das spielt keine Rolle, Margaret Wolfe. Ich habe dir oft genug gesagt, dass es hier viel zu rau zugeht und dieses Theater nichts ist für eine junge Dame.«

»Aber Papa, ich habe dir doch immer in den Gasthäusern zusehen dürfen, als wir mit Master Roxburghs Truppe unterwegs waren.«

»Diese Tage liegen weit hinter uns, Meggie. Wir sind jetzt ehrbare Leute.«

Als Agatha schnaubte, warf ihr Martin einen düsteren Blick zu. »Und was Euch angeht, Mistress Butterydoor: Ich habe Euch eingestellt, damit Ihr auf meine Tochter aufpasst, und nicht, damit Ihr sie den Gefahren der Straße oder der Vulgarität eines Theaters aussetzt.«

»Pah! Als ob ich nicht in der Lage wäre, mein kleines Püppchen zu beschützen!«

Die Alte knallte ihren Stock mit einer Heftigkeit auf den Boden, die Martin unter anderen Umständen lustig gefunden hätte. »Außerdem spricht nichts dagegen, dass ein junges Mädchen in Begleitung ihrer Zofe auf den Markt oder in ein Theater geht.«

»Meg ist nicht irgendein junges Mädchen, wie Ihr sehr wohl wisst. Die Gefahren, die auf sie lauern könnten …« Martin verstummte, er wollte vor seiner Tochter nicht über die dunklen Kräfte aus Megs Vergangenheit sprechen. »Ihre Lebensumstände sind … außergewöhnlich.«

Mistress Butterydoor wirkte zwar ein wenig zerknirscht angesichts dieser Erinnerung, murrte jedoch trotzdem: »Wir sind schon lange nicht mehr von diesen Verrückten belästigt worden. Woher sollte ich wissen, dass wir in dem Moment auf Euch stoßen würden, in dem Ihr Euch gerade mit Händen und Füßen gegen ein solches wahnsinniges Luder wehrt?«

Sie stupste die reglose Hexe mit dem Krückstock an. »Wer ist das überhaupt?«

»Eine verrückte Irin namens Catriona O'Hanlon. Eine aus diesem höllischen Hexenzirkel der Silbernen Rose.«

»Schwesternschaft«, verbesserte ihn Meg leise. »*Maman* mochte das Wort Hexenzirkel nicht. Sie sagte immer, wir seien eine Schwesternschaft.«

Martin biss sich auf die Zunge, um nicht zu erwidern, dass sich Meg keine Gedanken mehr darüber zu machen brauchte, was ihre Mutter mochte. Cassandra Lascelles war tot. Wie viele Nächte hatte er seine Tochter in den Armen gewiegt, bis sie wieder eingeschlafen war, nachdem sie schreiend aus einem Albtraum erwacht war, in dem sie Cassandra in ihr nasses Grab in der Seine versinken sah?

Der Name dieser bösen Frau sollte am besten nie mehr erwähnt werden. Meg sollte diese grässliche Zeit vergessen, als man sie gezwungen hatte, ihre Rolle in den wahnwitzigen Ränken ihrer Mutter zu spielen. Doch zum Glück war Meg endlich all dem entkommen und lebte nun in der Geborgenheit ihres hübschen Häuschens in Cheapside – fernab dieses ganzen Wahnsinns.

Zärtlich strich er Meg die Haare aus der Stirn und meinte: »Mach dir keine Sorgen wegen dieses Mitglieds der Schwesternschaft. Dein Papa wird sich um sie kümmern. Du gehst jetzt einfach heim und vergisst die Sache. Mistress Butterydoor, ich möchte, dass Ihr Meg nach Hause bringt …«

Martin verstummte. Zu seiner Verärgerung hörte ihm Agatha gar nicht zu. Sie beugte sich über den Umhang, den die Hexe während des Duells zu Boden geworfen hatte.

Schließlich richtete sie sich grunzend auf und hielt etwas hoch, das wie ein rechteckiges Stück Pergament aussah.

»Was habt Ihr da?«, wollte Martin wissen.

»Ich weiß nicht. Es ist wohl eine Art Brief. Dieser elende Rotschopf muss ihn verloren haben.« Agatha kniff die Augen zusammen und musterte das Pergament. Allerdings nutzte ihr das nicht viel, denn sie konnte nicht einmal ihren eigenen Namen lesen.

»Gebt es mir!«, befahl Martin. Er trat zu ihr und entriss ihr den Brief. »Und wenn Ihr jetzt so freundlich wärt zu tun, was ich Euch gesagt habe, also Meg …«

Ein weiteres Mal beendete er seinen Satz nicht, weil sein Blick auf die Zeile gefallen war, die auf dem Papier deutlich sichtbar war.

Martin le Loup.

»Was zum Teufel?«, murmelte er. Der Anblick seines Namens verwirrte ihn, und noch seltsamer war, dass ihm die elegante Handschrift vage bekannt erschien.

Meg war leise neben ihn getreten. »Was ist das denn, Papa?«, fragte sie.

»Ach, nichts von Bedeutung, würde ich sagen. Es gehört wohl der Hexe. Vielleicht ist es ihr Ausweis«, schwindelte Martin, um seine Tochter nicht zu verunsichern.

»Eher ein Fluch oder ein böser Zauber. Macht es nicht auf«, riet Agatha.

Doch Martin hatte das Siegel bereits erbrochen. Die alte Frau hielt den Atem an, und Martin tat es ihr gleich, als er den kurzen Inhalt des Briefes überflog.

> *Mon cher Martin,*
> *mit diesem Brief möchte ich dir meine Gesandte, Catriona O'Hanlon, empfehlen. Neuer Ärger braut sich zusammen. Ich wage an dieser Stelle nicht mehr*

zu sagen. Cat wird dir alles erklären. Vertrau ihr, wie du mir vertrauen würdest.
Beste Grüße von deiner ergebenen Freundin
Ariane Deauville

Martin atmete heftig aus, ihm war, als hätte man ihm einen Schlag in die Magengrube versetzt. Ariane Deauville, die Herrin von Faire Isle, Schwester seiner geliebten Miri, schickte ihm eine Warnung? Und das rothaarige Mannweib zu seinen Füßen, das Agatha bewusstlos geschlagen hatte, die Frau, die er beinahe umgebracht hatte, war Arianes Gesandte?

»*Merde!*«, fluchte er und zerknüllte den Brief in seiner Hand.

»Papa?« Meg drückte sich an ihn, die kleine Stirn zerfurcht von tiefer Sorge. »Was ist los? Der Brief – hat er etwas mit der Hexe zu tun?«

»Sie ist keine Hexe«, stöhnte Martin. »Zumindest keine böse. Die Herrin von Faire Isle hat sie geschickt, um mir eine Botschaft zu überbringen.«

Meg riss erstaunt die Augen auf, das bisschen Farbe, das sie hatte, wich aus ihren Wangen. »Eine B-Botschafterin der Herrin?« Sie warf einen bestürzten Blick auf Catriona. »Oh, Papa!«

»Ein seltsamer Weg, um eine Botschaft zu überbringen«, knurrte Agatha. »Mit dem Schwert.«

»Sie hat nur versucht, sich zu verteidigen. Ich habe das Schwert als Erster gezogen«, gab Martin widerwillig zu. Aufgebracht raufte er sich die Haare. Auf diese neue Verwicklung hätte er wahrhaftig verzichten können. Als ob sein Leben nicht ohnehin schon schwierig genug war!

Er starrte Cat finster an, hin- und hergerissen zwischen Reue und dem Wunsch, die Frau heftig zu schütteln. Warum zum Teufel hatte sie ihm diesen Brief nicht gleich gezeigt? Vielleicht hatte er ihr nicht sehr viel Gelegenheit dazu gegeben, aber sie hätte wahrhaftig ein wenig beharrlicher sein können, statt sich stur und kämpferisch zu zeigen. Doch später würde noch genug Zeit für Schuldzuweisungen bleiben, jetzt musste er sich erst einmal um die Frau kümmern und sie aus dem Theater schaffen, bevor jemand auftauchte und peinliche Fragen stellte.

Er kniete sich neben die bewusstlose Irin und rieb ihre Handgelenke in der Hoffnung, sie wieder zur Besinnung zu bringen. Doch die Hand blieb schlaff und kalt, seine Bemühungen entlockten dem Weib nicht einmal ein kleines Stöhnen.

Er spürte Megs kleine Hand auf seiner Schulter. »Sie – sie wird nicht sterben, Papa«, stammelte sie.

»Natürlich nicht.«

»Aber sie wird ziemlich krank sein. Und ich bin daran schuld.«

»Du?« Martin drehte sich um und sah sie an. »Wer sollte dir die Schuld geben, mein Engel? Du hast sie nicht geschlagen.«

Meg sah ihn schuldbewusst an. Was in seiner Tochter vorging, war Martin wie immer rätselhaft. Das Mädchen neigte dazu, die Schuld an allem auf ihre schmalen Schultern zu nehmen.

»Es war alles nur ein bedauernswertes Missverständnis. Wir werden Mademoiselle O'Hanlon mit nach Hause nehmen und uns um die Beule an ihrem Kopf kümmern. Bald wird sie wieder auf den Beinen sein.«

Tröstend tätschelte er Megs Wange, dann wandte er sich wieder an die Frau zu seinen Füßen. Doch bevor er Cat aufheben konnte, stieß Agatha einen lauten Schrei aus und eilte zu ihm.

»Der Herr möge uns behüten, Master. Was habt Ihr vor? Ihr könnt dieses Geschöpf doch nicht in unser Haus bringen!«

»Was sollte ich sonst mit ihr anstellen?«

»Übergebt sie dem Constable oder schafft sie in eines der Armenkrankenhäuser.«

Martin schob den Arm unter Cats Schulter. »Ich habe es doch schon gesagt – sie ist keine böse Hexe. Die Herrin von Faire Isle hat sie geschickt.«

»Ich weiß nichts über diese Herrin. Aber ich weiß, was die

da ist.« Agatha deutete anklagend auf Cat. »Und die könnt Ihr unmöglich unter Eurem Dach beherbergen.«

»Warum nicht?«

»Weil sie eine Irin ist. Darum!«, fauchte Agatha erbost. »Und jeder weiß, dass diese Iren nur ein Haufen blutrünstiger Wilder sind, böse Papisten, ignorante Barbaren, die Götzen anbeten und Menschenopfer darbringen.«

Martin verdrehte die Augen.

»Das stimmt. Sie fressen kleine Kinder.«

Martin hob Cat vorsichtig hoch und stand auf. »Ich bezweifle, dass Mademoiselle O'Hanlon in nächster Zeit viel Appetit haben wird. Solange sie nicht vollständig genesen ist, habt Ihr noch genug Zeit, herumstreunende Kleinkinder in der Speisekammer zu verstecken.«

»Ihr könnt ruhig Eure Witze machen, Master, aber ...«

»Schluss jetzt! Tut wenigstens einmal das, wofür ich euch bezahle, und kümmert Euch um meine Tochter.«

Die Alte verzog ergrimmt den Mund, fügte sich aber mit einem beleidigten Schniefen, allerdings nicht ohne das letzte Wort zu haben.

Sie legte den Arm um Megs Schulter und lenkte das Mädchen zum Ausgang. Dort drehte sie sich noch einmal um und schleuderte Martin an den Kopf: »Es wird Euch noch leid tun, Master. Denkt an meine Worte – diese elende Irin wird Euch nichts als Ärger bereiten.«

Martin grunzte nur abfällig und versuchte, Cat in eine bequemere Lage zu bringen, während er den beiden folgte. Die Frau war zwar klein, doch unter ihrem leblosen Gewicht fiel es ihm schwer, das Gleichgewicht zu halten. Ihr Kopf hing schlaff auf seinem Arm, ihr Haar breitete sich wie eine Flamme über dem Ärmel seines Wamses aus. Sie wirkte kleiner und zerbrechlicher, wie sie da so in seinen Armen ruhte, aber Martin ließ sich davon nicht blenden. Selbst in ihrer Ohnmacht hatte die Frau einen trotzigen Zug ums Kinn.

Nichts als Ärger. Martin schnitt eine Grimasse. Hatte er das nicht schon von dem Moment an gespürt, als sein Blick auf Catriona O'Hanlon gefallen war?

Cat bemühte sich, die Augen aufzuschlagen, aber ihre Lider waren einfach zu schwer, ihr war, als wären sie mit winzigen Ankern beschwert. Sie fühlte sich, als ginge sie in einem mitternachtsblauen Meer unter, erfüllt von tiefem Frieden, der den Wunsch in ihr weckte, aufzugeben und tiefer in diese beruhigende Dunkelheit hinabzusinken.

Doch die Kämpferin in ihr wehrte sich, sie wollte wieder an die Oberfläche. Schließlich zwang sie ihre Lider, sich zu öffnen, und betrat eine scharlachrote Welt des Feuers und der Schmerzen.

Stöhnend wandte sie sich von dem blendenden Licht ab. Rasch schloss sie die Augen wieder und vergrub das Gesicht tief in einem weichen Daunenkissen.

»Mademoiselle O'Hanlon? Catriona?« Die Stimme, die nach ihr rief, war ein leises Schnurren, so verlockend und verführerisch wie die Hand, die ihr das Haar aus der Stirn strich.

Selbst diese leichte Berührung führte jedoch zu stechenden Schmerzen. Cat stöhnte wieder. Ihr Kopf … jemand hatte ihr einen Axthieb versetzt. Nein. Jemand hatte die Axt tief in ihren Kopf versenkt.

Sie hob ihre zitternde Hand an die Stirn und rechnete fast damit, direkt an ihr Gehirn zu fassen, das ihr aus dem Schädel quoll. Ihre Finger gerieten an einen dicken Bausch. War das ihr Gehirn? Nein, es war ein Tuch, aber bevor sie es weiter abtasten konnte, zog eine warme, schwielige Hand ihren Arm behutsam wieder nach unten.

»Lasst mich das machen«, murmelte eine tiefe Stimme.

Was denn? Sie spürte, wie das Tuch durch ein neues feuchtes, kühles Tuch ersetzt wurde. Die Kompresse jagte ihr erst einmal einen Schreck ein, sie erzitterte. Doch als die Kühle sich ausbreitete, dämpfte sie den Schmerz so weit, dass sie es wieder wagte, die Augen aufzuschlagen.

Die Welt war noch immer viel zu hell, sie schien von lodernden Flammen erfüllt. Cat blinzelte heftig, um klarer zu sehen. Das grelle Licht erwies sich als eine brennende Kerze, die auf einem dreibeinigen Tisch stand, und die Flammen waren nichts weiter als Bettvorhänge aus scharlachrotem Damast.

Verwirrt und beunruhigt sah sich Cat in dem unbekannten Schlafzimmer um. Wo zum Teufel war sie gelandet? Was war mit ihr passiert?

Sie wollte aufspringen, sank aber ächzend wieder auf die Kissen zurück, denn ihr Kopf pochte unbarmherzig und der Raum verschwamm und drehte sich vor ihren Augen.

Sanfte Hände hielten sie fest. »Seid vorsichtig, meine Gute. Ihr werdet bald wieder gesund, aber Ihr müsst es langsam angehen. Hier, trinkt das.«

Er hob ihren Kopf und drückte ihr einen Becher an die Lippen. Sie bemühte sich, der Aufforderung Folge zu leisten, obwohl sich ihre Zunge dick und pelzig anfühlte. Beim ersten Versuch verschluckte sie sich, die Flüssigkeit war bittersüß und stark. Aber ihr Mund war so ausgedörrt, dass sie bald gierig trank. Das Gebräu linderte die Trockenheit in ihrer Kehle und belebte sie.

Ihre Lider flatterten, während sie zu dem Mann aufblinzelte, der auf der Bettkante saß und sich zu ihr beugte. Immerhin war er kein Fremder. Sie erkannte das dunkle, gefällige Gesicht, den sorgfältig gestutzten Bart, die schmale, scharf geschnittene Nase, die lebhaften grünen Augen.

Erstaunt hob sie die Hand, um seine Wange zu berühren. »Sir – Sir Roland?«, krächzte sie. »Habt Ihr mich vor der Hexe gerettet?«

»Nein, *ma chère.*« Er nahm ihre Hand, drehte sie um und drückte einen sanften Kuss auf die Innenfläche. »Ich fürchte, ich habe *Euch* mit einer Hexe verwechselt. Ich bitte Euch aufrichtig um Verzeihung, Mylady.«

Cat verzog das Gesicht bei dem Bemühen, seine Worte zu verstehen und sich zu erinnern. Dabei begann ihr Kopf zwar wieder heftig zu schmerzen, doch sie machte weiter, bis die Ereignisse des Nachmittags auf sie einstürmten.

Southwark, der Kai, das Gedränge auf dem Markt, das *Crown Theatre.* Wie sie atemlos das Stück verfolgt und dann – und dann im Innenhof des Theaters um ihr Leben gekämpft hatte. Dieser Mann, der die Unverschämtheit besaß, ihre Hand zu küssen, war der Hundsfott, der versucht hatte, sie zu durchbohren. Nicht der edle Sir Roland, sondern Martin le Loup.

Cat entriss ihm ihre Hand und krümmte sich sogleich vor Schmerzen, die sich in ihrem Kopf und in ihrem Rücken einstellten, dort, wo Megaera sie mit dieser verfluchten Hexenklinge gestochen und ihr ein tödliches Gift eingeflößt hatte. Zumindest hatte Cat das befürchtet.

Nun fuhr sie mit der Hand über ihr Gesicht auf der Suche nach Zeichen von Fieber. Nein, Fieber schien sie keines zu haben. Sie drückte die Finger an den Hals – ihr Puls ging stark und stetig.

»Ich – ich bin nicht tot«, meinte sie erstaunt.

»Nein.« Er kicherte. »Warum auch? Habt Ihr gedacht, Ihr seid im Himmel aufgewacht?«

»Wohl kaum. Nicht, wenn Ihr hier seid.« Ihre Handfläche kitzelte noch an der Stelle, wo er sie geküsst hatte. Sie wischte sie am Laken ab und ballte zum Schutz die Faust.

»Aber wo bin ich nun eigentlich?«, fragte sie.

»Im *Maison des Anges.*«

Im Haus der Engel? Cat funkelte ihn böse an. »Mein Kopf schmerzt viel zu sehr für alberne Witze, le Loup. Wenn Ihr also so gütig wärt …«

»Hier in London nennt man mich Marcus Wolfe, Mademoiselle, und ich wäre Euch dankbar, wenn Ihr Euch daran halten würdet.« Er runzelte die Stirn, als wollte er sich sammeln. Beim Weiterreden waren sämtliche französischen Spuren getilgt. »Ich habe nicht gescherzt. In London haben alle Häuser Namen, und dieses hier heißt eben *Angel.* Hier ruht Ihr

Euch aus, geborgen unter meinem Dach, gut zugedeckt in meiner Schlafkammer.«

Sein Haus? Cat sah inzwischen etwas klarer und ließ ihre Blicke rundum schweifen. Für einen einfachen Schauspieler hatte Martin le Loup es offensichtlich recht weit gebracht. Die Wände waren mit Teppichen geschmückt, die ebenso teuer wirkten wie die reich bestickten Bettvorhänge. Das geschnitzte Eichenbett war mit einer dicken Federmatratze ausgestattet und Leinen, das feiner war als alles, worin Cat je gelegen hatte. Die Laken fühlten sich verführerisch weich an auf ihrer nackten Haut.

Nackte Haut? Cat erstarrte, dann wagte sie einen vorsichtigen Blick unter die Decke. Zutiefst verlegen stellte sie fest, dass sie nicht das kleinste Stück ihrer Kleidung trug. Sie befand sich nicht nur in Martin le Loups Schlafgemach – sie war obendrein auch noch splitterfasernackt!

Ächzend bemühte sie sich, die Decken höher zu ziehen, was allerdings dadurch erschwert wurde, dass er auf dem Bett saß.

»Geht weg!«

»Aber gerne doch, meine Liebe.« Er erhob sich lässig, wie es seine Art war. »Auch wenn ich Euch daran erinnern muss, dass es mein Bett ist, aus dem Ihr mich werft!«

Cats Blicke waren wie Dolche, doch sie musste damit aufhören, weil die wilde Miene ihre Kopfschmerzen verschlimmerte. »Ihr elender Schuft! Was habt Ihr mit meinen Kleidern gemacht?«

»Ich? Nichts. Ich habe eine Dienerin beauftragt, Euch auszuziehen, damit Ihr es bequemer habt, und – nichts für ungut – auch weil Eure Kleidung ein wenig schmutzig war von Eurer Reise. Aber angesichts Eurer kleinen schauspielerischen Darbietung bei unserem Duell konnte ich mir nicht vorstellen, dass Ihr unter allzu großer Sittsamkeit leidet.«

»In der Hitze des Gefechts sind alle Mittel erlaubt.«

»Selbst ein solch schäbiger Trick, einem Mann Eure nackte Brust vor die Nase zu halten?«

»Ich würde ihn nicht als schäbig bezeichnen.« Cat vergrub sich tiefer unter der Decke, bis nur noch ihr Kopf zu sehen war. »Bei lüsternen Einfaltspinseln, wie es die Männer nun mal sind, hat diese List noch jedes Mal funktioniert. Als ich mich mit Rory O'Meara duelliert habe, ist dieser Narr sage und schreibe drei Mal darauf hereingefallen.«

Martin warf den Kopf zurück und lachte. »Verzeiht, wenn ich das behaupte, aber ich glaube nicht, dass dieser Rory derjenige war, der hereingefallen ist.«

»Glaubt Ihr etwa, er hat nur so getan, um … um …«

»Um mal einen ordentlichen Blick zu erhaschen? Warum nicht? Es ist eine hübsche Brust, sie ist es wert, dass man sie sich zwei oder auch drei Mal ansieht.«

Der Schurke lachte sie aus, aber seine blitzenden grünen Augen schienen sie einzuladen mitzulachen, und in seiner Stimme schwang deutlich die Bewunderung mit.

Cat ließ sich von keinem Mann den Kopf verdrehen, und Komplimente und Schäkereien waren ihr nur lästig. Doch sehr zu ihrem Verdruss stellte sie fest, dass sie jetzt rot wurde.

»Erinnert mich daran, dass ich Euch noch eine Ohrfeige schulde, wenn es mir besser geht«, meinte sie schroff.

Kichernd holte er einen Stuhl, stellte ihn verkehrt herum neben das Bett und setzte sich burschikos rittlings darauf, die Hände auf die Lehne gelegt.

»Warum schließen wir nicht einfach Waffenstillstand, Mistress O'Hanlon. Ich fürchte, der Anfang unserer Bekanntschaft stand unter keinem guten Stern.«

»Das bedauert Ihr gewiss zutiefst und nehmt alle Schuld auf Euch.«

Wieder ließ er seine Zähne mit diesem umwerfenden Lächeln aufblitzen. »Nicht ganz. Ihr hättet den Mund aufmachen und mir diesen Brief zeigen können, bevor die Sache so ausgeufert ist.« Er zog Arianes Botschaft aus seinem Wams und warf sie auf das Nachtkästchen. »Für eine Frau, die so gern redet, braucht Ihr ziemlich lange, bis Ihr auf den Punkt kommt.«

»Als ob Ihr bereit gewesen wärt, auf irgendetwas zu hören, was ich zu sagen hatte.«

»Ich neige dazu, ein wenig unruhig zu werden, wenn ich von fremden Frauen verfolgt und angesprochen werde. Da Ihr die Geschichte meiner Tochter kennt, könnt Ihr Euch sicher denken, warum das so ist.« Seine Miene wurde ernst, doch dann wurde sie wieder weicher, als er hinzufügte: »Es tut mir aufrichtig leid, dass Ihr verletzt worden seid. Mistress Butterydoor ist mir und Meg sehr zugetan. Sie hat geglaubt, dass sie mir das Leben retten muss.«

»Mistress Butterydoor?«

»Agatha. Die Alte mit dem Stock. Sie hat Euch damit bewusstlos geschlagen und die Beule auf Eurer Stirn verursacht. Erinnert Ihr Euch noch daran?«

Cat erinnerte sich, aber der Schlag mit dem Krückstock war nicht schuld gewesen, dass ihr die Sinne geschwunden waren. Daran waren einzig und allein Megaera und ihre Hexenklinge schuld. Cat musterte Martin aus zusammengekniffenen Augen. Wollte der Mann sie irreführen und seine Tochter vor den möglichen Folgen von Cats Zorn schützen? Oder hatte er gar nicht mitbekommen, was wirklich geschehen war?

Seine nächsten Worte beantworteten ihre Frage.

»Mir ist klar, dass Ihr einen schmerzhaften Schlag abbekommen habt, doch ich fürchte, am stärksten mitgenommen war meine Tochter. Meg war sehr aufgewühlt von den Ereignissen im Theater. Da sie schon viel durchgemacht hat, dachte ich nicht, dass sie sich dermaßen aufregen würde. Aber mein Engel ist sehr zart besaitet, Ihr könnt Euch das sicher gar nicht vorstellen.«

Cat zuckte zusammen, als sie sich die kleine Einstichwunde im Rücken rieb. Doch, sie konnte sich das gut vorstellen, offenbar weitaus besser als er. Aus seinem liebevollen Lächeln ging deutlich hervor, dass le Loup nicht die geringste Ahnung hatte, wozu seine Tochter fähig war. Cat überlegte, ob sie ihn aufklären sollte, entschied sich aber schließlich dagegen. Zumindest wollte sie es so lange für sich behalten, bis sie die Gelegenheit gehabt hatte, sich persönlich mit Meg zu unterhalten.

»Und jetzt, Mistress O'Hanlon …«, fing er an, doch sie fiel ihm ins Wort.

»Würdet Ihr bitte aufhören, mich so zu nennen? Ich komme mir vor wie eine alte Frau.« Ihre Lippen kräuselten sich abfällig. »Und obendrein noch wie eine alte Engländerin.«

»Na gut. Also, Catriona …«

»Cat. Einfach nur Cat, das reicht.«

»Also gut. Cat.« Er lächelte. »Ich kann mir nicht vorstellen, warum Ariane Euch losgeschickt hat, um mich aufzustöbern, doch wie ich die Herrin von Faire Isle kenne, hatte sie bestimmt einen triftigen Grund. Ich belästige Euch nur ungern, solange es Euch noch so schlecht geht, aber …«

»Nein, nein«, unterbrach sie ihn. »Es geht mir gut genug, und wir haben schon viel zu viel Zeit verschwendet.«

Sie umklammerte die Laken und mühte sich erneut, sich aufzurichten, nur war ihr zu ihrem Ärger noch immer schwindelig. Sehnsüchtig starrte sie zum Zinnbecher auf ihrem Nachtkästchen. »Wenn Ihr mich noch einmal trinken ließet von diesem – diesem …«

»Kräutertee.« Er sprang auf und griff eilig nach dem Becher. »Agatha hat ihn für Euch gebrüht. Sie versteht sich einigermaßen gut auf ihr Kochhandwerk.«

»Wenn sie gerade keine Köpfe einschlägt«, murrte Cat. Sie nahm das Tuch von ihrem Kopf und betastete vorsichtig die Beule. Groß wie ein Gänseei, aber die Schwellung schien bereits zurückzugehen.

Martin reichte ihr den Becher und wollte ihr beim Trinken helfen, doch sie winkte ab. Am liebsten hätte sie jetzt einen kräftigen Schluck Usquebaugh getrunken, doch die Lederflasche hatte sie zusammen mit ihren anderen kärglichen Habseligkeiten in dem Gasthaus zurückgelassen, in dem sie abgestiegen war. Der Kräutertee verbreitete wahrhaftig nicht dasselbe Feuer, aber sie leerte den Becher und fühlte sich gleich besser.

Sie stopfte sich die Kissen in den Rücken und zog die Decke züchtig um die Schultern, dann begann sie mit ihrem Bericht über das Wiedererstarken des Hexenzirkels der Silbernen Rose und endete mit den Ereignissen auf der Klippe in jener Nacht.

Sie bemühte sich, ihre Erzählung möglichst schlicht zu halten, und widerstand dem Drang, sie auszuschmücken und mit vielen Gesten zu unterstreichen.

Martin hörte ihr stumm zu, das Kinn auf die Hände gestützt, die er wieder auf die Stuhllehne gelegt hatte. Sein bemerkenswert lebhaftes Gesicht war diesmal ganz unbewegt und zeigte kaum, was in ihm vorging. Als sie mit ihrem Bericht fertig war, blieb er still und ernst. Das Schweigen zog sich so lange hin, dass Cat ungeduldig wurde.

»Ariane denkt, dass Ihr mit Eurer Tochter nach Faire Isle kommen solltet. Ihr seht doch bestimmt ein, dass Ihr England sofort verlassen müsst.«

Endlich regte sich Martin wie jemand, der aus einem bösen Traum erwacht. »Nein, ich fürchte, das sehe ich nicht ein. Es kommt mir wie eine überstürzte und törichte Handlung vor.«

»Bei der Göttin Brigid! Habt Ihr mir überhaupt zugehört?«

»Oh ja, sogar sehr gut.« Martin hob den Kopf und richtete sich auf. »Hexen, Feuer, mitternächtliche Rituale, die Soldaten der dunklen Königin. Es ist wie das, dem ich zu entkommen trachtete, als ich aus Frankreich wegging. Umso vernünftiger scheint mir, dass Meg und ich bleiben, wo wir sind.«

»Wo Ihr seid? Bildet Ihr Euch etwa ein, Ihr könntet hier sicher sein …«, fing Cat an, doch er ließ sie nicht ausreden.

»Klärt mir bitte noch einen Punkt auf: Ihr musstet Euren Beobachtungsposten auf der Klippe aufgeben und fliehen, stimmt's?«

»Ja«, knurrte Cat. Sie ärgerte sich noch immer, dass sie sich hatte zurückziehen müssen, ohne auch nur einen einzigen Degenhieb ausgeteilt zu haben. »Ariane hatte mir befohlen, nicht zu kämpfen. Ich musste zu ihr zurückkehren und sie warnen, aber ich bin nicht feige.«

»Das habe ich auch nicht behauptet. Was ich sagen wollte: Ihr habt keine Ahnung, was passiert ist, nachdem Ihr fort wart. Dieser Hauptmann Gautier könnte doch den ganzen Hexenzirkel niedergemacht haben.«

»Wahrscheinlicher ist aber, dass er eine dieser Hexen zur dunklen Königin geschleift hat und Katharina jetzt die Wahrheit über Eure Tochter kennt.«

»Könnt Ihr das beweisen? Ist Euch, bevor Ihr Frankreich verlassen habt, irgendetwas aufgefallen, was darauf hingewiesen hätte, dass Katharina nach meinem kleinen Mädchen sucht?«

»Na ja, eigentlich nicht. Aber es war kaum Zeit verstrichen …«

»Dann sehe ich keinen Grund zur Aufregung. Möglicherweise hat die dunkle Königin gar nichts erfahren, und der Zirkel ist vernichtet worden.«

»Möglicherweise seid Ihr aber auch ein törichter Narr!«, fauchte Cat. »Seid Ihr bereit, aufgrund bloßer Möglichkeiten mit dem Leben Eurer Tochter zu spielen? Wenn Katharina herausgefunden hat, dass Meg die Silberne Rose ist, dann garantiere ich Euch, sie wird auf der Suche nach ihr jeden Stein umdrehen, und sei es nur, um das *Buch der Schatten* in die Finger zu bekommen.«

»Dann wird sich Ihro Gnaden umsonst bemühen, denn ich weiß nicht, was aus diesem verfluchten Buch geworden ist, und Meg weiß es auch nicht.« Martin stand auf und schob den Stuhl weg. »Wenn die Königin wirklich hinter meiner Tochter her ist, dann fühle ich mich mit dem Ärmelkanal zwischen uns weitaus sicherer.«

»Aber auf Faire Isle würden Ariane und deren Gemahl sowie eine Heerschar wachsamer weiser Frauen Meg beschützen.«

»Dafür hat sie ihren Vater. Ich habe sie bislang recht gut beschützt.«

»Keiner behauptet etwas anderes«, fing Cat an, verstummte

jedoch gleich wieder aufgebracht, als Martin sich wortlos wegdrehte. Zur Hölle mit diesem Kerl! Konnte er sie nicht ein einziges Mal ausreden lassen?

Er trat an das Fenster gegenüber des Bettes und zog die schweren Brokatvorhänge zurück. Ein mit einem Rautenmuster versehenes Bleiglasfenster kam zum Vorschein. Cat blinzelte überrascht, als ihr Blick auf einen nachtschwarzen Himmel fiel. Eigentlich hatte sie mit dem Purpur der Dämmerung gerechnet. Offenbar war sie weit länger bewusstlos gewesen, als sie gedacht hatte.

»Sagt mir«, meinte Martin und deutete auf das Fenster. »Was seht Ihr dort draußen?«

Cat reckte den Hals, hörte aber damit auf, als ihr Kopf wieder zu pochen begann und die Decke herabzurutschen drohte. »Verdammt wenig«, grummelte sie. »Nicht, solange ich verhindern will, dass mein Kopf zerspringt oder Ihr einen Blick auf meinen nackten Hintern erhascht. Aber selbst wenn ich mich zum Fenster schleppen würde, denke ich, dass ich wohl nicht viel mehr sehen würde als Dächer.«

»Die Dächer einer großen Stadt.«

»Schmutzig, laut, voll. Viel zu voll mit elenden Engländern.«

»Stimmt.« Martin lächelte, doch während er aus dem Fenster schaute, schlich sich ein verträumter Ausdruck auf sein Gesicht. »Aber es ist auch eine geschäftige Stadt voller Energie und Gelegenheiten; ein Ort, an dem jeder sein Glück machen, seine Vergangenheit begraben und sich in der Zukunft verlieren kann.«

Cat musterte ihn mit kaum verhohlener Verzweiflung. »Glaubt Ihr, Ihr seid verloren gegangen? Ich gebe zu, ich habe eine Weile gebraucht, um Euch aufzustöbern, obwohl ich eine recht geschickte Jägerin bin. Aber das gilt auch für die dunkle Königin. Wenn ich Euch finden konnte, dann kann sie es auch, vor allem, da Ihr auf einer öffentlichen Bühne herumstolziert.«

»Ich gebe zu, das war ein Fehler. Aber als unser wichtigster Schauspieler krank wurde, konnte ich der Versuchung nicht widerstehen …« Er lief rot an, hielt inne, ließ den Vorhang wieder fallen und wandte sich vom Fenster ab. »So sorglos werde ich nicht mehr sein.«

»Und was wollt Ihr dann tun? Mit der Schauspielerei aufhören? Wie wollt Ihr für Eure Tochter sorgen, wenn …«

»Damit sorge ich schon jetzt nicht für sie.« Mit einer ausladenden Geste deutete er auf den Raum. »Glaubt Ihr, ich könnte mir all das mit der Gage eines Schauspielers leisten? Als wir nach England kamen, war ich vielleicht nichts weiter als ein fahrender Schausteller, aber seitdem war mir das Glück hold. Ich bin an den Erlösen des *Crown Theatre* beteiligt, und ich habe mächtige Freunde.«

»Diese Schauspieler?«, fragte Cat verächtlich. »Die wären wahrhaftig keine große Hilfe mit ihren falschen Zauberkesseln und ihren stumpfen Schwertern.«

»Meine Klinge ist scharf genug, wie Ihr ja fast herausgefunden habt. Und meine Bekanntschaften reichen weit über Master Roxburgh und die Kompanie hinaus. Ich habe einen Patron, einen sehr begüterten und einflussreichen Mann.«

»Und wer ist er?«

»Das geht Euch nichts an«, fauchte Martin. Er presste die Lippen zu einem Strich zusammen, doch dann bemühte er sich, seinen Ton zu mäßigen.

»Seht, Mistress O'Hanlon – ich meine Cat, glaubt bitte nicht, ich wäre Euch nicht dankbar, dass Ihr gekommen seid, um mich zu warnen. Ich bin mir darüber im Klaren, dass Ihr dafür einiges an Unannehmlichkeiten auf Euch genommen habt, und ich werde dafür sorgen, dass Ihr großzügig belohnt werdet.«

»Belohnt! Ihr ignoranter Flegel!« Cat setzte sich kerzengerade hin und achtete nicht weiter auf ihre Kopfschmerzen und die Tatsache, dass sie kurz davor stand, Martin zu viel Einblick zu gewähren. »Ich bin hier, weil Ariane mich darum gebeten hat, und ich diene der Herrin von Faire Isle aus Liebe und Zuneigung, nicht für irgendwelchen Lohn oder … oder …«

»Verzeiht mir!« Martin hob abwehrend die Hände, um ihren erregten Wortschwall zu unterbrechen. »Ich wollte weder Euch noch Ariane beleidigen. Ich freue mich über ihr Angebot, uns Zuflucht zu gewähren, aber selbst wenn Faire Isle nicht so nah an der französischen Küste läge, wäre es der letzte Ort, zu dem ich meine Tochter bringen wollte. Wie ich Euch schon sagte, will ich die Vergangenheit begraben.«

»Wessen Vergangenheit? Die des Kindes oder Eure eigene?«, fragte Cat.

Als Martin in seiner hochnäsig fragenden Art eine Braue hob, wusste Cat, dass es wohl besser wäre, ihre Zunge zu hüten. Doch an dieser Weisheit hatte es ihr schon immer gemangelt.

»Ich weiß alles über Eure Beziehung zu Miribelle Cheney.«

»Ach ja?«, fragte Martin höflich, doch seine Augen blitzten warnend.

Cat missachtete die Warnung. Eilig fuhr sie fort: »Ariane hat mir erzählt, wie sehr Ihr ihre Schwester geliebt habt. Und dass Euer Herz gebrochen wurde, als sie Simon Aristide geheiratet hat. Ich verstehe, wie qualvoll Euch der Gedanke sein muss, Miri wiederzusehen, aber Ihr braucht Euch nicht zu grämen – Miri kommt kaum noch nach Faire Isle.«

Martin runzelte die Stirn. »Warum denn nicht? Faire Isle war Miris Heimat. Sie liebte diese Insel mehr als alles andere.«

»Das schon, aber ihr Gemahl, der einstige Hexenjäger, ist dort nicht willkommen.«

Martin trat ans Bett. Er umklammerte den gedrechselten Bettpfosten und spähte besorgt auf Cat hinab. »Miri – Miri ist also nicht glücklich?«

»Das habe ich nicht gesagt. Miri mag Faire Isle geliebt haben, aber die Liebe zu ihrem Gemahl ist stärker. Sie ist völlig vernarrt in ihn, umso mehr, seit ihre Tochter zur Welt gekommen ist und ...« Endlich zügelte sich Cat und betrachtete Martin reuevoll. »Es tut mir leid. Das ist wahrscheinlich das Letzte, was Ihr hören wolltet.«

»Es stimmt, das wollte ich wirklich nicht hören. Doch ich bin froh, dass es ihr gut geht und sie – und sie glücklich ist.«

Zu ihrer Verwunderung merkte Cat, dass er es tatsächlich so meinte. Sie war weiß Gott nicht so großzügig gewesen, als ihr Rory O'Meara vor vielen Jahren die Treue gebrochen hatte. Jedes Mal, wenn auch nur sein Name erwähnt wurde, hatte sie ihn lauthals verflucht.

Doch als Martin von Miri sprach, war seine Stimme weicher geworden, und aus seinen Augen leuchtete soviel Zärtlichkeit und Reue, dass sich in Cats Brust eine seltsame Eifersucht regte. Sie fragte sich, ob Rory je mit so viel Zuneigung von ihr gesprochen hatte. Nein, dachte sie düster, sehr wahrscheinlich hatte man bei den O'Mearas nie mehr von ihr gesprochen und auch nie mehr nur einen Gedanken an sie verschwendet. Sie war nicht wie Miri, so feenhaft und sanft, so voller weiblicher Anmut. Sie gehörte nicht zu den Frauen, die ein Mann nie vergaß.

Martins Blick richtete sich nach innen, als habe er sich in einer schmerzlichen Erinnerung verloren. Dann schien er sich zur Ordnung zu rufen.

»Miri und ich haben uns in aller Freundschaft getrennt. Ich zögere eher wegen Meg, nach Faire Isle zu gehen. Als ich meine Tochter aus diesem Hexenzirkel rettete, habe ich geschworen, Hexerei und Zauber jeglicher Art aus ihrem Leben zu verbannen.«

»Ihr könnt doch die Frauen von Faire Isle und Ariane nicht mit den bösen Hexen der Silbernen Rose gleichsetzen.«

»Ich hege nichts als den größten Respekt vor Ariane Deauville ...«

»Das ist auch besser so«, schnitt ihm Cat heftig das Wort ab.

»Aber all die Beschäftigung mit diesem uralten Wissen hat Ariane doch nichts weiter eingebracht als eine Anklage wegen

Hexerei. Für Meg habe ich eine weitaus bessere Zukunft im Sinn. Ich werde dafür sorgen, dass sie eines Tages eine große Lady wird, glücklich, vermögend und gut verheiratet.«

Cat musterte ihn ungläubig. »Und Ihr meint allen Ernstes, die Vergangenheit wird einfach verschwinden, nur weil Ihr es so wollt? Mir ist berichtet worden, dass Eure Tochter bestimmte Gaben und Fähigkeiten besitzt, die sie von Cassandra Lascelles geerbt hat.«

»Der Name dieser Frau soll unter meinem Dach nicht mehr erwähnt werden«, fauchte Martin. »Meg hat von ihrer Mutter nichts geerbt, rein gar nichts! Was mich betrifft, ist dieser Teil ihres Lebens ein für allemal vorbei. Und wo befinden sich Eure restlichen Habseligkeiten?«

»Meine – meine Habseligkeiten?«, stammelte Cat fassungslos über diesen abrupten Themenwechsel. »Ich habe nicht viel dabei, nur eine kleine Satteltasche. Die habe ich in dem Gasthaus gelassen, in dem ich die letzte Nacht verbracht habe. Der *Fighting Cock* in Southwark, am Ufer. Aber was Eure Tochter angeht …«

»Ich kenne das Gasthaus. Ich werde einen Diener beauftragen, Eure Sachen zu holen.« Er schritt zur Tür.

»Aber Monsieur le Loup – ich meine Master Wolfe.« Sie umklammerte ihre Decke, missachtete ihre Kopfschmerzen und versuchte sich an die Bettkante zu wälzen. »Martin!«

Er verharrte auf der Schwelle und drehte sich zu ihr um. Sein Blick war verschlossen, seine Miene so kalt und abweisend, dass es Cat tatsächlich einmal in ihrem Leben die Sprache verschlug.

»Das eine müsst Ihr verstehen, Mistress O'Hanlon: Als Freundin von Ariane seid Ihr in meinem Haus willkommen und könnt gern so lange bleiben, bis Ihr genesen seid. Wenn Ihr wieder gesund seid, sollt Ihr nach Faire Isle zurückkehren und der Herrin meine Grüße und meinen Dank für ihre Sorge ausrichten. Aber Meg bleibt, wo sie ist.«

Er deutete eine höfliche Verbeugung an und verschwand.

Cat starrte mit offenem Mund auf die geschlossene Tür. Schließlich sank sie stöhnend, enttäuscht und aufgebracht auf ihre Kissen zurück.

Sie war gewarnt worden, dass Martin le Loup ein wenig stur sein könnte, doch selbst Ariane hatte sie nicht auf einen derartigen Dickkopf vorbereitet. Eigentlich sollte sie jetzt aufstehen und ihre Kleider suchen, um Martin nachzueilen und seinem Sturschädel ein wenig Verstand einzubläuen – selbst wenn sie dafür den Krückstock der alten Agatha hernehmen müsste.

Wenn nur ihr Kopf nicht so hämmern würde, als spielte jemand darin auf hundert Bodhran-Trommeln. Sie rieb sich die Schläfen. Die Sinnlosigkeit, sich mit Martin le Loup zu streiten, hatte ihre Kopfschmerzen noch verschlimmert. Am besten war es wohl, sich erst einmal auszuruhen und wieder zu Kräften zu kommen, bevor sie sich diesen sturen Narren noch einmal vorknöpfte.

Cat war gerade dabei wegzudösen, als sie hörte, dass die Tür knarzte. Sie schlug die Augen auf und sah, dass die Kerze auf dem Nachtkästchen flackerte. Offenbar hatte jemand die Tür zur Schlafkammer einen Spaltbreit aufgemacht, um hineinzuspähen. Cat erstarrte.

War le Loup zur Vernunft gekommen und zurückgekehrt? Cat bezweifelte es. Er hätte keinen Grund gehabt, es heimlich zu tun. Sie wollte schon fragen, wer da an ihrer Schwelle stand, als sie einen Blick auf eine gespenstische Gestalt erhaschte, ganz in Weiß, mit riesengroßen grünen Augen in einem bleichen Gesicht.

Cat stützte sich auf den Ellbogen und fragte kühl: »Warum kommst du nicht herein, Megaera, und betrachtest mich ein wenig genauer?«

Das Kind erstarrte wie ein Kaninchen beim Anblick eines Adlers. Cat rechnete schon fast damit, dass sie weglaufen würde. Doch nach anfänglichem Zögern trat Megaera ein und schloss die Tür hinter sich.

Sie näherte sich dem Bett mit einer Würde, um die sie selbst eine Prinzessin beneidet hätte. Ihre schlanke Gestalt war in feinsten, blütenweißen Batist gekleidet, ihr dunkelbraunes Haar fächerte sich um ihre Schultern. Ihr Gesicht wurde von einer spitzengesäumten Haube gerahmt, die einem plumperen, hübscheren Mädchen vielleicht ganz gut gestanden hätte, bei Megaera jedoch nur die scharfen Konturen ihrer Züge unterstrich. Ihre dunklen Brauen hoben sich auffallend von ihrer blassen Haut ab.

Ein Kind, in dem sich Licht und Schatten mischen, dachte Cat und erschauerte, auch wenn sie es sich nicht recht erklären konnte. Sie richtete sich mühsam auf und stellte die Beine auf den Boden, wobei sie sich die Decke um die Schultern drapierte wie ein Clanhäuptling sein Plaid.

Lächerlich, dachte sie, bei einem derart dürren kleinen Ding so wachsam zu sein. Aber sie hatte ja bereits die bittere Erfahrung gemacht, wozu dieses Mädchen fähig war.

Megaera blieb etwa einen Fuß vor Cat stehen und verschlang sie mit Blicken. Cat stellte sich ihrer kleinen Feindin und starrte ebenso durchdringend zurück.

»Ich heiße nicht Megaera«, verkündete die Kleine schließlich und schob trotzig das Kinn vor. »Ich heiße Margaret Elisabeth Wolfe.«

»Und ich heiße Catriona vom Clan O'Hanlon. Wärst du so freundlich, mir zu sagen, warum du vor meiner Tür herumlungerst und mir nachspionierst?«

Die Wangen des Mädchens färbten sich rosa. »Ich habe nicht herumgelungert. Ich wollte nur sehen, wie es Euch geht.«

»Wie nett von dir«, erwiderte Cat trocken. »Abgesehen von dem Loch, das du mir in den Rücken gestochen hast, und den hämmernden Kopfschmerzen, verursacht von dem Gebräu, das du mir mit deiner Hexenklinge verabreicht hast, geht es mir hervorragend. Ich würde diese Hexenklinge gern noch einmal genauer betrachten. Ich habe noch nie so ein Ding gesehen, und ich muss zugeben, dass ich neugierig bin.«

Megs Lippen wurden schmal. »Ich habe nicht die geringste Ahnung, wovon Ihr redet.«

»Ach nein? Dann sollten wir vielleicht deinen Vater rufen und ihn fragen.«

»Nein!« Megs Hochmut wich einem Gefühl, das fast schon an Panik zu grenzen schien. »Bitte, tut das nicht. Papa weiß nicht, dass ich – dass ich ...«

»Dass du herumläufst und Leuten deine Hexenklinge in den Leib rammst?«

»Das ist keine Hexenklinge, sondern eine Spritze. Und ich ramme sie Leuten nicht in den Leib, es sei denn, ich muss. Aber ich kann sie Euch nicht zeigen, weil ich sie nicht bei mir habe.«

»Ach ja? Ich dachte, dass du dich vielleicht hereinschleichen wolltest, um dieses Ding noch einmal an mir auszuprobieren.«

»Nein«!, rief Meg aufgebracht. »Ich hätte Euch auch schon beim ersten Mal nicht gestochen, hätte ich nicht geglaubt, dass Ihr versucht, meinen Papa zu töten. Außerdem war es nur ein Schlaftrunk.«

»Nur ein Schlaftrunk?« Cat drückte eine Hand an ihren schmerzenden Schädel. »Wenn du mir ein wenig mehr von deinem Schlaftrunk verabreicht hättest, wäre ich wahrscheinlich nie mehr aufgewacht.«

Das Mädchen erstarrte empört. »Ich weiß, wie viel man davon benutzen muss. Und außerdem – wenn ich Euch hätte töten wollen, hätte ich einfach nur Gift benutzt. Ich verstehe mich ausgezeichnet auf das Mischen von Giften.«

»Oh, daran hege ich nicht den geringsten Zweifel.«

»Ich würde Euch nichts zuleide tun wollen – aber täuscht Euch nicht in mir. Um meinen Vater zu beschützen, würde ich Euch und auch jeden anderen vernichten.«

Der warnende Blick, mit dem Meg Cat bedachte, war beunruhigend erwachsen, wie von Frau zu Frau, von Kriegerin zu Kriegerin.

»Das glaube ich dir gerne«, erwiderte Cat ernst.

Meg musterte Cat noch einmal kampflustig, dann begann ihre Lippe zu zittern und sie wisperte in einer Stimme, die wieder erkennbar die Stimme eines Kindes war: »Ich liebe meinen Papa. Er bedeutet mir alles auf der Welt. Er ist alles, was ich habe.«

»Das kann ich gut verstehen«, gab Cat zu. »Mir ging es bei meinem Vater genauso.« Ohne es zu wollen, musste Cat an den Sommer denken, als sie verzweifelt über die Heide gerannt war, hinter dem sehnigen Mann mit den leuchtend roten Haaren her, die den ihren so ähnelten.

»Da! Warte«, hatte sie gekeucht, und ihre kleinen Beine arbeiteten schwer, um mit seinen großen Schritten mitzuhalten. Tiernan O'Hanlon hatte sich umgedreht, um auf sie zu warten, und sie hatte die Arme um seine Taille geschlungen. Tränen waren ihr über die Wangen geströmt.

»Da, du darfst heute nicht in den Kampf ziehen. Gran hatte eine Erscheinung. Sie – sie sagt, du kommst nicht mehr zurück, wenn du es tust.«

Ihr Vater hatte nur wie immer dröhnend gelacht und sie in seine starken Arme genommen. »Beruhige dich, mein Herz. Du wirst doch nicht auf das Geplapper dieses törichten alten Weibes hören. Sei ein braves Mädchen, meine Cat. Lauf heim und warte auf mich. Ich werde zurück sein, noch bevor die Sonne untergeht, und dir viele schöne Geschichten erzählen.«

Ihr Vater hatte sie auf die Wange geküsst und ihre Tränen getrocknet. Aber schließlich hatte er ihre schmalen Arme weggeschoben und sich entfernt. Nichts und niemand kann einen Iren aufhalten, wenn sein Blut siedet und die Kriegstrommeln ihn rufen, hatte Cat verbittert gedacht.

Sie war zu ihrem Häuschen zurückgekehrt und hatte gewartet und gewartet. Aber wie üblich hatte sich die Vision ihrer Großmutter bewahrheitet. Die Sonne war untergegangen, doch der Stuhl ihres Vaters am Herd war leer geblieben. Tiernan mit den lachenden Augen war nicht heimgekehrt.

Eine zaghafte Berührung an ihrem Arm holte Cat in die

Gegenwart zurück. Zu ihrer Überraschung stand Meg direkt vor ihr und musterte sie mit eindringlichen, traurigen Augen.

»Ihr habt Euren Papa verloren, als Ihr noch sehr klein wart, nicht wahr? Das tut mir leid.«

Cat starrte das Mädchen an. Vielleicht hatte Meg es nur erraten, vielleicht war das Kind aber auch sehr geschickt in der uralten Kunst der weisen Frauen, in den Augen zu lesen.

Cat hatte ihre Verletzungen und ihr Leid stets tief in den finstersten Winkeln ihres Herzens vergraben, die Wunden waren zu empfindlich für das Tageslicht. Nun klammerte sie sich an ihre Decke wie an eine Rüstung und zog sich wachsam ein wenig zurück.

»Das ist lange her«, sagte sie. »Außerdem haben wir uns nicht über meinen Vater unterhalten, sondern über deinen.«

Meg biss sich auf die Lippe.

»Werdet Ihr meinem Vater erzählen, was ich getan habe? Ihm würde es nicht gefallen, wenn er wüsste, dass ich die Spritze habe oder Tränke braue. Er will, dass ich alles vergesse, was ich bei Mam… – was ich früher gelernt habe. Papa wäre sehr, sehr enttäuscht von mir, wenn er wüsste, was ich heute getan habe.«

Cat verzog das Gesicht. Martin le Loup hatte es bitter nötig, dass ihm jemand über seine Tochter die Augen öffnete. Dennoch verspürte Cat widerwillig einen Anflug von Mitleid, als sie Megs niedergeschlagene Miene musterte. Sie erinnerte sich noch gut an die Tage, als ein enttäuschter Blick von Tiernan O'Hanlon schlimmer gewesen war als eine Ohrfeige.

»Vielleicht kann es vorläufig ein Geheimnis zwischen uns bleiben.«

Megs Miene hellte sich auf, verdüsterte sich jedoch sogleich wieder entsetzt, als Cat hinzufügte: »Aber du musst mir die Hexenklinge geben.«

»Oh nein, bitte nicht! Das kann ich nicht. Ich habe die Spritze immer dabei, wenn ich ausgehe. Um – um Papa zu beschützen. Und wenn die Schwesternschaft noch immer hinter mir her ist, wie Ihr behauptet, oder sogar die dunkle Königin, brauche ich meine Waffe mehr denn je.«

Meg sank vor Cat auf die Knie und flehte: »Bitte, Catriona ... Cat, bitte! Lasst mich die Spritze behalten. Ich werde sehr vorsichtig sein, wie und mit welchem Gebräu ich sie benutze, das schwöre ich Euch. Aber bitte versprecht mir, dass Ihr Papa nichts erzählt.«

Cat dachte zwar, dass es sehr töricht wäre, sich auf so etwas einzulassen und solch ein Versprechen zu geben, doch als sie auf Meg hinab blickte, konnte sie ihr Herz vor diesem ernsten jungen Gesicht mit den großen, flehenden Augen nicht verschließen.

Sie seufzte laut auf. »Na gut.«

Meg griff nach ihrer Hand. »Nein. Ihr müsst es mir richtig versprechen.«

»Was willst du denn von mir, Mädchen? Einen Blutschwur?«

Meg musterte sie ernst. »Versprecht es mir bei Eurer geheiligten Ehre. Ich weiß, diesen Schwur würdet Ihr nie brechen.«

Das konnte sie nur auf eine einzige Weise erfahren haben: Die kleine Hexe konnte in den Augen lesen, und sie war wieder in Cats Gedanken eingedrungen.

»Also gut, ich verspreche es dir bei meiner geheiligten Ehre«, erwiderte Cat, dann fügte sie streng hinzu: »Aber du musst mir auch etwas versprechen. Probier diesen kleinen Trick nie mehr an mir aus.«

Meg stand langsam auf. »Was für einen Trick?«

»Das weißt du ganz genau. Du hast es hier mit einer weisen Frau zu tun, nicht mit deinem leichtgläubigen Papa. Ich bin vertraut mit der Kunst des Augenlesens.«

»Ach so, das meint Ihr.« Meg wirkte etwas verlegen. Sie hob feierlich die Hand hoch. »Ich verspreche, ich werde es nicht mehr tun. Bei meiner Ehre.«

Doch als sie die Hand sinken ließ, verzogen sich ihre Lippen zu einem kleinen Lächeln. »Aber ich bin sehr geschickt darin, findet Ihr nicht?«

»Jawohl, das bist du, du kleines Luder.«

Megs Lächeln verstärkte sich, und es war erstaunlich, wie dieser Ausdruck das ernste Gesichtchen veränderte. Er verlieh ihm eine Spur von Martin le Loups spitzbübischem Charme.

»Ich verstehe mich auch recht gut auf andere Sachen, auf Zaubertränke zum Beispiel.« Sie deutete auf den leeren Becher auf dem Nachtkästchen. »Der Kräutertee, den ich Euch aufgebrüht habe, sollte Euch sehr bald wieder auf die Beine bringen. Wenn nicht, kann ich Euch noch einmal einen Becher aufbrühen.«

»Du hast diesen Tee zubereitet?«, fragte Cat. Bei der Göttin Brigid! Was wusste Martin le Loup eigentlich von dem, was in seinem eigenen Haus vorging? »Dein Vater hat mir gesagt, Mistress Butterydoor habe den Trank gemacht.«

»Aggie? Die weiß nichts von solchen Dingen. Außerdem hat sie gesagt, sie würde Euch nicht einmal einen Becher ihrer eigenen Pisse reichen.«

Meg sah Cat um Verzeihung heischend an. »Es tut mir leid, aber Aggie mag die Iren nicht. Sie sagt, Ihr würdet mir meine zarten Knochen brechen, sobald Ihr die Gelegenheit dazu hättet.«

»Und das hast du ihr geglaubt?«

»Natürlich nicht. Ich bin doch kein einfältiges Kind mehr«, erwiderte Meg würdevoll. »Aggie hat das Herz am rechten Fleck, aber manchmal ist sie ein wenig …«

»Abergläubisch und unwissend wie die meisten Engländer?«

»Ich wollte gerade sagen ungebildet und nicht viel herumgekommen. Sie ist aus London nie weiter als bis nach Southwark herausgekommen. Sie hat einfach nicht meine Lebenserfahrung.«

Das war eine vermessene Behauptung für ein elfjähriges Kind. Für jedes bis auf dieses, dachte Cat. Als sie Meg musterte, entdeckte sie etwas Trauriges und Müdes in den grünen Augen der Kleinen, die den Augen ihres Vaters so ähnlich waren und doch so anders.

Cat überkamen nur selten mütterliche Gefühle, doch jetzt fuhr sie mit den Fingern durch eine von Megs seidig braunen Haarsträhnen und strich sie dem Mädchen über die Schulter.

»Da du in der Kunst des Augenlesens so geschickt bist, ahnst du bestimmt, warum ich nach London gekommen bin.«

»Ihr glaubt, dass mir Gefahr droht. Ich habe mitbekommen, wie Ihr mit meinem Papa geredet habt.«

»Aha, du hast am Schlüsselloch gelauscht?«

Wieder zeigte sich kurz ein schelmisches Lächeln, doch gleich wurde Meg wieder ernst. »Ich weiß, das war falsch von mir, aber ich muss so etwas tun. Papa erzählt mir nicht immer alles, was er mir erzählen sollte. Er will mich mit aller Macht beschützen.«

Cat war versucht zu bemerken, dass Papa nicht der Einzige sei. Doch das behielt sie für sich.

»Wenn uns die Schwesternschaft oder die dunkle Königin noch immer bedroht, muss ich das wissen.« Meg erschauderte. »Ich habe sie einmal getroffen – die Königin. Im Garten ihres Palastes in Paris. Sie ist sehr alt, aber noch immer sehr mächtig und furchteinflößend. In ihr herrscht eine – eine schreckliche Dunkelheit.«

»Und deshalb bin ich hier, um dich nach Faire Isle zu bringen.«

Meg legte den Kopf schief und fragte nachdenklich: »Würde ich dort völlig sicher sein?«

Cat zögerte kurz, doch sie konnte das Mädchen nicht anlügen. Es hätte ohnehin nichts genutzt, das Kind war viel zu klug.

»Nein, Margaret. Auf dieser Erde gibt es keinen Ort, der völlig sicher ist. Aber ich denke, du würdest dort sicherer sein als in dieser höllischen Stadt.«

»Ist es schön auf Faire Isle? Wer lebt denn dort?«

»Auf der Insel leben hauptsächlich Frauen, deren Männer und Söhne als Seeleute oder Fischer unterwegs sind. Deshalb üben dort viele Frauen ein Handwerk aus, das sie andernorts nicht ausüben könnten. Dort gibt es Schmiedinnen, Tischlerinnen, Brauerinnen, Geschäftsfrauen und …«

»Und weise Frauen?«, unterbrach Meg sie eifrig.

»Auf alle Fälle viele weise Frauen. Faire Isle ist seit uralten Zeiten eine Zuflucht gewesen für Frauen, die sich mit dem alten Wissen, der Kräuterkunde und Heilkunst beschäftigen. Die Insel ist klein, aber wunderschön wie ein Edelstein im Meer, mit zerklüfteten Klippen und muschelübersäten Stränden. Und im Herzen der Insel gibt es einen tiefen, dunklen Wald, mit unglaublich alten Bäumen. Auf Faire Isle herrscht ein wunderschöner, wilder Geist, älter als alle Geister, die in meiner Heimat hausen.«

Oder früher dort gehaust haben, dachte Cat bedrückt. Sie spürte schon seit Langem, dass der Geist von Irland dahinsiechte, weil ihm die englischen Eindringlinge, aber auch manche ihrer törichten Landsleute keinen Platz ließen.

»Und was ist mit der Herrin von Faire Isle?«, fragte Meg.

»Sie ist ebenso weise wie gütig, und sehr belesen. Sie könnte dir noch viel beibringen über die Heilkunst und viele andere nützliche Dinge, die uns die Mutter Erde lehrt.«

»Das klingt wundervoll.« Einen Moment lang wirkte Meg sehnsüchtig, doch dann seufzte sie. »Aber Papa wird nie einwilligen, dorthin zu gehen. Ihm gefällt es in London, und er hat ehrgeizige Pläne für mich. Er möchte, dass ich zu einer großen Dame werde, von allen bewundert und wunderschön, und in Musik und Tanz und hübscher Stickerei bewandert. Ich weiß nicht, ob ich all das sein kann, was er für mich im Sinn hat, aber ich muss es versuchen.«

»Du erzählst mir sehr viel über das, was dein Papa möchte. Aber wie steht es mit dir?«, fragte Cat. »Was möchtest du denn?«

»Ich möchte meinem Papa gefallen. Das ist meine Pflicht. Der Pastor von St. Barnaby hat erst letzten Sonntag gepredigt, wie wichtig es für eine Tochter ist, gehorsam zu sein.«

Cat nahm die glatte Hand der Kleinen in ihre eigenen,

rauen Hände. »Es gibt auch andere Töchter, Meg. Töchter der Erde. Und du bist eine davon. Eine weise Frau muss lernen, ihrer Bestimmung gerecht zu werden.«

»Ich – ich weiß. Mein erstes Kindermädchen, Prudence Waters, war eine dieser weisen Frauen. Sie hat versucht, mir beizubringen …« Meg verstummte und schüttelte traurig den Kopf. »Aber ich muss das alles vergessen. Mein Papa wünscht es so.«

»Das ist nicht leicht, Meg – die Vergangenheit zu vergessen und zu versuchen, deinen wahren Kern zu verleugnen, dich zu bemühen, den Vorstellungen eines anderen von dir gerecht zu werden. Glaub mir, ich weiß, wovon ich rede.«

Doch das Mädchen zog die Hand weg. »Es war interessant, mit Euch zu reden, Catriona vom Clan O'Hanlon. Aber ich teile die Meinung meines Vaters. Ihr solltet Euch ausruhen und dann nach Hause gehen.«

Meg machte einen kleinen Knicks, ihr verschlossenes Gesicht war ein Spiegelbild dessen, mit dem Martin sich von ihr verabschiedet hatte. »Ich wünsche Euch eine gute Reise zurück nach Faire Isle.«

Das Mädchen huschte hinaus, und Cat starrte ein weiteres Mal auf die geschlossene Tür. Entmutigt sank sie zurück.

Nach Hause gehen? Wie gern hätte sie Megs Rat beherzigt, aber sie wusste schon seit Langem nicht mehr, wo ihr Zuhause war. Und was ihre Reise nach Faire Isle anging – sie hätte sich liebend gern mit der nächsten Flut aufs nächste Schiff begeben.

Sie hatte gehofft, ihren Auftrag rasch erledigen und so bald wie möglich zu Ariane zurückkehren zu können, denn sie machte sich große Sorgen um ihre Freundin, auch wenn Ariane ihr immer wieder versicherte, wie gut es ihr ginge. Zwar konnte sie ihr bei den Mysterien einer Schwangerschaft nicht groß zur Seite stehen, aber wenn etwas schief laufen sollte, wollte sie in Arianes Nähe sein.

Doch ihr Auftrag entpuppte sich als weitaus schwieriger als

erwartet. Die Untiefen zwischen Martin le Loup und seiner nicht minder starrsinnigen Tochter zu umschiffen, erwies sich als nahezu unmögliches Unterfangen.

Cat konnte Meg keinen Vorwurf machen. So klug sie war, so war sie doch nur ein kleines Mädchen, das verzweifelt versuchte, es seinem Vater recht zu machen. Martin hingegen hätte schlau genug sein müssen, seine Tochter nicht derartigen Gefahren auszusetzen. Aber den Mann blendeten die ehrgeizigen Pläne für seine Tochter so sehr, dass er nicht erkannte, was für sie am besten war.

Nun, sie würde Monsieur le Loup schon zu zeigen, dass er falsch lag. Sie würde Meg sicher nach Faire Isle bringen, selbst wenn sie sie ihrem Vater unter der Nase wegschnappen musste.

4

Martin durchquerte den stillen Korridor, die Hand schützend vor die Kerze gelegt. Die anderen schliefen schon längst, doch er war nicht zum ersten Mal auf den Beinen, während der Rest der Welt im Schlummer lag. Angefangen von seinen Tagen als Dieb in Paris bis zu seiner Zeit als Kundschafter für den König von Navarra hatte er viele seiner Geschäfte im Schutz der Dunkelheit abgewickelt.

Er hatte seinen Umhang am Hals geschlossen, Schwert und Dolch steckten im Gürtel; so vorbereitet, wollte er sich für ein nächtliches Stelldichein mit seinem Patron aus dem Haus stehlen. Doch vorher wollte er noch prüfen, ob alle Türen und Fenster verschlossen waren, und dann noch einmal nach seiner Tochter sehen – zum dritten oder gar vierten Mal in dieser Nacht. Diese wilde Irin mit all ihren düsteren Warnungen hatte Martin in weit größere Unruhe versetzt, als er zugeben wollte.

Leise öffnete er Megs Schlafzimmertür und schlich auf Zehenspitzen hinein. Wie eine Prinzessin war sie in einem Turm untergebracht, ihr Zimmer befand sich im höchsten Teil des Hauses. Martin hatte sich in große Schulden gestürzt, um den Raum königlich auszustatten. Die Decke war mit vergoldetem Stuck verziert, die Wände mit Wappen. Um den Raum vor Zugluft aus dem Norden zu schützen, hing über einer Ecke ein gewirkter Teppich, der Megs Lieblingsgeschöpf zeigte, einen smaragdgrünen Drachen, die Flügel mit schillernden Fäden verziert.

Der Raum war vollgestopft mit allem, was ein vernarrter Vater seiner Tochter nur schenken konnte: Truhen voll wunderschöner Gewänder, eine goldene Harfe, ein mit Seidensträngen gefüllter Stickkorb, Regalen voller Bücher, ein kleiner Schreibtisch.

Martin stellte die Kerze auf den Schreibtisch neben das Tintenfass, die Federn und das Pergament; offenbar war Meg gerade dabei, etwas aus dem Lateinischen ins Englische zu übersetzen. Martin, der sich nie mit solch gelehrten Dingen befasst hatte, war überaus stolz auf die Leistungen seiner Tochter, obwohl er sich manchmal auch Sorgen machte, weil ihr Verstand so unersättlich war.

Seine Freundinnen, die Cheney-Schwestern, würden ihn für seine Meinung zweifellos bei lebendigem Leib rösten, aber Martin fürchtete, dass es für eine Frau nicht ratsam war, zu klug zu sein. Megs Mutter war das zumindest nicht gut bekommen … Doch er presste entschlossen die Lippen zusammen und vertrieb jeden Gedanken an Cassandra Lascelles.

Er trat näher an Megs Bett, sorgsam bedacht, sie nicht zu wecken, während er vorsichtig den Bettvorhang aus indischer Seide öffnete. Seine Tochter wirkte klein und zerbrechlich, ein richtiges Kind noch, das sich in der Mitte der dicken Federmatratze zusammengerollt hatte.

Erleichtert stellte er fest, dass sie tief und fest schlief und ihre Stirn glatt und unbeschwert schien. Er hatte befürchtet, dass ihr die Ereignisse dieses Nachmittags böse Träume bescheren könnten, auch wenn Meg nun schon länger nicht mehr von Albträumen gequält wurde. Martin war fest entschlossen, dafür zu sorgen, dass es auch so blieb.

Wie so oft war sie eingeschlafen, während sie den Inhalt ihres Schatzkästchens betrachtet hatte. Die kleine, mit Perlmutt ausgekleidete Truhe stand offen neben ihr. Martin hob sie vorsichtig hoch, damit sich Meg nicht daran verletzte, wenn sie sich im Schlaf herumdrehte. Er lächelte über die kleine Ansammlung von Schätzen: eine Muschel vom Strand in Dover, eine Vogelfeder, eine Perlenkette, die er ihr zum zehnten Geburtstag geschenkt hatte, und ein großes, ovales Medaillon, das andere Erinnerungen in ihm wachrief.

Er zog das Medaillon an der Silberkette heraus und ließ es im Kerzenlicht baumeln. Auf der ovalen Oberfläche war ein Wolf zu sehen, der den Mond anheulte. Wenn man den Anhänger öffnete, kam eine winzige Uhr zum Vorschein und die eingravierten Worte: *Der Deine bis zum Ende aller Tage.*

Ursprünglich war dieses Medaillon ein Geschenk für Miri Cheney gewesen, der erste Schritt zur Verlobung, wie Martin gehofft hatte. Er erinnerte sich nur allzu deutlich an die Nacht, als er entdeckt hatte, dass Miri es nicht mehr trug. Sie waren im Mondlicht am Teich von Simon Aristides Bauernhof spazieren gegangen.

»Aber ich habe es noch«, hatte Miri erklärt. »Ich wollte es dir bei unserer nächsten Begegnung zurückgeben.«

»Ich nehme es nicht zurück«, hatte er aufgebracht erwidert. »Was soll das denn, meine Herrin des Mondes? Nachdem du mir das Herz gestohlen hast, willst du mich auch noch all meiner Hoffnungen und Träume berauben?«

»Mein liebster Freund!« Miri hatte ihm die Hand auf die Wange gelegt, in ihrem Blick standen Kummer und Reue. »Ich hätte schon vor vielen Jahren wissen müssen, dass es mir nie gelingen würde, so zu sein, wie du mich haben willst.«

Das hätte er natürlich auch selbst wissen können. Wäre er nicht so blind gewesen, hätte er erkannt, dass Miri nie die Seine werden würde und dass sie Aristide schon lange liebte.

Nun legte er das Medaillon zurück in die Truhe und schloss den Deckel. Der stechende Schmerz, Miri verloren zu haben, hatte sich zu einem bittersüßen Leid abgeschwächt. Sie hatten sich als Freunde getrennt, und Miri hatte seiner Tochter das Medaillon geschenkt, an dem Tag, als er und Meg nach England aufgebrochen waren.

Manchmal, spät nachts, wenn es im Haus ganz still war und Martin seine einsame Wache über seine Tochter hielt, vermisste er Miri noch immer. *Mon Dieu,* wie sehr hatte er diese Frau geliebt – zumindest hatte er das geglaubt.

Miri hatte ihm oft vorgeworfen, er behandle sie wie eine

ferne Göttin und werbe um sie, wie er sein Leben lebte – als ein einziges grandioses, romantisches Abenteuer. Sehr wahrscheinlich hatte sie recht. Manchmal war ihm, als hätte er gar nicht gewusst, was es bedeutete, einen anderen Menschen von ganzem Herzen zu lieben, bis er Vater geworden war.

Er stellte die Truhe auf ihren Platz im Regal, kehrte zu Megs Bett zurück, zog die Decke über ihre schmalen Schultern und strich ihr zärtlich eine Strähne ihres seidig braunen Haares aus der Stirn.

Meg kuschelte sich tiefer in ihr Kissen. In Martin regte sich eine fast schmerzhafte Liebe zu seinem Kind. In den ersten neun Jahren ihres Lebens hatte er gar nicht gewusst, dass es Meg gab, doch dann hatte sie sich rasch Zugang zu seinem Herzen verschafft, bis sie sein Ein und Alles geworden war. Er liebte sie so sehr, dass es ihm manchmal Angst machte.

Er wusste, wenn er sie je verlor, würde es ihm den Verstand rauben. Vielleicht war er tatsächlich ein Narr, wie Cat ihm vorgeworfen hatte, weil er Arianes Warnung in den Wind schlug. Vielleicht wäre es besser, Meg zu packen und wegzulaufen. Aber wohin und was dann?

Nach Faire Isle mit all den seltsamen mystischen Einflüssen und Verlockungen, die das uralte Wissen und die Lebensweise der Töchter der Erde darstellen mochten? Nein, niemals. Zauber, selbst der wohlmeinendste Zauber, konnte zu Finsternis und Gefahr führen. Martin hatte sich nach Kräften bemüht, all das aus Megs Welt zu vertreiben.

Und Meg einfach zu nehmen und unterzutauchen? Nein, er hatte seiner Tochter schon genug zugemutet, als er mit ihr nach England geflohen war und sich Master Roxburghs fahrenden Schaustellern angeschlossen hatte. Wie viel Mühe hatte es ihn gekostet, in einer Welt der finsteren Schenken und des lüsternen Geredes Megs Unschuld zu beschützen; wie oft war er gezwungen gewesen, vor einem puritanischen Vikar zu fliehen, der entschlossen war, sein Dorf von dem verderblichen Einfluss frecher Schausteller frei zu halten. Sie waren verfolgt worden von Hunden, Wachleuten und Ratsherren, die ihre Mistgabeln schwangen.

Martin hätte gegen solch ein verrücktes Dasein nichts einzuwenden gehabt. Er war daran gewöhnt, ihm war, als hätte er den Großteil seines Lebens damit zugebracht, vor etwas weg- oder zu etwas hinzulaufen. Aber für sein kleines Mädchen war das nicht das Richtige.

Nein, dachte Martin, und biss entschlossen die Zähne zusammen. Er hatte zu hart gearbeitet und zu viel riskiert, um Meg eine bessere Zukunft zu sichern; er durfte jetzt nicht in Panik geraten und alles hinschmeißen.

Er musste eben noch wachsamer sein, vielleicht einen zusätzlichen Diener einstellen oder zwei, stämmige Kerle, die den Garten und das Haus bewachten. Und er würde Agatha Butterydoor drohen, ihr das Fell zu gerben, sollte sie es noch einmal wagen, allein mit Meg das Haus zu verlassen.

Er würde es schaffen. Er würde seiner Tochter ein Leben ermöglichen, wie er selbst es nie gehabt hatte: in Sicherheit, Geborgenheit und Achtbarkeit, selbst wenn er seine Seele dafür aufs Spiel setzen musste.

Martins Mund verzog sich reumütig, als er an den Mann dachte, den er heute Nacht treffen wollte. Seine Seele dem Teufel verkaufen? Manchmal fürchtete er, dass er das bereits getan hatte.

Nun beugte er sich vor und drückte einen sachten Kuss auf Megs Stirn, dann nahm er seine Kerze und schlich hinaus.

Die Gestalt, die hinter dem Wandteppich gestanden hatte, wartete noch ein Weilchen, bis sie aus ihrem Versteck trat. Cat bewegte sich so leise wie möglich, auch wenn ihr das nicht leichtfiel in Martins Stiefeln, die sie mit Socken ausgestopft hatte in dem vergeblichen Versuch, sie passend zu machen. Seine Hose drohte herunterzurutschen, egal wie fest sie die Kordel um ihre Taille zog, und sie musste immer wieder die Ärmel seines Hemdes hochschieben, damit sie ihr nicht über die Hände rutschten.

Nicht unbedingt die Art von Kleidung, in der man sich unauffällig bewegen konnte, aber da Cat ihre eigenen Kleider nicht hatte finden können, musste sie mit dem vorlieb nehmen, was sie in Martins Schrank gefunden hatte; auch wenn es ihr auf beunruhigende Weise intim vorkam, Kleider des Mannes zu tragen, denen eine Spur seines herben, männlichen Geruchs anhaftete.

Die Schlafkammer war wieder in Dunkelheit getaucht, nachdem Martin mit der Kerze verschwunden war. Nur der Mond, der durch die Fenster schien, verbreitete sein fahles Licht.

Cat schlug sich das Schienbein am Schreibtisch an. Sie unterdrückte einen Fluch und warf einen besorgten Blick aufs Bett. Als Meg sich rührte, erstarrte Cat, doch das Mädchen drehte sich nur um und kuschelte sich tiefer unter die Decke. Langsam atmete Cat aus und beugte sich nach unten, um ihr schmerzendes Schienbein zu reiben. Sie war froh, dass ihr bei dieser einfachen Bewegung nicht mehr schwindelig wurde.

Megs Kräutertrank hatte die versprochene Wirkung getan. Cat war es rasch sehr viel besser gegangen, und sie wurde es bald leid, im Bett zu liegen. Nachdem sie zu dem traurigen Schluss gekommen war, dass sie Meg wahrscheinlich entführen musste, um sie nach Faire Isle zu schaffen, hatte sie beschlossen, je eher sie diesen Plan in die Tat umsetzte, desto besser. Als sie den Eindruck gewonnen hatte, dass alle im Haus schliefen, hatte sie sich aus Martins Schlafgemach geschlichen, um das Haus und seine Umgebung zu untersuchen. Doch was sie dabei herausgefunden hatte, war einigermaßen entmutigend.

The Angel war ein Haus in einer Reihe von Gebäuden, die sich an einer schmalen Straße aneinander drängten; einer Straße, auf der sich tagsüber bestimmt zahllose Menschen und Karren drängten. Nachts wurde die Straße von einem Nachtwächter bewacht. Cat hatte gehört, wie der Mann die Stunden ausrief.

»Hört, Ihr Leut, es hat elf geschlagen …«

Hinter dem Haus befand sich ein kleiner Garten, umgeben von einer sehr hohen Mauer. Cat musste zugeben, dass Martin mit diesem Haus eine gute Wahl getroffen hatte. Seine Tochter unbemerkt verschwinden zu lassen, würde ziemlich schwierig sein.

Auf der Suche nach einem Zugang zum Dach war Cat leise ins Obergeschoss geschlichen. In Megs Zimmer war sie von Martin le Loup überrascht worden und hatte sich hinter den Wandteppich flüchten müssen.

Hatte der Mann sie überrascht? Cat verzog das Gesicht: Überraschung schien nicht das passende Wort zu sein, um den Tumult der Gefühle zu beschreiben, die sie befallen hatten, als sie zugesehen hatte, wie sich le Loup über sein schlafendes Kind gebeugt hatte.

Cat hatte ihn bislang als eingebildeten, prahlerischen Strolch abgetan. Aber als er die Decke über Megs Schulter zog, hatte er so offen und verletzlich gewirkt, dass Cat sich schon fast schämte, ihn zu beobachten.

Auf seinem Gesicht hatten sich Zärtlichkeit, Liebe und Angst gespiegelt. Unwillkürlich hatte Cat daran denken müssen, wie ihr Vater sie früher immer zugedeckt hatte. Sie entsann sich, dass sie mit schläfriger Stimme gemurmelt hatte: »Das brauchst du nicht zu tun, Da, ich kann mich allein zudecken. Ich habe keine Angst mehr vor dem Dunkeln, ich bin doch kein kleines Kind mehr.«

»Nein, das bist du nicht«, hatte ihr Vater mit seltsam trauriger Stimme erwidert. »Ich sehe nachts nach dir, um meine Ängste zu beschwichtigen, nicht deine.«

»Deine Ängste?« Cat hatte verwundert auf ihren kühnen, kriegerischen Vater geblickt. »Wovor hast du denn Angst?«

Tiernan mit den lachenden Augen war mit seinen rauen Fingerknöcheln über ihre Wange gefahren. »Dich zu verlieren, meine Kleine. Du bist so ein Schatz, dass ich Angst habe, in einer dunklen Nacht könnte einem aus dem Feenvolk einfallen, dich zu rauben.«

Cats Lippen verzogen sich zu einem wehmütigen Lächeln. Das Feenvolk. Martin le Loups Ängste um Meg waren zweifellos begründeter als Tiernans Sorge, dass ihm die kleinen Leute seine Tochter stehlen könnten.

Heute Nacht schlich nur eine böse Fee im Haus herum, und das war sie selbst, dachte Cat schuldbewusst. Als sie auf das in aller Unschuld schlummernde Mädchen hinabblickte, gab sie alle Gedanken an eine Entführung auf.

Nicht, weil es wegen der Lage des Hauses, der geschäftigen Straße, der Notwendigkeit, Meg allein anzutreffen, schwierig gewesen wäre, einen solchen Plan auszuführen – Cat war zuversichtlich, all diese Hindernisse überwinden zu können.

Nein, es war der Gedanke an dieses kleine Mädchen, dessen Vater alles für sie bedeutete, und Martins Gesichtsausdruck, als er seiner Tochter einen Gutenachtkuss gegeben hatte.

Ganz gleich, wie sehr sie sich danach sehnte, nach Faire Isle und zu Ariane zurückzukehren, sie würde niemandem sein Kind rauben. Es blieb ihr nichts anderes übrig, als in London zu bleiben und Meg zu bewachen, bis sie Martin zum Umdenken bewegt hatte.

Leise schlich sie hinaus und legte sich im Gang vor die Schwelle, um mit ihrer Wache zu beginnen.

Whitehall erstreckte sich über neun Hektar, eine Stadt innerhalb der Stadt. Der Palast bestand aus vielen einzelnen Gebäuden in den unterschiedlichsten Stilrichtungen, einem Labyrinth aus eintausendfünfhundert Räumen, in denen Königin Elisabeths Höflinge um Brosamen königlicher Gunst rangelten, kämpften und intrigierten.

Doch weder die Königin noch der Hof weilten derzeit hier. Im Sommer bevorzugte Elisabeth ihren Palast in Richmond. Als Martin seinem Begleiter durch ein Gewirr von Gängen folgte, hallten ihre Schritte in der Stille der leeren Säle. Viele der Wände waren nackt, die teuren Wandteppiche waren mit der Königin umgezogen, aber einige Porträts waren zurückgeblieben, vor allem die des verstorbenen Königs Heinrich VIII. Es war, als wolle Elisabeth niemanden vergessen lassen, wessen Tochter sie war.

Martins Begleiter, ein lakonischer junger Mann, wirkte so gelangweilt, als bringe er jeden Tag zu so später Stunde zwielichtige Gestalten zum ersten Staatssekretär. Und sehr wahrscheinlich war das auch so. Sir Francis Walsingham wurde nachgesagt, eine ganze Legion dubioser Gesellen zu beschäftigen. Martin fürchtete, nur ein weiterer zu sein.

Der Page ließ Martin in einem kleinen Vorzimmer warten, während er Sir Francis Martins Ankunft verkündete. In dem kleinen Raum saß ein Sekretär mit blondem Bart und pockennarbigem Gesicht. Er arbeitete erschöpft mit Feder und Tinte an einigen Papieren. Thomas Phelippes sah mit müden, rotgeränderten Augen auf und nickte Martin kurz zu, bevor er sich wieder an seine Arbeit machte.

Da Phelippes offenkundig nicht zu einem Schwätzchen aufgelegt war, blieb Martin nichts anderes übrig, als auf und ab zu laufen und sich zu wünschen, nicht hier, sondern zu Hause bei seiner Tochter zu sein. Früher wären die verstohlenen Geschäfte, auf die er sich mit Walsingham eingelassen hatte, für Martin wie ein berauschender Wein gewesen, doch seine Freude an Intrigen hatte merklich nachgelassen.

»Wir sind jetzt achtbare Leute«, hatte er Meg erklärt, aber das stimmte nicht und würde auch nie stimmen, solange er in Walsinghams Geheimdienst tätig war. Martin hoffte, dass die Kenntnisse, die er kürzlich erworben hatte, ausreichen würden, seinen Dienst quittieren zu können.

Der Page kehrte zurück und teilte Martin mit, Sir Francis würde ihn jetzt empfangen. Martin folgte dem jungen Mann in ein mit Büchern vollgestopftes Arbeitszimmer. Angeblich beherrschte Sir Francis fünf Fremdsprachen fließend. Die Bücher in den Regalen wiesen auf eine Vielzahl von Sprachen und Interessen hin.

Da gab es Werke über Geschichte, Recht, Politik, über Burgen und Festungen sowie über Taktik und Ausbildung des Heeres. Daneben befanden sich aber auch Bücher, in denen die Ausgaben für die vielen Haushalte und Anwesen der Königin festgehalten waren.

Martin bekam Kopfschmerzen, wenn er über all diese Dinge nachdachte. Er fragte sich oft, wie Sir Francis einen klaren Kopf behielt bei dieser schwindelerregenden Masse von Details und Informationen, ganz zu schweigen von dem verschlossenen Wandschrank, in dem sich geheime Unterlagen befanden und zu dem nur Walsingham einen Schlüssel besaß.

Der Mann war kaum zu sehen hinter seinem Schreibtisch, auf dem sich zahllose Verträge, Briefe von Botschaftern, Karten und Schriftstücke gefährlich hoch stapelten.

Irgendwo inmitten dieser Türme drückte Walsingham sein Siegel auf einen Brief, den er offenbar gerade beendet hatte. Er war so in seine Arbeit vertieft, dass er kaum aufblickte, als Martin eintrat.

Sir Francis war ein schlanker Mann mit einem schmalen, länglichen Gesicht. Sein spitz zulaufender schwarzer Bart und seine fahle Hautfarbe hatten die Königin dazu veranlasst, ihm den Spitznamen »Mohr« zu geben. In seiner schlichten schwarzen Kleidung hätte man ihn leicht für einen einfachen Sekretär halten können und nicht für das, was er tatsächlich war: Elisabeths Staatssekretär und einflussreiches Mitglied ihres Kronrates.

Er reichte dem Pagen den Brief und befahl: »Sieh zu, dass er sofort befördert wird.«

Während der junge Mann dem Auftrag eilig nachkam, winkte Walsingham Martin zu und bedeutete ihm, sich zu setzen. »Verzeiht, dass Ihr warten musstet, Master Wolfe.«

»Ich stehe Euch uneingeschränkt zur Verfügung, Herr Staatssekretär.« Martin deutete eine knappe Verbeugung an, während ihm durch den Kopf ging, dass diese Aussage weitaus mehr zutraf, als ihm lieb war. »Ich würde nicht erwarten, Vorrang vor einer dringenden Staatsangelegenheit zu erhalten.«

»Staatsangelegenheiten«, meinte Walsingham und verzog das Gesicht. »Ja, die wollen kein Ende nehmen. In letzter Zeit überschwemmen mich Schreiben aus den Gerichtshöfen des ganzen Landes, in denen man sich über Aufstände beschwert, ausgelöst durch diesen höllischen Kometen.«

»Der Komet?« Martin zog fragend eine Braue hoch, während er sich auf einem Stuhl vor dem Schreibtisch niederließ.

»Dieses feurige Ding, das letzten Monat am Himmel aufgetaucht ist«, erwiderte der Staatssekretär ironisch. »Ihr habt es doch sicher auch bemerkt.«

»Wie könnte mir das entgangen sein. Aber ich finde, hier auf Erden gibt es genügend Ärger, da muss man sich nicht auch noch mit Himmelserscheinungen beschäftigen, die unendlich weit entfernt sind.«

»Bedauerlicherweise gehört Ihr zu den wenigen, die genügend Verstand besitzen, das zu erkennen. Ich schwöre, das übrige Land steht kurz davor, den Verstand zu verlieren. Verängstigte Bürger bezahlen Marktschreiern gutes Geld für Schutzamulette, und Prediger geifern an den Straßenecken über das Ende aller Tage. Erst vor wenigen Tagen erreichte mich der Brief eines Friedensrichters über einen Unruhestifter in Surrey, der unsäglichen Aufruhr verbreitet.«

Walsingham nahm ein Blatt zur Hand und las:

> *»Dieser Vagabund mit seinem irren Blick hat in meinem Distrikt viel Unruhe gestiftet, indem er predigt, dass der Komet ein Ausdruck des Zorns des Allmächtigen ist und dass der feurige Himmelskörper aus den Sünden der Menschheit geschmiedet ist, die wie giftiges Gas in den Himmel steigen.«*

Martin lachte. »Meine Güte. Wenn dem so wäre, würden uns jeden Tag Kometen plagen.«

»Ganz genau. Leider ist es diesem Verrückten gelungen, die Leute völlig hysterisch zu machen. Das Gericht hatte vor, ihn zu hängen. Ich hingegen schlug vor, den armen Narren ins Bethlem Royal Hospital einzusperren. Dann ist es vorbei mit seinen Hetzreden.«

In Bedlam eingesperrt zu werden und wahrscheinlich nie mehr das Tageslicht zu erblicken … Martin musste einen Schauder unterdrücken. Ihm wäre der Strick lieber gewesen.

Walsingham warf den Brief des Friedensrichters auf einen Stoß Papiere und rieb sich die Augen. Manche behaupteten, der Staatssekretär schliefe nie. Martin hätte das durchaus glauben können.

An einem Hof, der für seinen Witz und seinen Klatsch bekannt war, hatte dieser dunkle, hagere Mann, der seine Meinung lieber für sich behielt, etwas fast Übernatürliches an sich. Martin stellte sich oft vor, dass sich Sir Francis mit seiner nüchternen Kleidung neben der Schar der Höflinge in ihren schillernden Seidengarderoben, dem Schmuck und den Pelzen wie ein Rabe unter Pfauen ausnehmen musste.

Oder aber, und das war wahrscheinlicher, er verschmolz einfach mit dem Hintergrund, ein stummer Schatten, stets wachsam. Beobachten und Abwarten, das waren Walsinghams größte Stärken.

Nun lehnte er sich zurück, verschränkte die Hände vor seiner dunklen Robe und richtete seinen durchdringenden Blick auf Martin.

»Es ist schon recht spät, Master Wolfe, und ich muss mich noch mit zahllosen anderen Dingen befassen. Kommen wir auf unsere Geschäfte zu sprechen. Was habt Ihr mir zu berichten? Ich hoffe, Ihr habt gute Nachrichten.«

»Ich habe Nachrichten, aber ich weiß nicht, ob sie Euch gefallen werden«, erwiderte Martin. »Der Mann, der häufig im *Plough Inn* nahe dem Temple Bar verkehrt und sich Captain Fortescue nennt, ist ein Betrüger, ganz wie Ihr vermutet habt. In Wahrheit ist er ein Priester namens John Ballard.«

»Ach ja?« Walsingham beugte sich eifrig vor. »Seid Ihr Euch dessen sicher?«

»Ich besuchte eine Messe, die Ballard im Haus von Sir Anthony Babington gefeiert hat.« Da das ein verbotener Ritus war, der einen Mann ins Gefängnis bringen konnte, fügte Martin eilig hinzu: »Das tat ich natürlich nur, um meine Glaubwürdigkeit als Gegner der anglikanischen Kirche zu unterstreichen. Es war nicht sehr schwer. Ich …«

Martin bremste sich. Beinahe hätte er offenbart, dass er in Paris einen Teil seiner Jugend unter Mönchen verbracht hatte, nachdem seine Mutter ihn auf den Stufen von Notre Dame ausgesetzt hatte.

Walsingham kannte Martin nur als ehemaligen Mittelsmann Heinrich von Navarras. Er war Martin zum ersten Mal vor zwei Jahren begegnet, als dieser nach London gereist war, um dringend benötigte Gelder für den angeschlagenen hugenottischen König aufzutreiben.

Mehr wusste Walsingham nicht von ihm, und das war Martin auch lieber so. Er hatte keine Lust, dem Staatssekretär allzu tiefe Einblicke in seine Vergangenheit zu gewähren, vor allem nicht, was seine Tochter anging.

»Ich kenne mich mit den Gebräuchen des alten Glaubens gut genug aus, um als Katholik durchzugehen.«

»Ach so.« Walsinghams Miene war unbewegt, und auch seine Stimme gab nichts preis, doch sein gerissener Blick wich nicht von Martins Gesicht. »Zweifellos eine weitere großartige schauspielerische Leistung Eurerseits.«

»Ganz passabel.« Bescheiden zog Martin die Schultern ein. »Aber nicht gut genug, um Babington und Pater Ballard dazu zu bringen, sich mir ganz zu öffnen.

Es ist mir gelungen, mehr zu erfahren, als ich mich einen Abend lang im *Plough Inn* umhörte. Der junge Babington und seine Freunde pflegen dort oft zu Abend zu speisen, und wenn sie tief genug ins Glas geblickt haben, werden sie manchmal etwas nachlässig.«

Martin legte eine kurze Pause ein, dann fuhr er grimmig fort: »Es gibt auf alle Fälle eine Verschwörung, Königin Elisabeth loszuwerden und ihre Cousine Maria von Schottland auf den Thron zu setzen. Ich habe mitbekommen, wie Babington Pater Ballard gefragt hat, ob es falsch wäre, Elisabeth umzubringen.«

»Ein Meuchelmörder mit Gewissen – wie bewundernswert«, schnaubte Walsingham.

»Ballard hat ihm versichert, dass es keine Sünde wäre. Der Papst hat Elisabeth zur Ketzerin erklärt und würde Babington die Absolution erteilen. Dennoch klang er noch nicht recht geneigt zu handeln. Trotz all seines kühnen Geredes kommt mir Babington nicht besonders gefährlich vor. Er ist ein wankelmütiger, verträumter junger Mann. Ich glaube, er hat beschlossen, der Königin der Schotten zu schreiben und sie um ihren Segen zu bitten, bevor er weitere Schritte unternimmt.«

Martins Lippen kräuselten sich verächtlich. »Wie der junge Narr glaubt, das bewerkstelligen zu können, ist mir schleierhaft. Bekanntermaßen wird die schottische Königin in Chartley so gut bewacht, dass keine Briefe zu ihr durchdringen.«

»Ach, die Lady wird seinen Brief schon bekommen.« Walsingham verzog dem Mund zu einem sehr seltenen Lächeln, das jedoch so kalt war, dass es Martin bange wurde. »Ich werde Sorge dafür tragen und die Bewachung etwas lockern.«

Martin musterte Sir Francis erstaunt. »Verzeiht, Sir, aber solltet Ihr nicht lieber Babington und seinen Priester auf der Stelle verhaften lassen? Wäre es nicht gefährlich, Elisabeths Feinden zu gestatten, miteinander schriftlich in Kontakt zu treten und eine Verschwörung gegen sie zu planen?«

»Gefährlich schon, aber auch notwendig.« Walsingham war ein sehr verschlossener Mann, der sich nur selten einem anderen erklärte, auch nicht seiner Königin.

Er überraschte Martin, als er die Fingerspitzen aneinanderlegte und ernst fortfuhr: »Ich hatte schon mit mehreren katholischen Verschwörungen gegen Ihre Majestät zu tun. Früher habe ich immer vorschnell gehandelt, weshalb es mir nie gelungen ist, den dunklen Kern auszurotten. Doch diesmal habe ich vor, den Verschwörungen ein für allemal ein Ende zu setzen. Dazu muss ich der schottischen Jezebel persönlich eine Falle stellen und Königin Elisabeth einen unwiderleglichen Beweis für die Schuld ihrer Cousine liefern.«

Walsingham seufzte. »Ihre Majestät nimmt es zwar im Scharfsinn mit jedem Mann auf, doch in dieser Hinsicht ist sie eindeutig zu weiblich. Sie kann Hinrichtungen nicht ertragen, vor allem, wenn es um eine gesalbte Königin geht.«

»Möglicherweise hat die Königin gute Gründe für ihr Zögern«, wagte Martin einzuwenden. »Wenn man bedenkt, unter welch tragischen Umständen ihre Mutter gestorben ist …«

»Dazu kann ich nichts sagen. Die Königin spricht nie über diese Boleyn, und das ist auch klug von ihr. Ihr rechtmäßiger Anspruch auf den Thron ist zu oft in Frage gestellt worden, um nun alle Welt daran zu erinnern, dass sie die Tochter einer Frau ist, die wegen Hochverrats und Ehebruchs hingerichtet wurde. Aber egal, welche Geister die Königin heimsuchen, sie muss ihre persönlichen Gefühle aus dem Spiel lassen.

Solange Maria lebt, wird dieses Land und auch Elisabeth nicht sicher sein. Wenn ich einen Brief in die Finger bekomme, den Maria persönlich geschrieben hat und in dem sie Babingtons Verschwörung befürwortet, wird Elisabeth keine andere Wahl mehr haben. Sie wird ihrer Cousine den Prozess machen und sie hinrichten lassen müssen.«

»Aber wird Maria wirklich so töricht sein, einen Brief von Babington zu beantworten?«, fragte Martin.

»Oh, das kann ich mir jedenfalls gut vorstellen. Sie wiegt sich in Sicherheit, da sie ihre Botschaften verschlüsselt verfasst. Aber ich habe einen Mann an der Hand, der alles entschlüsseln kann. Die Frau war nie besonders bekannt für ihre Klugheit.«

»Dann wird die Königin von Schottland also aufgrund einer Unbesonnenheit ihren Kopf verlieren.« Beinahe hätte Martin hinzugefügt: »Die arme, törichte Frau.« Aber er besann sich gerade noch eines Besseren.

Und das war auch gut so, denn Walsingham beäugte ihn

streng. »Sie wird ihren Kopf wegen Hochverrats verlieren und weil sie den Mord an unserer Herrscherin geplant hat.«

»Das – äh, das walte Gott«, erwiderte Martin. Elisabeth war eine schlaue und fähige Regentin, doch er verspürte ein gewisses Mitgefühl für die abgesetzte schottische Königin. Maria, deren Mutter aus Frankreich stammte, war mit dem König von Frankreich verheiratet gewesen und im Jahr von Martins Geburt zur jungen Witwe geworden.

Martin war mit vielen romantischen Erzählungen über *la petite Marie* aufgewachsen. In den Tavernen von Paris trank man noch immer auf *la belle reine,* obwohl Maria schon lange nicht mehr auf einem Thron gesessen hatte. Seit zwölf Jahren war sie eine Gefangene der Engländer; es war verständlich, dass sie ein Komplott schmiedete, um ihre Freiheit wiederzuerlangen.

Unruhig trommelte Martin mit den Fingern auf sein Knie und runzelte die Stirn ob der Gedanken, die ihm durch den Kopf gingen. Er schaffte es zwar recht gut, seinen Akzent zu unterdrücken, und er hatte seinen Namen anglisiert, doch er fürchtete, dass er im Innersten Franzose geblieben war. Elisabeths Streit mit ihren katholischen Untertanen kam ihm wie ein englisches Problem vor, das wenig mit ihm zu tun hatte.

Und Walsingham spielte in vielerlei Hinsicht ein gefährliches Spiel. Königin Elisabeth konnte sehr aufbrausend sein, und Martin glaubte nicht, dass sie Walsingham dankbar sein würde, wenn er sie zwang, brutal mit ihrer Cousine zu verfahren. Auch würden diejenigen, die dem Staatssekretär bei seinen Winkelzügen halfen, von ihr bestimmt nicht mit Wohlwollen bedacht werden.

All diese Verschwörungen konnten nur in Blut und Tränen enden. Es würde mehr als nur ein Kopf rollen; Martin wäre es am liebsten gewesen, mit der ganzen Sache möglichst wenig zu tun zu haben.

Deshalb war er sehr erleichtert, als Walsingham sagte: »Ihr habt Euch wacker geschlagen, Master Wolfe, doch in meinen

Diensten befindet sich ein Mann, der einst bei den Jesuiten in Douai studiert hat. Ich denke, er ist besser geeignet, sich das Vertrauen von Babington und der schottischen Königin zu erschleichen und als Überbringer ihrer Briefe zu dienen.«

»Ausgezeichnet«, pflichtete Martin ihm erfreut bei und erhob sich. »Wenn Ihr meine Dienste nicht mehr benötigt, werde ich …«

»Nicht so hastig, Sir. Setzt Euch.«

Als Martin zögerte, wiederholte Walsingham noch einmal herrisch: »Setzt Euch! Ich finde Euren Bericht unvollständig.«

»Ich weiß nicht, was Ihr damit meint.« Beunruhigt ließ sich Martin nieder, denn er ahnte, was nun kommen würde – Fragen, die er lieber vermieden hätte.

Walsingham musterte Martin mit zusammengekniffenen Augen. »In Eurem Bericht über diese verräterischen Vorgänge ist mir aufgefallen, dass Ihr Euren jungen Freund, Edward Lambert, Lord Oxbridge, völlig unerwähnt gelassen habt.«

»Nur deshalb, weil es über ihn nichts zu berichten gibt«, entgegnete Martin kühl.

Walsingham runzelte verdrossen die Stirn. »Ich habe mir nicht die Mühe gemacht, Euch mit einem eigenen Haushalt und einer achtbareren Fassade auszustatten, damit Ihr in Schenken herumlungert. Euer Hauptauftrag – nur falls Ihr es vergessen habt – lautete: Schleicht Euch in die Gunst des Barons ein und findet heraus, wie weit er in diesen Verrat gegen die Königin verwickelt ist.«

»Genau das habe ich getan«, erwiderte Martin ein wenig schroff. »Ich gebe zu, Ned – ich meine Lord Oxbridge – ist manchmal etwas tollkühn und töricht, wie viele junge Männer mit zwanzig. Doch obwohl er dem katholischen Glauben anhängt, habe ich nichts gefunden, was darauf hingewiesen hätte, dass es ihm an Loyalität der Königin gegenüber mangelt. Und mit Sicherheit habe ich keine Verbindung zwischen ihm und dieser Babington-Verschwörung entdeckt.«

»Vielleicht habt Ihr nicht gut genug gesucht.«

»Was soll das heißen?«

»Das heißt, es könnte Euch womöglich ungelegen kommen, dass der Mann, der geholfen hat, Euer kostbares Theater zu finanzieren, des Verrats schuldig sein könnte.«

»Streng genommen ist das *Crown* nicht mit dem Geld von Oxbridge errichtet worden, sondern mit dem seiner Schwester.«

Martin bedauerte diese Worte, sobald sie ihm über die Lippen gekommen waren, denn Walsingham stürzte sich so gierig darauf wie ein Hund auf einen Knochen.

»Aha! Nun kommen wir also zum Kern der Sache, der Lady Jane Danvers. Sie soll eine sehr schöne Frau sein.«

Martin zuckte mit den Schultern und versuchte, möglichst gleichgültig zu wirken. »Ich nehme an, man könnte sie als recht hübsch bezeichnen.«

»Und sie ist eine vermögende Witwe, jung genug, um sich nach einem neuen Gemahl zu sehnen.«

»Ich habe keine Ahnung, wonach sich die Dame sehnt. Ich würde kaum wagen, meinen unwürdigen Blick auf die Schwester eines Barons fallen zu lassen.«

»Oh, ich glaube, es gibt nicht viel, was Ihr nicht wagen würdet, Master Wolfe.«

Martin rutschte unruhig auf seinem Stuhl hin und her. Walsingham wurde nachgesagt, dass er mit seinem Blick die Seele eines Mannes entblößen konnte, und im Moment spähte der Staatssekretär beunruhigend genau in Martins Seele.

In letzter Zeit waren seine Gedanken tatsächlich immer wieder zu Lady Danvers geschweift, viel öfter, als ihm lieb war. Sie war eine sanfte, freundliche Frau, wenn auch manchmal etwas zu ernst für Martins Geschmack. Doch häufig musste er daran denken, dass eine Hochzeit mit der Lady sein Glück mehren würde, und außerdem würde Jane eine gute Mutter für Meg abgeben.

Walsingham betrachtete Martin noch immer aus zusammengekniffenen Augen. Der Staatssekretär verstand es, Schweigen als Waffe einzusetzen. Damit verleitete er sein Gegenüber oft zu unüberlegten Worten.

Als Martin sich nicht hinreißen ließ, fuhr Walsingham fort: »Wir leben in einer ganz besonderen Zeit. Ein ehrgeiziger, fähiger Mann kann weit mehr erreichen als sein Vater. Ihr scheint mir ein solcher Mann zu sein, Master Wolfe. Und außerdem seid Ihr auch noch etwas weitaus Gefährlicheres.«

»Und das wäre?«

»Ein Mann, der keinen Herrn, keine Bindungen und keine Treue einem anderen gegenüber kennt.«

»Wie eigentümlich«, erwiderte Martin gedehnt. »Ich hatte den seltsamen Eindruck, an Eure Dienste gebunden zu sein, Herr Staatssekretär.«

»Ihr nehmt mein Geld und führt meine Aufträge aus, aber ich war nie so töricht, mich als Euren Herrn und Meister zu betrachten. Ihr arbeitet nun schon seit sechs Monaten für mich, und ich weiß kaum mehr über Euch als am Anfang.«

»Dasselbe könnte ich auch von Euch behaupten, Sir«, gab Martin zurück. »Ihr steht im Ruf, ein Mann zu sein, der wenig sagt, doch alles sieht.«

»Und Ihr seid ein Mann, der viel redet, doch nichts zeigt. Ich weiß nicht einmal genau, welchem Glauben Ihr anhängt.«

»Ich besuche regelmäßig jeden Sonntag den protestantischen Gottesdienst.«

»Das tun sehr viele Männer, und sei es nur, um die Geldstrafe zu vermeiden, die denen auferlegt wird, die den Gottesdienst nicht besuchen.«

Martin lächelte. »Meine Beziehung zum Allmächtigen ist ziemlich schlicht. In jungen Jahren hat Gott zu mir gesprochen. ›Martin, mein Junge‹, hat er gesagt, ›ich muss mir über weitaus Wichtigeres Sorgen machen als über dich. Also ist es wohl am besten, wenn du dich selbst um dich kümmerst.‹«

Walsingham lachte trocken, doch Martin merkte, dass er den strengen Puritaner mit seiner Blasphemie beleidigt hatte. Ernster fügte er hinzu: »Was den Streit zwischen den Katholiken und den Protestanten angeht, habe ich mit eigenen Augen gesehen, wie viel Leid und Elend daraus entsteht. In Frankreich tobt seit vielen Jahren ein Bürgerkrieg, Männer, Frauen und Kinder werden brutal abgeschlachtet. Und warum? Ich glaube, Eure Königin hat das sehr treffend formuliert. Hat sie nicht gesagt: ›Es gibt nur einen Jesus Christus, der Rest ist nur Streit um Kleinigkeiten.‹ Ich neige dazu, ihre Meinung zu teilen.«

»Und dennoch habt Ihr dem hugenottischen König von Navarra gedient«, bohrte Walsingham nach.

»Weil ich den Mann mochte und er mir meine Dienste gut vergolten hat.«

»Und genau das macht mir Sorgen: Weil Euch Lord Oxbridges Schwester und ihr Vermögen gefallen, mangelt es Euch an Eifer bei den Nachforschungen über den Baron.«

Martin seufzte. »Warum seid Ihr Euch so sicher, dass Oxbridge etwas mit dem Verrat zu tun hat?«

»Ich habe Euch meine Gründe bereits dargelegt: Die Lamberts sind eine der letzten großen katholischen Familien aus dem Norden. Sie haben schon früher gegen die Krone rebelliert. Der Großvater des gegenwärtigen Barons nahm ein so unrühmliches Ende, dass sein Kopf auf den Zinnen des Towers aufgespießt wurde. Dem Vater hätte das gleiche Schicksal geblüht, wäre er nicht bei der Flucht vor seinen Häschern vom Pferd gestürzt und hätte sich das Genick gebrochen.«

»Aber Ihr selbst habt mir doch eben versichert, in England sei ein neues Zeitalter angebrochen. Jetzt müsse ein Mann nicht mehr das sein, was sein Vater war.«

Walsingham wirkte verärgert, dass ihm seine Worte im Mund umgedreht wurden. »Ich habe auch noch andere Gründe. Oxbridge und seine Schwester wurden vom Grafen von Shrewsbury aufgezogen, in dessen Haushalt Sir Anthony Babington Page war. Sie lebten alle unter einem Dach in jener Zeit, als der Graf für die Bewachung der Königin von Schottland zuständig war.«

»Zufall«, meinte Martin verächtlich. »Nur weil sich früher alle kannten, heißt das noch lange nicht, dass jetzt eine Verbindung zwischen ihnen besteht. Mir ist nichts aufgefallen, was nahelegen würde, dass Lord Oxbridge oder seine Schwester …«

»Dann schlage ich vor, Ihr beschäftigt Euch ein wenig eingehender damit, Sir«, fauchte Walsingham. »Ansonsten sähe ich mich gezwungen, einen anderen zu beauftragen, den Baron und auch Eure Loyalität zu prüfen, Monsieur le Loup.«

Martin riss sich zusammen, um nicht zu zeigen, wie sehr ihn diese Drohung erschütterte. »Ich werde mein Bestes tun.«

»Mehr verlange ich nicht. Jetzt werdet Ihr bestimmt begierig darauf sein, zu Eurer Tochter zurückzukehren.« Der Staatssekretär erhob sich und begleitete Martin zur Tür. »Wie geht es der jungen Margaret?«

»Sehr gut«, erwiderte Martin zurückhaltend. Er forschte in Walsinghams Miene nach Anzeichen, ob hinter dieser Frage womöglich eine Drohung lag.

Doch die sonst so kalten Augen von Sir Francis wirkten auf einmal deutlich weicher. »Es ist jetzt sechs Sommer her, dass ich meine jüngste Tochter, meine kleine Mary, verloren habe. Nun weilt sie bei Gott. Schätzt die Tage, die Ihr mit Eurer Tochter verbringen dürft, Master Wolfe. Unsere Kinder sind uns allzu oft nur für kurze Zeit geliehen. Und am Ende geht es nicht um Königreiche oder Macht, sondern nur um Gott und die Familie.«

Die Worte des Staatssekretärs klangen schlicht, es war kein frommes Geschwätz, sie kamen von Herzen. Und einen Moment lang war es, als wären sie nur zwei ganz gewöhnliche Männer, ein Vater, der sich mit einem anderen unterhält.

Doch dann setzte Walsingham wieder seine Maske auf. »Beabsichtigt Ihr, Lord Oxbridge und seiner Schwester bald Eure Aufwartung zu machen?«

Martin nickte zögernd. »Ich habe das Glück, eine Einladung zu einem großen Bankett erhalten zu haben, das morgen

Abend in *Strand House* stattfinden soll. Die Königin persönlich wird erwartet.«

»Nicht, wenn ich es ihr ausreden kann. Angesichts all dieser Komplotte ist es wohl nicht so günstig, wenn Ihre Majestät in den Häusern bekannter Gegner des anglikanischen Glaubens speist.«

Walsingham legte die Hand auf Martins Schulter. »Helft mir, diese Verschwörung gegen meine Königin zu vereiteln, und ich werde dafür sorgen, dass Ihr reich belohnt werdet. Wappen und Ansehen können gekauft werden. Fordert Euer Schicksal nicht durch die Werbung um eine Frau heraus, deren Familie in Hochverrat verwickelt sein könnte. Wenn Ihr mir gute Dienste leistet, könnt Ihr es noch weit bringen. Aber denkt daran, es ist gut möglich, dass Ihr ebenso tief fallt. Gute Nacht, Sir.«

Diesmal fiel es Martin nicht schwer, die Drohung zu erkennen.

Sobald Wolfe sich verabschiedet hatte, trat Phelippes ein. Der Sekretär deutete mit dem Kopf zur Tür. »Vertraut Ihr diesem Franzosen durch und durch, Sir?«

»So weit, wie ich allen anderen vertraue«, erwiderte Walsingham. »Ich finde, dass es nur sehr wenige Männer gibt, die man nicht gründlich im Auge behalten muss. Wie kommt Ihr mit der Entschlüsselung voran?«

»Recht gut. Zumindest mit einem großen Teil.« Phelippes kratzte sich am Bart. »Ich war mir sicher, den Code geknackt zu haben, aber ein Teil der Botschaft liest sich so seltsam, dass ich nicht sicher bin, ob ich richtig liege.«

»Ich bin mir sicher. Ihr seid der beste Entschlüssler, den ich je hatte. Von wem stammt der Brief?«

»Von Thomas Morgan, dem Mittelsmann der schottischen Königin in Paris.«

Morgan war schon seit mehreren Jahren für Maria tätig; in letzter Zeit hatte er um Unterstützung für eine französische

Invasion geworben, die dazu beitragen sollte, Maria zu befreien und auf den englischen Thron zu bringen.

Der guten Beziehungen zu England zuliebe hatte der französische König schließlich überredet werden können, den Mann zu verhaften.

Aber bislang hatte Heinrich III. ihn nicht der englischen Regierung ausgeliefert, sondern ihn nur in die Bastille gesperrt, was Morgan jedoch nicht davon abhielt, seine Aktivitäten im Namen der gefangenen Königin fortzusetzen.

»Was stört Euch denn an Morgans Brief?«, fragte Walsingham.

»Er empfiehlt Maria Babington als einen Mann, dem sie vertrauen kann.«

»Umso besser.«

»Aber alles Weitere klingt sehr seltsam. Morgan findet, man sollte diesmal alle Mittel in Erwägung ziehen, um die Königin zu befreien – einschließlich Hexerei.«

»Wie bitte?« Walsingham nahm das Schreiben zur Hand und überflog Phelippes Übertragung.

> *»… und obgleich Eure Majestät eine sehr fromme Frau ist, muss ich Euch bitten, daran zu denken, dass im Dienste einer heiligen Sache selbst dunkle Mächte eingesetzt werden sollten. Mir sind Gerüchte zu Ohren gekommen, dass in England eine sehr mächtige Zauberin lebt, deren Fähigkeiten für Eure Freilassung genutzt werden könnten …«*

Walsingham murrte verächtlich: »Das klingt, als ob Master Morgan zu lange im Karzer gesessen hat. Sein Hirn wird weich.«

»Ihr glaubt nicht an Hexerei?«

»Wenn ich an Zauber und anderen Aberglauben glauben würde, wäre ich Papist. Aber Menschen, die solch gefährlichem Irrglauben anhängen, können viel Schaden anrichten.

Wir dürfen keine Drohung ignorieren, egal, wie weit hergeholt sie scheint.«

»Wie soll ich mich also verhalten, Sir?«

Walsingham massierte sich die Schläfen und dachte kurz nach, dann befahl er: »Versiegelt den Brief und seht zu, dass er die schottische Königin erreicht, zusammen mit dem Schreiben des französischen Botschafters. Ich werde unsere Agenten in Paris anweisen, mehr über diese Hexe in Erfahrung zu bringen. Wie heißt sie überhaupt?«

Sir Francis warf einen weiteren Blick auf die Übersetzung: »Aha. Die Silberne Rose.«

5

Cat lag zusammengerollt vor Megs Tür, das Gesicht vom sanften Morgenlicht beschienen. Das ließ sie von der Zeit träumen, als sie mit ihrer Familie und dem Vieh in höhergelegene Gebiete gewandert war. Den Kopf auf die Arme gebettet träumte sie, dass sie unter einem Schutz aus Rohrgeflecht auf einem Bett aus Moos und Binsen läge. Sie hörte das leise Muhen der Kühe auf der Sommerweide und die sachten Schritte ihrer Großmutter, die für sie ein herrliches Frühstück mit Buttermilch und Schwarzbrot zubereitete.

Doch es war nicht die melodiöse Stimme ihrer Großmutter, die sie weckte, sondern ein ohrenbetäubendes Kreischen, das dem einer Banshee ähnelte.

»Papistenhexe! Irische Teufelin!«

Cat riss die Augen auf. Dank ihrer kriegerischen Instinkte konnte sie sich gerade noch wegrollen, um dem schweren Stock zu entgehen, der sonst auf ihrem Kopf gelandet wäre. Sie sprang auf und stellte fest, dass sie belagert wurde – nicht nur von Agatha Butterydoor, sondern auch von einem dürren Dienstmädchen, das mit einem Besen bewaffnet war.

Cat versuchte, sich mit den Armen vor den Schlägen zu schützen. »Was zum Teufel! Seid Ihr von Sinnen, Alte? Hört damit auf! Aua!«, schrie sie, als der Stock auf ihrem Ellbogen landete. Sie wich zur Seite und entwand dem Dienstmädchen den Besen.

Nun packte sie den Besen mit beiden Händen und wirbelte ihn wie eine Stange, um Agathas ungestüme Schläge abzuwehren. Das erschrockene Dienstmädchen zog sich hinter die schwarzen Röcke der Alten zurück und schrie aus Leibeskräften.

»Werdet Ihr wohl damit aufhören?«, fauchte Cat. »Und hört

auch mit diesem Gejaule auf, bevor Ihr das kleine Mädchen aufweckt.«

Agatha wich keuchend ein paar Schritte zurück. »Ich hoffe nur, mein Püppchen lässt sich noch aufwecken. Was habt Ihr mit ihr angestellt?«

»Nichts, Ihr alte Närrin.«

»Maude, lauf nach unten und hol den Herrn, und zwar sofort!«, befahl Agatha dem eingeschüchterten Hausmädchen. Doch dieser Befehl war unnötig, denn Martin le Loup kam bereits mit gezücktem Schwert die Stufen heraufgestürmt, barfuß und nur mit einem weißen Hemd bekleidet, das ihm bis zur Hälfte der Oberschenkel reichte. Die Augen weit aufgerissen, sah er aus, als wäre er soeben unsanft aus dem Schlaf geschreckt worden. Sein dunkles Haar hing ihm wirr ins Gesicht.

Zwei Stufen auf einmal nehmend brüllte er: »Was ist passiert? Ist etwas mit Meg? Hat jemand …«

Er verstummte und blieb auf dem Treppenabsatz stehen. Blinzelnd versuchte er, sich klar zu werden, was da vorging. Sein Blick fiel zuerst auf Cat in seinen Kleidern, dann auf die Alte und das schluchzende Hausmädchen, das sich an deren Röcke klammerte.

»Was zum Teufel ist hier los?«

»Oh, Master, ich habe Euch gewarnt«, kreischte Agatha. »Diese irische Hexe hat hier gelauert, um …«

»Ich habe nichts dergleichen getan, albernes Weib«, fiel ihr Cat ins Wort.

»Sie hat gelauert und vorgehabt, das Silber zu stehlen und uns alle zu ermorden.«

»Ich habe geschlafen, verdammte Närrin!«

»… und ich fürchte, sie hat die kleine Herrin bereits verschlungen.« Tränen traten in die Augen der Alten. »Denn sie …«

»Himmel nochmal, Weib! Ihr habt den Scharfsinn eines Flohs!«

»Ruhe jetzt!«, knurrte Martin derart erbost, dass sogar Cat

nachgab. Er strich sich die widerspenstigen Haare aus der Stirn und trat zwischen Cat und Mistress Butterydoor. Mit der flachen Schwertklinge zwang er die Alte, den Stock sinken zu lassen.

»Und jetzt möge mir bitte jemand die Sache erklären – und zwar immer nur eine«, fügte er rasch hinzu, als Cat und Agatha gleichzeitig Luft holten. »Ihr zuerst, Mistress Butterydoor.«

»Nun, Herr, die arme Maude ging ihren morgendlichen Pflichten nach, als sie diese hässliche Papistin vor Mistress Megs Tür liegen sah. Das arme Mädchen hat einen ziemlichen Schrecken gekriegt und ist sogleich losgestürmt, um mich zu holen. Allerdings hat sie mich nicht gleich gefunden, ich war draußen im Garten …«

»Gut, danke«, fiel ihr Martin ins Wort. »Ich bin mir sicher, dass Mistress O'Hanlon eine vernünftige Erklärung hat.« Obwohl er so zerzaust war, schaffte er es, die Braue in seiner kühlen, nervigen Art hochzuziehen.

»Ich habe es Euch doch schon gesagt«, knurrte Cat. »Ich habe geschlafen.«

»Und was hat Euch an dem Bett missfallen, das ich Euch zur Verfügung gestellt habe?«

»Nichts, außer dass es zu weit weg ist von Meg. Ich habe das getan, was mir Ariane aufgetragen hat: Ich habe Eure Tochter bewacht.«

Martin verzog erstaunt das Gesicht, einen Moment lang verschlug es ihm die Sprache. Cat nutzte diesen Moment, um Agatha anzufauchen: »Und ich bin keine Papistin!«

»Nun, Mistress Butterydoor, Ihr müsst verstehen …«, fing Martin an, doch Cat spähte an ihm vorbei zur Alten und erklärte mit boshafter Freude: »Ich wurde nie christlich getauft. Ich folge dem alten Glauben und ehre die gütige Mutter Erde.«

Dieses Geständnis entlockten der Alten und dem Hausmädchen nur neue Schreie des Entsetzens: »Eine Heidin! Möge Gott uns behüten!«

Martin fasste sich stöhnend an den Kopf. Plötzlich ging

Megs Schlafzimmertür auf. Alle erstarrten, als das Kind vorsichtig auf den Gang trat, die Stirn bestürzt gerunzelt.

»Papa? Weswegen schreien hier alle so?«

»Wegen nichts, Meggie.« Martin blickte zu ihr hinab und errötete; offenbar bemerkte er zum ersten Mal, dass er nur halb bekleidet war. »Es ist nur eine kleine häusliche Störung. Papa wird sich darum kümmern. Du – du bleibst am besten in deinem Zimmer.«

Er scheuchte Meg zurück, schloss die Tür und lehnte sich dagegen. Dabei sprang der Ausschnitt seines Hemdes auf und zeigte einen großen Teil seiner haarigen Brust.

Cat konnte nicht umhin, ihn anzustarren. Ihr Blick wanderte von dieser männlichen Brust hinab zu den festen Waden und zurück zu dem, was von seinen muskulösen Oberschenkeln zu sehen war. Sie merkte, dass sie nicht die Einzige war, die sich an diesem Anblick weidete. Auch Mistress Butterydoor glotzte ihren Herrn an, und das kleine Hausmädchen reckte den Hals hinter der plumpen Alten, um besser sehen zu können.

Martin funkelte düster und zupfte sein Hemd zurecht. Mit einer erstaunlichen Würde für einen halb nackten Mann, der von drei Frauen begutachtet wird, trat er von der Tür weg.

»Meine Damen, es ist viel zu früh am Morgen für derlei Aufregungen. Maude, mach dich wieder an deine Arbeit. Mistress Butterydoor, bringt Meg ein paar Scheiben Brot mit Honig und heißes Wasser für ein Bad, nachdem Ihr das arme Kind schon so früh aufgeweckt habt.«

»Und Ihr …« Er warf Cat einen finsteren Blick zu. »Ihr begleitet mich.«

Ohne zu warten, ob sie dieser Aufforderung folgte, marschierte Martin zur Treppe. Das gescholtene Hausmädchen wischte sich die tränennassen Wangen, und selbst die mürrische Agatha machte Anstalten, zu gehorchen.

Cat wollte sich zuerst sträuben, denn sie war es nicht gewohnt, sich von einem Mann herumkommandieren zu lassen.

Doch sie war verlegen, weil Martin sie bei einem derart lächerlichen Streit erwischt hatte. Verächtlich warf sie dem zitternden Hausmädchen den Besen vor die Füße und folgte Martin ins Erdgeschoss.

Sie marschierte so würdevoll, wie es ihr in den viel zu großen Stiefeln möglich war, hinter ihm her und grummelte: »Ich mag zwar einiges sein, Wolfe, aber eine *häusliche Störung* bin ich nicht.«

»Ihr seid das reine Chaos, eine Katastrophe, die darauf wartet, auszubrechen.« Er öffnete eine Tür zu seiner Linken und gab ihr mit einem schroffen Nicken zu verstehen, ihm zu folgen.

Cat stolzierte an ihm vorbei in ein kleines, sparsam möbliertes Arbeitszimmer mit dunkel getäfelten Wänden. Offenkundig hatte Martin hier die Nacht verbracht, denn vor dem Kamin lagen Kissen und Decken zu einem provisorischen Lager aufgetürmt.

Martin schloss die Tür und griff nach seiner Hose neben dem zerwühlten Lager.

Auf einem Bein balancierend, schlüpfte er in die aus dunklem Wollstoff gefertigten Beinkleider. Cat nahm an, dass sie in mädchenhaftem Anstand den Blick hätte abwenden sollen, aber sie war schon lange kein Mädchen mehr.

Sie sah ihm ungeniert zu und erhaschte dabei einen Blick auf sein flaches, hartes Hinterteil, während er die Hose über die Hüfte zog. Erst als er sie dabei ertappte, wie sie ihn angaffte, wandte sie den Blick zögernd ab.

Während Martin sich das Hemd in die Hose steckte und sie zuknöpfte, betrachtete Cat die polierte Oberfläche des Schreibtisches und die Bücherregale. Allerdings waren die Regale nahezu leer, und um die wenigen Bücher, die darin standen, schienen sich Spinnweben zu ranken. Cat wagte die Vermutung, dass der Vorbesitzer des Hauses diese Bücher zurückgelassen hatte. Sie konnte sich nicht vorstellen, dass Martin die Nase oft in ein Buch steckte.

Dennoch war sie neugierig, um welche Bücher es sich handelte, und trat näher. Dabei stolperte sie in den locker sitzenden Stiefeln und hätte sich beinahe den Knöchel verrenkt.

»Verflucht!«

Als Martin sie fragend ansah, beschwerte sie sich: »Diese elenden Stiefel sind mir viel zu groß. Ich hätte lieber barfuß losziehen sollen.«

»Wie nachlässig von mir, nicht darauf zu achten, mir Stiefel machen zu lassen, die Euren zarten Füßen passen«, erwiderte er gedehnt. »Erinnert mich daran, dass ich das nächste Mal mit meinem Schuster rede.«

Er setzte sich schwungvoll auf den Stuhl hinter seinem Schreibtisch und zog sich Strümpfe an. »Wärt Ihr vielleicht so gütig, mir zu erklären, warum Ihr meinen Schrank geplündert habt?«

»Ihr habt mir keine Wahl gelassen, nachdem Ihr mir meine Kleider weggenommen habt.«

»Ich habe Eure Sachen der Wäscherin übergeben, damit sie gewaschen und geflickt werden. Wärt Ihr im Bett geblieben und hättet Euch ausgeruht, hätte die Abwesenheit Eurer Kleider keine Rolle gespielt. Äh – wärt Ihr so gut?« Er deutete auf ein Paar Stiefel, die neben dem Kamin standen. Allerdings waren sie schäbiger als diejenigen, die sich Cat geborgt hatte.

Cat warf ihm einen verdrossenen Blick zu, marschierte jedoch zum Kamin und holte die Stiefel. Beim Aufheben bemerkte sie, dass frischer Schmutz an den Absätzen haftete. Auch der Saum des Umhangs, den er sorglos über einen Stuhl geworfen hatte, war verschmutzt. Diesen Umhang hatte Martin getragen, als er in der Nacht ein letztes Mal nach Meg gesehen hatte.

Cat runzelte die Stirn. Martins Kleidung hätte ihr schon früher auffallen sollen. Er war noch ausgegangen, nachdem er Meg zugedeckt hatte. Aber warum trieb sich ein Mann zu solch später Stunde in einer so gefährlichen Stadt wie London herum? Um dem Glücksspiel zu frönen? Zu zechen? Herumzuhuren?

Cat hätte sich Martin unschwer bei all dem vorstellen können, wäre da nicht eines gewesen: die zärtliche, beschützende Art, mit der er sich über seine Tochter gebeugt hatte. Er mochte zwar ein Schlawiner sein, aber Cat glaubte nicht, dass er Meg nachts allein lassen würde, es sei denn, er hatte einen triftigen Grund. Was zum Teufel konnte es sein?

»Äh, Mistress O'Hanlon? Cat?«

Martins Stimme holte Cat aus ihren Grübeleien. Er wandte sich in aller Höflichkeit an sie: »Selbstverständlich stehe ich ganz zu Eurer Verfügung, Mylady. Ihr könnt mir meine Stiefel jederzeit reichen, wenn Ihr dazu bereit seid. Aber ich bitte Euch, tut es, bevor dieser Tag ins Land gegangen ist. Meinen aufrichtigen Dank«, sagte er, als sie ihm die Stiefel vor die Füße warf.

Cat verzog düster die Stirn. »Mein Clanhäuptling hat mich nicht hierher geschickt, um Euren Kammerdiener zu spielen.«

»Euer Clanhäuptling?«

»Ariane. Die Herrin ehrt mich damit, mich als ihren gälischen Recken zu betrachten.«

Martin verschluckte sich beinahe im Bemühen, nicht laut loszuprusten. Kichernd schlüpfte er in seine Stiefel.

Cat ballte die Fäuste. »Eines Tages, Wolfe, wird Euch Eure Neigung, über mich zu lachen, einen eingeschlagenen Schädel bescheren.«

»Ich habe nicht über Euch gelacht, sondern darüber, dass die Herrin von Faire Isle, der Inbegriff des Friedens und der weiblichen Anmut, jemandes Clanhäuptling ist und eine irische Söldnerin angeheuert hat.«

»Ich habe es Euch doch schon lang und breit erklärt: Ich diene der Herrin aus Liebe, nicht für Sold. Und es ist lange her, seit die Herrin und alle anderen in Frieden leben konnten. Die Zeiten sind gefährlich.«

»Jawohl, so ist es.« Martins Lächeln verblasste. Er schlüpfte in die Stiefel und stand auf. »Und deshalb, und auch, weil Ihr offenbar wieder vollständig genesen seid, solltet Ihr besser so schnell wie möglich zu Eurer Herrin zurückkehren.«

»Ich gehe nirgendwohin ohne das Mädchen.«

»Ich dachte, darüber hätten wir uns gestern schon geeinigt.«

»Wir haben uns nur geeinigt, dass Ihr stur seid. Solange Ihr Eure Meinung nicht ändert und Meg nach Faire Isle bringt, bleibe ich hier, um sie zu beschützen.«

»Glaubt ja nicht, dass ich Euch nicht dankbar bin für Euer Angebot und die Freude an Eurer Gesellschaft. Wahrscheinlich hatte ich seit meinem letzten Anfall von Dysenterie nicht mehr so viel Spaß. Aber ich halte es dennoch für das Beste, wenn Ihr mit der nächsten Flut davonsegelt, Mistress O'Hanlon.«

Cat verschränkte die Arme vor der Brust. »Nein.«

»Nein?« Sein Lächeln war ebenso sanft wie seine Stimme, doch seine Augen glitzerten gefährlich, als er um den Schreibtisch herum zu ihr trat.

Cat stellte sich breitbeinig hin und gedachte nicht zu weichen.

»Glaubt ja nicht, dass Ihr mich einschüchtern könnt. Ihr habt es gestern im Theater versucht und seid auf Eurem Hintern gelandet, mit meiner Schwertspitze an Eurer Kehle. Na ja, wahrscheinlich könntet Ihr versuchen, mich aus Eurem Haus zu werfen – Ihr und ein halbes Dutzend Männer, die Ihr dazu brauchen würdet. Aber ich werde zurückkommen und nötigenfalls mein Lager auf Eurer Schwelle aufschlagen.«

»Grundgütiger, Frau – so unhöflich würde ich nicht einmal einen Hund behandeln, geschweige denn eine Freundin der Herrin von Faire Isle. Aber es besteht keinerlei Notwendigkeit, dass Ihr hier bleibt.«

»Oh doch, die besteht sehr wohl, wenn Ihr weiter auf Eurer Torheit beharrt, in London zu bleiben. Wenn der Zirkel oder die dunkle Königin Meg holen wollen, werdet Ihr mich brauchen. Wer wäre denn hier, um Euch zu helfen, für sie Sorge zu tragen? Diese unwissende Alte mit ihrem Stock? Ein Hausmädchen mit einem Besenstiel? Ich hingegen kann recht gut mit dem Schwert umgehen, wie Ihr ja vielleicht bemerkt habt.«

»Mehr als nur recht gut«, räumte er zu ihrer Überraschung ein.

»Und ich werde Eure Tochter beschützen wie meinen Clanhäuptling. Wenn es sein muss, werde ich Meg mit meinem Leben verteidigen.«

Martin blickte ihr eindringlich in die Augen. Seine Züge wurden etwas weicher, als er mit den Fingerspitzen über die Beule auf ihrer Stirn fuhr. Die Stelle war noch ziemlich empfindlich.

»Bei Gott, ich glaube, das würdet Ihr tatsächlich«, murmelte er. »Aber darum geht es nicht. Ihr befindet Euch kaum vierundzwanzig Stunden unter meinem Dach und habt bereits meinen ganzen Haushalt in Aufruhr versetzt, ganz zu schweigen davon, dass Ihr meine Hose tragt.«

»Schickt einen Eurer Dienstboten zum *Fighting Cock,* um meine Sachen zu holen. Dann kann ich wieder meine eigene Hose anziehen.«

»Ich habe Jem gestern Abend losgeschickt.« Cat war nicht wohl bei der Art, wie er ihrem Blick auswich.

»Wo ist dann meine Satteltasche?«

Martin verzog das Gesicht, dann gestand er: »Eure Habseligkeiten sind verschwunden.«

»Wie bitte?« Cats Herz geriet ins Schlingern. »Was zum Teufel soll das heißen?«

»Offenbar hat sich jemand damit aus dem Staub gemacht.«

»Mit allem?«

»Ich fürchte ja.«

»Mit all meinen Kleidern? Meinem Wams und meiner Hose und – und meinen Stiefeln?« Erregt lief Cat auf und ab, ihr Zorn und ihre Bestürzung wuchsen mit jedem Schritt. »Meine Satteltasche und mein ganzes Geld? Ich hatte nur so viel bei mir, um meine Eintrittskarte für das Theater zu bezahlen, alles andere habe ich in meinem Strumpf versteckt.«

»Das war wohl keine sehr gute Idee.«

»Es kam mir viel sicherer vor, als es dabeizuhaben und Gefahr zu laufen, Straßenräubern oder Taschendieben in die Hände zu fallen.«

»Sicherer? Im *Fighting Cock?*« Martin verdrehte die Augen. »Das ist wahrhaftig keine besonders renommierte Unterkunft.«

»Wo zum Teufel glaubt Ihr, hätte ich sonst bleiben sollen? In den besseren Gasthäusern wäre eine Frau, die ohne Gemahl oder Zofe reist, wohl kaum willkommen gewesen; vor allem keine Irin. Ich konnte von Glück sagen, dass ich mich nicht in den Stall zu irgendwelchen Schweinen legen musste. Aber bei denen wäre ich wohl besser aufgehoben gewesen«, fuhr sie aufgebracht fort. »Wie sehr ich dieses verfluchte Land hasse. Hier leben doch nur Schurken und Diebe.«

Sie stürmte an Martin vorbei und unterstrich ihre Worte mit ungestümen Gesten.

Er wich zurück, um nicht von ihren fliegenden Fäusten getroffen zu werden. »Gibt es in Irland keine Diebe?«

»Doch«, fauchte Cat. »Die verdammten Engländer.«

Sie drehte eine weitere aufgebrachte Runde, auch wenn ihr klar war, dass sie wie eine Verrückte klang. Aber es war leichter, ihrer Wut freien Lauf zu lassen, als an den einen, geliebten Gegenstand zu denken, dessen Verlust ihr schier unerträglich war.

Als sich ihre Wut endlich erschöpft hatte, sank sie niedergeschlagen auf einen Stuhl, die Fäuste im Schoß geballt. Martin kauerte sich vor sie.

»Es tut mir leid«, sagte er ernst. »Was habt Ihr verloren, das Euch so wertvoll ist?«

»Nichts. Wie kommt Ihr darauf, dass …«

»Weil Ihr mir nicht wie eine Frau erscheint, die über verlorene Kleider oder eine Handvoll Münzen in Tränen ausbricht.«

»Ich weine doch gar nicht!« Allerdings spürte Cat, dass ihre Augen tatsächlich brannten. Sie wandte den Kopf ab, doch er nahm sie am Kinn und zwang sie, ihm in die Augen zu sehen.

Sein Blick war viel zu mitfühlend. Es war lange her, seit sie ein Mann so angesehen hatte.

»Sagt mir, was Ihr verloren habt. Ich werde es Euch ersetzen.«

»Das – das könnt Ihr nicht.« Unwirsch stieß sie seine Hand weg. Doch er ließ nicht von ihr ab, er umfasste ihre Faust und brachte sie mit seinem sanften Blick und seinem freundlichen Lächeln zum Reden.

»Es war nichts Besonderes. Es ist töricht von mir, mich über den Verlust einer alten Lederflasche zu grämen, in der ich immer meinen Usquebaugh aufbewahrt habe.«

»Ihr trauert über den Verlust Eures *Whiskeys?*«

»Es geht doch nicht um den Whiskey, verflucht nochmal!« Cat schluckte. »Aber die Lederflasche – die hat meinem Da gehört. Sie – sie war das Einzige, was ich noch von ihm hatte.«

Martin drückte ihre Hand. »Ihr habt noch Eure Erinnerungen, und darum beneide ich Euch. Ich habe keine Ahnung, wer mein Vater war. Ich bin der uneheliche Spross einer Pariser Hure.«

»Pah, so etwas wie unehelich gibt es nicht. Nicht in Irland. Jedenfalls nicht in dem Irland, das ich kannte«, fügte sie traurig hinzu. »Unter den alten Gesetzen galt jedes Kind als ehelich, weil wir alle mit einer Seele geboren werden. Es spielte keine Rolle, ob unsere Eltern verheiratet waren oder nicht.«

»Diese Gesetzgebung erscheint mir sehr vernünftig«, bemerkte er wehmütig. »Leider kann ich Euch die Lederflasche Eures Vaters nicht ersetzen. Aber ich kann Euch Kleider kaufen – ein neues Gewand, Schuhe, Strümpfe, Korsetts, alles, was Ihr braucht.«

»Untersteht Euch«, rief Cat und zog ihre Hand weg. Sie schämte sich wahrhaftig schon genug, dass sie vor Martin beinahe in Tränen ausgebrochen war. Ihre Demütigung sollte nicht noch dadurch verschlimmert werden, seine Wohltätigkeit in Anspruch zu nehmen. Sie sprang auf.

»Verzeiht, ich möchte nicht undankbar sein, aber ich war

bislang noch nie gezwungen, Geschenke von einem Mann anzunehmen, als ob ich … als ob ich seine Geliebte wäre.«

»Meine Geliebte? Das wohl kaum.« Martin erhob sich. »Nein, betrachtet das neue Gewand doch einfach als – als Gefälligkeit für eine Freundin von Ariane. Und außerdem …« Er lächelte. »Außerdem hätte ich gern bald einmal meine Hose zurück.«

»Na gut. Ihr könnt sie gleich haben. Und das Hemd auch.« Mit zusammengepressten Lippen begann sie, die Bänder an ihrem Nacken aufzunesteln.

Martin packte ihre Hand, um sie aufzuhalten. Zwischen Verdruss und Belustigung schwankend fragte er: »Seid Ihr immer so höllisch stolz und stur? Nehmt doch Vernunft an, Cat. Selbst wenn Eure Kleider nicht gestohlen worden wären, hättet ihr nicht in Stiefeln und Hose in London herumstreifen können. Das hier ist nicht Faire Isle. Irgendein puritanischer Prediger hätte Euch wegen Anstößigkeit verhaften lassen. Ob es Euch gefällt oder nicht, ich muss Euch ein anständiges Kleid zur Verfügung stellen …«

»Das werdet Ihr nicht«, sagte Cat und entzog ihm empört ihre Hand. »Ich habe ein Kleid. Sobald Eure Wäscherin es mir zurückgibt.«

»Dieses schäbige Ding? Damit würde ich nicht einmal mein Pferd abreiben. Wenn Ihr darauf besteht, hier zu bleiben und Teil meines Haushalts zu sein, dann müsst Ihr wenigstens anständig gekleidet sein.«

»Zur Hölle mit Eurer Anständigkeit.« Cat bohrte ihm den Finger in die Brust. »Lasst mich eines klarstellen, le Loup: Ich werde nicht Teil Eures Haushaltes. Ich bin nicht hier, um Euch zu dienen, sondern ausschließlich, um Meg zu beschützen. Und nur ich allein beschließe, was ich anziehe. Ich habe noch nie …«

Sie keuchte auf, als er sie an den Schultern nahm und ihre Lippen mit einem ungestümen Kuss versiegelte. Sein Mund fühlte sich warm und rau an und schickte eine Hitzewelle durch ihren Körper.

Cat sprang zurück, als hätte sie sich verbrüht. Einen Moment lang konnte sie kaum atmen, geschweige denn reden.

Martin machte ebenfalls einen Satz zurück, offenbar verdutzt über das, was er gerade getan hatte.

»Warum zum Teufel habt Ihr das getan?«, fragte Cat schließlich.

»Ich … ich … verflucht, ich weiß es nicht«, polterte er. »Es war Eure Schuld. Ständig streitet Ihr über alles und jedes. Ihr treibt mich zur Weißglut. Mir fiel nichts anderes ein, um Euch endlich dazu zu bringen, den Mund zu halten.«

Er schnaubte laut. »Außerdem war es nichts weiter als – als ein englischer Brauch. Männer küssen Frauen hier oft als – als freundliche Begrüßung.«

»Ich bin keine Engländerin, und Ihr seid kein Engländer. Ich würde Euch raten, das nicht zu vergessen.« Cat wischte sich den Mund am Ärmel ab. »Wenn Ihr das noch einmal versucht, dann werden Eure freundlichen Lippen so geschwollen sein, dass sie keinen mehr küssen können.«

»Keine Sorge, Mademoiselle. Lieber würde ich noch einen Igel küssen. Diese Geschöpfe sind weitaus weniger stachelig«, meinte er finster. »Außerdem habe ich nie zugestimmt, dass Ihr bleiben könnt.«

»Auf Eure Zustimmung kann ich durchaus verzichten.«

Zu gern hätte Cat eine Braue hochgezogen, wie er das immer so kühl tat, aber sie schaffte es nur, stolz den Kopf zurückzuwerfen, als sie zur Tür marschierte. Allerdings geriet ihr Abgang nicht so würdevoll wie gewünscht, da sie in den elend großen Stiefeln noch einmal ins Stolpern geriet.

Mit so unflätigen Flüchen, dass selbst ein Matrose rote Ohren bekommen hätte, stürmte Cat aus dem Arbeitszimmer und knallte die Tür hinter sich zu.

Einen Moment lang verharrte Martin stocksteif, wusste nicht, ob er lachen oder den Kopf an die Wand schlagen sollte.

Schließlich sank er auf den Stuhl hinter seinem Schreibtisch und rieb sich die übernächtigten Augen. Er war wahrhaftig sehr unsanft geweckt worden nach einer viel zu kurzen Nachtruhe. Sein Treffen mit Walsingham hatte ihn veranlasst, sich noch stundenlang unruhig hin und her zu wälzen und den Tag zu verfluchen, an dem er sich dazu hatte hinreißen lassen, in dieser verdammten englischen Intrige mitzumischen.

Anfangs war es ihm wie ein Glücksfall erschienen, für Sir Francis arbeiten zu dürfen – als Kurier Botschaften zu überbringen, hier ein kleines Gerücht aufschnappen, dort ein wenig Information sammeln; alles harmlos genug.

Nie hätte er damit gerechnet, in ein Komplott zur Ermordung einer Königin verwickelt zu werden, und in Intrigen, um eine andere Königin in die Falle zu locken. Am schlimmsten aber war, genötigt zu werden, Leute auszuspionieren, die er mochte und in deren Schuld er stand.

Und als ob das alles nicht genügte, musste er sich nun auch noch mit dieser hitzköpfigen Irin herumschlagen. Nur Gott allein wusste, was ihn verleitet hatte, sie zu küssen. Er zog sanfte, ruhige Frauen vor, große, gertenschlanke und anmutige Frauen wie Miri. Catriona O'Hanlon war alles andere als das, sie war ein zähes, aufbrausendes kleines Ding.

Martins Lippen verzogen sich zu einem spitzbübischen Lächeln. Vielleicht sollte er sie doch noch einmal küssen, nur um zu sehen, wie ihre Augen Funken sprühten. Wie zwei blaue Flammen hatten sie ihn angefunkelt. Aber ein Mann, der auf einem Pulverfass saß, sollte lieber nicht mit dem Feuer spielen.

Erschöpft strich sich Martin über den Bart. Allmählich kam er sich wie der Gaukler vor, den er einmal auf einem Jahrmarkt in Paris mit Messern hatte jonglieren sehen. Ein kurzes Blinzeln, eine einzige falsche Bewegung konnten zur Katastrophe führen.

Wenn ihm etwas zustieße, wäre es vielleicht ganz gut, Cat hier zu haben, eine Frau, die stark und listig genug war, sich um Meg zu kümmern. Martin bezweifelte nicht, dass sie all das war, ganz gleich, wie sehr sie ihn aufregte.

Es hatte ihn seltsam berührt, dass Cat die Nacht zusammengerollt vor Megs Tür verbracht hatte. Unter den Nachwirkungen des Schlages war es ihr bestimmt nicht leichtgefallen, sich aus einem bequemen Bett zu erheben und auf einem harten Fußboden Wache zu halten.

Außerdem würde er wohl nie den eindringlichen Blick in Cats Augen vergessen, als sie erklärt hatte: »Ich werde Meg mit meinem Leben verteidigen.«

Martin hatte in seiner Jugend häufig genug geprahlt, um den Unterschied zwischen Prahlerei und einem aufrichtigen Schwur zu erkennen. Cat hatte es ernst gemeint. Sie würde wenn nötig ihr Leben lassen, um seine Tochter zu beschützen, genau wie er.

Sollte es ihm und Cat gelingen, sich nicht gegenseitig umzubringen, dann wäre es vielleicht ganz klug, ihr zu gestatten, bei ihnen zu bleiben.

Es ihr zu gestatten? Martin lächelte schief und fragte sich, wann ein Mann Catriona O'Hanlon zum letzten Mal etwas gestattet hatte. Wahrscheinlich nie.

Wie es aussah, hatte Meg nun also auch noch einen gälischen Recken zu ihrem Schutz.

6

Cat schnürte das Mieder ihres frisch gewaschenen Kleides und keuchte erschrocken auf, als sich etwas Spitzes in die zarte Haut ihrer Brust bohrte. Halblaut fluchend fuhr sie die Innenseite des Wollstoffs ab und zog eine Nadel heraus, die beim Flicken des Kleides wohl vergessen worden war.

Nur ein Versehen, würde man ihr zweifellos versichern, wenn sie sich beklagte. Genauso wie das Stück Schweinefleisch, das ihr zu Mittag gereicht worden war, versehentlich versalzen und verbrannt war; oder ihr Becher, der einen Sprung hatte, sodass sie sich beinahe mit Ale begossen hätte.

Offenbar hatte sie heute eine Pechsträhne, dachte Cat ironisch – seit Martin dem Haushalt verkündet hatte, dass sie auf unbestimmte Zeit bei ihnen bleiben würde und alle ihr die nötige Achtung zollen sollten.

Agatha Butterydoor hatte diesen Befehl schweigend entgegengenommen, doch innerlich hatte sie wahrscheinlich vor Wut geschäumt, denn sie hatte sich die Unterlippe fast blutig gebissen. Seitdem hatte die Frau einen verdeckten Krieg geführt und den Rest des Haushalts von den Dienstmädchen bis zum Küchenjungen unverzüglich auf ihre Seite gezogen.

Ach, sollen sie doch tun, was sie nicht lassen können, dachte Cat schulterzuckend. Meg war die Einzige, die sie etwas anging. Das Mädchen hatte nichts gesagt, als sie erfahren hatte, dass Cat bleiben würde. Sie hatte sie nur stumm und wachsam angestarrt. Offenbar freute sie sich nicht über jemanden, der von ihren Geheimnissen wusste. Cat fragte sich, welche Geheimnisse Meg wohl noch hatte. Doch sie war fest entschlossen, das Mädchen zu beschützen, selbst wenn sie die junge Mistress Margaret dann auch vor sich selbst beschützen musste.

Mit der sanften Brise, die durch das offene Fenster der kleinen Dienstbotenkammer drang, wehte auch Megs Stimme zu ihr hoch. Cat schlenderte ans Fenster und spähte hinaus.

Umgeben von einer hohen Ziegelmauer, befanden sich dort ein paar bescheidene Gemüse- und Kräuterbeete, zwei Apfelbäume, ein Bienenstock und ein Kaninchenstall. Die alte Butterydoor kniete auf dem Boden und zog Rüben heraus, Meg saß in der Nähe auf einer steinernen Bank und ließ die Beine baumeln. In ihrem rosafarbenen Seidenkleid mit dem weißen Rüschenkragen um den schlanken Hals, das weiche braune Haar unter einem breitkrempigen Hut zurückgekämmt, wirkte das Mädchen wie der Inbegriff eines hübschen kleinen Edelfräuleins.

Sie beugte sich etwas vor und lauschte gebannt einer Geschichte, die die Alte ihr erzählte.

»… und dann kam ich in die Schlafkammer, in der der arme Mann lag, steif und kalt, mit weit aufgerissenen Augen, die mich blicklos anstarrten. Sein Gesicht war verzerrt, als hätte er sein Leben mit einem grässlichen Schrei ausgehaucht. Doch als ich ihn untersuchte, fand ich keine Zeichen einer Krankheit oder Verletzung. Dennoch war mir klar, was ihn getötet hatte, es war so offenkundig wie die Nase in Eurem Gesicht, Mistress Meg.«

»Was denn, Aggie?«, fragte Meg atemlos. »Was hat ihn getötet?«

Das alte Weib hob ihre Schaufel und erklärte mit Grabesstimme: »Er ist an einem bösen Gedanken gestorben.«

Cat rechnete damit, dass Meg über derlei Unsinn nur den Kopf schütteln würde, doch offenbar war sie noch zu jung. Sie erschauderte und ihr Gesicht wurde so fahl, dass sie ganz krank aussah.

Zum Kuckuck mit diesem geschwätzigen alten Weib! Wie konnte sie den Kopf der Kleinen nur mit derartigen Schauergeschichten vollstopfen!

Cats Mund verzog sich zu einem grimmigen Strich. Entschlossen marschierte sie los, um der Alten Einhalt zu gebieten.

Sie hastete die Treppe hinunter und wollte sich auf Zehenspitzen an der geschlossenen Tür von Martins Arbeitszimmer vorbeischleichen. Dann blieb sie stehen und ging ganz normal weiter. Was für eine Närrin sie doch war; sie wusste ja nicht einmal, ob sich Martin überhaupt in seinem Arbeitszimmer aufhielt, und sie konnte dem Mann auch nicht ständig aus dem Weg gehen, schließlich lebten sie unter einem Dach.

Nur hatte sie genau das den ganzen Tag lang versucht, und sie wusste auch, warum. Es lag an dem elenden Kuss. Bei dieser Einsicht wurde sie so zornig auf sich selbst, dass sie den Rest des Wegs laut trampelnd zurücklegte.

Es war nicht so, dass sie sich schrecklich über einen geraubten Kuss aufregte wie ein unschuldiges junges Mädchen. Die Umarmung hatte ihr ebenso wenig bedeutet wie ihm, sie hatte sich nur darüber geärgert. Und so toll war der Kuss wahrhaftig nicht gewesen …

Cats Lippen zuckten reumütig. Nein, wenn sie ehrlich war, musste sie zugeben, dass der Kuss eine süße Sehnsucht in ihr geweckt und eine Flut von Erinnerungen ausgelöst hatte.

Seit Ewigkeiten hatte niemand sie mehr so berührt. Der letzte Mann, den sie geküsst hatte, war ein irischer Rebell gewesen, dem sie geholfen hatte, sich vor den Engländern zu verstecken. Sie hatte damals selbst ein ziemlich raues Leben geführt und sich auf ihren Streifzügen durch die Wicklow Mountains oft verstecken müssen, nachdem sie aus dem Clan ihres Stiefvaters verstoßen worden war.

Wie hatte dieser Rebell geheißen? Ciernan? Conner? Sie hatten eine Nacht zusammen verbracht und Trost in den Armen des anderen gefunden, doch bei Sonnenaufgang waren sie wieder getrennte Wege gegangen. Es betrübte Cat, dass sie sich weder an seinen Namen noch an sein Gesicht erinnern konnte.

Aber sie erinnerte sich noch gut daran, wie sie sich gefühlt hatte: leidenschaftlich, lebendig, sicher, dass sie trotz ihrer groben Wollhosen und der schwieligen Hände noch immer eine Frau war. Wenn auch nur für eine Nacht …

Sie seufzte. Martins flüchtiger Kuss hatte sie daran erinnert, dass sie mit siebenundzwanzig noch nicht alt war. Noch immer sehnte sie sich danach, von einem Mann berührt zu werden. Sie spürte ein Verlangen, das völlig natürlich war, wie sie als Tochter der Erde sehr wohl wusste.

Diesem Verlangen würde sie in absehbarer Zeit nicht nachgeben können, und schon gar nicht mit einem Gauner wie Martin le Loup. Aber zur Hölle mit dem Kerl! Warum war er immer dann so beunruhigend freundlich und sanft, wenn sie am wenigsten damit rechnete?

Seine ausdrucksstarken Augen hatten mitfühlend geleuchtet, als sie über den Verlust ihrer Habe getrauert hatte. Beinahe hätte sie sogar geflennt, weil die Lederflasche ihres Vaters weg war. Die Erinnerung daran machte Cat noch verlegener als der Kuss.

Es war nur eine ganz schlichte, billige Lederflasche gewesen, aber Cat war es, als wäre damit wieder etwas aus ihrer Vergangenheit verschwunden. Und dabei hatte sie bereits so viel verloren.

Dennoch sah es Catriona O'Hanlon nicht ähnlich, vor einem Mann in Tränen auszubrechen. Zum Teufel mit le Loup und seinem mitfühlenden Blick! Sie nahm sich fest vor, ihm nie mehr mit offenem Visier zu begegnen.

Als sie aus der Küchentür trat, war Meg nicht mehr zu sehen. Nur Agatha war noch im Garten, über das Gemüsebeet gebeugt. Sie hielt lange genug inne, um einen gehässigen Blick auf Cat zu werfen, bevor sie weiter Erde von einer großen Rübe schüttelte, die sie gerade aus dem Boden gezogen hatte.

Cat schlenderte zu ihr, vorbei an dem Korb, in dem Agatha das Gemüse sammelte, und einem kleinen Holzkistchen, in dem eine fette, gefleckte Kröte saß.

Cat stieß mit der Schuhspitze an das Kistchen. »Falls Ihr

vorhabt, mir dieses Ding unter die Zudecke zu schmuggeln, sollte ich Euch warnen, dass Ihr Eure Zeit vergeudet. Ich hatte schon weitaus Schlimmeres in meinem Bett.«

»Das bezweifle ich nicht im Geringsten.« Agatha schniefte verächtlich. »Ich brauche die Kröte allerdings für etwas weitaus Wichtigeres, als Euch damit zu erschrecken, Mistress. Mein Kohl ist voller Raupen.«

»Und die wollt Ihr mit einer Kröte vertreiben?«

Die alte Frau sah Cat an und schüttelte ungläubig den Kopf. »Bringt man euch in Irland denn gar nichts bei? Jedermann weiß, dass man Raupen am ehesten vertreibt, wenn man eine Schnur um eine Kröte wickelt und sie drei Mal vorwärts und drei Mal rückwärts durch den Garten schleift.«

Als Cat abfällig schnaubte, funkelte Agatha sie wütend an. »Ihr findet das wohl lustig, hä? Ihr glaubt nicht, dass das klappt?«

»Ich glaube, es wird Euch gelingen, die Kröte zu ärgern, und die Raupen werden es wahrscheinlich lustig finden.«

»Das zeigt nur, wie wenig Ihr wisst«, murrte Agatha. »Und ein derart unwissendes Weib denkt daran, mich zu ersetzen und sich um mein kleines Püppchen zu kümmern. So eine will mir Megs Gunst zu rauben.«

»Ich will niemandem Megs Gunst rauben.«

»Ihr führt etwas Böses im Schilde, dessen bin ich mir sicher. Den Master habt Ihr schon hinters Licht geführt, aber mich nicht!« Agatha fuchtelte drohend mit ihrem Spaten herum. »Ich warne Euch! Ich lasse Euch nicht aus den Augen, Weib.«

»Ihr tätet besser daran, die junge Herrin nicht aus den Augen zu lassen; und genau das habe ich auch vor und sonst nichts. Ihr könnt es mir glauben oder auch nicht, wir verfolgen dasselbe Ziel, Mistress Butterydoor – Megs Sicherheit.«

»Niemand kann sich besser um die junge Herrin kümmern als ich.«

»Dann könnt Ihr Eure Fürsorge ja vielleicht damit zeigen,

dass Ihr das Mädchen nicht mit Geschichten von toten Männern erschreckt, die an bösen Gedanken gestorben sind.«

»Habt Ihr mir nachspioniert?«, kreischte die Alte, und ihr Kinn wackelte vor Empörung. »Was zwischen mir und Mistress Meg abläuft, geht Euch nichts an.«

»Alles, was Meg angeht, geht auch mich etwas an.« Cat ging in die Hocke und schlang die Arme um die Knie. »Ich lasse es nicht zu, dass Ihr oder sonst jemand sie erschreckt.«

»Als ob ich das je tun würde! Mistress Meg lauscht den Geschichten aus meinen Tagen als Untersucherin der Toten sehr gern.«

»Als was?«

»Als Untersucherin der Toten.« Agatha hob stolz den Kopf. »Bevor ich bei Master Wolfe eine Anstellung fand, war ich hier in Cheapside eine recht bedeutende Frau. Mir oblag es, die Toten zu untersuchen und die Ursachen für ihren Tod zu benennen. Das Kirchspiel hat mir zwei Pennies pro Leiche bezahlt.«

Cat konnte sich kaum vorstellen, dass diese törichte Alte bei so etwas von Nutzen gewesen war. Es sei denn, sie hatte Agatha unterschätzt, und die Alte war schlauer, als sie vermutet hatte.

Oder sie war eine Hexe. Cat musterte die Frau eindringlich. War es möglich, dass sie übertölpelt worden war und eine Gefahr für Meg übersehen hatte, die sich direkt unter ihrer Nase befand? Cats Blicke schweiften über die alte Frau. Sie trug eine Schürze zum Schutz ihres dunklen Wollkleides, aber sie hatte die Ärmel nicht hochgekrempelt. Seltsam, wenn man bedachte, wie warm es an diesem Nachmittag war, und dass die Frau in der Erde herumwühlte.

»Streift Eure Ärmel zurück!«, befahl Cat.

»Wie bitte?«, fauchte Agatha.

»Ihr habt mich doch gehört. Die Arme des Hausmädchens habe ich bereits geprüft, jetzt will ich Eure sehen. Streift Eure Ärmel zurück.«

»Das werde ich gewiss nicht tun.«

Cat wartete nicht auf ihr Entgegenkommen, sondern versuchte selbst, den Stoff an Agathas rechtem Arm hochzuschieben. Aber die Alte kämpfte wie eine Löwin, schlug um sich, boxte und kratzte, bis beide ins Kohlbeet fielen. Cat landete halb auf der wütenden Alten.

»Fort mit Euch! Verzieht Euch, verrückte Heidin!«, kreischte Agatha und trommelte mit den Fäusten auf Cat ein.

Doch Cat ließ nicht locker, bis sie es geschafft hatte, einen Ärmel zurückzustreifen und dann den anderen, bis sich …

… nichts zeigte als bleiche, schlaffe Haut. Kein Brandmal in der Form einer Rose.

Agatha weinte fast vor Wut, ihre welken Wangen waren knallrot gesprenkelt. Cat zog sich zurück.

»Es tut mir leid, Mistress Butterydoor«, entschuldigte sie sich. »Aber ich musste mich vergewissern …«

»Wie könnt Ihr es wagen, mich zu verdächtigen, zu diesen bösen Geschöpfen zu gehören!«, schrie die Alte. »Ich, die ich mich all die Monate aufopfernd um Mistress Meg gekümmert habe.«

Agatha griff nach ihrem Stock. Cat sprang auf, um ihr zu helfen, doch die Alte schlug ihr die Hand unwirsch weg und rappelte sich mühsam auf.

»Irische Wilde!«, keuchte sie.

»Mistress Butterydoor, bitte – es tut mir wirklich …« Cat verstummte und schnappte nach Luft, als die Alte ihr einen Schlag gegen das Schienbein versetzte. Dann packte sie ihren Korb und ihre Kröte und verschwand humpelnd in der Küche.

Cat sah ihr schuldbewusst nach. Sie war wohl wirklich etwas zu grob gewesen.

Vielleicht hätte sie darauf hinweisen sollen, dass es ihre Pflicht als Megs Beschützerin war, jede Frau in der Nähe des Mädchens zu untersuchen. Aber sie hätte ihren Verdacht wahrhaftig etwas diplomatischer und sanfter zum Ausdruck bringen können.

Mit schmerzverzerrtem Gesicht beugte sie sich vor und rieb

sich das pochende Schienbein. Dort würde sich dank Mistress Butterydoor bestimmt bald ein weiterer hässlicher blauer Fleck zeigen, doch diesmal hatte sie es nicht besser verdient.

Niedergeschlagen ließ sie sich auf die Steinbank sinken, obwohl sie sich in Erinnerung rief, dass sie nicht hier war, um Freunde zu gewinnen oder die Gefühle von anderen zu schonen.

Es dämmerte bereits, bald würde das Abendessen gereicht, allerdings freute sich Cat nicht besonders auf das nächste angebrannte Mahl zusammen mit einem Haushalt, der sie mied wie eine Pestkranke.

Sie zuckte die Schultern und sagte sich, dass das keine Rolle spielte. Im Haus ihres Stiefvaters war es ihr viel schlechter ergangen. Der hochnäsige Clan der O'Meara hatte für die »dreckige kleine O'Hanlon-Heidin« nur Verachtung übrig gehabt.

Cat hatte Hohn und Spott überlebt, ganz zu schweigen von den häufigen Prügeln ihres Stiefvaters. Aber am meisten hatte es sie geschmerzt, wie gleichgültig ihre Mutter gegenüber ihrem Elend gewesen war.

»Du hättest es viel leichter, wenn du einfach mal entgegenkommender wärst, Catriona«, hatte Fiona sie gescholten. »Benimm dich doch zur Abwechslung mal wie eine anständige junge Dame statt wie eine halbwilde Heidin. Lass dich im katholischen Glauben taufen.«

»Aber mein Vater ist nie getauft worden«, hatte Cat protestiert. »Die meisten O'Hanlons hängen dem alten Glauben an, und du hattest nichts dagegen, als wir mit Da in Großmutters Häuschen lebten.«

»Dein Vater ist tot, und dieses Leben liegt weit hinter mir.«

Als sie in die kalten Augen ihrer Mutter blickte, hatte Cat gemerkt, dass Fiona ihre große Liebe für Tiernan mit den lachenden Augen völlig vergessen hatte. Am liebsten hätte sie wohl auch die Tochter vergessen, die sie mit ihm bekommen hatte.

Cat ärgerte sich, dass die Erinnerungen aus ihrer Kindheit

noch immer die Macht hatten, sie zu verletzen. Sie schüttelte all diese Kränkungen ab und redete sich ein, dass all die Grausamkeiten, die sie bei den O'Mearas erduldet hatte, sie nur abgehärtet hatten. Auf alle Fälle war sie jetzt zu abgehärtet, um sich von ein paar unfreundlichen, mickrigen Engländern ins Bockshorn jagen zu lassen.

Außerdem war es ein schöner Sommerabend, die Sonne tauchte den Garten in ein letztes goldenes Licht, eine dicke Biene umsummte den Klee, im Apfelbaum zwitscherten Zaunkönige.

Sehnsüchtig dachte sie daran, wie gern sie jetzt bei Ariane und Justice im Garten von Belle Haven sitzen, einen Becher Wein trinken und den Sonnenuntergang betrachten würde. Seit dem Tod ihres Vaters und nachdem man sie ihrer geliebten Großmutter entrissen hatte, war sich Cat immer haltlos und allein vorgekommen. Doch bei Ariane und den anderen weisen Frauen auf Faire Isle hatte sie endlich das Gefühl gehabt dazuzugehören. Es war zwar nur ein geborgtes Zuhause und ein geborgter Clan, aber wahrscheinlich war das alles, was sie je haben würde.

Sie schlang die Arme um den Oberkörper und fühlte sich auf einmal schrecklich einsam und verlassen.

Mit raschen Schritten ging Martin durch die Küche und mühte sich, seinen modischen neuen Umhang an der Schulter seines Wamses zu befestigen. Jem war gerade dabei, eine Rehkeule auf einem Spieß zu rösten. Bewundernd blickte er zu Martin hoch, und auch Maude hörte auf, Rüben zu schnipseln, und gaffte ihn an.

Doch Martin war viel zu gehetzt, um mit seinen Dienstboten zu scherzen, wie er es häufig zu tun pflegte. Die Vorbereitungen für das Bankett in *Strand House* hatten ihn ziemlich viel Zeit gekostet, zumal er davor noch Agathas zerrupftes Gefieder hatte glätten müssen.

Wahrscheinlich stand ihm auch noch ein hitziger Streit mit

Cat bevor. Am liebsten hätte er die beiden Weiber in Säcke genäht und sie auf das nächste Schiff zur Fahrt in die Neue Welt verfrachtet.

Als er in den Garten trat, rechnete er damit, dass Cat wie üblich auf ihn losgehen würde. Doch zu seiner Überraschung saß sie mit eingezogenen Schultern auf der Bank, das Kinn auf die Hand gestützt.

Immerhin hatte sie seinem Befehl gehorcht und ihm seine Hose zurückgegeben. Aber sie wirkte bedrückt, und ihr zerschlissenes, scheußliches Gewand trug wahrhaftig nicht dazu bei, sie ansehnlicher zu machen. *Mon Dieu,* er hätte ihr diesen Fetzen zu gerne vom Leib gerissen und verbrannt.

Martin atmete scharf ein und vertrieb den abwegigen Gedanken, der ihm gerade in den Sinn gekommen war: Die Erinnerung an das, was Cats zerschlissenes Mieder verbarg – weiche, weiße Brüste mit köstlich rosafarbenen Spitzen. Wahrhaftig nicht der passende Gedanke für einen Mann, der sich bemühte, achtbar zu werden.

Außerdem war nicht nur das grässliche Gewand daran schuld, dass Cat so verloren wirkte. Sie hatte versucht, das Haar mit einem Lederband zurückzubinden, doch etliche Strähnen waren entkommen und hingen nun in ein von Schwermut gezeichnetes, blasses Gesicht. Ihre Augen wirkten wie dunkelblaue Brunnen der Trübsal. Sie war so in ihre düsteren Gedanken versunken, dass sie nicht einmal merkte, wie Martin auf sie zukam.

Cat war eine ungemein stolze Frau. Als er sie so verloren und verletzlich dasitzen sah, versetzte es Martin einen richtigen Stich, den er sich gar nicht erklären konnte. Er vergaß all seinen Verdruss und verspürte den merkwürdigen Drang, sie auf seine Knie zu ziehen und zu gurren: »Was bedrückt dich, *chérie?*« Doch das würde ihm bestimmt nur eine schallende Ohrfeige einbringen. Deshalb begnügte er sich damit, sachte ihre Schulter zu berühren.

»Mistress O'Hanlon? Cat?«

Cat zuckte zusammen. Aufgescheucht aus ihren trostlosen Gedanken blickte sie hoch. Bei dem Anblick, der sich ihr bot, wäre sie beinahe von der Bank gefallen.

Die Abendsonne tauchte Martin in ein goldenes Licht, in dem er viel zu schön aussah, um wahr zu sein. Er sah aus wie ein Held aus einem seiner Stücke, ein großer, edelmütiger Lord.

Er trug ein scharlachrotes Wams mit geschlitzten Ärmeln und passender Kniehose. Über der einen Schulter hing ein kurzes dunkles Cape. Eine schwarze Kappe mit einer weißen Feder saß keck auf seinem Kopf, seine muskulösen Waden steckten in elfenbeinfarbenen Strümpfen, die Füße in Schuhen mit Silberschnallen.

Er war der Inbegriff des bezaubernden Märchenprinzen, und Cat glotzte ihn an wie eine Bettlerin. Schließlich sprang sie auf, wobei sie sich nur allzu bewusst war, wie zerrupft und zerzaust sie nach dem Kampf mit Agatha aussah.

Sie versuchte, sich die Erde von den Röcken zu klopfen, und ihre Verlegenheit wuchs ins Unermessliche, als Martin ihr ein Blatt aus den Haaren zupfte.

»Aha, wie ich sehe, hat wieder ein legendärer Kampf stattgefunden.«

Cat lief hochrot an. Sie strich sich die Haare aus dem Gesicht und straffte die Schultern. »Ich nehme an, Mistress Butterydoor hat bereits mit Euch gesprochen.«

»In aller Ausführlichkeit«, seufzte Martin. »Cat, ich freue mich über Euren Eifer, Meg zu beschützen, aber bei Zweifeln an Aggie hättet Ihr zuerst zu mir kommen sollen. Glaubt Ihr wirklich, ich hätte die Person, die ich eingestellt habe, damit sie sich um meine Tochter kümmert, nicht eingehend überprüft?«

»Es – es tut mir leid. Ich – ich habe einen Fehler gemacht. Aber sie hat meinen Argwohn geweckt, als sie sich weigerte, mir ihre Arme zu zeigen, und zudem mit all dem seltsamen Gerede darüber, dass sie die Toten gesucht hat.«

»Gesucht?« Martin wirkte verwirrt, doch dann glättete sich

seine Stirn. »Ach, untersucht, meint Ihr wohl. Hat Aggie wieder damit angegeben?«

Lächelnd schüttelte er den Kopf. »Die Kirchspiele in London pflegen alte Frauen einzustellen, die Leichen untersuchen und die Todesursache melden sollen. Diesen Dienst übernimmt keiner gern, weil sich die Leute vor einer Ansteckung fürchten. Den Beamten ist es meist egal, wie geschickt oder gebildet diese Untersucher sind. Arm und verzweifelt – das ist bei den meisten wohl die einzige Voraussetzung.«

Cat nickte, doch es fiel ihr schwer, sich auf seine Worte zu konzentrieren. Sie war völlig fasziniert von der Perle, die an Martins linkem Ohr baumelte. Bei einem anderen Mann hätte dieser Schmuck vielleicht weibisch gewirkt, aber bei Martin unterstrich er noch die dunklen, männlichen Züge. Er sah damit aus wie ein Pirat.

»... und mir ist klar, dass Agatha eine zänkische alte Vettel sein kann. Aber sie ist Meg wirklich sehr zugetan, und sie hat ein ziemlich schweres Leben hinter sich, schon vom Tag ihrer Geburt an. Sie wurde neben dem Butterfass an der Tür zur Vorratskammer des Christ's Hospital ausgesetzt.«

Cat blinzelte und zwang sich, nicht mehr auf den Ohrring zu starren. »Aha, das erklärt dann wohl auch ihren seltsamen Namen.«

»Einrichtungen der Wohlfahrt entwickeln nicht viel Fantasie, wenn sie für Waisenkinder Namen suchen.«

»Und was bedeutet das bei Euch? Dass Ihr inmitten eines Wolfsrudels gefunden wurdet?«

Er lachte. »Nein, der Priester, der mich getauft hat, machte sich erst gar nicht die Mühe, mir einen Nachnamen zu geben. Ich wurde nur auf den Namen Martin getauft, nach dem Heiligen. Als ich alt genug war, habe ich mir den Spitznamen le Loup gegeben. Sobald die guten Mönche merkten, dass ich eher etwas von einem Wolf als von einem Heiligen hatte, waren sie froh, als ich ihnen den Rücken kehrte. Von da an waren die Straßen von Paris meine Heimat.«

Cat fand den Großteil ihrer Kindheit unerträglich, doch immerhin hatte sie die Erinnerung an ihren Vater und daran, zum Clan der O'Hanlons gehört zu haben. Sie konnte sich gar nicht vorstellen, wie es für Martin gewesen sein musste, ganz allein und ohne Verwandte aufzuwachsen.

»Das – das war bestimmt ein ziemlich gefährliches Leben«, meinte sie beinahe schüchtern.

»Ich habe es überlebt. Aber vielleicht fühle ich deshalb eine Art Verwandtschaft mit Mistress Butterydoor. Wir sind beide Waisen und kannten weder Vater noch Mutter.«

»Man kann sich auch verwaist fühlen, wenn man noch eine Mutter hat.« Cat verstummte verlegen.

»Also lebt Eure Mutter noch?«, fragte Martin so behutsam, dass Cat nickte.

»Aber wie Eure Mönche war meine Mutter sehr froh, mich loszuwerden. Ich glaube, sie hat sich oft gewünscht, ich wäre nie geboren.« Cat versuchte mit den Schultern zu zucken, als ließe sie das völlig kalt.

Wieder einmal hatte sie sich verleiten lassen, zu viel von sich preiszugeben. Sie war sehr erleichtert, als die Küchentür aufging und Meg in den Garten stürmte.

Die Kleine raffte die Rocksäume und rannte atemlos zu ihrem Vater. »Papa! Gott sei Dank bist du noch hier. Ich hatte Angst, dich verpasst zu haben, und ich wollte dich doch unbedingt in deinen neuen Kleidern sehen, bevor du zum Bankett gehst.«

Martin grinste und drehte sich seiner Tochter zuliebe einmal um die eigene Achse.

Meg klatschte mit einem erfreuten Seufzer in die Hände. Vorsichtig wollte sie über den Saum seines Umhangs streichen, zog die Hand jedoch rasch wieder weg, als habe sie Angst, die Pracht zu zerstören.

»Oh, du siehst wundervoll aus und – und sehr vornehm.«

»Hm, ich wäre lieber in Lumpen gekleidet, wenn das hübschste Mädchen von ganz England sich weigert, ihren armen alten Vater zu umarmen, aus Sorge, sie könnte sein Wams zerknittern.«

Er beugte sich zu ihr hinab und breitete die Arme aus.

»Papa, was redest du da für einen Unsinn«, sagte Meg, grinste jedoch und schlang ihm die Arme um den Hals.

Martins schelmischer Blick wurde weich, als er seiner Tochter einen Kuss auf die Wange gab. Megs Augen glühten voller Bewunderung, ihr ernstes Gesicht war davon so verändert, dass sie tatsächlich richtig hübsch wirkte.

Cat beobachtete die beiden und scharrte verlegen mit den Füßen. Sie kam sich wie ein Eindringling vor, und gleichzeitig regte sich eine seltsame Sehnsucht in ihr.

Meg zog sich zurück, glättete Martins Ärmel und tätschelte ihn liebevoll. »Also wirst du heute Abend mit Lord Oxbridge speisen. Und die Königin – wird sie auch da sein?«

»So heißt es.«

»Die Königin?« Cat stieß einen überraschten Pfiff aus. »Ihr verkehrt in bedeutenden Kreisen, Master Wolfe.«

Einen Moment lang gab Meg ihre Zurückhaltung Cat gegenüber auf. Strahlend erklärte sie: »Mein Vater hat viele bedeutende Freunde, vor allem den Baron von Oxbridge, der sehr in seiner Schuld steht. Papa hat das Leben von seiner Lordschafts Schwester gerettet, Lady Danvers. Er ist wirklich ein Held.«

»Wer redet da Unsinn?« Spielerisch zwickte Martin seiner Tochter die Nase.

Meg schnitt eine spitzbübische Grimasse, dann fuhr sie eilig fort: »Wenn du wieder da bist, musst du mir alles erzählen, vor allem über die Königin. Welche Kleider sie getragen hat und welchen Schmuck, was sie gegessen hat, was sie zu dir gesagt hat, und …«

Martin fiel ihr lachend ins Wort. »Auch wenn du auf deinen Vater große Stücke hältst, werde ich dieser illustren Gesellschaft wohl kaum zuteil werden. Ich werde beim Fußvolk sitzen, und weder die Königin noch sonst jemand wird mich bemerken.«

Cat glaubte das nicht. Sie konnte sich nicht vorstellen, dass Martin le Loup irgendwo unbemerkt bleiben würde. Doch Meg wirkte einen Moment lang ganz geknickt. Sie warf ihrem Vater einen fragenden Blick zu.

»Na ja, ich hatte mir gedacht …«

»Das klingt gefährlich«, zog Martin sie auf.

Meg runzelte nur würdevoll die Stirn, dann fuhr sie fort: »Vielleicht könnte ich die Königin ja mit eigenen Augen sehen? Agatha könnte mich zum Fluss bringen, dann könnte ich beobachten, wie ihre Barke anlegt, und dann …«

Doch Martin schüttelte bereits den Kopf. »Nein, *mon ange,* darüber haben wir schon gesprochen. Keine Ausflüge mehr in die Stadt mit Agatha, vor allem nicht nach den Warnungen der Herrin von Faire Isle.«

»Vielleicht könnte sie ja auch mitkommen und ihr Schwert mitnehmen.« Meg warf einen scheuen Blick auf Cat. »Schließlich weilt Mistress O'Hanlon als Besucherin in London. Ich möchte wetten, sie würde die Königin ebenfalls gern sehen.«

»Ich würde wetten, dass sie das nicht möchte«, warf Cat ein. »Ich würde es nie riskieren, dich kurz vor Einbruch der Dunkelheit in der Stadt herumzuführen, nur um einen Blick auf diese Tudor-Teufelin zu erhaschen.«

Meg ächzte beleidigt. »Wie redet Ihr über Eure Monarchin?.«

»Sie mag ja die deine sein, aber meine ist sie mit Sicherheit nicht, Süße. Elisabeth und ihre verfluchten Statthalter haben nichts als Elend über mein Land gebracht, es sind Plünderer, Brandschatzer und Mörder.«

»Nun, die Königin müsste nicht so hart sein, wenn – wenn ihr Iren nicht ständig rebellieren würdet.«

»Aha, jetzt ist es also Rebellion, wenn man versucht, seine Heimat vor Invasoren zu schützen und an seinem Besitz festzuhalten?«

Meg kniff die Lippen zusammen, offenbar fiel ihr darauf nichts mehr ein. »Na gut, dann kommt Ihr eben nicht mit«, meinte sie schließlich. »Aggie ist sicher ganz froh darüber.« Sie drehte Cat den Rücken zu und wandte sich wieder an ihren Vater: »Aggie und mir wird bestimmt nichts passieren, wenn …«

»Nein, Meg!«, sagte Martin. »Cat hat recht. Du solltest abends das Haus nicht mehr verlassen. Du kannst die Königin ein andermal sehen.«

»Das versprichst du mir ständig«, jammerte Meg. »Ich sehe nicht ein, warum ich …«

»Weil ich Nein gesagt habe, Margaret, und jetzt ist Schluss.«

Cat bezweifelte, dass Martin je zuvor so streng mit seiner Tochter gesprochen oder ihr irgendetwas abgeschlagen hatte. Meg wirkte gekränkt, und ihre Unterlippe zitterte. Sie wirbelte herum und rannte ins Haus zurück.

Martin bemühte sich nicht, sie aufzuhalten, doch als Meg verschwunden war, seufzte er bedauernd.

»Es tut mir leid«, meinte Cat. »Ich wollte Meg nicht aufregen, aber ich kann meine Zunge einfach nicht im Zaum halten, wenn die Rede auf dieses Tudor-Weib kommt.«

»Schon gut. Ich kann Euch verstehen, und das Ganze ist ohnehin eher meine Schuld. Aus irgendeinem Grund hat das Kind an der Königin von England einen richtigen Narren gefressen. Ich habe ihr versprochen, es eines Tages einzurichten, dass sie Elisabeth sehen kann. Aber das hätte ich ihr nie versprechen dürfen. Ich möchte nicht, dass Margaret übermäßig auffällt, bis – bis …«

»Bis es Euch gelungen ist, ihre Vergangenheit zu begraben und eine richtige Engländerin aus ihr zu machen? Ihr scheint es darin schon recht weit gebracht zu haben.«

Offenbar hatte Martin das Missfallen in ihrer Stimme vernommen. Er wurde starr. »Meg hatte schon immer mehr von einer Engländerin als von einer Französin. Sie hat die ersten fünf Jahre ihres Lebens in einem Häuschen nahe Dover verbracht. Davon spricht sie heute noch. Ich glaube, trotz ihrer Mutter war Meg damals glücklicher als …« Martin verstummte, dann beendete er seinen Gedanken traurig: »... als hier mit mir. Mein kleines Mädchen mag das Stadtleben nicht besonders.«

Das ist bestimmt die Tochter der Erde in ihr, dachte Cat, behielt diese Bemerkung aber klugerweise für sich.

»Wenn alles gut geht, möchte ich eines Tages an der Südküste ein kleines Landgut mit einem Herrenhaus kaufen«, meinte Martin, und seine Augen leuchteten entschlossen. »Aber mein Glück könnte sehr gut mit der Flut davonschwappen, wenn ich mich jetzt nicht spute und ins *Strand House* zu meinen Geschäften eile.«

»Geschäfte?« Cats Blick schweifte über seine Pracht. »Ihr seht eher aus wie ein Mann auf Freiersfüßen.«

Es ging sie zwar nichts an, doch sie konnte es sich nicht verkneifen zu fragen: »Ist sie sehr hübsch, diese Lady Jane Danvers, für die Ihr ein richtiger Held seid?«

»Nun, sie ist tatsächlich recht hübsch, das Haar wie Goldrute, die Augen wie eine Taube, aber dass ich ihr Held sein soll ...« Martins Lippen kräuselten sich ironisch. »Ich fürchte, ich habe die Dame nicht nur ihretwegen, sondern vor allem meiner Tochter zuliebe gerettet.«

Als Cat ihn begriffsstutzig ansah, erklärte er: »Jane Danvers fiel von der Barke ihres Bruders in den Fluss. Meg und ich kamen gerade auf einer Fähre vorbei, und Ihr könnt Euch nicht vorstellen, wie entsetzt meine Tochter war. Denn auf diese Weise ist Megs Mutter gestorben, sie ist in der Seine ertrunken.«

»Ich weiß. Ariane hat es mir erzählt.«

»Und Meg hat alles mitansehen müssen. Noch lange danach hatte sie schreckliche Albträume wegen Cassandras Tod. Meg hätte es nicht ertragen, Lady Danvers ertrinken zu sehen. Deshalb musste ich die Dame retten.«

»Und wenn Meg nicht da gewesen wäre, hättet Ihr Lady Danvers ertrinken lassen?«, wollte Cat wissen.

»Die Themse ist voller Strudel und kann sehr gefährlich sein. Ich weiß nicht, ob ich die Gefahr auf mich genommen hätte.«

»Ich schon. Ihr scheint mir der galante Narr zu sein, der einer Dame in Nöten nicht widerstehen kann. Diese Lady Danvers zerfließt bestimmt vor Dankbarkeit und ist bereit, in Eure Arme zu sinken.«

»Kaum. Sie ist eine vornehme, hochstehende Lady, sie steht so weit über mir wie die Sterne am Himmel.« Ob der Mann es merkte oder nicht – seine Stimme wurde weicher, als er von der Lady sprach.

Mutter Erde möge ihn beschützen, dachte Cat. Martin hatte eine weitere Miri Cheney gefunden und würde wahrscheinlich abermals mit gebrochenem Herzen zurückbleiben. Schwestern von Baronen waren nicht dafür bekannt, sich dahergelaufenen Spitzbuben hinzugeben, egal, wie gut die aussahen.

Martin zog eine Braue hoch und musterte Cat kritisch. »Ihr hättet es natürlich nie nötig, gerettet zu werden.«

»Ha, wahrscheinlich müsste ich eher noch Euch retten. Ich ziehe es vor, meine Kämpfe selbst auszufechten.« Cat schnitt eine Grimasse. »Und wenn wir schon dabei sind – ich glaube, ich gehe jetzt lieber in die Küche, sonst bekomme ich nur noch geröstete Kröte zum Abendessen.«

Martin begleitete Cat ins Haus. »Vermutlich haben meine Dienstboten Euch alle möglichen Steine in den Weg gelegt. Ich werde noch einmal mit ihnen reden und allen, einschließlich Meg, klarmachen, dass sie in meiner Abwesenheit Euch unterstellt sind. Wer Eure Befehle in Frage stellt, wird sich vor mir zu verantworten haben.«

»Dann werden mich sicher alle ins Herz schließen. Mir wäre es lieber, die Dinge auf meine Weise zu regeln. Ich verspreche Euch, es wird ohne eingeschlagene Köpfe abgehen. Und Meg wird nichts passieren, solange Ihr fort seid, macht Euch keine Sorgen.«

»Seltsamerweise tue ich das aus nicht. Aus einem Grund, den ich mir nicht recht erklären kann, habe ich Vertrauen zu Euch, Catriona O'Hanlon.« Er blieb vor der Küchentür stehen und bedachte sie mit einem herzlichen Blick.

Dann nahm er ihre Hand. Cat war so verblüfft über die unerwartete Geste, dass sie ihn gewähren ließ.

»Ich weiß nichts über Eure Mutter, kann mich also nicht dazu versteigen, über ihre Gefühle zu reden. Aber was mich angeht – ich bin froh, dass Ihr da seid!«

Himmel nochmal. Der Mann klang tatsächlich aufrichtig. Vielleicht überließ ihm Cat deshalb weiter ihre Hand. Er führte sie an seine Lippen und drückte einen sachten Kuss darauf, als wäre sie eine große Dame und keine arme Irin in einem zerschlissenen Kleid.

Seine Lippen streiften ihre Hand nur ganz leicht. Trotzdem kitzelte ihre Haut. Er schenkte ihr ein strahlendes Lächeln, bei dem ihr Herz heftig zu pochen begann.

Zu ihrem Verdruss errötete sie auch noch. Oh weh, der Schuft war wirklich ausgesprochen charmant, das musste man ihm lassen. Wenn er seine Lady Danvers so anlächelte, würde er das Herz der Frau wahrscheinlich doch erobern.

Aber all das hatte rein gar nichts mit ihr zu tun, gab sich Cat verärgert zu bedenken. Warum nur versetzte ihr dieser Gedanke einen derart heftigen Stich?

7

Martin lehnte sich im Boot zurück, während der Fährmann durch das trübe Wasser der Themse ruderte. Der Fluss war bei weitem die schnellste Art der Fortbewegung in der Stadt; auf den engen, schmutzigen Straßen drängten sich Karren, Pferde und Passanten.

Doch an diesem Abend war auch auf der Themse viel los, zahllose Boote und Barken mit ihren rechteckigen Segeln tummelten sich darauf. Selbst zu dieser Stunde waren die Docks ein Wald von Masten, Fracht wurde gelöscht – Wein, Holz, Hering, Wolle –, raue Stimmen hallten durch den Abend, es wurde gelacht, geflucht, gesungen und gestritten, und ständig hörte man die Bootsleute nach Passagieren rufen: »Richtung Westen, hierher! Richtung Osten, hierher!«

Das geschäftige Treiben, der Lärm und der modrige Geruch des Flusslebens waren Martin aus seiner Jugend vertraut. Wenn er die Augen schloss, fühlte er sich fast an die Ufer der Seine zurückversetzt. Nur die Sprache war nicht dieselbe, und natürlich auch nicht die Leute. Die Londoner waren ein engstirniges, zänkisches Inselvolk, argwöhnisch gegenüber allen Fremden; und fremd war, wer nicht in der Stadt geboren war. Obwohl Martin die Engländer nicht in dem Maße verachtete wie Cat, vermisste er die melodische Sprache seiner Landsleute, den guten Wein, den man in den Tavernen kredenzt bekam, die Leidenschaft und die Lebenslust, die Paris kennzeichneten.

Auf einmal überkam ihn ein tiefes Heimweh, das er nach Kräften zu unterdrücken versuchte. Er schirmte die Augen mit der Hand gegen die letzten Sonnenstrahlen ab und beobachtete, wie sie das Wasser in einen roten Glanz tauchten, so leuchtend wie Catriona O'Hanlons Haar.

Bei dem Gedanken an die hitzige Irin umspielte ein unfreiwilliges Lächeln seine Lippen. Er hatte seine Dienstboten zwar ein letztes Mal streng ermahnt, Cat gut zu behandeln, doch ihre schwelende Abneigung war deutlich zu spüren gewesen. Allerdings zweifelte er nicht daran, dass sich Cat behaupten und – wichtiger noch – für Megs Sicherheit sorgen konnte.

Dies war ein tröstlicher Gedanke, der einzige, der ihm an diesem Abend innere Ruhe schenkte. Als sich das Boot dem Teil der Stadt näherte, in dem palastartige Häuser hoch über der Themse aufragten, deren Gärten und Wiesen sich bis ans Ufer erstreckten, verspannte er sich wieder. In seiner Jugend hatte Martin nicht einmal die Chance gehabt, seine Nase an die Fensterscheibe eines solchen Hauses zu drücken, aus Angst, man würde die Hunde auf ihn hetzen.

Er hatte es tatsächlich sehr weit gebracht, dass er nun zu einem Bankett in *Strand House* geladen war. Doch die Befriedigung, die er dabei eigentlich hätte verspüren sollen, war getrübt von der nüchternen Erkenntnis über den wahren Grund seiner Anwesenheit – er kam nicht als Gast, sondern als Walsinghams Spion.

Ein reichhaltiges Abendessen, Musik, Tanz und ein Auftritt der Truppe des *Crown Theatre* sowie ein Feuerwerk, alles zu Ehren der Königin, waren für diesen Abend geplant. Ned Lambert hatte weder Kosten noch Mühen gescheut. Aber Martin würde wohl kaum etwas richtig genießen können.

Er würde den ganzen Abend wie auf glühenden Kohlen sitzen und sich als verräterischer Schuft vorkommen, während er auf die passende Gelegenheit wartete, sich von den Festlichkeiten wegzustehlen und das Haus zu durchsuchen. Aber wonach suchte er eigentlich? Nach etwas, das er bestimmt nicht finden würde – einen Beweis für einen Verrat.

Gequält fragte er sich, wie es ihm gelingen sollte, Walsingham davon zu überzeugen, dass Lord Oxbridge nichts mit den Verschwörungen gegen Königin Elisabeth zu tun hatte. Die

Schuld eines Mannes war stets so viel einfacher zu beweisen als seine Unschuld.

Martin stützte die Ellbogen auf die Knie und legte düster das Kinn auf die Hand, während der Fährmann das Boot zum Landesteg unterhalb von *Strand House* lenkte. Es war ein massives steinernes Herrenhaus, versehen mit zahllosen rautenförmigen Bleiglasfenstern. Die Fenster wirkten allerdings zum größten Teil merkwürdig dunkel für ein Haus, in dem eine große Gästeschar zusammengeströmt war. Und auch auf dem Weg zum Haus oder in den Gärten schien nicht viel los zu sein.

Stirnrunzelnd richtete sich Martin auf. Er fürchtete, sich verspätet zu haben, doch eigentlich hätten zu dieser Zeit auch noch andere Gäste ankommen müssen. Als er auf das stille Haus blickte, überkam ihn das ungute Gefühl, dass etwas nicht stimmte.

Er ließ dem Bootsmann kaum die Zeit anzulegen, sprang sogleich aus der Fähre, warf dem Mann eine Münze zu und machte sich auf den Weg zum Haus. Die Büsche, die hohen Eichen und die sorgfältig gestutzten Hecken des Irrgartens verloren sich im Schatten der hereinbrechenden Nacht.

Vor ihm auf dem Weg erblickte er Fackelschein. Eine kleine Gruppe schien sich vom Haus wegzubewegen. Martin trat unter den Schutz eines Baumes. Er wollte sich erst vergewissern, um wen es sich handelte. Ihre bescheidenen Gewänder sowie die Gamben und die Flöten, die sie bei sich trugen, wiesen sie als die Musiker aus, die auf dem Fest hätten aufspielen sollen. Gleich hinter ihnen kam eine junge Dame in einem Seidenkleid, das sich über einem Reifrock bauschte.

Nein, es war keine Dame. An dem vertrauten forschen Schritt erkannte Martin, dass es sich um Alexander Naismith handelte, den jungen Schauspieler, der im *Crown* immer die weiblichen Hauptrollen übernahm. Gerade raffte Alexander seine Röcke, darunter kam seine Hose zum Vorschein.

Als die Musiker an Martins Versteck vorbeikamen, trat er aus dem Schatten und packte Alexander am Arm. Überrascht über Martins plötzliches Auftauchen, zuckte der Junge zusammen.

»Master Wolfe?«

»Was ist los, Sander? Was hat sich ereignet?«

»Zumindest nicht unsere Vorstellung«, erwiderte der Junge verdrossen. Obwohl schon fast sechzehn, war sein Gesicht noch glatt und auch seine Stimme ziemlich hoch. Seine dick mit Rouge beschmierten Wangen wirkten noch greller, als er die schwarze Lockenperücke abnahm.

Da Sander seine eigenen, kinnlangen Haare straff zurückgekämmt hatte, war anstelle seines linken Ohrs eine hässliche, wulstige Narbe zu sehen. Diese Verunstaltung war ihm so peinlich, dass sich der Junge normalerweise bemühte, sie zu verbergen, aber im Augenblick schien er zu verärgert, um sich darüber zu sorgen.

»Alles ist abgeblasen worden – das Bankett, die Unterhaltung, das Feuerwerk. Und das nur, weil sich unsere ehrenwerte Monarchin in letzter Minute geweigert hat, sich zu zeigen. Im allerletzten Moment hat die Königin kundgetan, sie bedauere es sehr, aber sie sei leider verhindert. Ich weiß nicht, warum.«

Doch Martin wusste es: Walsingham. Der Staatssekretär hatte es offenbar geschafft, die Königin von der Teilnahme am Bankett abzubringen.

»Seine Lordschaft ist bestimmt sehr enttäuscht«, meinte Martin.

»Enttäuscht?« Sander lachte schrill auf. »Außer sich vor Wut wäre wohl passender. Er hat einen richtigen Anfall bekommen, die Bankettafel umgeworfen, Stühle durch die Luft geschleudert und die Gäste angefaucht, sie sollten sich davonscheren. Die arme Lady Danvers war den Tränen nahe, als sie sich bei den Gästen entschuldigte, die so unsanft hinausbefördert wurden.

Wir bereiteten uns in der Kammer neben dem Saal im Erdgeschoss auf die Vorstellung vor, die nach dem Essen stattfinden sollte, als der Tumult ausbrach. Alle sind auf und davon.

Ich war der Einzige, der zu bleiben wagte, in der Hoffnung, dass ich für diesen Abend trotzdem entlohnt würde.«

Das wunderte Martin nicht. Sander Naismith war ein kühner Junge und eine Art Günstling von Oxbridge, der ihn auch zum *Crown Theatre* gebracht hatte.

»Offenbar muss auch ich mit leeren Taschen nach Hause«, grummelte Sander. »Und dabei hätte ich ein paar Crowns dringend nötig gehabt.«

»Ach, du junger Tor, zweifellos hast du beim Würfeln wieder einmal zu viel gewagt.«

»Aber nein, Sir!« Doch das verlegene Grinsen des Jungen strafte seine Worte Lügen.

»Mach dir nichts draus. Lady Danvers wird bestimmt dafür sorgen, dass ihr bezahlt werdet, wenn sie sich wieder etwas beruhigt hat.« Martin tätschelte dem Jungen die Schulter. »Und wenn sie es nicht tut, werde ich mich darum kümmern.«

Sanders Miene hellte sich wieder auf, und er setzte seinen Weg fort. Dabei rief er Martin noch über die Schulter zu: »An Eurer Stelle würde ich nicht ins Haus gehen, Master Wolfe. Ned – ich meine Seine Lordschaft – ist sturzbesoffen, und das ist seiner üblen Laune nicht unbedingt zuträglich.«

Sander raffte die Röcke und verschwand in der Dunkelheit. Trotz der Warnung setzte Martin seinen Weg fort, auch wenn Sanders Worte ihn beunruhigten.

Er wusste, dass Ned Lambert sich sehr darauf gefreut hatte, die Königin unter seinem Dach willkommen zu heißen. Seit Wochen hatte er damit geprahlt. Wie jeder ehrgeizige junge Adlige trieb er sich oft in Whitehall herum und hoffte, die Gunst der Königin zu erringen.

Doch da er Katholik war und die Geschichte seiner Familie gegen ihn sprach, waren seine Bemühungen lange Zeit fruchtlos geblieben. Mit all den anderen Bittstellern hatte er lange vergeblich im Außenhof des Palastes ausgeharrt. Doch Königin Gloriana liebte Geschenke, und eine teure, mit Edelsteinen besetzte Brosche in Form eines Pfaus hatte ihm endlich eine

Audienz verschafft. Mit seinem hübschen Gesicht, vielen Komplimenten und einem Lied, das er zu Ehren der Königin komponiert hatte, war es ihm gelungen, noch mehr an Gunst zu erlangen; und schließlich hatte die Königin sogar eingewilligt, an dem Bankett in *Strand House* teilzunehmen.

Martin konnte sich gut vorstellen, dass die Absage der Königin Lord Oxbridge aufgebracht und gedemütigt hatte. Aber das Übermaß dieser Reaktion beunruhigte ihn doch sehr.

Ned Lambert lebte seinen Leichtsinn eigentlich nur auf der Jagd aus; er war ein halsbrecherischer Reiter, der schon einige Hengste zuschanden geritten hatte. Doch seine Trinkgewohnheiten waren weitaus gemäßigter als die seiner Freunde. Hatte er einmal über den Durst getrunken, wurde er still und verdrossen und schlief einfach ein. Martin hatte nie erlebt, dass der junge Mann beim Trinken einen Tobsuchtsanfall bekommen hatte. Er hoffte nur, dass Neds maßlose Enttäuschung nicht einen viel finstereren Grund hatte – etwa ein durch das Fernbleiben der Königin vereiteltes Attentat.

Nein, es wäre tollkühn, ja wahnwitzig, wenn Ned es riskieren würde, der Königin unter seinem eigenen Dach Schaden zuzufügen. Martin konnte sich nicht vorstellen, dass seine Lordschaft derart töricht wäre, zumal er damit auch seine Schwester großer Gefahr ausgesetzt hätte. Jane war zwar fast zehn Jahre älter als Ned, doch die beiden standen sich sehr nah.

Martin konnte nicht glauben, dass Ned in irgendeine Verschwörung verwickelt war. Konnte oder wollte er es nicht glauben? Die innere Stimme, mit der er sich diese Frage stellte, ähnelte der Walsinghams auffällig.

»Womöglich kommt es Euch ungelegen, dass der Mann, der geholfen hat, Euer kostbares Theater zu finanzieren, des Verrats schuldig sein könnte. Weil Euch Lord Oxbridges Schwester gefällt, mangelt es Euch an Eifer bei den Nachforschungen.«

Mit diesen Vorwürfen quälte sich Martin, als er den Innenhof betrat. Er bemühte sich, nicht mehr daran zu denken.

Der Haushalt war noch immer in hellem Aufruhr. Martin

gelangte bis in die große Halle, ohne dass jemand von ihm Notiz nahm. Als er sich umsah, musste er bestürzt feststellen, dass Sander nicht übertrieben hatte.

Der Speisesaal sah aus, als sei eine Horde marodierender Türken eingefallen: Tische, Stühle und Hocker waren umgeworfen, der Boden war übersät mit den Resten des vornehmen Tischgedecks – Damastservietten, Salzfässchen, silberne Platten und Tranchierbretter, zerschmetterte Kristallkaraffen, mit Weinflecken besudelte Tischdecken.

Die Bediensteten drängten sich am Durchgang zur Küche und flüsterten miteinander. Immer wieder warfen sie misstrauische Blicke auf den Mann, der in einem Sessel vor dem Kamin fläzte. Offenbar wussten sie nicht recht, was sie nun tun sollten.

Lord Oxbridge hatte dem Eingang den Rücken zugekehrt. Martin sah nur seine langen Beine, die in eleganten Hosen steckten, und einen Arm, der über der Sessellehne baumelte, die weißen Finger mit Ringen geschmückt. Offenbar hatte sich Neds Wut erschöpft, vielleicht waren ihm sogar die Sinne geschwunden, das konnte Martin aus seinem Blickwinkel nicht ausmachen.

Lady Danvers huschte aufgeregt umher. Sie wirkte wie ein Gespenst in ihrem naturfarbenen Seidenkleid, das sich über einem Reifrock bauschte. Ihre feinen blonden Haare waren unter einem mit Perlen bestickten Netz verborgen. Sie war die Erste, die Martins Ankunft bemerkte.

Als sich einer der Pagen Martins annehmen wollte, winkte ihn Jane Danvers weg. Sie kam mit ausgestreckter Hand auf Martin zu.

»Marcus. Ich – ich meine Master Wolfe.«

»Lady Danvers.« Martin verneigte sich, ergriff ihre Hand und streifte ihre Wange mit einem Kuss – die hier übliche Begrüßung der Gastgeberin.

In Janes bleiches Antlitz schlich sich ein wenig Farbe. Meist wirkte sie madonnenhaft heiter, doch heute war ihre glatte

Stirn zerfurcht, und in ihren taubenblauen Augen stand eine tiefe Sorge.

»Es – es tut mir leid. Ich bedauere sehr, Euch mitteilen zu müssen, dass wir das Fest absagen mussten. Das heißt – das heißt, dass die Königin nicht … Und – und mein Bruder ist ein wenig außer sich. Er – er …«

»Schon gut. Ich weiß, was passiert ist.« Martin drückte sachte ihre Hand.

Diese schlichte Geste reichte, dass Jane die Tränen in die Augen schossen, doch sie blinzelte sie entschlossen weg. Ihr Stolz mochte vielleicht nicht so ausgeprägt sein wie bei Cat, doch Lady Danvers besaß auf alle Fälle sehr viel Würde.

»Kann ich irgendetwas für Euch tun?«, fragte Martin.

»Vielleicht könnt Ihr ein nettes, beschauliches Kloster finden, in dem ich mich verstecken kann?« Vergeblich bemühte sich Jane um ein kleines Lächeln. »Ned hat sich so skandalös benommen, dass ich mich in London und bei Hofe bestimmt einige Wochen lang nicht mehr zeigen kann.«

Ihre Wimpern senkten sich.

»Allerdings waren Ned und ich auch davor in Whitehall nicht sehr willkommen.«

»Wolfe, seid Ihr das?«, rief jemand mit schwerer Zunge. Lord Oxbridge kämpfte sich mühsam aus den Tiefen seines Sessels hoch.

Mit schwankenden Schritten stolperte er auf Martin zu. Das Kerzenlicht spiegelte sich in den mit Juwelen besetzten Knöpfen seines blauen Seidenwamses. Ned Lamberts Haare waren aus der Stirn gekämmt, sie waren etwas heller als bei seiner Schwester, doch seine grauen Augen waren eine Spur härter. Im Gegensatz zu den meisten Männern, die sich nach der neuesten Mode richteten, war er glatt rasiert.

An sich sah er sehr gefällig aus, wenn auch etwas hochmütig, doch an diesem Abend hatte der übermäßige Weingenuss sein markantes Gesicht hässlich rot gefärbt, und seine Augen glitzerten noch immer gefährlich. Seine Wut schien zwar eingedämmt, aber es würde wohl nicht viel brauchen, sie erneut zu entfachen.

Martin verbeugte sich. »Guten Abend. Wie geht es Eurer Lordschaft?«

»Schlecht, verdammt schlecht.«

Oxbridge geriet ins Schwanken und stützte sich mit einer Hand schwer auf Martins Schulter. »Das alte Miststück ist nicht erschienen.«

»Ned, bitte …«, fing seine Schwester an und trat auf ihn zu.

Doch ihr Bruder richtete sich auf und winkte sie mit einer verächtlichen Geste weg.

»Oho, meine große Schwester schimpft mich. Ich darf nicht despektierlich über meine Monarchin sprechen, auch wenn sie mich zu einem erbärmlichen Narren gemacht hat. Eine Nachricht hat sie gesandt, sie sei unpässlich, hieß es. Pah!« Seine Lordschaft schnaubte höhnisch und stupste Martin mit dem Zeigefinger gegen die Brust. »Habt Ihr je so etwas gehört, Wolfe? Die schrumplige alte Schachtel war keinen einzigen Tag ihres Lebens krank. Sie wird ewig leben, auch wenn es uns allen besser gehen würde, wenn sie …«

»Edward!«, rief Jane und warf ihrem Bruder einen warnenden Blick zu, den er in seiner Verfassung gar nicht bemerkte. Mit nervös flatternden Händen flehte sie Martin an: »Bitte, Ihr müsst seiner Lordschaft und mir verzeihen. Wir können momentan keine Gäste empfangen. Ich muss Euch bitten, zu gehen.«

»Aber natürlich, ich verstehe, Mylady.« Martin hatte bereits mehr gehört, als er je hatte hören wollen.

Doch Ned schlang den Arm um Martins Schulter. »Nein, bleibt.« Er funkelte seine Schwester böse an. »Sei nicht unhöflich gegenüber Wolfe, Jane. Er ist ein wackerer Bursche. Hat dir das Leben gerettet, hast du das schon vergessen?«

Auf Martin gestützt meinte er: »Trinkt einen Becher Wein mit mir und bedauert mich ein bisschen.«

»Ned, du hast schon viel zu viel getrunken«, sagte Jane, aber

Martin schüttelte warnend den Kopf. Ihm war klar, dass all ihre Bitten ihren Bruder nur noch mehr aufregen würden.

»Ausgezeichnete Idee, Mylord.« Mit leiser Stimme wandte er sich an Jane. »Vielleicht schläft er besser, wenn er noch ein bisschen Wein trinkt.«

Jane riss die Augen auf, doch dann nickte sie.

»Wer zum Teufel will hier schlafen?«, brummte seine Lordschaft, er hatte offenbar etwas mitbekommen. Er stieß sich von Martin ab, schaffte es ohne Hilfe zu seinem Sessel, ließ sich hineinplumpsen und brüllte laut nach Wein.

Ein würdevoller Diener in der scharlachrot-schwarzen Livree der Lamberts brachte rasch zwei Kelche auf einem Tablett. Ned nahm einen kräftigen Schluck und merkte gar nicht, dass Martin seinen Kelch auf dem Kaminsims abstellte, ohne davon zu trinken.

Martin hatte erkannt, dass er in einer schwierigen Lage steckte und einen klaren Kopf brauchte. Er musste tun, was Walsingham von ihm erwartete, und die Gelegenheit beim Schopf packen, Ned seine Geheimnisse zu entlocken, solange dessen Zunge noch schwer vom Alkohol war.

Doch Martin schaffte es kaum, den Blick von Jane zu wenden. Ihr sanftes Gesicht war so voller Sorge, dass sich sein Beschützerinstinkte in ihm regten.

Gerade wandte sich der Diener an sie und fragte halblaut: »Verzeiht, Mylady, aber der Koch wollte gern wissen, was er mit all den Speisen tun soll, die für das Festmahl vorbereitet wurden.«

Neds ausgiebiger Weingenuss schien sein Gehör nicht zu beeinträchtigen. »Werft sie auf die Straße, sollen sich die Hunde und Ratten daran gütlich tun!«, fauchte er.

Jane runzelte die Stirn und hielt ihrem Bruder sanft vor: »Aber wäre es nicht besser, das Essen unter die Armen zu verteilen, mein Lieber?«

Ned nahm einen weiteren Schluck Wein, dann zuckte er finster die Schultern. »Meinetwegen.«

Während Jane dem Diener leise Anweisungen erteilte, brütete Ned über seinem Weinkelch. »Arme wird es immer geben. Vor allem jetzt. Die armen Schlucker können nirgends mehr um Almosen betteln. Die verdammten Protestanten wussten wohl nicht, was sie taten, als sie all die Klöster und Konvente schlossen. Was meint Ihr, Master Wolfe?«

»Nein, das wussten sie wahrscheinlich nicht«, erwiderte Martin, auch wenn ihm sehr unbehaglich zumute war. Die Lamberts hatten mit ihm nie über ihren katholischen Glauben gesprochen. Martin wusste, dass Jane ein schlichtes Kreuz trug, aber sie verbarg es stets unter ihrem Gewand. Nur die Goldkette war sichtbar. Und von Ned hatte Martin bislang kein einziges Wort zum Thema Religion gehört.

Jane kehrte rechtzeitig zurück, um die letzten Schimpftiraden ihres Bruders mitzubekommen. Sie legte ihm die Hand auf die Schulter.

»Gott erwartet von uns allen, wohltätig zu sein, Ned, nicht nur von den Geistlichen.«

»Du bist wohltätig genug für uns beide. Meine Schwester ist eine Heilige, Marcus. Habt Ihr das gewusst?«

Martin lächelte Jane an. »Sie ist auf alle Fälle eine edle, tugendhafte Lady.«

»Nein! Ich sage Euch, sie ist eine Heilige!«, widersprach Ned. »Eine gottverdammte Heilige.«

»Edward!«, mahnte Jane und drückte seine Schulter. Sie warf Martin einen um Verzeihung heischenden Blick zu. »Ich kann Euch versichern, dass ich das nicht bin.«

Ned grinste schief und tätschelte ihre Hand. Doch auf einmal verdüsterte sich seine Miene wieder. Ohne Vorwarnung schleuderte er seinen Weinkelch in den leeren Kamin.

Er beugte sich vor, vergrub sein Gesicht in den Händen und stöhnte: »Was soll ich nur tun? Was soll ich jetzt nur tun? Ich dachte, wenn ich der Königin die Stiefel lecke, könnte ich mir einen stattlichen Posten am Hof ergattern. Ich hätte es besser wissen müssen. Sie gibt Protestanten den Vorzug, dunkelhäutigen Zigeunern wie diesem widerlichen alten Leicester. Er war ihr Geliebter, müsst Ihr wissen. Sie haben den Mord an seiner Frau gemeinsam geplant.«

»Ned, um Himmels willen, ich flehe dich an! Solches Gerede kann dich in den Tower bringen.« Jane warf Martin einen bangen Blick zu.

»Keine Sorge, Mylady«, versicherte er ihr rasch. »Ich kenne all diese Gerüchte. Ich achte nicht auf sie und werde sie bestimmt auch nicht wiederholen.«

»Warum nicht? Das tun doch alle«, murrte Ned, dann fing er wieder an zu stöhnen. »Ich bin ruiniert. Ich habe mich mit diesem Fest an den Rand des Bankrotts gebracht. Habt Ihr eine Ahnung, wie viel Geld ich ausgegeben habe? Janes Geld.«

Jane rieb ihrem Bruder tröstend den Rücken. »Das spielt doch keine Rolle, mein Lieber. Es macht mir nichts aus.«

»Aber mir macht es etwas aus, verdammt nochmal!« Ned warf den Kopf hoch. »Ich will nicht den Rest meines Lebens an den Rockzipfeln meiner Schwester hängen.«

»Jede Frau hat die Pflicht, sich um ihre Familie zu kümmern.«

»Das ist das törichte Gerede unseres Vaters«, schnaubte Ned verächtlich. Er fragte Martin: »Habt Ihr gewusst, dass Jane zweimal verhökert worden ist, um das Vermögen unserer Familie zu mehren? Einmal an einen kränklichen Jungen, ein zweites Mal an einen gichtigen Alten. Das törichte kleine Ding.«

Als Jane verlegen den Blick senkte, hätte Martin ihren Bruder am liebsten geohrfeigt. Doch das wäre bei Neds momentanem Zustand sicher nicht ratsam gewesen. Es hätte nur zu einem Faustkampf oder einem Duell geführt und Jane weiteres Leid beschert.

Ned blinzelte seine Schwester eulenhaft an. »Nie mehr wieder, Janey! Das nächste Mal heiratest du einen Mann, den du dir selbst ausgesucht hast. Einen gut aussehenden, rüstigen Burschen, der es dir auch im Bett recht macht. Ich werde für unser Vermögen sorgen. Wenn alles gut läuft, bin ich bald der reichste, mächtigste Mann in England.«

Als er sich wieder Martin zuwandte, hatte sich ein verschlagener Ausdruck auf das gerötete Gesicht seiner Lordschaft geschlichen. Er legte den Finger theatralisch an die Lippen und meinte: »Pst! Wolfe, mein Alter, könnt Ihr ein Geheimnis wahren?«

Nein!

Martin brachte ein steifes Lächeln zustande. »Ich werde es versuchen. Aber ich fürchte, Eure Lordschaft sollten jetzt lieber niemanden ins Vertrauen ziehen. Nicht, solange Euer Urteil so getrübt ist.«

»Das ist es keineswegs.« Ned richtete sich schwankend auf. »Ich will Euch etwas zeigen.«

»Ned! Nein!« Jane, die schon die ganze Zeit über beunruhigt gewirkt hatte, war inzwischen bleich wie ein Gespenst. »Ich bin mir sicher, Marcus interessiert sich nicht …«

»Aber natürlich tut er das. Vielleicht will er an meinem Unternehmen ja sogar einen Anteil erwerben.«

Jane klammerte sich an den Arm ihres Bruders, doch der entwand sich unwirsch ihrem Griff. Er bedeutete Martin, ihm zu folgen, und stolperte Richtung Küche.

Martin sah Jane unsicher an. Sie warf ihm zwar einen flehenden Blick zu, breitete jedoch hilflos die Hände aus. Martin blieb nichts anderes übrig, als Ned zu folgen, auch wenn sich dabei sein Magen verkrampfte.

Zum Teufel mit diesem leichtfertigen jungen Narren. Sollte Walsingham tatsächlich recht haben mit seinem Verdacht, Ned habe etwas mit Babingtons Verschwörung zu tun? Stand der betrunkene Tor etwa kurz davor, Martin den Beweis, den der Staatssekretär haben wollte, auf dem Silbertablett zu servieren?

Als Ned in die Küche torkelte, stoben die Bediensteten wie erschrockene Schatten auseinander. Ned nahm eine Kerze.

»Hier entlang«, nuschelte er und schob Martin zu einer Tür, von der aus eine steinerne Treppe in den Keller hinabführte.

Martin folgte ihm vorsichtig, Jane kam mit raschelnden Röcken hinter ihnen her.

Martin bot ihr seine Hand, um ihr die schmalen, abgetretenen Stufen hinab behilflich zu sein. Sie klammerte sich an ihn, als wollte sie ihn zurückziehen. Aber eigentlich hätte sie Ned aufhalten sollen, nicht mich, dachte Martin aufgebracht.

Auf der letzten Stufe hätte Ned fast das Gleichgewicht verloren. Martin entriss ihm die Kerze, bevor der betrunkene Narr noch das ganze Haus in Brand setzte.

Das Licht fiel flackernd auf einen Vorratskeller, gefüllt mit Wein- und Bierfässern. An der gegenüberliegenden Seite befand sich eine schwere Eichentür. Während Ned sich durch die Hindernisse schlängelte, fingerte er in seinem Wams herum und kramte schließlich einen großen Eisenschlüssel hervor.

Das hat bestimmt nichts Gutes zu bedeuten, dachte Martin – eine Tür zu einem geheimnisvollen Kellerraum, zu dem nur seine Lordschaft einen Schlüssel besaß.

Das, was sie dort erwartete, ließ seine Schwester inzwischen ganz krank vor Furcht aussehen. Offenbar handelte es sich um ein schreckliches Geheimnis, das Ned lieber niemandem enthüllen sollte.

Warum zum Teufel schritt sie nicht ein? Warum rang sie nur die Hände? Warum hielt sie Ned nicht auf? Cat hätte das bestimmt getan, wenn es ihr Bruder gewesen wäre. Sie hätte ihn bewusstlos geschlagen, bevor sie ihm gestattet hätte, sich zu verraten.

Während Ned mehrmals laut fluchend versuchte, den Schlüssel ins Schloss zu stecken, wischte sich Martin verstohlen den Schweiß von der Stirn. Warum musste er ausgerechnet in diesem Moment an Cat denken und sie mit Jane vergleichen?

Vielleicht, weil er ziemlich verzweifelt war und Angst vor dem hatte, was Ned ihm gleich zeigen würde? Den Beweis für seinen Verrat vielleicht, von dem Martin dann Walsingham berichten musste?

Fast hoffte er, Ned würde den verdammten Schlüssel im Schloss abbrechen. Doch schließlich knirschte es laut, und Ned stieß die schwere Tür auf, die Unheil verkündend knarzte. Mit einem dümmlichen, selbstgefälligen Lächeln lehnte er sich an den Türrahmen und ließ Martin mit einem Wink den Vortritt.

Jane ächzte leise. Als Martin sie ansah, waren ihre Hände gefaltet und die Lippen bewegten sich stumm. Verflucht, betete die Frau etwa? Was zum Teufel befand sich in diesem elenden Raum?

In Martins Magen bildete sich ein eiskalter Klumpen, doch er straffte die Schultern und trat über die Schwelle. Gegen den Anblick, der sich ihm nun bot, hätte ihn allerdings nichts wappnen können.

Er hielt die Kerze hoch und sperrte verblüfft den Mund auf.

8

Wie eine warme, dunkle Decke legte sich die Nacht auf das Fenster von Megs Schlafkammer und machte ihr klar, dass es Schlafenszeit war. Doch das Mädchen war hellwach. Das Nachthemd flatterte ihr um die nackten Beine, als sie die Fensterflügel öffnete. Sie beugte sich vor, so weit sie sich traute, und hob die Vergrößerungsvorrichtung ans Auge.

Sie hatte die Anleitung getreulich befolgt und das gewölbte Glas in die Metallröhre eingepasst. Wie alles, was im *Buch der Schatten* beschrieben wurde, war diese Vorrichtung für einen finsteren Zweck bestimmt: Man konnte damit seine Feinde ausspähen und im Krieg einen Vorteil erringen.

Doch der einzige Feind, den Meg gern besiegt hätte, lauerte in ihrem eigenen Herzen. Sie richtete das Fernrohr auf den düsteren Himmel und betrachtete atemlos den Kometen. Jede Nacht kam er ihr ein bisschen heller vor, so hell, als wolle er ein Loch in den Himmel brennen.

Ein Bote des Bösen, darüber waren sich Astrologen wie Geistliche einig. Der Komet kündete von einer tiefgreifenden Veränderung, einem düsteren Schicksal. Meg konnte nur beten, dass es nicht ihr eigenes war. Sie senkte das Fernrohr und atmete zitternd aus.

Ihr Schicksal.

»Vom Moment deiner Geburt an, nein, sogar schon davor, warst du auserwählt, Großes zu vollbringen. Die Töchter der Erde werden Throne umstürzen und die Männer ihrer Macht berauben. Du bist vom Schicksal dazu auserkoren, uns in diese neue ruhmreiche Zeit zu führen, Megaera. Eine Königin unter Königinnen, die mächtigste Zauberin, die die Welt je gesehen hat.«

Meg setzte sich aufs Fensterbrett, zog die Knie an die Brust, legte das Gesicht darauf und presste sich die Hände auf die Ohren, um die Stimme ihrer Mutter auszusperren.

»Vergiss, vergiss, vergiss«, murmelte sie. Das wünschte sich ihr Papa doch mehr als alles andere von ihr. Nun, zumindest stand es an zweiter Stelle, gleich nach seinem Wunsch, dass eine richtige englische Edelfrau aus ihr würde, die nichts über Gifte, Spritzen oder das *Buch der Schatten* wusste. Wie gern wollte sie es ihm recht machen! Aber warum schien es immer schwerer zu werden statt leichter, das zu tun, worum er sie bat?

»Es ist nicht leicht, die Vergangenheit zu vergessen und deinen wahren Kern zu verleugnen. Eine weise Frau muss lernen, ihrer Bestimmung gerecht zu werden«, hatte Cat ihr erklärt.

Aber wenn man in seinem Kern böse war? Wenn es einem bestimmt war, eine dunkle, mächtige Zauberin zu werden – die Silberne Rose?

Meg erschauderte und spürte, wie ein gewisser Zorn auf Cat in ihr aufstieg. Ihr und Papa war es doch gut gegangen, bevor diese Irin mit all ihren unerwünschten Ratschlägen und düsteren Warnungen aufgetaucht war.

Jetzt meldete sich Maman wieder in Megs Kopf. Und Papa machte sich so viele Sorgen, dass er ihr wahrscheinlich nicht mehr erlauben würde, auch nur einen Fuß aus dem Haus zu setzen. An all dem war Catriona O'Hanlon schuld, und als ob das nicht reichte, hatte diese eingebildete, dahergelaufene Irin es gewagt, Megs gute, huldreiche Königin Elisabeth zu kritisieren.

Meg wünschte, Cat wäre nie aufgetaucht. Sie wünschte, das Meer hätte sich aufgetan und Cat verschlungen, bevor …

Nein. Leise wimmernd zügelte Meg diese Gedanken. Sie spähte über ihre Knie hinweg in den Raum und fürchtete, ein böser Geist könnte diesen Wunsch vernommen haben.

»Ich nehme ihn zurück. Ich nehme ihn zurück«, wisperte sie heftig und erzitterte, als ihr Aggies Geschichte von dem armen Mann einfiel, der an einem bösen Gedanken gestorben war.

Genau wie Maman …

Sie fuhr zusammen, als jemand leise an die Tür klopfte. Das Herz schlug ihr bis zum Hals. Rasch sprang sie von der Fensterbank. Sie hatte kaum noch Zeit, ihr Fernrohr in den Falten ihres Nachthemds zu verbergen, bevor Cat hereinkam.

Zögernd verharrte Cat auf der Schwelle. Seit Martins Aufbruch zum Bankett war ihr Meg aus dem Weg gegangen und hatte sogar in ihrem Zimmer zu Abend gegessen. Cat hatte sie gewähren lassen.

Die Feindseligkeit der anderen Hausgenossen hatte sie so erschöpft, dass sie sich der Aufgabe, mit einer mürrischen Mistress Margaret umzugehen, nicht gewachsen fühlte. Sie hatte gehofft, das Mädchen würde schlafen und nicht vor dem Fenster herumhuschen wie ein Geist, der soeben aus der Nacht hereingeflattert war, mit gehetzten Augen, wachsam wie ein Dachs, der sich im Unterholz verfangen hat.

»Darf ich eintreten?«, fragte Cat und schloss die Tür hinter sich.

»Sieht so aus, als ob Ihr das bereits getan habt«, brummelte Meg. »Papa hat mir erklärt, dass Ihr in meinem Zimmer schlafen werdet, damit Ihr auf mich aufpassen könnt, ohne die Bediensteten zu erschrecken. Er möchte nicht mehr durch Besenstielgefechte geweckt werden.«

Mit einem gequälten Seufzer deutete das Mädchen auf das Lager, das Cat vor dem Kamin bereitet worden war. »Ich bezweifle allerdings, dass Ihr es dort sehr bequem habt.«

»Ich habe schon unter schlimmeren Bedingungen geschlafen, in Höhlen und unter Büschen, in Kuhställen und in verlassenen Landstreicherquartieren.«

Cats Bemerkungen führten dazu, dass Megs Augen kurz neugierig aufflackerten, genau wie Cat es beabsichtigt hatte. Doch das Mädchen unterdrückte seine Neugier rasch und marschierte mit versteinerter Miene zum Bett.

»Ich habe gelernt, es mir auf harter Erde genauso gemütlich zu machen wie im feinsten Federbett.« Cat lehnte sich an den Kaminsims. Während sie ihre Schuhe auszog, schlug Meg mit einer dramatischen Geste ihre Decke zurück und klopfte ihre Kissen auf.

Beiläufig fügte Cat hinzu: »Obwohl ich zugeben muss, dass ich heute Nacht ein Quäntchen besser ruhen würde, wenn ich wüsste, was du unter deinem Kopfkissen zu verbergen suchst.«

Meg erstarrte und warf höhnisch den Kopf zurück. »Nicht die Hexenklinge, falls Ihr Euch deswegen Sorgen macht.«

»Es ist gut zu wissen, was es nicht ist, aber besser wäre es noch, wenn du mir zeigen würdest, was es ist.«

Cat trat vor das Mädchen und streckte die Hand aus. Meg musterte sie einen Moment lang trotzig, doch Cat sah ihr so lange geduldig in die Augen, bis Meg nachgab.

Sie wühlte unter der Decke herum und kramte schließlich eine Metallröhre heraus, die sie Cat in die Hand drückte.

Cat begutachtete das Ding mit gerunzelter Stirn. »Was ist das denn? Eine kleine Keule?«

»Nein! Ist denn für Euch alles nur eine Waffe? Es ist etwas zum Sehen. Man muss es ans Auge halten.«

Als Cat die Röhre hochhob, sah sie, dass an beiden Enden gewölbte Gläser eingesetzt waren. Vorsichtig hob sie ein Ende ans Auge, kniff das andere zusammen und sah durch die Röhre.

Die Schlafkammer drehte sich, und der im Wandbehang eingewebte Drache schien in schwindelerregender Schnelligkeit auf sie zuzufliegen.

»Bei der heiligen Brigid!« Cat keuchte erschrocken auf und nahm die Röhre rasch von ihrem Auge. »Was für ein Teufelswerk ist das denn?«

»Ein Fernrohr, nichts weiter«, erwiderte Meg ungeduldig. »Ich habe nur nicht begriffen, wie man es machen muss, damit die Dinge richtig herum erscheinen. Aber das macht nichts, wenn man damit zum Himmel blickt.« Sie deutete auf das Fenster.

Cat trat an die geöffneten Fensterflügel, hob die Röhre wieder ans Auge, wagte einen weiteren Blick und richtete das Fernrohr auf den abnehmenden Mond.

Mit bloßen Augen betrachtet schien eine Hälfte verschwunden, abgeschnitten von einem riesigen Schwert. Doch mit Megs Vorrichtung konnte Cat den Teil des Mondes sehen, der im Schatten untergetaucht war, und die ganze Oberfläche war zerklüftet wie ein kugelrundes, von Pocken verunstaltetes Gesicht. Ihr stockte der Atem, als sie den Rest des Himmels betrachtete. Die Sterne wirkten so hell und nah, dass sie beinahe die Hand ausgestreckt hätte, um sie zu berühren.

Und der Komet … Durch die Linse betrachtet gebot er sogar noch mehr Ehrfurcht, eine lichterloh brennende Erscheinung mit einem Schweif, der aussah wie der feurige Atem eines Drachen.

Cat ließ die Röhre sinken und setzte sich auf die Fensterbank. Sie starrte Meg erstaunt an. »Dieses Ding ist unglaublich. Und du hast es gemacht?«

Meg nickte kühl. Aber als sie ihren Besitz von Cat zurückforderte, konnte sie es aus Stolz auf ihre Leistung nicht schweigend tun.

»Ich habe über das Fernrohr in – in einem Buch gelesen. Ich habe jemandem – na ja, Aggie – erklärt, was ich brauchte, und sie hat es mir besorgt. Sie hat dem Glasmacher genau erklärt, wie ich die Linsen haben wollte. Als ich die Teile dann hatte, habe ich die Vorrichtung ganz allein zusammengebaut.«

»Wie schlau von dir.«

Megs selbstgefälliges Lächeln offenbarte, dass sie derselben Meinung war.

Cat gab ihr das Fernrohr zurück, wobei sie ihre Besorgnis nach Kräften zu unterdrücken versuchte. Es gab nur einen uralten Text, in dem solch ungewöhnliche Vorrichtungen und machtvolle Waffen beschrieben wurden; nur ein Werk, gefüllt mit Wissen, das der Welt schon vor langer Zeit verloren gegangen war.

Das *Buch der Schatten*. Martin hatte darauf beharrt, dass

weder er noch seine Tochter wussten, was nach Cassandras Tod daraus geworden war. Für Martin traf diese Behauptung sicherlich zu, doch bei Meg war sich Cat nicht so sicher.

Während Meg das Fernrohr in der Truhe am Fußende ihres Bettes verstaute, schlenderte Cat an den Regalen mit Megs Büchern vorbei und überflog die Titel. Eine seltsame Mischung aus gelehrten Werken und seichter Lektüre esoterischer und praktischer Natur. Plutarchs biografische Werke standen neben Büchern wie *Das Labyrinth der Gärtner* von einem gewissen Didymus Mountaine. Megs hungriger Geist schien in alle Richtungen zu schweifen und alles zu verschlingen, worauf er stieß.

Der Rücken eines Buches wirkte besonders abgegriffen. Cat versuchte, das Buch herauszuziehen, um den Titel lesen zu können, doch es klemmte zwischen zwei größeren Bänden.

Megs Stimme hinderte sie an ihrem Vorhaben.

»Wenn ich das *Buch der Schatten* hätte, würde ich es wohl kaum so offen herumliegen lassen.«

Das Mädchen hob eine Braue in einer derart gelungenen Nachahmung ihres Vaters, dass Cat unwillkürlich lächeln musste. Sie verschränkte die Arme vor der Brust und erinnerte Meg: »Du hast mir bei deiner Ehre versprochen, nicht mehr in meinen Augen zu lesen.«

»Und was ist, wenn ich keine Ehre habe?«

»Dann, schlage ich vor, erwirbst du dir möglichst bald eine.«

Meg funkelte sie finster an, dann zuckte sie abfällig die Schultern. »Ich musste nicht in Euren Augen lesen, Euer Gesicht ist wie ein Spiegel, es zeigt alles, was Ihr denkt. Wenn Ihr wollt, könnt Ihr gern mein Zimmer durchsuchen, aber Ihr werdet das *Buch der Schatten* nicht finden. Es ist in Paris verloren gegangen, und darüber bin ich froh. Das Buch, das Ihr so misstrauisch beäugt …« Meg stolzierte zum Regal, zerrte den Band heraus und tippte mit der Fingerspitze auf den Titel.

Die Geheimnisse und Wunder der Welt.

Cat krümmte sich. Es war beschämend, wenn eine Elfjährige es schaffte, dass man sich vorkam wie ein Narr. Sie nahm den Band aus Megs Hand, um ihn eingehender zu betrachten.

»Du hast offenbar recht oft darin gelesen«, bemerkte sie. »Es ist wohl dein Lieblingsbuch.«

Meg zog die Schultern hoch, doch als Cat in dem Buch blätterte, konnte sie nicht länger die Gleichgültige spielen. Sie kroch näher und deutete auf das Bild eines fliegenden Drachen.

»In dem Buch heißt es, dass die Drachen in Äthiopien sehr liebenswert sind.«

»Ich habe nichts Gegenteiliges gehört.« Cat lächelte.

Meg beugte sich eifrig näher und blätterte, bis sie zu einer Seite mit einem Eselsohr kam – der Zeichnung einer monströsen Gestalt mit Stoßzähnen und einem Schwanz an beiden Enden. Einer davon war lang und dick und befand sich an der Stelle, wo eigentlich die Schnauze hätte sein sollen.

»Olifanten hingegen sind ziemlich ungestüm. Habt Ihr je einen gesehen, Mistress O'Hanlon?«

»Zum Glück nicht.«

»Offenbar kann man sie nur bezwingen, wenn man ihre Schwänze zusammenbindet, damit sie darüber stolpern.«

»Ich werde mich daran erinnern«, gelobte Cat. Meg sah zu ihr hoch und wollte schon fast lächeln, doch dann zügelte sie sich wieder.

Sie schnappte sich das Buch, hüpfte ins Bett, stopfte sich Kissen in den Rücken und kuschelte sich unter die Decke, um zu lesen.

Cat folgte ihr und setzte sich auf die Bettkante. Meg hielt das Buch vor die Nase und ignorierte Cat geflissentlich.

»Du magst mich wohl nicht besonders«, bemerkte Cat.

Meg linste verstohlen über die Buchkante. Nach einer Weile erwiderte sie: »Ich mag Eure Stimme. Es liegt Musik darin.«

»Na, immerhin etwas.«

Meg verschwand wieder hinter ihrem Buch und blätterte

um. »Papa hatte früher auch Musik in seiner Stimme, bevor er anfing, wie ein Engländer sein zu wollen.«

»Das gefällt dir nicht?«

»Ich bin wahnsinnig stolz auf ihn«, brauste Meg auf, doch dann gab sie zu: »Aber ich fand es schöner, als wir nach England kamen und mit Master Roxburghs Theatertruppe umhergezogen sind. Papa hat damals viel häufiger gelacht, und er hat dafür gesorgt, dass jeder Tag aufregend war, wie ein einziges großes Abenteuer. Doch als Finette uns fand, wurde alles anders.«

»Finette? Wer ist denn das?«

»Sie war ein Mitglied der Schwesternschaft, ein widerliches, verschlagenes, schmutziges Geschöpf, das schrecklich gestunken hat. Ich habe sie nie gemocht. Ich weiß nicht, wie es ausgerechnet ihr gelungen ist, Papa und mich aufzustöbern. Sie war nämlich nicht besonders schlau.«

»Aber irgendwie hat sie es geschafft«, nahm Cat den Faden wieder auf, als Meg verstummte. »Was wollte sie denn?«

»Was alle aus der Schwesternschaft wollen – mich«, erwiderte Meg verzagt. »Sie haben immer völlig unsinnige Dinge von mir erwartet – dass ich sie mit meinem Zauber schön, reich und mächtig mache. Dass ich Menschen, die sie geliebt und verloren hatten, von den Toten zurückhole.«

Meg sank in sich zusammen. Cat war versucht, ihr das Buch wegzunehmen, um das Gesicht des Mädchens zu sehen. Doch Meg schien es leichter zu fallen, hinter dem Schutz des Buches über derart schmerzliche Dinge zu reden.

»Finette war – sie war völlig verrückt, als sie uns damals auf der Straße einholte. Sie war schrecklich wütend auf meinen Papa. Sie hat gesagt, als er mich mitnahm, hat er der Schwesternschaft alle Träume und Hoffnungen geraubt. Sie hat versucht, Papa die Spritze in den Leib zu rammen. Sie haben gekämpft, und schließlich hat Finette sich selbst damit gestochen. Sie ist an dem Gift gestorben.«

Das Mädchen verstummte wieder.

»Und was ist dann passiert?«, fragte Cat vorsichtig.

»Finette bekam ein Armengrab in einem kleinen Dorf nahe York. Außer Papa und mir wusste keiner, wer sie war oder wie sie starb. Papa hat mich fest an sich gedrückt und gemeint, wir müssten das alles vergessen und nie mehr davon sprechen. Er hat die Spritze in einen Teich geworfen, nahe der Stelle, an der Finette uns angegriffen hat. Doch das Wasser war nicht so tief, wie er dachte, und ich konnte die Spritze später wieder herausholen. Ich habe mir gedacht, vielleicht könnten wir sie zu unserem Schutz brauchen.

Doch nach dieser Sache mit Finette hat sich mein Papa verändert. Er fing an, so zu tun, als sei die Welt voller Olifanten, und als seien sie alle hinter mir her.«

Meg seufzte schwer. »Und nachdem Ihr uns die Warnungen der Herrin von Faire Isle überbracht habt, werde ich das Haus wahrscheinlich nie mehr verlassen können. Ich werde die Königin nie zu Gesicht bekommen.«

Sie senkte das Buch so weit, dass sie Cat einen vorwurfsvollen Blick zuwerfen konnte. »Aber das könnt Ihr bestimmt nicht verstehen, und es ist Euch sicher auch völlig gleichgültig.«

»Ich würde es gern verstehen«, sagte Cat, entschlossen, ihren Hass auf Elisabeth Tudor zu unterdrücken. »Was bewunderst du denn so an dieser Frau?«

Meg musterte Cat argwöhnisch, um sicherzugehen, ob Cats Interesse aufrichtig war.

Offenbar stellte sie das, was sie in Cats Gesicht sah, zufrieden, denn sie antwortete: »An Ihrer Majestät gibt es sehr viel zu bewundern. Sie ist wahnsinnig weise und sehr gelehrt. Sie beherrscht sechs Sprachen, und sie kann auf der Laute und dem Spinett spielen. Als junges Mädchen hatte sie es sehr schwer. Sie hatte sehr viele Feinde, die ihr nach dem Leben trachteten, und ebenso viele, die sie benutzen wollten, genau wie – genau wie …«

»Wie dich?«, ergänzte Cat den Satz.

Meg verschwand wieder hinter ihrem Buch. Ihre Stimme wurde so leise, dass Cat sich weit zu ihr vorbeugen musste.

»Königin Elisabeth hatte auch eine Mutter, die alle für böse hielten, und sie kann nie von ihr sprechen.«

»Du kannst mit mir über deine Mutter sprechen.«

»Das würde Papa nicht gefallen.«

»Dann müsste es eben ein weiteres Geheimnis zwischen uns sein.«

Cat nahm Meg das Buch ab und legte es beiseite. »Dein Papa ist ein guter Mann, der dich unbedingt beschützen will. Aber ich fürchte, er versteht nicht, dass Erinnerungen, die man zu lange in seinem Herzen verschließt, an Bedeutung gewinnen und viel dunkler und schlimmer werden, als sie eigentlich sind.«

Meg schluckte schwer, in ihren großen grünen Augen spiegelte sich der Drang auszudrücken, was sie so lange vergraben hatte. Dennoch zögerte sie, bis sie endlich gestand: »Manchmal fühlt es sich an, als wolle mir das Herz bersten.«

»Das wollen wir wirklich nicht.« Cat streichelte dem Mädchen behutsam die Wange. »Also erzähl mir doch von deiner Maman.«

Meg senkte den Blick und vergrub die Finger in ihrer Decke.

»Fast alle glauben, dass meine Mutter richtig böse war. Und sie hat wirklich viele böse Sachen gemacht, an die ich am liebsten gar nicht mehr denken möchte.« Megs Lippen zitterten. »Jeder, der sich meiner Mutter in den Weg stellte, ist verschwunden, auch mein erstes Kindermädchen, Mistress Waters. Maman hat ihre Feinde mit vergifteten Rosen und Spritzen vernichtet, die im *Buch der Schatten* beschrieben werden; mit Dingen, bei deren Herstellung ich ihr geholfen habe.«

Die Stimme des Mädchens sank zu einem Flüstern herab. »Ich wollte das nicht, aber Maman konnte schrecklich sein, wenn sie wütend war. Sie hat ihre Macht eingesetzt, um mir weh zu tun. Sie hat in jungen Jahren ihr Augenlicht verloren, doch die Dunkelheit in ihrem Herzen hat mir am meisten Angst eingeflößt. Sie konnte den Menschen in die Seele blicken, wenn sie sie berührte. Aber mich konnte sie nie sehen, mich nie richtig berühren. Sie hat immer nur die Silberne Rose in mir gesehen.«

In Megs Augen schlich sich ein sehnsüchtiger Blick. »Deshalb war es so wundervoll, als Papa mich fand. Zum ersten Mal hatte ich jemanden, der mich wirklich gesehen hat. Aber ich glaube, jetzt tut er das nicht mehr, er sieht nur noch die Lady, zu der ich eines Tages werden soll. Eine edle, sanftmütige Person wie Lady Danvers. Ich weiß nicht, ob ich das sein kann.«

»Du bist eine Tochter der Erde. Du solltest niemand anderes sein als du selbst.«

Cat nahm Megs Hand. Das Mädchen entzog sie ihr nicht, doch sie verspannte sich.

»Und wenn das heißt, ein wirklich böser Mensch zu sein? Maman hat gesagt, mir sei bestimmt, eine Zauberin zu werden, die so mächtig ist, dass die Welt der Männer erzittern und vor mir auf die Knie fallen wird.«

»Deine Mutter hat sich geirrt, Meg. Dein Schicksal liegt in deinen eigenen Händen.«

Das Mädchen sah Cat an, und der sehnsüchtiger Blick zeigte, wie gern sie Cats Worten Glauben schenken wollte. Doch dann schüttelte sie traurig den Kopf. »Der große Seher Nostradamus hat meiner Mutter von mir erzählt.«

»Aber das kann doch gar nicht sein, meine Süße. Nostradamus ist vor vielen Jahren gestorben.«

»Maman hat seinen Geist heraufbeschworen. Ich habe sie dabei beobachtet.«

Grundgütiger! Cat schauderte. Wie viele Grausamkeiten hatte Cassandra diesem armen Kind noch angetan?

»Und wenn es mir nicht bestimmt ist, diese Zauberin zu werden, warum konnte ich dann als Einzige das *Buch der Schatten* lesen und verstehen?«, fragte Meg.

Cat zögerte, sie wusste nicht, was sie erwidern sollte. Megs verblüffende Fähigkeit beunruhigte sie genauso, wie viele andere wahre Töchter der Erde auch. Doch das Mädchen wirkte selbst so beunruhigt, dass Cat ihr tröstend die Hand drückte.

»Das – das heißt nur, dass du außergewöhnlich klug bist. Doch was du mit deiner Klugheit anfängst, liegt nur bei dir. Bestimmt wirst du keinem damit schaden wollen.«

»Aber das habe ich bereits«, wisperte Meg und ließ den Kopf hängen. »Ich habe meine Mutter getötet.«

»Herr im Himmel, Kind! Wie kommst du denn darauf? Cassandra ist in die Seine gefallen und ertrunken. Es war nicht deine Schuld.«

Meg sah Cat mit großen, gehetzten Augen an.

»Doch, das war es. Ich – ich habe mir gewünscht, dass sie verschwindet.«

Das Mädchen wirkte viel zu jung und zu zerbrechlich für eine derart schwere Last. Sie tat Cat von Herzen leid. Zärtlich strich sie ihr die Haare aus der Stirn und meinte: »Oh Meg, egal, was man dir erzählt hat, Menschen sterben nicht an bösen Gedanken. Wenn das so wäre, dann wäre meine Mutter zusammengeschrumpft und zu Staub zerfallen.«

Meg legte den Kopf schief und musterte Cat erstaunt. »Ihr – Ihr seid mit Eurer Mutter auch nicht gut ausgekommen?«

»Ich war für meine Mutter ein wahrer Fluch. Irische Damen sollen süße Worte im Munde führen, sie sollen geschickt mit der Nadel umgehen können und erfüllt sein von weiblicher Weisheit. Ich konnte so unflätig fluchen wie mein Da, ich war viel geschickter bei der Jagd als beim Nähen, und die einzige Weisheit, die ich besaß, war die Weisheit der Erde, die mich meine alte Großmutter gelehrt hat. Meine Mutter hasste all die alten Weisheiten, ja, sie hatte richtig Angst davor, und mein Stiefvater war genauso. Als er mir vorwarf, eine Hexe zu sein, hat sie nie auch nur ein Wort zu meiner Verteidigung vorgebracht. Sie hat sich bloß von mir abgewandt.«

Cat sprach ganz nüchtern, als sei ihr das alles inzwischen

völlig gleichgültig, doch der Schmerz, von ihrer Mutter verraten worden zu sein, lastete noch immer auf ihr. Meg legte nun ihrerseits die Finger um Cats Hand.

»Also hat Euch Eure Mutter verachtet, weil sie Euch für eine Hexe hielt. Und meine hat mich gehasst, weil ich keine richtige Hexe war. Seltsam, nicht wahr?«

»Mag sein. Aber irgendwann müssen wir über das Bedürfnis nach der Liebe und Billigung unserer Mütter hinauswachsen.«

»Wann ist das soweit, Cat? Wie alt muss man dazu sein?«, fragte Meg begierig.

»Ich weiß es nicht«, gab Cat kleinlaut zu. »Ich werde es dir sagen, wenn es bei mir soweit ist. Aber jetzt sollten wir uns wohl lieber schlafen legen.«

Meg nickte und kuschelte sich tiefer unter die Decke. Cat blies die Kerzen aus und entkleidete sich bis auf ihr Hemd. Als sie sich auf ihrem Lager ausstreckten wollte, rief Meg noch einmal nach ihr.

»Cat?«

»Ja?«

»Manchmal fällt es mir schwer, einzuschlafen. Ich fürchte mich nicht vor der Dunkelheit«, fügte sie hastig hinzu. »Aber in manchen Nächten ist mein Kopf so voll, und – und es wäre schön, wenn Ihr neben mir liegen würdet. Nur, bis ich eingeschlafen bin. Wenn – wenn Ihr nichts dagegen habt …«

»Ganz und gar nicht.«

Cat tastete sich zum Bett und legte sich neben Meg. Das Mädchen rutschte immer wieder ein Stückchen näher, bis ihr Kopf an Cats Schulter lag. Cat schlang die Arme um Meg. Sie war froh, dass die Dunkelheit ihre sorgenvolle Miene verbarg.

Wie der Versuch, die widersprüchlichen Gefühle, die sie für ihre Mutter empfand, zu entwirren, das Mädchen verstörte. Und zudem musste sie sich mit Fragen über ihr Schicksal und mit den Ängsten herumschlagen, die ihre Fähigkeiten ihr machten. Selbst eine viel ältere und weisere Frau wäre damit wohl überfordert gewesen.

Das Kind brauchte dringend die Führung einer Tochter der Erde wie Ariane. Wenn Cat doch nur Martin davon überzeugen könnte!

Als sie dem Mädchen über den Rücken streichelte, spürte sie die Spannung in den zarten Schulterblättern. »Mach dir keine Sorgen, dass die dunkle Königin hinter dir her ist. Dein Pa und ich werden dich beschützen.«

»Ich habe eher Angst vor der Schwesternschaft als vor der dunklen Königin. Angst, dass sie mich finden und nach Frankreich schleppen, um mich zu ihrer Silbernen Rose zu machen.«

»Ich würde eher sterben, als das zuzulassen.«

Meg atmete scharf ein. »Sagt das nicht, Cat. Bitte! Das – das haben meine Anhängerinnen immer gelobt: für mich zu leben und zu sterben.«

»Ich bin keines dieser närrischen Weiber, Meg. Ich werde deine *Fianna* sein.«

»Was ist das?«

»Die *Fianna* waren Krieger in meinem Land, die Beschützer der hohen Könige.«

Stumm dachte Meg darüber nach. Schließlich murmelte sie: »Mir wäre es lieber, wenn du einfach meine Freundin wärst.«

»Ich glaube, auch das wird mir gelingen.« Cat drückte einen sachten Kuss auf den Kopf des Mädchens.

Meg seufzte. Sie entspannte sich ein wenig und rutschte näher.

»Erzähl mir mehr über die hohen Könige.«

Lächelnd begann Cat, von den hohen Königen zu berichten, dem mächtigen Cuchulainn, Brian Boru und der Kriegervereinigung vom Roten Zweig.

Mit diesen Geschichten hatte ihr Vater sie in vielen sternenhellen Sommernächten beglückt. Auch sie selbst fand Trost darin und spann den alten Zauber weiter, bis sie und Meg eingeschlafen waren.

***

Die goldene Krone lastete schwer auf Megs Kopf und grub sich in ihre Schläfen ein. Der Hermelinmantel drückte auf ihre Schultern, bis sie kaum noch einen Schritt tun konnte. Sie kämpfte verzweifelt, den Händen zu entkommen, die nach ihr griffen, und dem Meer der flehenden Augen und jammernden Stimmen.

»Oh, große Königin, gebt mir meine Jugend wieder!«

»Ich bitte Euch, mächtige Zauberin, vernichtet den Mann, der mich betrogen hat!«

»Bitte, Euer Ehren, holt meine Schwester von den Toten zurück!«

Meg schob die Hände weg. Sie wollte fliehen, doch eine Anhängerin versperrte ihr den Weg und fiel vor ihr auf die Knie.

Das Mädchen sah zu Meg auf, ihre Augen, die wie Glasperlen wirkten, glitzerten mit der Gier einer hungrigen Ratte.

»Seht, was ich für Euch getan habe, Euer Ehren. Ich lege Euch mein Opfer zu Füßen.«

Sie legte ein kleines Bündel vor Meg auf den Boden und begann es auszuwickeln.

»Nein, bitte nicht!«, wisperte Meg.

Die Decke öffnete sich, zum Vorschein kam die verschrumpelte Gestalt eines toten Neugeborenen. Es starrte Meg mit leeren und doch vorwurfsvollen Augen an. Als Meg entsetzt zurückschreckte, gurrte das Mädchen: »Seid nicht betrübt, meine Silberne Rose. Es war doch nur ein wertloses männliches Kind.«

»Nein! Nein!« Meg wich zurück, Tränen strömten ihr über die Wangen. »Ich bin nicht deine Silberne Rose. Lass mich in Ruhe. Ihr alle – lasst mich doch einfach in Ruhe!«

Doch als sie wegstolperte, legte sich eine kalte Hand schwer auf ihre Schulter. Meg sah sich ängstlich um. Hinter ihr stand drohend ihre Mutter. Cassandras langes schwarzes Haar war nass und wirr, Flussgras hatte sich darin verfangen, ihre Lippen waren blau und auf ihrer weißen Haut traten die Adern hervor. Ihre dunklen, blinden Augen drangen direkt durch Meg hindurch.

»Wir werden dich niemals in Ruhe lassen, Megaera«, krächzte Cassandra. »Hast du dir eingebildet, dass du uns so leicht ent-

kommen kannst? Du magst es ja geschafft haben, mich zu verleugnen und dir zu wünschen, dass ich sterbe, aber deinem Schicksal kannst du nicht entkommen.«

»Nein!«, wimmerte Meg. Sie entwand sich dem Griff ihrer Mutter und erkämpfte sich einen Weg aus der Dunkelheit ihres Traums. Mit weit aufgerissenen Augen keuchte sie zitternd auf.

Zuerst wollte sie nach ihrem Papa rufen, doch dann fiel ihr ein, dass er ausgegangen war und sie mit … mit Cat zurückgelassen hatte.

Meg tastete die Matratze neben sich ab, aber sie war leer. Sie hob den Kopf. Offenbar hatte sich Cat auf ihr Lager vor dem Kamin zurückgezogen. Im schwachen Schein des Mondlichts konnte sie Cats schlafende Gestalt ausmachen.

Doch entweder hatte die Frau einen sehr leichten Schlaf, oder Meg hatte in ihrem Albtraum lauter geschrien, als sie gedacht hatte.

Cat rührte sich und rief schläfrig: »Meg? Alles in Ordnung?«

Nein, hätte Meg am liebstes schluchzend gestanden und Cat angefleht, wieder zu ihr ins Bett zurückzukehren und sie in den Arm zu nehmen. Aber sie schämte sich. Sie hatte sich in dieser Nacht wahrhaftig schon zur Genüge wie ein Kleinkind benommen.

Deshalb blieb sie still liegen und zwang sich, regelmäßig zu atmen und so zu tun, als schlafe sie tief und fest, bis sich Cat zur Seite drehte und wieder einschlummerte.

Als Meg merkte, dass ihr Gesicht nass war von Tränen, wischte sie sie hastig weg. Sie zweifelte nicht daran, dass Cat freundlich zu ihr gewesen wäre und sie getröstet hätte, wenn sie ihr von dem Traum erzählt hätte. Aber Cat war so tapfer und kühn, dass sie es wohl nie verstehen würde.

»Dein Schicksal liegt in deinen eigenen Händen«, würde sie beharren.

Wie gern Meg das geglaubt hätte! Doch sie fürchtete, die Albträume würden erst weichen, wenn sie eine Möglichkeit gefunden hatte, selbst einen Blick in die Zukunft zu werfen und zu sehen, dass sich ihre Mutter geirrt hatte.

Meg drehte sich um und spähte mit zusammengekniffenen Augen durch die Dunkelheit auf die Umrisse des großen Wandbehangs mit dem Drachen. In der Vertäfelung dahinter gab es ein loses Brett – Megs geheimstes Versteck.

Geplagt vom schlechten Gewissen gestand sie sich ein, dass sie Cat angelogen hatte. Das war eine weitere Erbschaft ihrer Mutter: Um zu vermeiden, von Cassandra ständig erforscht zu werden, hatte Meg gelernt, die Wahrheit zu verzerren und ihre Gefühle zu verstecken.

Aber eigentlich hatte sie Cat nicht richtig angelogen, sondern ihr nur nicht alles erzählt, tröstete sie sich. Als sie ihr von der Begegnung mit Finette erzählte, hatte sie etwas unterschlagen: Das irre Weib hatte nicht nur eine Spritze dabeigehabt, sondern noch etwas anderes, das sich Meg angeeignet hatte.

Das *Buch der Schatten.*

In seinem Versteck hinter dem Wandbehang schien das uralte Werk nach Meg zu rufen und flüsternd seine gefürchteten Geheimnisse zu offenbaren, etwa, wie man den Schleier zwischen den Toten und den Lebenden zerteilen konnte. Wenn sie Nostradamus heraufbeschwören könnte, so wie es Maman immer getan hatte …

Sie dachte an das Ritual mit den schwarzen Kerzen, an das unheimliche Antlitz, das dem Dunst über der Kupferschüssel entstiegen war, die Grabesstimme des Geistes des alten Mannes, der so zornig darüber war, dass man seinen Frieden störte.

Meg erschauderte.

Sie wusste, dass sie nicht den Mut hatte, sich an solch schwarzer Magie zu versuchen. Zumindest nicht, solange es eine weniger beängstigende, weniger gefährliche Möglichkeit gab, in die Zukunft zu blicken – wenn sie es schlau und geschickt genug anstellte.

Doch dafür brauchte sie einen bestimmten Gegenstand, und den musste ihr dieselbe Person beschaffen, die ihr die Dinge für ihr Fernrohr geliefert hatte. Nein, es war nicht Aggie gewesen, wie sie Cat erzählte hatte. Das war eine richtige Lüge gewesen. Meg krümmte sich, aber ihr schlechtes Gewissen verschwand, als sie an ihren ganz besonderen geheimen Freund dachte mit seiner engelsgleichen Stimme und dem engelsgleichen Gesicht.

Sie schloss die Augen und stellte sich ihn vor. Ihr Herz begann schneller zu schlagen, und ihre Wangen röteten sich, als sie leise seinen Namen murmelte: »Sander.«

9

M*erde!*«, fluchte Martin leise und fiel ganz aus seiner Rolle. Als sein Blick über die Kammer schweifte, wäre ihm beinahe die Kerze entglitten. Heißes Wachs tropfte ihm auf die Hand. Die flackernde Kerze warf gespenstische Schatten an die unverputzten Steinwände und die Regale, auf denen Flaschen und Krüge standen, gefüllt mit allen möglichen trüben Flüssigkeiten.

Doch am beunruhigendsten war der Tisch in der Mitte des Raumes. Ein blutrotes Tuch lag darauf, verziert mit Sternen, Pentagrammen und anderen geheimnisvollen Symbolen.

Auch die Gegenstände auf dem Tisch waren verstörend: ein Mörser und ein Stößel, ein verstaubtes alte Buch, eine Waage und ein kleiner eisernen Kessel.

Martin stockte das Blut in den Adern. »Was zum Teufel hat all das zu bedeuten?«

Ned stolperte herein, tätschelte Martin die Schulter und schmunzelte.

»Magie, mein Bester. Zauberei.«

Jane verharrte auf der Schwelle und weigerte sich, den Raum zu betreten. Kreidebleich vor Furcht bekreuzigte sie sich mehrmals, und Martin konnte ihr das nicht verdenken.

Er hatte sich schon viele Jahre lang nicht mehr bekreuzigt, doch jetzt tat auch er es.

In seiner Jugend hatte er eine gesunde Furcht vor allem Übernatürlichen gehabt und sich oft mit Amuletten gegen Hexen geschützt.

Nachdem er den Cheney-Schwestern begegnet war, hatte er viel über das wahre Wesen weiser Frauen gelernt. Manches des sogenannten uralten Wissens konnte zu guten Zwecken eingesetzt werden, Arianes Gabe zu heilen zum Beispiel und Miris außergewöhnliche Fähigkeit, mit den Tieren zu sprechen.

Aber Cassandra Lascelles hatte ihm auch die dunkle Seite der Magie gezeigt; dieses Weib mit ihren betörenden Düften und verfluchten Amuletten, mit ihrer teuflischen Gabe, die Toten heraufzubeschwören und einem Mann mit einer eiskalten Berührung ihrer Hand die Gedanken zu entlocken.

Er hatte viel erlebt, was er nie mehr erleben wollte, und auch Meg sollte so etwas nie mehr erleben.

Vor allem Meg!

Und jetzt war er umgeben von all dem, vor dem er sie hatte beschützen wollen, von all dem, was er versucht hatte, aus ihrem Leben zu verbannen.

Mit zitternder Hand stellte Martin die Kerze auf den Tisch. Sein Blick richtete sich auf das staubbedeckte Buch. Ihm war erklärt worden, es gebe nur ein einziges Werk, das das verderblichste alte Wissen enthielt – das *Buch der Schatten*. Doch offenbar gab es andere alte Texte, die ebenso gefährlich waren.

Martin starrte das Buch an. Es überlief ihn eiskalt. Er konnte den Deckel nicht aufschlagen. Doch dann durchzuckte ihn der Zorn; er wirbelte herum und packte Ned an der Brust seines Wamses.

»Ihr verdammter junger Narr! Habt Ihr eine Ahnung, auf welch dunkle Mächte Ihr Euch eingelassen habt? Wie verflucht gefährlich das alles ist?«

Ned blinzelte bestürzt über Martins Angriff, dann verfinsterte sich seine Miene und er stieß Martins Hand weg.

»In meiner Werkstatt gibt es nichts Gefährliches oder Düsteres. Bei Gott, Ihr – Ihr klingt ja wie meine Schwester!«

»Das stimmt«, meldete sich Jane mit gequälter Stimme zu Wort. »Ich habe zahllose Male versucht, ihn zu warnen …«

»Pah! Ihr werdet beide ein anderes Lied anstimmen, wenn ich Erfolg habe.«

»Erfolg? Erfolg wobei?«, wollte Martin wissen.

Ned schwankte und sah sich verstohlen um, als habe er

Angst, die Wände hätte Ohren; dann beugte er sich zu Martin vor und flüsterte: »Der Stein der Weisen.«

»Wie bitte?«

»Ich versuche, den Stein der Weisen herzustellen, damit ich Blei in Gold verwandeln kann. Einmal habe ich es beinahe geschafft, und wenn es mir gelingt, werde ich überaus reich.«

Martin starrte ihn fassungslos an. Er musste sich beherrschen, um nicht in hysterisches Gelächter auszubrechen. Das also trieb seine Lordschaft in diesem finsteren Kellerloch!

Er wandte sich wieder zum Tisch, schlug das Buch auf und las den Titel.

Die Kunst der Alchemie.

Das Buch war zwar staubig, aber nicht sehr alt; es war einer dieser billigen Texte, die man für ein paar Shilling auf dem Leadenhall Market erstehen konnte.

Martin atmete tief durch. Kein Verrat, keine Hexerei, kein finsteres Komplott, um die dunklen Künste gegen die Königin zu wenden; nur ein gelangweilter junger Adliger, der den großen Magier spielte. Wenn es etwas gab, was Martin aus der Bekanntschaft mit den Damen von Faire Isle gelernt hatte, dann, zwischen wahrer Magie und völligem Unsinn zu unterscheiden.

Er schloss das Buch und fühlte sich so erleichtert, dass er den Drang unterdrücken musste, Lady Danvers in die Arme zu nehmen und zu trösten.

Die arme Frau verharrte noch immer an der Schwelle, befingerte die goldene Kette ihres Kreuzes und sah ganz krank aus vor Furcht.

Martin lächelte sie an. »Euer Bruder hat recht, er macht nichts Gefährliches.«

»Habe ich dir das nicht oft genug erklärt?« Ned wippte auf den Füßen. »Sie ist wie ein verschrecktes Kaninchen. Aber Frauen verstehen nichts von Magie. Sie haben keinen Sinn für – für …«

Er verstummte und wurde auf einmal ganz grün im Gesicht. »Oh weh, ich glaube, mir wird schlecht.«

Janes Angst fiel von ihr ab. Sie stürzte an Martin vorbei zum Tisch und holte den Kessel, gerade noch rechtzeitig, damit sich Ned nicht auf seine eleganten Schuhe erbrach.

Jane deckte ihren Bruder zu, froh darüber, dass er endlich im Bett lag. Sein Kammerdiener faltete leise die teure Garderobe, die seine Lordschaft abgelegt hatte, und verstaute sie in der Truhe. Timon war ein ernster, verlässlicher Mann und ein guter Katholik; Jane schätzte ihn für seine Verschwiegenheit. Wie gern hätte sie das auch bei ihren anderen Bediensteten getan.

Ned hatte schon lange keinen derartigen Wutanfall mehr gehabt. Normalerweise erkannte Jane die Warnzeichen und zerstreute den Zorn ihres Bruders. Doch mit der Botschaft von der Königin hatte sie nicht gerechnet. Wenn sie nur den königlichen Boten hätte abfangen und die schlechte Nachricht selbst überbringen können. Sie hätte den Schlag sicher etwas abgemildert.

Zärtlich streichelte sie ihrem Bruder die wachsbleiche Stirn. Der arme Junge – Ihre Majestät hatte ihn furchtbar enttäuscht. Ned rührte sich ein wenig, seine Augen öffneten sich zu schmalen Schlitzen, und er flüsterte: »Tut mir leid, Jane. Sehr leid. Ich habe dich heute Abend schrecklich blamiert.«

Eine Träne sickerte ihm aus dem Augenwinkel. »Was bin ich doch für ein Nichtsnutz. Ich bereite dir nur Kummer.«

»Nein, sei ruhig, Ned.« Sie wischte die Träne mit den Fingerspitzen weg, so wie sie es früher immer getan hatte, als er noch klein war. »Schmetterlinge, Neddie. Schmetterlinge kommen, um deine Tränen zu trinken.«

Nun versicherte sie ihm: »Du bist noch immer die reine Freude für mich. Du hast keine Schuld.«

»Aber – aber es hat dich bestimmt sehr beunruhigt, dass ich Wolfe den geheimen Raum gezeigt habe.«

»Ich wünschte, du hättest es nicht getan«, erwiderte sie leise. »Doch ich wage zu behaupten, dass alles gut wird. Ich werde mich um Master Wolfe kümmern. Du musst jetzt versuchen zu schlafen.« Sie beugte sich vor und drückte ihm einen sanften Kuss auf die Stirn.

»Jane, du bist so lieb, so freundlich. Wie eine Mutter passt du ständig auf mich auf«, murmelte Ned noch, dann fielen ihm die Augen zu.

»Und das werde ich auch in Zukunft tun, kleiner Bruder«, schwor Jane leise und verzog ihre Lippen zu einem harten Strich. Sie überließ ihren Bruder Timons Fürsorge und schlich auf Zehenspitzen hinaus.

Vom Treppenabsatz sah sie, dass Marcus Wolfe in der Halle im Erdgeschoss auf sie wartete. Er ging unruhig auf und ab, sein Cape wehte um seine starken Schultern. Der weiche Schein der Kerzen spielte mit seinem dunklen Haar und seinem sorgfältig gestutzten Bart.

Bestürzt merkte sie, dass ihr Herz einen Schlag aussetzte. Sie war viel zu alt, um bei einem Mann weiche Knie zu bekommen, von dem sie kaum mehr wusste, als dass er ihr das Leben gerettet hatte und früher Schauspieler gewesen war – keine sehr achtbare Beschäftigung. Aber es wäre nicht das erste Mal, dass sie sich von einem Spitzbuben umgarnen ließ.

Ob sie wohl je der Erinnerung an ihre alten Sünden entkommen würde, der großen Torheit ihrer Jugend? Sie war erst vierzehn gewesen, als sie sich schrecklich in den stattlichen Pferdeknecht verliebt hatte, der für den Grafen von Shrewsbury gearbeitet hatte.

»Euer leidenschaftliches Wesen wird Euch noch ins Unglück stürzen, Kind«, hatte ihr altes Kindermädchen sie geschimpft. Und Marie hatte recht behalten. Der Beweis lag in einem düsteren Friedhof begraben – ein kleines Mädchen, das zum Glück tot zur Welt gekommen war.

Wenn die Klöster in England nicht aufgelöst worden wären, hätte man sie wohl in ein Konvent gesteckt. Die einzige Alternative war eine achtbare Heirat gewesen.

Ned mochte ja beklagen, dass man sie gezwungen hatte,

einen kränklichen jungen Mann wie Richard Arkwright zu heiraten, doch sie selbst hatte erkannt, dass es ganz vernünftig war. Ein unerfahrener Junge war sehr viel leichter in dem Glauben zu wiegen, dass seine Braut jungfräulich sei.

Armer Dickon, dachte Jane. Abgesehen von seinen ständigen Krankheiten und Beschwerden war ihm kaum je etwas aufgefallen. Im ersten Jahr ihrer Ehe hatte ihn ein Fieber hinweggerafft. Als sie ihren zweiten Gemahl ehelichte, einen reichen Weinhändler namens Sir William Danvers, war Jane eine völlig andere Frau gewesen – nüchtern, vernünftig, pflichtbewusst. Die Feuer der Leidenschaft und der Auflehnung schienen längst erloschen, bis in letzter Zeit …

Jane verweilte noch kurz, um sich zu fassen, dann raffte sie ihre Röcke und schritt ernst die Stufen hinab. Wolfe sah hoch, als er sie kommen hörte, und ging ihr lächelnd entgegen. Er hatte nicht sein verwegenes Grinsen aufgesetzt, sondern ein sehr warmes Lächeln, das selbst die entschlossenste Frau ins Wanken gebracht hätte.

»Ist alles in Ordnung?«

»Ja, mein Bruder schläft. Endlich. Es geht ihm gut, zumindest, bis er morgen früh aufwacht mit einem …«

»Ich habe mich nicht klar ausgedrückt. Ich wollte wissen, ob es *Euch* gut geht.«

Jane war es nicht gewohnt, dass sich jemand nach ihrem Befinden erkundigte. Sie wusste nicht recht, wie sie darauf reagieren sollte. Schließlich nickte sie nur stumm.

Er griff nach ihrer Hand. Sie hätte ihm solche Freiheiten nicht gestatten sollen, aber es fühlte sich einfach zu gut an, wie er sie mit seiner warmen, harten Hand umfasste. Sie überließ ihm ihre Finger noch ein wenig länger, als es schicklich gewesen wäre, dann entzog sie ihm ihre Hand mit einem nervösen Lächeln.

»Oh, Master Wolfe. Was denkt Ihr jetzt nur von uns?«

»Nichts, abgesehen davon, dass Euer Bruder zu tief ins Glas geschaut hat. So etwas kann jedem einmal passieren.«

»Ich danke Euch für Euer Verständnis, aber ich habe gemerkt, wie sehr Euch Neds seltsamer Zeitvertreib unten im Keller verstört hat. Sein Interesse an – an der Zauberei beunruhigt mich schon lange.«

»Glaubt mir, Ihr müsst Euch deswegen keine Sorgen machen. Ich habe gehört, dass sich viele junge Adlige in der Alchemie versuchen und hoffen, hinter das Geheimnis zu kommen, wie man Blei in Gold verwandelt. Das ist ein völlig harmloser Unsinn.«

»Unsinn, der zu einer Anklage wegen Zauberei führen kann. Der Astrologe der Königin, Dr. John Dee, musste ins Ausland fliehen, weil er zu weit gegangen ist und versucht hat, die Geister von Engeln dazu zu bewegen, mit ihm zu sprechen.«

Jane spielte wieder unruhig mit ihrer Halskette. »Mein Glauben lehrt mich, dass so etwas nicht richtig ist. Gott hat es nicht gewollt, dass wir nach verbotenem Wissen streben.«

Sie lächelte schief. »Ned neckt mich gern. Er sagt immer, wäre ich die Frau im Paradies gewesen, wäre der Apfel unberührt geblieben.«

Wolfe lächelte und wagte es kurz, ihre Wange zu berühren. »Dann hätte es keine Vertreibung aus dem Paradies gegeben, und Ihr wärt ein Engel.«

Jane schüttelte den Kopf, während sie daran dachte, wie wenig Marcus Wolfe sie kannte – genau wie ihr Bruder. »Ned sollte nichts Gotteslästerliches äußern. Er muss unbedingt bald einmal zur Beichte.«

Diese Worte hatte sie unbedacht geäußert. So etwas kam bei ihr recht selten vor. Sie forschte in Wolfes Gesicht nach Zeichen der Missbilligung, doch er wirkte nur ernst, als er sie fragte: »Ist es schwer für Euch, Euren Glauben nicht ausüben zu können?«

»Das ist für viele Katholiken schwer. Aber ich schaffe es schon. Ich bete meinen Rosenkranz eben nachts, wenn keiner außer Gott mir dabei zusieht.«

Sie seufzte. »So umsichtig waren die Männer aus meiner

Familie leider nie. Ihr – Ihr kennt unsere unselige Geschichte zweifellos. Mein Großvater wurde hingerichtet, weil er für die Katholiken kämpfte, und mein Vater kam ebenfalls dabei ums Leben. Und Ned …«

Sie biss sich auf die Lippe. »Er ist nicht besonders fromm. Aber er ist jung und ehrgeizig, er sehnt sich danach, sich in dieser Welt hervorzutun. Deshalb war ich froh, als er zum Mäzen Eures Theaters wurde. Endlich interessierte er sich für etwas anderes als seine grässliche Alchemie. Ich fürchte, dass auch er eines Tages etwas Unüberlegtes tun und im Tower landen wird.«

»Das wird er nicht! Nicht, solange ich es verhindern kann.«

Bei diesen erregten Worten riss Jane erstaunt die Augen auf. Wolfe wirkte selbst ein wenig bestürzt über sein voreiliges Versprechen, dennoch war ihm Jane unendlich dankbar.

Impulsiv legte sie ihm die Hand auf den Arm. »Welch guter Freund Ihr uns immer gewesen seid!«

Er stieß ein trockenes, freudloses Lachen aus, und sein Blick verdüsterte sich seltsam. »Es wäre mir eine große Ehre, mich als Euren Freund bezeichnen zu können, aber das wage ich nicht. Ich fürchte, ich bin nichts weiter als ein ganz gewöhnlicher Bursche.«

»Nein, Ihr seid alles andere als gewöhnlich, Marcus Wolfe«, sagte sie leise. Ihre Hand schien sich zu bewegen, ohne dass sie es wollte. Sie streichelte seinen Arm.

Überrascht starrte er sie an. Ihre Blicke trafen sich und versanken ineinander. Dann beugte er sich vor und drückte ihr einen sanften Kuss auf die Lippen.

Jane hätte diesen Kuss abwehren müssen, doch sein warmer Mund weckte in ihr ein völlig unerwartetes Verlangen – die Sehnsucht, ihre Finger in seinem Haar zu vergraben und ihn richtig zu schmecken, die heißen Stöße seiner Zunge zu spüren.

Sie zuckte zurück und lief hochrot an. Offenbar war das Feuer ihrer Jugend noch nicht völlig erloschen. Ein Funken war geblieben, und Jane mühte sich nach Kräften, ihn zu löschen, als sie Wolfe atemlos Gute Nacht wünschte und eilig ins Obergeschoss flüchtete.

Martin saß hemdsärmelig hinter seinem Schreibtisch, die Füße auf den Tisch gelegt, und nahm einen Schluck aus seinem Weinkelch. Seine Gedanken waren so düster, dass er am liebsten dem Beispiel des jungen Ned gefolgt wäre und sich bis zur Besinnungslosigkeit betrunken hätte.

So etwas hatte sich Martin nicht mehr gestattet, seit Meg in sein Leben getreten war. Doch seine Tochter schlief tief und fest, und wenn es je eine Nacht gegeben hatte, in der man über den Durst trinken durfte, dann diese.

Vielleicht konnte er mit dem Wein ja auch seine Schuldgefühle hinunterspülen, wenn er genug trank. Er nahm einen größeren Schluck und schnitt eine Grimasse. Englischer Wein – zu schwer, zu süß und nicht ordentlich gefiltert.

Doch das spielte keine große Rolle. Er bezweifelte, dass es in ganz London genug Wein gab, um sein schlechtes Gewissen zu ertränken und die Erinnerung an Jane Danvers vertrauensvollen Blick auszulöschen.

»Welch guter Freund Ihr uns immer gewesen seid.«

Oh ja, dachte Martin düster, etwa so gut wie der Großinquisitor dem Ketzer. Er presste den kühlen Kelch an seine heiße Stirn.

Er würde Walsingham von den Vorfällen in *Strand House* berichten müssen. Wenn er es nicht tat, würde es ein anderer tun. Ned hatte sich schrecklich aufgeführt, und er hatte auf die Königin geschimpft. Gott weiß, was die anderen Gäste mitbekommen hatten. Doch immerhin sollte es Martin gelingen, die Geschichte harmloser klingen zu lassen und den Staatssekretär zu überzeugen, dass es nichts weiter war als das unsinnige Geschwätz eines jungen Mannes, dessen Sinne von Wein und Enttäuschung getrübt waren.

Neds Geheimzimmer brauchte wohl nicht erwähnt zu

werden. Es war bloß müßige Narretei und hatte nichts mit irgendwelchen Verschwörungen gegen die Königin zu tun. Doch wenn Walsingham davon erfuhr, könnte er Ned unter diesem Vorwand verhaften. Der Staatssekretär war felsenfest davon überzeugt, dass von Lord Oxbridge eine Bedrohung für die Königin ausging. Wenn er Ned nicht des Hochverrats überführen konnte, dann eben der Zauberei.

Wie sehr würde Jane darunter leiden, wenn sich ihre schlimmsten Befürchtungen bewahrheiteten und das letzte Mitglied ihrer Familie in den Tower geworfen würde!

»Nicht, solange ich es verhindern kann.«

Martin krümmte sich. Was hatte ihn nur geritten, ein solch unüberlegtes Versprechen zu geben? Er fürchtete, Catriona O'Hanlon hatte recht mit ihrem Vorwurf, er sei ein romantischer Narr, der sich mit Freuden auf jede Gelegenheit stürzte, einer Dame in Nöten zu helfen.

Jane Danvers war so süß, so sanft. Als er ihr heiteres Gesicht so blass und voller Sorge sah, waren Martins ritterliche Impulse geweckt worden. Er hätte alles versprochen, um den Kummer aus ihren sanften grauen Augen zu vertreiben.

Wie erfrischend, eine Frau kennenzulernen, die es zufrieden war, einfach nur Frau zu sein; die kein Interesse an machtvollem, verbotenen Wissen hatte; die vernünftig genug war, die darin liegenden Gefahren zu erkennen.

Sie würde wirklich eine ausgezeichnete Ehefrau und Mutter abgeben. Bislang war sich Martin nicht sicher gewesen, ob er Chancen bei ihr hatte. Er hatte es nur verwunderlich gefunden, dass sie gewagt hatte, seinen Arm zu streicheln und dabei ein warmer, einladender Glanz in ihre Augen getreten war.

Und als er sie küsste, hatte sie anders als Cat nicht damit gedroht, ihm den Kopf einzuschlagen. Jane war liebreizend errötet und war in seinen Armen mit damenhaftem Anstand ganz weich und atemlos geworden.

Sie war wirklich ein Engel …

Ein schwaches Geräusch im Hausflur störte Martin aus seinen Gedanken auf. Die Kerze flackerte wie bei einem leichten Luftzug, als versuche jemand, vorsichtig die Tür zum Arbeitszimmer zu öffnen. Martin erstarrte, bereit, die Beine vom Schreibtisch zu nehmen und aufzuspringen. Doch dann sah er, um wen es sich handelte.

Cat spähte durch den Türspalt; ihr wirres rotes Haar fiel ihr auf die Schultern, als sei sie soeben aus dem Schlaf gerissen worden. Es überraschte Martin nicht weiter, dass sie mit ihrem Schwert bewaffnet war.

Er entspannte sich wieder. »Tretet ein, Mistress O'Hanlon. Wenn Euch erneut danach zumute ist, mir Euer Schwert in den Leib zu rammen, nur zu – mir fehlt momentan jeder Ehrgeiz, mich zu verteidigen.«

Cat blieb auf der Schwelle stehen und wirkte ziemlich verlegen. »Ich habe gehört, dass sich hier unten etwas bewegt hat, und war mir nicht sicher, wer oder was es war.«

»Also seid Ihr mit gezücktem Schwert herbeigeeilt, ohne zu wissen, was Euch erwarten könnte? Ist Euch nicht in den Sinn gekommen, dass es vielleicht klüger wäre, Euch im Zimmer meiner Tochter zu verschanzen und mir zu gestatten, mich als Erster um die Verteidigung zu bemühen?«

Ihre Miene verfinsterte sich. Sie reckte ihr stures Kinn vor. »Gewöhnlich ducke ich mich nicht hinter verschlossenen Türen. Außerdem wusste ich nicht, dass Ihr schon zurück seid.«

»Wenn Ihr jetzt wach seid, könnt Ihr genauso gut eintreten und mir bei einem Becher Wein Gesellschaft leisten. Die Karaffe steht dort drüben auf dem kleinen Tisch. Bedient Euch.«

Cat zögerte, doch dann schloss sie die Tür hinter sich. Martin wusste nicht, was ihn bewogen hatte, diese Einladung auszusprechen, doch er bedauerte sie von Herzen, als Cat ins Kerzenlicht trat.

Sie trug nichts weiter als ein Unterkleid, so zerschlissen, dass es fast durchsichtig war. Die Umrisse ihrer Brüste waren gut zu erkennen, und es war auch ersichtlich, dass ihre beiden Brüste voll und schwer waren, nicht nur die eine, auf die er bei ihrem Duell einen Blick geworfen hatte. Darüber hinaus ließ der dünne Stoff noch weitere Reize erahnen – die Rundung ihrer Hüften, das betörende dunkle Dreieck zwischen ihren Beinen; und seltsamerweise sah sie mit ihrer Bewaffnung noch erotischer aus.

Martin spürte, wie sich seine Männlichkeit meldete, und musste seine Stellung ändern, um das zu verbergen. Er nahm die Beine vom Tisch und setzte sich aufrecht hin. »*Mon Dieu,* Frau!«, klagte er. »Euer altes Hemd ist eine Schande. Zum Teufel mit Eurem Stolz – Ihr müsst mir gestatten, Euch wenigstens mit einem anständigen Nachthemd zu versorgen.«

»Das wäre die reine Geldverschwendung. Ich schlafe am liebsten nackt«, erwiderte sie völlig unbekümmert und lehnte ihr Schwert an den Kamin. »Natürlich ist mir klar, dass ich das hier nicht tun kann. Es wäre ein bisschen peinlich, wenn ich tatsächlich gegen einen Eindringling antreten müsste.«

»Ich dachte, barbusig greift Ihr am liebsten an.«

»Doch nicht gleich zu Anfang. Das würde mich ja um den Überraschungseffekt bringen.« Sie schenkte sich einen Becher Wein ein und gestattete Martin dabei einen aufreizenden Blick auf ihre Rückseite. Der dünne Stoff schmiegte sich an ihren wohlgeformten Hintern. Martin knirschte mit den Zähnen und war ihr dankbar, als sie sich endlich auf einen Hocker außerhalb des Kerzenscheins setzte.

Sie nippte an dem Kelch, dann schnitt sie eine angewiderte Grimasse. »Das ist ja ein scheußliches Gesöff!«

»Ich weiß.« Verdrossen starrte Martin in seinen Kelch. »Aber ich kann mir importierte Weine nur selten leisten.«

Cat riskierte einen weiteren Schluck, dann stellte sie den Becher schaudernd zur Seite. Sie lehnte sich an die Wand, gähnte, streckte die Beine aus und wackelte mit den nackten Zehen.

Sie hat erstaunlich zarte Füße, dachte Martin. Ein Wunder, dass sie in seinen Stiefeln hatte laufen können. Sie hatte auch schlanke Fesseln, ganz zu schweigen von ihren geschmeidigen weißen Waden. Martin rutschte unruhig auf seinem Stuhl herum und richtete den Blick auf seinen Becher.

»Eurer niedergeschlagenen Miene entnehme ich, dass der Abend kein Erfolg war«, meinte Cat. »Hat Euch Lady Danvers nicht mit einem Lächeln bedacht?«

Martin wirbelte den Bodensatz in seinem Kelch auf. »Ihre Ladyschaft war nicht in der Stimmung, irgendjemanden anzulächeln. Die Königin hatte mitteilen lassen, sie sei leider verhindert, und ohne Ihre Majestät fiel so ziemlich alles flach.«

»Meg wird sehr enttäuscht sein. Sie hat fest mit einem ausführlichen Bericht gerechnet.«

»Also hat mir meine Tochter verziehen, dass ich heute die Rolle des strengen Papas gespielt habe?«

»Meg würde Euch alles verzeihen.«

In Cats Stimme schwang eine gewisse Schärfe mit, die Martin dazu brachte, sie eingehend zu mustern.

»Ihr klingt, als ob ich etwas Unverzeihliches getan habe.«

»Nicht absichtlich.« Cat nagte an ihrer Lippe. »Wenn ich Euch etwas über Meg erzähle, versprecht Ihr, mich nicht anzuspringen?«

Martin krümmte sich. In Anbetracht seines erregten Zustandes war ihre Wortwahl nicht besonders glücklich.

»Ich werde mich bemühen, mir keine Reißzähne wachsen zu lassen.«

Cat erhob sich und begann auf und ab zu laufen. Martin war aufgefallen, dass es der Frau offenbar schwerfiel, im Sitzen ein Gespräch zu führen. Doch als sie vor ihm herumwanderte, fielen ihm leider auch wieder andere Dinge auf.

»Um Himmels willen, Cat«, meinte er. »Erzählt, was Ihr zu erzählen habt, aber bitte im Sitzen und fern des Kerzenscheins.«

Sie blieb stehen und sah ihn ein wenig verwirrt an. Doch als sie von den Kerzen zurück auf sich selbst blickte, schien sie plötzlich zu bemerken, was sie zur Schau stellte.

»Oh.« Sie lachte spöttisch auf und kehrte zu ihrem Hocker zurück, offenbar nicht besonders verlegen.

Sie faltete die Hände, holte tief Luft und legte hastig los: »Ich habe mich heute Abend lange mit Meg über Euren Plan unterhalten, sie in eine richtige kleine englische Miss zu verwandeln. Sie ist so unglücklich darüber, dass es sie fast umbringt.«

Martin runzelte die Stirn. Cats Worte hatten seine Lust wirksamer ertränkt als ein Sturz in die Themse.

»Ihr habt kein Recht, etwas mit meiner Tochter zu besprechen.«

»Das Kind muss mit jemandem reden, mit Euch kann sie es offenbar nicht. Ihr verlangt völlig unzumutbare Dinge von ihr – zu vergessen, dass sie eine Tochter der Erde ist, ja, alles zu vergessen, was sie je über die uralte Magie gelernt hat …« Cat stockte, doch dann fuhr sie trotzig fort: »Und vor allem, ihre eigene Mutter zu vergessen.«

»Was sollen ihr diese Erinnerungen nützen?«, fragte er.

»Erinnerungen sind nicht immer nützlich, aber selbst das Schlimmste aus unserer Vergangenheit ist ein Teil von uns. Ihr müsst Meg erlauben, zu trauern und sich mit ihren Wunden auseinanderzusetzen.«

»Es ist besser, wenn man alte Wunden nicht wieder aufreißt.«

»Aber Narben bleiben, Martin. Cassandras Vermächtnis …«

»Es gibt kein Vermächtnis. Ihre Mutter hat ihr nichts hinterlassen.«

»Seid doch nicht so blind!«, erwiderte Cat ungeduldig. »Alles, was Cassandra ihr je beigebracht hat, jedes Wort, das sie über Megs Schicksal als Silberne Rose zu ihr gesprochen hat, ist fest in ihrem Kopf verwurzelt.«

»Meg ist klug genug zu erkennen, dass alles, was Cassandra je gesagt hat, völliger Unsinn war.«

»Es mit dem Verstand zu wissen ist etwas ganz anderes, als es mit dem Herzen zu wissen. Meg ist ein kluges Mädchen, fast erschreckend klug. Sie ist die Einzige, der es je gelungen ist, das *Buch der Schatten* zu übersetzen.«

»Weil Cassandra sie dazu gezwungen hat. Aber das spielt jetzt keine Rolle mehr, denn das verfluchte Buch ist weg.«

Warum kam ihm Cat immer wieder mit derselben Leier? Aufgebracht erhob sich Martin und begann nun selbst, auf und ab zu laufen, als könne er damit Cats unerwünschten Meinungen entkommen.

Doch die Frau war beharrlich wie eine Stechfliege. Sie sprang ebenfalls auf und lief ihm nach.

»Meg hat ein erstaunlich gutes Gedächtnis, Martin. Ich fürchte, sie erinnert sich noch an sehr viel, was sie aus diesem teuflischen Buch gelernt hat. Der Macht dieses Buches zu widerstehen, würde selbst der weisesten Frau schwerfallen, ganz zu schweigen von einem jungen Mädchen.«

Cat baute sich vor ihm auf, ihre blauen Augen blitzten ernst. »Eure Tochter ist sehr verwirrt. Sie braucht Führung, sie braucht jemanden, der ihr beibringt, was es heißt, eine wahre Tochter der Erde zu sein. Sie braucht Ariane. Wenn Ihr nur so vernünftig wärt, sie nach Faire Isle zu bringen …«

»Fangt nicht schon wieder damit an! Ihr werft mir vor, blind zu sein, aber ich fürchte, Ihr seid ein wenig schwerhörig. Ihr kennt meine Antwort – ich will nicht mehr darüber reden!«

Er wandte ihr den Rücken zu und marschierte zum Fenster, um ihr zu entkommen, denn sie sollte nicht die Wahrheit sehen. Unter seiner Wut und seinem sturen Entschluss verbarg sich nämlich etwas ganz anderes – Angst. Vieles, was sie über Meg sagte, traf ihn an einer empfindlichen, geheimen Stelle in seinem Herzen.

Er konnte es sich selbst kaum eingestehen, aber insgeheim musterte er Meg gelegentlich sorgenvoll und fürchtete, in ihr eine Spur von Cassandra zu entdecken, einen Hinweis auf den dunklen Einfluss dieser Hexe.

Aber nein, so etwas gab es nicht, redete er sich dann stets ein. Meg war durch und durch gut, durch und durch unschuldig. Und mit der Zeit würde sie ihre Mutter vergessen. Ganz bestimmt.

Martin erstarrte, als er Cats Schritte in seinem Rücken hörte.

»Es tut mir leid«, sagte sie. »Ich bin manchmal zu direkt. Meine Großmutter hat immer gesagt, das sei ein Fehler, den alle O'Hanlons haben. Wir taugen viel besser zum Krieger als zum Diplomaten.«

Zaghaft legte sie ihm die Hand auf den Arm. »Ich weiß, wie sehr Ihr Meg liebt, und sie betet Euch an. Aber sie macht sich auch Sorgen um Euch. Sie hat mir erzählt, dass Ihr die Musik in Eurer Stimme verloren habt.«

»Wahrscheinlich meint sie meinen Akzent. Obwohl sie sich auf Englisch gewandter ausdrücken kann, hört mich meine Tochter aus irgendeinem unerfindlichen Grund lieber Französisch reden.«

»Vielleicht, weil Ihr Franzose seid. Aber Euer Bemühen, Euch wie ein richtiger Engländer zu benehmen, und all Eure Pläne, ein – ein feister Gutsherr mit einem hübschen Herrenhaus zu werden, sind für Euch doch um keinen Deut besser als für Meg. Was ist mit dem Martin le Loup, für den das Leben immer ein großes Abenteuer war? Wollt Ihr ihn völlig verlieren?«

»Kein großer Verlust, das kann ich Euch versichern«, erwiderte Martin und lächelte traurig. »Er war wahrhaftig nichts Besonderes.«

»Eure Tochter wäre anderer Meinung.«

»Sie ist noch ein Kind, es gibt vieles, was sie nicht versteht.« Martin warf Cat einen entrüsteten Blick zu. »Und wer hat behauptet, dass ich feist werde?«

»Feist«, erwiderte Cat mit boshafter Freude. »Und von Gicht geplagt.«

Er versuchte, eine finstere Miene aufzusetzen, aber dann

musste er doch ein wenig lachen. Allerdings wurde er rasch wieder ernst. »Einiges, was Ihr gesagt habt, ist allerdings wahr – Meg braucht die Führung einer Frau; nicht einer Tochter der Erde, aber einer Mutter. Einer richtigen Mutter, die ihr die weiblichen Künste beibringt: Musik, Stickerei und die Führung eines Haushalts.«

»Eine wie Eure heilige Lady Danvers?«, fragte Cat und rümpfte abfällig die Nase.

»Richtig – wenn sie überredet werden könnte, mich zum Mann zu nehmen.«

Und wenn er ihren elenden Bruder vor dem Schafott bewahren konnte und sie selbst davor, in Neds Torheiten verwickelt zu werden, dachte Martin grimmig.

Cat verschränkte die Arme vor der Brust und verzog die Lippen. »Ich wünsche Euch viel Erfolg bei Eurer Werbung«, meinte sie schulterzuckend. »Ich kann nur hoffen, diese Lady Danvers hat auch ein paar Tropfen Kraft in all der Süße, die durch ihre Adern fließt. Sie wird sie brauchen, um Euch und das schlaue Mädchen im Zaum zu halten.

Ich kann wahrhaftig nicht den Rest meines Lebens bleiben und auf euch beide aufpassen. Eigentlich hatte ich gehofft, schon längst wieder auf dem Weg nach Faire Isle zu sein. Ariane …«

Cat verstummte, und ihre Miene verdüsterte sich.

»Was ist mit Ariane?«, fragte Martin.

»Sie erwartet ein Kind. Habe ich Euch das nicht gesagt?«

»Das ist ja wunderbar!«, fing Martin begeistert an, dann fielen ihm jedoch Arianes Probleme ein, und er fragte besorgt: »Das ist es doch, oder? Geht es ihr gut?«

»Ihren Worten nach schon. Aber Ihr kennt Ariane – die Frau könnte im Sterben liegen und trotzdem noch tapfer lächeln, nur damit …« Cats Lippen zitterten, und sie biss sich heftig auf die Lippe, um ihrer Unruhe Herr zu werden.

Martin nahm ihre Hand und meinte tröstend: »Es wird schon gut gehen. Niemand weiß mehr über Heilkunst als die

Herrin von Faire Isle. Sie hat sich immer kundig um alle gekümmert.«

»Um alle außer sich selbst. Ihre Niederkunft wird zum Wintereinbruch erwartet. Ich – ich würde dann gerne bei ihr sein.«

»Ich sehe keinen Grund, warum Ihr das nicht könnt, vor allem, wenn sich Arianes Warnungen als grundlos erweisen. Wenn hier alles ruhig bleibt …«

»Ich gehe nirgendwohin, es sei denn, mein Clanhäuptling befiehlt es mir«, beharrte Cat.

»Dann schreibt Ihr und fragt sie. Ich werde zusehen, dass Eure Botschaft sie erreicht.«

Cat runzelte die Stirn und dachte nach, offensichtlich schwankte sie zwischen der Sorge um die Freundin und dem, was sie für ihre Pflicht ihrem Clanhäuptling gegenüber hielt.

Diese Irin steckte wirklich voller Gegensätze, dachte Martin. Einerseits war sie unglaublich hart, unabhängig und eine Einzelgängerin wie eine Katze. Doch wenn sie jemanden in ihr Herz schloss, dann so innig, dass keiner eine treuere Freundin haben konnte.

Cat stand im Schatten neben dem Fenster, das Haar fiel ihr wie dunkle Flammen auf die Schultern.

Martin widerstand dem Verlangen, eine Strähne um den Finger zu wickeln und ihre seidige Beschaffenheit zu fühlen. Unter anderen Umständen hätte er wohl versucht, weit mehr zu tun – Cat an sich zu ziehen, ihre Lippen umschmeicheln, sich für ihn zu öffnen, und einen Zugang zu den weichen Stellen zu suchen, die sie tief unter ihrem rauen Äußeren verbarg …

»Na gut.« Cats plötzliche Einwilligung riss ihn aus seinen gefährlichen Überlegungen. »Ich sollte Ariane schreiben, schon allein deshalb, damit sie sich nicht um mich sorgt. Vielleicht hat sie inzwischen auch Näheres über den Hexenzirkel und die dunkle Königin in Erfahrung gebracht und teilt Eure Einschätzung.«

Sie griff zu ihrem Schwert und machte sich auf den Weg zur Tür. Doch dann blieb sie noch einmal stehen und grinste schief. »Bevor ich von hier fortgehe, werden wir noch einmal zusammen einen Schluck trinken, um zu feiern, dass wir einander losgeworden sind. Obwohl ich dann einen besseren Tropfen erwarte als das Gesöff, das Ihr mir heute Abend vorgesetzt habt.«

»Oh, zu einer solche Gelegenheit wird nur der allerbeste Bordeaux gereicht«, sagte Martin, ahmte ihren lockeren Tonfall nach und machte eine übertriebene Verbeugung, als sie hinausging.

Doch sein Lächeln verschwand, sobald die Tür hinter ihr zugefallen war.

Er war Cat wirklich dankbar, dass sie ihm half, Meg zu beschützen, doch ihr Verschwinden würde er nicht bedauern. Sein Leben war auch so schon schwer genug.

Es ging wahrhaftig nicht an, dass ein Mann, der beschlossen hatte, einen Engel zu heiraten, sich zu einer Frau hingezogen fühlte, die teuflisch ungestüm war, auch wenn ihre blaue Augen eine himmlische Wärme ausstrahlen konnten.

Lange nachdem Wolfe gegangen war und sich der Rest des Haushalts zur Ruhe begeben hatte, stahl sich Jane aus ihrem Schlafgemach. Ihr elegantes cremefarbenes Seidengewand hatte sie abgelegt, nun war sie so schlicht gekleidet wie eine Nonne. Sie trug ein einfaches dunkles Kleid, darüber einen langen schwarzen Umhang. Diesmal hatte sie sich auch nicht die Mühe gemacht, ihren Anhänger zu verbergen: Das goldene Kreuz ruhte auf ihrer Brust.

Sie wagte es nicht, eine Kerze anzuzünden, und verließ sich auf ihre Erinnerung, als sie sich durch das dunkle Haus hinaus in den Garten tastete. Die weichen Sohlen ihrer Schuhe erlaubten ihr, nahezu lautlos über den Rasen zu einem Rosenhag zu huschen.

Alles war so still und ruhig, dass Jane schon fürchtete, er sei nicht gekommen, weil man ihn verhaftet hatte. Doch dann trat eine dunkle Gestalt aus den Schatten, und Jane atmete erleichtert auf.

Auch er trug einen Umhang, sodass sie kaum etwas erkennen konnte außer seinem bleichen Gesicht und einer Goldborte, die sein Wams zierte.

Sie machte sich gar nicht erst die Mühe, seine wahre Identität zu verschleiern und ihn als Captain Fortescue anzureden.

»Vater Ballard!«, flüsterte sie. »Ich bin so froh, dass Ihr gekommen seid!«

10

Seid gegrüßt!
Meinem Clanhäuptling erweise ich Ehre, Achtung und meine Zuneigung. Ich habe das Mädchen gefunden, suche jedoch nicht nach …«

Wonach? Ariane blinzelte und rieb sich die Augen, die müde waren von den Bemühungen, Cats Botschaft zu entziffern. Umsichtig wie immer, hatte Cat ihren Brief verschlüsselt und in einer alten Sprache verfasst, die nur Töchter der Erde lesen konnten. Ariane beherrschte diese Sprache zwar, doch Cats Gekritzel machte die Übersetzung schwer.

Die Irin konnte mit dem Schwert weit besser umgehen als mit der Feder. Die kaum lesbaren Worte und zahlreiche Tintenkleckse zeigten Cats Ungeduld und Eile. Ariane lächelte, als sie sich vorstellte, wie Cat beim Schreiben herumgezappelt hatte. Sich dazu durchzuringen, war ihr bestimmt schwergefallen.

Ariane kämpfte sich durch den nächsten Absatz, doch dann musste sie den Brief zur Seite legen und sich strecken. Auch ihr selbst fiel es immer schwerer, länger stillzusitzen.

Sie presste die Hand auf den schmerzenden Rücken und erhob sich mühsam. Ihr Bauch mit seiner kostbaren Last wurde immer größer. Das Kind in ihr wuchs und gedieh, das konnte sie deutlich spüren – ein Trost, der ihr half, ihre Schmerzen und ihre oft überwältigende Müdigkeit zu missachten.

Sie drehte eine Runde durch ihr Schlafgemach und blieb an der Fensterbank stehen, auf der sie ihren Arbeitskorb abgestellt hatte. Auf den Kleidungsstücken, die sie geflickt hatte, lag ein liebevoll genähtes, winzig kleines Kittelchen. Sachte fuhr Ariane mit den Fingern über den feinen Batiststoff. Er würde die Haut ihres Kindes zart umschmeicheln und es mit einem spürbaren Beweis der Mutterliebe umhüllen, selbst wenn Ariane nicht da sein konnte, um …

Sie blinzelte die Tränen weg und schob den Gedanken unwirsch beiseite. Himmel noch mal, zur Zeit war sie wirklich zu nah am Wasser gebaut. Sie hatte sich doch fest vorgenommen, solch düsteren Gedanken keinen Raum mehr zu geben.

Da sie zahllosen Frauen während Schwangerschaft und Niederkunft zur Seite gestanden war, wusste sie, dass übersteigerte Gefühle und Ängste ganz natürlich waren. Doch sie hätte jede gescholten, die so trübsinnige Fantasien gehabt hätte wie die, von denen sie jetzt geplagt wurde.

Aber offenbar konnte sie selbst sich nicht helfen. Sie rieb sich wieder den Rücken und starrte aus dem offenen Fenster. Die Sonne schien warm auf den Garten und den Obsthain. Der Himmel war so leuchtend blau, dass er fast die Augen blendete, und der Komet …

Ariane hielt den Atem an. Der Komet war jetzt schon bei Tage sichtbar, ein gespenstischer Streifen, der aussah, als wolle er mit der Sonne zusammenstoßen. Ein böses Omen? Sie sollte wahrhaftig klug genug sein, keinem derart törichten Aberglauben aufzusitzen. Und selbst wenn der Komet ein Omen wäre, gab es keinen Grund, zu glauben, dass es etwas mit ihr zu tun hatte.

Obwohl sie unter den Töchtern der Erde an oberster Stelle stand und als Herrin von Faire Isle gerühmt wurde, hatte sich Ariane immer für bescheiden gehalten. War sie nun wirklich so eingebildet geworden, dass sie glaubte, der Himmel würde einen Kometen schicken, um ihren Tod anzukündigen?

Wie närrisch! Doch Aberglauben hin oder her – eine nüchterne Wahrheit ließ sich nicht leugnen: Jede Geburt barg Gefahren für die Mutter, und in Anbetracht ihrer Vorgeschichte standen Arianes Chancen, diese Prüfung zu überleben, schlechter als die der meisten anderen. Es war durchaus möglich, dass sie starb – und dabei hätte sie noch so viel zu erledigen gehabt.

Besonders schwer lastete auf ihr, dass sie noch keine Frau zur Nachfolgerin als Herrin von Faire Isle ernannt hatte. Am naheliegendsten wäre ihre jüngste Schwester gewesen, aber die Gemeinschaft der weisen Frauen würde Miri nicht billigen, weil sie den Hexenjäger Simon Aristide geheiratet hatte.

Seit ihrer Rückkehr nach Faire Isle hatte Ariane begonnen, mit einigen der Frauen zu arbeiten und ihnen die Heilkunst wie auch alles andere beizubringen, was sie aus den alten Überlieferungen kannte. Carole Moreau wirkte ziemlich vielversprechend, doch sie war noch recht jung.

Ariane wusste sehr wohl, warum sie die wichtige Frage ihrer Nachfolge so lange vor sich hergeschoben hatte: Sie hatte gehofft, es würde eines Tages ihre Tochter sein. Die Möglichkeit, dass sie nun tatsächlich ein Mädchen zur Welt brachte, jedoch nicht lange genug lebte, um es zu unterweisen … Nein, dieser Gedanke war unerträglich.

Irgendwann würde sie eine Entscheidung treffen müssen, aber nicht heute, dachte Ariane erschöpft und massierte sich die Schläfen. Sie musste sich noch um genügend andere Dinge kümmern; an erster Stelle stand jetzt Cats Brief.

Sie kehrte an ihren Schreibtisch zurück und übersetzte Cats Botschaft zu Ende. Leider trug der Inhalt kaum dazu bei, sie zu beruhigen.

Stirnrunzelnd faltete sie den Brief zusammen und machte sich auf die Suche nach ihrem Gemahl. Justice war momentan leicht zu finden. Seitdem ihm Ariane von dem Kind unter ihrem Herzen erzählt hatte, vertrieb er seine Sorgen entweder im Stall beim Striegeln seiner Jagdpferde oder beim Holzhacken im Hof. Ariane fürchtete, dass die Pferde zum Zeitpunkt ihrer Niederkunft kahl gestriegelt sein würden und die Insel abgeholzt.

Sobald sie aus dem Haus trat, hörte sie das stete Schlagen

einer Axt. Sie seufzte. Aber immerhin blieben heute die armen Pferde verschont.

Sie durchquerte den Garten und ging durch den Hof zur Scheune. Dort stapelte sich das Holz schon so hoch, dass sie ihren Gemahl, Justice Deauville, kaum sehen konnte, obwohl er mit seinen fast zwei Metern recht stattlich war, starkknochig und muskulös.

Sie trat um einen Holzstapel und beobachtete ihn, während er die Axt schwang. Die Sonnenstrahlen glitzerten auf den silbernen Strähnen, die sich in sein goldbraunes Haar geschlichen hatten. Sein schweißnasses Leinenhemd klebte an seiner mächtigen Gestalt. Mit seinen Kniehosen und den abgetragenen Arbeitsstiefeln sah er genauso aus, wie ihn ihre Schwester Gabrielle oft neckisch nannte – ein richtiger Bauer.

Sein Vater war zwar Adliger gewesen, doch Justice hatte sich immer schon bei den schlichten Dingen des Lebens wohlgefühlt. Diese Vorliebe kam von der mütterlichen Seite. Meist bereitete es ihm großes Vergnügen, sich körperlich zu betätigen und zu arbeiten, bis ihm der Schweiß auf der Stirn stand.

Doch heute lag ein grimmiger Zug um seinen Mund, während er die Axt schwang und so wuchtig auf den Holzklotz einhieb, dass Ariane zusammenzuckte. Er warf die Scheite zur Seite und nahm sich sogleich den nächsten Klotz vor.

Ariane, die er offenbar nicht bemerkt hatte, beobachtete ihn reumütig. Er hatte auf die Nachricht ihrer Schwangerschaft sehr unwirsch reagiert. Allerdings trieb er sich jetzt nicht ständig in ihrer Nähe herum, wie sie befürchtet hatte, sondern zog sich vor ihr zurück, sogar in ihrem Ehebett. Er hatte sie kaum mehr berührt, seitdem sie ihren Zustand verkündet hatte, und dabei sehnte sie sich so sehr danach.

Sie waren sich immer sehr nah gewesen, so sehr, dass sie oft dasselbe gedacht und gewünscht hatten. Es tat ihr weh, dass er sich jetzt so fernhielt und sie das Ereignis entzweite, das sie noch näher hätte zusammenbringen sollen.

Ariane ging zum Brunnen, um ihm einen Becher Wasser zu

holen. Während er einen weiteren Klotz kleinhackte, dass die Scheite in alle Richtungen flogen, wich sie etwas zurück, dann rief sie: »Justice?«

Er hob den Blick, hielt inne und versenkte die Klinge der Axt in den Klotz. Justice entsprach nicht den landläufigen Vorstellungen eines gut aussehenden Mannes. Zu seiner beeindruckenden Größe verliehen ihm das breite Kinn und die eingeschlagene Nase etwas Beunruhigendes. Doch wenn er Ariane ansah, schlich sich meist eine Zärtlichkeit in seine groben Züge, die ihr Herz schneller schlagen ließ.

Als sie ihm das Wasser reichte, stand eher Erschöpfung als Wärme in seinen verschatteten grünen Augen. Er nahm mehrere große Schlucke, den Rest spritzte er sich ins Gesicht. »*Merci.* Aber solltest du dich nicht ausruhen? Ich dachte, wir hätten vereinbart, dass du dich nachmittags ein bisschen hinlegst, um deine Kräfte zu schonen.«

»Ich musste Cats Brief übersetzen.« Sie berührte seine Hand und fügte hinzu: »Und außerdem – außerdem habe ich dich vermisst.«

Seine dichten Brauen hoben sich fragend. »Mich vermisst? Ich bin doch nicht weggegangen. Ich bin hier.«

Nein, das bist du nicht, hätte Ariane am liebsten entgegnet.

Er gab ihr den Becher zurück und wischte sich mit dem Hemdsärmel übers Gesicht. Als er wieder nach der Axt greifen wollte, hielt ihn Ariane am Arm fest.

»Glaubst du nicht, dass du genügend Holz gehackt hast? Der Stapel hier reicht für die ganze Insel.« Es hätte scherzhaft klingen sollen, doch ihre Worte entkamen ihr schärfer als beabsichtigt.

»Alles weist darauf hin, dass der Herbst kalt wird«, erwiderte er.

»Ich wage zu behaupten, dass du recht hast – wenn du mich weiterhin so anschaust.«

»Wie denn, *ma chère?*«

»Als ob du glaubst, dass ich sterben werde. Und wenn du

mich nicht ansiehst, als würdest du mich morgen beerdigen müssen, musterst du mich so ablehnend, als hätte ich dich mit meiner Schwangerschaft hintergangen.«

Ariane hatte nicht so schonungslos sein wollen. Aber nun war es gesagt. Und vielleicht war es ja auch gut so, obwohl sich seine Stirn verfinsterte.

»Das ist doch lächerlich«, knurrte er.

»Ist es nicht. Du bist böse auf mich, und es wäre gut, wenn du es einfach zugibst.«

Einen Moment lang schob er trotzig den Unterkiefer vor, doch dann meinte er: »Also gut, du hast recht. Ich bin ein wenig verärgert. Du weißt, wie gefährlich es für dich ist, ein Kind zu bekommen. Außerdem kennst du dich in der Heilkunst gut genug aus und hättest es verhindern können. Wenn ich gewusst hätte, dass du so tollkühn bist, hätte ich selbst Vorkehrungen getroffen.«

Das war keine eitle Drohung. Justice hatte von seiner Großmutter, einer erfahrenen alten Hexe, gelernt, einen Trank zu brauen, der den Samen eines Mannes zeitweise unfruchtbar machte. Er hatte ihn vor vielen Jahren ohne Arianes Wissen benutzt. Sie hatte ihm verziehen, aber nur, weil er versprochen hatte, es nie wieder zu tun.

»Warum sollte ich einen Segen verhindern wollen, auf den zu hoffen ich schon lange aufgegeben hatte?« Ihre Finger umklammerten den leeren Wasserbecher, und sie stieß einen bitteren Seufzer aus. »Ich wünschte, ich hätte es dir nie gesagt.«

»Ein solches Geheimnis zu wahren, wäre ja wohl ziemlich schwierig gewesen.« Justice musterte die Wölbung ihres Leibes unter dem Gewand. »Hast du allen Ernstes geglaubt, du müsstest es mir sagen? Ich habe in den letzten dreizehn Jahren jede Nacht neben dir gelegen, ich habe zahllose Male mit dir geschlafen. Ich kenne jede Kurve, jede noch so kleine Einzelheit an deinem Körper genauso gut wie meinen eigenen Körper. Hast du gedacht, ich würde die Veränderungen nicht bemerken?«

»Du hast nie ein Wort darüber verlauten lassen.«

»Ich habe darauf gewartet, dass du meinen Verdacht bestätigst, und gehofft – gehofft …«

Als er die Lippen zusammenpresste, beendete Ariane den Satz mit tonloser Stimme: »Gehofft, dass du dich irrst.«

Justice raufte sich aufgebracht die feuchten Haare. »Deine letzte Schwangerschaft liegt viele Jahre zurück. Ich hatte gedacht, die Zeit, dass du ein Kind empfangen kannst, sei vorbei. Ich dachte, du wärst zufrieden mit meiner Liebe und damit, dass es nur wir zwei sind.«

»So war es, und so ist es auch jetzt noch«, rief Ariane. »Aber siehst du denn nicht, welch ein Wunder es ist, nach so langer Zeit?«

»Nein. Ich sehe nur die Möglichkeit, dich zu verlieren. *Mon Dieu!*« Zornig warf er die Arme hoch. »Du hast immer gewusst, dass das meine größte Angst ist, doch du warst so entschlossen, ein Kind zu bekommen, dass es dir gleichgültig ist, ob du es überlebst oder nicht.«

»Natürlich ist mir das nicht gleichgültig!«, gab sie ebenso scharf zurück. »Wenn du so gut in den Augen lesen könntest, wie du dir einbildest, würdest du sehen, wie groß meine Angst ist. Aber dir zuliebe habe ich mich immer tapferer gegeben, als ich in Wahrheit bin. Dafür könntest du mir zuliebe doch mindestens so tun, als – als würdest du dich wenigstens ein bisschen freuen!«

Sie brach ab, verärgert, dass ihr schon wieder die Tränen in die Augen schossen. In einem für sie sehr seltenen Wutausbruch warf sie den Becher nach ihm. Justice war zu verblüfft, um sich zu ducken, aber der Becher prallte nur an seiner Schulter ab.

Tränenblind stolperte Ariane weg. Sie hörte, wie er nach ihr rief, doch sie stolperte einfach weiter bis zum Rand des Obsthains. Dort stützte sie sich mit einer Hand an einen Baumstamm und bemühte sich, dem Schluchzen Herr zu werden.

Zornig wischte sie die Tränen weg und rang nach Atem. Als

sie merkte, dass Justice ihr gefolgt war, erstarrte sie. Er legte die Hände auf ihre Schulter. »*Chérie,* verzeih mir!«

Sie blinzelte, drehte sich jedoch nicht um. »Verzeih mir!«, wiederholte er so zärtlich, dass sie beinahe erneut geweint hätte. Er schlang die Arme um sie, zog sie an sich und drückte ihr einen Kuss auf den Nacken.

»Du musst mir keine Tapferkeit vorspielen, auch wenn es kein Wunder ist, dass du mich hinters Licht geführt hast. Du warst immer die Tapfere, ich bin der Feigling. Der Gedanke, dich zu verlieren, macht mich schier wahnsinnig vor Angst. Aber ich schwöre dir, ich werde mich bessern. Ich werde stark genug sein und dafür sorgen, dass du alles gut überstehst. Du und das Kind.«

Er legte seine große Hand beschützend auf ihren Bauch. Ariane schmolz in seinen Armen dahin, schloss die Augen, atmete seinen herben, männlichen Duft ein und lehnte sich gegen seinen warmen, harten Körper. Es schien so lange her, seit sie sich so nahe gekommen waren, und es war das erste Mal, dass er die Aussicht auf ihr Kind begrüßte.

Sie wollte den Moment genießen, doch es gab noch eine weitere Angst, die sie ihm bislang nicht eingestanden hatte, jetzt jedoch nicht mehr für sich behalten konnte.

»Wenn mir wirklich etwas zustieße …«, begann sie zögernd.

»Sei still, *chérie.* Das wird es nicht.« Justice bedeckte ihre Schläfen und ihre Wangen mit heißen Küssen.

Ariane legte den Kopf in den Nacken und setzte ihren Hals seinem zärtlichen Überfall aus. Aber sie ließ nicht locker: »Wenn es doch so wäre, würdest du das Kind trotzdem lieben?«

Justice hielt inne. »Was soll denn diese törichte Frage?«

Ariane drehte sich zu ihm um, nahm sein Gesicht in die Hände und sah ihn besorgt an.

»Es wäre mir nicht recht, wenn du vor lauter Kummer unserem Kind die Schuld an meinem Tod geben würdest. Versprich mir, dass du das nicht tun wirst und dass du unser Kind lieben und beschützen wirst, egal was kommt.«

Justice wirkte verletzt, doch seine Stimme verriet, dass er sich selbst größere Vorwürfe machte als ihr. »Oh *chérie,* war ich wirklich solch ein grober Unhold, dass du glaubst, solche Versprechen von mir einfordern zu müssen? Selbstverständlich verspreche ich dir das. Ich werde mich nach Kräften um unser Kind kümmern und die Kleine in allem unterweisen, wie du es getan hättest.«

Er führte ihre Hand an die Lippen. »Aber das wird nicht nötig sein, denn du wirst da sein, um sie zu leiten.«

»Sie?« Ariane lächelte zaghaft. »Bist du dir sicher, dass es ein Mädchen wird?«

Noch einmal legte Justice die Hand auf ihren runden Bauch und konzentrierte sich. Zu seiner und Arianes Freude bewegte sich das Kind in ihr.

»Mon Dieu!«, schmunzelte er schließlich. »Das ist ganz bestimmt ein Mädchen. Ich kann sie schon richtig spüren, ich spüre, wie stark sie ist, unsere kleine Tochter.«

»Ganz wie der Papa.«

Er verzog das Gesicht. »Lass uns beten, dass sie im Aussehen eher ihrer Mutter gleicht.«

Ariane lachte. All ihre Ängste und Zweifel waren vergessen, als Justice sie an sich zog und ihr einen langen, leidenschaftlichen Kuss gab. Viele atemlose Momente später entsann sie sich, warum sie überhaupt nach ihm gesucht hatte.

Zögernd trat sie einen Schritt zurück und erklärte: »Ich habe Cats Botschaft fertig übersetzt.«

Justice betrachtete sie prüfend. »Deiner Miene nach waren es keine guten Nachrichten.«

»Nicht zur Gänze. Martin und seiner Tochter geht es gut, und im Moment scheinen sie Gott sei Dank sicher. Aber wie ich befürchtet habe, weigert sich Martin standhaft, nach Faire Isle zu kommen. Er hat es in London ziemlich weit gebracht und wird es wohl noch weiter bringen. Er möchte die Tür hinter Megs Vergangenheit schließen und alle Verbindungen zur alten Weisheit und den Töchtern der Erde kappen.

Cat regt das ziemlich auf, aber ich kann ihm eigentlich keinen Vorwurf machen«, fuhr sie reumütig fort. »Manchmal sehne auch ich mich nach einem gewöhnlicheren Leben. Wie viel leichter und sicherer wäre unser Leben verlaufen, wenn ich nicht die Herrin von Faire Isle wäre und mich nicht so gut in den alten Weisheiten auskennen würde. Dann wäre ich nie der Hexerei beschuldigt worden. Wir hätten all die Jahre nicht im Ausland verbringen müssen, und du – du wärst noch immer der Comte de Renard.«

Katharina hatte Ariane zwar nach Faire Isle zurückkehren lassen, doch sie hatte ihr mit seidiger, von Bedauern triefender Stimme kundgetan, dass es unmöglich sei, Justice seine Ländereien zurückzugeben. Das Land der Deauvilles wie auch ihr Titel waren einem der Günstlinge des Königs gewährt worden, einem dieser angemalten Gecken, aus denen Heinrichs Schar ständiger Begleiter bestand, die ihm die Stiefel leckten für seine Gunst. Heinrich würde nie einwilligen, einem seiner Lieblinge das Spielzeug wegzunehmen, das er ihm geschenkt hatte.

Ariane war darüber sehr betrübt gewesen, doch ihr Gemahl hatte diesen Verlust kaum bedauert.

Auch jetzt zuckte Justice nur mit den Schultern. »Pah, du weißt doch, wie wenig mir an den Ländereien und dem Titel meines Großvaters gelegen ist. Gabrielle hat ganz recht, wenn sie mir vorwirft, dass ich im Herzen ein Bauer bin. Außerdem scheinst du zu vergessen, dass du nicht die Einzige bist, die bewandert ist in den alten Weisen. Auch ich habe mich schuldig gemacht, als ich viel von meiner verschlagenen alten Großmutter gelernt habe.«

Er legte den Arm um ihre Schultern und geleitete sie ins Haus. *»Chérie«,* fuhr er fort, »du bist viel zu weise und viel zu klug, um dich je damit zufrieden zu geben, eine ganz gewöhnliche, unwissende Frau zu sein. Und was ich von Wolfs kleiner Tochter gehört habe, vermute ich, dass es bei der jungen Margaret ganz ähnlich ist.«

»Ich fürchte, du hast recht«, meinte Ariane. »Cat hat vor, in

London zu bleiben und das Kind zu bewachen, bis ich ihr etwas anderes befehle. Aber mir ist klar, dass sie es kaum erwarten kann, eine Stadt hinter sich zu lassen, die nach Engländern stinkt, wie sie behauptet.«

Während Justice schmunzelte, fügte Ariane hinzu: »Und offen gestanden vermisse ich meinen irischen Recken.«

»Solange Wolf nicht überzeugt wird, lässt sich wohl nichts machen. Es wundert mich allerdings, dass er seine Tochter einer derartigen Gefahr aussetzt.«

»Martin glaubt, dass es für sie auf Faire Isle nicht sicherer wäre.«

»Dann musst du ihm schreiben und von den Vorsichtsmaßnahmen berichten, die wir ergriffen haben«, meinte Justice. »Ich habe Wachposten am Damm zum Festland aufgestellt und lasse regelmäßig jede noch so abgelegene Bucht kontrollieren. Niemand kann hier unbemerkt landen. Außerdem stehen Freunde entlang der bretonische Küste bereit, uns Leuchtsignale zu geben, falls Soldaten der dunklen Königin anrücken. Faire Isle ist so sicher wie nie.«

»Das werde ich Martin selbstverständlich mitteilen, aber ich fürchte, es wird nicht viel nützen. Er glaubt, dass wir die Gefahr womöglich überschätzen, und weigert sich, nur wegen unserer Befürchtungen sein Leben in London aufzugeben.«

»Vielleicht hat er ja recht, *ma chère.* Du musst zugeben, dass seit der Nacht, in der Gautier den Hexenzirkel zerschlagen hat, alles ausgesprochen ruhig und friedlich ist. Wenn die dunkle Königin etwas erfahren hat, hätte sie sich doch bestimmt schon längst wie eine Rachefurie auf uns gestürzt.«

Ariane wünschte, sie könnte sich mit dem Gedanken trösten, dass Katharina von nichts wusste, doch es gelang ihr nicht. »Vielleicht wartet die Königin nur in aller Ruhe auf den richtigen Moment. Die Gedankenwege dieser Frau waren schon immer sehr verschlungen.«

»Doch allen Berichten zufolge hat sie genug Ärger, ihren halb verrückten Sohn zu zügeln und den Herzog von Guise daran zu hindern, alle Macht in Frankreich an sich zu reißen.« Justice drückte aufmunternd Arianes Schultern. »Wenn alles weiter so ruhig bleibt, und wir nichts mehr von dem Hexenzirkel hören, sehe ich keinen Grund, warum Cat nicht um Weihnachten herum wieder bei uns sein sollte.«

»Katharina macht mir mehr Sorgen als die Hexen.«

»Sie wird alt, *ma chère,* und sie ist nicht unsterblich.« Munter fügte er hinzu: »Selbst die dunkle Königin besitzt nicht das ewige Leben.«

Katharina von Medici rauschte hoch erhobenen Hauptes in den Audienzsaal. Das schwarzes Seidengewand und der Schleier an ihrem breitkrempigen Hut verliehen ihr etwas sehr Strenges. Ihr schütteres silbergraues Haar, die welken Wangen und die Falten verrieten jedes ihrer siebenundsechzig Jahre.

Dennoch bewegte sie sich majestätisch zum Thron und nahm die Verbeugungen und Knickse ihres Hofstaats mit einem hoheitsvollen Nicken zur Kenntnis. Nur sie wusste, wie viel Mühe sie das kostete. Ihre entzündeten, rheumatischen Gelenke pochten schmerzhaft bei jeder Bewegung. Eine Geringere als sie wäre schon längst ans Bett gefesselt gewesen.

Nur ihre Willensstärke hielt Katharina auf den Beinen, neben der grimmigen Entschlossenheit, vor ihren Feinden keine Schwäche zu zeigen. Und Katharina hatte kaum größere Feinde als Henri de Lorraine, den dritten Herzog von Guise.

Im Lauf der Zeit war ihr Augenlicht immer schlechter geworden, doch sie hätte nahezu blind sein müssen, um die Anwesenheit des Herzogs zu übersehen. Der große, stattliche Mann, das dunkle, wellige Haar nach hinten gekämmt, das kantige Gesicht mit der hohen Stirn von einem sorgfältig gestutzten dunklen Bart betont, hob sich deutlich von den anderen Höflingen ab. Eine Narbe zog sich quer über die eine Wange, ein Andenken an eine Schlacht, die seinen Ruf als Frankreichs kühnster Krieger nur gesteigert hatte.

Seine kostspieligen Gewänder waren elegant und doch

schlicht. Darin spiegelte sich sein Wunsch, stets als Soldat aufzutreten, als Kämpfer für die Katholiken. Mit siebenunddreißig befand er sich im besten Mannesalter. Schon allein seine Gesundheit und seine Kraft schienen eine Beleidigung für Katharinas schmerzende, alternde Knochen.

Sie hätte seine Anwesenheit gern missachtet und ihn warten lassen, bis sie selbst den geringsten Bittsteller abgefertigt hatte, doch so etwas war bei dem Herzog nicht möglich. Die anderen Höflinge wichen zurück wie eine Herde dummer Schafe, auseinandergetrieben von einer schlanken Dogge.

Sein blaues, an einer Schulter befestigtes Cape flatterte, als er vor ihr das Knie beugte; zu dieser großartigen Geste rang er sich nur dem Protokoll zuliebe durch. Katharina hatte nicht mehr die Macht, diesen arroganten Adligen in die Knie zu zwingen. Und das Schlimmste war, dass alle Anwesenden es wussten.

Sie ließ ihn vor sich knien, so lange sie es nur wagte. Ein kleinlicher Sieg, doch es schien der Einzige, den sie über den hochmütigen Herzog erringen konnte.

»Eure Majestät.«

»Monsieur le Duc.«

Katharina zwang sich zu einem bissigen Lächeln, das er erwiderte. Sie waren wie Figuren in einem Maskenspiel, das falsche Lächeln nur eine schlechte Verkleidung ihres gegenseitigen Hasses.

Seit dem Tod ihres Gemahls hatte Katharina mit den Emporkömmlingen derer von Guise um die Macht ringen müssen. Der jetzige Herzog hatte einst gedacht, er könne seine Stellung durch eine Heirat mit Katharinas Tochter, Prinzessin Margot, verbessern. Doch Katharina hatte diesen ehrgeizigen Schachzug vereitelt und Margot stattdessen mit dem König von Navarra verheiratet. Das hatte ihr Guise nie verziehen.

Sie ließ sich nicht dazu herab, ihm die Hand zum Kuss zu reichen, sondern gab ihm nur durch eine Berührung seiner Schulter zu verstehen, er möge sich erheben. »Welch unerwartetes Vergnügen. Ich wusste nicht, dass Ihr nach Frankreich zurückgekehrt seid.«

Das war eine Lüge, wie beide sehr wohl wussten. Katharina ließ sich von ihren Spionen über jeden Schritt dieses gefährlichen Mannes informieren.

»Ich kehrte erst gestern zurück und beeilte mich, Euer Gnaden meine Aufwartung zu machen.«

»Habt Ihr Euch so nach mir gesehnt?«, fragte Katharina ironisch.

»Ich bin mir sicher, dass Euer Gnaden weiß, wie sehr ich Eure Gesellschaft genieße«, erwiderte der Herzog mit ebenso samtener Stimme. »Aber eigentlich wollte ich mich an den König wenden in einer Sache, die mir einigermaßen am Herzen liegt.«

»Ach ja?« Katharina wünschte, ihre Augen hätten noch die Macht, sich in den Blick des Mannes zu senken und ihm all seine Gedanken zu entlocken.

Was konnte so wichtig sein, dass er einen König, den er verachtete, um Audienz bitten wollte? Der Herzog hatte Katharinas schwächlichem Sohn bereits die Kontrolle über das Heer entrissen. Die Pariser verehrten ihn, und wohin ihn sein Weg auch führte, rühmte man ihn als Held. Er war reich, er besaß riesige Ländereien, er war mächtig. Was konnte er noch wollen?

Die Antwort ruhte hinter ihr – der vergoldete Thron unter dem Staatsbaldachin.

Erst, wenn ich meinen letzten Atemzug getan habe, schwor sich Katharina und ließ sich demonstrativ auf dem Thron nieder, obgleich ihre Kniegelenke aufschrien und ihre Hüften sich verkrampften. Doch sie ließ sich nichts anmerken, nur ihre Lippen wurden etwas schmaler.

»Bedauerlicherweise ist der König heute Morgen unpässlich.« Katharina ließ sich ihre Verärgerung nicht anmerken, als sie dachte, dass Heinrich sich noch in seinem Bett räkelte, ermattet von einem ausschweifenden Gelage mit seinen Günstlingen. Aber das war immer noch besser als sein religiöser Wahn, wenn er sich bis zum Umfallen geißelte.

»Seid versichert, dass jedes Gesuch, das Ihr mir vorlegt, auf der Stelle dem König unterbreitet wird«, fuhr sie mit aalglatter Freundlichkeit fort.

Über das Gesicht des Herzogs flackerte Verärgerung. Offenbar hatte er gehofft, mit dem willensschwachen Sohn verhandeln zu können. Aber er wusste bestimmt, dass jede seiner Bitten auch ihr zu Ohren kommen würde. Einst hatte Katharinas Sohn versucht, sich gegen sie aufzulehnen und ihren Einfluss abzuschütteln. Doch sein Königreich wurde von einem Bürgerkrieg zerrissen und stand dank seiner Extravaganzen am Rande des Bankrotts. Inzwischen war Heinrich wieder sehr viel abhängiger von seiner Maman und bereit, sich hinter ihren Röcken zu verstecken, sobald er Unheil witterte.

Der Herzog runzelte kurz die Stirn, dann zuckte er schicksalsergeben mit den Schultern. »Es geht um Thomas Morgan, den Mann, der hier in Paris als Mittelsmann für meine Cousine, die glücklose Königin von Schottland, tätig ist.«

»Ich weiß sehr wohl, wer dieser Mann ist.«

»Warum ist er dann in die Bastille geworfen worden?«

»Weil Monsieur ein sehr umtriebiger Mann ist. Er hat Verschwörungen geplant und französische Unterstützung gesucht für ein Komplott, Maria zu befreien und Königin Elisabeth zu ermorden.«

»Das entspräche doch gewiss dem Wunsch aller gläubigen Katholiken.« Der Herzog bekreuzigte sich und setzte eine Miene falscher Frömmigkeit auf, für die ihn Katharina am liebsten geohrfeigt hätte. Ihr Ärger wuchs, als sich unter den anwesenden Höflingen zustimmendes Gemurmel erhob.

»Die Tudor-Hexe hält meine arme Cousine unrechtmäßig seit über zehn Jahren gefangen. Ich muss Euer Ehren ja wohl kaum daran erinnern, dass unsere hübsche kleine Marie einst Eure Schwiegertochter war«, fügte der Herzog streng hinzu.

Katharina schürzte die Lippen. Nein, sie musste nicht an das vorlaute kleine Ding erinnert werden, das vor etlichen Jahren mit Franz, ihrem kränklichen Erstgeborenen, verheiratet worden war. Maria Stuart war genauso hochmütig gewesen wie all die anderen von Guise, ihre französischen Verwandten. Jene Zeit war für Katharina angefüllt gewesen mit Trübsal und Enttäuschungen. Nach dem Tod ihres Gemahls hatte sie zusehen müssen, wie die Familie von Guise und Marie immer mehr Einfluss auf Franz gewonnen und die Macht an sich gerissen hatten, die ihr, Katharina, als Mutter des Jungen und als Königinwitwe von Frankreich zugestanden hätte.

Als Franz nach seiner kurzen Regentschaft von nur zwei Jahren starb, war Katharina mit Freuden bereit gewesen, ihre unverschämte Schwiegertochter in ihre schottische Heimat zurückzuschicken. Was für ein eigensinniges, leidenschaftliches Geschöpf diese junge Frau gewesen war, beherrscht von ihren Gefühlen. Es hatte Katharina nicht gewundert, als Maria ihren Thron in Schottland verlor und in englischer Gefangenschaft endete.

Nun versteckte Katharina ihre Gleichgültigkeit hinter einer leeren Besorgnis und meinte: »Selbstverständlich betrübt mich das Schicksal unserer hübschen Marie ebenso wie Euch. Allerdings wurde mir berichtet, dass sie während ihrer Gefangenschaft ziemlich alt und dick geworden ist.«

»Ein Schicksal, das viele von uns ereilt hat«, konterte der Herzog und ließ seinen Blick über Katharinas korpulente Gestalt schweifen. Eine von Katharinas Hofdamen keuchte erschrocken auf über diese Unverfrorenheit.

Katharina zog es vor, darüber hinwegzusehen, obwohl sich ihre Finger auf der Lehne des Thrones kaum merklich verkrampften.

»Monsieur Morgan ist ein treuer, guter Diener meiner Cousine. Ich muss seine sofortige Freilassung fordern«, sagte der Herzog.

Katharinas Stimme war eine Spur kälter. »Bedauerlicherweise wird der König diese Forderung mit Sicherheit ablehnen.

Monsieur Morgans Verhaftung war notwendig, um die Engländer zu beschwichtigen.«

»Seit wann muss Frankreich die englischen Ketzer beschwichtigen?«

»Wir können es uns nicht leisten, eine fremde Macht zu erzürnen. Nicht, solange unsere Schatzkammer und unser Heer unter einem Bürgerkrieg leiden.« Katharina beugte sich ein wenig vor. »Ein Krieg, den Ihr bislang nicht zu einem erfolgreichen Ende bringen konntet.«

Die Miene des Herzogs verfinsterte sich. »Es ist nur eine Frage der Zeit, bis ich die hugenottischen Rebellen vernichtet habe.«

»Das versichert Ihr mir nun schon seit einem guten Jahr. Verzeiht mir, wenn ich mir mit der Bestellung eines Freudenfeuerwerks noch Zeit lasse.«

Von Guise lief hochrot an. Ein leises Murmeln hob an, Mitgefühl für ihn mischte sich mit Empörung gegen sie. Katharina knirschte mit den Zähnen, ihr wurde klar, dass sie zu weit gegangen war. In den Augen vieler Franzosen war der Herzog von Guise ein Held, und ihr war schon vor Langem die Rolle der Bösen zugefallen. Die dunkle Königin, die italienische Hexe, der Florentiner Emporkömmling – nie hatte man sie für gut genug erachtet, in die königliche Familie Frankreichs einzuheiraten. Wie wenig sich doch geändert hatte, seit sie vor vielen Jahren als junge Braut nach Frankreich gekommen war! Eigentlich nichts, abgesehen davon, dass sie älter und schwächer geworden war und es ihr immer weniger gelang, sich gegen ihre Feinde zu behaupten.

Obwohl sie fast daran erstickte, befleißigte sich Katharina eines sanfteren Tons. »Ich bin mir sicher, dass Ihr bald über die Hugenotten triumphieren werdet. Dann könnt Ihr Eure Rüstung anlegen, nach England segeln und Maria persönlich zu Hilfe eilen.«

»Seid versichert, dass ich genau das tun werde«, fauchte von Guise.

Katharina lächelte bei der seligen Vorstellung, wie der Herzog zu Boden ging, durchbohrt von hundert Pfeilen, abgeschossen von einem Trupp wütender englischer Leibgardisten. Natürlich bestand auch die Möglichkeit, dass er es schaffte, Maria auf den englischen Thron zu setzen und damit seine Macht und seinen Einfluss zu steigern. Doch Katharina bezweifelte das, denn sie war zuversichtlich, dass Elisabeth Tudor es nie zulassen würde. Wie Katharina war auch Elisabeth eine geborene Überlebende, sie war zäh, gerissen und klug.

Katharina wischte sich das Lächeln vom Gesicht und fuhr fort: »Bis dahin kann ich Euch versichern, dass es Monsieur Morgan in der Bastille an nichts mangeln wird. Er kann sogar Besuch empfangen, wann immer er will. Seine Gefangenschaft scheint seine Ränke zugunsten Eurer Cousine in nichts beeinträchtigt zu haben.«

Der Herzog verzog das Gesicht. Er war nicht zufrieden mit Katharinas Reaktion auf seine Forderung, doch er bedrängte sie nicht weiter. Noch war er nicht mächtig genug, Katharina und den König von Frankreich zu zwingen, sich seinem Willen zu beugen.

Aber das war wohl nur eine Frage der Zeit, fürchtete Katharina, als sich der Herzog verneigte und dann hoch erhobenen Hauptes den Rückzug antrat.

Sie hörte sich noch ein paar Gesuche an, ohne besonders darauf zu achten. Einst hatte sie ein bemerkenswert starkes Konzentrationsvermögen besessen, doch in letzter Zeit setzte viel zu rasch Erschöpfung ein. Als ihr verkündet wurde, der englische Botschafter sei gekommen und bäte um Audienz, lehnte Katharina ab. Sie wusste genau, was Sir Edward Stafford wollte. Er würde sich mit Thomas Morgans Verhaftung nicht zufriedengeben und sie bedrängen, den Agenten der schottischen Königin an die englische Regierung auszuliefern, die ihm den Prozess machen wollte.

Katharina hatte die ganze Geschichte wahrhaftig satt. Sie wünschte, sie könnte sich dieses ganzen Packs entledigen, des lästigen Morgans, des unverschämten Botschafters und des arroganten Herzogs von Guise.

Vor allem des Herzogs. In jüngeren Jahren, auf dem Höhepunkt ihrer Macht, wäre sie mit diesem dreisten Kerl auf ihre Art verfahren – ein passender Unfall oder ein Tröpfchen Gift in seinen Becher. War der Herzog inzwischen wirklich so mächtig, dass sie es nicht mehr wagte, die Hand gegen ihn zu erheben, oder war sie einfach nur eine schwache alte Frau geworden, die Angst hatte, zu handeln?

Offenbar macht uns das Alter alle zu Feiglingen, dachte sie seufzend. Sie hatte die Nase voll von den Gesuchen und verließ, gefolgt von ihren Hofdamen, den Audienzsaal.

Sie schleppte sich durch die langen Gänge des Louvre. Wie sehr sie sich nach dem Frieden ihrer Gemächer sehnte und nach einem tröstlichen Kräutertrank, um die Schmerzen in ihren Gelenken ein wenig zu lindern.

Unterwegs begegnete sie dem König, der gerade aus seinem Gemach trat und wie üblich von seinen angemalten Speichelleckern umringt war. Verdrossen dachte sie, dass Heinrich bemerkenswert gesund aussah für einen Mann, der erklärt hatte, viel zu schwach zu sein, um sich mit Staatsangelegenheiten oder Bittstellern herumzuschlagen.

Einst hätte Katharina die Zügel der Regierung liebend gern ausschließlich in ihren Händen gehalten, doch inzwischen ärgerte es sie zunehmend, dass Heinrich sich immer öfter vor seinen Pflichten als König drückte.

Ihr Sohn schien ebenso wenig erfreut, sie zu sehen. Er schlenderte ihr entgegen, das lange schwarze Haar aus dem fahlen Antlitz gestrichen. Zu einem um die Taille eng geschnürten safranfarbenen Wams trug er knielange Pumphosen, in denen seine Beine viel zu dünn, ja fast weiblich wirkten. Was für ein schmerzlicher Gegensatz zu dem kühnen, männlichen Herzog, der vor Kurzem aus dem Audienzsaal stolziert war.

Obwohl Heinrich jünger war als von Guise, hatte sein Lotterleben ihn so gezeichnet, dass er weit älter wirkte.

Katharina zwang sich zu einem steifen, schmerzerfüllten Knicks, während Heinrich pflichtbewusst ihre Wange küsste.

»Es freut mich, Euch so wohlauf zu sehen, mein Sohn«, sagte sie, ohne die Verachtung in ihrer Stimme zu verbergen.

»So wohlauf, wie ein Mann nur sein kann, dem der Tod über die Schulter späht«, erwiderte er verdrossen.

Katharina unterdrückte einen matten Seufzer. »Was plagt Euer Gnaden denn im Moment?«

»Was mich plagt? *Was mich plagt?*« Mit jeder Silbe wurde seine Stimme lauter. »Habt Ihr Euch heute Morgen noch nicht die Mühe gemacht, einen Blick nach draußen zu werfen?«

Ohne ihr Gelegenheit zur Erwiderung zu geben, packte Heinrich sie am Arm und zerrte sie zum nächsten Fenster. Katharina biss die Zähne zusammen, während ihre Knochen protestierend aufschrien.

»Seht hinaus!«, beharrte er.

Unwillkürlich setzte Katharinas Herz für einen Schlag aus. In den letzten Jahren hatten sich die Zustände in Frankreich sehr verschlimmert; eine Folge von Dürren und schlechten Ernten hatte zu Hungersnöten und Verzweiflung geführt. Viele Menschen waren aus ihren Häusern vertrieben worden und mussten auf den Straße betteln.

Sie fürchtete fast, einen aufgebrachten Mob zu erblicken, bereit, den Palast zu stürmen. Doch die ausgedehnte Grünfläche, die sich bis zum friedlichen Wasser der Seine erstreckte, die hübschen Gärten und die Brunnen, die sie selbst entworfen hatte, waren menschenleer.

»Ich sehe nur, dass die Rosen beschnitten werden müssten«, sagte sie und entwand sich ihrem Sohn.

»Nicht dort«, fauchte Heinrich, packte sie am Kinn und zwang sie, den Blick nach oben zu richten. »*Dort!* Dort droben am Himmel!«

Katharina kniff die Augen zusammen, bis sie tränten, doch sie konnte kaum etwas erkennen außer dem schwachen Streifen, der sich gegen den blauen Himmel abhob. Allerdings wusste sie sehr wohl, was ihren Sohn so erregte: dasselbe, was all die anderen schwachsinnigen Narren in ganz Frankreich in hellen Aufruhr versetzte – der verfluchte Komet.

Nur mit Mühe konnte sie ihre Ungeduld zügeln. »Ich habe es Euch doch schon tausend Mal erklärt, Heinrich. Das ist nur ein Komet.«

»Aber er kommt immer näher.«

»Nein, er zieht Richtung Sonne, und bald wird er ganz verschwunden sein.«

»Das spielt keine Rolle. Er hat seinen grauenhaften Fluch bereits kundgetan. Ihr wisst genauso gut wie ich, was ein Komet zu bedeuten hat: Ein großer Mann wird sterben.«

Und was hat das mit dir zu tun, mein Sohn?, dachte Katharina, doch sie tätschelte nur seinen Arm und meinte: »Gewiss ist Euer Gnaden viel zu klug, um sich von solch einem Unsinn beunruhigen zu lassen.«

»Unsinn? Es ist eine historische Tatsache, dass ein Komet erschienen ist, um den Tod von Julius Cäsar anzukündigen.«

»Ihr seid kein Cäsar, Heinrich«, erwiderte sie trocken, aber er war zu erregt, um weiter auf sie zu achten. Er trommelte an die Fensterscheibe.

Seine schlanken Finger waren so beladen mit teuren Ringen, dass sich Katharina oft fragte, wie er es schaffte, die Hand zu heben.

»Und was ist mit Kaiser Nero? Ich habe gelesen, dass er sehr wahrscheinlich von der gefährlichen Bedeutung von Kometen wusste.«

»Ach ja, Nero. Ein Musterbeispiel an Vernunft und Weisheit.«

Ihr Sarkasmus war ihrem Sohn ganz offenkundig entgangen, denn er nickte nur.

»Der Kaiser war weise genug, seine Astrologen zu fragen, wie er das Unheil abwenden könne. Wisst Ihr, was sie ihm geraten haben?« Heinrich beugte sich zu ihr vor und flüsterte: »Ein paar Adlige seines Hofes den Göttern zu opfern.«

»Eine ausgezeichnete Idee. Warum fangt Ihr nicht mit einigen Eurer Freunde an, die unsere Schatzkammer ausbluten?«

Heinrich funkelte sie düster an. »Ich dachte eher an den Herzog von Guise.«

Katharina erstarrte und musterte ihren Sohn bestürzt. Selbst mit ihren trüben Augen erkannte sie, dass in Heinrichs Blick ein gefährliches Glitzern getreten war. Trotz seiner Trägheit raffte sich Heinrich manchmal zu einer Tat auf, allerdings war sie gewöhnlich unüberlegt und hatte verheerende Folgen. Und er hasste den Herzog von Guise aus ganzem Herzen.

Mit einem nervösen Blick auf ihre Hofdamen und die Freunde ihres Sohnes umklammerte Katharina Heinrichs Hand und zog ihn weiter aus deren Hörweite. Mit leiser, drängender Stimme redete sie auf ihn ein.

»Darüber haben wir doch schon gesprochen. Wir werden uns zu einem günstigeren Zeitpunkt mit dem Herzog befassen, nicht jetzt. Momentan ist er viel zu mächtig. Wenn ihm etwas zustößt, was auf uns zurückgeführt werden könnte, würde sich ganz Paris und ein Großteil der Katholiken in Frankreich gegen uns erheben. Wir wären verloren. Das wäre das Ende.«

Heinrichs Gesicht verzerrte sich. Seine Miene erschreckte Katharina, sie hatte sie in letzter Zeit schon viel zu oft gesehen. Einen Moment lang sah er aus, als sei ihm mit vernünftigen Argumenten nicht mehr beizukommen. Er sah aus, als stünde er am Rande des Wahnsinns.

»Es ist zu spät, das weiß ich schon seit geraumer Zeit. Unser Ende steht am Himmel geschrieben, Maman. Im nächsten Jahr werdet Ihr, genau wie ich, zu Staub zerfallen und längst vergessen sein.«

Für einen Mann, aus dem der Wahnsinn sprach, wirkte sein Gesichtsausdruck auf einmal erschreckend vernünftig.

Eingehüllt in einen dicken Schal, kauerte Katharina auf einem Sessel, den sie möglichst nah an den großen Kamin in ihren Privatgemächern hatte rücken lassen. Doch selbst die hell lodernden Flammen konnten die Kälte aus ihren Knochen nicht vertreiben. Wohl eine weitere Folge des fortgeschrittenen Alters, dachte sie verdrossen. Manchmal konnte sie machen, was sie wollte, ihr wurde einfach nicht warm. Vielleicht war das ein unangenehmer Vorbote der anderen, alles durchdringenden Kälte, die sie erwartete – der Kälte ihres Grabes.

»Im nächsten Jahr werdet Ihr, genau wie ich, zu Staub zerfallen und längst vergessen sein.«

Katharina schauderte bei der Erinnerung an die Prophezeiung ihres Sohnes. Sie hätte es als Geschwätz eines Verrückten abgetan, wenn es nicht ihrer geheimsten und größten Angst entsprochen hätte – der Angst vor dem Sterben. Die Vorstellung eines großen Nichts erschreckte sie allerdings weit mehr als die Möglichkeit, sich vor einem mächtigen Schöpfer für ihre Sünden verantworten zu müssen.

Die Töchter der Erde betrachteten den Tod als etwas Natürliches, ein passendes Ende des Lebenszyklus, an dem man Mutter Erde übergeben und eins wurde mit dem reichen Boden. Doch Katharina fand nichts Tröstliches an der Aussicht, von Maden aufgefressen zu werden, bis nur noch ein Haufen modernder Knochen übrig blieb.

Sie krümmte sich und sank noch tiefer in ihren Sessel. Dann zwang sie sich jedoch, empört über sich selbst, sich wieder aufzurichten. Nein, sie war noch nicht bereit, den Würmern zum Fraß vorgeworfen zu werden. Zum Teufel mit den irren Prophezeiungen ihres Sohnes!

Immerhin war es ihr gelungen, Heinrich einstweilen zu besänftigen und ihm sein Vorhaben auszureden, unüberlegte Schritte gegen den Herzog von Guise zu unternehmen. Doch sie würde ihren Sohn sehr genau beobachten müssen. Vielleicht sollte sie ihm ein wenig Pulver in sein Essen streuen und dafür sorgen, dass er in einer trägen Ruhe verharrte? Dazu sollte ihr Geschick bei der Zubereitung solcher Mixturen wahrhaftig noch reichen.

Sie knetete sich die schmerzende Schulter und seufzte. Als

ob Heinrichs Unberechenbarkeit und die ehrgeizigen Ziele des Herzogs von Guise nicht reichten, war ein weiteres Problem aufgetaucht, das sie immer wieder verfolgte. Dabei hatte sie doch gedacht, die Sache wäre ein für allemal erledigt, als diese Lascelles-Hexe in der Seine ertrunken war.

Aber die Legende der Silbernen Rose lebte weiter, und offenbar galt das auch für die Zauberin. Nicht das Lascelles-Weib, sondern ein Kind …

Als ihre Hofdamen die Kerzen im Schlafgemach entzündeten, richtete Katharina sich auf. Sie war so vertieft in ihre trüben Gedanken gewesen, dass sie kaum bemerkt hatte, wie sich der Tag dem Ende zugeneigt hatte. Eine der Damen trat auf Zehenspitzen zu ihr und verkündete, Hauptmann Gautier sei eingetroffen und ersuche um Audienz. Sofort wurde Katharina wieder etwas munterer.

Sie warf den Schal beiseite und erhob sich unter Schmerzen, entschlossen, sich selbst vor einem derart unbedeutenden Mann wie ihrem Söldner als Königin zu zeigen.

Als der Hauptmann eintrat, entließ Katharina die anderen. Die Angelegenheit, die Gautier zu ihr führte, war geheim und ausschließlich für ihre Ohren bestimmt. Nachdem sich die Tür hinter ihren Damen geschlossen hatte, beugte Gautier vor Katharina das Knie.

Das Licht der Kerzen spielte mit seinem sandfarbenen Bart und den lockigen Haaren, die so dicht und seiden waren, dass ihn wahrscheinlich viele Frauen darum beneideten. Darüber hinaus war er jovial und stets zu einem Lächeln bereit – ein Pluspunkt für einen kaltherzigen Mörder.

Er führte Katharinas Hand an die Lippen und murmelte: »Wie strahlend Euer Gnaden heute Abend wirken. Darf ich so kühn sein zu behaupten …«

»Nein, das dürft Ihr nicht.« Unwirsch entzog ihm Katharina die Hand. »Ich hatte heute schon mein gerüttelt Maß an kühnen Männern und Heucheleien. Erstattet mir Bericht und fasst Euch kurz.«

Unbeeindruckt von ihrer Rüge erhob sich Gautier mit großer Geste. »Nun gut. Es ist vollbracht, Euer Gnaden. Die letzten der Hexen, die wir bei dem Überfall erwischt haben, sind heute hingerichtet worden.«

»Und die Wärter in der Bastille, waren sie diskret?«, fragte sie besorgt. Es war schon schlimm genug, dass wüste Geschichten über eine Zauberin kursierten, der es bestimmt sei, die dunkle Königin zu vernichten. Die Hinrichtung dieser Hexen sollte der Legende der Silbernen Rose wahrhaftig keine neue Glaubwürdigkeit verleihen.

»Wir waren so diskret, wie es nur möglich ist, wenn man beinahe ein halbes Dutzend Frauen aufhängt. Eine von ihnen hat noch versucht, laut zu schreien: ›Lang lebe die Silberne Rose!‹« Gautiers Zähne blitzten auf, als er breit lächelte. »Doch der Strick hat sie rasch zum Schweigen gebracht. Im Übrigen waren nur ich und ein Wärter da, um sie zu hören.«

»Gut.« Katharina konnte nicht länger stillstehen. Sie ging ein paar Schritte in dem vergeblichen Bemühen, die Steifheit aus ihren Gelenken zu vertreiben. »Also war keine dieser Frauen geneigt, im Austausch für nähere Informationen über die Silberne Rose die Begnadigung zu akzeptieren?«

»Leider nicht. Ich weiß nicht, warum, doch offenbar vertrauten sie Eurem Versprechen nicht, Gnade walten zu lassen.« Der Kerl besaß die Unverschämtheit zu grinsen. »Selbst die Folter konnte ihre Zungen nicht lösen. Wir haben alles versucht – die Streckbank, die spanischen Stiefel, die Daumenschrauben. Doch abgesehen von dem, was ich Euer Ehren bereits berichtet habe, brachten wir kaum etwas in Erfahrung. Die Silberne Rose ist offenbar Cassandra Lasecelles' Tochter, ein Mädchen namens Megaera. Und all diese Frauen verehren sie mit einer an Wahnsinn grenzenden Inbrunst.«

Katharina schüttelte den Kopf, sie konnte noch immer kaum glauben, dass ihre gefürchtete Gegenspielerin nichts weiter war als ein Kind. In dem Sommer, als diese Lascelles-Hexe Katharina in ihrem eigenen Palastgarten angegriffen hatte, war das Kind sogar in ihrer unmittelbaren Nähe gewesen.

Wenn sie nicht so abgelenkt gewesen wäre, so besessen von der betörenden Aussicht, von Cassandra Lascelles das *Buch der Schatten* zu bekommen, hätte sie dann besser auf Megaera geachtet?

Wenn ihr Wahrnehmungsvermögen so scharf gewesen wäre wie in ihrer Jugend, hätte sie dann an diesem Kind etwas Seltsames, Auffälliges bemerkt?

Doch sie konnte sich kaum noch an das Mädchen erinnern. Abgesehen von den vor Angst weit aufgerissenen grünen Augen war das mickrige kleine Ding völlig unauffällig gewesen.

»Diese Hexen haben das Geheimnis um den Aufenthaltsort des Mädchens mit ins Grab genommen«, sagte Gautier. »Ich persönlich glaube allerdings, dass die Weiber keine Ahnung hatten, was aus ihrer kostbaren Silbernen Rose geworden ist.«

»Wahrscheinlich, weil sie nichts weiter waren als ignorante Handlanger, genau wie Ihr«, erwiderte Katharina schroff. »Wenn Euch in jener Nacht auf den Klippen nicht dank Eurer Stümperei die Anführerin durch die Lappen gegangen wäre, hätten wir bestimmt mehr erfahren.«

»Ich habe mein Bestes getan.« Gautier zuckte ungerührt die Schultern. Im Gegensatz zu anderen Söldnern stammelte der Hauptmann nie Entschuldigungen für seine Fehlschläge. Vielleicht weil er ein derart verwegener Schurke war, vielleicht aber auch – und das war sehr viel wahrscheinlicher – weil die dunkle Königin nicht mehr so furchterregend war wie früher, sinnierte Katharina düster.

»Trotz der List, mit der uns die Zauberin in jener Nacht hinters Licht geführt hat, sind nur zwei Hexen entkommen«, sagte Gautier. »Die Anführerin und eine Rothaarige, die meine Männer noch wegreiten sahen.«

Gautier strich stolz über die Enden seines Schnauzers. »Mittlerweile habe ich in Erfahrung bringen können, dass es sich bei dem rothaarigen Weib höchstwahrscheinlich um eine Irin namens Catriona O'Hanlon handelt. Sie arbeitet für Ariane Deauville.«

Katharina runzelte nachdenklich die Stirn. Jawohl, es lag nahe, dass auch die Herrin von Faire Isle Gerüchte über die Wiederauferstehung des Hexenzirkels vernommen und jemanden losgeschickt hatte, um der Sache auf den Grund zu gehen. Wut stieg in ihr hoch auf Ariane, deren Schwester Miri und diesen verdammten Hexenjäger Aristide.

Sie hatten Katharina zum Narren gehalten und sie über die wahre Identität der Silbernen Rose getäuscht. Nur leider konnte sie sich das Vergnügen, Rache dafür zu nehmen, momentan nicht leisten.

Als Erstes musste das Kind aufgespürt und festgestellt werden, was aus dem *Buch der Schatten* geworden war. Danach würde genug Zeit sein, sich mit Arianes falschem Spiel zu befassen.

Katharina spürte, dass Gautier noch etwas zu sagen hatte. Der Kerl wippte auf den Fußballen und freute sich diebisch wie ein Kater, der seiner Herrin gleich eine fette Maus zu Füßen legt.

»Was habt Ihr noch herausgefunden?«, fragte sie. »Ich habe Euch doch bereits wissen lassen, dass ich nicht zu Spielen aufgelegt bin, Gautier. Heraus mit der Sprache – was habt Ihr erfahren?«

»Ich habe auf dem Festland Spitzel stationiert, die das Kommen und Gehen auf Faire Isle genau beobachten. Offenbar hat die Herrin diese O'Hanlon losgeschickt, um Megaera zu finden.«

Zweifellos, um die liebe Kleine zu beschützen, dachte Katharina verächtlich. Anscheinend war die Herrin von Faire Isle weichherzig wie eh und je – und ebenso durchschaubar.

»Vor Kurzem ist ein Bote eingetroffen. Ich kann es nicht beweisen, doch ich glaube, dass die Nachricht von Mademoiselle O'Hanlon stammte. Einer meiner Männer konnte der Spur des Boten folgen und ermitteln, dass er ein Schiff bestieg nach …« Gautier besaß die Frechheit, Katharinas Spannung durch Einlegen einer dramatische Pause zu steigern.

»Nach wohin? Verdammt noch mal, wohin?«

»Nach London«, erwiderte Gautier mit einer weit ausholenden Geste. »Ich glaube, dort ist auch das Kind zu finden. Ich habe vor, einige meiner Männer loszuschicken, damit sie …«

»Ihr werdet niemanden losschicken!«, fiel ihm Katharina eisig ins Wort. »Ihr werdet selbst gehen. Diese Sache ist viel zu wichtig. Ihr werdet das Mädchen finden und ihr das Buch abnehmen, falls sie es hat.«

»Und was mache ich mit dem Mädchen?«

»Müsst Ihr das noch fragen? Es gibt nur einen Weg, um die Legende der Silbernen Rose zu beenden – diese Blume muss samt Wurzel ausgerissen werden. Bereitet es Euch Schwierigkeiten, ein Kind zu beseitigen, Hauptmann?«

Gautier lächelte und spielte mit seinem Schwertknauf. »Wäre ich König Herodes' Heerführer gewesen, würden Euch jetzt keine Religionskriege plagen.«

»Ihr seid ein gotteslästerlicher Schweinehund, Gautier, und außerdem ein Maulheld. Ich will keine Prahlereien, sondern Ergebnisse!«

»Die werdet Ihr bekommen.« Der Hauptmann verbeugte sich charmant. »Ich werde Eure Majestät nicht enttäuschen.«

»Das würde ich Euch auch nicht raten, Monsieur«, entgegnete Katharina eisig. »Ich mag zwar nicht mehr die Frau sein, die ich einst war, aber ich versichere Euch: Noch lebt die dunkle Königin.«

11

Cat hatte sich unter das vorspringende Obergeschoss von Martins Stadthaus geflüchtet. Der Lärm der Straße schrillte in ihren Ohren – das Klappern der Hufe, das Knarren der Räder mischten sich mit den Rufen der Straßenhändler, Milchmädchen und Bäcker, die ihre Waren anpriesen.

»Gibt's Abfälle aus der Küche, Mädchen?«, kreischte eine ältere Abfallsammlerin aus Leibeskräften, um die zwei Schneiderlehrlinge zu übertönen, die sich lautstark zankten.

Gewöhnt, den Großteil ihres Lebens im Freien zu verbringen, verspürte Cat manchmal das Bedürfnis, der Enge des *Angel* zu entkommen. Doch selbst nach zwei Wochen hatte sie sich noch nicht an den unablässigen Lärm, Schmutz und Gestank Londons gewöhnt.

Allerdings war es im Moment draußen erträglicher als drinnen. Meg hatte wieder einmal Musikunterricht, nur war sie leider vollkommen unmusikalisch. Ihre Bemühungen, der Laute eine Melodie zu entlocken, klangen wie die Versuche, einer Katze die Klauen auszureißen.

Cat war auf der Suche nach einer kleinen Verschnaufpause ins Freie getreten, doch die sollte ihr wohl nicht vergönnt sein. Gerade musste sie sich dicht an das schwarzweiße Fachwerkhaus drücken, weil ein edler Lord mit seinem Gefolge vorbeiritt und dabei Schmutz und Unrat aufwirbelt. Drei Milane, die sich an einem Abfallhaufen gütlich getan hatten, flatterten kreischend auf und ließen sich auf einer Dachrinne nieder.

Cat knirschte mit den Zähnen. Bei der heiligen Brigid, wie sehr sie sich nach dem Frieden der tiefen Wälder und den zerklüfteten Buchten von Faire Isle sehnte, wo eine frische Meeresbrise alles reinigte. Sie tröstete sich mit der Botschaft, die sie vor Kurzem von Ariane erhalten hatte.

Auf der Insel schien alles ruhig, und auch vom Festland kamen keine besorgniserregenden Nachrichten über die dunkle Königin und den Hexenzirkel. Ariane stand mit ihrem Schwager in Verbindung. Der Hexenjäger wollte der Sache unauffällig weiter nachgehen. Ariane sah keinen Grund, warum Cat um Weihnachten nicht wieder nach Faire Isle zurückkehren konnte, wenn sich herausstellen sollte, dass sie die Gefahr für Megaera überschätzt hatten.

Um Weihnachten – das waren noch fast fünf Monate. Trotzdem hätte sich Cat über diese Aussicht gefreut, wäre da nicht eines gewesen: Sie würde allein gehen und Martin zurücklassen, der weiter seinem falschen Traum nachjagen würde, aus sich und Meg eine richtige englische Familie zu machen. Doch das ging sie dann wahrhaftig nichts mehr an, wie sie sich immer wieder mahnend in Erinnerung rief.

Durch die üblichen Missklänge der Straße drang heftiges Geschimpfe. Rob Nettle, der Junge, der das Haus mit frischem Wasser versorgte, tauchte am Hintereingang auf. Er ächzte unter einem schweren Fass, das er sich auf die stämmigen Schultern geschnallt hatte. Sein freundliches Gesicht war hochrot.

Er gehörte zu den wenigen Engländern, die Cat ein wenig ins Herz geschlossen hatte, denn er war ein recht höflicher junger Bursche. Doch statt seines üblichen munteren »Guten Morgen, Mistress O'Hanlon« grunzte er nur, als sie ihn begrüßte.

Cat legte die Hand an die Stirn, um ihre Augen vor der Sonne zu schützen, und starrte auf den großen, kegelförmigen Behälter, den Rob auf seinem breiten Rücken balancierte. Sie blinzelte, weil sie ihren Augen kaum trauen konnte.

»Verzeihung, Master Nettle«, rief sie. »Aber habt Ihr bemerkt, dass in Eurem Wasserbehälter ein – ein Pfeil steckt?«

Rob trottete mit grimmiger Miene an ihr vorbei. »So ist es

wohl, und ich kann mich glücklich schätzen, dass er nicht in meinem Rücken gelandet ist.«

»Aber um Himmels willen, wer …«

»Euer verrückter Master, wer sonst?«

»Wolfe hat auf Euch geschossen?« Cat verzog das Gesicht. Sie war von Robs Erwiderung so überrascht, dass sie ihn nicht wie üblich verbesserte und empört erklärte, Martin sei nicht ihr Master. Rob war schon zu weit weg, um ihn eingehender zu befragen. Als Cat sich anschickte, ins Haus zu gehen und nachzusehen, was da los war, hörte sie Rob laut rufen.

»Ich würde an Eurer Stelle da nicht rein gehen, Mistress. Nicht ohne eine verdammte Rüstung.«

Cat hörte nicht auf ihn. Sie nahm den schmalen Pfad zwischen dem *Angel* und dem Nachbarhaus zum Hintereingang.

Im Allgemeinen vermied es Cat, den Garten am Morgen aufzusuchen, denn dann werkelte Agatha dort herum, und obwohl sich Cat schließlich bei den anderen Bediensteten Respekt verschafft hatte, kam es zwischen ihr und Mistress Butterydoor nach wie vor häufig zu Reibereien. Um des lieben Friedens willen versuchte Cat, der Alten möglichst aus dem Weg zu gehen.

Aber als sie die Gartenpforte aufdrückte, war von Agatha weit und breit nichts zu sehen. Und auch alle anderen, denen ihre Haut lieb war, würden sich wohl nicht in den Garten wagen, dachte Cat.

Neben dem Apfelbaum stand eine Zielscheibe, die Wiese darum herum war übersät mit Pfeilen, die in den unterschiedlichsten Winkeln im Boden steckten. Den Zaun und den Stamm des Apfelbaums hatte es ebenfalls erwischt. Nur die Zielscheibe war leer. Gerade legte der frustrierte Bogenschütze einen weiteren Pfeil ein.

Trotz der recht frischen Morgenluft waren Martins dunkle Haarsträhnen und sein weißes Leinenhemd schweißnass vor Anstrengung. Er hob den Langbogen und biss entschlossen die Zähne zusammen, während er die Sehne spannte. Cat runzelte die Stirn über seine seltsame Haltung, die Starrheit und der Winkel seines linken Arms ließen Ärger vermuten.

Sie war versucht, ihn zu warnen, aber es war schon zu spät. Martin ließ los, und die Sehne traf wuchtig seinen Bogenarm. Cat zuckte zusammen. Der Pfeil flog wild davon und blieb in dem geplagten Apfelbaum stecken.

Martin beugte seinen mitgenommenen Arm und fluchte. Von seinem englischen Akzent war nichts mehr zu hören, er fluchte auf Französisch mit einer Geläufigkeit, die Cat unwillkürlich bewunderte.

Sie schloss die Pforte hinter sich und rief: »Gut gemacht, Monsieur. Aber ich glaube, Ihr könnt auf weitere Angriffe verzichten. Der Baum wird es kaum noch wagen, uns zu bedrohen.«

Vielleicht war es unklug, einen Mann zu verspotten, der mit einem Langbogen und einem Köcher bewaffnet war, nur konnte sich Cat einfach nicht zurückhalten.

Martin verspannte sich, drehte sich um und starrte sie finster an. »Wenn Ihr so gütig wärt …«

Doch er verkniff sich die barsche Erwiderung, die ihm auf der Zunge gelegen hatte. Seine finstere Miene hellte sich auf, er stellte seinen Bogen ab und unterzog Cat einer derart eingehenden Prüfung, dass sie aus Verlegenheit die Hände in den Falten ihres neuen Gewandes verbarg.

Sie hatte ihren Stolz schlucken und Martin gestatten müssen, ein paar Sachen als Ersatz für ihre gestohlene Habe zu besorgen. Sonst wäre ihr nichts anderes übrig geblieben, als tagaus, tagein im selben alten Rock und Mieder herumzulaufen, bis sie ebenso übel gerochen hätte wie die Engländer, die offenbar eine ausgeprägte Abneigung gegen ein tägliches Bad hatten.

An diesem Morgen hatte der Schneider das Gewand geliefert. Es war zwar schlicht geschnitten, doch in einem schönen Blau gehalten und aus einem so feinen Wollstoff, wie ihn Cat noch nie besessen hatte. Mit der Schürze, die sie sich umgebunden hatte, und der Leinenhaube, unter der ihr feuriges

Haar verborgen war, bot sie das Inbild einer anständigen Dienstmagd in einem wohlhabenden Haushalt.

Aber sie kam sich einigermaßen töricht vor, als Martin bat: »Dreht Euch um, seid so gut.«

Sie verzog das Gesicht, doch ihr war klar, dass sie in der Schuld des Mannes stand, ob sie nun wollte oder nicht. Also folgte sie zögernd seiner Aufforderung.

Martin musterte sie mit glänzenden Augen von Kopf bis Fuß. Sein Blick verweilte lange auf der züchtigen, mit Spitze besetzten Haube. Er grinste.

»Mistress O'Hanlon, Ihr seht einfach anbetungs…«

Als Cat jedoch die Arme verschränkte und ihn finster anfunkelte, verbesserte er sich: »Achtbar. Ihr seht höchst achtbar aus.«

»Danke«, murrte sie. »Aber Ihr hättet besser einen dunkleren Stoff gewählt. Braun vielleicht.«

Da sie seine Aufmerksamkeit so rasch wie möglich von sich ablenken wollte, deutete sie auf den Bogen. »Was habt Ihr damit vor, abgesehen davon, einen armen Baum umzubringen, der Euch nichts Böses getan hat?«

Martins Grinsen verflog, und er starrte den Bogen an wie einen Fremdkörper, der ihm zufällig in die Hände geraten war. »Nach was zum Teufel sieht es denn aus? Ich versuche zu lernen, wie man mit diesem verfluchten Ding umgeht. Aber der Bogen scheint nicht in Ordnung zu sein. Er funktioniert überhaupt nicht so, wie es in dem Buch steht.«

»In welchem Buch?«

Martin deutete auf ein Werk, das er aufgeschlagen auf die Gartenbank gelegt hatte. Cat nahm es zur Hand und überflog den Titel – *Toxophilus*. Sie blätterte ein bisschen herum, dann schlug sie das Buch zu und warf es verächtlich über ihre Schulter.

»Cat!«, protestierte Martin, als das Buch im Dreck landete. »Das hat Roger Ascham geschrieben, ein bekannter Gelehrter, der sogar Königin Elisabeth unterwiesen hat.«

»Selbst wenn es die Königin persönlich geschrieben hätte, wäre mir das schnurzegal. Ihr könnt nicht mit einem Buch Bogenschießen lernen, vor allem nicht, wenn es ein Engländer verfasst hat. Dieses Geschick erwirbt man sich nur durch jahrelanges Üben. Zum Glück für Euch hat mir mein Vater meinen ersten Bogen in die Hand gedrückt, als ich gerade mal sechs Jahre alt war.«

Sie trat zu ihm. »Also gut, sehen wir uns einmal an, was Ihr falsch macht.«

Martin zog arrogant wie immer eine Braue hoch, doch sie ignorierte ihn und legte ihm die Hände um die Hüften, dann schob sie ihn in die richtige Stellung.

»Stellt Euch aufrecht im rechten Winkel zum Ziel, das Körpergewicht ist gleichmäßig verteilt, die Füße stehen parallel etwa schulterbreit auseinander.« Cat trat gegen seinen Stiefel, bis er mit einem missmutigem Seufzer nachgab.

Er ließ sich von ihr die Hände ausrichten und den Ellbogen so beugen, bis alles passte. »Der Ellbogen muss unten bleiben. Entspannt Eure Hände. Der Zeigefinger kommt über den Pfeil, die nächsten zwei darunter.«

Zu ihrem Verdruss veränderte er wieder seine Haltung. Sie legte eine Hand auf seinen Rücken, die andere auf seinen Bauch und zwang ihn damit wieder in die richtige Position.

»Jetzt zieht die Sehne langsam zurück und konzentriert Euch.«

»Hm, das ist ein bisschen schwierig, wenn Ihr meine Eier festhaltet.«

»Oh, tut mir leid.« In ihrem Eifer hatte sie gar nicht gemerkt, wie tief ihre Hand gerutscht war. Jetzt spürte sie, dass sich dort etwas regte, und zog rasch die Finger weg.

»Ich wollte nur dafür sorgen …«

Stammelnd brach sie ab, als er ihr einen anzüglichen Blick zuwarf. Sie trat einen Schritt zurück und faltete verlegen die Hände.

»So schießt doch endlich«, fauchte sie.

Martin gehorchte und schickte einen weiteren Pfeil in den Zaun. Und dann noch einen. Cat sah ihm aus sicherer Entfernung zu, solange sie konnte. Ihre Finger zuckten vor Ungeduld, während sie ihm weitere Ratschläge zurief. Doch als wieder ein Pfeil vor dem Ziel im Boden landete, hielt sie es nicht mehr aus.

Sie vergaß ihre Verlegenheit und stürzte sich wieder auf ihn, zog an ihm und richtete Schultern, Ellbogen, Hüften. Diesmal achtete sie allerdings etwas sorgfältiger darauf, wohin sie ihre Hände legte. Gern hätte sie ihm auch beim Zielen geholfen, nur war das schwierig, weil sie um so vieles kleiner war als er.

Als Martin es endlich schaffte, den Rand der Zielscheibe zu streifen, meinte sie: »Besser. Aber etwas will ich Euch noch zeigen.«

Als sie nach dem Bogen griff, protestierte er: »Das ist kein Kinderspielzeug. Ihr werdet es nie schaffen, ihn zu spannen.«

Cat schnaubte, entwand ihm den Bogen und unterzog ihn einer kritischen Prüfung.

Es war eine feine Waffe, auch wenn er für ihren Geschmack mit dem Griffstück aus Elfenbein etwas zu kunstvoll gearbeitet war. Sie hielt den Bogen hoch und untersuchte die Sehne. Ihrer Schätzung nach hatte der Bogen ein Zuggewicht von etwa hundert Pfund – ein bisschen viel für ihre Größe, aber sie würde es schon schaffen.

Sie streckte die Hand nach einem Pfeil aus. Martin zuckte nachsichtig die Schultern und reichte ihr einen. Als sie den Pfeil einlegte, verzog sie das Gesicht. »Pfauenbefiederung? Schlichte Graugansfedern wären besser, sie sind haltbarer und stabilisieren die Flugbahn des Pfeils wirksamer.«

Sie stellte sich im rechten Winkel zum Ziel, hob den Bogen und versuchte zu zielen, doch dabei waren ihr die Bänder ihrer Haube im Weg. Ungeduldig setzte sie den Bogen wieder ab, knotete die Haube auf und warf sie auf die Steinbank.

Dann hob sie den Bogen wieder, spannte die Rückenmuskeln, zog den Pfeil zurück und zielte, wie ihr Vater es ihr beigebracht hatte. Es war lange her, seit sie zum letzten Mal gejagt hatte, doch der Bogen fühlte sich gut an in ihrer Hand und so vertraut, als streichelte sie einen langjährigen Geliebten.

Sie zielte, entspannte die Finger ihrer Zughand und löste den Pfeil, der die Mitte der Zielscheibe durchbohrte. Wolfe stieß einen anerkennenden Pfiff aus. Cat bemühte sich, ein selbstgefälliges Lächeln zu unterdrücken.

»Jetzt stellt Euch hinter mich, wenn ich den nächsten Pfeil abschieße. Legt Eure Hände auf meinen Rücken und fühlt, wie ich meine Muskeln einsetze.«

Martin trat sehr nah an sie heran, seine Hände fühlten sich warm an auf ihrer Schulter, als sie den Bogen spannte. Durch den Stoff ihres Kleides spürte sie die Hitze, die von ihm ausging, seine überwältigend männliche Präsenz, herb und nach Schweiß riechend. Da sie völlig aufgegangen war in ihrer Begeisterung für ihren Unterricht, merkte sie erst jetzt, wie unklug ihre letzte Anweisung gewesen war.

Mit unsicherer Stimme fuhr sie fort: »Ihr – Ihr verlasst Euch immer nur auf die Stärke Eures Arms. Aber so werdet Ihr nicht einmal eine kurze morgendliche Jagd durchstehen, weil Ihr viel zu schnell ermüdet. Ihr müsst den ganzen Körper einsetzen.«

»Oh ja, so ist es mir auch am liebsten«, murmelte er anzüglich, und sein Atem kitzelte sie am Ohr.

Cat erzitterte und ließ den schlechtesten Pfeil fliegen, den sie je abgeschossen hatte. Selbst mit sechs hatte sie besser getroffen. Der Pfeil sauste durch die Zweige des Apfelbaums, Blätter rieselten herab.

Zornig biss sie sich auf die Lippe, während Martin ein wenig hämisch meinte: »Pech, meine Liebe. Vielleicht müsst Ihr Euch eine Spur besser konzentrieren.«

»Beim Bogenschießen spielen Glück oder Pech keine Rolle, es kommt einzig und allein auf das Geschick an«, entgegnete sie streng und gab ihm den Bogen zurück. Entschlossen überhörte sie sein Kichern und begann, die Pfeile einzusammeln.

Während der nächsten Stunde ließ sie ihn gnadenlos wie ein Zuchtmeister Pfeil um Pfeil abschießen. Martins Hauptproblem war das gleiche wie bei ihr, als sie das Bogenschießen gelernt hatte – die Ungeduld.

»Den Bogen zu führen ist etwas ganz anderes als das Schwert zu schwingen, meine kleine Cat. Bei dieser Kunst muss man sehr viel bedächtiger sein.«

Die Stimme ihres Vaters hallte in ihr nach, die Erinnerung war warm und schmerzlich zugleich.

In ihrem Hals bildete sich ein Kloß. Sie schluckte und konzentrierte sich wieder ganz auf Martin. Zu ihrer Freude brachte er schließlich einen recht ordentlichen Schuss zustande und traf die Zielscheibe fast in der Mitte.

»Gut gemacht«, rief sie. »Ihr seid ein wahrhaft bemerkenswerter Mann.«

»Warum?«, erwiderte er lachend. »Nur weil ich es geschafft habe, den Baum nicht zu verletzen?«

»N-nein.« Ein wenig verlegen ob ihrer Begeisterung scharrte Cat mit den Füßen und fuhr beinahe schüchtern fort: »Weil Ihr meine schroffen Kommandos ertragen habt. Ich kenne nur wenige Männer, die sich von einer Frau etwas zeigen lassen würden.«

Martin lehnte den Bogen an die Bank und wischte sich den Schweiß von der Stirn. »Ich hege die größte Achtung für Eure Fähigkeiten, Catriona.«

Catriona. Die Art, wie er ihren Namen ausgesprochen hatte, trieb ihr beinahe die Röte ins Gesicht, bis er mit einem spitzbübischen Lächeln hinzufügte: »Außerdem hätte es mir viel weniger Spaß gemacht, wenn ständig ein Mann an mir herumgezupft hätte.«

Jetzt errötete sie tatsächlich.

»Ihr seid …« Sie stürzte sich auf ihn und wollte ihm in den Oberarm boxen. Aber er lachte nur und erwischte sie am Handgelenk. Er drehte ihr den Arm auf den Rücken, dann tat er dasselbe mit dem anderen Arm.

Cat setzte eine finstere Miene auf, doch ihre Wut war nur gespielt. Sie genoss dieses kleine Handgemenge viel zu sehr und tat wenig, um sich zu befreien.

Ihr Herz setzte einen Schlag lang aus, als Martin sie näher an sich zog und sich ihre Brüste an die harte Wand seines Oberkörpers pressten. Durch seine dichten dunklen Wimpern spähte er auf sie herab.

»Blau war die richtige Wahl«, murmelte er.

»W-wie bitte?« Sie war seltsam kurzatmig, vielleicht begriff sie deshalb nicht, was er meinte.

»Blau«, wiederholte er betont. »Es war die richtige Wahl für Euer Gewand. Es steht Euch ausgezeichnet.«

Cat versuchte, verächtlich zu schnauben. »Oh, wahrscheinlich kommt Ihr mir jetzt gleich mit irgendwelchem Quatsch darüber, dass es wie die Farbe meiner Augen ist.«

»Nein. Selbst wenn ich in ganz London danach gesucht hätte, dieses feurige, funkelnde Blau hätte ich nie gefunden.«

Zum Teufel mit diesem Kerl, der so aufrichtig klang und sie noch näher an sich zog. Ihr Herz begann zu rasen. Es war nicht das erste Mal, dass sie diese Hitze, diese starke Anziehung zwischen ihnen erlebte. In den letzten zwei Wochen hatte sie oft vermeint, diese Anziehungskraft pulsiere unterschwellig die ganze Zeit.

Aber das war nur rein körperlich und ganz natürlich, redete sie sich ein. Sie hatte lange keinen Mann mehr gehabt, und vermutlich litt auch Martin unter seiner erzwungenen Enthaltsamkeit. Die tugendhafte Lady Jane kam seinen männlichen Bedürfnissen bestimmt nicht entgegen.

Ja, die Anziehung war völlig natürlich und verständlich, nur rechtfertigte sie das keineswegs. So ein gefährlicher Drang würde alles zwischen ihnen nur noch schwieriger machen.

Martin starrte viel zu eindringlich auf ihren Mund. Cat ertappte sich dabei, wie sie sich unwillkürlich die Lippen benetzte. Doch als er sich weiter vorbeugte, besaß sie noch genügend Verstand, den Kopf wegzudrehen.

Martins Griff wurde einen Moment lang fester, dann schien auch er Vernunft anzunehmen. Er ließ sie los. Sie wichen voreinander zurück und beschäftigten sich nun beide damit, die Pfeile einzusammeln, viel intensiver und konzentrierter, als es diese Aufgabe erfordert hätte.

Cat bat Martin um sein Messer, um einen Pfeil herauszubekommen, der sich tief in den Apfelbaum gebohrt hatte. Er reichte es ihr wortlos und sah sie kaum an. Während sie die Rinde weghackte, versuchte sie verzweifelt, sich etwas einfallen zu lassen, das die Spannung zwischen ihnen etwas auflockerte.

»Was hat Euch eigentlich dazu gebracht, den Bogen zur Hand zu nehmen?«

»Das Gesetz verlangt es von mir.«

»Wie bitte?«

Martin zerrte gerade die Pfeile aus der Scheibe. »Seit der Zeit Heinrichs VIII. wird von jedem Engländer unter sechzig erwartet, dass er einen Bogen besitzt und sich damit vertraut macht.«

Aha, darum also sein eifriges Üben – wieder nur eine seiner Bemühungen, sich in einen achtbaren Engländer zu verwandeln. Am liebsten hätte Cat geringschätzig gelacht, aber sie fand es zu traurig. So traurig wie das kleine Mädchen im Haus, das sich die Finger an der Laute wund scheuerte in ihrem Bemühen, ein Instrument zu lernen wie eine »richtige Dame«.

Cat wusste inzwischen, dass es sinnlos war, Martin Vorhaltungen zu machen wegen der Pläne, die er für sich und seine Tochter hegte. So gab sie sich damit zufrieden, leise zu murren: »Typisch Engländer – sie erlassen ein Gesetz, mit dem sie einem die Freude an einem schönen Sport austreiben.«

»Die Engländer betrachten das Geschick im Umgang mit dem Bogen nicht als Sport. Sie haben kein stehendes Heer. Im Fall einer Invasion verlässt sich das Land darauf, dass alle wehrfähigen Männer zur Verteidigung antreten.«

»Mit Pfeil und Bogen gegen Kanonen und Gewehre?« Cat konnte es sich nicht verkneifen, provozierend hinzuzufügen:

»Nun denn, die ruhmreichen Tage von Azincourt liegen weit hinter uns.«

»Azincourt?«, schnaubte Martin. Seine Reaktion fiel genauso aus, wie Cat gehofft hatte. Er sah aus, als hätte er am liebsten gespuckt. »*Mon Dieu!* An dieser Schlacht war nichts ruhmreich. Zum einen hatte Heinrich V. kein Recht, in Frankreich einzufallen, zum anderen waren die Franzosen in der Überzahl. Es war das reine Glück, dass die Engländer es schafften …«

Er verstummte verärgert, ob seinet- oder ihretwegen, konnte Cat nicht sagen.

Sie hatte den Pfeil inzwischen aus dem Baumstamm gelöst und reichte ihn Martin, der ihn wortlos in den Köcher steckte. Obwohl sich Cat auf die Zunge biss, konnte sie sich nicht verkneifen, leise zu sagen: »Ihr werdet es nie schaffen, Martin le Loup.«

»Was schaffen?«

»Euch in einen Engländer zu verwandeln.«

Seine Lippen pressten sich zu einem schmalen Strich zusammen. »Doch, das werde ich. Es ist wie mit dem Bogen, ich brauche nur noch ein bisschen Übung.«

»Und wenn Ihr es schafft, was dann? Was ist, wenn es tatsächlich zu einer Invasion kommt, und wenn es die Franzosen sind?«, fragte sie herausfordernd. »Könntet Ihr es mit Eurer Verwandlung wirklich so weit treiben, dass Ihr auf Eure Landsleute schießt?«

»Meiner Kenntnis nach steht den Engländern viel eher ein Angriff der Spanier bevor. Aber wenn es Frankreich wäre …« Martin hielt inne, und seine Miene verdüsterte sich grimmig und traurig zugleich. »Es wäre nicht das erste Mal, dass ich das Schwert gegen meine Landsleute erheben müsste. Frankreich plagt seit Jahren ein Bürgerkrieg. Ich stand im Dienst des hugenottischen Königs von Navarra und kämpfte Seite an Seite mit meinem guten Freund Nicholas Remy, einem hugenottischen Hauptmann.

Und ich war in Paris in der Bartholomäusnacht, als das Blut

auf den Straßen in Strömen floss. Die Leute schlitzten sich gegenseitig die Gurgel auf wegen der Frage, ob die Hostie nun etwas Heiliges ist, ein Teil des Leibes Christi, oder nur ein Stück Brot. Franzosen haben Franzosen abgeschlachtet. Ich denke, Ihr könnt das nicht verstehen …«

»Oh doch. Die Iren metzeln sich schon viel länger gegenseitig nieder als die Franzosen. So habe ich auch meinen Vater verloren.«

Martin sah sie überrascht an. »Meg hat mir gesagt, Euer Vater sei in einer Schlacht gefallen, als Ihr noch recht klein wart. Aber ich ging davon aus, dass es Engländer waren …«

Cat schüttelte traurig den Kopf. »Nein, es war ein Scharmützel mit den Dunnes. Die beiden Clans befehdeten sich viele Generationen lang, sie stritten um Land, vielleicht ging es auch um Wilderei oder den Diebstahl einer Ziege.«

Sie zuckte die Schultern und lächelte spröde. »Das ist der Fluch meines Volkes – ein langes Gedächtnis und ein hitziges Gemüt. Ich weiß nicht, was damals die Feindseligkeiten ausgelöst hat. Ich war erst acht. Ich weiß nur, dass mein Vater am Abend nicht mehr nach Hause kam.«

Ihre Stimme wurde belegt. Hastig wandte sie sich von Martin ab, doch er erwischte sie noch an der Hand.

Vielleicht hätte es sie noch mehr aufgewühlt, wenn er versucht hätte, ihr irgendeinen platten Trost zu spenden. Doch Martin hob nur ihre Hand an seine Lippen. Sie erbebte bei der Berührung. Mit seinem Mitgefühl konnte sie noch schwerer umgehen als mit den Momenten, in denen die Hitze zwischen ihnen entbrannte. Mit Leidenschaft wurde sie leicht fertig, Zärtlichkeit machte sie schwach.

Sie zog ihre Hand weg und meinte gespielt munter: »Ich sollte jetzt wohl lieber ins Haus gehen. Meg muss sich bei ihrem Musikunterricht ebenso anstrengen wie Ihr mit Eurem Bogen. Jemand muss das arme Kind erlösen.«

Oder eher Master Naismith und den Rest des Haushaltes, dachte Cat, aber Martin würde das nicht witzig finden. Vor

Megs mangelnden musikalischen Fähigkeiten verschloss er genauso willentlich die Augen wie vor allem anderen, was er nicht sehen wollte.

Auf dem Weg durch den Garten hob Cat die Haube auf, die sie weggeworfen hatte. Zu ihrer Verwunderung kam Martin ihr nachgeeilt und entriss ihr die Haube.

»Tragt das Ding nicht, ich habe es Euch nur zum Spaß gegeben, um Euch ein wenig zu ärgern. Ich hatte nicht erwartet, dass Ihr es anziehen würdet.«

»Ich dachte, es sei notwendig für meine Verkleidung als achtbares Mitglied Eures Haushaltes.«

Wie um ihre Meinung zu unterstreichen, fiel ihr eine Strähne ihrer nicht zu zähmenden roten Mähne quer übers Gesicht. Martin steckte sie ihr wieder hinters Ohr.

»Die Haube steht Euch überhaupt nicht.« Sein Mund verzog sich zu einem spöttischen Lächeln. »Man kann es mit seinen Bemühungen, achtbar zu sein, auch übertreiben, Mistress O'Hanlon.«

Cat suchte nach einer schlauen Erwiderung, aber ihr blieben die Worte im Hals stecken, und in ihrem Herzen verspürte sie einen seltsamen Stich. Vielleicht, weil sie sich so sehr wünschte, ihn gerade davon überzeugen zu können.

Meg krümmte die wunden Finger und seufzte verzagt. Ihr Lehrer behauptete, ihre Fingerspitzen würden sich mit der Zeit abhärten und an die Saiten gewöhnen. Vielleicht stimmte das ja. Aber ihre Begabung war etwas, was sich wohl nie ändern würde.

War das Instrument richtig gestimmt oder nicht? Wie unterschieden sich die Noten? Meg konnte es einfach nicht hören. Und ihr war nur allzu deutlich bewusst, dass sie eine Versagerin war und eine große Enttäuschung – nicht nur für ihren Vater, sondern auch für den goldlockigen jungen Mann, der auf dem Sessel am Fenster neben ihr saß.

Sonnenstrahlen drangen durch die Scheibe und umgaben

Alexander Naismiths glattes, gefälliges Gesicht und seine gelockten blonden Haare mit einer goldenen Aureole. Gerade beugte er sich vor, legte den Arm um Meg und richtete geduldig wohl schon zum zehnten Mal ihre Finger auf den Saiten.

»So, Mistress Margaret, versucht es noch einmal. Nur die ersten paar Takte des Lieds.«

Meg nickte, sie schaffte es kaum, ihn anzusehen. Allein Sanders Anwesenheit reichte, um sie völlig schwach werden zu lassen. Und dann noch von ihm berührt zu werden …

Sie holte tief Luft, verstärkte den Griff um die Laute und quälte das Instrument aufs Neue. Aber egal, wie sehr sie sich auch bemühte, zu tun, was Sander ihr gezeigt hatte, sie brachte nur ein grässliches Schrillen zustande.

Sie hielt inne und ließ die letzte grauenhafte Note verklingen. Eine Träne stahl sich aus ihrem Augenwinkel und rollte ihr über die Wange.

»Aber, aber, was ist denn das?«

Sander legte den Finger unter ihr Kinn und wollte sie dazu bringen, ihn anzusehen. Doch sie zog den Kopf ein und versteckte sich hinter einem Vorhang von Haaren, während sie versuchte, sich wieder zu fassen.

»Ich – ich bin ein hoffnungsloser Fall, Sander.«

»Unsinn, Mylady. Ihr habt Euch stark verbessert.« Sander beugte sich vor und teilte ihr Haar, um sie anzusehen. »Immerhin habt Ihr heute noch keine Saite zerrissen.«

Sein Grinsen war ansteckend und so warm, dass es Meg ein Kichern entlockte. Doch sie verspannte sich gleich wieder, als plötzlich ein Schnarchen erklang.

Manchmal vergaß sie, dass sie und Sander nicht allein waren. Als Anstandsdame ihrer jungen Herrin saß Agatha während des Musikunterrichts immer bei ihnen und stickte.

Gelegentlich nickte sie jedoch ein. Ihr Kopf sank dann tiefer und tiefer, bis das Kinn auf ihrem Hängebusen landete, und sie sich ruckartig wieder aufrichtete. Dann blinzelte sie Meg und Sander an wie eine Eule, lächelte schläfrig und machte sich erneut an ihre Arbeit, bis ihre Lider schwerer und schwerer wurden und alles wieder von vorn begann.

Sander beugte sich zu Meg vor und flüsterte ihr ins Ohr: »Manchmal rechne ich fast damit, dass Mistress Butterydoors Kopf abfällt und über den Boden rollt.«

Meg legte rasch die Hand vor den Mund, um ein Kichern zu unterdrücken.

»Ich kann mir gar nicht vorstellen, wie sie in dieser Stellung überhaupt schlafen kann«, fügte Sander hinzu.

»Vor allem bei dem grässlichen Lärm, den ich mache«, erwiderte Meg leise. »Vielleicht stopft sie sich Baumwolle in die Ohren wie Maude und Jem.« Sie wandte sich wieder der Laute auf ihrem Schoß zu und fügte empört hinzu: »Ich habe mitbekommen, wie Jem gelacht und zu Maude gemeint hat, dass man mit nur einem Ohr viel wohlklingendere Töne zustande bekommt als ich je mit zwei Ohren …«

Meg hielt inne, erschrocken, dass sie so einen grausamen Witz wiederholt hatte. »Oh, S-Sander, es tut mir so leid.«

»Nein, zerbrecht Euch keine Sekunde lang den Kopf, was dieser Tunichtgut sagt. Ich schwöre Euch, ich werde ihn ohrfeigen, wenn er es je wieder wagt, so respektlos von meiner Lady zu reden.«

Seiner Lady?

Megs Wangen wurden warm, und sie wagte nicht, den Blick von der Laute zu heben.

»Ich jedenfalls achte nicht auf solch grausame Witze. Ich bin daran gewöhnt.« Sanders Stimme war frei von Verbitterung, doch Meg spürte, wie sich sein Arm bewegte, und sie musste nicht aufschauen, um zu wissen, dass er das Haar über der Narbe seines verstümmelten Ohres glättete. Diese Geste beobachtete sie oft bei ihm.

Meg versuchte, nicht daran zu denken, aber manchmal stellte sie sich unwillkürlich vor, wie Sander zum Richtblock geschleift und sein schöner Kopf auf das raue Holz gedrückt worden war, wie das Messer des Wärters gefunkelt hatte …

Sie erbebte und warf verstohlen einen zaghaften Blick auf ihn. »Es war sehr grausam, Euch das anzutun.«

»Die Welt ist grausam, junges Fräulein.« Er klopfte mit seinen schlanken Fingern auf den Hals der Laute. »Aber die Musik macht sie zu einem viel schöneren Ort.«

»Nicht die Musik, die ich mache«, erwiderte Meg finster.

Sander musterte sie kurz, dann schüttelte er bedächtig den Kopf. »Ihr habt ein absolut erstaunliches Gedächtnis. Ihr könnt Euch an die Worte eines jeden Liedes erinnern, das ich Euch beigebracht habe, selbst wenn Ihr es nur ein einziges Mal gehört habt.«

Megs Miene hellte sich ein wenig auf. »Ja, das stimmt«, pflichtete sie ihm eifrig bei. »Ich kann mir auch ganze Absätze auf Lateinisch oder Griechisch einprägen, ach, was sage ich, ganze Bücher.«

Sie unterbrach sich, weil ihr schaudernd bewusst wurde, dass man sich als junges Mädchen mit so etwas nicht brüsten sollte. Eine solche Leistung war langweilig, vor allem würde sich ein lebhafter junger Mann wie Sander davon nicht beeindrucken lassen.

»Ihr seid ein sehr kluges Mädchen, Meg.« Er stupste ihr spielerisch an die Nase. »Warum kann sich Euer schlaues kleines Köpfchen nicht auch all die Noten einprägen?«

»Weil ich sie nicht verstehe. Ich sehe keinen Sinn darin.«

»Na egal. Vielleicht seid Ihr in anderen Bereichen begabter.«

Er reckte den Hals in Agathas Richtung, wohl um sich zu vergewissern, dass die Alte wirklich schlief, dann beugte er sich wieder zu Meg und murmelte: »Ich habe Euch das Ding mitgebracht, das ich Euch besorgen sollte.«

Meg verspannte sich und warf ebenfalls einen unruhigen Blick auf Aggie. Aber die Alte schnarchte leise weiter, während Sander in dem Beutel herumwühlte, in dem er seine Notenblätter aufbewahrte.

Er zog eine Kristallkugel heraus, etwa so groß wie eine kleine Melone. Doch bevor er sie Meg überreichte, meinte er: »Jetzt müsst Ihr mir versprechen, dass Ihr Eurem Vater nicht erzählt, von wem Ihr das habt. Ich finde es zwar harmlos, einen Blick in die Zukunft zu werfen, aber ich weiß, dass Master Wolfe nichts von Magie hält. Ich möchte nicht, dass er schlecht von mir denkt.«

»Oh, das verspreche ich«, flüsterte Meg und legte die Laute weg. Mit zitternden Fingern nahm sie ihm die Kugel ab. Sie hatte schon viel über solche Kugeln gehört, aber bislang nie eine gesehen. In ihrer Hand fühlte sie sich kühl und schwer an und funkelte im Licht der Sonnenstrahlen, die durchs Fenster fielen.

Cassandra Lascelles war blind gewesen war, daher hatte sie nie eine solche Kristallkugel befragen können, obwohl sie viel davon gehalten hatte.

»So eine Kugel kann nützlich sein, wenn man die natürliche Gabe eines Sehers besitzt«, hatte sie ihrer Tochter erklärt. *»Vielleicht prüfen wir bald einmal, ob du diese Fähigkeit besitzt. Aber vorläufig sollst du deine Aufmerksamkeit ausschließlich darauf richten, das* Buch der Schatten *zu übersetzen.«*

Schon bei der Erinnerung an die Stimme ihrer Mutter überlief es Meg eiskalt. Sie war gezwungen worden, das Buch zu meistern, und hatte immer befürchtet, dass Maman eines Tages darauf bestehen würde, ihr die Kunst beizubringen, die Toten herbeizurufen. Selbst die Vorstellung einer Kristallkugel hatte ein wenig beängstigend geklungen. Meg hatte nie eine haben wollen, bis …

Nun hielt sie sich die Kugel vor die Augen und spähte hinein. Besaß sie die Fähigkeit, in die Zukunft zu sehen? Sie sah nichts außer Sanders durch das Glas verzerrte Bild.

Sie ließ die Kugel sinken und merkte, dass er sie neugierig anstarrte.

»Was für ein geheimnisvolles Mädchen Ihr seid, Margaret Wolfe. Mir ist noch immer nicht klar, wozu Ihr diese seltsam geschliffenen Linsen brauchtet, die ich für Euch beim Glasmacher bestellen sollte.«

Sander hielt sie für geheimnisvoll? Das gefiel Meg. Sie versuchte, ein möglichst undurchsichtiges Lächeln aufzusetzen. »Vielleicht zeige ich es Euch eines Tages.«

»Immerhin weiß ich, wozu eine Kristallkugel dient, obwohl ich mir nicht vorstellen kann, was Ihr damit anfangen wollt.«

Ich will in meine Zukunft blicken in der Hoffnung, dass meine Mutter sich getäuscht hat und es mir nicht bestimmt ist, die böse Silberne Rose zu sein.

Meg zog die Schultern hoch, darum bemüht, gelassen zu wirken und nicht verzweifelt auf der Suche nach der Wahrheit über sich. »Ich dachte, es könnte amüsant sein, mit einer Kristallkugel zu – zu spielen und herauszufinden, ob man damit wirklich in die Zukunft blicken kann.«

»Dafür braucht Ihr keine Kristallkugel. Ich kann Euch Euer Schicksal sagen.«

»Das – das könnt Ihr?«

Sander nahm ihr die Kugel ab und stellte sie aufs Fensterbrett. Er drehte Megs linke Hand um und studierte aufmerksam die Innenfläche. Ihre Finger wirkten traurig kurz und eckig im Vergleich zu seinen langen, anmutigen Fingern.

Meg wand sich, und ihre Haut kitzelte, während Sander die Linien auf ihrer Hand nachfuhr.

»Aha!«

»Was seht Ihr?«, fragte sie besorgt.

Er betrachtete ihre Hand noch einmal mit zusammengekniffenen Augen, dann verkündete er gespielt feierlich: »Ich sehe, dass Ihr zu einer umwerfenden Schönheit heranwachsen und einen reichen Kaufmann oder sogar einen Ritter heiraten werdet. Eure Hochzeit wird so großartig sein, dass selbst die Königin persönlich unter den Gästen sein wird. Und ich werde auf Eurem Hochzeitsfest die Laute spielen müssen und vor Eifersucht auf den Bräutigam mit den Zähnen knirschen.«

»Oh.« Megs Schultern sackten enttäuscht herab, und sie zog die Hand zurück. Sander neckte sie nur, es konnte nicht anders sein. Er war ein hübscher Junge und schon sechzehn, während sie ein Mädchen von knapp elf Jahren war und obendrein noch viel zu klein und dürr für ihr Alter.

Trotzdem fragte sie sich, was er wirklich von ihr hielt. Cat hatte gemeint, es sei nicht statthaft, in den Augen anderer zu lesen und in ihre Gedankenwelt einzudringen. Meg hatte sich aufrichtig bemüht, ihre Fähigkeit nicht mehr einzusetzen, und bei Sander war ihr das meist recht leichtgefallen. Sie war in seiner Anwesenheit so befangen, dass sie kaum den Blick zu heben wagte.

Doch diesmal war die Versuchung zu groß. Sie überwand ihre Skrupel und ihre Schüchternheit, legte den Kopf zurück und blickte eindringlich in seine Augen. Sie waren wunderbar blau und gesäumt von blassen Wimpern.

Tiefer und immer tiefer tauchte sie in seine Gedanken ein.

»Sie ist so jung, noch ein kleines Mädchen.«

Megs Mut sank. Beinahe hätte sie die Verbindung unterbrochen, weil sie so gekränkt war.

»Aber welch wunderschöne Frau wird sie eines Tages sein. Augen feurig wie Smaragde, der Hals so weiß und anmutig wie ein Schwan.«

Völlig überwältigt senkte Meg den Blick wieder. Er hatte nicht gescherzt. Sander glaubte wirklich, dass sie eines Tage eine Schönheit sein würde. Meg drückte die Hand an ihr Mieder und wünschte sich, Aggie hätte heute Morgen das Korsett nicht so eng geschnürt. Sie konnte kaum atmen.

Als Agatha mit einem Ruck aufwachte, blieb Meg kaum noch Zeit, ihre Röcke über die Kristallkugel zu breiten. Wohl oder übel mussten sie ihren Musikunterricht wiederaufnehmen.

Noch nie war es Meg so schwergefallen, auf Sanders Erklärungen zu achten. Sie war sich seiner Anwesenheit viel zu sehr bewusst, und natürlich auch des Schatzes, den sie zwischen den Falten ihres Gewandes versteckt hatte. Ihre Gedanken schweiften immer wieder in die Ferne. Sie stellte sich vor, wie sie in der Kugel eine Zukunft entdeckte, die genauso schön war, wie Sander sie beschrieben hatte. Eine prächtige Hochzeit, sie selbst groß und anmutig, gekleidet in ein wunderschönes Gewand, und die Königin beifällig nickend, während sie einem stattlichen Bräutigam die Hand reichte, der Alexander Naismith stark ähnelte.

Doch der wundervolle Tagtraum verblasste und wurde rasch von einer düsteren Vision ihrer Mutter überlagert. Das rabenschwarze Haar zurückgeworfen, die Augen höhnisch blitzend brach Cassandra Lascelles über Megs sehnsüchtige Hoffnungen in lautes, verächtliches Gelächter aus.

12

Cat schob ihren Stuhl näher an den Kamin. Die Flammen und ein vielarmiger Leuchter waren die einzige Lichtquelle für ihre Arbeit. Gerade zog sie die Pfauenfedern aus Martins Pfeilen und ersetzte sie durch viel bessere Gänsefedern.

Sie konnte zwar den Grund nicht gutheißen, warum er das Bogenschießen erlernen wollte, aber wenn es ihm so viel bedeutete, konnte sie ebenso gut ihren Teil dazu beitragen, ihm zu helfen. Außerdem hatte sie nichts Besseres zu tun, als Meg zuzusehen, wie sie rastlos in ihrem Schlafzimmer herumhuschte.

Um diese Zeit vergrub Meg die Nase meist in einem Buch, oder sie bekniete Cat, ihr Geschichten aus Irland zu erzählen. Jedenfalls war es nicht ihre Art, so unruhig zu sein. Schon beim Abendessen hatte sie sich seltsam benommen, war auf ihrem Stuhl herumgerutscht und hatte lustlos im Essen herumgestochert.

Wenn Meg gedrückter Stimmung war, gelang es Martin meist, sie mit Scherzen aufzuheitern, doch heute hatte er kaum auf seine Tochter geachtet. Cat war aufgefallen, dass Martin oft so geistesabwesend war, wenn er sich auf einen seiner geheimnisvollen nächtlichen Gänge vorbereitete.

An diesem Abend hatte er eine recht fadenscheinige Ausrede vorgebracht. Er müsse Master Roxburgh aufsuchen wegen ein paar Abrechnungen. *Zu so später Stunde?,* hätte Cat am liebsten gefragt. Manche Männer mochte es ja mächtig aufregen, ein paar Zahlen in ihren Kontobüchern zu addieren, aber Cat glaubte nicht, dass Martin dazu gehörte.

Beim Abendessen hatte Cat abwechselnd Martin und seine Tochter beobachtet. Beide wandten rasch den Blick ab, wenn ihnen auffiel, dass Cat sie musterte. Martin war alt genug, um sich nichts anmerken zu lassen, doch Meg war zu jung und zuckte jedes Mal schuldbewusst zusammen. Cat fragte sich sorgenvoll, warum.

Was führte Mistress Margaret wohl im Schilde? Bei ihren Fähigkeiten und ihrem Wissen waren die Möglichkeiten zahllos und zugleich beunruhigend. Martins Angelegenheiten gingen Cat natürlich nichts an, das musste sie sich immer wieder streng ins Gedächtnis rufen. Doch bei Meg war das etwas ganz anderes.

Nachdem sie hinauf in die gemeinsame Schlafkammer gegangen waren, hatte sich Cat gezügelt und das Mädchen nicht mit Fragen bestürmt. Zwischen ihnen war in den letzten zwei Wochen eine Freundschaft erblüht, aber sie war noch viel zu zart. Cat wollte sie nicht zertrampeln und Meg bedrängen, sie ins Vertrauen zu ziehen.

So schwer es ihr fiel, sie hielt den Mund und tat, als sei sie völlig in ihre Arbeit mit den Pfeilen vertieft, während sie Meg aus den Augenwinkeln beobachtete.

Das Mädchen blieb vor dem Spiegel über ihrer Waschschüssel stehen. Meg neigte normalerweise dazu, ihrem Spiegelbild auszuweichen, fast, als fürchte sie, einen großen Makel zu entdecken. Doch jetzt beugte sie sich zum Spiegel vor und betrachtete sich ernst.

Sie riss die Augen auf, reckte den Hals, wandte ihr Gesicht von der einen Seite zur anderen, betrachtete ihr Profil. Ihre Miene schwankte zwischen Hoffnung und Verzweiflung, als sie in ihr Nachthemd schlüpfte. Sie zog den Stoff eng um sich und starrte auf ihren Oberkörper, dann seufzte sie tief.

Cats Lippen zuckten teils belustigt, teils erleichtert. Immerhin ahnte sie jetzt, was Meg bedrückte, und diesmal war es wohl nichts so Beunruhigendes wie der Kampf mit den düsteren Erinnerungen an ihre Mutter oder Fragen über ihr Schicksal.

Wie oft hatte Cat in ihrer Jugend dasselbe getan – die flachen Stellen ihres Körpers gemustert und daran gezweifelt, dass sie je anders aussehen würde als ein halb verhungertes Gossenkind. Freilich war sie ein paar Jahre älter gewesen als Meg, als sie sich mit solchen Gedanken gequält hatte; doch Meg war mit Sicherheit frühreif.

Als Meg sie dabei ertappte, dass sie sie beobachtete, beugte sich Cat rasch wieder über ihre Arbeit. Das Mädchen trat vor sie und rang die Hände in den Falten ihres Nachthemdes.

»Cat, kann ich dich etwas fragen?«

»Was immer du möchtest, meine Süße.«

»Wie alt warst du, als dir einer gewachsen ist?«

»Ein was?«

»Ein – ein Busen.« Meg starrte auf ihre nackten Zehen, und ihre Wangen liefen tiefrot an.

Cat musste sich ein weiteres Lächeln verkneifen. »Ich weiß es nicht mehr so genau. Vierzehn, glaube ich.«

»Vierzehn!«, rief Meg. »So alt?«

»Ziemlich alt, nicht wahr?«, erwiderte Cat trocken. »Ich weiß noch, dass ich dachte, ich würde ewig flach bleiben wie ein Schild, doch eines Sommers sind meine Brüste gewachsen, so rasch wie Melonen.«

»Wirklich?« Verstohlen warf Meg einen hoffnungsvollen Blick auf ihren Ausschnitt.

»Hab es nicht zu eilig damit, meine kleine Freundin. Es hat auch Nachteile, wenn einem der Busen wächst.«

»Welche denn?«

Cat strich die Feder glatt, die sie gerade in den Pfeilschaft einsetzen wollte. »Na ja, meine neuen Hügel haben natürlich meine Beliebtheit bei den Jungs gesteigert, aber mein Busen war mir auch im Weg und hat mich beim Bogenschießen behindert. Ich habe verdammt schlecht geschossen, bis ich lernte, meine Haltung meinen neuen Formen anzupassen.«

»Das Bogenschießen interessiert mich nicht.«

»Und die Aufmerksamkeit eines jungen Burschen?«, neckte Cat.

»Sei nicht närrisch«, erwiderte Meg, doch die Farbe in ihrem Gesicht vertiefte sich und bestätigte Cats Verdacht, dass das Mädchen mitten in ihrer ersten Verliebtheit steckte. Und Cat ahnte auch, um wen es sich dabei drehte.

Doch sie blieb stumm, während Meg einen Stuhl holte und sich neben sie setzte. Das Mädchen hob eine Pfauenfeder auf und spielte damit.

»Wie war dein Musikunterricht?«, fragte Cat vorsichtig.

»Das hast du doch bestimmt gehört.«

»Äh – nein. Ich war die meiste Zeit draußen im Garten.«

»Zweifellos hast du dir trotzdem die Ohren zugehalten. Es ist gar nicht so einfach, eine Laute zu erwürgen, aber schließlich habe ich es doch geschafft.«

Cat kicherte. Meist war Meg sehr ernst, doch manchmal ließ sie auch erkennen, dass sie Humor besaß.

»Wenn dich dein Musikunterricht so bedrückt, werde ich mit deinem Vater darüber reden«, schlug Cat vor. »Ich bin mir sicher, er liebt dich so sehr, dass …«

»Nein! Nein!«, rief Meg aufgebracht. »Ich – ich mag meinen Unterricht sehr gern.«

»Zumindest deinen Musiklehrer.«

»Das ist lächerlich«, fauchte Meg. Sie flocht die Pfauenfeder durch ihre Finger. »Obwohl Master Naismith sehr gefällig ist, findest du nicht?«

»Ein bisschen zu hübsch für meinen Geschmack.«

Als Meg sie böse ansah, fügte Cat eilig hinzu: »Wahrscheinlich bin ich einfach zu alt, um die Reize eines so jungen Mannes zu schätzen.«

»Er ist reizend und – und klug. Er spielt die Laute und die Trommel, und er hat eine Stimme wie ein Engel. Er ist bestimmt einer der besten Schauspieler in ganz London, auch wenn ich ihn noch nie auf einer Bühne gesehen habe.«

»Ich schon. Er ist sehr gut, er spielt Frauen sogar viel besser als ich.«

Meg zog die Nase kraus. »Ich würde Sander nicht so gern zusehen, wie er eine Lady gibt. Er sollte bessere Rollen bekommen, die eines Soldaten oder eines Ritters.«

»Seine Stimme ist nicht tief genug, und ich wette, der Junge kann mit einem Fächer besser umgehen als mit einem Schwert.«

»Warum sagst du so etwas?«, fragte Meg empört.

»Wenn er so gut kämpfen könnte, hätte er wahrscheinlich noch beide Ohren.«

»Es war nicht Sanders Schuld, dass er ein Ohr verloren hat«, rief Meg aufgebracht. »Das war äußerst ungerecht und grausam. Er wurde wegen Diebstahls verhaftet und nach Newgate gekarrt …«

»Alexander Naismith war ein Dieb?«, unterbrach Cat sie scharf.

»Er konnte nichts dafür. Er war jung und arm und hatte Hunger. Er hat nur einen Laib Brot gestohlen.«

Zumindest hatte er Meg das erzählt. Cat fragte sich, ob Martin etwas von Alexander Naismiths unrühmlicher Vergangenheit wusste. Sie hätte ihm zwar gern vertraut, doch etwas an dem jungen Schauspieler störte sie.

Manchmal blickte er ein wenig zu kühn, zu berechnend. Er war ganz offenkundig sehr ehrgeizig. Und wie konnte ein Schauspieler seine Karriere besser fördern, als der Tochter des Mannes zu schmeicheln, der Teilhaber des *Crown Theatre* war?

Meg war noch sehr jung, und Cat glaubte nicht, dass Naismith skrupellos genug war, sich wirklich an sie heranzumachen. Dennoch konnte ihr zartes kleines Herz Schaden nehmen.

Meg strich sich mit der Feder über die Wange und spähte verträumt ins Feuer. »Ich habe gehört, dass manche Mädchen sehr jung verlobt werden und ihr Bräutigam auf sie wartet, bis sie alt genug sind, um zu heiraten.«

»Das stimmt, aber so etwas geschieht meist nur des Ehrgeizes wegen, etwa um große Anwesen zu verbinden, den Wohlstand zu mehren oder einen Titel zu erwerben.«

»Mein Papa hat ehrgeizige Ziele für mich.«

»Richtig, aber er liebt dich viel zu sehr, um dich in jungen Jahren zu verschachern.« Cat konnte sich nicht verkneifen hinzuzufügen: »Und ich glaube nicht, dass er davon träumt, dich mit einem armen Musiklehrer zu verheiraten, der wegen Diebstahls im Gefängnis gesessen hat.«

»Ich weiß.« Das Licht in Megs Augen trübte sich. »Manchmal denke ich, dass ich wohl nie heiraten werde.«

Cat legte den Arm um Megs Schultern und drückte sie aufmunternd. »Natürlich wirst du das. Aber …«

»Nein, das werde ich nicht.«

Es war nicht das theatralische Gejammere eines jungen Mädchens, sondern eine ruhige Ankündigung. In Megs Augen schlich sich wieder der beunruhigende Blick, der sie viel zu alt wirken ließ.

»Manchmal glaube ich, das Schicksal hat mir bestimmt, allein zu bleiben.«

»Ach meine Süße!« Cat legte die Hände an Megs Wangen. »Hast du dir wieder den Kopf über die Prophezeiungen deiner Mutter zerbrochen?«

»Es hat nichts mit Maman zu tun, zumindest nicht ausschließlich. Es ist etwas, was ich selbst spüre – dass ich nie einen Mann oder Kinder haben werde. Dass ich allein bleiben werde wie – wie …«

»Wie deine große Heldin, die jungfräuliche Königin?«, ergänzte Cat und verzog das Gesicht.

»Nein, wie du.« Das Mädchen musterte sie so respektvoll und bewundernd, dass Cat völlig verblüfft war.

»Ich?«

»Du bist so stark, so tapfer und unabhängig, wie Frauen es sonst nie sein können, nicht einmal Töchter der Erde. Du brauchst niemanden.«

»Das würde ich so nicht sagen, aber …«

»Und du bist doch glücklich, oder?«

»Ich – ich bin zufrieden«, stotterte Cat, die diese Frage ebenso beunruhigend fand wie den beinahe ehrfürchtigen Blick in den Augen des Mädchens. »Aber unabhängig zu sein ist oft nur ein anderes Wort für – für …«

»Wofür?«

»Allein zu sein.« Cat strich eine lose Strähne hinter Megs Ohr zurück. »Ich bin keine Heldin, Kind, und auch kein Vorbild, dem du folgen solltest. Du musst deinen eigenen Weg finden.«

Meg schlang die Arme um Cats Taille und schmiegte den Kopf an sie. »Das sagst du mir immer wieder. Aber es ist so schwer, und so verwirrend.«

»Ich weiß, meine Süße.« Cat drückte einen Kuss auf Megs Scheitel. »Zum Glück musst du heute Nacht nichts mehr finden. Es war ein langer Tag. Ich glaube, wir sollten jetzt lieber zu Bett gehen, bevor uns Mistress Butterydoor schimpft, dass wir Kerzen verschwenden.«

Meg nickte zustimmend. Sie ließ sich von Cat ins Bett bringen und gut zudecken. Sie war so müde, dass ihr die Augen zufielen, bevor Cat eine bewegende Geschichte von Grania, der Piratenkönigin, halb erzählt hatte.

Lange nachdem das Mädchen eingeschlummert war, lief Cat noch unruhig im Zimmer umher und erledigte kleine häusliche Arbeiten, die sie normalerweise Mistress Butterydoor oder Maude überließ. Sie hob Megs abgelegtes Kleid und den Unterrock auf und faltete sie, bevor sie sie zurück in die Truhe legte. Dabei ging ihr noch immer Megs Frage und ihre Antwort im Kopf herum.

»Du bist doch glücklich, oder?«

»Ich bin zufrieden.«

Das hatte Cat jedenfalls immer geglaubt. Die Hoffnung auf eine Veränderung in ihrem Leben – auf ein eigenes Heim, einen Gemahl und Kinder – hatte sie längst aufgegeben. Nachdem Rory O'Meara sie verlassen hatte und sie von ihrem Clan verstoßen worden war, hatte sie gelernt, sich alleine durchzuschlagen und unabhängig zu sein.

Und bald hatte sie auch ihre Freiheit in vollen Zügen genossen. Ihre einzige Bindung war ihre Freundschaft mit Ariane

Deauville. Und selbst diese war sie nur sehr behutsam und zaghaft eingegangen.

Wenn man jemanden zu sehr liebte, war die Gefahr zu groß, ihn zu verlieren, und der Schmerz unerträglich, wenn man ihn tatsächlich verlor. Meg stellte sich vor, dass Cat unglaublich tapfer war ... Cats Lippen zuckten reumütig. Nein, sie war nicht tapfer, in Wahrheit war sie ausgesprochen feige.

Sie schlich auf Zehenspitzen zum Bett, zog die Decke noch einmal über Megs Schultern und strich ihr das weiche Haar aus der Stirn. Der Anblick des schlafenden Mädchens, so zart und verletzlich, versetzte Cat einen Stich, der sie äußerst beunruhigte.

Meg war ihr sehr ans Herz gewachsen, vielleicht zu sehr. Wenn sie je eine Tochter haben sollte ... Doch rasch schob sie diesen wehmütigen Gedanken beiseite. Sie konnte nur hoffen, dass der Dezember rasch genug kommen würde, denn sie schwebte in höchster Gefahr, sich zu sehr in das Leben von Martin le Loup und seiner Tochter zu verstricken.

Schließlich sank sie auf ihren Strohsack, nur um sofort wieder aufzuspringen. Sie musste einen Fluch unterdrücken. Etwas Kleines und Hartes hatte gegen ihre Wirbelsäule gedrückt. Sie musterte die Matratze. Dort glänzte etwas Silbernes, und sie entdeckte auch die Umrisse eines Pergaments.

Sie hob die Nachricht auf und hielt sie an die verlöschende Glut des Feuers. Mit Mühe entzifferte sie Martins kurze Botschaft.

Hier ist noch etwas, was Ihr vielleicht brauchen könnt.

Cats Miene verdüsterte sich. Hatte der Mann etwa die Unverschämtheit besessen, ihr noch etwas zu kaufen? Ungeduldig wühlte sie in den Laken, bis sie den Gegenstand zu fassen bekam.

Als sie ihn nah ans Feuer hielt, klappte ihr vor Überraschung die Kinnlade herunter: Es war ein kleines flaches Silberfläschchen, und dem Gewicht nach war es nicht leer.

Cat entkorkte es und roch daran, dann führte sie es vorsichtig an die Lippen. Der irische Whiskey, der ihr sanft durch die Kehle rann, verbreitete sofort seine Wärme in ihrem ganzen Körper und verbrannte sie mit Erinnerungen an Torffeuer und mit Heide bedeckte Hügel, an das dröhnende Lachen ihres Vaters und die Klugheit ihrer alten Großmutter. Tränen traten ihr in die Augen.

»Zur Hölle mit dir, Martin le Loup«, flüsterte sie.

Welches Recht hatte er, ihr ein solches Geschenk zu machen? Ein Geschenk, das ganz gewiss ihr Herz rühren würde. Nein, versicherte sie sich und wischte sich die Augen, das war es nicht, was sie so überrascht hatte.

Es war der hohe Preis dieses Geschenks. Das silberne Fläschchen und der Whiskey mussten mehr gekostet haben als ihre neuen Kleider samt Unterröcke, Strümpfe und Schuhe. Wie konnte sich Martin solche Dinge leisten?

Cat runzelte die Stirn; diese Frage beschäftigte sie schon eine ganze Weile. Noch vor einem Jahr war Martin ein Flüchtling gewesen, nichts weiter als ein herumziehender Schausteller. Jetzt besaß er Anteile am *Crown Theatre* und ein hübsches Stadthaus mit einer großen Dienerschar, und Megs Unterricht, ihre Bücher und ihre Garderobe kosteten bestimmt auch eine Stange Geld. Wie konnte sich der Mann all das leisten?

Martin wühlte in seinem Beutel und drückte ein paar Guineas in die ausgestreckte Hand des Gastwirts. Ein hoher Preis für ein Abendessen, dachte er grimmig, aber man konnte schlecht um ein paar Pennies feilschen; nicht, wenn man Leute einlud, die man vielleicht an den Galgen bringen würde.

Nachdem er die Rechnung beglichen hatte, drängte er sich durch die Schenke, die erfüllt war vom Gestank nach abgestandenem Ale und Schweiß. Das *Plough Inn* war viel zu voll und viel zu laut für eine solch heiße Sommernacht, aber der Wirt hatte einen Wandschirm aufgestellt, um Martins Gruppe von den übrigen Gästen abzutrennen, die sich an den rauen Holztischen drängten.

Als Martin hinter den Wandschirm trat, waren mehrere Bedienstete damit beschäftigt, leere Platten und Holzteller abzuräumen und die Becher wieder zu füllen. Martin hatte sie angewiesen, nicht an Ale zu sparen, und einigen seiner Gäste war bereits anzumerken, dass sie seine Großzügigkeit nach Kräften genutzt hatten.

Pater Ballards Gesicht war gerötet, und Sir Anthony Babington starrte verträumt in seinen Becher. John Savage saß zusammengesunken auf seinem Stuhl und sah ziemlich sanft aus – na ja, so sanft, wie dieser aufgeblasene kleine Wicht eben aussehen konnte. Der Einzige, der noch einigermaßen nüchtern zu sein schien, war Robert Poley. Seine Augen waren klar wie immer, und er nagte gerade begeistert an einer Truthahnkeule.

Als die Bediensteten sich zurückzogen, strahlte Ballard Martin an. »Ah, Master Wolfe, da seid Ihr ja wieder.«

Der Priester hob seinen Becher. »Meine Herren, wir müssen noch auf die Gesundheit unseres großzügigen Gastgebers trinken. Auf Marcus Wolfe!«

»Auf Marcus Wolfe«, stimmten die anderen ein und schwenkten die Becher.

»Oder vielleicht sollten wir sagen: auf Monsieur le Loup«, schlug Poley theatralisch flüsternd vor und zwinkerte Martin verschlagen zu.

Martin rang sich ein Lächeln ab, während die anderen auf sein Wohl tranken. »Danke – äh, *merci.*« Er hatte sich so bemüht, seinen französischen Akzent loszuwerden, dass es ihm nun schwerfiel, wieder auf seine Muttersprache zurückzugreifen.

Aber nur durch eine frei erfundene Vergangenheit hatte er es geschafft, sich diesen Verschwörern anzubiedern, hatte ihnen weisgemacht, er sei der Stallmeister des Herzogs von Guise, des Cousins der schottischen Königin, gewesen.

Als er den Stuhl zurückzog, zuckte er zusammen, denn ein stechender Schmerz fuhr durch seine Schulter. Poley leckte sich das Fett von den Fingern und starrte ihn neugierig an.

»Plagt Euch das Rheuma, Monsieur?«

»Non.« Martin biss die Zähne zusammen, während er sich langsam auf den Stuhl niederließ. »Ich – äh, ich bin heute gestürzt, ich bin auf der Straße auf Unrat ausgerutscht.«

Seine Bemerkung löste eine angeregte Unterhaltung aus. Alle bedauerten den traurigen Zustand, in den London geraten war, und verurteilten den derzeitigen Lord Mayor und dessen Stadtrat. Währenddessen gelang es Martin, seinen Weinbecher heimlich auszuleeren, wie er es an diesem Abend meist getan hatte. Er brauchte einen klaren Kopf, allein schon deshalb, um sich all der Lügen zu entsinnen, die er den anderen erzählt hatte.

Möglichst unauffällig rieb er sich den schmerzenden Arm. Cat hatte ihn gewarnt, dass er Schmerzen bekommen würde, wenn er nicht besser auf sie hörte. Doch wie zum Teufel sollte er ihren Anweisungen folgen, wenn er die ganze Zeit über auf ihre Hände achtete, die an ihm herumfummelten, und darauf, wie ihre Brust die seine streifte?

Angesichts der Richtung, die seine Gedanken nahmen, waren die Schmerzen in seinem Arm und der Schulter eine angemessene Bestrafung. Es ging nicht an, eine Frau zu begehren, die in seinem Haus weilte, um auf seine Tochter aufzupassen.

Zur Linderung der Schmerzen rollte er mit den Schultern, doch das machte es nur schlimmer. *Mon Dieu,* wie gern hätte er diese verfluchten Komplotte und Verschwörungen vergessen. Was hätte er nicht dafür gegeben, heute Abend seine müden Knochen einfach auszuruhen, die Füße vor dem Feuer hochzulegen, Glühwein zu schlürfen und einer von Cats Geschichten zuzuhören, mit denen sie Meg und die Dienerschaft verzauberte. Martin hörte genauso gebannt zu wie der Küchenjunge, saß angespannt auf der Stuhlkante und bekam große Augen, wenn Cat Geschichten über die Ritter des Roten Zweigs oder den Hund von Ulster zum Besten gab.

Die Irin hatte eine melodische Stimme und eine ausgesprochene erzählerische Gabe. Sie wusste genau, wann man eine Pause machen musste und wie man mit den Händen Bilder zeichnen konnte. Zu schade, dass das Gesetz Frauen die Bühne untersagte. Sie hätte das Ensemble des *Crown* hervorragend ergänzt.

Andererseits hätte es keinen Unterschied gemacht, wenn es dieses unsinnige Gesetz nicht gegeben hätte. Cat konnte es kaum erwarten, sich den Staub Englands von den Stiefeln zu klopfen. Wenn von der dunklen Königin oder dem Hexenzirkel keine wirkliche Bedrohung zu befürchten war, würde Cat noch vor dem Jahresende fort sein.

Martin war überrascht über den Stich, den ihm dieser Gedanke versetzte, doch er unterdrückte rasch seine Gefühle. Diese Frau brachte wahrlich genug Unruhe in sein Leben, und das konnte er sich momentan nicht erlauben, wenn er seinen Weg durch all die Untiefen finden und eine solide, sichere Zukunft für seine Tochter aufbauen wollte.

»Unser guter Wolfe scheint nicht mehr ganz bei uns zu weilen.«

Pater Ballards Stimme riss Martin aus seinen Grübeleien. Er blickte von seinem leeren Becher hoch und stellte fest, dass der Priester ihn fragend musterte.

»Verzeiht, *mon père*«, murmelte er. »Die Hitze und der Wein haben mich wohl ein wenig träge gemacht.«

»Meist ist es Sir Anthony, dessen fünf Sinne mit der Zeit zu wünschen übrig lassen«, spottete John Savage und zwirbelte die Enden seines Schnauzbarts.

»Nein, ich erhebe Einspruch!«, rief der stattliche junge Edelmann und blinzelte. »Meine fünf Sinne sind …« Er bekam einen Schluckauf. »… heute Abend gut gesichert.«

»Oder gut gefüllt«, meldete sich Poley zu Wort, was ihm weit mehr Beifall einbrachte, als es der schwache Scherz verdient hatte.

Jedem, der um den Wandschirm gespäht hätte, wären sie wie eine ganz normale Herrenrunde vorgekommen, die bei ihrem geselligen Zusammensein ein wenig zu tief in die Becher geblickt hatte. Doch in Wahrheit waren sie eine sehr seltsame Bande von Verschwörern, die allerdings eher verzweifelt waren als gefährlich.

Ballard, ein Priester mit Visionen von Ruhm; Savage, ein Maulheld, der gern den Draufgänger mimte; Babington, ein Romantiker, eher geneigt zu philosophieren, als zu handeln; Poley, ein liebenswürdiger Bursche, dem es ganz einfach Spaß zu machen schien, bei einem guten Abendessen Ränke zu schmieden.

Und ich mittendrin, dachte Martin und verzog das Gesicht. Der Judas unter ihnen, ein französischer Abenteurer, der sich als englischer Protestant ausgab, in diesem Kreis aber behauptete, in Wahrheit ein französischer Katholik zu sein. Er kam sich vor wie ein Schauspieler, der zu viele Rollen verkörpern wollte und jetzt die Texte durcheinanderbrachte.

Und als ob das alles nicht schon schlimm genug wäre, mäkelte sein Auftraggeber an seiner momentanen Rolle herum. Walsingham wäre es viel lieber gewesen, wenn Martin weitere Nachforschungen über Lord Oxbridge angestellt hätte.

Wie von Martin befürchtet, waren Geschichten über Neds Verhalten am Abend des Banketts und über seine zornigen Ausfälle gegen die Königin ans Ohr des Staatssekretärs gedrungen und hatten ihn in seinem Verdacht bestärkt, dass Ned an der Verschwörung beteiligt war.

So unangenehm ihm das war – Martin hatte Ned auf Schritt und Tritt beschatten müssen. Doch als Schlimmstes hatte er dabei nur herausgefunden, dass Ned zu häufig dem Glücksspiel frönte und eine Mätresse aushielt. Martin hoffte, Walsingham endlich von Neds Unschuld überzeugt zu haben, fürchtete jedoch, der Staatssekretär würde ihm erst glauben, wenn Martin die tatsächlich Schuldigen hatte auffliegen lassen.

Der Diener kehrte zurück und füllte die Becher. Sobald sie wieder unter sich waren, schlug Pater Ballard einen neuen Trinkspruch vor.

»Auf unsere gute, huldreiche Königin.«

»Auf die Königin!«, wiederholten die anderen. Ein harmlos klingender Trinkspruch, doch das Grinsen und die hochgezogenen Brauen machten deutlich, dass nicht Königin Elisabeth gemeint war.

Martins Finger verkrampften sich um seinen Becher; plötzlich hatte er all diese Heucheleien und Posen gründlich satt. Er erhob seinen Becher und auch seine Stimme.

»Auf unsere Königin. Auf *belle Marie!*«

Die anderen tranken, tauschten allerdings unbehagliche Blicke und sahen nervös nach hinten.

»Ihr seid eine Spur zu kühn, mein Sohn«, tadelte Ballard.

»Ein Unterfangen wie das unsere kann nicht mit schwachen Nerven gelingen.«

»Mir kann das keiner vorwerfen«, brauste Savage auf. »Habe ich nicht vor Jahren bei meinem Schwert geschworen, England von dieser ketzerischen Königin zu befreien?«

»Und trotzdem lebt sie noch.« Martin lächelte aufreizend. »Es sei denn, Elisabeth fällt bei der Hitze Eures Atems tot um.«

»Zum Teufel mit Euch!« Savage rappelte sich mühsam auf und tastete nach seinem Schwert.

Martin gab sich nicht einmal die Mühe, sein Schwert zu ziehen, denn er wusste, dass die anderen Savage zurückhalten würden. Savage würde tatenlos verharren, bis jemand ihn aufhielt. Und tatsächlich wurde er von Babington wieder auf seinen Stuhl gezerrt, was nicht allzu schwer war, da er sich kaum auf den Beinen halten konnte.

Savage gab sich damit zufrieden, die Enden seines Schnauzers zu zwirbeln und Martin über den Tisch hinweg düster anzustarren.

»Frieden, meine Herren«, mahnte Pater Ballard beschwichtigend. »Wir können uns eine Spaltung nicht leisten; nicht jetzt, nachdem unsere Pläne so kurz vor ihrer Verwirklichung stehen.«

»Ach, tun sie das? Davon habe ich noch nicht viel gesehen«, wandte Martin ein.

»Weil Ihr nicht alles wisst«, brummte Savage.

Sir Anthony lächelte entschuldigend. »Ich fürchte, Ihr seid noch zu neu in unserer Gruppe, um Euch all unsere Geheimnisse anzuvertrauen.«

»Ich traue ihm überhaupt nicht«, murrte Savage.

Pater Ballard legte Martin die Hand auf den Arm. »Ihr müsst lernen, geduldig zu sein, mein Sohn.«

»Ich bin geduldig genug.« Martin zuckte in gespieltem Gleichmut die Schultern. »Ich frage mich nur, wie lange wir noch herumsitzen und über diesen Aufstand reden wollen.«

»Das ist kein Aufstand, wir nehmen nur, was unserer rechtmäßigen und guten katholischen Königin zusteht.«

»*Très bien.* Und wann bringen wir unsere Königin wieder an die Macht?«

Babington war zwar betrunken, aber noch klar genug, Pater Ballard mit einem Blick um Erlaubnis zu bitten. Als der Priester nickte, beugte sich Babington zu Martin und erklärte: »Wir warten nur noch auf Königin Marias Segen. Ihr letzter Brief an mich war sehr kurz, doch sie hat mir versprochen, in den nächsten Tagen mehr zu schreiben.«

»Verzeiht, Sir Anthony, aber der Segen der Königin wird nicht reichen, um einen Erfolg dieses gefährlichen Aufstands zu gewährleisten.«

»Uns ist Hilfe aus Spanien versprochen worden«, sagte Pater Ballard mit leiser, ernster Stimme. »Sobald wir Königin Maria befreit haben, werden womöglich an die dreißigtausend Mann landen.«

»Und wie sollen wir fünf das bewerkstelligen?«, wollte Martin wissen. »Gibt es denn nicht noch mehr englische Katholiken, die uns helfen?«

Er lehnte sich müßig zurück und ließ sich nicht anmerken, wie begierig er auf die Antwort wartete.

»Es gibt … weitere«, erwiderte Sir Anthony vorsichtig.

»Wen?«

»Das werdet Ihr erfahren, wenn die Zeit reif ist«, fauchte Savage.

»Ihr interessiert Euch sehr für die Engländer, Monsieur«, warf Poley ein. »Ich für meinen Teil würde gern wissen, welche Hilfe wir von den Franzosen zu erwarten haben.«

»Ich stehe in Verbindung mit dem Herzog von Guise. Er hat versprochen, persönlich zu kommen mit …« Martin hielt inne. Wenn er schon ein Fantasieheer erfand, dann konnte er die Spanier ebenso gut übertrumpfen.

»Monsieur *le duc* wird fünfzigtausend Mann bringen.«

»Fünfzigtausend!«, rief Babington.

Martin fragte sich, ob er es mit seiner Lüge nicht zu weit getrieben hatte, doch die Anwesenden erfasste sofort einer Welle der Aufregung. Selbst Savage zeigte sich beeindruckt, wenn auch widerwillig. Sie steckten die Köpfe zusammen und waren bald in ein leises, ernstes Gespräch vertieft, wie diese Truppen am besten einzusetzen waren.

Martin lehnte sich wieder zurück. Er musste sich zusammenreißen, um nicht den Kopf zu schütteln. Was waren das doch für armselige Narren, bereit, alles zu glauben, was man ihnen erzählte; Männer, stärker berauscht von der Hoffnung und ihren verzweifelten Träumen als vom Wein.

Walsingham hatte genügend Gründe, sie verhaften zu lassen. Aber wie Babington wartete auch er auf den nächsten Brief der schottischen Königin – den Brief, mit dem er vielleicht den nötigen Beweis für sein eigentliches Ziel erhalten würde: Marias Tod.

Diese Verschwörer waren für den Staatssekretär kaum mehr als Mittel zum Zweck. Unwillkürlich fragte sich Martin, wie gefährlich Babington und seine Freunde gewesen wären, wenn Walsingham sie nicht insgeheim ermuntert und ihnen erlaubt hätte, mit der gefangenen Königin zu korrespondieren. Und damit zog sich das Netz um sie immer enger zu, und sie rückten dem Galgen immer näher.

Walsingham hätte auch Ned Lambert gern hängen gesehen. Bei seinem letzten Treffen mit Martin hatte der Staatssekretär einen äußerst hinterhältigen Vorschlag gemacht.

»Also habt Ihr Lord Oxbridge nie bei einer dieser Zusammenkünfte gesehen? Ihr könnt ihm ja anbieten, ihn einmal mitzunehmen.«

»Wozu?«, hatte Martin empört gefragt. »Um ihn zum Hochverrat zu verleiten?«

»Ein ehrlicher Mann lässt sich zu nichts verleiten.«

Nein, aber ein Schwacher könnte in Versuchung geführt werden, auch wenn es sein Verhängnis bedeutete. Die erhitzten Gesichter seiner Begleiter waren ein beredtes Zeugnis dafür.

Er nahm einen Schluck Wein, doch der hinterließ nur einen sauren Geschmack in seinem Mund. Oder war sein Gewissen daran schuld? Er hatte heute Abend mit Todgeweihten gespeist, und die Rolle, die er in ihrem Verhängnis spielte, behagte ihm ganz und gar nicht.

»Captain Fortescue?« Ein Diener streckte seinen Kopf um den Wandschirm.

Martin wollte schon sagen, hier befände sich niemand dieses Namens, als ihm einfiel, dass sich der Priester oft so nannte.

»Ja?«, erwiderte Pater Ballard etwas ungeduldig über diese Störung.

»Ein Herr fragt nach Euch, Sir.« Der Diener beugte sich vor und flüsterte etwas in Ballards Ohr. Die Miene des Priesters veränderte sich kaum merklich. Er entschuldigte sich und folgte dem Diener in den Schankraum.

Die anderen waren zu sehr mit ihren Bechern und ihrer Verschwörung beschäftigt, um darauf zu achten, doch Martin war sofort hellwach. Er murmelte, dass er sich kurz erleichtern müsse, und lief dem Priester nach, quer durch die Menschenmenge in der Schenke.

Er folgte ihm hinaus auf die Gasse hinter dem Gasthaus. Als er sah, dass der Priester in ein offenbar recht dringliches Gespräch mit einem großen, dünnen Mann vertieft war, dessen Züge die Nacht und ein dunkler Umhang verhüllten, zog sich Martin in den Schutz des Eingangs zurück.

Doch so sehr er die Ohren auch spitzte, er konnte nur ein

paar Gesprächsfetzen auffangen. Der große Fremde umklammerte den Arm des Priesters.

»Bitte, Vater, Ihr … müsst …«

»Unmöglich … nicht heute Nacht. Großes Risiko … schon beim ersten Mal. Ich werde es morgen versuchen.«

»Vielleicht … zu spät.«

»Es tut mir leid.« Ballard schob den Mann weg und machte sich auf den Weg zurück ins Gasthaus.

Was zum Teufel ging hier vor?, fragte sich Martin. Und was hatte es mit der Verschwörung gegen die Königin zu tun?

Als Ballard am Eingang mit ihm zusammenstieß, tat Martin hastig so, als müsse er sich die Hosen zuschnüren. Der Priester wirkte ein wenig beunruhigt, ihn hier zu treffen, doch er fing sich rasch, grüßte ihn heiter und legte ihm den Arm um die Schultern.

Martin blickte enttäuscht in die Richtung, in die der Fremde in der Dunkelheit verschwunden war. Zu gern wäre er ihm gefolgt, um herauszufinden, wer er war. Doch ihm blieb nichts anderes übrig, als Ballard zu folgen, der ihn zurück ins Gasthaus schob.

Kerzen warfen ihr flackerndes Licht auf den provisorischen Altar in Jane Danvers' Wandschrank. Sowohl das Kruzifix als auch die Statue der Heiligen Jungfrau waren aus ihrem Versteck hervorgeholt worden. Mehrere Bedienstete knieten betend davor, Adela und Hilarie mit dem Rosenkranz in den Händen, die junge Louisa mit gesenktem Kopf und tränennassen Wangen.

Im angrenzenden Zimmer, in dem sich Jane über die sterbende Frau beugte, brannte nur eine einzige Kerze. Jane hatte die alte Dienerin in ihr eigenes Bett legen lassen und tat alles, um Sarah Williams die letzten Stunden etwas zu erleichtern, auch wenn es wahrhaftig nicht viel war.

Ihr altes Kindermädchen hatte ihr als Kind immer Ehrfurcht eingeflößt. Doch durch das Geschwür, das ihr den

Magen zerfressen hatte, war Mistress Williams zum Schatten ihrer selbst geworden.

In Janes riesigem Himmelbett sah Sarah wie ein verhungertes kleines Kind aus. Durch das schüttere weiße Haar der alten Frau schimmerte die rosafarbene Kopfhaut, ihre welken Wangen waren eingefallen. Ihre Augen glänzten fiebrig, als Jane sie ein wenig aufrichtete und zu überreden versuchte, einen Schluck Laudanum zu nehmen, in dem vergeblichen Versuch, ihre Schmerzen ein wenig zu lindern.

Die alte Frau konnte kaum schlucken, geschweige denn reden. Als Jane sie wieder vorsichtig aufs Kissen ablegte, krächzte sie dennoch: »Ist – ist er schon da?«

Jane nahm die welke Hand der Alten. Wie gern hätte sie Sarah erzählt, dass sie noch keinen Priester bräuchte, da sie heute Nacht nicht sterben würde. Aber für solche beschwichtigenden Lügen war es zu spät.

»Pater Ballard wird bald hier sein, das verspreche ich dir. Ich habe Timon losgeschickt, um ihn zu holen. Es wird noch genügend Zeit sein … genügend Zeit …« Jane kam ins Stocken, Tränen brannten in ihren Augen.

»Nein, seid meinetwegen nicht traurig, Mylady.« Sarah drückte Janes Hand, während ein weiterer Schmerzanfall ihren Körper schüttelte. »Ich – ich werde es schon schaffen, solange ich nur meine Sünden beichten kann.«

»Oh, Sarey, was hast du denn zu beichten?«

»Wir alle sind Sünder, Kind.« Die alte Frau lächelte schwach. »Aber ich muss mir wohl wirklich weniger vorwerfen als so manch anderer. Ich bedauere nur, dass ich Euch ausgerechnet jetzt verlassen muss, wenn Ihr mich am meisten braucht.«

»Pst, Sarey. Mach dir um mich keine Sorgen.«

»Doch, das tue ich. Das habe ich immer getan. Ihr seid so leidenschaftlich, so eigensinnig.«

Jane drückte die Hand der alten Frau an ihre Lippen. »Nein. Ich werde fügsam sein wie ein Lamm, wenn du bei mir bleibst.« Sie versuchte zu lächeln, als sie das Versprechen wiederholte, das sie als Kind oft gegeben hatte, wenn sie auf ihr Zimmer verbannt worden war, weil sie wieder einmal die Beherrschung verloren hatte. Doch die Worte blieben ihr im Hals stecken, und die Tränen ließen sich nicht mehr zurückhalten und tropften auf Sarahs Hand.

Obwohl es die alte Frau große Mühe kostete, streichelte sie mit dem knochigen Handrücken Janes Wange.

»Weint nicht. Ihr seid immer so tapfer gewesen, viel zu tapfer. Immer seid Ihr Wagnisse eingegangen. Ich hätte Euch nie erlauben dürfen, diesmal mir zuliebe eines einzugehen und den Priester zu rufen. Ich habe keine Angst vor dem Sterben. Wenn ich nur ... wenn ...« In Sarahs Blick schlich sich ein großer Schrecken.

»Meine Sünden müssen mir vergeben werden, ich muss die letzte Ölung erhalten, sonst erreiche ich die Himmelspforte nicht und muss in die Hölle. Nie werde ich vor das Angesicht Gottes treten können.«

Sie umklammerte Janes Hand mit der Kraft der Verzweiflung. »Ich möchte Gott sehen, Mylady.«

»Das wirst du auch, Sarey. Das verspreche ich dir hoch und heilig«, meinte Jane. Sie blickte über ihre Schulter und fragte sich, warum Pater Ballard noch nicht da war.

Als Louisa hereinschlich und ihr ins Ohr flüsterte, dass Timon zurück sei, war Jane sehr erleichtert. Sie löste ihre Hand aus Sarahs Umklammerung und bat Louisa, bei der Alten zu bleiben.

Während sie hinauseilte, ging ihr durch den Kopf, wie froh sie über Neds Abwesenheit war. Meist machte sie sich Sorgen, wenn ihr Bruder so spät noch unterwegs war, und zerbrach sich den Kopf, was er wohl trieb, doch an diesem Abend war es ein Segen, dass er nicht da war.

Ned war viel zu impulsiv und zu unvorsichtig; Jane wollte ihn nicht auch noch in ihre Geheimnisse hineinziehen. Sie bedauerte sogar, dass sie für diesen Botengang Neds Kammerdiener hatte beauftragen müssen. Aber Giles Timon war ein guter Katholik, ein tapferer, vernünftiger Mann und bei Weitem der zuverlässigste Diener im Haus.

Als sie Timon erblickte, der am Treppenabsatz auf sie wartete, verließ sie der Mut. Timons Miene wirkte ausgesprochen ernst, und, schlimmer noch, er war allein.

Jane eilte zu ihm. Ohne ihm Gelegenheit zu geben, etwas zu sagen, fragte sie: »Wo ist Vater Ballard?«

»Er konnte nicht kommen, Mylady.«

»Er – er konnte nicht kommen?«

»Er meinte, seine Anwesenheit sei heute Abend an einem anderen Ort dringend geboten. Außerdem befürchtete er, verfolgt zu werden. Er dachte, das Risiko könnte zu groß sein für ihn und für Euch, Mylady …«

»Zum Teufel mit seinem und meinem Risiko«, rief Jane aufgebracht. Es kümmerte sie wenig, dass Timon erschrocken den Mund aufriss.

Sie warf einen gehetzten Blick zu ihrem Schlafgemach, dann presste sie die Lippen zusammen. »Nun gut, dann muss ich den Mann eben selbst holen«, knurrte sie entschlossen.

»Mylady, das könnt Ihr nicht. Das dürft Ihr nicht.« Timon folgte ihr, als sie zurück in ihr Schlafgemach eilte. »Vater Ballard meinte, er würde versuchen, morgen zu kommen.«

»Morgen ist es zu spät.«

Doch als Jane über die Schwelle trat, merkte sie, dass es schon jetzt zu spät war.

Die Dienerinnen knieten weinend neben dem Bett und beteten. Sarah lag reglos da, die blicklosen Augen zum Betthimmel gerichtet.

Jane atmete heftig aus. Am liebsten hätte sie laut geschrien und vor Wut und Enttäuschung mit den Fäusten gegen die Wand gehämmert. »Nein!«, rief sie aufgebracht. »Ich habe es ihr doch versprochen!«

Plötzlich fühlte sie sich zu schwach, um sich zu bewegen oder noch etwas zu sagen. Sie schaffte es nicht einmal, die Augen der alten Frau zuzudrücken, weil sie sich vor dem Ausdruck fürchtete, der womöglich darin lag: kein Frieden, sondern das blanke Entsetzen.

Louisa trat zu Jane. Sie hielt den Rosenkranz fest umklammert, und ihre schlanke Gestalt bebte, während sie einen Schluchzer unterdrückte.

»Oh, Mylady! Mistress Williams hat uns verlassen, und sie ist ohne einen Priester gestorben.« Das Mädchen schluckte, dann flüsterte sie: »Ist sie jetzt in der Hölle?«

Die beiden anderen Dienerinnen drehten sich zu Jane um, und auch Timon starrte sie an, als erwarteten sie alle eine Antwort von ihr. Als Hausherrin war es ihre Pflicht, die Bediensteten zu leiten – auch in geistiger Hinsicht. Doch noch nie hatte sich Jane so außerstande gefühlt, dieser Pflicht nachzukommen.

»Nein«, brachte sie schließlich heraus. »Wir haben versucht, einen Priester für Mistress Williams zu holen. Es war nicht ihre Schuld, dass sie ohne Beichte gestorben ist. Das wird Gott bestimmt verstehen.«

Zumindest hoffte Jane das, denn sie selbst verstand es nicht. Warum musste eine so gute, schuldlose Frau wie Sarah Williams nicht nur unter den grässlichsten Schmerzen, sondern auch noch in höchster Angst um ihre Seele sterben? Warum galt es als Verbrechen gegen die Krone, sich an einen Priester zu wenden?

Wem hätte es wohl geschadet, wenn einer armen alten Frau das Sterben erleichtert worden wäre, weil die Rituale ihres Glaubens sie trösteten?

Als Elisabeth Tudor den Thron bestieg, hatte sie geschworen, all ihren Untertanen eine gute Königin zu sein, egal ob Katholiken oder Protestanten. Aber im Lauf der Zeit hatte sie dem Drängen ihres Parlaments und ihrer Berater wie Lord Burghley und dem verruchten Sir Francis Walsingham nachgegeben und die Katholiken zunehmend mehr unterdrückt.

Früher hatte Jane geglaubt, die Königin habe ihr Bestes gegeben, tolerant zu bleiben. Doch Elisabeth hatte sich nicht genügend bemüht, hatte ihre katholischen Untertanen im Stich gelassen. Einer solchen Frau gegenüber loyal zu bleiben, war tatsächlich nicht leicht.

Als Janes Vater gegen neue Erlasse protestiert hatte und dafür hingerichtet worden war, hatte Jane Tränen des Zorns vergossen. Sie hatte sich gefragt, warum ihr Vater alles aufs Spiel gesetzt hatte – sein Leben, seine Familie, seinen Besitz; warum er mit dem Stigma des Verräters neue Schande über den Namen Lambert gebracht hatte.

Doch jetzt verstehe ich es, dachte Jane verbittert.

Und zum ersten Mal sah sie den Pfad deutlich vor Augen, den sie nun einschlagen musste.

13

Unruhig lief Martin vor den Fenstern in Walsinghams Arbeitszimmer in Whitehall auf und ab. Er sah, dass man im Hof Fackeln entzündet hatte, und hörte das Klappern von Hufen, während Boten kamen und gingen. Sogar noch zu dieser späten Stunde huschten erschöpfte Diener in den Gängen umher, machten sauber, streuten neue Binsen, lüfteten Leinen und hängten Wandteppiche auf – alles in Vorbereitung auf die bevorstehende Rückkehr der Königin.

Selbst dem unermüdlichen Walsingham war die Erschöpfung anzumerken, er hatte dunkle Ringe unter den Augen. Nun lehnte er sich zurück und hörte aufmerksam zu, während Martin seinen Bericht über den Abend im *Plough Inn* beendete.

»Und als ich sie verließ, träumten sie über ihrem Ale noch immer von der Belohnung, mit der Königin Maria sie bedenken würde. Savage hofft auf den Ritterschlag, Pater Ballard rechnet damit, zum Bischof ernannt zu werden. Babington ...« Martin lachte müde und freudlos. »Ich denke, der romantische junge Narr sehnt sich nur danach, zu Marias Füßen zu knien und den Saum ihres Gewandes küssen zu dürfen. Und was Poley sich erhofft, weiß ich nicht. Ihn kann ich noch nicht so recht einschätzen.«

»Und was war mit dem Fremden, der Pater Ballard sehen wollte?«

»Es war zu dunkel, und ich stand zu weit weg, um seine Gesichtszüge zu erkennen oder zu verstehen, worüber sie sprachen. Aber es war nicht Lord Oxbridge, falls Ihr das meint«, fügte er eilig hinzu. »Seine Stimme oder seine Gestalt hätte ich bestimmt erkannt. Ich kenne Ned Lambert gut genug.«

»Ach ja?«, murmelte Walsingham.

»Jawohl. Ich bin mir sicher, dass seine Lordschaft den Abend in den Armen seiner Geliebten verbracht hat, wie er es meist zu tun pflegt.«

Walsingham schürzte missbilligend die Lippen. »Auch wenn ich diese Gepflogenheit nicht gutheiße, halten es doch viele Adlige so, und schließlich ist Lord Oxbridge unvermählt, betrügt also keine Gemahlin. Warum ist er so erpicht darauf, dass niemand von dieser Liebschaft erfährt?«

Ungeduldig zuckte Martin die Schultern. »Das lässt sich leicht erklären. Neds Geliebte scheint aus ziemlich einfachen Verhältnissen zu stammen. Er trifft sie immer in einer schäbigen Absteige im Hurenviertel von Southwark. Ich kann mir gut denken, warum er eine solche Verbindung geheim halten möchte, vor allem vor seiner Schwester. Lady Danvers ist eine grundanständige und sehr fromme Frau.«

Martin fragte sich, wie es einem armen Sünder wie ihm wohl ergehen würde, sollte er tatsächlich die tugendhafte Lady Danvers heiraten. Gut genug, hoffte er. Er liebte Jane nicht so, wie er Miri vergöttert hatte, aber er achtete sie. Er würde sein Bestes tun, ihre Erwartungen an einen Gemahl zu erfüllen, und sich bemühen, respektabel, nüchtern und zuverlässig zu sein. Vorausgesetzt, er schaffte es, sich aus Walsinghams Diensten zu lösen.

Er wusste nicht, ob der Staatssekretär mit dem Bericht zufrieden war. Walsingham durchsuchte gerade einige Schriftstücke auf seinem Schreibtisch. Zwischen seinen Brauen bildete sich eine steile Falte.

»Also, was soll ich als Nächstes für Euch tun?«, fragte Martin. »Vielleicht sollte ich mehr über diesen Poley herausfinden?«

»Nein, das ist nicht nötig.«

»Warum nicht?«

»Weil auch er für mich arbeitet.«

Martin sperrte verdutzt den Mund auf. »Oh, vielen Dank«,

meinte er schließlich verstimmt. »Wie freundlich von Euch, mich davon in Kenntnis zu setzen.«

»Ich bin nicht hier, um Euch über irgendetwas in Kenntnis zu setzen, Master Wolfe. Vielmehr habt Ihr dafür zu sorgen, dass ich über alles in Kenntnis gesetzt bin«, erwiderte der Staatssekretär eisig. »Es hätte keinerlei Notwendigkeit bestanden, dass Ihr etwas über Robert Poley erfahrt, wenn Ihr Euch auf Lord Oxbridge konzentriert hättet, wie ich es Euch befohlen hatte.«

»Genau das habe ich auch getan«, fauchte Martin. »Ich habe über Ned Lambert alles herausgefunden, was herauszufinden war.«

»Ach ja?« Walsingham zog zweifelnd die Brauen hoch. »Dann wisst Ihr wohl auch, dass Lord Oxbridge vor Kurzem meinen Sekretär um einen Pass ersucht hat.«

Martin runzelte die Stirn.

»Nein, das wusste ich nicht.«

»Offenbar verspürt seine Lordschaft auf einmal das dringende Bedürfnis, nach Frankreich zu reisen. Warum ist das so, was glaubt Ihr?«

»Vielleicht möchte er zur Abwechslung einmal einen anständigen Wein trinken?«

Bei diesem frechen Scherz verdüsterte sich Walsinghams Miene. Rasch bemühte sich Martin um einen angemesseneren Ton.

»Ich weiß, dass Ihr ganz in Euren Pflichten und Geschäften aufgeht, aber manche Männer reisen vielleicht allein der Freude wegen, und nirgendwo gibt es mehr Freuden als in Frankreich. Vielleicht hat seine Lordschaft dort Freunde …«

»Freunde wie Thomas Morgan zum Beispiel? Der in seiner Zelle in der Bastille eifrig Komplotte im Namen der schottischen Königin schmiedet? Oder Marias Cousin, den Herzog von Guise?«

»Ihr habt keine Beweise, dass Lord Oxbridge diese Leute kennt.«

»Nein. Aber vielleicht ist Frankreich in diesem Sommer ein sehr beliebtes Reiseziel. Lord Oxbridge ist nämlich nicht der Einzige, der einen Pass haben möchte. Auch Sir Anthony Babington hat einen Antrag gestellt.«

Am liebsten hätte Martin diese Gesuche als Zufall abgetan, doch es gelang ihm nicht.

Was, wenn Walsingham recht hatte und es tatsächlich eine Verbindung zwischen Babington und Lord Oxbridge gab? Was, wenn Ned doch in die Verschwörung verwickelt war, und Martin einfach zu blind war, es zu sehen?

Er hoffte inständig, dass das nicht der Fall war … schon allein Janes wegen.

»Es tut mir leid«, sagte er. »Offenbar war ich nicht so wachsam, wie ich gedacht habe.«

Er rechnete mit einem kräftigen Rüffel. Doch der Staatssekretär musterte Martin zwar eingehend, aber in seinem Blick lag ein überraschender Anflug von Mitgefühl.

»Ihr habt mir früher sehr gut gedient, Master Wolfe. Nur fürchte ich, dass Ihr einen schweren Fehler begangen habt, den sich einer aus Eurer Zunft nicht leisten kann: Ihr habt Zuneigung zu einem Objekt Eurer Beobachtung gefasst. Wenn nicht zu Lord Oxbridge, dann auf alle Fälle zu seiner Schwester.«

»Ihr glaubt doch nicht etwa, dass Jane etwas mit dieser Geschichte zu tun hat? Sie ist durch und durch unschuldig!«

»Das glaube ich auch. Aber habt Ihr je daran gedacht, dass Ihr Jane Danvers vielleicht sogar davor bewahren könnt, in die Verschwörung verwickelt zu werden, wenn Ihr die Schuld von Lord Oxbridge nachweist? Wenn ihr Bruder fort ist, würde sich die Lady vielleicht Trost suchend an Euch wenden.«

»Oh, ja«, erwiderte Martin verbittert. »Um das Herz einer Frau zu erringen, kann man bestimmt nichts Besseres tun, als dazu beizutragen, den Kopf ihres Bruders auf den Richtblock zu legen.«

»Lady Danvers braucht von Eurer Rolle in dieser Geschichte doch gar nichts zu erfahren.«

»Ich bin zwar zu allen möglichen Täuschungen und Betrügereien fähig, Sir Francis, aber so eine Lüge würde selbst mir nicht über die Lippen kommen. Ich würde der Lady die Wahrheit sagen müssen, und sie würde mich hassen. Und das zu Recht!«

Erschöpft fuhr sich Martin durch seinen Bart.

»Es ist eine üble Geschichte, und ich wünschte, sie wäre vorbei. Nur wegen meiner Tochter bin ich in Eure Dienste getreten.«

»Um Margaret eine bessere Zukunft zu sichern.«

Martin lächelte traurig.

»Für mein kleines Mädchen würde ich alles tun. Wenn ich könnte, würde ich ihr die Welt zu Füßen legen, samt Mond und Sternen.«

Sir Francis trommelte mit den Fingern auf den Schreibtisch und verzog das Gesicht. »Mir ist klar, dass Euch dieses Geschäft nicht behagt. Glaubt mir, das geht mir ebenso. Aber es ist ein Ende in Sicht.«

Er nahm ein Dokument auf, zögerte jedoch unschlüssig. Schließlich meinte er: »Ich werde Euch etwas zeigen, und ich hoffe sehr, dass mein Vertrauen in Euch gerechtfertigt ist.«

Er reichte Martin das Schreiben, der es argwöhnisch musterte.

»Was ist das?«

»Der letzte Brief der schottischen Königin an Sir Anthony Babington. Wie alle anderen war auch diese Botschaft verschlüsselt. Das hier ist Phelippes' Entschlüsselung des Originals.«

Böse Vorahnungen schnürten Martins Magen zusammen, und das nicht ohne Grund: Die schottische Königin bedrängte Babington, ihr Einzelheiten des Komplotts mitzuteilen, vor allem, wie viele englische Katholiken sie unterstützen würden, wie stark die Streitkräfte wären, die aus dem Ausland erwartet würden, und welche Häfen die Invasoren anlaufen würden.

Doch das Belastendste kam ganz am Schluss:

»Wenn die Streitkräfte in Bereitschaft versetzt sind, sowohl im Ausland als auch im Königreich, wird es Zeit sein, die sechs Gentlemen ans Werk gehen zu lassen, um mich unverzüglich von hier fortzubringen. Doch zuvor ist es unerlässlich, dass Elisabeth beseitigt wird; denn sollte der Versuch, mich zu befreien, scheitern, wird mich meine Cousine auf immer und ewig in ein finsteres Loch sperren, aus dem ich nie mehr entkommen kann – falls sie mir nicht Schlimmeres antut.

Versäumt es nicht, diesen Brief sofort zu verbrennen …«

Mit diesen Worten war die schottische Königin direkt in Walsinghams Netz geflattert und hatte ihr eigenes Todesurteil unterzeichnet. An dieser Stelle hatte Phelippes neben seine Übertragung einen kleinen Galgen gemalt.

Die arme, törichte Frau …

»Meinen Glückwunsch«, sagte Martin tonlos und reichte den Brief zurück. »Es sieht so aus, als hättet Ihr den Kopf der schottischen Königin und auch die Köpfe der anderen. Ich nehme an, Ihr werdet jetzt die Haftbefehle unterzeichnen.«

»Nein, noch nicht.«

Als Martin Sir Francis verdutzt ansah, erklärte der Staatssekretär: »Ich weiß noch immer nicht genau, wer die sechs Gentlemen sind, die von der Königin erwähnt werden. Ich habe vor, ihren Brief an Sir Anthony weiterzuleiten, allerdings mit einem Zusatz in der Handschrift der Königin, in der darum gebeten wird, die Namen aller Verschwörer zu nennen.«

»Und wenn Euer Plan misslingt?«

»Dann werde ich die Männer verhaften, mit denen Ihr heute zu Abend gespeist habt, und leider zu grausameren Mitteln greifen müssen.«

Martin schauderte. »Die Folter, meint Ihr wohl.«

»Solch üble Maßnahmen ergreife ich wahrhaftig nicht gern,

und vielleicht könnt Ihr mir helfen, sie zu vermeiden. Womöglich gelingt es Euch ja, mit ein wenig Fleiß und Einfallsreichtum die übrigen Namen herauszufinden.«

»Ich werde mein Bestes tun, Euch eine Liste zusammenzustellen, Sir.«

»Selbst wenn Lord Oxbridge darauf steht?«

Martin zögerte einen Moment zu lange, bevor er nickte. Er fürchtete, dass Walsingham etwas bemerkt hatte, doch der Staatssekretär schien in seine Unterlagen vertieft. Martin verbeugte sich und wollte eilig gehen. Aber der Klang von Sir Francis' Stimme hielt ihn zurück.

»Martin?«

Er sah den Staatssekretär überrascht an.

Zum erste Mal sprach Walsingham ihn mit seinem Vornamen an.

»Haltet Euch fern, wenn die Verhaftungen erfolgen, damit man nicht auch Euch festnimmt.«

Martin verzog das Gesicht.

»Aber ich arbeite doch für Euch, Sir. Ihr würdet bestimmt für mich bürgen.«

»Das würde ich natürlich, nur liegt die Sache ab sofort nicht mehr ausschließlich in meiner Hand. Wenn man Euch mit dem Komplott in Verbindung bringt, könnte es eine Weile dauern, bis ich Eure Rettung veranlassen kann. Möglicherweise steckt Ihr dann für mehrere Monate oder sogar Jahre im Gefängnis. Das wäre für Eure Tochter höchst unangenehm. Also – also seid auf der Hut«, schloss Walsingham und richtete den Blick wieder auf seinen Schreibtisch. »Gute Nacht, Sir.«

Lange nachdem Martin gegangen war, starrte Sir Francis ins Leere, die Stirn sorgenvoll gerunzelt. Er beschäftigte zahlreiche Spione und Agenten, doch er vertraute keinem von ihnen zur Gänze, geschweige denn, dass er sie mochte.

Aber an Martin le Loup hatte ihn etwas berührt wie bei keinem zuvor. Vielleicht war es die Hingabe, mit der er seine

Tochter liebte, vielleicht auch die Tatsache, dass Martin etwas besaß, was den anderen fehlte – ein Gewissen.

Skrupel waren bei einem Spion zwar nicht wünschenswert, doch Walsingham konnte nicht umhin, Martin dafür zu achten. Leider bedeutete das auch, dass er sich nicht mehr auf ihn verlassen konnte, vor allem in Bezug auf Jane Danvers und deren Bruder.

Allerdings hatte Walsingham schon früh gelernt, sich nie nur auf eine Quelle zu stützen. Und noch etwas hatte er gelernt: Mit der passenden Bestechung oder dem richtigen Druck konnte selbst der aufrechteste Mann dazu gebracht werden, für ihn zu arbeiten.

Der große Mann, der nun in sein Arbeitszimmer schlich, hielt den Kopf gesenkt und den Blick auf den Boden gerichtet, als schäme er sich zutiefst, diesen Raum zu betreten.

Walsingham lächelte Trost spendend und wandte sich so freundlich er konnte an seinen neuen Informanten.

»Guten Abend, Master Timon. Ich hatte gehofft, heute Nacht von Euch zu hören.«

Martin duckte sich zwischen zwei Häuser, weil er dem Nachtwächter nicht begegnen wollte. Er hätte sich eine gute Entschuldigung einfallen lassen müssen dafür, nach der Sperrstunde noch unterwegs zu sein, und er hatte das Gefühl, dass sein Vorrat an Lügen für diese Nacht aufgebraucht war.

Als er in seine Straße einbog, erblickte er im Mondlicht die Umrisse seines Hauses. Das Schild mit dem Hausnamen schaukelte im Nachtwind und quietschte. Das schwarzweiße Fachwerkhaus mit seinem überhängenden Obergeschoss unterschied sich kaum von den übrigen Häusern in dieser Straße.

Aber für einen Mann, der den Großteil seines Lebens als Vagabund verbracht hatte, war das *Angel* wie eine Burg, eine Festung, deren schlichtes Lehmfachwerk seine Tochter vor den Drachen beschützte, die sie bedrohten.

Es bedrückte ihn zutiefst, dass er die Gefahren, die Meg jetzt drohten, vielleicht selbst verursacht hatte. Noch als er zum Eingang schlich, grübelte er nach wie vor beunruhigt über sein Treffen mit Walsingham.

Die Fragen des Staatssekretärs, die Forderungen und die Warnungen schwirrten wie ärgerliche Hornissen in seinem Kopf herum. Vor allem Sir Francis Walsinghams Worte zum Abschied.

»Seid auf der Hut.«

War das ein freundlicher Rat gewesen oder eine Drohung? Manchmal war das schwer zu unterscheiden, denn der Staatssekretär sprach stets mit ruhiger, leiser Stimme. Doch trotz seines zurückhaltenden, puritanischen Auftretens konnte Sir Francis gefährlich und gnadenlos sein, wenn er verärgert war.

Allerdings hätte Martin auch ohne Walsinghams Warnung gewusst, wie heikel seine Lage war. Wenn er seine Rolle als Spion nur halbherzig spielte, lief er Gefahr, dass ihm Babington und seine Spießgesellen auf die Schliche kamen. Sie mochten zwar töricht sein, aber sie waren auch verzweifelt und wussten, dass sie ihr Leben riskierten.

Wenn sie Argwohn schöpften, könnte das Martins Tod bedeuten.

Würde er seine Rolle hingegen gut spielen, bekäme er vielleicht die Informationen, die Walsingham haben wollte – die Namen der sechs Männer. Aber sollte Ned Lambert tatsächlich einer von ihnen sein, würde es der gütigen Lady Danvers das Herz brechen, wenn Martin ihren Bruder als Verschwörer entlarvte.

Und wenn er seine Rolle zu gut spielte, lief er Gefahr, als einer der Verschwörer zu gelten und ebenfalls ins Gefängnis geworfen zu werden … wenn nicht noch Schlimmeres.

Martin fluchte halblaut. In was für eine Bredouille war er da geraten? Warum hatte er nicht schon viel früher gemerkt, wie verletzbar er war? Er war ja nur ein Kleindarsteller in diesem großen Drama, sein Abgang von der Bühne hätte für niemanden Bedeutung; für keinen bis auf Meg, die dann zur Vollwaise würde.

Nein, dachte Martin und biss die Zähne zusammen. Dazu wird es nicht kommen. Er war bestimmt nur deshalb so niedergeschlagen, weil er schrecklich müde war. Und es hatte wirklich etwas verdammt Bedrückendes an sich, wenn man zu so später Stunde nach Hause schlich, in ein dunkles, stilles Haus, in dem einen niemand willkommen hieß. Alle würden selig schlafen, bis auf ihn.

Als Martin leise die Haustür aufdrücken wollte, wurde sie ihm zu seinem Erstaunen aus der Hand gerissen. Cat stand vor ihm, die Kerze hoch erhoben. Ein kleiner Drache im Nachthemd und barfuß. Ihre blauen Augen sprühten Feuer, ihr rotes Haar stand ihr in wirren Strähnen vom Kopf.

»Aha, der Gnädigste schleicht endlich heim«, fauchte sie.

Martins anfängliche Verblüffung wich großer Sorge. Sobald er eingetreten und die Tür hinter sich zugezogen hatte, fragte er: »Was ist los? Ist Meg etwas passiert?«

»Meg geht es gut, abgesehen davon, dass sie einen Schwachkopf zum Vater hat. Wo zum Teufel habt Ihr gesteckt? Wisst Ihr eigentlich, wie spät es ist?«

»Jawohl, und der übrige Haushalt wird es auch gleich wissen, wenn Ihr nicht ein wenig leiser sprecht«, zischte Martin. »Was zum Teufel habt Ihr hier zu suchen? Warum liegt Ihr nicht in Eurem Bett?«

»Ich habe mir die Beine in den Bauch gestanden, während ich auf Euch gewartet habe. Ich habe mir vorgestellt, wie Euch der Nachtwächter verhaftet oder Euch Straßendiebe überfallen, zu einem blutigen Klumpen zusammenschlagen und zum Sterben in der Gosse liegen lassen.«

Cat unterstrich ihre Worte mit wütenden Gesten, ohne sich dabei von der Kerze in ihrer Hand stören zu lassen. »Habt Ihr denn gar keinen Verstand? Keine Vorstellung von der Gefahr, wenn Ihr Euch um diese Stunde allein auf den Straßen herumtreibt?«

Martin wich zurück, als die Kerze gefährlich nah an seinen Umhang geriet und ihn mit Wachs bespritzte. »Momentan droht mir als einzige Gefahr, in Brand gesteckt zu werden.«

Er nahm ihr den Leuchter ab, packte Cat am Arm und zog sie in sein Arbeitszimmer, damit sie nicht das ganze Haus mit ihren Schimpftiraden aufweckte.

»Cat, es tut mir leid, wenn ich Euch beunruhigt habe …« fing er an, doch sie entwand sich unwirsch seinem Griff.

»Mich beunruhigt? Keine Spur. Ich habe mir nur wegen Meg Sorgen gemacht. Mir persönlich ist es schnurzegal, wenn Euch jemand in einer dunklen Gasse den dummen Hals aufschlitzt.«

Das stimmte natürlich nicht, es war ihr keineswegs egal. Unter all ihrem wütenden Gepolter entdeckte Martin Spuren von Angst, die ihre Augen verschatteten und kleine Furchen in ihre Stirn gruben. Trotz seiner Erschöpfung musste er unwillkürlich grinsen.

»*Mon Dieu!* Ihr habt Euch tatsächlich Sorgen um mich gemacht.«

»Überhaupt nicht«, fauchte sie. »Ich habe es doch schon gesagt – es geht mir um Meg. Ich will nicht, dass das arme kleine Ding Angst um ihren Papa hat.«

»Ach so? Hat Meg gemerkt, dass ich weg war? Schleicht auch sie unruhig im Haus umher?« Martin stellte den Leuchter auf den Kaminsims und machte eine großartige Vorstellung daraus, nach seiner Tochter zu suchen. Er spähte sogar unter den Schreibtisch.

»Nein, zum Teufel mit Euch! Sie schläft tief und fest, wie ich das auch tun sollte.«

Cat stürzte zu ihm und schüttelte die Faust. »Bei Brigid, ich würde Euch zu gern einen kräftigen Tritt in den Hintern versetzen.«

»Nur zu. Das erspart mir die Mühe, es selbst zu versuchen. Ich entschuldige mich, wenn ich Euch mit meiner Abwesenheit beunruhigt habe, aber ich dachte, Ihr wärt längst im Bett.«

»Ich habe auf Euch gewartet, weil ich eine ärgerliche Sache mit Euch besprechen muss.«

Martins Grinsen erstarb, während er seinen federgeschmückten Hut und den kurzen Umhang ablegte.

Es tat ihm aufrichtig leid, Cat Kummer bereitet zu haben, aber auf einen weiteren Streit hatte er keine Lust. Er wollte sich jetzt nur noch in sein Bett fallen lassen und den Kopf im Kissen vergraben.

Als er die Kleidungsstücke auf den Stuhl vor den Kamin warf, ließ ihn der Schmerz in seiner wehen Schulter zusammenzucken. »Was immer es ist, kann es nicht bis zum Morgen warten?«

»Der Morgen ist schon fast angebrochen.«

Martin seufzte resigniert. »Na gut. Was habe ich diesmal getan, um Euch zu ärgern?«

»Ich bin mir sicher, dass Ihr das ganz genau wisst.« Cat funkelte ihn zornig an. »Ich mag ja gezwungen gewesen sein, ein paar Kleidungsstücke von Euch anzunehmen, aber ich habe Euch doch wahrhaftig lang und breit erklärt, dass ich nicht mehr als unbedingt nötig in Eurer Schuld stehen möchte.«

Martin zog leicht überrascht die Braue hoch. »Das tut Ihr nicht ... Ich habe nicht ... Ich habe Euch doch nur ein paar Dinge zum Anziehen gekauft, ein Kleid, eine Haube, eine Schürze ...«

»Das da ist keine verdammte Schürze!«

Zum ersten Mal bemerkte Martin, dass sie etwas in der anderen Hand hielt. Nun warf sie es auf den Schreibtisch – das kleine silberne Fläschchen, das er am Nachmittag in ihrem Bett versteckt hatte.

»Ach, das.« Er zuckte die Schultern. »Verflucht, Frau, ich habe Euch doch wahrhaftig nicht mit Diamanten überhäuft oder mit Perlenketten. Das ist nur eine Kleinigkeit.«

»Das ist nicht nur eine Kleinigkeit. Das verdammte Ding ist aus reinem Silber.«

In einer Geste der Hilflosigkeit breitete Martin die Hände auf dem Schreibtisch aus. »Ihr habt Euch so aufgeregt über den Verlust der Lederflasche, die Eurem Vater gehört hat. Ich wusste, dass ich sie nicht ersetzen konnte, aber ich wollte dennoch etwas tun.«

Er verzog das Gesicht. »Ich habe wohl etwas übertrieben, oder? So etwas pflege ich öfter zu tun. Dieses silberne Fläschchen sah so hübsch aus. Hätte ich lieber eine schlichte Lederflasche kaufen sollen?«

»Ihr hättet überhaupt nichts kaufen sollen«, fauchte Cat und stampfte wütend mit dem Fuß auf.

»Gut. Offenbar war es dumm von mir. Es tut mir leid.«

»N-nein. Es – es war sehr freundlich von Euch, aber ich – ich habe keine Möglichkeit, es Euch zu vergelten.« Cat wandte sich zwar rasch ab, doch nicht schnell genug. Martin hatte etwas in ihren Augen glänzen sehen. Waren das etwa Tränen?

Cat zeigte nur höchst selten solche weiblichen Gefühlsregungen. Wenn er in den letzten Wochen etwas über diese Irin gelernt hatte, dann, dass sie es hasste, irgendeine Art von Schwäche oder Verletzlichkeit zu zeigen. Ihr wütender Stolz und ihr Aufbrausen waren oft nur eine Maske, hinter der sie die zarten Gefühle verbarg, die sie so schwer zeigen konnte. Sein Geschenk hatte sie offenbar stärker berührt, als sie zugeben wollte.

Vorsichtig näherte er sich ihr, nahm sie an den Schultern und drehte sie zu sich um, auch wenn ihm klar war, dass er Gefahr lief, sich eine Ohrfeige einzuhandeln.

Doch Cat starrte nur auf seine Stiefel und blinzelte heftig. Martin legte die Finger unter ihr Kinn und zwang sie, den Blick zu heben.

»Die Fürsorge, die Ihr meiner Tochter angedeihen lasst, ist mir mehr wert, als ich Euch je bezahlen könnte. Ich stehe tief in Eurer Schuld.« Er lächelte. »Außerdem sollten Freunde nicht über Rückzahlungen sprechen, oder?«

Cat schniefte und wischte sich mit den Handrücken über die Augen. »Aha, also sind wir jetzt Freunde?«

»Nun, in der letzten Woche hast du nicht versucht, mich aufzuspießen oder mir den Schädel einzuschlagen. Also dachte ich, vielleicht fängst du ja an, mich ein bisschen zu mögen.«

Als ihre Lippen zitterten, legte er den Kopf schief und schielte sie schmeichelnd an. »Also wird mir ob des Fläschchens verziehen? Und dafür, dass ich dir Sorgen bereitet habe? Oder willst du mir dafür noch immer in den Hintern treten?«

Cat lachte zögernd. »Ich würde sagen, dein Hintern ist vor mir sicher. Zumindest einstweilen.«

Sie holte das Fläschchen vom Schreibtisch und legte die Hände fast andächtig darum. »Usquebaugh … Du hast es sogar mit irischem Whiskey gefüllt. Wie bist du denn daran gekommen?«

»Mir ist klar, dass du von London nicht viel hältst, aber London ist eine Hafenstadt. Man kann hier fast alles kaufen, wenn man nur lange genug sucht. Allerdings kenne ich mich bei irischem Whiskey nicht aus, ich kann also nicht für die Qualität bürgen.«

Cat entkorkte das Fläschchen und nahm einen Schluck, dann legte sich ein wahrhaft glückseliger Ausdruck auf ihr Gesicht.

»Es ist der Beste, den ich je getrunken habe.«

Sie bot ihm das Fläschchen an. Doch als er es nahm, heftete sich sein Blick an einen Tropfen, der an Cats Mund hing und in ihm die überwältigende Versuchung wachsen ließ, ihre Lippen zu kosten statt des Whiskeys.

Es half wenig, dass Cats Zunge sinnlich über die Unterlippe fuhr und den Tropfen genüsslich aufschleckte. Ihr Mund nahm eine feuchte, aufreizende rote Färbung an.

Mit Gewalt richtete er seine Aufmerksamkeit wieder auf das Fläschchen und nahm einen großen Schluck. Beinahe wäre er daran erstickt. Ihm war, als habe er Feuer geschluckt, das jetzt seinen Hals hinabbrannte und alles auf seinem Weg versengte.

Tränen stiegen ihm in die Augen, und er keuchte: »Herr im Himmel, Frau – wie – wie kannst du dieses Zeug trinken?«

»Es ist ein bisschen feurig und hat einen scharfen Biss. Man muss sich erst daran gewöhnen.« Sie grinste. »Genau wie an mich.«

Als er nicht aufhörte zu keuchen, klopfte sie ihm auf den Rücken und traf dabei seine empfindliche Schulter.

»Au! Au!« Hastig stellte er das Fläschchen ab und fuhr mit der Hand über seinen pochenden Muskel.

Cat musterte ihn mit zusammengekniffenen Augen. »Aha! Ich habe es dir doch gesagt, Martin le Loup. Ich habe dich gewarnt, dass du es noch bitter bereuen wirst, wenn du dich beim Spannen des Bogens nur auf deine Armmuskeln verlässt.« Sie schnalzte mit der Zunge. »Na gut, am besten ziehst du Wams und Hemd aus und lässt mich mal an dich ran.«

An ihn ran? Trotz seiner Schmerzen stellten sich viel zu viele hitzige Bilder ein. »Nein, danke, Cat. Wirklich, es geht mir gut. Ich …«

Aber Cat knöpfte bereits sein Wams auf. Er erhob noch einmal schwach Einspruch, doch inzwischen hatte er gelernt, dass ein Streit mit Cat in etwa so war wie der Versuch, der Flut zu widerstehen. Manchmal war es einfach besser, sich zu entspannen und von der Strömung treiben zu lassen.

Er zuckte zusammen, als sie ihm das Wams von der Schulter zog und dann das Hemd über den Kopf. Kühle Luft berührte seine nackte Haut.

Er sank auf den Stuhl, biss die Zähne zusammen und wappnete sich gegen ihren Angriff. Aber sie begann mit ihren starken Händen, ganz sanft seine Schultern zu kneten, und arbeitete sich dann behutsam weiter den Arm entlang.

Zuerst schmerzte es ziemlich, doch allmählich lösten sich unter ihren warmen, geschickten Fingern die Knoten in seinen Armmuskeln.

»Oh«, stöhnte er. »Ein bisschen höher. Nein, ein bisschen tiefer. Ja, genau da!«

Er seufzte wohlig, als ihre Finger an der schmerzhaftesten Stelle ihren Zauber wirkten.

Wäre er ein Hund gewesen, dann hätte sein Bein wohl in reiner Wonne gezuckt.

Er lehnte den Kopf zurück, schloss die Augen und überließ sich ganz ihrer Fürsorge.

Seltsam, dachte er. Nie hatte er die Zuneigung einer Mutter oder einer Schwester erfahren, und seine Beziehungen zu Frauen waren meist nur flüchtig gewesen. Die Beziehungen, die ihm etwas bedeuteten – zu seiner Tochter, Miri Cheney und jetzt Lady Danvers – bestanden darin, dass er versuchte, diese Frauen zu beschützen und für sie zu sorgen.

Noch nie hatte er erlebt, dass sich eine Frau um ihn kümmerte.

Dieses Gefühl war völlig neu und eigentlich sehr angenehm. Martin stellte fest, dass es ihm gefiel, vielleicht sogar ein wenig zu sehr.

Er spürte, wie seine Anspannung unter Cats heilender Berührung nachließ, all seine Zweifel und Ängste … Sie verschwanden zwar nicht, aber sie traten in den Hintergrund und schienen nicht mehr so übermächtig.

Zumindest solange nicht, bis Cat leise fragte: »Also, was ist los?«

Sofort verspannte er sich wieder. »Was soll los sein? Nichts. Wie kommst du überhaupt darauf?«

»Weil du in etwa so biegsam bist wie ein Schürhaken.« Cat massierte sein Schultergelenk. »Ich weiß nicht, wo du heute Nacht warst oder was du getan hast, aber ich möchte wetten, es war aufregender und gefährlicher, als die Konten des Theaters zu überprüfen.«

»Was tust du da?«, versuchte er zu scherzen. »Greifst du etwa auf den Trick der weisen Frauen zurück, in den Augen zu lesen?«

Noch während er diese Frage stellte, erstarrte er. Daran hatte er bislang überhaupt noch nicht gedacht, obwohl er es wahrhaftig hätte tun sollen. »Das kannst du doch, oder?«, fragte er besorgt und wollte schon fast aufspringen.

Cat stützte sich auf seine Schultern und zwang ihn dazu, sitzen zu bleiben. »Nein, nicht sehr gut. Ich lese in Verspannungen. Und deine Muskeln sind heute Nacht heftig geplagt.«

Während sie sich wieder an seiner Schulter zu schaffen machte, sagte sie: »Du bist so angespannt wie ein belagerter Fuchs, dem ein Rudel Hunde auf den Fersen ist.«

Sie beugte sich vor und sah ihn an. »Was beunruhigt dich, mein gereizter Wolf?«

Martin starrte in die Tiefen ihrer weisen irischen Augen. Einen Moment lang war er versucht, ihr alles zu erzählen über seinen gefährlichen Dienst für Walsingham, die geplante Verschwörung, seine quälenden Zweifel an Ned Lambert.

Cat war stark, und sie dachte praktisch. Sie würde nicht zusammenzucken, vor Angst erbeben oder vor Entsetzen erbleichen wie andere an ihrer Stelle. Aber sie würde das Ganze sicher nicht billigen, sie würde ihn für einen noch unfähigeren Narren und schlechteren Vater halten, als sie es ohnehin schon tat.

Schließlich steckte er bis zum Hals in Schwierigkeiten, ausgerechnet jetzt, wo schon genug andere Gefahren lauerten, vor allem auf Meg. Auch wenn er in den besten Absichten gehandelt hatte, um seiner Tochter eine bessere Zukunft zu ermöglichen …

Martin wusste nicht, seit wann er sich Cats Meinung zu Herzen nahm, aber beunruhigenderweise tat er es jetzt. Außerdem war sie seiner Tochter zuliebe schon genügend Risiken eingegangen. Sie sollte nicht auch noch in seine Probleme verwickelt werden.

»Es ist alles in Ordnung«, beharrte er. »Ich bin nur erschöpft. Der Abend in einer rauchgeschwängerten, vollen Schenke in Begleitung von – von einigen Schauspielern war sehr ermüdend. Sehr schlechten Schauspielern übrigens, wie sich herausstellte«, fügte er hinzu und schnitt eine Grimasse. »Ich hätte den Abend wahrhaftig viel lieber zu Hause verbracht mit Meg und …«

Und dir, hätte er beinahe gesagt, doch er hielt sich gerade noch rechtzeitig zurück. Er schloss die Augen wieder und zwang sich, unter ihrer Berührung zu entspannen.

Ob Cat ihm glaubte, wusste er nicht. Er konnte fast spüren, wie sie das Gesicht verzog, als sie sich wieder seiner Schulter zuwandte.

Um sie abzulenken, fragte er: »Wie ist es dir und Meg denn heute Abend ergangen?«

Cats Finger gruben sehr tief und lösten den Schmerz in seinem Oberarm. »Ganz gut, aber Meg und ihr Musiklehrer machen mir Sorgen. Ich bin nicht sicher, ob der junge Master Naismith ein guter Lehrer für sie ist.«

»Warum nicht? Der Junge ist recht begabt mit der Laute.«

»Daran zweifle ich nicht. Aber wusstest du, dass er ein Beutelschneider ist? Offenbar war er beim Stehlen nicht so begabt, denn es hat ihn ein Ohr gekostet.«

»Ja, ich kenne die Geschichte.«

»Und trotzdem hast du ihn eingestellt?«

»Sander hat keinen Grund mehr zu stehlen. Neben seiner Anstellung im Theater wird er oft für Festivitäten in den großen Häusern Londons engagiert. Außerdem hat er in Lord Oxbridge einen Gönner gefunden. Er hat sogar ein paar Lieder für seine Lordschaft komponiert.«

Lieder, die Ned bedenkenlos als die eigenen ausgab, dachte Martin.

»Vielleicht war Sander in jüngeren Jahren ja ein Taschendieb, aber vergiss nicht, meine Liebe, das war ich auch.«

»Du warst offenbar weitaus geschickter als der junge Master Naismith.« Cat legte eine Pause ein und zog ihn spielerisch am Ohrläppchen. »Du hast noch beide Ohren.«

»Ich hatte einfach mehr Glück und wurde nie erwischt. Im Übrigen gab es in Frankreich andere Strafen dafür.« Er runzelte die Stirn. »Eigentlich ist diese Strafe recht seltsam. Wie soll es einen Dieb vom Stehlen abhalten, wenn man ihm das Ohr abschneidet? Die Hand abzuhacken wäre doch weit sinnvoller.«

Cat schnaubte. »Die Engländer folgen ihrer eigenen Logik. Sie leuchtet vernünftigen Menschen nicht ein.«

Martin lächelte, während Cat sich wieder um seinen Arm kümmerte. Er merkte, dass er ihre warmen Hände auf seiner bloßen Haut immer mehr genoss, allerdings aus einem ganz anderen Grund. Aber wie ein armer, halb erfrorener Bettler hatte er nicht die Kraft, vom Feuer wegzurücken. Cats nächste Worte trafen ihn allerdings wie ein Schwall kaltes Wasser.

»Ist dir klar, dass Meg in Master Naismith verknallt ist?«

Martin riss die Augen auf. »Sei nicht albern. Sie ist doch noch ein kleines Kind.«

»Sie wird schneller erwachsen, als du denkst. In ein paar Jahren wird nicht mehr zu übersehen sein, dass da eine wunderschöne junge Frau heranwächst. Die jungen Männer werden um sie herumschwirren wie die Bienen um den Honigtopf.«

Martins Miene verfinsterte sich bei der Vorstellung, dass junge Männer um die Röcke seines kleinen Mädchens herumscharwenzelten wie eine Horde liebestoller Rüden.

»Sie sollten sich besser zurückhalten, sonst schneide ich ihnen mehr ab als nur ein Ohr«, knurrte er.

»Ich dachte, du willst Meg auf eine gute Partie vorbereiten«, erwiderte Cat so gleichmütig, dass es ihn ärgerte.

»Ja, schon, aber doch erst in vielen Jahren«, fauchte er. Er sprang auf. Das Vergnügen, das ihm Cats Hände bereitet hatten, wich der Verärgerung und einem seltsamen, fast panikartigen Gefühl.

Er wollte einen guten Ehemann für Meg finden, aber der Gedanke, dass ihm jemand seine Tochter wegnahm, versetzte ihm einen schrecklichen Stich. Sein kleines Mädchen würde ihm wohl nur viel zu kurz gehören.

»Ich weiß, dass viele Mädchen jung heiraten, aber ich finde das nicht richtig. Es ist besser, wenn eine Frau reifer ist, älter …«

»So um die dreißig?«, fragte Cat.

»Nein!« Er starrte sie finster an. »Aber doch mindestens neunzehn oder zwanzig.«

Als sie die Frechheit besaß, über ihn zu schmunzeln, wehrte er sich: »Ich habe von vielen Frauen gehört, die spät heiraten.«

»Oder gar nicht«, meinte Cat, und ihre Lippen verzogen sich wehmütig.

Martin musterte sie neugierig. Ihr Alter war schwer zu schätzen, sie mochte Mitte zwanzig sein. Sie konnte weiß Gott zänkisch und aufbrausend, stur und viel zu unabhängig sein. Aber wenn ein Mann den Mut aufbrachte, sie zu zähmen, würde er auch weibliche Zärtlichkeit in ihr finden, ganz zu schweigen von ihren körperlichen Reizen – den lebhaften blauen Augen, dem seidigen roten Haar und den festen, vollen Brüsten. Warum hatte sie nie geheiratet?

Obwohl er mit einer Abfuhr rechnete, fragte er: »Und was ist mit dir? Hast du nie daran gedacht zu heiraten?«

Blitzte in ihren Augen etwa die Erinnerung an einen Schmerz auf? Wenn, dann beeilte sie sich sehr, ihn abzuschütteln.

»Nicht ernstlich. Als ich fünfzehn war, hat mein Stiefvater versucht, eine Ehe zu arrangieren, aber nur, um mich loszuwerden. Er wollte mich an den Anführer eines Clans weit im Norden verschachern. Er hat sogar ein Bild von mir malen lassen und es ihm geschickt.«

Trotzig straffte Cat die Schultern.

»In ein solches Arrangement hätte ich mich natürlich nie gefügt, aber zum Glück wurde nichts daraus, sobald O'Hare mein Bild sah. Es war ziemlich scheußlich. Ich sah aus wie ein rothaariger Zwerg.«

»Äh – nichts für ungut, aber du bist ein rothaariger Zwerg.«

»Elender Schuft!«, erwiderte Cat gespielt grimmig, ballte die Faust und tat, als wollte sie ihn aufs Ohr boxen.

Lachend packte er sie am Handgelenk und leistete Abbitte für seine Frechheit, küsste einen Fingerknöchel nach dem anderen. Die Spannung in ihrer Hand ließ nach, und ihre Finger lösten sich. Plötzlich trafen sich ihre Blicke und versanken ineinander. Sie legte die Hand auf seine nackte Brust in der Gegend seines Herzens.

Martins Atem beschleunigte sich. Er beugte sich vor und streifte sanft ihren Mund mit seinen Lippen. Ein kleiner Kuss konnte keinen Schaden anrichten, nur ein flüchtiger, freundlicher Kuss, mehr hatte er nicht im Sinn – bis sich ihre Lippen trafen und Cat den Kuss temperamentvoll erwiderte. Ihre Lippen teilten sich, verbreiteten Wärme, erfüllten ihn mit Feuer.

Er presste ihre Hand auf sein rasendes Herz. Das … das war nicht klug. Aber seine Vernunft konnte sich nicht mehr durchsetzen.

Der Kuss wurde inniger, ihre Zungen trafen sich in einem hitzigen Duell.

Sie schlang die Arme um seinen Nacken, und er drückte sie an sich. Durch den dünnen Stoff ihres Nachthemds spürte er ihre weichen Brüste.

Sie küssten sich mit einer verzweifelten Gier. Martin nestelte an den Bändern ihres Hemdes, fast hätte er es zerrissen, als er es ihr ungeduldig von der Schulter zerrte. Er stöhnte leise auf, und seine Lenden spannten sich, als er ihre Brust umfasste. Warm und weich schmiegte sie sich in seine Hand.

Als er begann, ihren Hals mit Küssen zu bedecken, bäumte sich Cat auf und klammerte sich an ihn.

Sie keuchte und biss sich auf die Unterlippe, als sein Mund tiefer wanderte und sich schließlich um die rosige Spitze ihrer Brust schloss.

Doch plötzlich blitzte ein Funken Vernunft in ihm auf. Irgendwie schaffte er es, von Cat abzulassen, auch wenn sie leise protestierte. Er fuhr sich mit den Händen durch die Haare, hätte sich ganze Büschel ausgerissen, so frustriert war er.

Keuchend starrten sie einander an. Cats Wangen waren tiefrot, doch ihre Miene zeugte keine Scham, sondern nur Fassungslosigkeit.

»Ah, heilige Brigid!«, rief sie. »Was zum Teufel haben wir da getan?«

»Ich – ich weiß es nicht.«

Sie sprangen auf und versuchten, sich möglichst weit voneinander zu entfernen.

Cat zog sich das Nachthemd wieder über die Schulter, und Martin fuhr hastig in sein Hemd. Der weitaus größere Schmerz in seinen Lenden ließ ihn seine schmerzenden Armmuskeln völlig vergessen.

»Es – es tut mir leid«, stotterte er, während er mit ungeschickten, wie hölzernen Fingern die Bänder seines Hemdes verknotete.

»Spar dir deine Entschuldigungen«, meinte Cat. »Du bist nicht der Einzige, der hier Schuld trägt.«

»Aber ich bin der Hausherr. Wie kann ich eine Dame unter meinem Dach derart bestürmen …«

»Ich bin keine Dame, und du bist ganz bestimmt nicht mein Herr und Meister. Du bist ganz einfach nur ein Mann, und ich bin eine Frau. Was gerade passiert ist, war … war ganz natürlich.«

»Natürlich, aber falsch.«

»Oh ja. Sehr, sehr falsch. Du – du musst an deine Lady Danvers denken.«

»Ja, Jane«, antwortete Martin. Er wunderte sich, wie wenig er sich in diesem Moment für sie begeistern konnte. Nicht einmal ihr Bild konnte er heraufbeschwören.

»Und – und ich will nichts anderes, als nach Faire Isle zurückkehren«, stammelte Cat. »Die Verstrickungen, die entstehen würden, wenn – wenn ich mir einen Geliebten nähme, kann ich wahrhaftig nicht gebrauchen.«

»Einen Geliebten!«, wiederholte Martin bestürzt. »Nein, natürlich nicht. Etwas in dieser Art kommt bei uns beiden überhaupt nicht in Frage.«

»Also, was soll's – es ist nichts weiter passiert.« Cat rang sich ein Lächeln ab. »Weder bist du ein brünstiger Hengst, noch ich eine rossige Stute. Wir besitzen genügend Vernunft, um solchen Impulsen nicht noch einmal zu erliegen.«

»Nein, so etwas wird bestimmt nicht noch einmal vorkommen«, pflichtete er ihr bei. Doch als er einen Blick auf Cat wagte, sah er in ihren Augen noch immer Verlangen flackern. Beinahe hätte er sie auf der Stelle wieder in die Arme geschlossen.

Er wandte sich ab und zog hastig sein Wams an, ohne darauf zu achten, ob er es richtig zuknöpfte. Als er wagte, Cat noch einmal anzusehen, hatte sie ihr Fläschchen entkorkt und trank mehrere große Schlucke Whiskey.

Du bekämpfst Feuer mit Feuer, war er versucht zu scherzen. Doch dann fiel ihm ein, dass seine scherzhafte Bemerkung den ganzen Unfug ausgelöst hatte, und er schluckte sie hinunter.

Stattdessen meinte er betont unbekümmert: »Es wird bald hell. Wir sollten jetzt wohl besser zu Bett gehen. Allein«, beeilte er sich hinzuzufügen. »Du in deines, ich in meines ...« Er verstummte, denn er merkte, dass er nur närrisches Zeug stammelte.

Cat nickte und korkte ihr Fläschchen zu. Für eine Frau, die nicht im mindesten verlegen gewesen war, als er sie geküsst oder an ihrer Brust geknabbert hatte, wirkte sie auf einmal liebenswert schüchtern.

»Ich – ich fürchte, ich war vorhin schrecklich undankbar«, meinte sie. »Ich habe mich gar nicht ordentlich bedankt dafür.« Sie drückte das Fläschchen an sich.

»Gern geschehen. Aber ich habe dir doch gesagt, es ist nur eine Kleinigkeit.«

»Nein«, beharrte sie. »Dein Geschenk bedeutet mir sehr viel.«

»Cat, selbst wenn ich dir tausend silberne Fläschchen schenken würde, wäre es nur ein Zehntel dessen, was du mir gibst. Du weißt gar nicht, wie sehr es mich beruhigt, dass du hier bist und mir hilfst, Meg zu beschützen. Mit dir fühle ich mich nicht mehr so …«

Allein. Beinahe hätte er es gesagt. Warum nur? Bis jetzt war ihm nie aufgefallen, wie allein er war.

»Besorgt«, beendete er lahm seinen Satz. Er setzte ein Lächeln auf und tätschelte verlegen ihre Schulter.

»Gute Nacht, *petite chatte*«, sagte er leise.

Doch er glaubte nicht, dass Cat ihn gehört hatte, als sie an ihm vorbei hinausstürmte.

So leise sie konnte, kauerte sich Cat auf die Fensterbank in Megs Schlafzimmer. Sie wollte das schlummernde Mädchen auf keinen Fall wecken, doch sie selbst konnte noch nicht schlafen. Sie umklammerte ihr kostbares Fläschchen und sah zu, wie die ersten Strahlen des Morgengrauens auf die Dächer fielen.

Gute Nacht, petite chatte. Martins Gruß hallte in ihr nach.

Kleine Katze.

Ihr Mund verzog sich zu einem zögerlichen Lächeln. Jeden anderen Mann, der es gewagt hätte, sie so zu nennen, hätte sie auf der Stelle erwürgt. Warum hatte sie es Martin durchgehen lassen? Und nicht nur das, nein, sie hatte es sogar genossen, diesen absurden Kosenamen aus seinem Mund zu hören. Und warum hatte sie ihm erlaubt, ihr ein solch teures Geschenk zu machen?

Sie fuhr mit den Fingerspitzen über das Fläschchen und seufzte. Wenn sie sich schon mit Fragen herumschlug, auf die sie keine Antwort wusste, dann konnte sie sich ebenso gut die schwierigste Frage stellen.

Warum war sie aufgeblieben und hatte auf Martin gewartet? Warum war sie schier verrückt geworden vor Angst, dass dem elenden Kerl etwas zugestoßen sein könnte?

Sie konnte sich zwar weismachen, diese Angst habe vor allem Meg gegolten, aber das stimmte nur zum Teil. Sicher wäre das Kind am Boden zerstört gewesen, wenn es seinen

Vater verloren hätte. Doch zu ihrer großen Sorge musste sich Cat eingestehen, dass Meg nicht die Einzige gewesen wäre.

Als sie auf ihn wartete, hatte ihr der Gedanke fast die Kehle zugeschnürt, dass Martin vielleicht nie mehr durch diese Tür treten würde, dass sie vielleicht nie mehr sein foppendes Lächeln sehen und nie mehr sein herzliches Lachen hören würde.

Erschöpft lehnte Cat sich an die Wand. Was sollte diese Torheit? Martin le Loup war ein charmanter Spitzbube, aber er war nicht der erste, mit dem sie zu tun hatte, und außerdem hatte er alle möglichen Fehler.

Er war stur, tollkühn und unpraktisch; und darüber hinaus neigte er zum Drama und zu großen Gesten. Aber diese Schwächen traten in den Hintergrund neben seiner Freundlichkeit, seinem Mut, seinem Humor und seiner Großzügigkeit.

Und seinem treuen Herzen. Für seine Tochter würde er alles tun, und das machte Cat die größten Sorgen.

Was tat er, um Meg die glänzende Zukunft zu sichern, die er für sie im Sinn hatte?

Cat hatte noch immer keine Ahnung, welche Geschäfte ihn dazu veranlassten, mitten in der Nacht aus dem Haus zu gehen. Aber sie war sich sicher, dass es nichts mit dem *Crown Theatre* zu tun hatte.

Als er zu jener späten Stunde endlich nach Hause gekommen war, hatte er sehr erschöpft gewirkt, fast verhärmt. Welche Geheimnisse zehrten so an ihm? Und das bei einem Mann, der sonst so unbekümmert war und vor Kraft strotzte. Mit ihm zusammenzusein war, wie den Schweif des feurigen Kometen zu reiten, der noch immer den Himmel plagte.

Worin Martin auch verwickelt war, es musste schlimm sein und sehr gefährlich, wenn es einen Mann wie ihn so bedrückte. Vielleicht sollte sie ihm das nächste Mal, wenn er wieder so spät aufbrach, folgen und …

Wie konnte sie nur an so etwas denken? Sie musste sich in

Erinnerung rufen, warum sie hier war: nicht um Martin le Loup zu beschützen, sondern seine Tochter.

»Der Mann geht dich nichts an. Überhaupt nichts«, wiederholte sie mehrmals leise wie einen Zauber, von dem sie sich Schutz erhoffte. Doch es half nichts – vielleicht, weil sie auf ihren Lippen noch die Wärme seiner Küsse spürte.

Weihnachten. Bis dahin sind es noch immer fast fünf Monate, ermahnte sie sich streng. Fünf Monate, in denen sie vermeiden musste, sich weiter auf Martin einzulassen. Doch Cat fürchtete, dass es dafür bereits zu spät war.

Töricht, wie sie war, hatte sie sich in diesen Mann verliebt.

14

In der ganzen Stadt läuteten die Glocken in wildem Jubel. Man hätte denken können, sie verkündeten einen großen Sieg oder die Geburt eines königlichen Erben. Doch es war nur die geschuldete Hochachtung für die Königin, wenn sie ihre Barke bestieg und die Themse hinabsegelte. In jedem Sprengel erhielten die Kirchendiener zusätzlichen Lohn für die Verrichtung dieser Pflicht. Die reine Geldverschwendung und ein Höllenlärm für nichts und wieder nichts, fand Cat.

Elende Engländer, dachte sie wieder einmal verstimmt, zügelte aber ihrer jungen Begleiterin zuliebe ihren Verdruss. Wochenlang hatte Meg das Haus nicht verlassen dürfen; jetzt schien die Lage sicher genug für einen kleinen Ausflug.

Endlich durfte Meg das Theater ihres geliebten Vaters besuchen. Dass sie womöglich auch einen Blick auf ihre viel bewunderte Königin Elisabeth erhaschen konnte, steigerte nur ihre Aufregung.

»Nun komm schon, Cat«, meinte Meg und zog sie zu der Schar Schaulustiger am Ufer von Southwark.

Die Leute winkten mit ihren Hüten und Taschentüchern und jubelten. Es herrschte eine festliche Stimmung an diesem warmen Sommertag. Dennoch war Cat auf der Hut, ja fast in Alarmbereitschaft. Sie ließ ihre Blicke über die Menge schweifen und spähte in die Gesichter, vor allem die der Frauen, um sich zu vergewissern, dass niemand ein ungebührliches Interesse an Meg zeigte. Aber alle Augen waren auf den Fluss gerichtet.

Am Ufer angekommen, warf Cat einen Blick zurück. Wo blieb Martin? Sie stellte fest, dass er sich ein gutes Stück hinter ihnen befand.

Seit sie der Leidenschaft nachgegeben hatten und in seinem Arbeitszimmer beinahe übereinander hergefallen waren, hatten sie darauf geachtet, gebührenden Abstand zu wahren. Cat hatte sich immer wieder streng zur Ordnung rufen müssen und versucht, ihr Verlangen und ihre törichten Gedanken zu zügeln.

Wie sollte sie in diesen Mann verliebt sein?

Dieser Gedanke war ihr bestimmt nur gekommen, weil sie zu viel Whiskey und zu wenig Schlaf bekommen hatte. Aber sie war ehrlich genug, sich einzugestehen, dass sie sich zu Martin hingezogen fühlte, vor allem, wenn er so stattlich aussah wie an diesem Tag.

Er trug ein samtenes Wams im lebhaften Grün seiner Augen. An seiner Schulter flatterte ein kurzer schwarzer Umhang, und seine eng anliegenden Kniehosen unterstrichen seine muskulösen Beine. Die federgeschmückte Mütze, die keck auf seinem Kopf saß, steigerte sein verwegenes Aussehen.

Sein Anblick hätte das Herz einer jeden Frau höher schlagen lassen, in deren Adern gutes rotes Blut floss. Doch Cat bezweifelte, dass in den Adern der Frau, die Martin begleitete, etwas anderes als verwässerte Milch floss.

Lady Jane Danvers schritt neben Martin, den Blick züchtig gesenkt, dahinter das Gefolge der Lady – mehrere livrierte Diener und Mistress Porter, ihre Zofe, ein mürrisches Geschöpf mit grauen Haaren.

Die beiden Frauen in ihren steifen Röcken, die sich über Krinolinen bauschten und sie zwangen zu trippeln, waren daran schuld, dass Martin zurückgeblieben war. Cat hätte auf ihre Gesellschaft gut verzichten können.

Doch Lady Danvers hatte das Theater, das sie finanziert hatte, noch nie gesehen, und Martin schien sehr erpicht, es ihr zu zeigen.

Und vermutlich wollte er auch seine Tochter der Frau näherbringen, die eines Tages vielleicht Megs Stiefmutter werden würde.

Cat war sehr neugierig auf die Dame gewesen und hatte sie gründlich in Augenschein genommen. Sie war ziemlich hübsch, aber sehr still, steif und langweilig. In ihrem cremefarbenen Seidengewand, das helle Haar unter einem breitkrempigen Hut versteckt, hätte die Lady im dunstigen Nachmittag verschwinden können und wäre nie vermisst worden. Zumindest nicht von Cat.

Doch Martin wirkte sehr aufmerksam und unterhielt sich angeregt, wenn auch gedämpft mit seiner Dame.

Als ob das arme Ding in Ohnmacht fallen würde, wenn er seine Stimme ein wenig erhöbe, dachte Cat verächtlich.

Aber ihr war klar, warum Lady Danvers' Sanftmut und ihre Verletzlichkeit einen Mann wie Martin mit seinen romantischen Vorstellungen von Ritterlichkeit und seinem Hang zur Theatralik so ansprachen. Ihre Ladyschaft war eine Frau, vor der er knien und ihr schwören konnte, all ihre Drachen zu töten.

Ganz anders als Cat. *Ich bin der Drache,* dachte sie.

Sie wurde aus ihren trüben Gedanken gerissen, als sie bemerkte, dass sich Meg aus ihrem Griff gelöst hatte. Einen Moment lang befand sich Cat in heller Aufregung, doch dann entdeckte sie das Mädchen unweit von sich.

Seit Megs Mutter vor ihren Augen ertrunken war, fürchtete sie sich vor Wasser. Aber der Wunsch, die Königin zu sehen, war stärker als alles andere, stärker als ihre Angst vor dem Fluss oder den Fremden, die sich am Ufer drängten.

Das Mädchen versuchte, sich einen Weg durch die Menge zu bahnen, um ganz bis nach vorn zu gelangen. Cat eilte zu ihr und legte ihr fest die Hand auf die Schulter.

Sie beugte sich hinab und fauchte ihr ins Ohr: »Meg, du hast es uns versprochen. Du hast geschworen, immer in der Nähe von deinem Papa und mir zu bleiben, wenn wir dir erlauben, das Haus zu verlassen.«

»Aber Cat – ich kann die Königin nicht sehen«, jammerte Meg.

Da verpasst du nicht viel, hätte Cat am liebsten erwidert. Aber gegen Megs flehende grüne Augen war sie nicht gefeit.

Cat rammte einem stämmigen Kaufmann den Ellbogen in die Rippen, drängte sich an einer dürren Matrone und ihrer Tochter vorbei, trat einem schlaksigen Matrosen auf die Füße und schaffte es so, Meg nach vorne zu schieben. Ohne auf die Flüche und bösen Blicke zu achten, gelang es ihr, Meg bis an den Rand der Menschenmenge zu bringen.

Die Barke war schon fast am Ende der Flussbiegung angelangt. Zwölf kräftige Männer in scharlachroten Livreen mühten sich an den Rudern, doch die Königin war unter ihrem goldenen Baldachin kaum zu sehen. Cat beugte sich vor und hob sich Meg auf die Schultern, was gar nicht so einfach war.

Das Mädchen wog nicht viel, doch um einen guten Eindruck auf Lady Danvers zu machen, hatte Meg heute ebenfalls bauschige Röcke an. Als Cat sich vorsichtig aufrichtete, konnte sie unter den rosafarbenen Seidenrüschen kaum etwas erkennen. Doch Megs erfreutes Aufkeuchen entschädigte sie. Meg hielt sich an Cats Kopf fest und jubelte im Chor mit allen anderen.

Obwohl Cats Schultern zu schmerzen begannen, hielt sie Meg oben, so lange sie konnte.

Als dann der Jubel erstarb und sich die Menge um sie herum allmählich auflöste, dachte sich Cat, dass die Barke nun wohl nicht mehr zu sehen war.

Doch als sie sich vorbeugte, um Meg absteigen zu lassen, verlor sie das Gleichgewicht. Sie taumelte nach hinten und schaffte es nur mit knapper Not, sich zu drehen und mit ihrem Körper Megs Sturz abzufedern.

Sie musste sich einen Fluch verkneifen, als ihr die Knochen durchgerüttelt wurden. Einen Moment lang blieb ihr die Luft weg. Sie lag auf dem Rücken und zuckte zusammen, als Megs Ellbogen sie traf, während das Mädchen von ihr herunterkletterte.

»Oh Cat, ist alles in Ordnung?«, rief sie.

Cat konnte nur stumm nicken. Mit den boshaften Ponys aus dem Stall ihres Stiefvaters hatte sie weit schlimmere Stürze erlebt. Aber sie war wirklich sehr unsanft auf dem Hintern gelandet.

Als sie sich vorsichtig aufsetzte, verzog sie das Gesicht. Ihr Steißbein würde wohl bald ein übler Bluterguss zieren.

Meg blickte besorgt auf sie herab. »Bist du dir sicher, dass du nicht verletzt bist?«

»Nur meine Würde wurde verletzt«, murrte Cat.

»Zum Glück habt Ihr nicht so viel davon«, behauptete eine muntere männliche Stimme.

Als Martin zu ihr trat, lief Cat hochrot an. Sie merkte, dass ihr beim Sturz die Röcke hochgerutscht waren und nun ziemlich viel von ihren Beinen zu sehen war. Doch bevor sie etwas tun konnte, zog Martin schon den Saum nach unten.

Er legte seinen starken Arm um ihre Taille und half ihr beim Aufstehen.

Sie war versucht, sich kurz an ihn zu lehnen, aber als sie sah, dass Lady Danvers und ihre Zofe näher kamen, richtete sie sich steif auf und klopfte verlegen den Staub aus den Kleidern.

Martin wirkte jedoch eher belustigt als verärgert. Der Schalk blitzte in seinen Augen, als er meinte: »Ich weiß, wie sehr Euch die Königin am Herzen liegt, Mistress O'Hanlon, aber Ihr müsst wirklich versuchen, Eure Begeisterung zu zügeln.«

Cat starrte ihn finster an, doch bevor sie ihm die passende Antwort geben konnte, meldete sich Meg. »Hör auf, Cat zu necken, Papa. Du weißt ganz genau, dass ich die Königin sehen wollte, nicht sie.«

»Und, hast du es endlich geschafft, einen ausgiebigen Blick auf deine große Heldin zu werfen?«, fragte Martin.

Meg seufzte tief. »Nein. Es standen zu viele bekloppte Höflinge um sie herum.«

Unwillkürlich hatte das Mädchen Cats Redeweise so trefflich nachgeahmt, dass Cat laut lachen musste.

Martin ging es genauso. »Bekloppte Höflinge, ja?«, kicherte er, ebenfalls in Cats Akzent. »Offenbar macht Cat eine Irin aus dir.«

»Besser als eine Engländerin«, konterte Cat. »Und was ihre Redeweise angeht – daran seid Ihr selbst schuld. Eure Tochter hat eben Euer teuflisch gutes Talent zum Schauspielern geerbt.«

Martin grinste. Die Spannung, die in der letzten Woche zwischen ihnen gestanden hatte, schien sich aufzulösen – bis Lady Danvers vortrat.

Ihre Lippen verzogen sich zu einem zaghaften Lächeln, wie bei jemandem, der spürt, dass etwas Lustiges passiert ist, doch keine Ahnung hat, um was es geht.

»Ich habe gesehen, wie du zu Boden gestürzt bist, Margaret. Hast du ein Spiel gespielt?«

Cat besann sich darauf, dass sie als Zofe von Meg hier war. Sie trat zurück und wollte sich im Hintergrund halten. Doch Meg nahm sie an der Hand und erklärte Lady Danvers: »Ich wollte einen besseren Blick auf die Königin werfen, und Cat hat mir dabei geholfen. Sie hat mich hochgehoben, und dann sind wir beide hingefallen.«

Mistress Porter machte sich an Meg zu schaffen. Sie richtete ihr die Halskrause und zupfte Grashalme von ihrem Gewand, wobei sie missbilligend die Lippen schürzte.

»Eine gute Zofe sollte eher versuchen, ihre Herrin vor solch einer vulgären Menge zu schützen«, meinte sie. »Aber vielleicht weiß Mistress O'Hanlon das nicht, schließlich kommt sie aus Irland.«

Meg wich vor ihr zurück und drängte sich an Cat. »Cat beschützt mich schon. Immer. Und sie ist nicht meine Zofe. Sie ist meine *Fianna* …«

Cat drückte warnend Megs Schultern.

»Meine Freundin«, schloss Meg.

»Mistress O'Hanlons Dienste für meine Tochter sind unbezahlbar«, fügte Martin mit einem warmen Blick für Cat hinzu.

Mistress Porter schnaubte hochmütig und wollte etwas erwidern. Doch zu Cats Überraschung hielt Lady Danvers ihre Zofe mit einem strafenden Blick zurück.

»Schon gut, Porter.«

Ihre Ladyschaft wandte sich an Meg und streifte ihr eine widerspenstige Haarsträhne hinters Ohr.

»Ich kann das gut verstehen. Ich hatte jemanden, der sich viele Jahre lang ganz hervorragend um mich gekümmert hat, und diese Person war für mich auch immer wie eine liebe Freundin. Mein altes Kindermädchen, Sarah, war eine sehr freundliche und gute Frau.«

»Wann ist sie gestorben?«, fragte Meg.

Die Frage klang ganz natürlich, weil Lady Danvers so melancholisch wirkte. Doch da Meg der Lady eindringlich in die Augen sah, regte sich bei Cat ein gewisser Verdacht. Sie drückte Meg noch einmal warnend, woraufhin das Mädchen schuldbewusst den Blick senkte.

Ihre Ladyschaft wirkte ein wenig erstaunt ob Megs Feinfühligkeit, antwortete jedoch: »Ich habe Sarah erst vor Kurzem verloren. Sie ist an einer Geschwulst gestorben.«

Ihre Stimme wurde noch leiser, als sie hinzufügte: »Ein – ein sehr schmerzlicher Tod.«

»Das tut mir leid«, erwiderte Meg.

»Wenigstens hat die arme Frau jetzt ihren Frieden gefunden«, sagte Martin.

Lady Danvers nickte, doch Martins Versuch, sie zu trösten, schien sie nur noch melancholischer zu stimmen. Ein peinliches Schweigen folgte.

Die Frau verstand es wahrlich, einem die Freude an einem angenehmen Nachmittagsausflug zu verderben, dachte Cat. Sie war richtig erleichtert, als Martin vorschlug, weiterzugehen.

Unterwegs forderte Martin Meg auf, doch Lady Danvers und deren Zofe zu begleiten. Pflichtschuldig, wenn auch nicht begeistert, kam Meg der Aufforderung nach.

Das Theater lag nicht weit entfernt vom Ufer, doch die schmale Straße dorthin war überfüllt mit Straßenhändlern, Karren und Leuten, unterwegs zu der kleinen Arena, die dem *Crown* gegenüber lag.

Auf einer Wiese vor einer Schenke spielten ein paar Männer Bowling. Normalerweise hätte Meg den Hals gereckt, um ihnen zuzusehen, denn sie saugte neue Anblicke und Geräusche gierig auf wie ein Schwamm.

Doch die Enttäuschung, Königin Elisabeth so nahe gewesen zu sein und Ihre Majestät dennoch nicht richtig gesehen zu haben, dämpfte Megs gute Laune. Und nun musste sie auch noch liebenswürdig zu Jane Danvers sein, einer Dame, die so großartig war, dass sie nicht ohne ihre Zofe und eine Schar Diener das Haus verließ.

Die Männer marschierten vor Ihrer Ladyschaft, bahnten ihr den Weg und hielten die Leute zurück. Unwillkürlich dachte Meg daran, dass Cat niemals einen Mann brauchen würde, um ihr den Weg zu ebnen, und auch Megs furchteinflößende Mutter hatte keinen gebraucht – und dabei war Cassandra Lascelles blind gewesen.

Doch weder Maman noch Cat waren richtige Damen wie Jane Danvers, und wie es sich ihr Papa sich sehnlichst von ihr wünschte, dass sie es eines Tages werden würde. Er hatte zwar ihr gegenüber nichts verlauten lassen, doch Meg vermutete, dass er hoffte, Lady Danvers zu heiraten und Meg auf diese Weise eine neue Mutter zu schenken, auch wenn es das Letzte war, was sie sich wünschte.

Es sei denn, es wäre Cat, dachte Meg sehnsüchtig. Aber das war unmöglich. Papa und Cat stritten sich ständig und hatten sehr unterschiedliche Ansichten, vor allem in Bezug auf das alte Wissen und auf weise Frauen und deren Lebensart.

Aber wenn man das dunkle Schicksal bedachte, das Meg von ihrer Mutter prophezeit worden war, hatte ihr Vater wahrscheinlich doch recht damit, es lieber zu sehen, dass sie Lady Danvers glich.

Ihre Ladyschaft schienen die engen Grenzen ihres Lebens jedoch so einzuschnüren wie ihr Korsett. Beim Laufen hielt sie sich starr aufrecht. Dennoch schaffte sie es mit scheinbar müheloser Anmut, den Saum ihres teuren Gewandes zu raffen, damit er nicht schmutzig wurde. Meg glaubte nicht, dass sie so etwas je lernen würde.

Immerhin schien Ihre Ladyschaft nicht so kalt und herablassend zu sein wie ihre grässliche Zofe.

Als Meg einen Blick auf Lady Danvers riskierte, stellte sie fest, dass sie an ihrer Halskrause herumfingerte. Am liebsten hätte Meg dasselbe getan, denn ihr Hals juckte schrecklich von der gestärkten Rüsche.

War es möglich, dass diese elegante Dame sich ebenso unwohl fühlte wie sie selbst? Dies erschien Meg allerdings höchst abwegig.

»Es – es ist sehr warm«, meinte Lady Danvers in diesem Moment.

»Ja, das ist es wirklich.«

»Und es ist so viel los auf der Straße.«

Abermals pflichtete Meg ihr höflich bei.

»Es wundert mich, dass so viele Menschen unterwegs sind. Wohin wollen sie denn nur alle? Dein Vater hat mir gesagt, dass heute Nachmittag keine Vorstellung im Theater stattfindet.«

»Nein, die Schauspieler proben gerade ein neues Stück. Wahrscheinlich wollen all die Leute zur Bärenhatz, die in der Arena gegenüber stattfindet.« Meg schnitt eine Grimasse des Abscheus.

»Magst du diese Art von Sport nicht?«, fragte Lady Danvers.

»Das ist doch überhaupt kein Sport. Eine Horde Hunde auf das arme, angekettete Biest zu hetzen – ich wünschte, der Bär würde sich befreien und sie alle auffressen. Na ja, nicht die Hunde, die können ja nichts dafür. Aber diese widerlichen Männer mit ihren Wetten …«

Meg zügelte sich. Cat hätte verstanden, dass sie ihrer Empörung freien Lauf lassen musste, aber Ihre Ladyschaft war bestimmt schockiert.

Doch Lady Danvers erwiderte: »Da muss ich dir beipflichten. Ich habe mir auch oft gewünscht, dass sich der Bär seine Peiniger schmecken lässt.«

Meg musterte die Frau verblüfft. Vielleicht war ihre Ladyschaft doch nicht so sittsam und steif. Unwillkürlich schrumpfte ihre Abneigung ein wenig.

»Wenn ich die Königin wäre, würde ich die Bären- und Stierhatz verbieten«, fuhr Lady Danvers fort. »Aber ich fürchte, Ihre Majestät ist recht angetan von solch blutrünstigem Sport.«

»Oh.« Meg schürzte die Lippen. So etwas über ihre Heldin zu erfahren war ihr gar nicht recht. Doch dass Lady Danvers die Königin kannte, ja sich tatsächlich schon einmal im selben Raum befunden hatte wie Ihro Durchlaucht, besiegte alle Vorbehalte.

»Ihr wart schon einmal bei Hofe? Ihr kennt die Königin? Ihr habt sie gesehen? Mit ihr gesprochen? Wie war sie? Was hat sie …« Meg versuchte, sich ein wenig zu zügeln. »Es tut mir leid, ich sollte Euch damit nicht belästigen.«

»Schon gut, mein Liebes. Dein Papa hat mir erzählt, dass du eine große Bewunderin der Königin bist. Mir ging es früher ebenso.«

Früher? Meg konzentrierte sich auf dieses Wort und auf die Schatten, die über Lady Danvers Gesicht zu ziehen schienen.

»Ich kann nicht behaupten, dass ich Ihre Majestät gut kenne. Ich war nicht oft bei Hof, aber als mein Vater starb, war die Königin sehr freundlich zu mir und meinem Bruder. Und das, obwohl mein Vater sie sehr erzürnt hatte.«

Lady Danvers zögerte, als müsse sie ihre nächsten Worte mit Bedacht wählen. »Niemand ist so mitfühlend gegenüber Witwen, Waisen oder anderen, denen großes Leid widerfahren ist, wie Ihre Majestät. Aber wenn sie etwas tun muss, das sie für notwendig erachtet, um ihren Thron zu sichern, dann – dann kann Elisabeth auch sehr – sehr streng sein.«

Meg hatte Lady Danvers Gedanken so weit gelesen, dass ihr klar war, was die Frau eigentlich hatte sagen wollen.

Elisabeth kann auch sehr hart, ungerecht und grausam sein.

Doch Meg konnte sich ja schlecht über eine solche Kritik an ihrer geliebten Königin empören, wenn sie nicht laut geäußert worden war.

Gezwungen, den Mund zu halten, verfiel Meg in verdrossenes Schweigen.

Auch Ihre Ladyschaft schwieg scheinbar gedankenverloren. Auf einmal, wie in einem plötzlichen Impuls, kramte sie in dem kleinen Beutel, der an ihrem Gürtel hing.

Meg, neugierig wie immer, konnte sich nicht zurückhalten und versuchte, einen Blick auf den Inhalt des Samtbeutels zu erhaschen. Lady Danvers zog etwas Blaues hervor und bot es Meg an.

»Hier. Das kannst du haben.«

Meg nahm das brüchige, leicht angeschmutzte Stück Seide entgegen. Sie beäugte es zweifelnd, dann meinte sie: »Äh – danke schön.«

»Das ist ein Stück des Teppichs, der zur Krönung der Königin entrollt wurde. Nach der Feier wurde er von der Menge in Fetzen gerissen, alle wollten ein Andenken haben an das große Ereignis. Meine alte Kinderfrau war dabei und hat ein Stückchen ergattert.«

»Oh! Vielen Dank«, wiederholte Meg weitaus begeisterter. Nun sah sie den angeschmutzten Stofffetzen natürlich in einem ganz anderen Licht.

»Dieses winzige Stück Teppich gehörte zu den wertvollsten Besitztümern meines Kindermädchens«, erklärte Lady Danvers mit gepresster Stimme. »Sarey hat ihn mir auf ihrem Sterbebett gegeben.«

Meg hielt das Fragment so ehrfürchtig in der Hand wie eine Reliquie. Es kostete sie eine enorme Überwindung, es Lady Danvers zurückzugeben.

»Oh n-nein, Eure Ladyschaft«, stammelte sie. »Ihr könnt

Euch unmöglich davon trennen wollen. Solch ein Schatz, ein Symbol für den Tag, als Elisabeth unsere geliebte Königin wurde … Das kann ich nicht annehmen.«

»Oh doch, Kind, das kannst du.« Lady Danvers schloss Megs Finger um den Stoff. »Behalte es.«

Ihr Lächeln war seltsam verbittert und gleichzeitig unendlich traurig.

»Ich bin mir sicher, dass du dich über dieses Stückchen Seide weit mehr freust, als ich es je könnte.«

Cat trottete hinter Lady Danvers Gefolge her, ungeduldig und gereizt, weil sie nicht wie gewohnt flott ausschreiten konnte. Aber immerhin konnte sie von hier aus Meg gut im Auge behalten.

Außerdem konnte sie die angestrengten Versuche Ihrer Ladyschaft kritisch beobachten, sich mit Meg anzufreunden. Lady Danvers hatte Meg sogar ein Geschenk gemacht, das sie aus ihrem Beutel hervorgekramt hatte. Cat konnte nicht erkennen, um was es sich handelte. Vielleicht war es eine Münze.

Meg nahm es beflissen entgegen, wirkte aber trotzdem noch ziemlich steif und zurückhaltend. Cat schämte sich, dass sie das so zufrieden machte.

Wenn Lady Danvers dafür vorgesehen war, Megs Stiefmutter zu werden, sollte sich Cat Meg zuliebe eigentlich wünschen, dass sich zwischen den beiden ein wenig Zuneigung und Vertrauen einstellte.

Doch es fiel ihr verdammt schwer, so großzügig zu sein. Und ihre Gereiztheit ließ auch nicht nach, als Martin neben ihr auftauchte und ihr ins Ohr murmelte: »Also, was denkst du?«

Cats Miene verfinsterte sich, als Porter hinter ihre Herrin trat und an einer Falte ihres Gewandes herumzupfte, wobei sie Cats Sicht auf Meg behinderte.

»Ein bisschen zu breit für meinen Geschmack.«

»Ich rede doch nicht von der Zofe. Du weißt ganz genau, dass ich Lady Danvers meine«, erwiderte Martin

Cat zuckte mit den Schultern. »Ist meine Meinung von Bedeutung?«

»Jawohl, das ist sie.« Überraschen beharrlich fragte er nach: »Also, was hältst du von Jane?«

Cat runzelte nachdenklich die Stirn. Was sollte sie sagen? Dass Jane Danvers nur ein blasses Abbild von Miri Aristide war, der Frau, die Martin jahrelang angebetet hatte? Dass Ihre Ladyschaft zwar hübsch war wie Miri, aber deren Weisheit und ruhige Stärke vermissen ließ?

Jane war viel zu lieblich und viel zu sanft. Martin und Meg würden rücksichtslos auf ihr herumtrampeln. Ihrer Ladyschaft würde es niemals gelingen, einen derart durchtriebenen Hengst und sein widerspenstiges Fohlen zu bändigen. Nie würde sie es schaffen, sie zu schimpfen und zu trösten, sie zu lieben und zu beschützen.

Auf jeden Fall nicht so, wie ich das könnte, dachte Cat. Doch dann fuhr sie zusammen und fragte sich, wie sie nur auf einen derart abwegigen Gedanken gekommen war. Die Röte stieg ihr ins Gesicht, als sie merkte, dass Martin sie ansah und auf ihre Antwort wartete.

Sie schluckte und bemühte sich wenigstens dieses eine Mal um einen gewissen Takt.

»Lady Danvers scheint eine … eine sehr achtbare Frau zu sein. Sie – sie ist blond wie Arianes jüngste Schwester, wenn auch nicht so hübsch wie Miri.«

»Es gibt nur eine Miri«, sagte Martin, und in seiner sanften Stimme schien all die Zuneigung mitzuschwingen, die er für diese Frau empfunden hatte. Cat fühlte sich, als hätte ihr jemand mit scharfen Krallen das Herz zerkratzt; eine seltsame Empfindung, die unangenehm nach Eifersucht schmeckte. Sie strengte sich an, dieses Gefühl rasch wieder loszuwerden.

Eilig fügte Martin hinzu: »Aber Jane ist schön auf ihre Weise – wie eine hübsche englische Rose.«

»Das kann ich nicht beurteilen«, erwiderte Cat bissig. »Schließlich bin ich nur ein Unkraut.«

»Nein, du bist eher wie die Heide, die frei und wild auf euren irischen Hügeln wächst.« Sein Blick war warm und bewundernd, traf Cat an ihrer empfindlichsten Stelle und ärgerte sie zugleich.

Sie bemühte sich nach Kräften, sich keine Blöße zu geben, doch Martin machte es ihr wahrhaftig nicht leicht.

Schließlich schnaubte sie nur abfällig. »Wie schlau von dir, mich mit etwas zu vergleichen, das du nie gesehen hast.«

»Doch, das habe ich. Durch deine Augen.«

Zum Kuckuck mit diesem Kerl. Warum sagte er solche Dinge, warum lächelte er sie so an und zwang sie, sich einer Tatsache zu stellen, die sie bislang standhaft geleugnet hatte?

Heute war sie nicht erschöpft, und ihr Kopf war nicht vom Whiskey benebelt. Sie war stocknüchtern und glaubte trotzdem, ihn zu lieben.

Glaubte sie das nur? Nein, sie wusste es, sie fühlte es, es ging ihr durch Mark und Bein. Sie blieb mitten auf der Straße stehen und griff zur einzigen Waffe, die ihr geblieben war, um ihn sich vom Leib zu halten: die scharfe Klinge ihrer Zunge.

»Wie reizend, Master Wolfe«, fauchte sie verächtlich. »Aber vielleicht hebt Ihr Eure Schmeicheleien lieber für eine Frau auf, die darauf Wert legt. Ihr wollt doch ein richtiger Gentleman werden. So einer vergeudet keine Komplimente an Dienstboten.«

Martin blinzelte erstaunt über diesen plötzlichen Angriff. »Grundgütiger, Cat, du weißt doch, dass ich dich nicht in einem solchen Licht sehe.«

»Es steht dir nicht zu, mich in irgendeinem Licht zu sehen.«

Cat lief schneller und ließ ihn zornig und verletzt zurück. Aber das war weit besser, als ihn die Wahrheit erraten zu lassen.

Sie liebte ihn. Doch wenn sie auch nur einen weiteren Moment länger in seiner Gesellschaft verbrachte, würde sie etwas auf seinem dicken, begriffsstutzigen Schädel zerschmettern.

***

Cat umkreiste den Theaterhof und starrte trübsinnig auf die leeren Galerien.

Das *Crown* hatte viel von dem Reiz verloren, den es bei ihrem ersten Besuch auf sie ausgeübt hatte, als sie Martins Darbietung so gebannt hatte.

Vielleicht lag es aber auch daran, dass ihr die Rolle nicht gefiel, die er im Moment spielen musste. Er führte Lady Danvers herum und stellte sie den Mitgliedern der Theatertruppe vor.

An Martins übertriebenen Gesten erkannte Cat, dass er sich mächtig ins Zeug legte, um ihre Ladyschaft aufzumuntern und der melancholischen Frau ein Lächeln zu entlocken. Er war so theatralisch, als stünde er auf der Bühne.

Vielleicht hätte er bei seiner Lady mehr Erfolg, wenn er sie mit einem seiner intensiven, aufrichtigen Blicke verstörte, wie er es oft bei Cat tat.

Seufzend bemühte sich Cat, diese gehässigen Gedanken zu vertreiben.

Witz und Charme waren bei Martin so natürlich wie das Atmen. Cat konnte ihm ja kaum vorwerfen, dass sie sich in ihn verliebt hatte. Es war einzig und allein ihre eigene Narretei, und die musste sie überwinden und sich immer wieder daran erinnern, dass sie nur zu Megs Schutz hier war.

Natürlich wünschte sie sich nicht, dass Meg akute Gefahr drohte, aber es hätte ihr geholfen, wenn sie irgendeine wichtige Aufgabe gehabt hätte; wenn sie ihren versteckten Dolch zücken und eine Hexe vom Zirkel der Silbernen Rose oder einen Soldaten der dunklen Königin hätte abwehren müssen.

Doch Arianes letzter Nachricht zufolge waren die Gefahren für Meg deutlich geringer geworden.

»Ma chère Catriona«, hatte die Herrin von Faire Isle geschrieben, *»auf meine Bitte hin ist mein Schwager nach Paris gereist und hat sich dort umgehört. Nach langen diskreten Nachforschungen konnte Simon in Erfahrung bringen, dass in jener*

Nacht auf den Klippen viele Mitglieder des Zirkels getötet wurden. Der Rest wurde verhaftet, nach Paris gebracht und hingerichtet.

Ob Katharina etwas über Megaera erfahren hat, weiß ich nicht genau. Die Mitglieder des Zirkels waren Meg allerdings so fanatisch ergeben, dass sie wohl auch unter der Folter nicht geredet haben. Vielleicht ist das aber auch nur Wunschdenken meinerseits.

Simon hat keine Hinweise darauf entdeckt, dass die dunkle Königin trotzdem herausgefunden hat, bezüglich der Identität der Silbernen Rose getäuscht worden zu sein.

Inzwischen wäre Katharina doch gewiss wie ein wütender Racheengel in Faire Isle eingefallen, aber hier ist nach wie vor alles ruhig …

Der Rest des Briefes bestand aus munteren Versicherungen, dass es um Arianes Gesundheit bestens bestellt sei und es ihr und dem Kind in ihrem Leib gut gehe. Cat wünschte sich von Herzen, dass das auch stimmte.

Zum Schluss bat Ariane sie noch einmal, Meg weiter zu bewachen, auch wenn diese Bitte unnötig gewesen wäre. Die einzige Gefahr, die Meg momentan drohte, lag in dem übermäßigen Genuss von Süßigkeiten.

Das Mädchen schlenderte mit einem der Schauspieler, dem alten Arthur Lehay, auf der Bühne herum. Der korpulente Bursche traktierte Meg mit kandiertem Ingwer.

»Eure junge Herrin hat sich den Saum ihres Gewandes zerrissen«, verkündete eine kalte Stimme. Sehr zu ihrem Verdruss stellte Cat fest, dass Mistress Porter neben ihr stand.

»Ach ja?«, fragte Cat. »Ich würde sagen, es ist noch genügend Stoff übrig. Er sollte reichen, um zwei in ihrer Größe zu bekleiden.«

»Ich für meinen Teil bin stets vorbereitet, Mylady zu dienen, falls ein solches Unheil passiert«, erklärte Porter selbstgefällig. »Ich gehe nie aus dem Haus, ohne mich mit Nadel und Faden bewaffnet zu haben.«

»Mir ist ein scharfer Dolch lieber«, entgegnete Cat gedehnt. »Eure Nadeln würden Euch bei einem ordentlichen Handgemenge wenig nützen. Na ja, wenn nötig, könnt Ihr Eurem Gegner damit vielleicht ins Auge stechen.«

Porter keuchte erschrocken auf und musterte Cat mit großen Augen, bevor sie sich wachsam zurückzog. Doch Cats Zufriedenheit darüber schwand, als sie sah, wie Meg durch eine Tür schlich, die hinter die Bühne führte. Das Mädchen sah sich dabei um, als suche sie jemanden, und Cat wusste sehr wohl, um wen es sich handelte.

Alle Schauspieler hatten sich vor Lady Danvers verbeugt und ihr Respekt gezollt. Alle bis auf einen – Alexander Naismith.

15

Sander?«, rief Meg leise.

Sie schob sich an dem bemalten Tuch vorbei, hinter dem sich das Bühnengebäude mit den Ankleideräumen verbarg. Nur ein Bühnenarbeiter war zu sehen, damit beschäftigt, ein paar rostige Rüstungen zu untersuchen, die dem Theater gespendet worden waren. Der Mann zog ehrerbietig die Kappe vom Kopf und nickte Meg zu.

Meg lächelte ihn schüchtern an. Sie überlegte, ob sie ihn fragen sollte, wo sie Sander finden könnte, doch sie war zu verlegen und hatte Angst, sich durch ihr Erröten zu verraten.

Sie wanderte zur Treppe, die zum Balkon über dem Bühnengebäude führte. Sander hatte ihr erzählt, dass er oft dort hinauf schlich, um an seiner Musik zu arbeiten, da das Gasthaus, in dem er logierte, viel zu voll und zu laut war.

Die Wendeltreppe, die sich durch die oberen Bereiche wand, war ziemlich düster. Meg raffte ihre Röcke und stieg vorsichtig hinauf.

Als sie um eine Rundung kam, ertappte sie ein Paar, das sich hier offenbar ein Stelldichein gegeben hatte. Eine blonde Frau hielt sich geziert den Fächer vor den Mund, ein großer Herr in einem feinen Silberwams beugte sich zu ihr, offenbar kurz davor, der Schönen einen Kuss zu rauben.

Beide fuhren herum und starrten Meg überrascht an.

»Oh, Verzeihung«, stammelte Meg und lief hochrot an. Sie wirbelte herum und eilte die Treppen wieder hinab zur Tür des Souffleurkastens, durch die man wieder auf die Bühne gelangen konnte.

»Mistress Margaret! Wartet!«, rief eine bekannte Stimme hinter ihr.

Sander? Meg drehte sich erwartungsvoll um, doch sie sah nur die Frau von der Wendeltreppe auf sie zukommen.

»Ihr scheint Euch verirrt zu haben, junge Mistress. Kann ich Euch meine Hilfe anbieten?«, gurrte die Blonde mit hoher Stimme und spähte Meg über ihren Fächer hinweg an, ein neckendes Glitzern in den blauen Augen.

Sanders Augen. Aber dieses aufdringliche Geschöpf, in ein verblasstes blaues Gewand geschnürt und die Wangen mit Rouge geschminkt, hatte wenig Ähnlichkeit mit Megs Freund, dem gut aussehenden jungen Musiklehrer. Meg war völlig verstört.

»Ja, ich bin es, Mylady, Euer demütiger Diener und Lehrer«, sagte Sander mit seiner normalen Stimme. Seine sonst so elegante Verbeugung erschien ungelenk, weil ihn die Röcke behinderten. »Was ist denn los? Erkennt Ihr mich nicht?«

Meg nickte nur unglücklich.

»Ich habe mein Kostüm für unser neues Stück anprobiert. Wie findet Ihr es?« Sander drehte sich um die eigene Achse.

Meg hatte ihn nie kostümiert gesehen. Sie fand das Kleid abscheulich, es passte so gar nicht zu ihrem heldenhaften Bild von Sander.

Und die Szene auf der Treppe … Hatte Sander nur mit einem anderen Schauspieler geprobt? Ein sonderbarer, düsterer Ort, um seinen Text einzustudieren.

»Das ist – das ist ein sehr schönes Kleid«, murmelte Meg und starrte verlegen auf die Dielenbretter.

Sander hatte offenbar gemerkt, wie unbehaglich ihr zumute war, denn er hörte auf, sich vor ihr zu brüsten, und nahm seine Perücke ab. Dann beugte er sich nah zu ihr und flüsterte verschwörerisch: »Wie geht es Euch? Und kommt Ihr mit Eurer Kristallkugel zurecht?«

»Nicht so gut. Ich habe schon so lange in die Kugel gestarrt, bis ich geschielt habe, doch ich habe nichts gesehen.«

»Nur weiter so. Irgendwann gelingt es Euch bestimmt. Ihr seid solch ein kluges Mädchen, Meg.«

Meg? Das war das erste Mal, dass Sander sie bei ihrem Vornamen genannt hatte.

»Gibt es denn noch andere geheimnisvolle Dinge, die ich Euch besorgen kann?«, fragte er. »Ich werde mir Mühe geben, selbst wenn mir Euer Vater das Fell über die Ohren zieht, wenn er davon erfährt.«

»Nein, danke. Ich brauche nichts.« Meg riskierte einen Blick in seine Augen. Sie wollte nicht in sein Innerstes dringen, aber seine Gedanken lagen dicht an der Oberfläche.

Was für ein Engel sie ist. Ich würde alles für sie tun. Wirklich alles.

Meg durchlief es warm. Trotz seiner Frauenkleider und den geschminkten Wangen schien er auf einmal wieder dem Sander zu gleichen, den sie kannte. Sie lächelte ihn an, aber das Lächeln gefror ihr auf den Lippen, als ein Schatten auf sie fiel: Sanders Begleiter von vorhin.

»Ah, Sander. Hier steckst du also.«

»Mylord.« Sander rückte von Meg ab.

Meg runzelte die Stirn. Der Fremde kam ihr bekannt vor, aber er gehörte nicht zur Truppe, das war schon allein aus Sanders ehrfürchtiger Begrüßung zu ersehen. Das Wams und die Kniehosen des Fremden wirkten teuer und neu, nicht wie die abgelegten Kleider, die die Schauspieler kauften, um daraus ihre Kostüme zu fertigen.

An seinen schlanken Fingern glitzerten zahllose Ringe. Seine edlen Gesichtszüge wirkten arrogant, sein dunkelblondes Haar war streng aus der Stirn gekämmt.

»Du hältst mich ganz offenkundig hin«, beschwerte sich der Mann und legte den Arm vertraulich um Sanders Schulter. »Wer ist diese junge Schönheit, mit der du dich hier heimlich triffst?«

Meg lag nichts an seinen Schmeicheleien. Sie wusste, dass sie keine Schönheit war, und genauso wenig gefiel ihr die besitzergreifende Art, mit der er Sander berührte. Ihre Haut kribbelte unbehaglich, und gleichzeitig wurde ihr heiß vor Eifersucht.

»Das ist Master Wolfes Tochter. Mistress Wolfe, darf ich Euch seine Lordschaft, Edward Lambert, den Baron von Oxbridge vorstellen.«

Meg machte einen steifen Knicks. Lord Oxbridge, der Patron ihres Papas, Lady Danvers' Bruder – jetzt erinnerte sich Meg auch wieder an ihn von jenem schrecklichen Tag, als Papa Lady Danvers vor dem Ertrinken gerettet hatte. Meg hatte solche Angst gehabt, ihr Vater könne von der Strömung mitgerissen werden, dass sie kaum auf seine Lordschaft geachtet hatte.

Lord Oxbridge lächelte und musterte sie so interessiert, dass Meg vor Verlegenheit errötete.

»Das ist also Margaret Wolfe, das bemerkenswerte Mädchen, von dem ich schon so viel gehört habe.«

»Ich bin zwar Margaret Wolfe«, erwiderte Meg steif, »aber ich bin nicht besonders bemerkenswert.«

»Oh, das glaube ich doch. Euer Vater war sehr nachlässig, mir nicht zu erlauben, die Bekanntschaft mit Euch zu vertiefen. Aber zum Glück hat Master Naismith mir viel von Euch und Euren Leistungen erzählt.« Seine Lordschaft wechselte einen herzlichen, vertrauten Blick mit Sander.

Meg konnte sich nicht vorstellen, warum ein mächtiger Adliger wie Lord Oxbridge sich mit einer unbedeutenden Elfjährigen anfreunden wollte. Eigentlich sollte sie sich geschmeichelt fühlen, dass Sander Gutes über sie erzählte. Warum nur fühlte sie sich so, als habe er sie betrogen?

Seine Lordschaft nahm den Arm von Sanders Schulter. Er fasste nach Megs Kinn, damit sie den Blick hob und er sie näher betrachten konnte, als wäre sie eine merkwürdige Kuriosität.

Meg wich vor ihm zurück. Sie war versucht, in den Augen seiner Lordschaft zu lesen, aber sie wirkten sehr unruhig und waren zur Hälfte hinter hellblonden Wimpern verborgen. Außerdem hatte sie das ungute Gefühl, dass ihr das, was in diesem Kopf zu finden war, nicht gefallen würde, falls es ihr tatsächlich gelingen sollte, dorthin vorzudringen.

»Meg?«

Zu ihrer Erleichterung hörte Meg, dass Cat nach ihr rief. Sie sah sie aus einer der gegenüberliegenden Türen hinter die Bühne kommen. Rasch murmelte sie eine Entschuldigung und stürmte zu ihrer Beschützerin.

»Margaret Wolfe, wie oft muss ich dir noch sagen ...« Cat verstummte mit einem Grunzen, als Meg sich auf sie stürzte und die Arme um ihre Taille schlang.

Cats Verärgerung schlug sofort in Besorgnis um. »Meine Süße, was ist mit dir? Was ist passiert?«

Meg schmiegte sich eng an Cat. Sie wusste nicht, was sie ihr antworten sollte, denn sie verstand selbst kaum, warum sie so durcheinander war. Doch auch ohne in den Augen der anderen zu lesen, hatte Meg etwas gespürt.

Die Luft im Theater war drückend, zahllose Geheimnisse schienen darin zu wabern und um sie herumzuwirbeln. Dieses Gefühl ging nicht nur von Sander und seiner Lordschaft aus, sondern auch von Lady Danvers und selbst von Megs geliebtem Papa.

Die Einzige, die ihr in diesem Moment völlig offen und ehrlich vorkam, war Cat, und an die klammerte sie sich mit aller Kraft.

»Nichts ist passiert«, flüsterte sie. »Ich bin nur müde und möchte nach Hause.«

Martin verzog ein wenig das Gesicht, als er mitbekam, dass seine Tochter hinter der Bühne verschwand. Meg kannte zwar die meisten Schauspieler und auch die Bühnenarbeiter, sie sollte also in dem Theater sicher sein, doch Martin war trotzdem erleichtert, als er sah, dass Cat ihr nachlief.

Obwohl er sich bemühte, sich wieder ganz Jane zu widmen, schweiften seine Blicke unwillkürlich immer wieder in die Richtung, in die Cat verschwunden war.

Warum war sie heute nur so schroff gewesen? Zweifellos auch deshalb, weil sie sein Interesse an Lady Danvers und seinen Plan, Meg eine anständige englische Mutter zu schenken, statt sie nach Faire Isle zu bringen und von Ariane unterweisen zu lassen, nicht billigte.

Aber er befürchtete, dass Cats Kratzbürstigkeit weit mehr mit dem zu tun hatte, was in seinem Arbeitszimmer passiert war. Noch nie waren Martin die Erinnerungen an einen heimlichen Moment der Leidenschaft so süß gewesen, doch gleichzeitig hatte er noch nie etwas so heftig bedauert.

Gemessen an der Distanz, die nun zwischen ihm und Cat herrschte, hatte er einen hohen Preis dafür bezahlt, dass er sich von seiner Leidenschaft hatte hinreißen lassen. *Mon Dieu,* wie sehr er sie hasste – diese Spannung und die peinliche Stille, die in der letzten Woche immer wieder zwischen ihnen entstanden waren.

Er vermisste ihre Kameradschaft zutiefst, und auch ihre Neckereien, ja selbst ihre Auseinandersetzungen. Cats Freundschaft war zu einer Zuflucht für ihn geworden, und die brauchte er weiß Gott dringend bei all den Sorgen, die ihn belasteten, und all den Intrigen, die ihn auf Schritt und Tritt umgaben.

Als er Robert Poley ins Theater schlendern sah, musste sich Martin einen Fluch verkneifen. Nicht einmal in seinem eigenen Theater blieb er von dieser teuflischen Verschwörung verschont!

Er entschuldigte sich leise bei Lady Danvers, sprang von der Bühne und eilte zu Poley, um ihn abzufangen.

»Es tut mir leid, Sir, aber das Theater ist geschlossen. Heute finden keine Vorstellungen statt«, verkündete er so laut, dass alle es hören konnten. Dann beugte er sich vor und zischte Poley verärgert an: »Was zum Teufel habt Ihr hier zu suchen?«

Poley verbeugte sich und lächelte liebenswürdig wie immer. »Keine Vorstellung? Das ist aber eine große Enttäuschung.« Halblaut fügte er hinzu: »Es hat sich etwas getan, Master Wolfe. Unser Dienstherr wird ungeduldig.«

Martin erstarrte bei dem Hinweis auf Walsingham. Nachdem er erfahren hatte, um wen es sich bei Poley handelte, hatte

Martin seine Maske fallen lassen. Walsingham mochte ja Gefallen daran finden, seine Intrigen so weit zu spinnen, dass seine Agenten nichts voneinander wussten. Martin fand es jedoch vorteilhafter, wenn Poley klar war, dass sie am gleichen Strang zogen.

Allerdings machte er sich keine Illusionen über seinen Kollegen und vertraute ihm auch nicht uneingeschränkt. Wenn bei dieser gefährlichen Sache etwas schief ging, würde Poley als Erstes versuchen, seine Haut zu retten, und Martin würde es genauso tun.

Während Poley nun vorgab, das Theater zu bewundern, fuhr er leise fort: »Babington muss den Köder erst noch schlucken und auf den Brief der schottischen Königin antworten. Wir wissen immer noch nicht, wer diese sechs Meuchelmörder sind. Sir Francis ist jedoch der Meinung, wir können es nicht riskieren, länger zu warten. Er wird demnächst Haftbefehle für die Verdächtigen ausstellen lassen.«

»Einschließlich Lord Oxbridge?«, fragte Martin besorgt.

»Das weiß ich nicht. Auf alle Fälle für Pater Ballard, John Savage und Sir Anthony Babington. Ist Euch aufgefallen, wie unruhig Babington in letzter Zeit ist? Ich glaube, er verliert die Nerven und will sich aus dem Staub machen. Er meidet seine Unterkunft und hat sich stattdessen bei mir einquartiert. Ich hatte noch keine Gelegenheit, seine Sachen zu durchsuchen, aber mir ist aufgefallen, dass er eine Wachstuchtasche besitzt, die er hütet wie seinen Augapfel.«

»Was, glaubt Ihr, befindet sich darin? Briefe von der schottischen Königin oder seinen Mitverschwörern? Doch eigentlich sollte nicht einmal Babington so töricht sein, solch belastende Beweise aufzubewahren.«

Poley zuckte die Schultern. »Ich traue dem jungen Narren alles zu. Aber egal – die Verhaftungen stehen unmittelbar bevor. Ich dachte nur, Ihr solltet gewarnt sein.«

»Danke.«

Poley nickte und verkündete mit lauter Stimme: »Bitte seid

so gütig, mich in Kenntnis zu setzen, wann das neue Stück aufgeführt wird, Master Wolfe.«

»Aber selbstverständlich, Sir.«

Poley verabschiedete sich munter und ging, worauf Martin wieder zu Lady Danvers zurückkehren konnte, die noch immer neben Arthur Lehay auf der Bühne stand. Der alte Schauspieler und einer der jüngeren zeigten ihrer Ladyschaft soeben, wie die Falltür funktionierte.

Martin versuchte, sich nichts von seinem inneren Aufruhr anmerken zu lassen, als er zu den anderen trat. Jane wandte sich mit einem schüchternen Lächeln und gespieltem Erschauern an ihn.

»Master Lehay hat mir all Eure Geheimnisse gezeigt, Sir – zum Beispiel, wie der Teufel aus den Tiefen der Hölle beschworen werden kann, um das Publikum in Angst und Schrecken zu versetzen.«

Oder wie ein Engel in die Tiefe gezogen werden kann, dachte Martin, von Gewissensbissen gequält, als er in Janes unschuldiges Gesicht blickte. Er rang sich ein Lächeln ab.

»Ich hoffe, Ihr habt das Gefühl, dass sich Eure Investitionen gelohnt haben. Das *Crown* ist weit besser ausgestattet als das Theater in Shoreditch.«

»Das kann ich nicht beurteilen. Ich war noch nie dort. Ned hingegen findet großen Gefallen an solchen öffentlichen Zerstreuungen.«

»Womit vertreibt Ihr Euch denn gern die Zeit, Mylady?«

»Mir ist ein einsamer, ruhiger Nachmittag lieber, den ich mit meiner Stickerei verbringen kann oder mit einem guten Buch.« Jane lachte ein wenig abfällig über sich selbst. »Ihr haltet mich ganz gewiss für ein recht langweiliges Geschöpf.«

»Keineswegs. Ich sehne mich ebenfalls immer öfter nach etwas Ruhe«, sagte Martin, auch wenn er Janes Freude an der Einsamkeit nicht teilte. Wieder schweifte sein Blick unfreiwillig zu der Tür, durch die Cat hinter die Bühne verschwunden war.

»Ist alles in Ordnung, Marcus?«, fragte Jane. »Ihr kommt mir etwas … etwas angespannt vor.«

Martin wandte sich wieder ihr zu. »Nein, es geht mir gut«, schwindelte er.

Alles war in bester Ordnung – abgesehen davon, dass sich Janes schlimmste Befürchtung bald bewahrheiten konnte. Morgen um diese Zeit schmachtete ihr Bruder vielleicht schon im Tower. Wäre es freundlich oder nur töricht, Jane zu warnen? Und wenn Ned nun wirklich schuldig war?

Obwohl Martin es kaum noch aushielt vor Gewissensbissen, sagte er: »Worüber sprachen wir gerade? Ach ja, die Zerstreuungen Eures Bruders. Mir kam zu Ohren, dass er vorhat, nach Frankreich zu reisen.«

»Ihr klingt, als ob Ihr das nicht gutheißt.« Jane warf ihm einen schiefen Blick zu. »Ich hoffe, Ihr gehört nicht zu diesen engstirnigen Engländern, die Frankreich verachten.«

Es kostete Martin die größte Mühe, keine Miene zu verziehen. »Nein, die Franzosen können durchaus nützlich sein. Zumindest stellen sie ganz gute Weine her. Äh – hat Ned viele Bekannte in Frankreich?«

»Ned schließt auf all seinen Reisen Bekanntschaften.« Jane senkte den Blick und meinte ziemlich bedrückt: »Ich fände es gut, wenn er reisen würde. Er wäre dort sicherer.«

»Sicherer?«

»In Frankreich herrscht ein weitaus gesünderes Klima für Menschen unseres Glaubens. In Paris leben viele englische Katholiken im Exil. Die Zeiten sind so gefährlich und unsicher – man weiß nie, was passieren wird.«

Ihrer angespannten Miene nach fürchtete Martin, dass Jane durchaus wusste, was passieren könnte. Zumindest vermutete sie offenbar, dass Ned in etwas Gefährliches verwickelt war.

Martin drückte ihre Hand. »Ich möchte wirklich nicht, dass Ned oder Euch ein Unheil widerfährt. Wenn ich irgendetwas tun kann – wenn Ihr Euch dazu durchringen könntet, mir …«

Beinahe hätte er sie gebeten, ihm zu vertrauen. Aber dazu

hatte er kein Recht. Walsingham hatte ihn beauftragt, bei der Aufdeckung einer Verschwörung mitzuwirken, vor allem jedoch, Beweise gegen Ned Lambert zu finden. Martin wusste, welcher Lohn ihm winkte, wenn er Erfolg hatte. Er wusste aber auch, was ihm drohte, falls er keinen Erfolg hatte oder gar versuchte, Walsingham zu hintergehen.

Doch das spielte keine Rolle. Er konnte seine Zukunft oder die Megs nicht auf Kosten des freundlichen Herzens dieser Lady absichern. Während er Janes Hand an die Lippen führte, fasste Martin einen Entschluss.

Wenn es einen Beweis gab, dass sich Ned Lambert des Verrats schuldig gemacht hatte, dann befand er sich womöglich in Babingtons geheimnisvoller Wachstuchtasche. Poley würde bald entdecken, was darin verborgen war, und er würde keinerlei Skrupel haben, Walsingham den Inhalt der Tasche zu übergeben. Ned Lambert und seine Schwester hatten nur die eine Chance: Martin musste als Erster an diesen Beweis kommen …

Die Spätnachmittagssonne breitete ihren goldenen Schein über das dunkle Wasser der Themse, als der Fährmann Cat, Martin und Meg über den Fluss zur Stadt ruderte.

Meg drängte sich an ihren Vater, der den Arm schützend um ihre Schultern gelegt hatte. Ihre triste Miene stand in auffallendem Gegensatz zu der freudigen Erregung, mit der sie den Tag begonnen hatte.

Das Mädchen hatte inständig gehofft, einen Blick auf die Königin zu erhaschen. Doch Cat glaubte, dass Megs Niedergeschlagenheit weniger mit dem zu tun hatte, was sie nicht gesehen hatte, als mit dem, was sie gesehen hatte: ihren jungen Helden, der in seinem Kleid mit Lord Oxbridge herumstolziert war.

Was Cat von den zwei Männern gesehen hatte, ließ in ihr einen Verdacht aufkeimen, welche Beziehung seine Lordschaft zu dem jungen Schauspieler unterhielt. Beim Adel war es nicht unüblich, sich der Gunst eines gefälligen Burschen zu erfreuen, und Sander Naismith schien ehrgeizig genug, um für seinen Aufstieg alles zu tun.

Cat war sich nicht sicher, wie viel Meg von dem verstanden hatte, was sich zwischen diesen beiden Männern abspielte. Aber es reichte wohl, um das Mädchen zu beunruhigen. Ihre finstere Miene war das Abbild der Miene ihres Vaters.

Auch Martin schienen böse Gedanken zu quälen. Aus dem Schatten hinter der Bühne hatte Cat mitbekommen, dass er sich kurz mit einem scheinbar liebenswürdigen Fremden unterhalten hatte, der unversehens ins Theater geschlendert war. Obwohl das Gespräch recht freundschaftlich gewirkt hatte, war Martin zur Bühne zurückgekehrt, als habe er eine Kröte verschluckt.

Nun drückte er Meg eng an sich, schien mit den Gedanken jedoch ganz woanders zu sein. Unruhig trommelte er mit den Fingern aufs Knie. Cat erkannte die Zeichen sehr wohl: Heute Nacht würde Martin sich wieder zu einem seiner geheimnisvollen Unternehmungen aufmachen, dessen war sie sich sicher.

Während sich das Boot weiter vom Ufer entfernte, dachte Cat an den Tag zurück, an dem sie nach Southwark gekommen war und Martin auf der Suche nach Meg beschattet hatte. Es kam ihr wie eine Ewigkeit vor. Damals hatte sie sich einzig der Herrin von Faire Isle verbunden gefühlt und war nur gekommen, um Arianes Befehl auszuführen und das Mädchen zu holen.

Wann hatte sich alles verändert? Vielleicht schon in der ersten Nacht, als sie beobachtet hatte, wie sich Martin zärtlich über seine schlafende Tochter gebeugt und sie zugedeckt hatte.

Jetzt brauchte Cat jedenfalls keine Befehle mehr von ihrem Clanhäuptling. Bereitwillig würde sie ihr Leben opfern für Martin oder Meg, denn sie liebte beide über alle Maßen.

Doch im Leben der beiden würde es nie einen festen Platz für sie geben, das wusste Cat ganz genau. Dennoch weigerte sie sich, in Trübsinn zu verfallen. Auf Faire Isle würde sie noch genug Zeit haben, sich ihrem Elend und dem Usquebaugh hinzugeben.

Im Moment hatte sie eine neue Mission: Sie musste dafür sorgen, dass Martin und Meg nicht auseinandergerissen wurden. Sie war hierher geschickt worden, um Meg zu beschützen und damit auch deren Herz. Cat musste verhindern, dass Meg ihren Vater bei irgendeiner Tollkühnheit verlor. Sie faltete die Hände und fasste einen eisernen Entschluss.

Die Jägerin würde den Wolf verfolgen, wohin auch immer er in dieser Nacht gehen würde.

16

Vielleicht ist mir das Glück wenigstens diesmal hold, dachte Martin, als er am Rande Londons durch einen Garten zu Robert Poleys Haus schlich. Der nächtliche Himmel war bewölkt, Wolkenfetzen jagten über den Mond und machten es ehrbaren Bürgern schwer, etwas zu erkennen. Aber wer unlautere Absichten hatte, war damit bestens bedient.

Martin kauerte sich hinter ein paar Büsche und spähte zum Fachwerkhaus, das um diese Stunde dunkel und still wirkte. Er wusste, dass Babington und Poley sich zu einem weiteren Treffen mit Pater Ballard und John Savage im *Plough Inn* aufgemacht hatten. Martins Abwesenheit würde Savages Argwohn ihm gegenüber wahrscheinlich beflügeln, aber das war im Moment seine geringste Sorge.

Seine Hauptsorge bestand darin, wie er es schaffen sollte, zu Babingtons Zimmer im Obergeschoss zu klettern, ohne die Dienstboten aufzuwecken und sich das Genick zu brechen.

Martin spähte ringsum, dann schlich er über den Rasen zu einer großen Eiche.

Es war lange her, dass er auf einen Baum geklettert war, und die Dunkelheit machte die Sache nicht leichter. Die raue Rinde scheuerte seine Hände auf, und seine Stiefel rutschten, als er einen Halt für seine Zehen suchte.

Schließlich schaffte er es, sich auf eine Astgabel zu hieven und ein wenig zu verschnaufen. Praktischerweise reichte der ziemlich starke Ast, der zu seiner Linken abzweigte, an Babingtons Fensterbrett heran. Würde der Ast sein Gewicht halten, oder würde er brechen und ihn abstürzen lassen?

Der Wind wehte ihm eine Haarlocke in die Augen, und in der Ferne grollte unheilverkünden der Donner. Martin wurde klar, dass ihm keine Zeit mehr blieb, weitere Möglichkeiten abzuwägen.

Er war versucht, ein Stoßgebet zum Himmel zu schicken, doch bei einem solch schändlichen Unterfangen sollte man die Aufmerksamkeit des Allmächtigen wohl besser nicht auf sich lenken.

Er nahm allen Mut zusammen und rutschte sehr langsam auf den Ast. Ihm stockte der Atem, als der unter seinem Gewicht zu schwanken begann. Aber er schien zu halten. Behutsam arbeitete sich Martin bis ans Ende vor und schwang sich schließlich aufs Fensterbrett.

Als Dieb in Paris hatte er sich aufs Beutelschneiden und den Taschendiebstahl beschränkt. Einige seiner Freunde waren waghalsiger gewesen und hatten auch Einbrüche in Läden und Häuser verübt.

Natürlich waren die meisten mittlerweile tot; ihr Leben hatte am Galgen geendet. Keine sehr tröstliche Erinnerung in diesem Moment, dachte Martin. Stattdessen versuchte er sich zu entsinnen, was man beim Knacken von Schlössern und dem Einschlagen von Fenstern beachten sollte.

Doch bald stellte sich heraus, dass nichts davon nötig war. Babington war nicht nur so sorglos gewesen, sein Fenster nicht zu verriegeln, sondern er hatte es zum Lüften sogar noch einen Spalt offen gelassen.

»Mein Glück hält an«, murmelte Martin, als er die Fensterflügel behutsam weiter aufschob, um hineinklettern zu können.

Im Zimmer war es so dunkel, dass er kaum mehr erkennen konnte als die Umrisse eines Himmelbetts und einer Kleidertruhe.

Er musste sich einen Fluch verbeißen, als er über einen niedrigen Schemel stolperte. Da er kaum die Hand vor Augen sehen konnte, musste er wohl oder übel riskieren, eine Kerze anzuzünden.

Aus dem Beutel an seinem Gürtel kramte er Feuerstein,

Zunder und eine kleine Wachskerze. In seiner Anspannung schien es Stunden zu dauern, bis der Docht endlich brannte.

Er schützte die Flamme vor Zugluft und ließ seine Blicke rasch durch den Raum schweifen. Offenkundig beabsichtigte Babington, seinen Aufenthalt in Poleys Haus möglichst kurz zu halten. Sir Anthony hatte nur wenige Habseligkeiten mitgebracht.

Martin fand einen Leuchter und stellte seine Kerze auf einen kleinen Schreibtisch.

Eine Feder lag auf einem Brief, den Babington angefangen, jedoch nicht beendet hatte. Martin nahm ihn hoch in der Hoffnung, es wäre Babingtons Antwort an die schottische Königin, in der er ihr die Namen seiner Mitverschwörer nannte.

Falls das Schreiben verschlüsselt war, hätte Martin es natürlich nicht entziffern und feststellen können, ob Ned auf der Liste stand. Doch zu seiner Erleichterung war es unverschlüsselt. Allerdings war es nicht an die schottische Königin adressiert, sondern an Robert Poley.

> *Robyn,*
> *ich bin bereit, jedes Schicksal zu ertragen, das mich ereilen wird. Ich bin der, für den ich mich stets ausgegeben habe. Ich bete zu Gott, dass du ebenso treu bist, und es mir gegenüber auch bleiben wirst …*

Martin runzelte die Stirn. An dieser Stelle riss der Brief ab, als hätte der Verfasser keine Zeit mehr gehabt oder als hätte der Mut ihn verlassen.

Poley hatte recht gehabt, Babington hatten Zweifel beschlichen an dem Vorhaben, auf das er sich eingelassen hatte. Bedenken, die viel zu spät kamen.

Was für ein tragischer, romantischer junger Narr, dachte Martin. Doch er verscheuchte sein Mitleid – eine solche Regung konnte er sich im Moment wahrhaftig nicht leisten – und legte Brief und Feder sorgfältig so zurück, wie er sie vorgefunden hatte.

Jetzt galt es, die geheimnisvolle Wachstuchtasche zu finden, von der Poley gesprochen hatte, und zwar bald, wenn er nicht vom Gewitter überrascht werden wollte. Im strömenden Regen würde der Heimweg lang werden.

Leise und systematisch erforschte er den Raum. Zuerst knöpfte er sich einen Sakramentenschrank und die Kleidertruhe vor, dann suchte er hinter den Möbeln. Bald schon stieß er auf die Tasche, die unter dem Bett versteckt lag.

Mit einem zufriedenen Grunzen zog er sie ans Licht. Sein Glück an diesem Abend grenzte fast schon an ein Wunder. Er war zwar kein Spieler, bedauerte es jedoch, vor seiner Heimkehr nicht die Zeit zu haben, ein paar Runden Karten zu spielen.

Er durchwühlte die Tasche in der Hoffnung, einen dicken Stapel Briefe vorzufinden. Stattdessen stießen seine Finger jedoch gegen eine zusammengerollte Leinwand. Er zog sie heraus, rollte sie auf und betrachtete das Bild im Schein der Kerze.

Es zeigte sechs Herrn im Sonntagsstaat, Babington stolz in der Mitte. Am unteren Rand befand sich eine lateinische Inschrift.

Was zum Teufel? Ungläubig verzog Martin das Gesicht. Das hatte Babington so eifrig gehütet? Ein Porträt von ihm und fünf seiner …

Plötzlich traf ihn die Erkenntnis wie ein Blitzschlag: Babington und seine Gruppe von Mitverschwörern waren so siegessicher gewesen, dass sie ein Gemälde in Auftrag gegeben hatten, damit die Nachwelt sie nicht vergaß. Diese Narren, diese elenden Narren!

Martin sah sich die Gesichter näher an. Die meisten kannte er nicht, aber das war nicht von Bedeutung. Er würde es Walsingham überlassen herauszufinden, wer sie waren. Martin war nur eines wichtig: Ned Lambert befand sich nicht darunter.

Zufrieden lächelnd rollte Martin das Bild wieder zusammen. Als er es zurück in die Tasche stecken wollte, erhellte ein Blitz den Raum, und im Spiegel an der gegenüberliegenden Wand erblickte Martin den dunklen Umriss einer Gestalt, die in einen Umhang gehüllt hinter ihm stand.

Er wusste nicht, wann oder wie es dazu gekommen war, aber jetzt war er nicht mehr allein. Jemand war ihm durchs Fenster gefolgt.

Nur mit größten Mühen gelang es Martin, nicht zusammenzuzucken und zu verraten, dass er von dem zweiten Eindringling wusste. Er schob das Bild tiefer in die Wachstuchtasche und verschnürte sie. Sein Körper war angespannt, jeder Muskel in Alarmbereitschaft.

Als er hinter sich die Dielen knarren hörte, ließ er die Tasche fallen und wirbelte herum. Mit einer einzigen, geschmeidigen Bewegung stürzte er sich auf seinen Gegner, packte ihn an der Gurgel und presse ihn an die Wand.

Die verhüllte Gestalt keuchte und umklammerte Martins Handgelenke, um seinen Griff zu lösen. Doch Martin drückte unbarmherzig fester zu.

»M-martin!«, keuchte der Eindringling, und seine Kapuze rutschte nach hinten – oder vielmehr ihre Kapuze. Fassungslos starrte Martin in weit aufgerissene blaue Augen, auf vertraute Strähnen feuerroten Haars, die sich gelöst hatten und nun in ein Gesicht hingen, das beunruhigend rot angelaufen war.

»Cat!« Bestürzt ließ Martin los.

Cat stolperte von der Wand weg, rieb sich den Hals und atmete keuchend ein.

»*Mon Dieu!* Habe ich dich verletzt? Geht es dir gut?«, fragte er besorgt.

Jede andere Frau wäre bei einem solchen Angriff ohnmächtig geworden oder hätte zumindest am ganzen Leib gezittert. Doch Cat sah ihn nur an und brachte sogar ein schwaches Grinsen zustande.

»Das – das war erstaunlich«, krächzte sie. »Ich hatte keine

Ahnung, dass du so schnell zuschlagen kannst. Vielleicht schaffst du es ja doch so einigermaßen, auf dich aufzupassen.«

»So einigermaßen?

»Ich wusste, dass du es bist, und deshalb habe ich nicht so gekämpft, wie ich es normalerweise getan hätte. Zum Glück für dich. Ansonsten hätte ich dir so so unsanft in die Eier getreten, dass du sie jetzt als Mütze tragen könntest.«

Diese Ankündigung war so plastisch, dass sich Martins Gemächt zusammenzog. Seine Besorgnis schlug rasch in Zorn um.

»Verflucht nochmal, Frau.« Nur mit Mühe schaffte er es, leise zu reden. »Was zum Teufel hast du hier zu suchen?«

»Dasselbe könnte ich dich fragen.«

»Ich habe die Frage zuerst gestellt. Wie bist du überhaupt hereingekommen?«

»Ich habe ein bisschen gewartet, und dann bin ich dir gefolgt, den Baum hoch und zum Fenster rein.« Cat warf ihm einen finsteren Blick zu. »Obwohl ich beim Klettern sehr viel besser bin als du. Ich dachte schon, du würdest dir deinen elenden Hals brechen.«

»Um meinen Hals brauchst du dir keine Sorgen zu machen.« Martin beugte sich vor, bis sich ihre Nasen fast berührten. »Warum bist du nicht zu Hause? Wer bewacht meine Tochter?«, zischte er.

»Ich habe Jem und Samuel mit Pistolen bewaffnet und sie beauftragt, Wache zu halten. Die Türen und Fenster sind verriegelt. Alles war ruhig, und Meg geht es bestimmt gut. Um ihren idiotischen Papa habe ich mir größere Sorgen gemacht.«

»Ihrem Papa geht es auch gut. Zumindest ging es ihm solange gut, bis du dich hinter ihn geschlichen hast und ihm fast das Herz stehen blieb.«

Martin wandte sich von ihr ab und eilte zu der Wachstuchtasche, die er fallen lassen hatte.

Cat folgte ihm auf den Fersen. »Du meinst, es geht dir gut, ja? Ich wusste, dass du etwas Gefährliches im Schilde führst, aber ich hätte nie gedacht, dass du so tollkühn bist, dich wieder als Dieb zu betätigen.«

»Als Dieb? Wovon redest du überhaupt? Ich stehle nichts.«

Als Cat wortlos auf die Tasche in seiner Hand starrte, verzog er das Gesicht.

»Na gut, ich stehle die Tasche.«

»Das Bild, das du so eingehend betrachtet hast, als ich durchs Fenster geklettert bin?« Cat schnaubte abfällig. »Das ist doch bekloppt. Ich bezweifle, dass es genügend einbringen wird, um das Risiko zu rechtfertigen, dafür aufgeknüpft zu werden.

Martin starrte sie wütend an. »Ich habe in Paris jahrelang dank meiner Schläue und meiner geschickten Finger überlebt. Ich muss mir von dir wahrhaftig nicht sagen lassen, wie man es als Dieb zu etwas bringt …«

Er verstummte und erstarrte. Im Haus regte sich etwas, im Gang waren Schritte und gedämpfte Stimmen zu hören. Martin konnte nicht verstehen, was gesagt wurde, aber es war klar, dass dort draußen jemand beunruhigt war.

»Nun sieh dir an, was du angerichtet hast«, knurrte er Cat an. »Den ganzen Haushalt hast du aufgeweckt.«

»Ich? Du bist hier herumgestampft und hast mich gegen die Wand geschmettert.«

Martin drückte ihr die Hand auf den Mund. »Wir müssen hier raus. Ich habe jetzt keine Zeit für Erklärungen, aber ich muss dieses Bild mitnehmen. Vertraust du mir? Hilfst du mir?«

Cat starrte ihn aus ihren blauen Augen eindringlich an. Er fürchtete schon, dass sie wie üblich einen Streits vom Zaun brechen würde, doch sie nickte fast ohne zu zögern.

Nachdem er die Kerze ausgeblasen hatte, eilten beide zum Fenster. Cat schwang sich als Erste auf den Ast und kletterte hinunter. Die Frau war so verflucht gelenkig, dass sie tatsächlich eine Katze hätte sein können. Martin warf ihr die Wachstuchtasche zu und folgte ihr. Sein Abstieg war allerdings weitaus schwieriger und lauter, Zweige zitterten, Blätter raschelten.

Martin hatte kaum wieder festen Boden unter den Füßen, da tauchte ein Diener am Fenster über ihnen auf, ein grauhaariger Alter, der eine Kerze in der zitternden Hand hielt. Als er Martin erblickte, rief er: »He, du da! Bleib stehen, elender Dieb!«

Martin nahm Cat die Tasche ab, und sie eilten aus dem Garten hinaus auf die Straße. Dort riskierte er einen Blick über die Schulter.

Der alte Diener hatte es geschafft, den Rest von Poleys Haushalt aufzuwecken, aber vielleicht war es ja auch Martin selbst gewesen.

Er hörte weitere Stimmen und sah eine Laterne hinter sich aufblitzen.

»Komm, hier entlang!«, zischte er, obwohl er keine Ahnung hatte, wohin sie dieser Weg führte, denn in diesem Teil der Stadt kannte er sich überhaupt nicht aus. Er nahm Cat an der Hand und zog sie in eine schmale Gasse, auch wenn das vielleicht nicht das klügste Manöver war angesichts der Gefahren, die im nächtlichen London lauerten.

Doch selbst die Räuber und Mordgesellen schienen sich vor dem drohenden Unwetter zurückgezogen zu haben. Immer wieder erhellten Blitze Cats und Martins Weg, bis sie schließlich auf einen Platz gelangten, der gesäumt war von geschlossenen Läden.

Martin zerrte Cat hinter einen großen Brunnen, um in dessen Schutz zu verschnaufen und sich ein wenig zu orientieren.

»Wo – wo zum Teufel sind wir?«, keuchte sie.

»Keine Ahnung. Weit weg von zu Hause, das ist jedenfalls sicher.«

»Warum warst du nicht so schlau, ein Pferd auszuleihen?«, grummelte Cat.

»Pferde nützen bei einem Diebstahl wenig, es sei denn, du bist Wegelagerer.«

»Ich finde, wir könnten jetzt gut eines gebrauchen …«, fing

Cat an, aber Martin gebot ihr zu schweigen und lauschte gespannt, ob sie verfolgt wurden.

Außer Cats beschleunigtem Atem und dem Plätschern des Brunnens war nichts zu hören. Als die ersten Tropfen auf Martins Hand fielen, dachte er, sie käme aus der Wasserstelle.

Doch auf die ersten dicken Tropfen folgten bald weitere. Martin warf einen verärgerten Blick nach oben, wo es gerade wieder zornig grummelte. Und dann öffnete der Himmel seine Schleusen, und es begann zu gießen.

»Merde!«, stöhnte er und zog hektisch an den Bändern seines Wamses, um die Wachstuchtasche unter sein Hemd zu stecken.

Sein Glückssträhne war wohl endgültig gerissen.

Im Schankraum des *Pigeon* herrschte weiterhin munteres Treiben, trotz des Unwetters, das draußen tobte, oder vielleicht auch gerade deshalb. In der Schenke in Southwark drängten sich die Gäste, lachten, sangen, schwangen die Ale-Becher und freuten sich, dass sie der Sintflut entkommen waren, die nun auf das Schieferdach des Gebäudes prasselte.

Nur einer schloss sich nicht der munteren Schar an – ein stiller Herr, der allein an einem Tisch im hintersten Eck saß. Er fiel kaum jemandem auf, und wem er auffiel, der schnaubte abfällig über das gute Aussehen dieses Mannes, das lange, weiche, lockige Haar und den gepflegten Bart.

Er sah aus wie ein Fremder, zweifellos ein alberner Franzose, lautete das verächtliche Urteil. Und diese Verachtung teilte Ambroise Gautier in gleichem Maße.

Er drückte sich ein parfümiertes Taschentuch an die Nase. Pfui Teufel – hier drinnen stank es wie in einem Zwinger voll nasser Hunde. Nein, entschied er, Hunde würden besser riechen als diese Horde Engländer, die in ihren feuchten Wollkleidern schwitzten.

Das *Pigeon* war ein Treffpunkt für einfache Leute, für Fährmänner, Hafenarbeiter, fahrende Musikanten, Schausteller …

Der Spion der dunklen Königin schauderte und nahm einen vorsichtigen Schluck von dem Pisswasser, von dem der Wirt behauptet hatte, es wäre der beste Wein in ganz London.

Das Schlimmste war, dass der Wirt wahrscheinlich recht hatte. Angewidert verzog Gautier den Mund und schob den Becher weg.

Wahrscheinlich hatte er im Dienste seiner königlichen Herrin schon Schlimmeres erlebt, aber im Moment fiel es ihm schwer, sich daran zu erinnern.

Er hätte die silbernen Schnallen seiner Stiefel für einen guten Bordeaux gegeben, allein schon deshalb, um den Erfolg zu feiern, den er errungen hatte.

Allen Widrigkeiten zum Trotz war es ihm gelungen, Martin le Loup und seine elende Tochter in dieser widerlichen Stadt aufzustöbern, in der es von ungehobelten, stinkenden Engländern nur so wimmelte.

Aber vielleicht war es doch noch etwas früh, den Erfolg zu feiern. Er hatte die kleine Hexe zwar gefunden, doch die Silberne Rose in die Hand zu bekommen, erwies sich als weitaus schwieriger, als er gedacht hatte.

Das Mädchen wurde hervorragend von ihrem Vater und dieser rothaarigen Irin bewacht, die für die Herrin von Faire Isle arbeitete.

Gautier hatte zwei seiner engsten Vertrauten nach England mitgenommen. Verstärkt durch so erfahrene Söldner wie Jacques und Alain, hätte Gautier es vielleicht geschafft, le Loups Haus zu stürmen. Aber Königin Katharina würde von ihm erwarten, die Sache so diskret wie möglich zu erledigen, ohne dass die englische Obrigkeit davon Wind bekam.

Alles wäre so viel leichter gewesen, wenn er das Kind nur hätte töten müssen. Doch die dunkle Königin hatte es ja vor allem auf dieses elende *Buch der Schatten* abgesehen. Wenn Gautier es wagte, ohne das Buch nach Paris zurückzukehren, konnte er sich ebenso gut selbst den Hals aufschlitzen.

Er hatte einen Plan, aber dazu brauchte er Hilfe. Zum

Glück hatte er auch schon eine ziemlich genaue Vorstellung, wo er diese Hilfe finden konnte.

Gautiers Augen wurden schmal, als die Person, auf die er gewartet hatte, in die Schenke kam.

Der junge Mann stürmte herein, Regen troff von seinem Umhang und seinem Wams, seine federgeschmückte Kappe war völlig durchweicht.

Seine Freunde begrüßten ihn lautstark und machten sich über seinen Zustand lustig.

»Verflucht, Sander – wird Zeit, dass du endlich auftauchst.«

»Wir dachten schon, es hätte dich davongespült.«

»Du siehst aus wie eine ersoffene Ratte.«

»Wäre besser gewesen, wenn du eins deiner Kleider getragen hättest, Bursche. Dann hättest du dir die Röcke über den Kopf stülpen können.«

Alexander Naismith lachte nur. Er nahm die Kappe ab und schüttelte seine nassen Haare, wobei ganz kurz der hässliche Stumpf seines linken Ohrs zu sehen war.

Naismiths Freunde winkten ihn an ihren Tisch, doch der Junge bestand darauf, sich zuerst etwas Trockenes anzuziehen. Er machte sich auf den Weg ins Obergeschoss, in dem er ein Zimmer gemietet hatte.

Gautier warf ein paar Münzen auf den Tisch und erhob sich. Ein betrunkener Schauspieler sprang auf seinen Stuhl und begann, lallend eine melodramatische Rede vorzutragen.

Unter den Pfiffen und Buhrufen der Zuhörer gelangte Gautier unbemerkt zur Treppe und folgte Sander. Dessen feuchte Stiefelabdrücke hatten eine deutliche Spur im Gang hinterlassen, doch Naismiths Zustand schien seiner guten Laune keinen Abbruch zu tun.

Eine fröhliche Melodie pfeifend, sperrte er das Schloss an seiner Zimmertür auf. Als Gautier ihn aus den Schatten des düsteren Treppenabsatzes heraus ansprach, zuckte er ein wenig zusammen.

»Alexander Naismith?«

Der Junge reckte den Hals und spähte in Gautiers Richtung. »Wer ist da?«

»Einer, der Eure Vorstellung gesehen hat«, schnurrte Gautier. »Ich bin ein großer Bewunderer.«

Der Junge lachte. »Davon habe ich viele, Sir. Oder sollte ich sagen: Monsieur? Leider kann ich momentan keinen weiteren Bewunderer brauchen. Mein Patron ist nämlich sehr eifersüchtig …«

Er verstummte, als Gautier aus dem Schatten trat, und erblasste, als er ihn erkannte. Er wollte in sein Zimmer stürzen und die Tür verriegeln, doch Gautier war zu schnell und zu stark für ihn.

Er stemmte die Tür mit der Schulter auf und verschaffte sich gewaltsam Zutritt.

Bevor Naismith seinen Dolch zücken konnte, hatte Gautier ihn schon an die Wand gedrückt und die Klinge an die Kehle gesetzt.

Ein Blitz erleuchtete die weit aufgerissenen, entsetzten Augen des Jungen. »W-wer seid Ihr? W-was wollt Ihr? Wenn Ihr es auf mein Geld abgesehen habt, werdet Ihr nicht viel finden …«

»Ich bin mir sicher, dass du ganz genau weißt, wer ich bin und worauf ich es abgesehen habe«, fiel ihm Gautier mit seidiger Stimme ins Wort. »Und zwar nicht auf dein Geld. Ich suche die Silberne Rose.«

»Ich – ich weiß nicht, wovon Ihr redet.«

Gautier fuhr liebevoll mit der Klinge über den schlanken weißen Hals. »Unsere Begegnung wäre um vieles angenehmer, wenn du mich nicht anlügen würdest.«

»Das – das tue ich doch gar nicht. Ich …« Naismith keuchte auf, als ihm Gautier die Klinge gegen den Hals presste, bis aus einem kleinen Schnitt ein dünnes Rinnsal Blut trat.

»Als ich sagte, ich hätte deine Vorstellung bewundert, meinte ich nicht die im *Crown.* Die Rolle, die du neulich auf den Klippen gespielt hast, hat mich weit mehr beeindruckt.«

Naismiths zitternde Lippen bewegten sich in dem vergeblichen Versuch, alles abzustreiten. Ihm entrang sich nur ein verängstigtes Stöhnen.

Gautier schob Naismiths nassen Ärmel hoch. Sogar in der Düsternis war das Brandmal der Rose zu erkennen, das sich wütend rot auf seiner blassen Haut abhob.

»Das ist die Gefahr, wenn man im Mondlicht mit Hexen tanzt, junger Mann.« Gautiers Zähne blitzten in einem raubtierhaften Lächeln auf. »Selbst ein schlauer Junge wie du kann auf dem Scheiterhaufen landen.«

17

Es goss nach wie vor in Strömen, doch im *Red Heart,* in dem Cat und Martin Zuflucht gesucht hatten, war es warm und trocken. Martin hatte ihnen im rückwärtigen Teil des Gasthauses einen Raum besorgt. Die Schlafkammer war schlicht, doch weit sauberer und bequemer als Cats erste Unterkunft in London. Als sie sich aus ihrem tropfnassen Umhang schälte, kringelten sich ihre roten Haare in feuchten Löckchen um ihr Gesicht.

Sie streifte sie zurück und hängte den Umhang über eine Stuhllehne neben Martins Wams. Er hatte sich schon bis auf Hemd und Hose ausgezogen. Nachdem er noch einen Holzscheit in das prasselnde Feuer geworfen hatte, trat er barfuß ans Fenster.

Er spähte hinaus in die Dunkelheit. »Ich glaube, wir sind ihnen entkommen, falls sie uns überhaupt verfolgt haben. Wir können uns genauso gut ein wenig hinlegen, zumindest solange, bis das Unwetter vorbei ist.«

Der Wolkenbruch hatte die Augustwärme vertrieben. Es war richtig kühl geworden. Cat rieb sich die Arme und erschauerte.

»Wahrscheinlich sitzen wir hier noch ein paar Stunden fest. Du solltest deine nassen Schuhe und die Hose ausziehen und versuchen, es dir bequem zu machen und so trocken wie möglich zu werden.« Martin verzog das Gesicht, als er ihre Kleidung musterte. »Wie ich sehe, steckst du wieder in meiner Hose.«

»Offenbar fällt es mir schwer, das nicht zu tun«, erwiderte Cat mit einem verschmitzten Lächeln. »Auch wenn sie im Moment ekelhaft feucht ist.«

»Warum ziehst du sie nicht aus?«, schlug Martin noch einmal vor, und seine Zähne blitzten auf, als er schelmisch grinste. »Ich möchte nicht, dass du dir den Tod holst, *petite chatte.*«

Cat schüttelte den Kopf und lachte trocken. Ihr gemeinsames Abenteuer hatte die Zurückhaltung vertrieben, die beide geübt hatten. Nun ergingen sie sich wieder in ihren üblichen Neckereien und Sticheleien.

Dass sie um Haaresbreite entkommen waren, hatte beide in Hochstimmung versetzt – eine möglicherweise gefährliche Hochstimmung, dachte Cat.

Züchtig verschränkte sie die Arme vor dem Oberkörper. »So sehr ich es schätze, dass du diese Kammer gemietet und ein schönes Feuerchen entfacht hast, so vermute ich doch, dass deine Fürsorge eher der Rettung dieses verfluchten Bildes gilt als meiner Gesundheit.«

Obwohl Martin ihr sofort empört widersprach, trat er an den kleinen Holztisch, auf dem er die Leinwand entrollt hatte, und musterte sie sorgfältig.

»Glaubst du, das Bild hat Schaden gelitten?«, fragte er besorgt.

Cat trat neben ihn und schüttelte den Kopf. Sie wusste noch immer nicht, warum Martin dieses Bild unbedingt in seinen Besitz hatte bringen wollen. Es zeigte doch nur sechs Engländer, die sich in Schale geworfen hatten. Der Mann in der Mitte war jung und recht ansehnlich, doch Cat fand, dass er auch ziemlich verträumt und einfältig wirkte. Es war rein gar nichts Bemerkenswertes an diesem Bild – bis auf die lateinische Inschrift vielleicht.

»Hi mihi sunt comites, quos ipsa pericula ducunt«, las sie laut.

»Du kannst Latein?«, fragte Martin eifrig. »Was bedeutet der Satz?«

Cat dachte einen Moment lang nach, dann übersetzte sie ziemlich frei: »Dies sind meine Gefährten, denen dieselben Gefahren drohen.«

Das Motto sagte ihr nichts, doch offenbar war es bei Martin

anders, denn er murrte halblaut: »Hätte Babington etwas noch Törichteres tun können?«

»Wer ist Babington? Und was sind das für Gefahren? Was ist an diesem Gemälde so wertvoll?«, fragte Cat. »Wer sind diese sechs Pfauen?«

»Tote Männer. Oder zumindest werden sie es bald sein.« Martins Zufriedenheit über den gelungenen Raub des Bildes schien zu schwinden. Er sah Cat grimmig an. »*Mon Dieu,* du hast keine Ahnung, wie sehr ich mir wünsche, dass du mir heute Nacht nicht gefolgt wärst. Dich in diese grässliche Geschichte zu verwickeln, war das Letzte, was ich wollte. Es tut mir leid.«

Cat fegte seine Entschuldigung mit einer ungeduldigen Geste beiseite.

»Es war meine freie Entscheidung, dir zu folgen. Aber ich würde gerne wissen, in was ich nun verwickelt bin.«

»Es wird dir nicht gefallen.«

»Sag es mir trotzdem.«

In dem Moment barst eines der Scheite im Kamin und drohte, Funken sprühend herauszufallen. So eifrig, wie Martin sich um das brennende Scheit kümmerte, wollte er wohl nicht nur einen Brand im Zimmer verhüten, sondern sich auch vor Cats Fragen drücken.

Er schob das Scheit mit dem Schürhaken an seinen Platz zurück. Cat trat neben ihn, wobei ihre nassen Schuhe glucksten. Sie ließ sich auf einen Schemel fallen, um sie auszuziehen. Ihr Umhang hatte verhindert, dass ihr Hemd völlig durchnässt war, doch die feuchte Hose beulte sich um die Knie und klebte an ihren Waden.

Nach kurzem Zögern stand sie auf und löste den Gürtel, an dem ihr Dolch befestigt war. Sie stützte sich an die Wand und begann, die Hose herunterzuziehen. Damit errang sie immerhin Martins ganze Aufmerksamkeit.

Mit großen Augen rief er: »Cat, was machst du da?«

»Ich folge deinem Rat.«

»Ich habe doch nur gescherzt.« Hastig zog er sich ans Fenster zurück und starrte hinaus.

Cat hielt bei ihrem Kampf mit der feuchten Hose lange genug inne, um die Hand auszustrecken und Martin mit dem Finger auf den Rücken zu stupsen. »Du brauchst jetzt nicht den Gentleman zu spielen. Wir wissen beide, dass ich nicht an mädchenhafter Scheu leide. Außerdem strapazierst du nur deine Augen, wenn du versuchst, mein Spiegelbild im Fenster zu entdecken.«

»Das würde ich nie tun«, protestierte Martin und drehte sich verlegen um. Dann gab er seine Bemühungen auf, so zu tun, als wende er den Blick ab, während sie sich auszog.

Sein Hemd reichte ihr bis unter die Knie, doch offenbar sah er noch genug, denn er meinte bewundernd: »Du hast sehr schöne Beine.«

»Danke. Sie sind ein bisschen kurz, aber sie bringen mich dorthin, wohin ich will.«

Sie sah ihn an. Obwohl sie lächelte, war ihr Blick durchdringend und sehr direkt.

»Genug Zeit geschunden, Martin le Loup. Du bist in irgendeinen Ärger verwickelt, und das warst du schon, als ich nach London kam. Was geht hier vor? Ich möchte die Wahrheit hören. Ich glaube, die habe ich verdient.«

»Das hast du, und noch viel mehr, was ich dir nie zurückzahlen kann.« Dennoch fiel es ihm schwer, ihr die Geschichte zu erzählen, die ihm bestimmt nur ihre Verachtung einbringen würde für seine Waghalsigkeit, seine Torheit und sein doppeltes Spiel. Es war gerade so schön, wie früher mit Cat zu lachen und zu scherzen. Das war wieder seine Cat.

Seine Cat? Martin hielt inne. Dieser Gedanke ziemte sich wahrhaftig nicht für jemanden, der versucht hatte, eine andere Dame zu umwerben, und außerdem war es völlig unsinnig. Catriona O'Hanlon würde nie einem Mann gehören.

Er lehnte sich gegen die Wand und fing an zu erzählen: »Ich glaube, alles begann vor etwa neun Monaten. An jenem Nachmittag gab unsere Truppe eine Vorstellung im Hof eines Gasthauses am Rand von Norwich. Rein zufällig machte Sir Francis Walsingham dort Rast, um seinen Pferden eine Pause zu gönnen. Walsingham ist Mitglied des Kronrates und oberster Staatssekretär …«

»Ich weiß, wer Sir Francis ist und was er macht«, fiel ihm Cat ins Wort. »Der Meisterspion der Königin ist selbst in den abgelegensten Winkeln Irlands bekannt. Was hat dieser Teufel mit dir zu tun?«

»Ich arbeite für ihn.«

Martin bemühte sich, ihre fassungslose Miene zu übersehen, und fuhr fort: »Obwohl ich an jenem Nachmittag das buntscheckige Kostüm eines Narren trug und mein Englisch akzentfrei war, erkannte mich Walsingham. Wir waren uns schon einmal begegnet, als ich mit einer Gesandtschaft des Königs von Navarra unterwegs war. Wir hatten damals den Auftrag, dringend benötigte Gelder für die Verteidigung des Königreichs gegen die katholischen Truppen des Herzogs von Guise aufzutreiben.

Ich spielte bei den Verhandlungen keine große Rolle. Ich sollte vor allem die Stimmung der königlichen Ratsmitglieder einschätzen und herausfinden, ob von den Engländern auch militärische Unterstützung zu erwarten war. Meine Rolle war nur klein, doch Sir Francis bemerkte mich. Und er ist ein Mann, der nichts und niemanden vergisst.«

»Er hat einen üblen Ruf.«

Cat hängte die Hose an einen Nagel neben den Kamin. »Ist sein Herz wirklich so rabenschwarz, wie man sich überall erzählt?«

»Nein, er hat einen festen Glauben und feste Überzeugungen. Daneben ist er allerdings auch sehr scharfsinnig und verschlagen. Wahrscheinlich könnte man ihn am besten als einen gläubigen Machiavelli beschreiben.«

»Gütige Mutter Erde! Ich kann mir kaum eine gefährlichere Mischung vorstellen. Also, was ist passiert, nachdem er dich erkannt hat?«, fragte Cat. »Ich nehme an, er wollte wissen, was zum Teufel du in England zu suchen hast, und warum du dich als englischer Schauspieler ausgabst.«

»Ja, danach fragte er mich tatsächlich. Ich versuchte, ihn mit einer Geschichte abzuspeisen, dass ich vor Gläubigern aus Frankreich hatte fliehen müssen. Ich weiß nicht, ob er sie mir abgenommen hat. Das kann man bei Walsingham nie sagen.

Er hätte mich verhaften lassen können, allein deshalb, weil ich ohne Papiere im Land war, ganz zu schweigen von dem Verdacht, ich könnte ein Spion sein. Stattdessen hat er mir ein Angebot gemacht.«

»Du meinst, er hat dich gezwungen, für ihn zu arbeiten.«

Am liebsten hätte er sie in dem Glauben gelassen, doch er schüttelte den Kopf.

»Viel Zwang war nicht im Spiel. Er hat ein wenig Druck gemacht, hat angedeutet, Meg und ich könnten nach Frankreich zurückgeschafft werden. Aber ich hätte Meg schnappen und fliehen können, um in einem anderen Land noch einmal von vorn anzufangen, vielleicht sogar in deinem geliebten Irland. Aber er lockte mich mit der Chance, es weit zu bringen, und der Aussicht auf eine Zukunft für meine Tochter, die meine kühnsten Träume übersteigen würde. Und ich griff zu, zögerte keinen Moment, um die Risiken abzuwägen oder die Kosten zu bedenken.«

Cat blieb stumm, doch ihre Miene war sehr ernst. Sie setzte sich in ihrer wenig damenhaften Art auf den Schemel: die Beine leicht gespreizt, die Ellbogen auf die Knie gestützt. Martins Hemd baumelte provozierend zwischen ihren Schenkeln, was ihn wider Willen erregte.

Er blickte ins Feuer, während er ihr den Rest der Geschichte erzählte und nichts verheimlichte. Ganz nüchtern, ohne seine üblichen Ausschmückungen und Gesten berichtete er ihr alles von der Babington-Verschwörung: von den Listen, zu denen er gegriffen hatte, um Beweise für Walsingham zu sammeln, und auch davon, dass er gezwungen gewesen war, Ned Lambert nachzuspionieren. Er schloss mit dem Besuch in Poleys Haus und dem Grund, warum er das Bild an sich genommen hatte.

» … und da sind sie nun, Babington und seine Mitverschwörer, in all ihrer törichten Pracht.« Martin deutete auf das Bild. »Ihr Todesurteil, unterschrieben in einem Regenbogen aus Ölfarben. Aber wenn ich Walsingham dieses Bild gebe, wird immerhin ein Hals verschont. Dieses Bild wird Janes Bruder mit Sicherheit entlasten.«

Cat nickte zustimmend. Sie streckte die Beine aus und blickte auf ihre nackten Zehen. Ihr anhaltendes Schweigen und das unablässige Trommeln des Regens gegen das Fenster führten dazu, dass Martins Nerven bis zum Zerreißen gespannt waren.

»Du kannst mir ruhig sagen, was du denkst. Du hast mich bisher nie geschont. Also los – sag mir, was für ein verantwortungsloser Gauner und Narr ich bin.«

»Na gut – du bist ein Narr.«

Martin zuckte zusammen. Er hatte damit gerechnet, dass sie ihm beipflichten würde, aber musste sie ihm das so heiter sagen?

»Ich habe immer gewusst, wer und was du bist, Martin le Loup«, sagte sie, und ihre Lippen zuckten ein wenig. »Du hast etwas von einem Spitzbuben an dir, von einem Gauner und einem Narren. Du bist ein verwegener, tollkühner, edler Narr.«

Cat musterte ihn nicht verächtlich, wie er erwartet hatte, sondern seltsam freundlich.

»Edel?«, wiederholte er ungläubig. »Frau, hast du mir in der letzten Viertelstunde überhaupt zugehört? Die Dinge, die ich getan habe …«

»Waren äußerst gefährlich«, unterbrach sie ihn. »Und ich kann es nicht gutheißen, dass du solche Risiken auf dich genommen hast. Aber andererseits bist du kurz davor, einen Haufen ränkeschmiedender Schurken der Gerechtigkeit zuzuführen.«

»Der Folter und dem Tod, meinst du wohl. Und Ballard, einer dieser Spitzbuben, ist Priester.« Martin wandte sich von ihr ab und starrte wieder aus dem Fenster, gegen das noch immer heftig der Regen prasselte. »Ich bin weiß Gott kein gläubiger Mensch, aber in meiner Jugend unter den Mönchen von Notre Dame habe ich eine gewisse Achtung vor solchen Menschen erworben.«

Düster fügte er hinzu: »Ich weiß nicht, für welche Übertretungen man in die Hölle kommt, aber einen Priester zu verraten ist bestimmt eine sehr schwere Sünde.«

Cat schlich sich hinter ihn und legte ihm die Hand auf die Schulter.

»Ich denke, dieser John Ballard hat seinen Anspruch auf Heiligkeit verwirkt, als er beschlossen hat, ein Mörder zu werden. Ich behaupte nicht, die Katholiken oder die Protestanten zu verstehen, aber soviel ich weiß, hat sich dein Christus für Liebe, Frieden und Vergebung eingesetzt und nicht für Mord.«

Cat zog an seinem Arm und brachte ihn dazu, sich umzudrehen. »Die Motive dieser Verschwörer scheinen mir jedenfalls nicht besonders edel oder lauter zu sein.«

»Waren meine denn besser?«, fragte Martin. »Als Agent für Navarra war ich vor allem damit beschäftigt, das Heer des Herzogs von Guise auszuspionieren und Unterstützung für ein kleines, belagertes Königreich zu gewinnen. Darin lag immerhin eine gewisse Ehre und Gerechtigkeit. Aber diese schmutzigen Geschäfte – herumschnüffeln, betrügen, andere Leute in ihrem Verrat bestärken, um ihnen eine Falle zu stellen …« Martin fuhr sich erschöpft mit der Hand über den Bart. »Und wofür das alles? Für ein gefälschtes Wappen und ein Stück Land.«

»Dir ging es nur um eine sichere Zuflucht für deine Tochter. Du hast doch nicht den Tod der Königin geplant.«

»Nein. Ich helfe Walsingham bloß, eine andere in ihr Verderben und den Tod zu stürzen.«

»Daran hat Maria Stuart nach Kräften selbst gearbeitet.« Cat streichelte ihm die Wange – eine Geste, die er nicht erwartet hätte, und die deshalb umso süßer war. »Ich empfinde wahrhaftig keine Liebe für Elisabeth, aber ein Meuchelmord hat nichts mit Mut zu tun. Ich würde nur gegen das Tudor-Weib kämpfen, wenn ich ihr in die Augen sehen und mit meinem Schwert gegen ihr Schwert antreten könnte.«

»Das kommt daher, dass es nur wenige Frauen wie dich gibt. Und auch Männer.«

»Wie mich?« Sie lachte abfällig. »Und was für ein Mensch soll das sein?«

»Einer, der Ehrgefühl besitzt, Weisheit und Mut. Wie deine Ritter vom Roten Zweig, deine Grania und dein Brian Boru - all diese irischen Helden, die du in deinen Geschichten feierst. Durch deine Adern fließt ihr Blut.«

Cat lächelte traurig und schüttelte den Kopf. »Ich glaube, auf meiner Wanderschaft ist das Blut ziemlich dünn geworden.«

»Nein.« Martin fuhr mit den Fingerspitzen über ihre Brauen. Ihre Augen waren so klar, so blau. »Selbst in fremden Ländern trägst du Irland in deinen Augen, all seine Stärke und seine wilde Schönheit.«

»Ach, du bist doch bekloppt«, sagte sie.

Aber sie errötete, wie sie es nie getan hätte, wenn er sie mit blumigen Komplimenten überhäuft hätte, die er sonst Frauen zuteil werden ließ.

Cat war eine sehr bodenständige Frau, und sie war auf eine ganz direkte Art weise. Sie sah die Dinge immer viel klarer als er selbst. Er hatte das Gefühl, als habe sie mit ihrem Messer all seine Schuldgefühle und quälenden Gewissensbisse abgeschnitten.

Er verdiente den Trost nicht, den sie ihm bot, doch er konnte nicht anders, als danach zu greifen. Er schlang die Arme um ihre Taille und zog sie an sich.

Cat kam ohne zu zögern zu ihm und vergrub ihr Gesicht an

der harten Wärme seiner Brust. Martin legte das Kinn auf ihren Kopf. Ihre Haare waren immer noch feucht. Tief atmete er ihren ureigenen Duft ein – kein berauschendes Parfüm, sondern etwas Erdiges, Elementares wie süßer Regen und frischer Sommerwind.

So hielt er sie scheinbar eine Ewigkeit und hörte nichts als das Trommeln des Regens, das Knistern des Feuers und das stete Pochen ihrer Herzen.

Martins Umarmung hatte etwas sehr Zärtliches, und Cat versuchte, nicht nach mehr zu verlangen. Sie war dankbar, dass sie ihr Gesicht an seiner Brust verbergen konnte, und er nicht die Torheit in ihren Augen lesen konnte: Wie sehr sie sich mittlerweile in ihn verliebt hatte, und wie sehr sie die Risiken entsetzt hatten, die er eingegangen war. Allein der Gedanke, dass Martin getötet werden, dass sie ihn verlieren könnte, ließ sie erbeben.

Und dabei würde er ihr doch nie gehören. In wenigen Monaten würden sie sich trennen und wahrscheinlich auch niemals wiedersehen. So hart und schmerzlich das sein würde, Cat würde es aushalten – solange sie nur wusste, dass er am Leben war und in seiner ganz eigenen, unnachahmlichen Art seinen Weg fortsetzte.

Cat hob den Kopf und sah ihn an. »Wenn du Walsingham das Bild gibst, bist du ihn los. Damit wird deine Rolle in diesem Stück zu Ende sein, oder?«

»Ich glaube schon. Falls jedoch etwas schiefgeht, falls mir etwas zustößt, kümmerst du dich um Meg.«

Das war keine Frage, sondern eine Feststellung, die ihn sehr zu trösten schien.

»Selbstverständlich«, versicherte sie. »Aber dir wird nichts zustoßen.«

»Aber sollte es der Fall sein …«, fing er an, doch bevor er das Schicksal noch weiter herausfordern konnte, brachte sie ihn zum Schweigen, stellte sich auf ihre Zehenspitzen und drückte ihre Lippen auf seinen Mund.

Martin zögerte nur einen Herzschlag lang, bevor er die Finger in ihrem Haar vergrub. Er streichelte ihren Nacken und küsste sie zärtlich und innig.

Dann zog er sich zurück und sah sie an. Ihr Verlangen spiegelte sich in den grünen Tiefen seiner Augen.

»Cat«, sagte er heiser. Als er sich die Lippen benetzte, wusste sie, was er sich zu tun bemühte: Er rang um die Kraft, der Versuchung zu widerstehen und all die guten Gründe anzuführen, warum sie sich voneinander fern halten sollten.

Gründe, die sie weit besser verstand als er. Schließlich würde nicht er, sondern sie mit einem wunden Herz davonhumpeln.

Doch das war ihr egal. Sie war viel zu lange mit unberührtem Herzen und bindungslos durch diese Welt gegangen. Selbst der Schmerz, zu wissen, wie es war, Martin zu lieben, und ihn dann zu verlieren, war nichts im Vergleich zu der Leere, ihn nie geliebt zu haben.

Sanft und verführerisch fuhr sie mit den Fingern über seine zusammengepressten Lippen.

Martin starrte auf sie herab. In seinen Augen stand quälende Sehnsucht.

»Cat, wir – wir sollten nicht …«

Cat atmete tief aus, all das enttäuschte Verlangen, das viel zu lange abgewehrt worden war, lag darin. »Doch, verdammt noch mal, wir sollten.«

Sie griff in die Falten seines Hemdes und zog seinen Mund wieder zu ihrem herab.

Martin packte sie an den Schultern, als wollte er sie wegstoßen.

Cats Zunge schoss vor, liebkoste seine versiegelten Lippen, bat um Einlass. Martin durchlief ein Zittern, und ihr war, als breche in ihm etwas los wie ein plötzlicher Sturm.

Mit einem leisen Knurren schlang er die Arme um sie. Seine Hände fuhren kühn über ihren Körper, während er sie mit Küssen bedeckte, sie auf ihre Wangen, ihre Augen, ihr Kinn herabregnen ließ, bevor seine Lippen ihren Mund fanden und sich seine Zunge derart hitzig mit der ihren traf, dass Cat kaum noch Luft bekam.

Er presste sie an sich und schob ihr Hemd hoch. Cat keuchte auf, als er die Hände um ihr nacktes Hinterteil legte. Seine Hitze brannte sich wie flüssiges Feuer direkt zum Mittelpunkt ihrer Weiblichkeit. Er küsste sie unablässig weiter und zog sie so nah heran, dass sie sein Glied spürte, das sich in seiner Hose aufrichtete.

Bebend vor Verlangen bemühte sie sich, ihm noch näher zu kommen. Martins Lippen ließen endlich von ihr ab, sein Atem ging schwer und rasch.

»Oh Gott«, stöhnte er. »Ich bin ein wertloser Schurke. Ein durchtriebener Halunke. Ein sehr böser Mann.«

»Ich weiß«, hauchte Cat und rieb sich an ihm, fast schob sie sich an ihm hoch, wie sie es vorhin bei dem Baum getan hatte. »Das ist eines der Dinge, die ich an dir am …«

Fast hätte sie gesagt: am meisten liebe. Doch trotz ihrer von Leidenschaft benebelten Sinne besaß sie noch genug Verstand, sich zu verbessern. »… eine – eine deiner besseren Eigenschaften.«

Martin lachte rau auf.

Obwohl sein Körper vor Verlangen nach ihr pochte, nahm er die Hände von ihrem Hinterteil, zog ihr das Hemd wieder herunter und stellte noch einmal den heldenhaften Versuch an, sie wegzuschieben.

Doch es war vergeblich, denn Cat zerrte sich das Hemd über den Kopf. Sein Mund wurde trocken, als er seinen Blick über ihre kleinen, festen Brüste und das rotgoldene Dreieck zwischen ihren Beinen schweifen ließ.

Er stöhnte, denn sein Glied schwoll schmerzhaft an. »Cat, hab Erbarmen!«

»Nein!« Sie warf ihm das Hemd wie einen Fehdehandschuh vor die Füße. »Die Nacht dort draußen ist verdammt nass und dunkel, und wir haben es gerade mit knapper Not geschafft zu entkommen. Die Welt wird nicht stillstehen, und der Himmel wird uns nicht auf den Kopf fallen, wenn wir jetzt ein bisschen Spaß miteinander haben. Allerdings plagen mich nicht die Vorstellungen deiner Kirche von der Sünde, schließlich bin ich nur eine Heidin.«

Das stimmte wahrhaftig, dachte Martin. Eine heidnische Göttin, schamlos und stolz in ihrer nackten Schönheit, die Hände trotzig in die schlanken Hüften gestemmt, die Beine ein wenig gespreizt.

Sie warf ihr Haar zurück, die feuerroten Strähnen fielen auf ihre weißen Schultern, ihre Augen funkelten wie strahlende Juwelen.

Martin trat auf sie zu wie ein Mann, der bereit ist, sich auf ein Opferfeuer zu werfen.

Bei früheren Liebesspielen hatte er immer geführt, schließlich war er Franzose. Doch nun erlaubte er ihr, ihn zu entkleiden.

Hastig löste sie die Bänder an seinem Hemd und streifte es ihm über den Kopf, während ihr Blick anerkennend über seinen Oberkörper schweifte.

Nachdem sie sein Hemd zur Seite geworfen hatte, fuhr sie sachte mit den Nägeln über seine nackte Brust und strich aufreizend um ihn herum, bis er fast wahnsinnig wurde.

Hitze und Begierde machten ihn völlig benommen, als sie die Arme von hinten um ihn schlang und ihre warmen runden Brüste an seinen Rücken presste. Sie fuhr mit den Fingern durch seine Brusthaare und kam mit jeder Handbewegung seinem Hosenbund näher.

Schließlich löste sie seine Hose und befreite endlich sein steifes Glied. Er stöhnte vor Erleichterung, bis sich ihre Hand um seine Männlichkeit schloss. Schon die Hitze ihrer Berührung brachte ihn fast dazu, die Beherrschung zu verlieren.

»Grundgütiger, Frau, was machst du mit mir?«

»Ich will, dass du unter meinen Händen dahinschmilzt«, schnurrte sie und knabberte spielerisch an seinen Arm. Er merkte, dass sie sich an der Macht erfreute, die sie über ihn ausübte. Vielleicht war ihre Freude eine Spur zu groß. Es war Zeit, dass er wieder ein wenig die Kontrolle übernahm.

Er packte sie am Handgelenk und stoppte ihre kühnen Bemühungen. Dann wirbelte er herum, sah sie an und murmelte: »Nein, was du da tust, zwingt mich in die Knie.«

Er kniete sich vor sie und warf einen schelmischen Blick hoch.

Bevor Cat erraten konnte, was er im Sinn hatte, umfasste er ihren Hintern, zog sie an sich und vergrub sein Gesicht in dem Nest der Locken zwischen ihren Beinen.

Bei der köstlichen Überraschung dieses kühnen Kusses schrie Cat laut auf. So etwas hatte sie noch nie erlebt. Das berauschende Gefühl von Macht, dass sie empfunden hatte, schwand, als Martin ihre Beine auseinander schob und sie mit seiner Zunge neckte.

Sie erbebte und klammerte sich an seine Schultern, als ihr Körper erstaunlich schnell reagierte und eine Woge der Wonne über ihr zusammenschlug und sie so schwächte, dass sie sich nicht mehr auf den Beinen halten konnte. Zitternd sank sie neben ihm auf die Knie. Martins Grinsen war viel zu selbstgefällig.

»Du – du französischer Teufel!«, keuchte sie.

»Irische Hexe«, erwiderte er lachend.

Cat schlug auf ihn ein und zerrte ihn zu Boden, wo sie sich weiter küssten, rangelten und liebkosten. Nach dem soeben Erlebten glaubte Cat nicht, dass ihr Verlangen so rasch wieder anschwellen könnte, doch bei seinen geschickten Berührungen durchströmte es sie tatsächlich gleich wieder. Wie sie schon immer vermutet hatte, war der Mann teuflisch geschickt mit seinen Händen.

Cat wusste gar nicht, wie er sich seiner restlichen Kleidung entledigt hatte. Gern hätte sie einen Moment verschnauft und den Anblick seines nackten Körpers genossen, der nur aus Muskeln, Sehnen und Schweiß zu bestehen schien.

Doch er drückte sie auf den Boden, und stützte sich über ihr ab. Langsam küsste er sich den Weg über ihren Hals hin zu ihren Brüsten, nahm sich erst eine Brustspitze vor, dann die andere. Als er sie mit der feuchten Hitze seiner Zunge verwöhnte, schloss Cat die Augen und biss sich auf die Lippen, um nicht laut aufzuschreien, während die reine Wonne sie folterte.

Es war, als wolle er jeden Zoll ihres Körpers mit seinen Berührungen markieren, mit seinem Duft, seinen Küssen. Cat wusste, dass sie den Geschmack und das Gefühl von Martin le Loup bis ans Ende ihrer Tage mit sich herumtragen würde.

Natürlich würde es nur noch schwerer, zu gehen und ihn seinem englischen Leben und seiner Lady Danvers zu überlassen.

Doch das war Cat gleichgültig. Sie wollte, ja brauchte diese wenigen gestohlenen Stunden unbedingt.

Als Martin sich endlich in sie versenkte, keuchte sie überrascht auf. Während ihr Körper sich dehnte, um ihn in sich aufzunehmen, war ihr, als fülle er sie komplett aus.

Kurz schlug sie die Augen auf und bemerkte die tiefe Verwunderung in seinem Blick.

»*Mon Dieu,* Cat!«, sagte er mit rauer Stimme. »Du bist so warm und eng. Du – du passt mir wie – wie …«

»Ein Handschuh?«

»Nein, als ob unsere Körper geschaffen wurden, um zueinander zu gehören.«

Cat schnürte es die Kehle zu. Sie wünschte, es wäre sein Ernst. Aber sie war sich sicher, es waren nur die zärtlichen Worte, wie sie Martin bestimmt jeder Frau ins Ohr flüsterte, mit der er ins Bett ging.

Sie vergrub die Finger in seinen Haaren und zerrte seinen Mund zu sich herab. Dann stemmte sie die Füße auf den rauen Holzfußboden und hob die Hüften, um ihn dazu aufzufordern, sich endlich zu bewegen.

Seine ersten Stöße und ihre Reaktion darauf waren ein wenig ungelenk, eher wie ein Zusammenstoß, doch dann nahm sie seinen Rhythmus auf, und bald bewegten sich ihre Körper so fließend und stürmisch wie Wellen, die ans Ufer schlagen. Er flüsterte ihr hitzige Worte der Lust und Liebe ins Ohr, und zwar auf Französisch. Sein sorgfältig gepflegter englischer Akzent war völlig verschwunden.

Er versenkte sich noch härter und noch tiefer in sie, und ihre Spannung steigerte sich immer weiter. Sie kratzte ihm mit den Nägeln über den Rücken und schrie laut seinen Namen, als sie einen weiteren ekstatischen Höhepunkt erlebte und Wogen der Lust sie durchströmten.

Martin stieß ein letztes Mal in sie und erbebte, als er seinen Samen tief in sie ergoss. Dann brach er auf ihr zusammen. Sie spürte sein rasendes Herz, ein Echo ihres Herzens.

Sie schlang die Arme um ihn und hielt ihn ganz fest, während ihr Atem sich wieder beruhigte.

Zu ihrer Bestürzung spürte sie, dass ihr Tränen in die Augen stiegen.

Ihr Liebesspiel war wunderbar gewesen, eine körperliche Freude, wie Cat sie noch nie erlebt hatte. Aber sie wusste auch, dass sie Martin in dieser Nacht nicht nur ihren Körper geboten hatte. Sie hatte ihm auch ihr Herz und ihre Seele geöffnet und sich verletzbar gemacht wie noch bei keinem anderen.

Als Martin sich langsam von ihr löste, blinzelte sie heftig, damit er nicht an ihren Augen ablesen konnte, dass ihr das, was soeben passiert war, weit mehr bedeutete als ein flüchtiges Vergnügen.

Während er sie zärtlich betrachtete, fiel es ihr allerdings sehr schwer, die Tiefe ihrer Gefühle zu verbergen. Er strich ihr eine feuchte Haarsträhne aus der Stirn.

»Catriona.«

So nannte er sie fast nie. Sie schluckte und täuschte ein träges Lächeln vor.

»Puh, das war – das war …«

Er grinste. »Ja, das war es, nicht wahr?«

Sie zuckte ein wenig zusammen, in ihrem Rücken und

ihrem Hinterteil machten sich allmählich die Folgen ihres heftigen Liebesspiels bemerkbar, schließlich hatten sie es auf den harten Dielenbrettern getrieben.

Martin legte sich neben sie und musterte sie besorgt. »War ich zu grob? Habe ich dir wehgetan?«

Mehr, als du je wissen wirst.

Cat zwang sich zu lachen. »Mir kann man nicht so leicht wehtun. Aber vielleicht steckt ein Splitter in meinem Hintern.«

Martin kicherte. Bevor sie recht merkte, wie ihr geschah, hob er sie hoch und trug sie zum Bett. »Mal sehen, was wir dagegen tun können«, murmelte er.

18

Die Scheite im Kamin waren zu glimmender Glut heruntergebrannt. Irgendwann in der letzten Stunde hatte sich der Wolkenbruch in ein stetes Plätschern verwandelt. Martin wusste nicht, wann – als sie sich zum zweiten Mal liebten? Oder beim dritten Mal?

Ein schwaches Lächeln umspielte seine Lippen, die Augen waren zu Schlitzen verengt. Er fühlte sich so entspannt und befriedigt wie schon lange nicht mehr. Nur die Matratze war ein wenig unbequem, denn sie war so durchgelegen, dass man unweigerlich in die Mitte rollte.

Allerdings hatte er kein Recht, sich über die Matratze zu beschweren, schließlich hatten er und Cat das Ihre getan, das Bett zu ruinieren. Er fürchtete, dass bei ihren lebhaften Spielen eine Seilfeder gerissen war; eines der uralten Laken hatten sie auf alle Fälle zerfetzt.

Die Decken und Laken lagen in einem Haufen auf dem Boden. Martin beugte sich hinunter, angelte nach der Zudecke und legte sie über die Frau, die sich auf der anderen Seite des Bettes mit dem Rücken zu ihm zusammengerollt hatte.

Zu seiner Enttäuschung war Cat wohl nach ihrem letzten stürmischen Höhepunkt eingeschlafen. Lieber wäre ihm gewesen, sie wäre in seinen Armen eingeschlafen, den Kopf auf seine Schulter gebettet. Doch dann merkte er, dass sie wach war und den Regen beobachtete, der an der Fensterscheibe herabfloss.

Er schlüpfte ebenfalls unter die Decke und schmiegte sich an Cat. Sein Herz war zum Bersten voll. Zu gern hätte er ihr einen Strom von Zärtlichkeiten und närrischen Koseworten ins Ohr geflüstert. Aber er bezweifelte, dass Cat sie hören wollte.

Stattdessen gab er sich damit zufrieden, zart die Stelle zu streicheln, wo er den Splitter herausgezogen hatte.

»Was macht dein Hintern?«, fragte er fürsorglich.

»Müde«, sagte sie und lächelte matt. »Ich kämpfe darum, aufzustehen und mich anzuziehen. Wir sollten zu Hause sein, bevor es hell wird. Meg wird sich Sorgen machen, wenn sie aufwacht und feststellt, dass wir beide weg sind.«

»Der Morgen ist in weiter Ferne. Es ist bestimmt erst Mitternacht, und es regnet noch immer«, protestierte er. »Wir haben Zeit.«

»Aber du wirst es doch bestimmt kaum erwarten können, Walsingham das Bild zu bringen. Wenn Babington feststellt, dass es verschwunden ist, wird er es wahrscheinlich mit der Angst zu tun bekommen und Reißaus nehmen. Ich glaube nicht, dass das deinen Dienstherrn freuen würde. Schließlich musst du an deine Belohnung denken. Glaubst du, Walsingham hält sein Versprechen?«

»Davon gehe ich aus. Gewöhnlich steht er zu seinem Wort«, antwortete Martin träge. Sein Mangel an Begeisterung wunderte ihn, eigentlich sollte er frohlocken, dass sein Ziel zum Greifen nahe war.

Er versuche, Cats Schulter zu küssen, doch sie zog die Decke hoch.

»Endlich wirst du zu Lady Danvers gehen und ihr dein Herz zu Füßen legen können.«

Martin zuckte schuldbewusst zusammen. Er hatte in letzter Zeit kaum noch an Jane gedacht, und in den letzten Stunden überhaupt nicht. Natürlich würde er zu ihr gehen müssen, schon allein, um ihr zu versichern, dass sie sich um ihren Bruder keine Sorgen mehr machen musste. Und er würde ihr gestehen müssen, warum er sich so sicher war – weil er für Walsingham spioniert hatte.

Hoffentlich würde Jane ihm verzeihen. Und das war alles, was er noch von ihr wollte, wie er sich verblüfft eingestand.

Cat zog sich an den Rand der Matratze zurück. Fast schien

sie es bereits leid zu sein, von ihm berührt zu werden. Aber vielleicht war auch sein Fauxpas schuld, seinen Gedanken erlaubt zu haben, zu einer anderen Frau zu schweifen, während das Bett noch warm war von ihrer Leidenschaft. Doch verdammt nochmal, was sollte das? Er hatte Jane gar nicht erwähnt, Cat war es gewesen, die ihn an sie erinnert hatte.

Die Kerzen waren längst erloschen, nur der rote Schein des Feuers spendete ein spärliches Licht. Martin stützte sich auf den Ellbogen und betrachtete Cat aus zusammengekniffenen Augen. Er wünschte, er könnte ihr Gesicht klarer sehen.

Er strich ihr die wirren Strähnen von der Wange und gestand vorsichtig: »Ich kann gar nicht an Jane denken. Nach allem, was wir gerade geteilt haben …«

»Hör auf«, sagte Cat schneidend.

Martins Hand erstarrte. »Womit? Dich zu berühren oder …«

»Fühl dich nicht verpflichtet, eine hübsche Rede zu halten oder mir deine Hingabe zu versichern, nur weil wir miteinander geschlafen haben.« Sie drehte sich so weit um, dass sie ihn mit gerunzelter Stirn ansehen konnte. »Wir wissen doch beide, dass es nur ein angenehmes Zwischenspiel war. Zwei warme Körper, die in einer kalten, regnerischen Nacht ihrem lang aufgestauten Verlangen nachgegeben und sich erleichtert haben. Die Erde hat nicht gebebt, und die Sterne sind auch nicht plötzlich vom Himmel gefallen.«

Für sie vielleicht nicht. Martin atmete tief aus. Er fühlte sich, als wäre ihm plötzlich der Wind aus den Segeln genommen worden.

»Verzeih mir, dass ich versucht habe, galant zu sein«, murrte er, wälzte sich zur anderen Bettseite und schlug auf sein dünnes Kissen ein in dem vergeblichen Versuch, es etwas weicher zu machen.

»Es tut mir leid, wenn ich deinen männlichen Stolz verletzt habe …«, fing Cat an.

»*Non, pas de tout.* Ich bilde mir auf meine Fähigkeiten im

Bett nicht allzu viel ein.« Martin schnitt eine Grimasse. »Na ja, wahrscheinlich doch. Ich bin nicht gewohnt, dass eine Frau gähnt, sich zur Seite dreht und zu schnarchen beginnt, wenn ich mit ihr geschlafen habe.«

Cat fuhr hoch, die Decke fest an ihre Brüste gedrückt. »Ich habe nichts dergleichen getan. Ein solches Verhalten ist das Vorrecht der Männer.«

»So gefühlskalt war ich nie.« Martin schob sich unwirsch das Kissen unter den Kopf. »Selbst wenn ich bezahlt habe …«

Er hielt inne, doch zu spät. Cat schmunzelte.

»Du hast dafür gezahlt, mit einer Frau zu schlafen? Ich hätte nie gedacht, dass ein charmanter Schwerenöter wie du zu solchen Mitteln greifen müsste.«

»Ich war noch sehr jung«, fauchte Martin. »Und bei dieser Gelegenheit habe ich mich von der Last meiner Unschuld befreit. Ich war erst elf.«

»Elf?«

»Na ja, vielleicht auch zwölf.«

Als Cat ihn skeptisch beäugte, gab er zu: »Nun gut, vielleicht war ich knapp dreizehn, als ich dem Charme von Daphne la Bouche erlag, einer der geschicktesten Huren, die je in den Straßen von Paris unterwegs waren.«

»Daphne der Mund? Warum wurde sie so genannt? Oh!« In Cats Augen trat Verständnis. Martins Gereiztheit schwand, er musste grinsen.

»Deinem wölfischen Blick entnehme ich, dass ihr dieser Beiname nicht verliehen wurde, weil sie so gern getratscht hat.«

»Nein, Daphne konnte ausgesprochen gut den Mund halten, vor allem wenn sie – puh!«, grunzte Martin, als Cat ihm einen Stoß in die Rippen versetzte.

»Ich hab's schon kapiert, auch ohne dass du es ausschmücken musst.«

Martin gab nach und unterdrückte ein Lächeln. Immerhin hatte seine schlüpfrige Anekdote Cat wieder zu ihm gelockt. Er nahm sie in die Arme. »Ich musste in ganz schön viele Taschen greifen, um mir Daphnes Dienste leisten zu können. Sie war zwar keine Schönheit, aber sie war nicht billig.«

»War sie es denn wert?«

»*Oui,* sie war sehr gut. Ihre Einführung in die Rituale der Venus war so fantastisch, dass ich völlig vernarrt in sie war. Am nächsten Tag bin ich mit einem welken Blumensträußchen ins Bordell zurück und habe ihr geschworen, sie zu meiner Mätresse zu machen und sie aus ihrem tragischen Gewerbe zu erlösen, selbst wenn ich dafür dem König persönlich den Geldbeutel stehlen müsste.«

»Und wie hat Mademoiselle la Bouche auf dieses großzügige Angebot reagiert?«

»Erst hat sie mich gründlich ausgelacht, dann hat sie mir eine Ohrfeige gegeben und mich rausgeworfen. Und dann hat sie sich wohl für den nächsten Freier bereit gemacht.«

Cat kicherte, doch in ihrer Stimme lag auch ein gewisses Mitgefühl, als sie meinte: »Armer kleiner Wolf. Aber du warst bestimmt ein bemerkenswerter junger Bursche.«

»Bemerkenswert?«, schnaubte Martin verächtlich.

»Ja, ich finde es erstaunlich, dass du es geschafft hast, dir trotz aller Widrigkeiten so viel Lebenslust und einen solch romantischen Blick auf die Welt zu bewahren. Du bist von deiner Mutter ausgesetzt worden, du hattest keine Familie, kein Zuhause, niemanden, auf den du dich verlassen konntest, außer dir selbst. Es gab doch bestimmt oft Zeiten, in denen du gefroren hast und verzweifelt und hungrig warst.«

»Ja, wahrscheinlich schon.« Martin zuckte die Schultern. Die dunkleren Momente seines Lebens hatte er stets recht geschickt beiseite geschoben. Er drückte Cat einen Kuss auf den Scheitel.

»Manchmal kann man das Leben auf der Straße nur aushalten, wenn man mit dem Kopf in den Wolken herumläuft. Außerdem hatte ich ein paar Freunde. Es gab eine alte Frau, eine Blumenverkäuferin, die immer sehr gütig zu mir war. Sie war die Schutzheilige der Straßenkinder, obwohl sie wahrhaftig alles andere als eine Heilige war. Tante Pauline konnte besser fluchen als jeder Bierkutscher, und sie konnte auch alle unter den Tisch saufen.«

»Tante Pauline?«

»So nannten sie alle. Ich weiß nicht, wie sie wirklich hieß.« Martin lächelte bei der Erinnerung an das dürre alte Weiblein mit ihrem zahnlückigen Grinsen. »Sie hat oft Brot und Käse mit mir geteilt und mir einen leeren Magen erspart. Und sie hat nicht nur Blumen verkauft, sondern den Leuten auch aus der Hand gelesen. Sie hat mir sogar gezeigt, wie man ein Amulett anfertigt, mit dem man sich Hexen vom Leib halten kann.«

Man musste es Cat zugute halten, dass sie versuchte, ernst zu bleiben, doch ihre Lippen zuckten, als sie wissen wollte: »Was für ein Amulett denn?«

»Ein Säckchen mit einer extrem übel riechenden Mischung aus Kräutern und Knoblauch.«

Nun prustete Cat laut los, wie er schon befürchtet hatte.

»Na gut, es war abergläubischer Quatsch, inzwischen weiß ich das sehr wohl. Aber in meiner Jugend war ich zwar so kühn, meinen Hals zu riskieren, doch ich hatte eine Heidenangst vor allem, was mit Zauberei zu tun hatte. Nichts fürchtete ich so wie Hexen.«

Cat runzelte die Stirn. »Aber warum hast du dann …«

»Dann was?« Martin streichelte ihren Rücken und genoss es, wie glatt und warm sich ihre Haut anfühlte.

Cat zögerte kurz, dann beendete sie ihre Frage: » … das Lager mit Cassandra Lascelles geteilt?«

Martins Hand erstarrte, schon bei der Erwähnung dieser Frau war ihm, als würde ihm ein Dolch zwischen die Rippen gerammt.

»Ich denke, dieses Thema sollten wir lieber ruhen lassen«, meinte er.

Er wollte sie weiter streicheln, doch Cat zog sich zurück, richtete sich auf und musterte ihn ernst.

»Das hast du schon viel zu lang. Mir ist klar, dass du nicht gern über Cassandra sprichst, aber …«

»Nicht gern?«, wiederholte er mit gepresster Stimme. »Bei der Erinnerung an diese Frau dreht sich mir der Magen um.«

»Sie war also nicht deine Geliebte?«

»Meine Geliebte? Oh mein Gott, nein! Ich habe nur ein einziges Mal mit ihr geschlafen. Aber das reichte, um – um …«

»Um Meg zu zeugen.«

»Meg ist das einzig Gute, was in jener Nacht entstanden ist.« Martin drückte die Fingerspitzen an seine geschlossenen Lider in dem Versuch, die albtraumhaften Bilder zu vertreiben, die auf ihn einstürmten. »Alles andere ist … ist Gift.«

»Von Gift kann man sich nur befreien, wenn man es ausspeit«, meinte Cat und strich ihm das Haar aus der Stirn. »Erzähl mir, was passiert ist.«

Doch Martin stieß ihre Hand weg, setzte sich auf, schob unwirsch die Decke zur Seite und schwang die Beine über die Bettkante.

Cat bedauerte, den Mund aufgemacht zu haben. Aber Cassandra Lascelles war ein Schatten, der das Leben von Martin und seiner Tochter verdüsterte. Solange Martin sich weigerte, sich dem zu stellen, würde dieses Weib nicht aufhören, die beiden zu verfolgen.

Sie biss sich auf die Unterlippe. Ihre Zeit mit Martin und Meg war begrenzt. So gern sie es getan hätte, sie konnte sie nicht bis ans Ende ihrer Tage lieben und beschützen. Aber wenn sie wenigstens den Geist von Cassandra verscheuchen konnte …

Cat betrachtete die starre Fläche von Martins Rücken. Sie schickte sich an, ihn zu berühren, doch dann zog sie die Hand wieder zurück. Sie fürchtete, ihn schon zu sehr bedrängt zu haben, und ging davon aus, dass er den Mund nicht mehr aufmachen würde. Als er es schließlich doch tat, zuckte sie überrascht zusammen.

»Ich war erst achtzehn, als ich dieser Lascelles-Hexe begegnet bin«, begann er zögernd. »Es war in dem Sommer, in dem ich auch Miri kennenlernte. Sie kam mir vor wie eine Gestalt aus einem Traum mit ihrem blassgoldenen Haar, ihren feenhaften Augen und ihrer seltsam mystischen Art. Ich war betört, ich war wahnsinnig verliebt in sie.«

»Ja, warum auch nicht?«, meinte Cat wehmütig.

»Damals teilte ich in Paris die Unterkunft mit meinem guten Freund, Hauptmann Nicolas Remy. Nachdem du mit Ariane so gut befreundet bist, kennst du ihn wohl auch.«

»Ich weiß, dass er als großer Held gilt«, erwiderte Cat. »Ein kühner Kämpfer für die Sache der Hugenotten. Er hat Arianes Schwester Gabrielle geheiratet, aber ich habe ihn nie persönlich kennengelernt.«

»Remy ist ein wahrer Held, kühn und geschickt im Kampf und ein Ehrenmann durch und durch. Er war auch der treuste Freund, den ich je hatte, er war wie ein Bruder für mich.« Martin atmete tief durch, bevor er weitersprach.

»Cassandra Lascelles war nicht nur böse, sie war auch komplett verrückt. Sie hatte die verfluchte Vorstellung, dass ihr bestimmt sei, eine dunkle Zauberin zu gebären, die die Männer vom Thron stoßen und die Töchter der Erde wieder an die Macht bringen würde.«

»Eine weise Frau zu sein hat nichts mit Macht zu tun«, unterbrach ihn Cat. »Es geht darum, Weisheit zu erlangen, um Menschen heilen zu können und zu lernen, im Einklang mit der Erde zu leben. Es geht nicht darum, Finsternis und Zerstörung zu verbreiten.«

»Offenbar hat niemand das Cassandra je erklärt.«

»Nach dem, was ich von Cassandra gehört habe, konnte man dieser Frau nichts erklären. Sie war besessen von ihrem wahnwitzigen Traum nach Ruhm.«

Martin seufzte. »Leider spielte Remy eine wichtige Rolle in ihrem Wahn. Sie wollte ihn zum Vater ihres Kindes. Sie drohte, den Hauptmann mit ihren schwarzen Zauberkünsten zu vernichten, wenn sie ihn nicht in ihrem Bett haben konnte. So unglaublich es klingen mag: Sie hat tatsächlich ein verfluchtes Medaillon hergestellt, um Macht über ihn zu erringen.

In der Nacht, in der sie beschlossen hatte, ihn zu verführen, bin ich an seiner Stelle zu ihr gegangen. So sehr ich mich vor Hexen fürchtete, ich dachte, ich könnte mit Cassandra besser fertig werden als mein ehrenhafter Freund Remy. Ich war ziemlich eingebildet, noch mehr als heute.« Martin lachte freudlos.

»In jener Nacht tobte ein Unwetter, das noch viel schlimmer war als das heutige. Schwarze Wolken verfinsterten den Himmel, und gleichzeitig blitzte und donnerte es so heftig, als stünde die Welt kurz vor der Zerstörung.«

Die Arme starr an den Oberkörper gepresst, legte er eine Pause ein. »Ich schlich in das Zimmer des Gasthauses, in dem Cassandra auf Remy wartete«, fuhr er schließlich fort. »Da ich wusste, dass die Hexe gern Schnaps trank, hatte ich vor, sie betrunken zu machen. Sie sollte Remy vergessen und mir den dunklen Zauber ausliefern, den sie gegen ihn verwenden wollte. Aber mit einem hatte ich nicht gerechnet: mit Cassandras eigenem Zauber.«

Er erschauerte. »Sie war umwerfend schön in ihrer eiskalten Art. Langes schwarzes Haar, leichenblasse Haut, blicklose dunkle Augen. Es gelang mir, sie betrunken zu machen, aber sie hat auch meine Sinne benebelt. Sie hatte ein seltsam verführerisches Parfüm aufgetragen. Es schien direkt in meine Poren einzudringen, mir unter die Haut zu gehen, mir in den Kopf zu steigen, mir den Verstand zu rauben und meinen Willen. Als die Hexe merkte, dass Remy nicht kommen würde, beschloss sie, mit mir vorlieb zu nehmen.

Bevor ich recht wusste, wie mir geschah, lag ich mit ihr im Bett und vergaß meine Liebe zu Miri und den Grund, warum ich mich in diesem Zimmer befand. Ich vergaß alles bis auf die Lust, die Cassandra in mir weckte.«

Martin ließ den Kopf hängen. Mit gepresster Stimme fuhr er fort: »Als ich damals aus dem Gasthaus kam, bin ich mitten auf der Straße zusammengesunken und habe mir die Seele aus dem Leib gekotzt. Ich kam mir so – so beschmutzt vor. Es dauerte ziemlich lange, bis ich Miri wieder in die Augen sehen konnte.«

Es war ein erniedrigendes Geständnis. Martin hatte bislang mit keinem darüber gesprochen, was in jener Nacht geschehen war, nicht einmal mit Miri. Er wusste nicht, wie Cat ihn dazu gebracht hatte, sich zu öffnen.

Jetzt würde sie ihn sicher verachten, weil er so schwach gewesen war. Doch stattdessen schlang sie die Arme um ihn, und ihre Stimme klang ebenso warm, wie es ihre Berührung war.

»Martin, ich kenne viele Töchter der Erde, die solche Dinge herstellen können – einen Zaubertrank oder ein Parfüm, mit denen man einen Mann verführen kann. Ich gebe zu, ich fand so etwas nie besonders schlimm. Nachdem Rory O'Meara mich verlassen hatte, war ich schrecklich verbittert. Pah, sollen die Männer doch sehen, wo sie bleiben, habe ich oft gesagt. Aber dass eine Frau einen Mann ausnutzt, ist genauso falsch wie umgekehrt.«

Martin drehte sich um, weil er sie anschauen wollte. Ihre Augen leuchteten verständnisvoll und mitfühlend. Er gab ihr einen zärtlichen, dankbaren Kuss.

So schwer es ihm fiel, er musste Cat recht geben. Reden hatte ihm tatsächlich geholfen, einige dieser vergifteten Erinnerungen loszuwerden, auch wenn er nicht ganz aufrichtig gewesen war. Eine Angst gab es noch, die mit Cassandra und seiner Tochter zu tun hatte – eine Angst, die so quälend war, dass er sie sich kaum selbst eingestehen konnte.

Er zog Cat in die Arme und ließ sich mit ihr zurück aufs Bett fallen. Ihre Lippen trafen sich zu einem Kuss voller Wärme und Leidenschaft, bis Martin plötzlich wieder einfiel, was sie vorhin gesagt hatte. Er zog sich von ihr zurück und fragte: »Wer zum Teufel ist Rory O'Meara?«

»Niemand. Einer, den ich früher mal kannte.«

Sie wollte ihn mit einem weiteren Kuss ablenken, doch

Martin ließ es nicht zu. »Das ist nicht fair. Ich habe meine dunkelsten Geheimnisse mit dir geteilt.«

»Das Leben ist nun mal nicht fair«, erwiderte sie und spielte mit seinem Brusthaar. »Hat dir das denn noch keiner beigebracht?«

»Ich habe genug gelernt, um das zu bekommen, was ich haben will. Mit fairen oder mit unfairen Mitteln.«

Er drückte sie auf die Matratze und fing an, sie erbarmungslos zu kitzeln. Cat wand sich, sie versuchte, ihn in die Oberarme zu boxen, und erstickte fast vor Lachen.

»Also gut, hör auf, du französischer Schuft«, keuchte sie. »Ich werde es dir erzählen.«

Als er von ihr abließ, starrte sie ihn zornig an. Doch er ignorierte ihre finstere Miene und küsste sie auf den Nasenrücken.

»Rory war der Neffe meines Stiefvaters«, sagte sie zögernd. »Der Than des Clans der O'Meara.«

»Was ist denn ein Than?«

»Das ist ein Titel für den rechtmäßigen Nachfolger des Clanhäuptlings. Ein Than ist so etwas wie ein Prinz in seinem Clan. Und Rory kam mir wahrhaftig wie ein richtiger Prinz vor. Er sah sündhaft gut aus mit seinen kupferroten Haaren, den blauen Augen und den breiten Schultern. Alle Mädchen waren verrückt nach ihm.«

Als Cat bei der Erinnerung schwer seufzte, schnitt Martin eine Grimasse.

»Seltsam, aber ich empfinde schon jetzt eine ausgesprochene Abneigung gegen diesen Kerl.«

Cat lachte, doch dann wurde ihre Miene wieder wehmütig. »Ich dachte nie, dass Rory Mädchen wie mich überhaupt bemerken würde, schließlich war er umschwärmt von Mädchen, die viel weiblicher und anmutiger waren als ich.

Und größer«, fügte sie hinzu. »Trotzdem bin ich ihm aufgefallen in dem Frühling, als ich fünfzehn wurde. Es – es war wie ein Wunder, als er mich zum ersten Mal anlächelte. Es war, als würde alles andere bedeutungslos. All mein Elend, die

Kränkungen und die Verachtung, die ich im Haus meines Stiefvaters erdulden musste, lösten sich in Luft auf.«

Martins Miene verdüsterte sich zusehends, seine Abneigung gegen Cats Prinzen wuchs sich zu regelrechtem Hass aus. Vielleicht wäre es besser, wenn er nichts mehr über diesen Rory O'Meara erfuhr.

Doch als Cat eine Pause machte, meinte er: »Erzähl weiter.«

»Ich war völlig vernarrt in ihn. Und er war so betörend, dass ich schließlich glaubte, er würde mich lieben. In einer warmen Frühlingsnacht schenkte ich ihm in einem Heidefeld meine Unschuld.«

Ihre blauen Augen trübten sich, und sie wandte ihr Gesicht ab.

»Nachdem Rory von mir bekommen hatte, wonach es ihn gelüstete, würdigte er mich kaum noch eines Blickes. Es ist nichts Neues, dieselbe dumme alte Geschichte, wie sie schon viele törichte junge Mädchen erlitten haben.«

Ihre Lippen wurden schmal vor Zorn auf sich selbst. »Ich dachte, ich wäre viel zu klug, um auf einen solchen Unsinn hereinzufallen. Doch eine Woche, nachdem Rory mit mir geschlafen hatte, verlobte er sich mit der Tochter des Häuptlings eines benachbarten Clans, einem recht drallen Geschöpf. Sie war viel weicher als ich, die ja ziemlich knochig war, und außerdem reicher und bedeutender.«

Cat zog die Schultern hoch, wie um zu sagen, das alles sei völlig belanglos. Doch als Martin sie am Kinn nahm und zwang, ihn anzusehen, sah er das verletzte junge Mädchen in ihren Augen.

Er küsste ihre Fingerspitzen. »Also hat der Bösewicht dir das Herz gebrochen. Am liebsten würde ich morgen nach Irland segeln und ihm den Kopf einschlagen.«

»Das wäre nicht sehr ratsam. Soviel ich weiß, ist Rory inzwischen Häuptling des Clans, und wie die meisten Iren können die O'Mearas eine ziemlich rachsüchtige Bande sein, wenn ihr Clanhäuptling bedroht wird.«

Sie hob stolz das Kinn. »Außerdem brauche ich dich nicht, damit du ihm den Kopf einschlägst. Was hätte ich davon? Ich würde es viel lieber eigenhändig tun.«

Cats Lippen kräuselten sich zu einem katzenhaften Lächeln. »Und genau das habe ich auch getan.«

Martin kicherte. »Ah, *ma petite chatte.* Das hätte ich mir gleich denken können.«

»Es war mein Geschenk an seinem Hochzeitstag – ein kräftiger, gut gezielter Faustschlag, mit dem ich ihm die Nase gebrochen habe. Meine Mutter ist in Ohnmacht gefallen vor Scham, und mein Stiefvater hat mich nach Strich und Faden versohlt. Aber das war mir egal, das war es mir wert gewesen. Sobald mein Rücken wieder verheilt war, habe ich keinen Gedanken mehr an Rory verschwendet.«

»Wirklich?«, fragte Martin skeptisch.

Sie lächelte ihn traurig an. »Herzen brechen nicht, Martin, sie tragen nur ein paar Prellungen davon. Ich habe gelernt, vorsichtiger zu sein.«

»So vorsichtig, dass du dich seitdem jedem anderen Mann verschlossen hast.«

»Ich hatte andere Liebhaber.«

»Aber du bist kein Risiko mehr eingegangen; du hast dir nicht mehr erlaubt, dich in eine Liebe zu stürzen, die dich völlig verzehrt und dich über der Erde schweben lässt.«

Cat schnaubte verächtlich. »Du meinst, so wie es dir mit Miri Cheney ergangen ist.«

»Nach dem, was mit Cassandra passiert ist, hatte ich das Gefühl, ich dürfe nicht einmal mehr Miris Stiefel berühren. Aber es stimmt schon, ich habe viele Jahre lang versucht, ihrer würdig zu sein.«

»Willst du damit sagen, dass du in der ganzen Zeit enthaltsam warst?«

»Na ja – nein. Meine Reisen und meine Pflichten gegenüber dem König von Navarra haben mich oft weit von Miri weg geführt. Gelegentlich musste ich der lüsternen Seite meines

Wesens frönen, aber das hatte nichts mit meiner grenzenlosen Liebe zu ihr zu tun.«

Cats plötzlicher Angriff traf ihn unvorbereitet. Sie drückte ihn auf den Rücken und setzte sich auf ihn. In ihrer Miene stand heftiger Tadel.

»Weißt du, was das Problem bei dir ist, Martin le Loup?«

»Nein«, seufzte Martin. »Aber du wirst es mir bestimmt gleich sagen.«

»Für dich ist die Liebe etwas Erhabenes, du verehrst die Frau, der deine Liebe gilt, als sei sie ein ferner Stern.« Cat hieb mit der Faust in die Luft. »Du brauchst eine Frau, die weiß, worauf es ankommt, die mit dir durch Dick und Dünn geht, die an deiner Seite schwitzt und kämpft. Und du und sie, ihr kümmert euch umeinander, ihr sorgt füreinander und ihr beschützt euch bis ans Ende eurer Tage.«

»Wahrscheinlich gehört es auch zu deiner romantischen Vision, dass sich zwei warme Körper zum gegenseitigen Nutzen aneinander reiben, oder?«, fragte Martin und zog süffisant die Braue hoch.

»Ganz genau, das gehört mit Sicherheit dazu.«

»Und was ist mit zwei Herzen und zwei Seelen, die einander berühren? *La grande passion?* Glaubst du nicht daran?«, fragte er.

Cat rollte sich von ihm herunter. »Wahrscheinlich kann so etwas vorkommen, aber es ist bestimmt so selten wie dieser Komet, der zurzeit über den Himmel zieht. Ich will damit nur sagen: Das nächste Mal, wenn du Lady Danvers siehst, solltest du sie nicht mit eleganten Reden überfallen, sondern – sondern sie packen und küssen, als gäbe es kein Morgen. Ansonsten wirst du die nächsten zehn Jahre damit verbringen, um sie zu werben.«

Cat stand auf und trat ans Feuer. Sie zerrte ihre Hose von der Stuhllehne und begann, sich missmutig anzuziehen.

Martin blieb noch einen Moment lang fassungslos auf dem Rücken liegen. Noch nie in all den Jahren, in denen er eine

Frau beglückt hatte, war eine aus seinem Bett gestiegen und hatte ihm schroff befohlen, loszuziehen und mit einer anderen zu schlafen.

Schließlich fuhr er gereizt hoch. Am liebsten hätte er Cat gesagt, was sie mit ihrem Rat tun könne. Es gab nur eine Frau auf der ganzen Welt, die er küssen wollte, und das war diese sture, rothaarige Elfe, die ihn immer wieder zur Weißglut brachte und nun entschlossen in seine Hose stieg.

Denn er liebte sie.

Mon Dieu! Martin verschlug es den Atem, als seine Empörung verblasste und diese Erkenntnis ihn traf wie ein Faustschlag.

Er … er liebte Cat. Was war er doch für ein Narr, dies nicht viel früher gemerkt zu haben. Allerdings hätte er von ihr als Letzter erwartet, dass sie sein Herz erobern würde – stark, zäh, teuflisch unabhängig und viel zu stolz, wie sie war.

Doch wenn sie ihre sanfte, zärtliche Seite zeigte, war es wie ein sehr kostbares Geschenk.

Martin kannte keine Frau, die ihn im einen Moment so erzürnen und im nächsten so erregen konnte. Allein ihr zuzuschauen, wie sie sich anzog und die geschmeidigen Kurven ihres Körpers vom schwachen Schein der Glut gebadet wurden, ließ seine Lenden sofort wieder hart werden.

Aber was er für sie empfand, ging weit über das rein körperliche Verlangen hinaus. Bei Cat konnte er ganz er selbst sein, er konnte ihr alles erzählen, ihr all seine Schwächen zeigen. Ihr musste er nichts vorspielen, und er musste auch nicht befürchten, dass er in ihren Augen an Glanz verlor.

Er liebte Catriona O'Hanlon. Am liebsten wäre er sofort aufgesprungen, hätte sie an sich gezogen und es ihr gesagt. Doch ein Gedanke hielt ihn davon ab.

Sie würde ihm nicht glauben. Warum sollte sie auch, schließlich wusste sie, dass er um Jane Danvers geworben hatte, und sie hatte ihn von seiner tiefen Liebe zu Miri schwärmen hören. Sie würde ihn für einen romantischen Narren halten, der mit dem Wort Liebe allzu freizügig umging, und recht hätte sie.

Wie konnte er sie überzeugen, dass seine Gefühle für sie echter waren als alles, was er je in seinem Leben gekannt hatte? Er konnte es nicht; und er hatte auch kein Recht, es zu versuchen.

Schließlich musste er an seine Tochter denken. Und Cat wollte nichts lieber, als zurück nach Faire Isle, einem Ort voller Zauber und Magie, die er unbedingt aus Megs Leben verbannen wollte. Falls er daran auch nur den geringsten Zweifel hegte, war die Geschichte von Cassandra, die er Cat heute Nacht erzählt hatte, eine bittere Erinnerung.

Cat schnürte sich gerade das Hemd, doch nun hielt sie inne und warf ihm einen ungeduldigen Blick zu. »Es hat aufgehört zu regnen. Wir müssen los.«

Martin nickte und hievte sich aus dem Bett. Seit seinem Albtraum mit Cassandra hasste er Unwetter. Nie hätte er gedacht, dass er so betrübt sein könnte, wenn eines aufhörte.

Der königliche Hofmeister ließ Walsingham in die Privatgemächer der Königin eintreten. Dieses Privileg wurde nur wenigen gewährt, vor allem zu so später Stunde.

Wie Walsingham war auch die Königin bekannt dafür, bis spät in die Nacht hinein über Berichten und Staatsangelegenheiten zu brüten. Sie war wahrscheinlich der einzige Mensch im Königreich, dessen Ausdauer sich mit der seinen messen konnte.

Doch die Königin saß nicht wie üblich an ihrem Schreibtisch. Nur wenige Kerzen brannten, die Ehrendamen drängten sich aneinander und flüsterten nervös.

Walsingham konnte sich gut vorstellen, in welcher Verfassung die Königin war, seit sie die Übersetzung von Maria Stuarts infamem Brief gelesen hatte.

Aber es fiel ihm schwer, die momentane Stimmung Ihrer Majestät einzuschätzen. Sie stand mit dem Rücken zu ihm neben einem Fenster. Ihre große, schlanke Gestalt war in Schatten gehüllt. Bis auf den roten Schimmer ihrer Haare und ihr scharfes Profil konnte Walsingham kaum etwas erkennen. Sie starrte auf den nächtlichen Himmel.

Das Unwetter war weitergezogen, die Wolken hatten sich so weit aufgelöst, dass man die blasse silberne Mondsichel und den unheilverkündenden Kometen sehen konnte.

Ihre Höflinge flehten sie oft genug an, das Schicksal nicht herauszufordern und dem unheimlichen Phänomen nicht zu viel Beachtung zu schenken. Doch typisch für ihren Mut und ihren Trotz beharrte sie darauf, den Kometen immer wieder kühn zu betrachten.

Bei Walsinghams Eintreten hatte sie die Schultern gestrafft, ihn also bemerkt, doch sie weigerte sich, seine Anwesenheit offiziell zur Kenntnis zu nehmen.

»Eure Majestät«, murmelte er und beugte vor ihr steif das Knie.

Noch immer vermied sie es, von seiner Anwesenheit Notiz zu nehmen, und er wusste auch, warum. Elisabeth war eine Meisterin in der Kunst des Aufschubs. Diese Strategie hatte ihr schon so manchen Vorteil eingebracht, aber bei der Königin der Schotten würde es ihr nichts nützen.

Zu ihrem eigenen Besten und zum Besten ihres Königreichs musste er sie zwingen, das einzusehen und sich der grimmigen Aufgabe zu stellen, die vor ihr lag.

Endlich erklang die Stimme der Königin. Leise fragte sie ihn: »Habt Ihr schon das Neueste aus Rom gehört?«

Sir Francis rutschte unbehaglich auf seinem Knie herum.

»Nein, Euer Gnaden.«

»Der Papst erwägt, noch eine weitere Bannbulle zu erlassen.«

»Gegen wen?«

»Nicht gegen wen, sondern gegen was. Seine Heiligkeit hat vor, den Kometen zu exkommunizieren. Findet Ihr das nicht amüsant und gleichzeitig erstaunlich?«

»Bei den abergläubischen Torheiten der Papisten kann mich nichts erstaunen.«

»Vielleicht wäre es ganz gut, wenn die Aufmerksamkeit meiner Feinde sich darauf richtet, einen Weg zu finden, den Kometen zu zerstören. Dann denken sie ja vielleicht eine Weile nicht mehr daran, mich zu vernichten.«

Sie bedachte ihn mit einem ungeduldigen Blick, bevor sie sich wieder dem Fenster zuwandte. »Steht auf, bevor Ihr Euch die Knie abnutzt, alter Mohr.«

Walsingham erhob sich steif und zuckte zusammen, als seine Knie knirschten.

»Haben Euer Gnaden die Zeit gehabt, den Brief der schottischen Königin gründlich zu lesen?«

»Ja, ich habe ihn gelesen. Das freut Euch bestimmt. Endlich hat Euch diese törichte Frau genau in die Hände gespielt.«

»Ich versichere Euch, es macht mir keine Freude ...«

»Himmel nochmal!«

Bei diesem plötzlichen Wutausbruch trat Walsingham hastig einen Schritt zurück. Die Königin war bekannt dafür, ihre Höflinge zu ohrfeigen und anzuspucken, wenn der berüchtigte Tudor-Jähzorn sie überkam. Einmal hatte sie Walsingham sogar mit einem Pantoffel geschlagen.

Er beobachtete sie wachsam, während sich ihre Hand um den Fenstersims krallte. Doch schließlich schien sie sich wieder zu fassen und fuhr mit erschöpfter Stimme fort: »Erspart mir Eure Versicherungen. In den letzten zehn Jahren oder noch länger habt Ihr Eure Netze gewoben wie eine ausgesprochen fleißige Spinne, in der Hoffnung, Maria Stuart zu vernichten.«

»Nur weil ich keine andere Möglichkeit sehe, Eure Sicherheit und die Eures Reiches zu gewährleisten.«

»Aber ich werde es sein, an deren Händen das Blut einer Verwandten klebt. Eine rechtmäßige Königin zu köpfen ist ein schlimmer Präzedenzfall.«

Walsingham verzichtete darauf, sie daran zu erinnern, dass ihr Vater es schon vor ihr getan hatte. Niemand wagte es, vor der Königin den Namen Anne Boleyn auszusprechen, und auch Elisabeth erwähnte ihre Mutter nie.

Die Königin massierte sich die Schläfen. »Ich nehme an, man muss Maria jetzt den Prozess machen.«

»Sie sollte in den Tower …«

»Nein!«, fauchte Elisabeth. »Dieser Prozess soll nicht in London stattfinden, wo ich gezwungen wäre … Nein«, wiederholte sie noch einmal leiser, gleichwohl noch immer herrisch. »Ihr werdet mir eine Liste mit passenden Örtlichkeiten vorlegen. Ich werde sie ausführlich studieren, Eurer Liste wird also meine gebührende Beachtung geschenkt werden.«

Walsingham verzog das Gesicht, denn er merkte sofort, dass es sich um eine weitere Verzögerungstaktik handelte. »Euer Gnaden …«

»Eine Liste, Sir Francis. Präsentiert sie mir morgen«, befahl die Königin in einem Ton, der jede weitere Diskussion ausschloss.

Walsingham seufzte. »Jawohl, Euer Gnaden.«

»Und was ist nun mit den anderen? Den sechs *Gentlemen?*« Die Königin betonte das Wort verächtlich. »Habt Ihr herausgefunden, um wen es sich bei diesen kühnen Schwerenötern handelt, die geschworen haben, mir das Leben zu nehmen?«

»Aus diesem Grund bin ich hier«, erwiderte Walsingham. »Einer meiner Agenten fand sich vor einer Stunde mit einem Beweisstück bei mir ein. Damit konnte ich alle Verschwörer identifizieren. Die Haftbefehle sind bereits ausgestellt, auch für die Hexe, die offenbar ebenfalls darin verwickelt ist.«

»Diese Silberne Rose, von der Ihr mir erzählt habt.« Elisabeth schüttelte angewidert den Kopf. »Ein Komplott, um mich mit Hexerei anzugreifen. Was kommt als Nächstes? Nun gut, Walsingham. Veranlasst diese Verhaftungen und setzt die elende Liste auf. Und jetzt lasst mich in Ruhe, zumindest für den Rest dieser Nacht.« Ohne sich umzublicken entließ ihn die Königin mit einem müden Wink.

Walsingham verbeugte sich und ging. Er wollte ihre Befehle

möglichst rasch ausführen, bevor sie ihre Meinung änderte und sich doch noch einen Grund einfallen ließ, um den Prozess gegen die Königin der Schotten zu verhindern.

Er wusste, dass ihn sein Eifer noch teuer zu stehen kommen würde. Man würde jemandem die Schuld geben müssen, wenn das Beil den Kopf dieser Stuart von ihren Schultern trennte. Mit Sicherheit würde sich ein Großteil des königlichen Missfallens auf ihn entladen, doch er war darauf eingestellt, es auszuhalten.

Was die Verhaftung der Silbernen Rose betraf … Einen Moment lang überfielen Walsingham Gewissensbisse. Martin le Loup hatte ihm einen großen Dienst erwiesen, als er das Gemälde entdeckt und ihm sofort gebracht hatte.

Mit dem Tod der Hexe wären Martins kühne Taten schlecht vergolten. Walsingham fürchtete, dass es Martin schwer treffen würde, und das tat ihm leid.

Aber der Staatssekretär konnte jetzt nicht Partei für Martin ergreifen und sich von seinen Gewissensbissen beeinflussen lassen. Wie immer war sich Sir Francis über seine Pflicht im Klaren, und er gedachte, entsprechend zu handeln, koste es, was es wolle.

19

Die warmen Strahlen der Nachmittagssonne fielen schräg auf den grob gearbeiteten Küchentisch, an dem Maude Äpfel schälte, die Früchte rot und glänzend im Weidenkorb. An einem Spieß über dem Feuer briet eine Wildkeule. Das appetitliche Aroma mischte sich mit dem Duft getrockneter Kräuter, die von der Decke hingen.

Szenen und Gerüche wie diese waren Cat vertraut, aber nach dem Abenteuer der letzten Nacht wirkten sie fast beunruhigend normal. Der Diebstahl des Gemäldes, die knapp gelungene Flucht, das Unwetter und die verstohlenen Stunden in Martins Armen erschienen ihr wie ein Traum.

Doch um zu träumen, muss man schlafen, und dazu war Cat seit ihrer Rückkehr ins *Angel* kaum gekommen. Erleichtert hatte sie festgestellt, das Meg trotz des Unwetters fest geschlafen hatte. Das Mädchen konnte viel zu gut in den Augen lesen, es wäre für Cat also unangenehm und schwierig zugleich gewesen, ihre Abwesenheit zu erklären.

Aber Meg hatte sich nicht gerührt, als Cat in ihre Schlafkammer geschlüpft war. Das Mädchen schlummerte einfach weiter, während Cat den Rest der Nacht am Fenster saß und sich über ihre Torheit wunderte, der Liebe zu einem Mann nachgegeben zu haben, der diese Liebe nie erwidern würde. Dennoch empfand sie keine Reue. Und dieser Widerspruch zwischen Wissen und Fühlen förderte nicht gerade den Schlaf.

Sie rieb sich die müden Augen und kauerte sich neben den hageren jungen Mann, der sich auf dem Strohlager in der Ecke wand. Trotz ihrer schlaflosen Nacht musste Cat zugeben, dass Jem eine noch schlimmere Nacht hinter sich hatte. Dünne Strähnen seines aschblonden Haares fielen dem Diener in sein knochiges Gesicht, als er Cat elend anstarrte und die Hände an den geschwollenen Kiefer presste.

»Mach auf, Junge, und lass mich mal sehen«, drängte Cat ihn zum dritten Mal.

Als Jem nur wieder den Kopf schüttelte und von ihr zurückwich, seufzte Cat verärgert. Der Schlafmangel und der Kampf gegen den Liebeskummer waren nicht dazu angetan, sie geduldiger zu machen.

Obwohl Jem gut doppelt so groß war wie sie – alles nur Beine und sehnige Arme –, packte ihn Cat an den Bändern seines Hemds und knurrte: »Mach deinen Mund auf, wenn du nicht willst, dass ich mich auf deine Brust knie und dir die Kiefer aufstemme.«

Jem stöhnte, öffnete aber seine Lippen ein wenig. Cat nahm sein Kinn in die Hand, damit er den Mund weiter aufmachte. Sie untersuchte das gerötete und geschwollene Zahnfleisch um den verfaulten braunen Zahn.

Mistress Butterydoor erschien hinter Cat und warf einen kurzen Blick auf den Jungen. Die Alte nickte und verkündete weise: »Hasenhirn – auf das wunde Zahnfleisch reiben. Wirkt Wunder bei zahnenden Kleinkindern.«

Cat musste sich auf die Zunge beißen, um nicht zu sagen, was sie von einer derart schwachsinnigen und widerwärtigen Praxis hielt. Seit Kurzem hatte sie mit Agatha eine Art Waffenstillstand geschlossen, und den bemühte sie sich auch zu halten, zumindest Meg zuliebe.

»Ich denke, für Jem kommt eine solche Kur zu spät, Mistress Butterydoor. Der Zahn muss raus.«

»Nein«, schrie Jem auf.

Zu Cats Erstaunen gab ihr Agatha widerwillig recht. »Am besten holen wir Master Turner, den Barbier aus der Gunning Street.«

»Mhm!« Jem schüttelte den Kopf und presste die Hände auf den Mund.

»Na komm schon, mein Kleiner.« Agatha stieß Cat zur Seite, beugte sich nach unten und strich Jem die Haare aus den Augen. »Master Turner kann gut Zähne ziehen. Er macht es recht schnell, und deinen wüsten Haarschopf wird er auch gleich trimmen. Ich denke, das kannst du vertragen.«

Jem stöhnte nur noch einmal mitleiderregend.

Cat überließ es Agatha, den Jungen so gut es ging zu trösten, und begab sich auf die Suche nach Martin. Der hatte in der Früh etwas auswärts erledigt und sich danach in sein Arbeitszimmer eingeschlossen.

Unterwegs traf sie Meg, die sich auf der Küchenschwelle herumdrückte und sie besorgt fragte: »Wie geht es Jem? Samuel sagte, er – er wird wahrscheinlich sterben.«

»Samuel ist ein närrisches Klatschmaul, das Gerüchte schneller verbreitet als ein Kesselflicker.« Cat drückte Megs Schulter, um sie zu beruhigen. »Jem wird es wieder gut gehen, sobald der verfaulte Zahn gezogen ist.«

Meg zuckte zusammen und rieb sich mitfühlend das Kinn. Sie blickte sich verstohlen um, dann winkte sie Cat näher, um ihr etwas zuzuflüstern.

»Es gibt etwas, womit ich Jem helfen könnte. Ich erinnere mich, von einem Heilmittel gelesen zu haben in – irgendwo in einem Buch.«

Cat erstarrte. Da Meg es vermied, ihr in die Augen zu schauen, war sich Cat recht sicher, welches Buch sie meinte.

»Es gibt ein Gebräu, das man auf ein Taschentuch aufbringt und der Person vor die Nase hält; und dann verliert sie das Bewusstsein. Wenn ich das bei Jem mache, wird jeder denken, er ist ohnmächtig geworden. So müsste er den Schmerz nicht ertragen. Ich muss nur vorsichtig sein, denn wenn man zu viel von dem Gebräu nimmt, kann die Person …«

»Nein!«, flüsterte Cat. »Das wäre nicht klug, Meggie.«

Meg runzelte die Stirn. »Wäre es klüger, Jem leiden zu lassen?«

»Das wird er nicht.«

Wieder drang ein dramatisches Stöhnen aus der Küche und

schien ihrer Versicherung zu widersprechen. Cat verzog das Gesicht.

»Der Junge muss nur seinen Mut zusammennehmen. Ein paar kräftige Rucke, und schon ist alles vorbei.«

Meg wirkte nicht überzeugt, doch als Cat sie ermutigte, nach draußen in den Garten zu gehen, wo sie nichts von Jems Elend mitbekam, fügte sich das Mädchen.

Erst nachdem sie gegangen war, runzelte Cat über Megs Vorschlag beunruhigt die Stirn. Seit geraumer Zeit hatte Meg nicht einmal mehr angedeutet, welch außergewöhnliches Wissen sie aus dem *Buch der Schatten* gewonnen hatte.

Es sah so aus, als verwendete sie ihre ganze Kraft darauf, das Lautenspiel zu lernen, ihre Stickerei zu perfektionieren und sich in eine richtige englische Lady zu verwandeln. Sie schien entschlossen, ihre Vergangenheit zu begraben. Weder trug sie ihre Hexenklinge bei sich, noch benutzte sie ihr ungewöhnliches kleines Fernrohr, das sie angefertigt hatte, um den Kometen zu beobachten.

Fast hätte Cat vergessen, wozu das Mädchen fähig war. Sie hätte es besser wissen müssen.

Den Fähigkeiten und dem Wissen, wie Meg sie besaß, widerstand man nicht so leicht; die Verlockung durch eine solche Macht war immer gegenwärtig.

Ob Meg nun nach Faire Isle ging oder nicht, sie musste auf jeden Fall lernen, mit ihren seltenen Gaben umzugehen. Und Cat musste einen Weg finden, Martin davon zu überzeugen.

Doch als sie sein Arbeitszimmer betrat, merkte sie, dass sie dieses Thema jetzt lieber nicht anschneiden sollte. Sein Schreibtisch war verlassen; verstreut darauf lagen Feder, Tinte, Listen und Bilanzbücher. Martin starrte finster aus dem Fenster.

Seine Miene hellte sich auf, als Cat hereinkam. Ihre Blicke trafen sich, und einen Moment lang war Cat, als erfüllte die Erinnerungen an letzte Nacht die Luft zwischen ihnen. Gewohnt, den Blick jedes Mannes kühn zu erwidern, tat sie etwas, was sie noch nie zuvor getan hatte: Sie wandte als Erste den Blick ab.

»Wie geht's denn unserem leidenden Jem?«

Cat schürzte abfällig die Lippen. »Er führt sich auf wie ein kleines Kind. Mistress Butterydoor meint, wir sollten nach Master Turner schicken, und ich stimme ihr zu – bevor mich Jem noch dazu bringt, das Problem auf meine Weise zu lösen.«

Als sich Cat mit der Faust in die offene Handfläche schlug, lächelte Martin schief. »Armer Jem. Aber gut. Schick Samuel zum Barbier.«

Cat nickte. Es kostete sie große Mühe, in Martins Gegenwart ruhig zu bleiben und so zu tun, als hätte letzte Nacht nur mehr eine flüchtige Begegnung stattgefunden, ein Anfall von Leidenschaft, kuriert durch ein hitziges Gerangel in den Laken.

Natürlich hatte diese Begegnung ihr Verlangen nach Martin noch vertieft und ihre Liebe zu ihm verstärkt – doch welche Rolle spielte das schon? Ihr einziger Trost war ihr Stolz. Martin würde nie von ihrer Torheit erfahren.

Als er sich wieder zum Fenster wandte, studierte Cat seinen starren Rücken. Sein bereitwilliges Lächeln und sein lockerer Ton konnten vielleicht den Rest der Welt täuschen, Cat aber kannte ihn zu gut, um darauf hereinzufallen.

Sie stellte sich zu ihm ans Fenster und musste an sich halten, um nicht die Spannung aus seinem Rücken zu massieren. Ihr Verlangen nach ihm entflammte so rasch, dass sie besser unverzüglich lernte, ihre Hände zu zügeln.

Sie faltete sie also in ihrer Schürze und fragte: »Was ist los? Nach deinem Treffen mit Walsingham habe ich mit etwas mehr Prahlerei gerechnet. Du hast mir versichert, alles sei gut gelaufen.«

Martin zuckte die Schultern. »Gut genug. Sir Francis schien sehr zufrieden mit mir. Er versprach mir reiche Belohnung für das Gemälde. Meine Rolle in dieser Angelegenheit könne ich als erledigt betrachten. Ich muss also nicht weiter mitmischen.«

Widerwillig gab er zu: »Aber heute Morgen habe ich es gewagt, zu Poleys Haus zurückzugehen.«

»Martin!« Cat gab ihrer Sorge und Enttäuschung freien Lauf und boxte ihn in den Arm.

»Ich weiß.« Er zuckte zusammen und rieb sich den Arm. »Ich weiß, das war verdammt töricht von mir. Aber nach all den Risiken und Gefahren der letzten Woche musste ich in Erfahrung bringen, was dabei herausgekommen ist.

Aus gebührender Ferne habe ich die Verhaftung Ballards beobachtet. Er war auf der Suche nach Babington, und sie erwischten den Priester in Poleys Garten. Babington konnte mit knapper Not entkommen.«

»Deshalb also bist du so angespannt.«

»Nein, ich muss gestehen, ich hoffe schon fast, dass dem jungen Narren das bittere Los erspart bleibt, den Tod eines Verräters zu erleiden.« Martin seufzte. »Aber als die Soldaten der Königin das Haus stürmten, nahmen sie Robert Poley gefangen.«

»Poley? Das ist doch einer von Walsinghams Leuten, wie du auch.«

»Das ist das Risiko eines Spions, meine Liebe. Man kann nur allzu leicht für einen Verschwörer gehalten werden. Walsingham riet mir, ich solle mich während der Verhaftungen bedeckt halten.«

»Und du hättest auf ihn hören sollen!«, sagte Cat erregt.

»Das habe ich gemerkt, als der arme Teufel Poley weggezerrt wurde. Nur durch die Gnade Gottes …« Martin verstummte und ließ den ernüchternden Gedanken unvollendet.

»Ich fühlte mich so seltsam, als ich unversehrt den Heimweg antrat. In den Straßen begannen bereits Gerüchte zu zirkulieren über einen Mordanschlag auf die Königin, ein katholisches Komplott, die Regentschaft zu stürzen. Überall hörte ich Ausrufe des Schreckens und Gebete für die Sicherheit der Königin und all ihrer treuen Untertanen.

›Gott erlöse uns vom Teufel, dem Papst und dem Kometen«‹, zitierte Martin sarkastisch. »Und dann ist jeder einfach zur Tagesordnung übergegangen.«

»So leben die Menschen eben, Martin«, sagte Cat. »Das Leben besteht überwiegend aus kleinen und gewöhnlichen Dingen und nicht aus großen Ereignissen und Umwälzungen. Dafür sollten wir alle der guten Mutter Erde danken.«

»So wird's wohl sein. Obwohl die letzte Nacht alles andere als gewöhnlich war.«

Martin schreckte sie auf, als er seine Finger mit den ihren verflocht. Ihr Herz schlug schneller. Sie musste sich klarmachen, dass es nur eine beiläufige Geste von ihm war. Schließlich waren sie Freunde gewesen, bevor sie zu einem Liebespaar geworden waren.

»Cat …« begann Martin.

»Ja?«

Als Cat ihn mit ihrem kühlen, klaren Blick ansah, war es ihm unmöglich fortzufahren. Martin war nie ein stiller oder schicksalsergebener Mann gewesen. Es erschien ihm verdammt unnatürlich, eine tiefe Liebe zu dieser Frau zu empfinden, und es ihr nicht zu sagen.

Plötzlich wurde ihm etwas klar: Ihn verstörte nicht, dass ganz London heute so ruhig seinen Geschäften nachging. Cat verstörte ihn. Wie konnte diese Frau nach der Leidenschaft, die sie letzte Nacht geteilt hatten, so – so gleichgültig und ungerührt sein? Es irritierte ihn so sehr, dass er sie am liebsten gepackt und geküsst hätte, bis sie um Gnade flehte. Und der Teufel sollte den holen, der sie dabei behelligte.

Doch diese Torheit wurde ihm erspart, als jemand gegen die Haustür hämmerte und lautstark Einlass begehrte.

»Ich kümmere mich lieber darum«, sagte Cat. »Normalerweise macht Jem auf, aber dazu ist er jetzt wohl kaum in der Lage.«

Cat eilte aus dem Arbeitszimmer. Erst auf dem Weg zur Haustür gab sie ihre Abwehrhaltung auf. Einer der beunruhigendsten Züge Martin le Loups war, dass er einer Frau mit einem kurzen Blick aus seinen grünen Wolfsaugen das Gefühl geben konnte, von ihm verschlungen zu werden.

Ihr wurde so heiß, dass sie sich zurückhalten musste, um sich nicht mit der Schürze Luft zuzufächeln. Einen Moment lang sammelte sie sich, um sich wieder in ein richtiges Dienstmädchen zu verwandeln. Als sie die Türe öffnete, wollte die Person auf der Schwelle gerade noch einmal klopfen.

Alexander Naismith ließ die Faust sinken. Der Junge schien ziemlich aufgeregt, sein blondes Haar war zerzaust und sein Gesicht verschwitzt, als wäre er den ganzen Weg von Southwark nach Cheapside gerannt.

Keuchend riss er sich die Mütze vom Kopf. »M-master Wolfe. M-muss ihn sofort sprechen.«

Bevor Cat etwas sagen konnte, drängte sich Naismith an ihr vorbei. Offenbar hatte Martin die Aufregung mitbekommen, denn er trat mit sorgenvoll gerunzelter Stirn aus seinem Arbeitszimmer.

»Sander? Was ist los, Junge? Stimmt etwas nicht im Theater?«

Der Junge krümmte sich und hielt sich die Seiten, während er versuchte, wieder zu Atem zu kommen. »N-nicht im Theater. In *Strand House.* Die Soldaten der Königin haben Lambert Palace gestürmt. Sie hatten einen Haftbefehl, Master Wolfe. Sie müssen kommen und v-versuchen zu helfen.«

Martin und Cat blickten sich verdutzt an.

»Aber das ist ganz unmöglich«, sagte Cat. »Hat dir Walsingham nicht versichert …«

Martin brachte sie mit einem leichten Kopfschütteln zum Schweigen – eine Warnung, dass sie aufpassen sollte, was sie vor Sander preisgab.

Aufmunternd legte er dem Jungen die Hand auf die Schulter. »Willst du mir sagen, dass seine Lordschaft verhaftet worden ist?«

»N-nein. Ich habe keine Ahnung, wo sich Ned befindet. Seine Schwester ist es, die – die man des Verrats bezichtigt.«

Sander richtete sich auf und verkündete erschüttert: »Lady Danvers ist in den Tower gebracht worden.«

Martin wurde aschfahl vor Schreck und Bestürzung. Er lief in der Halle herum und fuhr sich mit der Hand übers Gesicht; sein innerer Aufruhr war allzu offenkundig.

Auf einmal blieb er stehen, als hätte er einen Entschluss gefasst. Cat fürchtete zu ahnen, welcher das war. Er wandte sich an Sander und dankte dem Jungen dafür, ihn benachrichtigt zu haben.

»Geh jetzt in die Küche und verschnauf dich. Agatha wird dir etwas Ale geben.«

»Aber die arme Lady Danvers! Werdet Ihr ihr zu Hilfe eilen?«

Martin nickte. Er klopfte Sander auf die Schulter und schickte ihn weg. Cat wartete, bis der Junge außer Hörweite war, bevor sie Martin anfuhr.

»Ihr zu Hilfe kommen?«, rief sie aufgebracht, während sie Martin ins Arbeitszimmer folgte. »Was stellst du dir denn vor, unternehmen zu können? Nicht einmal du kannst den Tower stürmen.«

»Nein, aber ich kann damit anfangen, Walsinghams Büro zu stürmen.« Martin schlug mit der Faust gegen den Kaminsims und fluchte.

»Zur Hölle mit dem Mann und seinen Ausflüchten. Letzte Nacht hat er mir geschworen, er habe nicht die Absicht, Ned Lambert zu verhaften. Aber der alte Teufel hat bestimmt die ganze Zeit geplant, sich stattdessen auf Jane zu stürzen.«

»Walsingham hat doch bestimmt einen Grund …«

»Einen Grund? Welchen Grund könnte er haben, die freundlichste, sanfteste Lady von ganz London zu verhaften?«

»Keinen, nehme ich an. Die Frau ist ein wahrer Engel.« Cat schaffte es nicht, die Verbitterung aus ihrer Stimme zu halten, doch Martin schien es nicht bemerkt zu haben.

Als er seinen Umhang an sich riss, trat sie ihm in den Weg und versuchte ein letztes Mal verzweifelt, ihn zur Vernunft zu bringen. »Martin, Walsingham hat dir gesagt, dass du ab sofort nichts mehr mit der Sache zu tun hast. Er hat dich doch geradezu gewarnt, dich nicht weiter einzumischen. Ich kann deine – deine Gefühle für Jane Danvers verstehen, aber du wirst dich bloß selbst in Gefahr bringen. Ich weiß nicht, wie du ihr helfen könntest.«

»Ich weiß es auch nicht, aber ich muss es versuchen.« Ihre Blicke trafen sich, seine grünen Augen schienen sie um Verständnis anzuflehen.

Cat verstand ihn nur zu gut. Martin le Loup zu bitten, eine Dame in Not im Stich zu lassen, war, als erwarte man vom Feuer, nicht zu brennen. Noch dazu, wenn es die Frau war, die er zu seiner Gemahlin und zu Megs Mutter machen wollte.

Sie spürte die Eifersucht in sich hochsteigen, schluckte sie aber hinunter. Sie brachte sogar ein schmales Lächeln zustande, als sie sagte: »Nun gut, sieh zu, was du tun kannst, um deine geliebte Lady zu retten. Ich würde dich ja bitten, vorsichtig zu sein, aber genauso gut könnte man vom Papst erwarten, Puritaner zu werden.«

Martin erwiderte ihr Lächeln. »Ich werde aufpassen. Ich schwöre, dass ich zu dir … und Meg zurückkehren werde, bevor ihr überhaupt gemerkt habt, dass ich weg bin.«

»Wir werden da sein.«

Martin wollte nach ihrer Hand greifen, doch Cat wich ihm aus und verließ hastig sein Arbeitszimmer. Martin sah ihr mit Bedauern nach und wünschte sie, er hätte es ihr sagen können.

Nicht aus Liebe fühlte er sich genötigt, Jane zu retten, sondern aus Schuldgefühlen.

Seit dem zwölften Jahrhundert wachte der Tower über den Hafen von London. Festung, Palast, Gefängnis – der Weiße Turm mit seiner starken Ringmauer war den Londonern zum Quell des Stolzes und des Schreckens geworden.

Martin musste an seinen ersten Besuch der Stadt denken, als er einen dünkelhaften Engländer schadenfroh daran erinnert hatte, dass die feste Burg, mit der der Kerl so angab, von Wilhelm dem Eroberer errichtet worden war – und zwar mit Steinen, die aus Frankreich importiert worden waren.

Diese Geschichte schien ewig her zu sein. Als Martin dem Yeoman tiefer in die Festung folgte, war ihm, als würde sich die ganze Macht des englischen Reiches auf ihn herabsenken.

Die Kälte, die ihm in die Knochen stieg, kam nicht nur von den feuchten Steinmauern. Aus den Zellen war verzweifeltes Stöhnen zu hören und das Klirren von Ketten. Es stank hier nach Angst und Hoffnungslosigkeit. Entsetzt dachte Martin an die sanfte Lady Danvers, die nun an einem solchen Ort gefangen war.

Wie es dazu hatte kommen können, war Martin nach wie vor völlig unklar. Er hatte Walsingham nicht finden können, um eine Erklärung von ihm zu fordern. Entweder ging ihm der Staatssekretär aus dem Weg, oder er steckte selbst in Schwierigkeiten. In Whitehall waren Martin Gerüchte zu Ohren gekommen, der schottischen Königin solle der Prozess gemacht werden, und Elisabeth sei angeblich nicht sehr erfreut darüber.

Da es Martin nicht gelungen war, Walsingham zur Rede zu stellen, hatte er den einzigen anderen Weg beschritten, der ihm eingefallen war. Er hatte einen Towerwächter bestochen, damit der ihm gestattete, Jane zu besuchen. Immerhin würde er sehen können, wie es ihr ging, und hoffentlich auch erfahren, unter welcher Anklage sie stand.

Auf dem langen Weg über den rauen, unebenen Steinboden hatte Martin das Gefühl, als stecke er selbst in Fesseln, so sehr plagte ihn seine Schuld.

Wenn er doch nur aufrichtig gegenüber Jane gewesen wäre, oder sie zumindest gewarnt hätte, dass Walsingham die Familie Lambert beobachten ließ! Aber hätte er es dann verhindern können, dass es mit Jane so weit kam? In welchem Maße war er, wenn auch unabsichtlich, an ihrer Verhaftung schuld?

Das würde er jedoch erst erfahren, wenn er mit Jane gesprochen hatte. Wie sehr es ihm graute, der Lady unter die

Augen zu treten und ihr zu gestehen, dass er in Walsinghams Diensten gestanden und ihren Bruder ausspioniert hatte.

Als der Wärter die Zellentür aufschloss, straffte Martin die Schultern.

»Ich kann Euch nur zehn Minuten gestatten«, erinnerte ihn der Wärter barsch. »Keine Minute länger!«

Martin nickte, dann trat er in die Zelle, und die Tür hinter ihm wurde wieder verriegelt. Er war erleichtert, dass der Raum wenigstens nicht ein von Ratten heimgesuchtes, dunkles Verlies war, wie er befürchtet hatte, und Jane nicht in Ketten auf einem Strohlager kauerte.

Das Gefängnis ihrer Ladyschaft entsprach ihrem Stand – ein Zimmer mit hohem Deckengewölbe, einem dreiteiligen Steinkreuzfenster und einem Himmelbett. Auf einem kleinen Tisch stand ein schlichtes Mahl aus Brot, Wein und Käse. Für Lady Danvers Zofe lag ein Strohsack bereit, doch Jane war allein.

Sie saß auf einem Schemel am Fenster und mühte sich, in dem schwachen Licht zu sticken. Als Martin eintrat, sah sie hoch. Ihre Lippen zitterten, und über ihr Gesicht huschten starke Regungen.

Martin nahm an, dass er ihr erster Besucher war. Er rechnete schon fast damit, dass sie aufspringen und sich schluchzend in seine Arme stürzen würde. Die meisten Frauen hätten das bestimmt getan.

Doch Jane fasste sich rasch. Sie erhob sich würdevoll und streckte ihm die Hand so anmutig entgegen, als empfinge sie ihn in ihrem Salon.

»Master Wolfe.«

Mit Tränen hätte Martin eher umgehen können. Immerhin hätte er Jane in die Arme nehmen und versuchen können, sie zu trösten. Ihre tapfere Gelassenheit jedoch trieb den Stachel seiner Schuld noch tiefer.

»Eure Ladyschaft.«

Er verbeugte sich elegant und versuchte, sich ebenso gefasst zu geben wie sie. Doch etwas an der Art, wie sie ihr Kinn vorschob, erinnerte ihn an Meg, wenn sie unbedingt tapfer sein wollte.

Schließlich konnte er dieses Spiel nicht länger durchhalten. Er nahm ihre Hände. »Jane, ich bin gekommen, sobald ich es erfahren hatte.«

»Das ist sehr gütig von Euch.«

»An mir ist nichts gütig.« Zu wissen, dass er so lange ein doppeltes Spiel gespielt hatte, machte es ihm schwer, ihr in die Augen zu sehen. »Ich bin ein ruchloser Schuft, ein gemeiner Gauner.«

Sein Ausbruch überraschte sie. Sie versuchte zu lachen. »Nein, der Krone gemäß bin ich das, nicht Ihr.«

»Ich weiß nicht, wie es zu Eurer Verhaftung gekommen ist, aber ich schwöre Euch, vor Sonnenuntergang werde ich Euch wieder freibekommen haben.« Ein übereiltes Versprechen, wie Martin sofort klar wurde. Er bemühte sich um etwas mehr Zurückhaltung. Das Letzte, was Jane jetzt brauchte, war seine übliche Prahlerei.

»Sobald ich Walsingham finde, kann ich diese Sache bestimmt richtigstellen. Ich – ich kenne den Staatssekretär flüchtig …«

Sie unterbrach ihn mit einem traurigen Kopfschütteln. »Das ist ein sehr freundliches Angebot, Marcus, aber das hier ist etwas anderes als ein Sturz in die Themse. Ich fürchte, diesmal werdet Ihr mich nicht retten können.«

Martin drückte ihre Hände. »Es ist doch bestimmt ein grässliches Missverständnis. Anders kann es doch gar nicht sein. Was wird Euch denn vorgeworfen?«

»Geheime Treffen mit einem Feind der Krone, einem katholischen Priester.«

»Das ist blanker Unsinn.«

»Nein, das ist es nicht.« Jane entzog ihm ihre Hände. »Ich bin schuldig im Sinne der Anklage.«

Martin starrte sie bestürzt an. Er war so verblüfft, dass es ihm die Sprache verschlug.

Sie fuhr fort: »Deshalb habe ich auch abgelehnt, meine Zofe bei mir zu behalten. Ich sah nicht ein, warum die arme Mistress Porter gezwungen sein sollte, meine Gefangenschaft zu teilen. Ich habe mich in diese Lage gebracht, und niemand sonst.«

Endlich fand Martin wieder seine Stimme. »Wollt Ihr mir sagen, dass Ihr an der Verschwörung zur Ermordung unserer Königin teilgenommen habt?«

»Aber nicht doch!«, entgegnete Jane entrüstet. »Bei meiner Ehre, ich ahnte nicht im Geringsten, dass Vater Ballard in eine solche Verschwörung verwickelt war. In Momenten der Verbitterung war ich zornig auf Elisabeth und enttäuscht von ihr, manchmal habe ich mich von ihr betrogen gefühlt. Dennoch betrachte ich sie als meine Monarchin. Ich würde nie danach trachten, Ihrer Majestät zu schaden.«

Seufzend gab sie zu: »Aber ich habe mich mit Vater Ballard getroffen, seitdem er nach London kam. Ich habe ihn spät nachts heimlich eingelassen, damit er die Messe lesen und die heiligen Sakramente der Beichte und der Kommunion spenden konnte. Das sind Glaubensdinge, die in diesen bedauerlichen Zeiten als Hochverrat gelten.«

Nach all dem, was Martin riskiert hatte, war er wahrhaftig der Letzte, der das Recht hatte, Jane zu tadeln. Dennoch konnte er nicht an sich halten und schalt sie sanft: »Grundgütiger, Jane. Ich verstehe Eure Gefühle ja, oder zumindest versuche ich es, aber Ihr wisst doch, dass es gegen das Gesetz ist, einen katholischen Priester in sein Haus zu lassen. Ist Euer Leben denn eine Messe wert?«

»Nein, aber meine Seele schon. Marcus, wir beide haben nie über religiöse Dinge gesprochen. Ich weiß nicht, woran Ihr glaubt, und ich brauche es auch nicht zu wissen. Ich habe mir nie angemaßt, über den Glauben anderer zu urteilen.«

Jane wandte sich dem Fenster zu, das Licht, das durch die schmalen Scheiben fiel, tanzte über ihre blassen, entschlossenen Züge.

»Ich und diejenigen, für die ich die Verantwortung trage – meine Bediensteten –, sind im katholischen Glauben aufgewachsen. Von Geburt an war dieser Glaube eine Quelle der Kraft für uns, er hat uns alles Leiden im Leben und selbst die Aussicht auf den Tod erträglich gemacht. Wenn einem ein Federstrich, ein königliches Siegel auf einem Erlass des Parlaments all das nimmt …«

Janes Lippen wurden zu einem dünnen Strich. »Es ist hart, grausam, unerträglich. Jawohl, ich habe mein Leben für eine Messe riskiert, ich wollte meinen Leuten diesen Trost zukommen lassen, selbst wenn ich meiner Königin und meinem Land die Stirn bieten musste. Für mich war es das Richtige.«

Mit einem matten Lächeln wandte sie sich zu Martin um. »Offenbar habe ich doch einen Teil des aufsässigen Lambert-Blutes geerbt. Ironisch ist nur, dass ich immer Angst hatte, Ned wäre es, der im Tower landen würde.«

»Wo steckt Euer Bruder überhaupt?«, fragte Martin.

»Ich weiß es nicht. Zum Glück war er nicht zu Hause, als die Soldaten kamen, um mich zu verhaften. Ich hoffe inständig, dass er sich ein Versteck gesucht hat und genügend Verstand besitzt, dort auszuharren.« Zum ersten Mal bekam ihre Fassung einen Sprung; sie umklammerte Martins Arm.

»Ich habe schreckliche Angst, dass Ned irgendeinen Unsinn anstellt, um mich zu retten. Ihr müsst ihn daran hindern. Überredet ihn, nach Frankreich zu fliehen, bis diese Geschichte erledigt ist.«

Martin legte die Hand auf die ihre. »Ich werde mich bemühen. Aber wenn Ihr meine Schwester wärt, würde mich niemand überreden können, mich davonzuschleichen und Euch im Stich zu lassen.«

»Eure Schwester?« Jane zog fragend die Brauen hoch. »Es gab eine Zeit, da dachte ich, Ihr würdet mich in einem anderen Licht sehen.«

»Jane, ich …«, fing er reumütig an, doch sie brachte ihn mit einem Finger auf seinen Lippen zum Verstummen.

»Schon gut. Es ist lange her, seit ich in einem Mann etwas anderes als brüderliche Zuneigung geweckt habe. Bei einer Werbung geht es meist um Dinge wie Rang, Eigentum und Bequemlichkeit. Leider habe ich mich als eine sehr unbequeme Frau erwiesen.«

»Oh Jane«, stöhnte Martin und zog ihre Hand ehrerbietig an die Lippen. »Ich halte wirklich sehr viel von Euch, doch zu meiner Schande muss ich Euch gestehen, dass ich aufgrund Eurer Stellung um Euch warb und weil ich dachte, Ihr würdet meiner Tochter eine ausgezeichnete Mutter sein.«

»Das ist ein großes Kompliment. Ich danke Euch dafür.« Jane drückte seine Hand, dann trat sie von ihm weg. »Ihr braucht Euch nicht zu schämen, Marcus. Ihr seid mir und Ned immer ein guter Freund gewesen.«

»Nein, verflucht, das war ich nicht.«

Als sie bei seinen heftigen Worten erstaunt die Augen aufriss, holte Martin tief Luft, und dann erzählte er ihr alles über die Monate, in denen er als Walsinghams Spion gearbeitet hatte.

Jane hörte sein Geständnis stumm an, ihre Miene spiegelte eher Kummer als Zorn. Als er fertig war, sagte sie: »Wenn ich das Glück gehabt hätte, eine Tochter wie Meg zu bekommen, hätte ich genauso gehandelt wie Ihr. Ich hätte jede Anstellung angenommen und alles riskiert, um ihre Zukunft zu sichern.«

Martin starrte sie mit aufgerissenem Mund an. Er konnte es kaum fassen, dass sie ihn verstand und ihm verzieh. Schließlich meinte er: »Ihr seid wahrhaftig ein Engel.«

Jane lachte trocken.

»Wenn Ihr das glaubt, hätten wir beide nicht gut zueinander gepasst. Ich bin alles andere. Ich kann Euch nur so bereitwillig verzeihen, weil es eigentlich nichts gibt, was ich Euch zu verzeihen hätte. Ihr habt Euer Bestes getan, um Ned zu entlasten. Ihr hattet nur keine Ahnung, dass ich es war, die Euren Schutz gebraucht hätte.«

»Es ist mir nie in den Sinn gekommen, dass Ihr Euch mit

Ballard trefft. Aber von wem zum Teufel hat Walsingham diesen Beweis gegen Euch erhalten?«

»Von Master Timon.«

»Dem Kammerdiener Eures Bruders?«, fragte Martin ungläubig. »Er hat Euch verraten?«

»Sowohl Ned als auch ich hielten Timon irrtümlicherweise für einen strenggläubigen Katholiken. Aber wie es aussieht, hat er sich schon eine ganze Weile mit der neuen Lehre beschäftigt. Das hat er uns aber nie gesagt aus Angst, seine Stellung zu verlieren. Zwischen seiner Loyalität zu meiner Familie und seinem neuen Glauben schwankend, war Timon innerlich völlig zerrissen.«

»Und das hat Walsingham bestimmt sofort gespürt und ausgenutzt«, bemerkte Martin verbittert.

Jane nickte bekümmert. »Meine arme Sarah meinte, ihre Seele sei in Gefahr, und wollte unbedingt noch einmal einen katholischen Geistlichen sehen. Und Master Timon fürchtete um seine Seele, als er versuchte, mir zu helfen, einen Priester ins Haus zu schmuggeln.«

»Dieser religiöse Zwist ist wirklich verdammenswert.«

»Das stimmt. Und manchmal fürchte ich, er wird uns alle in die Verdammnis stürzen. Auf beiden Seiten wird so viel unschuldiges Blut vergossen«, murmelte Jane.

»Von Eurem Blut sollen sie keinen Tropfen bekommen«, beharrte Martin. »Es ist gegen das Gesetz, sich an einen katholischen Priester zu wenden, aber ich habe gehört, dass die Königin eine Person begnadigen kann, die sich dieses Vergehens strafbar gemacht hat. Die größte Gefahr entsteht Euch durch den Vorwurf, in dieses Komplott verwickelt zu sein. Wenn wir die Königin davon überzeugen können, dass Ihr keineswegs daran beteiligt wart …«

»Das könnte schwierig werden«, fiel ihm Jane ins Wort. »Hochverrat ist nicht der einzige Anklagepunkt. Ich werde auch der Hexerei bezichtigt.«

»Wie bitte?«

»Timon hat Walsingham von Neds verborgener Kammer erzählt. Der Staatssekretär glaubt, dass ich diese Kammer für finstere Zwecke genutzt habe.«

»Pah! Sir Francis ist ein vernünftiger Mann. Wie sollte er so etwas glauben?«

»Ich weiß es nicht. Ich verstehe es selbst nicht.« Jane hob hilflos die Hand. »In einem Brief aus Frankreich wurde den Verschwörern offenbar geraten, eine Zauberin um Hilfe zu bitten. Aufgrund meiner Bekanntschaft mit Ballard und wegen Neds Kammer folgerte Walsingham, dass ich diese – diese Silberne Rose sein könnte.«

Martin stockte der Atem. Ihm war, als würde sein Herz stehen bleiben.

»W-wer?«, krächzte er.

»Die Silberne Rose. Offenbar zirkulieren ein paar merkwürdige Geschichten über eine legendäre Zauberin, die einmal sogar Königin Katharinas Leben bedroht haben soll. Angeblich lebt diese Hexe jetzt in England.«

Aus Martins Gesicht wich sämtliches Blut.

Er musste sich abwenden, um Jane nicht zu zeigen, wie erschüttert er war.

Ihm war klar gewesen, dass unter den Töchtern der Erde viele Geschichten über Meg im Umlauf waren; doch dass die Legende der Silbernen Rose so weit verbreitet war, sogar Walsinghams Aufmerksamkeit zu erregen, beunruhigte Martin ungemein und machte es ihm fast unmöglich, sich auf den Rest dessen zu konzentrieren , was Jane sagte.

»Natürlich bin ich mit meinen Bruder oft durch Frankreich gereist, aber mich für diese mächtige französische Hexe zu halten … Es erscheint mir so absurd, dass ich wirklich nur lachen kann.« Sie versuchte es halbherzig. »Wahrscheinlich muss ich jetzt nicht nur um meinen Hals fürchten, sondern auch um mein Ohr.«

Janes letzte Bemerkung riss Martin aus seinen Grübeleien. Er wirbelte herum und fragte sie: »Wie bitte?«

»Mein Ohr«, wiederholte sie und zog mit der Hand daran. »So werden oft Leute bestraft, die sich der Hexerei schuldig gemacht haben. Ihnen wird ein Ohr abgeschnitten.«

Martin runzelte die Stirn. »Ich dachte, das sei die Strafe für Diebstahl.«

»Manchmal für Diebstahl, manchmal fürs Spionieren.« Jane betrachtete ihn sarkastisch. »Aber meist wird mit dem Abtrennen eines Ohrs einer bestraft, den man der Hexerei beschuldigt hat. Wie den jungen Master Naismith.«

»Naismith?«, ächzte Martin.

Jane schürzte die Lippen. »Man sollte meinen, es sei dem elenden Jungen eine Lehre gewesen, sein Ohr zu verlieren. Aber ich bin zunehmend davon überzeugt, dass es Sander Naismiths bedauerlicher Einfluss war, der Ned dazu gebracht hat, sich so für die verbotenen Künste zu interessieren.«

In Martins Kopf überschlugen sich die Gedanken. Sander hatte Martin erzählt, er habe sein Ohr verloren, weil er etwas gestohlen hatte.

Warum sollte der Junge ihn anlügen? Ihm fiel kein triftiger Grund ein.

Sein Unbehagen wuchs, als er sich daran erinnerte, dass nicht er Sander gefragt hatte, ob er Meg im Lautenspiel unterrichten wolle, sondern Sander ihm eifrig seine Dienste angeboten hatte.

Vielleicht zu eifrig?

War es Zufall, dass ein Junge, der sich mit Zauberei befasst hatte, so ein starkes Interesse zeigte, Martins Tochter zu unterrichten?

War es weiterhin Zufall, dass ausgerechnet Sander ihm die schlechte Nachricht über Jane überbracht und ihn angefleht hatte, ihr zu Hilfe zu eilen? Zuvor hatte sich Sander nie besonders um das Wohl ihrer Ladyschaft gekümmert.

Martin versuchte sich einzureden, dass seine Sorgen grundlos waren. Meg befand sich in Sicherheit, sie war zu Hause, und Cat war bei ihr. Dennoch war ihm nicht wohl bei dem

Gedanken, dass sich dieser doppelzüngige Naismith in diesem Moment frei in Martins Haus bewegte.

Unterdessen war der Wächter zurückgekehrt, um zu verkünden, dass die Besuchszeit vorbei sei. Martin verabschiedete sich eilig von Jane. Er bat sie, den Mut nicht sinken zu lassen, und versprach, sie bald wieder zu besuchen und … Er wusste kaum, was er ihr alles versprach.

Janes Nöte verblassten neben dem dringenden Bedürfnis, zu seiner Tochter nach Hause zu eilen.

Meg saß auf der Steinbank im Garten und ließ die Beine baumeln. Am liebsten hätte sie sich die Ohren zugehalten, denn aus der Küche waren noch immer Jems jämmerliche Schreie zu hören.

Sie verschränkte die Hände fest im Schoß, um nicht an den Zauber aus dem *Buch der Schatten* zu denken, mit dem man Jem bewusstlos hätte machen können.

Cat hatte bestimmt recht gehabt, sie zu ermahnen, diese Sache zu vergessen, aber es wollte ihr einfach nicht gelingen. Ihr Gedächtnis war viel zu gut. Sie hatte von diesem Zaubertrank erfahren, als Maman ihr befohlen hatte, in dem Buch ein Mittel gegen ihre Blindheit zu suchen.

Meg hatte tatsächlich etwas gefunden, doch sie hatte ihre Mutter angelogen. Bei der Kur hätte man einen Menschen mit dem Zaubertrank bewusstlos machen müssen, und dann hätte man ihm mit einem ziemlich schwierigen Zauber das Augenlicht rauben und es dem Blinden geben müssen. Der Spender würde daraufhin blind, vielleicht aber auch tot sein, wenn er von dem Schlaftrank zu viel abbekommen hatte. Doch das hätte Cassandra Lascelles nicht weiter gestört.

Vielleicht war Meg ja doch so böse wie ihre Mutter, diesen Schlaftrank benutzen zu wollen, selbst wenn es für einen guten Zweck war. Sie sollte endlich den Mut aufbringen, das *Buch der Schatten* zu zerstören. Aber sie fürchtete, dass es bereits zu spät war.

Ein Großteil dieses Buches befand sich in ihrem Kopf, und sie war immer öfter versucht, ihr Wissen anzuwenden. Wenn sie es nur gelernt hätte, in der Kristallkugel zu lesen! Aber das war ihr nicht gelungen.

Jetzt sah Meg nur noch eine Möglichkeit, um die Wahrheit über sich und ihr Schicksal herauszufinden: die Geisterbeschwörung. Sie würde versuchen müssen, den Hellseher Nostradamus von den Toten heraufzubeschwören, genauso, wie Maman es getan hatte.

Meg wurde beim Grübeln gestört, als sie jemanden aus dem Haus kommen hörte.

Eifrig blickte sie hoch in der Hoffnung, es sei Cat, die ihr sagen wollte, dass der bedauernswerte Jem nun nicht mehr leiden musste.

Doch zu ihrer Verwunderung war es Sander, der quer durch den Garten zu ihr eilte.

Die Sonne glitzerte auf den feuchten Strähnen seines blonden Haares, sein hübsches Gesicht sah aus, als hätte er es in der Küche gerade frisch geschrubbt.

Irgendwie sah er noch hübscher aus als sonst. Megs Trübsal fiel von ihr ab – bis sie sich an ihre letzte Begegnung im Theater erinnerte.

Das dämpfte ihre Freude, ihn zu sehen. Sie zog den Kopf ein. Offenbar merkte auch Sander, wie wenig herzlich er empfangen wurde. Er blieb einen Fuß vor ihr stehen und fragte zögernd: »Habt Ihr etwas dagegen, wenn ich Euch eine Weile Gesellschaft leiste, Mistress Margaret?«

Meg zuckte mit den Schultern.

»Gerade ist der Barbier gekommen. Er hat ein grässliches Messer gezückt, mit dem er dem armen Jem den Zahn herausstemmen will, und ich muss zugeben, ich bin ein bisschen zimperlich.«

Meg wandte den Blick nicht von ihren Schuhschnallen. »Warum seid Ihr überhaupt hier? Ich habe heute keinen Unterricht.«

»Ich wollte zu Eurem Papa. Ich hatte eine Nachricht für ihn.«

»Ach so.« Meg schniefte. »Wahrscheinlich von Eurem Freund Lord Lambert.«

»Lord Lambert ist mein Patron, Meg. Ich tue alles, um es ihm recht zu machen. Wenn man arm ist, kommt man im Leben nur so weiter.«

Sander kauerte sich vor sie und griff nach ihrer Hand. »Ich habe nur eine wahre Freundin, und das seid Ihr.«

Meg konnte es kaum glauben, aber als sie einen Blick in seine Augen wagte, stellte sie fest, dass sie sehr offen und ernst wirkten. Sie schmolz unter seinem warmen Lächeln.

»Ihr könnt Euch ein Weilchen zu mir gesellen, wenn Ihr wollt«, meinte sie und machte ihm Platz.

Aber Sander lachte nur und schüttelte den Kopf. »Ich muss mich über Euch wundern, Mistress Margaret. Es wundert mich, dass Ihr so müßig hier herumsitzt, wenn es so viel Aufregendes zu sehen gibt.«

»Was denn?«

»Die Königin. Sie wird dem Lord Mayor und dem Stadtrat die Ehre geben, ein Fest zu besuchen. Gleich soll ein großartiger Umzug durch die Straßen stattfinden. Die Vorboten machen schon den Weg frei. Wollt Ihr nicht endlich einen Blick auf Ihre Majestät erhaschen? Sie wird auf einem Pferd reiten. Diesmal werdet Ihr sie bestimmt nicht verpassen.«

»Oh!« Meg sprang erregt auf, wurde jedoch rasch wieder nüchtern.

»Papa ist nicht hier, um mich zu begleiten. Und Cat hat mit Jem alle Hände voll zu tun.«

»Der arme Teufel. Es ist wirklich eine grausame Angelegenheit.« Sander erschauerte übertrieben. »Ich würde nur ungern hier sein und seine Schreie hören. Wenn wir uns einfach bis zum Ende der Straße schleichen, sollten wir einen guten Blick auf den Umzug bekommen, und gleichzeitig vermeiden wir die Unannehmlichkeiten hier.«

Meg kaute auf der Lippe, die Versuchung war wirklich groß. Doch schließlich schüttelte sie bedauernd den Kopf. »Ich kann nicht mit. Cat würde es nicht gutheißen. Sie würde auf uns beide böse werden.«

»Sie braucht es gar nicht zu erfahren. Wir gehen doch nur zum Ende der Straße, Meg, im Handumdrehen sind wir wieder zurück.«

Als Meg noch immer zögerte, seufzte Sander tief auf. »Es ist wirklich eine wundervolle Gelegenheit, die Königin zu sehen. Ich glaube nicht, dass sich so bald wieder eine bieten wird.«

Meg trat von einem Fuß auf den anderen, gequält von ihrer Unschlüssigkeit. Doch da erklang ein Schrei aus der Küche, bei dem einem das Blut in den Adern gefror – das Zünglein an der Waage. Meg sah den hübschen Jungen an, der sie lächelnd umschmeichelte, und legte schüchtern ihre Hand in die seine.

Cat ging in den Garten, um ein bisschen frische Luft zu schnappen. Ihr Gesicht war schweißnass, ihre Schürze besudelt von Jems Blut. Sie nahm sie ab, halb taub von den Schmerzensschreien des Jungen.

Die Wurzeln des Zahns hatten viel tiefer gesteckt als erwartet. Cat, Agatha und Samuel hatten den Jungen halten müssen, während sich Master Turner an ihm zu schaffen machte.

Cat war es vorgekommen, als ringe sie mit einem Bären, bis Jem zum Glück in Ohnmacht gefallen war.

Doch so anstrengend die Prozedur gewesen war, immerhin hatte sie Cat davon abgelenkt, sich Martins wegen zu Tode zu ängstigen.

Vielleicht wäre alles leichter gegangen, wenn sich Master Naismith nützlich gemacht und seine Hilfe angeboten hätte, dachte Cat bissig. Aber es hatte sie nicht weiter gewundert, dass sich Sander als zu feige erwiesen hatte und aus der Küche geschlichen war, um sich zu Meg zu gesellen.

Sie wischte sich den Schweiß von der Stirn und machte sich

auf den Weg, um Meg zu berichten, dass Jems Leiden ein Ende hatten. Doch dann fiel ihr Blick auf die leere Steinbank – weit und breit keine Spur von Meg oder Naismith.

Cat erstarrte, als sie sah, dass das Gartentor offen stand. Doch sie beruhigte sich mit der Erklärung, dass Meg wohl den vorderen Eingang benutzt hatte, um ins Haus zu gelangen, weil sie die zermürbende Szene in der Küche vermeiden wollte.

Sie eilte durch die Pforte und trat auf die Straße, auf der das übliche geschäftige Treiben herrschte. Straßenhändler priesen ihre Waren an, Bettler flehten um Almosen, Haushälterinnen feilschten, ein stämmiger Bierkutscher fluchte und versuchte, einen Weg für seinen schwer beladenen Karren zu bahnen.

Cat blinzelte, als sie die vertraute kleine Gestalt entdeckte, die gleich aus ihrem Blickfeld verschwunden sein würde – Meg an der Hand von Sander Naismith.

Was zum Teufel ging in dem Kopf des Mädchens vor? Cat musste sich einen zornerfüllten Fluch verbeißen. Wenn sie sie eingeholt hatte, würde sie ihr erst einmal gründlich die Leviten lesen. Und Naismith würde bedauern, dass er noch ein Ohr hatte, nachdem Cat es ihm lang gezogen hatte.

Sie drängelte sich durch die Menge, ohne auf die Empörung und Verärgerung zu achten, die auf sie herabprasselten.

»Meg!«, rief sie. Aber sie schaffte es nicht, das Stimmengewirr und das Geklapper der Hufe zu übertönen.

Sie kämpfte sich weiter und stieß dabei mit einem großen, elegant gekleideten Herrn zusammen. Ungeduldig versuchte sie, sich an ihm vorbeizudrängen, doch der Mann blockierte absichtlich ihren Weg.

»Zum Teufel, seht zu, dass Ihr …« Cats Worte blieben ihr im Hals stecken, als sie auf vertraute glatte Gesichtszüge, einen lockigen sandfarbenen Bart und ein freundliches Lächeln starrte, dass so gar nicht zu den kalten Augen passen wollte.

»Gautier!« Entsetzt wich sie zurück.

»Ihr kennt meinen Namen, Mademoiselle«, schnurrte er. »Da seid Ihr im Vorteil. Aber nicht mehr lange.«

Als er zum Schwert griff, suchte Cat fieberhaft nach ihrem Messer. Doch zu ihrer Überraschung lächelte er nur und nickte.

Dass das ein Zeichen war, wurde ihr erst klar, als es zu spät war.

Aus dem Augenwinkel sah sie noch eine verschwommene Bewegung, dann donnerte eine Keule gegen ihre Schläfe.

Sie keuchte auf, und die Straße vor ihr ging in einem stechenden Schmerz und glühend heißen Sternen unter. Sie schwankte, bemühte sich aber, auf den Füßen zu bleiben, selbst als ihr das Blut übers Gesicht rann und sie mit dem rechten Auge nichts mehr sehen konnte.

Sie wollte ihr Messer heben, doch es wurde ihr aus der Hand geschlagen, und als sie zu schreien begann, wurde ihre Stimme von seinen Rufen übertönt.

»Hilfe! Diese arme Frau ist angegriffen worden, man hat ihr die Tasche gestohlen. Jemand muss sich um sie kümmern, während ich den Dieb verfolge.«

»Nein, er – er lügt. Er ist derjenige …« Cats Stimme versagte, ihre Beine gaben nach. Sie wollte sich an Gautier klammern, aber er stieß sie von sich. Sie brach zusammen und griff haltlos ins Leere, während Schleier der Dunkelheit vor ihren Augen tanzten.

»Meg!«

Verzweifelt versuchte sie, vorwärts zu kriechen und wieder auf die Beine zu kommen, schaffte es jedoch nicht weit. Während die Dunkelheit sie immer weiter verschlang, war sie sich noch schwach bewusst, dass sich Leute um sie versammelten, aber das Stimmengewirr wurde immer leiser.

Meg und Sander waren schon fast an der Kreuzung zur nächsten Straße, als das Mädchen einen Blick zurückwarf, gerade noch rechtzeitig, um Cat zusammenbrechen zu sehen.

»Was ist da los?« Das Mädchen reckte den Hals und zerrte an Sanders Hand. »Sander, ich glaube, Cat ist etwas zugestoßen. Wir müssen zurück.«

Zu ihrer Überraschung wurde Sanders Griff um ihre Hand

nur umso fester, und auf sein Gesicht legte sich eine seltsame Freude.

»Nein, Cat hat ihn bestimmt nur aufgehalten. Das ist unsere Chance.«

»Wen aufgehalten? Und was für eine Chance soll das sein?«

»Zu fliehen.«

Bevor Meg Einspruch erheben konnte, packte Sander sie am Arm und riss sie fast vom Boden. Sie versuchte, ihm Widerstand zu leisten, doch er zerrte sie erbarmungslos weiter und knurrte ihr nur ein einziges Wort ins Ohr.

»Lauf!«

20

Im schwindenden Licht war es im Theater gespenstisch still, die Schauspieler und die Bühnenarbeiter, die im *Crown* aufräumten, waren längst gegangen. Meg kauerte an der Wand des Umkleideraums. Von Sanders rauem Griff waren ihre Arme geschwollen.

Sie wären in Sicherheit, wenn sie sich im Theater versteckten, hatte er beharrt, als er Meg halb gezwungen, halb beschwatzt hatte, ins *Crown* zu fliehen. Aber allmählich befürchtete Meg, dass sie vor allem vor dem Jungen gerettet werden musste, der nun herumstrich wie ein Tiger im Käfig. Einst hatte sie Sander von ganzem Herzen vertraut und ihn für ihren Freund gehalten, doch plötzlich hatte er sich in einen beunruhigenden Fremden verwandelt.

Meg war so verstört, verängstigt und wütend, wie sie es nicht mehr gewesen war, seit sie mit ihrer Mutter in Paris gelebt hatte. Sander wirkte ebenso angespannt wie sie. Er raufte sich die Haare und zuckte bei jedem Geräusch wie ein gehetztes Tier zusammen.

Meg musterte ihn vorwurfsvoll. »Ihr müsst mich heimgehen lassen«, beharrte sie zum zehnten Mal. »Ich glaube, Cat ist verletzt. Ich muss ihr helfen …«

Sie hielt inne und wich zurück, als Sander sich vor ihr aufbaute. Er hob die Hand, aber als sie sich gegen den Schlag wappnete, ließ er die Hand wieder sinken und seufzte aufgebracht.

»Herrgott nochmal, Meg, kapiert Ihr es denn nicht?«, meinte er flehend. »Ich will Euch doch nur retten!«

»Aber warum fühle ich mich dann nicht gerettet?«, konterte sie. »Ich fühle mich eher – eher wie Eure Gefangene.«

Und wie sich das anfühlte, wusste Meg nur allzu gut. Sie hatte vor langer Zeit von ihrer eigenen Mutter gelernt, was es hieß, als Geisel für ihre Ränke festgehalten zu werden. Aber sie hatte nie gedacht, dass Sander Ränke schmieden könnte … bis jetzt.

»Habt Ihr den Mann gesehen, der uns verfolgt hat?«, fragte Sander. »Sein Name ist Ambroise Gautier. Er arbeitet für die dunkle Königin. Er hat mich gezwungen, Euch aus dem Haus zu locken. Ich wollte nicht, aber ich musste ihm gehorchen, sonst hätte er mich umgebracht und sich etwas anderes ausgedacht, um Euch zu erwischen. Ich hatte gehofft, einen Weg zu finden, wie wir zwei ihm entkommen könnten, und dank Mistress O'Hanlon ist es mir auch gelungen. Wenn sie nicht für diese Ablenkung gesorgt hätte, befändet Ihr Euch jetzt in Gautiers Klauen.«

»Meine *Fianna* ist keine Ablenkung. Was ist, wenn Cat …« Meg erzitterte. Nein, sie weigerte sich zu glauben, dass Cat getötet worden war. Ihre Freundin war zu ungestüm und zu stark, um so leicht bezwungen zu werden. In eben diesem Moment suchte Cat bestimmt nach ihr, und zweifellos würde ihr Vater das auch tun.

Dieser Gedanke verlieh Meg den Mut, den Kopf zu heben und Sander zu fragen: »Ihr behauptet, mich zu retten. Warum sollte ich Euch glauben?«

»Weil ich Euch die Wahrheit über Gautier gesagt habe. Ich habe Euch alles erklärt.« Sander stützte sich mit einer Hand gegen die Wand über ihrem Kopf und beugte sich zu ihr hinab. »Und ich weiß, dass Ihr in den Augen lesen könnt. Was sagen Euch denn meine?«

Meg starrte ihn fest an und drang in die blauen Tiefen ein. Sie sah, dass er ihr die Wahrheit gesagt hatte – offenbar wollte er sie tatsächlich nicht an Gautier ausliefern. Aber der Rest seiner Gedanken war so trüb und …

Meg hielt den Atem an, als ihr plötzlich aufging, dass Sander ihr nicht alles erklärt hatte.

»Woher – woher wisst Ihr von der dunklen Königin? Oder davon, dass ich in den Augen lesen kann?«, stammelte sie.

»Ich weiß sehr viel, zum Beispiel, wer Ihr wirklich seid.«

Megs Herz setzte kurz aus, doch sie hob das Kinn und meinte scheinbar ungerührt: »Was soll das heißen? Ich bin Margaret Elisabeth Wolfe.«

»Nein, das seid Ihr nicht, Megaera.« Er lächelte und tätschelte ihre Wange. »Meine Silberne Rose. Ich bin ein Mitglied Eures Zirkels, einer Eurer glühenden Anhänger.«

»Meine Anhängerschaft besteht ausschließlich aus Frauen. Ich – ich meine, ich habe keinen Zirkel. Ich – ich weiß nicht im Geringsten, wovon Ihr redet.«

Sander lachte. »Wollt Ihr Beweise, meine junge Königin?«

Er zog sein Wams aus, schob einen Hemdsärmel hoch und hielt ihr den Unterarm vor die Nase. Meg starrte auf das vernarbte Mal einer Rose, die in sein weißes Fleisch eingebrannt worden war. Sie wollte ihren Augen kaum trauen.

»Nein, das kann nicht sein.«

»Ihr traut mir zu wenig zu, Meg. Ich bin ein hervorragender Schauspieler. Ich kann die Rolle einer Frau perfekt spielen.« Sander klimperte kokett mit den Wimpern. »Zu schade, dass Ihr nie eine meiner Vorstellungen erlebt habt. In dem Zirkel gibt es – oder wohl besser: gab es – ein paar sehr schlaue Frauen, aber keine von ihnen hat erraten, dass ich mit einem Schniepel zur Welt gekommen bin, nicht mit einer Spalte.«

Meg sah ihn verwirrt an. »Aber warum habt Ihr das getan?«

»Warum? Weil mich die verbotenen Künste schon als kleiner Junge gereizt haben. Meine Eltern haben mich einem Schmied in die Lehre gegeben, aber dieses Gewerbe gefiel mir nicht. Ich merkte rasch, dass ich mein Leben lang nichts tun würde außer schuften und schwitzen. Als ein Fremder durch unser Dorf kam, erkannte ich, dass ich zu Höherem geboren bin.

Master Gervais war gebürtiger Franzose, einer, den man dort als *Gitan* bezeichnet. Aber er war wahrhaftig kein gewöhnlicher Zigeuner. Er hatte viele Talente, er war Schauspieler, Musiker, Zauberkünstler und Handleser. Dieser Mann schloss mich ins Herz, und ich bin mit ihm auf und davon – nach London. Er hat mir alles beigebracht, was er über die Zauberei und die Schauspielerei wusste, ja sogar seine Sprache. Und wenn wir bei den Schaustellern keine Arbeit finden konnten, sicherten wir uns ein annehmliches Auskommen mit Gervais' Kristallkugel: Wir beschworen die Stimmen von Engeln herauf, um arme, trauernde Menschen zu trösten.«

»Ihr meint, Ihr habt die Leute betrogen«, entgegnete Meg empört.

»Wahrscheinlich schon. Aber wir waren so überzeugend, dass man uns der Geisterbeschwörung beschuldigte. Gervais wurde der Zauberei für schuldig befunden und gehängt. Ich hatte Glück und erhielt eine kleinere Strafe, mir haben sie nur das Ohr abgehackt. Damals ist mir klar geworden, was Gerechtigkeit heißt: Sie richtet sich nach der Größe des Geldbeutels und des Rangs. Was bei einem Armen als Verbrechen gilt, wird bei Reichen oft nur als Verschrobenheit angesehen. Deshalb habe ich mich auf die Suche nach einem mächtigeren Patron begeben.«

»Lord Oxbridge.«

»Richtig, Ned. Seine Lordschaft hat einen – einen Hang zu hübschen, schlauen Jungen. Als er merkte, dass ich sein Interesse am Okkulten teilte, war er sehr eingenommen von mir. So sehr, dass ich ihn sogar auf eine seiner Reisen nach Frankreich begleiten durfte. Und dort haben wir zum ersten Mal Eure Legende vernommen, Megaera.«

»Mein Name ist Meg«, beharrte sie hartnäckig, doch Sander ging nicht darauf ein.

»Wir sind rein zufällig auf den Zirkel gestoßen, als wir durch die Bretagne reisten. Ned und ich dachten, dass es vielleicht ganz lustig wäre, wenn ich mich als Frau ausgeben und versuchen würde, mich in die Gruppe einzuschmuggeln.«

»Ihr hättet es weniger lustig gefunden, wenn diese Hexen

Euer Geheimnis erraten hätten. Sie hätten Euch in Stücke gerissen.«

»Zweifellos. Die meisten Eurer Anhängerinnen sind ein bisschen wirr im Kopf. Auf alle Fälle sind es eingefleischte Männerhasserinnen, jede einzelne von ihnen.«

»Allmählich wird mir klar, warum.«

»Nein, hasst mich nicht, Meg.«

Als Sander ihr das Haar aus der Stirn streichen wollte, wich Meg zurück und funkelte ihn zornig an.

»Meine Augen haben Euch nie belogen, wenn Ihr versucht habt, meine Gedanken zu lesen. Ich habe Euch immer zu verstehen gegeben, wie sehr ich Euch bewundere, weil Ihr bestimmt einmal eine ganz erstaunliche Frau werdet. Anfangs schloss ich mich Eurem Zirkel aus reiner Neugier an, aber dann hat mich das, was ich über Eure Macht und das *Buch der Schatten* erfahren habe, immer mehr in seinen Bann gezogen. Als wir hörten, dass Ihr nach England gebracht worden seid, beschlossen Ned und ich, Euch zu finden.

Ihr könnt Euch nicht vorstellen, wie erstaunt Ned war, als Ihr direkt unter unseren Nasen in London aufgetaucht seid. Euer Papa hätte ein wenig diskreter vorgehen müssen, um Euch zu verstecken.«

Sander kicherte. »Aber niemand genießt es mehr, im Rampenlicht zu stehen, als Master Wolfe.«

»Wagt bloß nicht, abfällig über meinen Papa zu reden!«, rief Meg aufgebracht. »Er – er ist stets nur großzügig und freundlich zu Euch gewesen.«

Sander zuckte die Schultern. »Dennoch ist er ein Narr. Er hat doch keine Ahnung, welche Macht Ihr besitzt, oder? Ich war mir nicht sicher, was ich selbst davon halten sollte. Deshalb habe ich mich sehr behutsam bemüht, Euer Vertrauen zu gewinnen.«

»Was ich Euch nie hätte schenken dürfen.«

»Je mehr Zeit ich mit Euch verbringe, desto mehr erstaunt Ihr mich. Ihr seid so klug und schnell von Begriff. Eure Anhängerinnen behaupteten, dass einzig Ihr das *Buch der Schatten* übersetzen könnt, und damit hatten sie sicher recht.«

»Das ist ohne Bedeutung, weil ich das Buch nicht mehr habe.«

»Das nehme ich Euch nicht ab. Ihr habt mich gebeten, einige sehr seltsame Kräuter für Euch zu besorgen, ganz zu schweigen von den äußerst genauen Anweisungen für diese interessanten Linsen. Was habt Ihr wohl damit angestellt? Und welche Zaubertränke habt Ihr gebraut?«

Meg presste die Lippen zusammen und wandte den Kopf ab, doch Sander nahm sie am Kinn und zwang sie, ihn wieder anzusehen.

»Außerdem habt Ihr ein ganz erstaunliches Gedächtnis. Ich möchte wetten, dass Ihr Euch die meisten der Zaubersprüche aus dem Buch eingeprägt habt, oder?«

Sander fuhr mit den Fingerspitzen sanft über ihre Stirn. »Und Euer Vater würde es so gern sehen, dass Ihr Euer Leben mit albernen Stickereien und dem Quälen der Laute vergeudet.«

Meg stieß seine Hand weg. »Was wollt Ihr von mir?«

»Nichts. Ich will Euch nur helfen, eine mächtige Zauberin zu werden, so wie es Euch bestimmt ist.«

Nein, er wollte sie benutzen, um ihr Wissen und ihre Macht für sich selbst einzusetzen. Das konnte Meg jetzt deutlich in seinen Augen lesen. Sie fragte sich, warum sie es nicht schon viel früher erkannt hatte.

Eine Erinnerung regte sich, Cassandra Lascelles kalte Stimme hallte in ihrem Kopf.

»Du kannst mittlerweile sehr gut in den Augen lesen, Megaera. Ich spüre, dass du dich allmählich für sehr schlau hältst, Tochter. Aber es ist gefährlich, zu selbstgefällig zu werden, vor allem bei einem Mann. Du kannst überlistet werden, um in seinen Augen das zu sehen, was du sehen willst, oder vielmehr: was er dich sehen lassen will.«

Ihre Mutter hatte recht gehabt. Blieb nur noch die quälende

Frage: In welchen anderen Punkten hatte sie ebenfalls recht gehabt?

»Ich will keine Zauberin werden. Ich verlange, dass Ihr mich nach Hause bringt, und zwar sofort!«, kreischte Meg schrill.

Doch Sander legte ihr sofort die Hand auf den Mund. Er neigte den Kopf und lauschte aufmerksam. Nun hörte es auch Meg: Schritte. Jemand lief über die Bühne und näherte sich dem rückwärtigen Teil des Theaters.

War es Cat? Oder Papa? Meg fasste neuen Mut. Als sie Sanders Hand wegstieß und schreien wollte, packte er sie um die Taille, drückte sie eng an sich und brachte sie nur noch entschlossener zum Schweigen.

Meg kämpfte, schlug aus und versuchte ihn in die Hand zu beißen. Sander fluchte halblaut, als sie ihm auf den Fuß trat.

»Seid nicht närrisch, Meg«, flüsterte er ihr barsch ins Ohr. »Was ist, wenn es Gautier ist? Wollt Ihr wirklich der Gnade der dunklen Königin anheimfallen?«

Sanders Worte ließen sie erstarren. Sie hörte auf zu kämpfen und wimmerte nur noch leise.

»Seid endlich still!«

Sie gehorchte, und er ließ sie los. Er stieß sie hinter sich, zog seinen Dolch und verharrte in angespannter Erwartung.

Meg wagte kaum zu atmen, als die Schritte zögerten und schließlich direkt auf den Umkleideraum zukamen. Unwillkürlich fuhr ihre Hand zu der verborgenen Tasche in ihrem Gewand, doch sie bewaffnete sich schon lange nicht mehr mit ihrer Spritze – seit Cat ihre *Fianna* geworden war.

Ein Dielenbrett knarrte unter dem Gewicht einer Person, die sich nicht bemühte, leise zu sein. Wer immer sich näherte, hatte offenbar nichts zu verbergen.

»Sander?«, rief eine Männerstimme leise.

Sander atmete tief aus, dann steckte er seinen Doch weg, schob den Vorhang vor der Umkleide auf und rief: »Ned, hier bin ich.«

Lord Oxbridge schlüpfte hinter den Vorhang. Im schwindenden Licht des Nachmittags traten seine scharf geschnittenen aristokratischen Züge deutlich hervor. Sander mochte ja erleichtert sein, ihn zu sehen, doch Meg musterte Ned Lambert wachsam.

»Sander, wo zum Teufel hast du gesteckt? Ich habe überall nach dir gesucht.« Der Blick seiner Lordschaft fiel kurz auf Meg. »Und was macht sie hier?«

»Das ist eine lange Geschichte. Zunächst nur soviel: Wir haben einen Konkurrenten, der sich hier in London aufhält und hinter derselben Beute her ist. Wir können es uns nicht erlauben, länger zu warten, Ned. Wir müssen das Mädchen mitnehmen und England noch heute Nacht verlassen. Sobald es dunkel wird ...«

»Niemand von uns geht irgendwohin. Vor allem nicht die da.« Seine Lordschaft warf Meg einen harten, wütenden Blick zu, der sie erschrocken zurückweichen ließ.

Sander schien von Lord Oxbridges heftigen Worten überrascht, erholte sich jedoch rasch und machte eine abschätzige Geste. »Ich weiß, Ihr habt gehofft, dass ich aus ihr herauskitzle, was aus dem *Buch der Schatten* geworden ist. Aber wir haben jetzt keine Zeit, uns darum zu kümmern, und im Grunde ist es auch unwichtig, denn ich glaube, das Mädchen kennt die meisten Zaubersprüche. Megaera ist das Buch.«

»Zur Hölle mit dem Buch«, fuhr Lord Oxbridge ungeduldig dazwischen. »Glaubst du, im Moment ist mir irgendetwas wichtig, was – was mit dieser Hexerei zu tun hat? Weißt du nicht, was mit meiner Schwester passiert ist?«

Sander blinzelte. »Ach, das meint Ihr? Ja, ich habe gehört, dass Lady Danvers in den Tower gebracht worden ist. Das war übrigens recht günstig für uns, denn als ich Master Wolfe die Botschaft übermittelte, wurde ich ihn los, und konnte deshalb ...«

»Günstig?«

Sander bemühte sich rasch um einen angemesseneren Ton. »So habe ich das natürlich nicht gemeint. Die Sache mit Eurer

Schwester ist selbstverständlich sehr misslich, aber offenbar ist sie selbst schuld, weil sie einen Priester in Euer Haus geschmuggelt hat. Ihr habt Glück, dass nicht Ihr im Tower steckt.«

»Jane hat nur getan, was ich hätte tun sollen, wenn ich den Mut dazu gehabt hätte.« Die Schamesröte stieg Lord Oxbridge ins Gesicht. »Man hätte mich verhaften sollen, nicht sie. In meiner törichten Suche nach dem Stein der Weisen habe ich die geheime Kammer mit all den okkulten Symbolen ausgestattet.«

»Aber was hat das denn mit Eurer Schwester zu tun?«

»Die schlimmsten Anklagepunkte gegen meine Schwester kennst du wohl gar nicht. Jane wird beschuldigt, sich gegen die Königin mit Hexerei verschworen zu haben. Ich habe keine Ahnung, wie es dazu kommen konnte, aber mittlerweile glaubt man, dass Jane die Silberne Rose ist.«

Keiner der beiden achtete auf Meg, die stumm dasaß und das Gespräch mit wachsender Entrüstung verfolgte. Sie dachte an Lady Danvers mit den traurigen, gehetzten Augen, die dennoch so freundlich gewesen war, ihr etwas zu schenken, was jetzt ihr größter Schatz war – das Stückchen aus dem Krönungsteppich. Und nun saß diese freundliche Dame im Tower und wurde beschuldigt, die Silberne Rose zu sein?

Meg war entsetzt, als Sander plötzlich zu lachen begann. Lord Oxbridge sah aus, als hätte er Sander am liebsten erwürgt, und Meg konnte ihm das nicht verübeln. In diesem Moment wurde ihr nämlich noch etwas klar über den Jungen, den sie einst für einen treuen Freund gehalten, ja fast geliebt hatte: Sander Naismith war durch und durch selbstsüchtig. Er kannte kein Mitgefühl für andere, er dachte ausschließlich an sich selbst.

Doch unter dem wütenden Blick seiner Lordschaft bemühte sich Sander, seine Erheiterung wieder zu zügeln. »Es – es tut mir leid. Aber Ihr seht doch bestimmt selbst, wie grotesk das Ganze ist. Die heilige Jane steht unter dem Verdacht, eine böse Zauberin zu sein? Ihr habt Euch oft genug darüber beschwert, wie ermüdend tugendreich Eure Schwester ist.«

»Ja, das muss ich zu meiner Schande gestehen«, erwiderte Lord Oxbridge. »Jane hat sich Zeit meines Lebens aufopferungsvoll um mich gekümmert, und ich habe ohne Rücksicht alles genommen, was sie zu geben hatte.«

»Ich bin mir sicher, dass sie für Eure Sicherheit gern auch ihr Leben gäbe.«

»Das würde sie zweifellos, aber das wäre ein Opfer zu viel, das kann selbst ein erbärmlicher Wicht wie ich nicht annehmen.« Lord Oxbridge straffte die Schultern. »Mir bleibt nur eines zu tun, um Jane zu retten. Ich muss behaupten, dass ich mich mit Vater Ballard getroffen habe, und außerdem werde ich zugeben, dass nur ich mit den dunklen Künsten experimentiert habe, sonst keiner.«

Er wandte sich an Meg. Sie war überrascht über die Spuren von Freundlichkeit, ja Edelmut, die sich in seinen hageren, aufgelösten Gesichtszügen zeigten. Zum ersten Mal bemerkte sie eine vage Ähnlichkeit mit seiner Schwester.

»Es tut mir leid, Margaret«, sagte er. »Aber ich werde auch Euch vor den Rat der Königin bringen müssen. Ihr müsst gestehen, dass in Wahrheit Ihr die Silberne Rose seid.«

Megs Herz schnürte sich zusammen. Sie sah zwar ein, dass das nur gerecht war, doch bei dieser Aussicht wurde ihr Mund trocken vor Angst. Aber bevor sie an eine Erwiderung denken konnte, warf sich Sander zwischen sie und Lord Oxbridge.

»Seid Ihr denn völlig von Sinnen?«

»Nein, ich glaube vielmehr, dass ich zum ersten Mal in meinem Leben klar denke.«

»Na gut, zieht los und spielt den Helden, wenn Ihr den Mut aufbringt«, fauchte Sander. »Aber ich werde nicht zur Seite treten und abwarten, dass Ihr alles wegwerft, wofür ich all die Monate gearbeitet und meinen Hals riskiert habe – all die Macht und das Wissen, die in diesem Mädchen stecken.«

»Geh mir aus dem Weg, Sander.«

Als Sander sich weigerte, stieß ihn Ned unsanft weg. Sander taumelte nach hinten und stolperte über eine Truhe.

Mühsam rappelte er sich wieder auf. »Ihr bringt Meg nirgendwohin!«, rief er aufgebracht.

»Dem kann ich nur beipflichten«, zischte eine seidige Stimme. Hinter Lord Oxbridge ging der Vorhang auf. Einer der Schatten schien lebendig geworden zu sein und Lord Oxbridge einzuhüllen. Meg sah ein Messer aufblitzen, dann färbte sich die Kehle seiner Lordschaft blutrot. Er konnte nicht einmal mehr aufschreien, sank mit einem Ausdruck der Fassungslosigkeit in die Knie und brach dann seitwärts zusammen.

Meg blinzelte, sie konnte nicht begreifen, was soeben geschehen war. Alles war so schnell gegangen. Sie starrte auf die scharlachroten Tropfen, die auf ihren Ärmel gespritzt waren, und ein klebrig süßer Geruch stieg ihr in die Nase – Blut.

Nur mit Mühe konnte sie die Erkenntnis zulassen, dass sie soeben hatte mitansehen müssen, wie ein Mann ermordet worden war. Ihre Mutter und die Mitglieder ihres Zirkels hatten oft Gewalttaten verübt, doch Meg war nie zugegen gewesen. Dennoch hatte sie sich die Gräuel lebhaft vorstellen können und war von ihnen verfolgt worden.

Ein echter Mord war jedoch um vieles schlimmer als alles, was sie sich je vorgestellt hatte. Sie schluchzte auf und begann am ganzen Leib zu zittern.

Die Schattengestalt nahm die Form eines Mannes an. Er hatte das Messer noch in der Hand und musterte den toten Lord Oxbridge ungerührt.

»Verzeiht, Monsieur«, meinte er. »Aber Ihr hättet Euch nicht einmischen dürfen. Ihr spielt keine Rolle in dieser kleinen Farce, und im letzten Akt führe ich Regie.«

Der französische Akzent des Mannes drang durch den Schleier von Megs Schock. Das musste Gautier sein, der Agent der dunklen Königin, vor dem Sander sie gewarnt hatte. Aber Meg war noch immer wie betäubt, sie konnte sich nicht rühren. Sie starrte in die blicklosen Augen seiner Lordschaft und zitterte.

Sander war ebenso bestürzt wie sie. Als er sich endlich

gefasst hatte und handeln wollte, war es zu spät. Während er seinen Dolch zückte, um sich zu verteidigen, kamen zwei Männer in den Raum gestürmt. Sie packten Sander und drehten ihm die Arme auf den Rücken.

Gautier schlenderte zu ihm und setzte ihm das blutige Messer an die Kehle. Meg wimmerte. Sie war sicher, dass sie jetzt auch noch Sanders Ermordung würde erleben müssen.

Sander verdrehte entsetzt die Augen. »B-bitte, M'sieur …«

Gautier schnalzte mit der Zunge. »Ihr habt mich enttäuscht, Monsieur Naismith. Ihr seid doch ein schlauer Akteur. Ich dachte, Ihr hättet Eure Rolle begriffen, doch Ihr seid vom Text abgewichen. Ich sollte Euch ebenfalls die nutzlose Kehle durchschneiden, aber vielleicht habe ich ja doch noch eine Verwendung für Euch.«

Sander stöhnte erleichtert auf, als Gautier das Messer sinken ließ und es an seiner Hemdbrust abwischte. Dann steckte er es in die Scheide, bevor er sich mit einem höflichen Nicken an Meg wandte.

»*Ah, la petite Mademoiselle la Rose.* Endlich lernen wir uns kennen.«

Meg konnte ihn nur mit offenem Mund anstarren. Als sie in seine Augen blickte, sah sie sofort alles, was sie wissen musste: Das Herz dieses Mannes war in Eis eingeschlossen, und das Blut in seinen Adern war kalt, genau wie bei Maman.

Sie hatte zwar schon die ganze Zeit Angst gehabt, doch jetzt wurde diese Angst fast übermächtig, auch wenn sie sich bemühte, sie nicht zu zeigen.

Als er zu ihr trat, fand Meg endlich ihre Stimme wieder. »Haltet Euch von mir fern! Wenn Ihr mir etwas zuleide tut, wird mein Papa kommen und …«

»Ja, ich hoffe, das tut er. Sollen wir ihm eine Nachricht schicken und ihn bitten, das *Buch der Schatten* gleich mitzubringen? Macht Euch nicht die Mühe zu leugnen, dass Ihr es habt, ich habe Euer Gespräch mit den beiden Herren belauscht.«

»Selbst wenn ich das Buch hätte, wüsste mein Papa nichts davon. Er – er wüsste nicht, wo ich es versteckt habe.«

»Dann schlage ich vor, wir sagen es ihm, sonst …« Gautiers Zähne blitzten in einem raubtierhaften Lächeln auf. »Weißt du, was ich mit Hexen mache, Kind?«

»V-verbrennt Ihr sie?«, stammelte Meg.

»Das würde zu viel Mühe machen – man muss Holz sammeln, es zu einem Scheiterhaufen aufschichten, es anzünden. Es gibt einen viel einfacheren Weg.«

Gautier schnippte mit den Fingern, und zwei seiner Männer brachten ihm ein langes, festes Seil. Meg starrte es entsetzt an. Doch selbst als Gautier ihr das Seil in einer Schlinge um den Hals legte, konnte sie sich nicht rühren.

21

Cat humpelte die Treppe hoch. Die Stunden, seit man sie ins *Angel* zurückgetragen hatte, waren ihr wie ein Albtraum vorgekommen, aus dem es kein Erwachen gab. Wütende Schmerzen tobten in ihrem Kopf. Ein dicker Leinenverband schützte die Platzwunde an ihrer Schläfe, die Master Turner genäht hatte.

Bei jedem Schritt fuhr ihr ein heftiger Stich durch den Schädel. Nur mit größter Willensanstrengung konnte sie sich auf den Füßen halten. Ihr Magen rumorte, doch das führte sie weniger auf den Schlag zurück als auf die Gefühle, die sie seit Megs Entführung quälten – Angst, Verzweiflung, Schuld.

Wieder und wieder ließ sie die Ereignisse vor ihrem inneren Auge ablaufen, sie haderte mit sich und überlegte, was sie anders hätte machen können. Wäre sie nur nicht so damit beschäftigt gewesen, Jem zu helfen; hätte sie Meg nur nicht aus der Küche gelassen; hätte sie Naismith nur hinausgeworfen; wäre sie nur wachsamer gewesen oder wenigstens etwas schneller …

Hätte, wäre … Diese Gedanken machten ihre Kopfschmerzen nur noch schlimmer. Entschlossen schob sie sie beiseite.

Im Obergeschoss angekommen, war ihr so schwindelig, dass sie sich an der Brüstung festklammern und einen Moment lang stehen bleiben musste, bis sich das Haus nicht mehr drehte und sie wieder etwas zu Kräften gekommen war. Unten in der Halle hatte sich das ganze Gesinde versammelt, alle Gesichter waren bleich und besorgt. Maude und der Küchenjunge weinten, die Augen der alten Agatha waren gerötet.

Sie alle starrten mit verzweifelter Hoffnung zu Cat hoch, als erwarteten sie, dass sie alles richten könnte. Seit wann vertrauten ihr diese Leute so, selbst die launische Mistress Butterydoor? Das machte Cat schwer zu schaffen, denn sie hatte das Gefühl, es nicht zu verdienen.

Sie taumelte zu Megs Schlafkammer, in die sich Martin zurückgezogen und streng verboten hatte, von jemandem gestört zu werden. Bei seiner Rückkehr aus dem Tower hatte er sehr aufgewühlt gewirkt, doch als er erfuhr, was sich in seiner Abwesenheit zugetragen hatte, war er völlig außer sich geraten. Cat machte sich große Sorgen um ihn.

Als sie in die Kammer spähte, sah sie ihn auf der Bettkante sitzen, in der Hand die Nachricht des Entführers mit der Forderung. Seine Schultern waren zusammengesackt, seine forsche Art, mit der er sonst der Welt gegenübertrat, war völlig verschwunden.

Düster schweifte sein Blick über den Raum und Megs Sachen – ihre Bücher, ihren Schreibtisch, ihre Laute, ihren Schrank, der überquoll von ihren teuren Gewändern. Cat konnte sich denken, wie ihn all die Insignien einer sicheren Zuflucht, die er für seine Tochter hatte schaffen wollen, nun verhöhnten.

»Martin?« Sie schlich hinein und schloss die Tür.

Beim Klang ihrer Stimme riss sich Martin zusammen und starrte sie finster an. »Cat, was hast du hier zu suchen? Leg dich wieder hin.«

»Es geht mir gut.« Doch ihr Schwanken strafte ihre Worte Lügen. Martin sprang auf, um sie zu stützen.

»Gut? Zur Hölle, Frau, du kippst gleich um. Es nützt Meg wahrhaftig nicht viel, wenn deine Kopfwunde wieder aufreißt.«

»Ich war Meg ja schon einmal keine große Hilfe.« Cat stieß seine Hände weg und sank neben ihm aufs Bett.

Martins harte Gesichtszüge wurden etwas weicher. Er fuhr mit den Knöcheln über ihre Wange.

»Du hast alles getan, was in deiner Macht stand, meine wackere Cat. Du hast allein gegen diese Schurken gekämpft. Du hast Meg nicht im Stich gelassen, ich habe es getan. Du hast versucht, mich zu warnen, dass mit Alexander Naismith etwas nicht stimmt. Ich habe nicht auf dich gehört.

Umso wachsamer hätte ich sein sollen, als dieser Kerl im Haus war. Ich hätte hier bleiben sollen, statt Lady Danvers zu Hilfe zu eilen. Ich konnte ihr wahrhaftig nicht viel Gutes tun. Ich kann niemandem etwas Gutes tun …«

»Sei ruhig, Martin.« Cat drückte seine Hand. »Wir werden noch genug Zeit für Schuldzuweisungen haben, wenn Meg wieder bei uns ist. Dann können wir uns gegenseitig in den Hintern treten. Agatha hat mir gesagt, dass du eine Nachricht erhalten hast?«

»Ja, einer dieser Feiglinge hat sie um einen Stein gewickelt und durchs Fenster geworfen.« Martin reichte Cat die zerknüllte Botschaft.

Sie drückte sich die Hand an die Stirn und las mit zusammengekniffenen Augen. Trotz ihrer stechenden Kopfschmerzen konnte sie die Nachricht ohne große Mühe entziffern. Sie war auf Französisch und in einer kühnen, klaren Handschrift abgefasst.

> *Seid gegrüßt, Monsieur le Loup,*
> *Eure bezaubernde Tochter beglückt mich mit ihrer Anwesenheit. Habt keine Angst, das Kind ist bei mir sicher, und das wird es auch bleiben, solange Ihr mir in einer bestimmten Sache entgegenkommt. Bitte seid so freundlich und bringt mir das* Buch der Schatten.
>
> *Eure Tochter hat mir erklärt, dass Ihr vielleicht ein wenig verwundert sein werdet, wenn Ihr erfahrt, dass es sich noch in Eurem Besitz befindet. Ich fürchte, Megaera war ziemlich unartig. Sie meint, Ihr sollt hinter dem Drachen nach dem Zauberbuch suchen.*
>
> *Ich bin bereit, Euch im Tausch für das Leben*

Eurer Tochter dieses gefährliche Werk abzunehmen. Ich werde Euch um Mitternacht in Eurem Theater treffen. Kommt pünktlich, sonst, fürchte ich, wird Euer Kind einen höchst unseligen Unfall erleiden.
Euer gehorsamer Diener
A. G.

Für einen Drohbrief war er recht höflich, ganz Gautiers seidenglatte Art. Cat konnte sich gut vorstellen, wie der Hauptmann beim Schreiben geschmunzelt hatte.

»Gautier, dieser Hundsfott!« Sie ballte die Faust um die Nachricht.

»Sie stammt also von demselben Mann, der dich auf der Straße angegriffen hat?«, fragte Martin.

»Jawohl. Hauptmann Ambroise Gautier. Er arbeitet für die dunkle Königin.«

»Und was hat Sander mit ihm zu tun?«

»Keine Ahnung. Vielleicht kann ich den Jungen dazu bringen, es mir zu sagen, bevor ich ihn erwürge«, erwiderte Cat. »Aber die Hauptsache ist jetzt Megs Rettung.«

»Und wie sollen wir das anstellen? Dieser Gautier verlangt Unmögliches – das *Buch der Schatten.* Was zum Teufel muss noch passieren, bis diese Narren endlich davon überzeugt sind, dass wir dieses verfluchte Buch nicht haben?« Erregt lief Martin auf und ab und rang zornig die Hände. »Ich schwöre, wenn ich es hätte, würde ich es dem Teufel persönlich überreichen, nur um Meg und mir endlich ein wenig Frieden zu erkaufen.«

Cat zögerte, dann meinte sie vorsichtig: »Meg sagt, das Buch sei hinter dem Drachen zu finden.«

»Gautier hat sie wahrscheinlich so eingeschüchtert, dass sie alles sagen würde. Wenn dieser Schuft meinem Kind auch nur ein Haar gekrümmt hat, werde ich ihm die Eier abschneiden und sie ihm ins Maul stopfen.«

»Und ich werde dir helfen, sie zu rösten. Doch einstweilen

solltest du einmal einen Blick hinter den Wandbehang werfen. Ich – ich hatte immer den Verdacht, dass Meg irgendwo ein Versteck hat.«

»Und wenn schon? Für irgendwelchen Mädchenkram vielleicht, aber dieses verfluchte Zauberbuch hat meine Tochter bestimmt nicht. Wenn sie je darüber gestolpert wäre, hätte sie es mir gesagt, und wir hätten es vernichtet. Meg würde das verdammte Ding ebenso wenig behalten wollen wie ich.«

Martin wies diese Möglichkeit so entschieden von sich, dass er fast schon verzweifelt klang. Cat tat er von Herzen leid, denn sie wusste, welchen Schlag er gleich würde einstecken müssen, und sie wünschte sich inständig, ihm den ersparen zu können.

»Geh und sieh nach, Martin«, sagte sie leise.

Er starrte sie so finster an, dass sie den Blick abwenden musste. Doch dann marschierte er zum Wandbehang, zerrte ihn beiseite und legte die nackte Verschalung frei.

»Dort ist nichts ...«, fing er an, hielt dann aber inne und holte eine Kerze, um die Bretter genauer zu untersuchen.

Als er ein loses Brett herauszog, stockte sein Atem. Cat bedauerte es abgrundtief, ihn nie auf diesen Moment vorbereitet und nie ein Wort darüber geäußert zu haben, dass Meg noch immer unter dem Bann des uralten Wissens stand. Sie wusste, Martin hätte es nicht gern gehört, aber sie hätte ihn zwingen müssen, ihr zuzuhören. Alles wäre besser gewesen, als die Wahrheit auf diese Weise zu erfahren.

Er griff in den Hohlraum hinter dem Brett und zog einen Beutel hervor, den er auf dem Bett neben Cat ausleerte. Megs sämtliche Geheimnisse kamen zum Vorschein – ihr kleines Fernrohr, ihre Kristallkugel, Päckchen getrockneter Kräuter, die sie für ihre Zaubertränke benötigte. Zuletzt fiel ein sorgfältig eingewickeltes Ding heraus. Martin machte es auf – die Hexenklinge.

Fassungslos fuhr er über den Griff. »Nein. Ich – ich habe mich doch dieses Teufelsdings entledigt«, stammelte er. »Ich habe es in einen Teich geworfen.«

»Nicht tief genug. Meg hat es wieder herausgeholt. Sie hat die Spritze immer bei sich geführt, als Waffe. Natürlich nicht mit Gift gefüllt«, fügte Cat hastig hinzu, »sondern nur mit einem Schlafmittel. Sie hat das Ding bei mir benutzt, damals, als wir uns im Theater duelliert haben. Das hat mich zu Fall gebracht – nicht Agathas Stock, sondern Megs Zaubertrank. Sie legte die Spritze erst zur Seite, als …«

»Als was?«, fauchte Martin erregt.

»Als ich ihr drohte, es dir zu sagen«, erwiderte Cat leise. »Aber ich glaube nicht, dass sie deshalb aufgehört hat, damit herumzulaufen. Ich glaube, der Grund war, dass ich ihr geschworen habe, sie zu beschützen – sie und dich. Erst dann hat sie sich sicher gefühlt und gedacht, dass sie die Waffe nicht mehr braucht.«

Heftig blinzelte Cat die Tränen zurück. »Ich wünschte, ich hätte mich nie eingemischt. Ich wünschte, Meg hätte ihre Hexenklinge in diesem Moment bei sich.«

»Um Himmels willen, Cat, sie ist doch noch ein Kind.«

»Nein, sie ist eine Tochter der Erde, und obendrein eine ganz erstaunliche. Sie …«

Cat hielt erst inne, als sie merkte, wie Martin sie ansah – anklagend und verletzt zugleich, weil er sich von ihr betrogen fühlte. Diesen Blick hatte sie zweifellos verdient. Sie zwang sich, ihm nicht auszuweichen.

»War das alles, was sie in ihrem Versteck aufbewahrt hat?«

»Reicht das etwa nicht?«, fauchte Martin. Aber er kehrte zur Öffnung in der Wand zurück. Er wappnete sich, als würde er gleich in ein Schlangennest greifen, dann fuhr er nochmals mit der Hand hinein.

Er zog ein kleines, abgegriffenes Buch hervor, nicht größer als eine Bibel. Einen Moment lang starrte er es an, als hätte ihm jemand den Todesstoß versetzt.

Cats Herz begann zu rasen. Als Martin zu ihr zurückkam und ihr das Buch auf den Schoß warf, zuckte sie zusammen.

»Ist es das? Das *Buch der Schatten?*«

»Ich – ich glaube schon.« Cat hatte das Buch noch nie zu Gesicht bekommen, auch wenn sie vor vielen Jahren zusammen mit der Herrin von Faire Isle verzweifelt danach gesucht hatte. Auf alle Fälle passte dieses Buch zu der Beschreibung, die sie damals erhalten hatte – es war uralt, hatte einen abgegriffenen schwarzen Ledereinband und keinen Titel.

So harmlos es aussah – als Cat am Buchrücken entlang fuhr, erschauderte sie, denn sie spürte die dunkle Macht dieses Werkes. Als sie es aufschlug, sah sie, dass die brüchigen Seiten mit seltsamen Symbolen bedeckt waren, die flüsternd von dem alten Wissen erzählten, das der Welt vor langer Zeit abhanden gekommen war, und von Geheimnissen, die besser geheim bleiben sollten.

»Ist es das *Buch der Schatten?*«, fragte Martin abermals. »Kannst du es lesen?«

»Nein. Es ist in einer Sprache verfasst, die in die frühesten Zeiten der Töchter der Erde zurückreicht. Außerdem ist es verschlüsselt. Nur sehr wenige weise Frauen können das übersetzen – Ariane und vielleicht die dunkle Königin.«

»Und meine Tochter«, fügte Martin tonlos hinzu.

»Ja, deine Tochter auf alle Fälle. Sie ist sehr begabt, das habe ich dir schon oft gesagt.«

»Aber du hast es nicht für nötig befunden, mir mehr zu sagen. Du hast gewusst, dass sie dieses verfluchte Buch hat. Du hast es die ganze Zeit gewusst!«

»Nein, ich habe es lediglich vermutet. Alles andere hat mir Meg unter dem Siegel der Verschwiegenheit anvertraut. Wie sollte ich ihr Vertrauen gewinnen, wenn ich ihre Geheimnisse verrate? Ich musste selbst dir gegenüber schweigen.«

»Ihr Vertrauen? Und was ist mit meinem? Du kennst meine Einstellung zu diesem verfluchten Zauber und diesen Höllenwerkzeugen. Weißt du, was Cassandra mit dieser grässlichen Klinge angestellt hat? Hast du von dem grauenhaften Tod gehört, den unschuldige Menschen dadurch erleiden mussten?«

»Meg hat die Spritze nur zu ihrem Schutz verwendet.«

»Vielleicht hätte meine Tochter am ehesten vor dir geschützt werden müssen.«

»Was willst du damit sagen?«, rief Cat aufgebracht.

»Dass du trotz unserer Vereinbarung gehofft hast, Meg nach Faire Isle zu bringen, zurück in deine Welt der Hexerei und Magie. Deshalb hast du ihr erlaubt, all das zu behalten.« Wütend deutete Martin auf die Sachen, die auf dem Bett herumlagen.

Errötend konterte Cat: »Ich gebe zu, ich hatte das Gefühl, dass Megs Talente in diesem trauten englischen Leben, das du für sie vorgesehen hast, vergeudet wären. Es gibt einen Unterschied zwischen gutem und bösem Zauber, und Meg muss diesen Unterschied kennenlernen. Du aber bist viel zu blind, um sie zu unterweisen.«

»Ich war vielem gegenüber blind. Aber immerhin habe ich jetzt das Mittel, um meine Tochter freizubekommen.« Martin riss Cat das Buch aus der Hand.

Cat musterte ihn bestürzt. »Du denkst doch nicht allen Ernstes daran, Gautier dieses gefährliche Machwerk auszuhändigen?«

»Dieses verdammte Buch und was daraus wird, interessiert mich einen Dreck. Ich will nur meine Tochter zurück.«

»Mehr will ich auch nicht, aber das Buch ist unser einziges Druckmittel. Wenn du glaubst, Gautier gibt dir Meg mit bestem Dank zurück, sobald du ihm das Buch überreichst, dann kennst du weder den Mann noch die Frau, der er dient. Wir müssen unseren Verstand gebrauchen, wir müssen uns etwas einfallen lassen …«

»Nicht wir, Mistress O'Hanlon. Meg ist meine Tochter, und ausschließlich ich werde sie beschützen, so wie ich es immer getan habe.«

»Aber so lautet auch mein Auftrag. Wenn du glaubst, ich bleibe hier seelenruhig sitzen, während du …«

»Genau das wirst du tun.«

Cat wollte aufstehen, doch Martin stieß sie zurück aufs Bett.

»Du bist nicht in der Verfassung, irgendwohin zu gehen. Und selbst wenn, benötigen weder ich noch meine Tochter weiterhin deine Dienste.«

Er stürmte hinaus. Cat versuchte, ihm zu folgen, doch ihr wurde sofort wieder so schwindelig, dass sie aufs Bett zurücksank, Martin und ihre Schwäche verfluchend.

In seinem Zorn und seiner Gekränktheit würde Martin genau das tun, was sie befürchtet hatte: Er würde blindlings in sein Verderben rennen. Und sie konnte ihn nicht aufhalten. Selbst wenn sie ihm folgte, würde er nicht auf sie hören. Er vertraute ihr nicht mehr, und wahrscheinlich würde er das auch nie mehr tun.

Niedergeschlagen und verzweifelt vergrub sie das Gesicht in den Händen.

»Mistress Cat! Mistress Cat!«

Die Dringlichkeit in Agatha Butterydoors Stimme zwang Cat, den Kopf zu heben. Die alte Frau stürmte atemlos ins Zimmer und rang die Hände in ihrer Schürze.

»Oh, Mistress Cat. Ich glaube, unser Herr hat vor Kummer den Verstand verloren. Er ist ganz allein losgeeilt, um gegen diese Schurken zu kämpfen, die Mistress Meg entführt haben.«

»Ich weiß«, sagte Cat dumpf.

»Aber warum sitzt Ihr dann hier herum? Warum geht Ihr nicht mit ihm, um unseren kleinen Schatz zu retten?«

»Weil ich nicht erwünscht bin. Master Wolfe hat mir befohlen, daheim zu bleiben.«

Agatha starrte sie an, ihr Doppelkinn zitterte. »Wann habt Ihr je auf seine Befehle gehört? Und was ist mit dem Schwur, den Ihr Mistress Meg geleistet habt? Seid Ihr nun ihre *Pianna* oder nicht?«

»Ihre *Fianna*«, verbesserte Cat. Dieses Wort ließ die Erinnerung an Generationen stolzer gälischer Krieger in ihr aufsteigen; an die Vorstellung von Pflicht und Ehre, die ihr Vater ihr eingepflanzt hatte; an Tiernan mit den lachenden Augen. Es erinnerte sie daran, wer sie war.

Cat straffte die Schultern. »Jawohl, genau das bin ich, Mistress Butterydoor. Aber ich brauche Eure Hilfe. Ich muss etwas anziehen, was praktischer ist als diese nutzlosen Röcke, und ich brauche eine Waffe.«

Die Frau stützte Cat mit ihrem starken Arm und half ihr aufzustehen. »Gewiss doch. Soll ich Euer Schwert holen?«

»Nein, Mistress Butterydoor, ich brauche eine andere Waffe. Dieser Gautier ist die Niedertracht in Person.«

»Ihr seid ihm schon einmal begegnet?«

»Oh ja«, erwiderte Cat. »Aber diesmal werde ich nicht vor ihm davonlaufen.«

Martin hoffte, seine Gegner zu überrumpeln, wenn er etwas früher auftauchte.

Er kannte das Theater wie seine Westentasche, doch in dieser Nacht kam selbst ihm das *Crown* mit seinen stillen, in Mondlicht getauchte Galerien fremd vor. Er fühlte sich der ganzen Welt entfremdet, alles und jeder erschien ihm anders, als er gedacht hatte: Jane Danvers, Sander, seine eigene Tochter.

Aber am schlimmsten war das falsche Spiel, das die Frau mit ihm getrieben hatte, der er mittlerweile am stärksten vertraut, auf die er sich am meisten verlassen hatte – Cat.

Doch solche Gedanken konnte er sich jetzt nicht erlauben, sondern musste sich voll und ganz darauf konzentrieren, Meg unversehrt wiederzubekommen.

Wenn er vorsichtig genug vorging, konnte er vielleicht selbst eine Falle aufstellen. Doch als er auf der ersten Galerie entlang schlich, bot sich ihm ein Anblick, der ihn sämtliche Vorsicht vergessen ließ.

Meg saß, von mehreren Laternen angeleuchtet, auf dem Rand eines hohen Hockers in der Mitte der Bühne. Ihre Hände waren auf dem Rücken gefesselt, und um ihren Hals war ein dickes Seil geschlungen, das von der über die Bühne ragenden Galerie herabbaumelte.

Martin blieb das Herz stehen. Anscheinend hatte Gautier mit Martins verfrühtem Eintreffen gerechnet und diese grausame Szene so aufgebaut, dass dessen Blick gleich darauf fallen würde. Martin schaffte es nicht, die Gefühle zu bändigen, die in ihm tobten.

»Meg!«, ächzte er, kletterte über die Brüstung und sprang in den Innenhof.

Seine Tochter saß so reglos da, dass Martin schon das Schlimmste befürchtete. Doch als sie ihn hörte, rührte sie sich und spähte in die Dunkelheit.

»Papa?«, rief sie mit zitternder Stimme. Ihr Gesicht war aschfahl vor Angst, doch er sah keine Spur von Tränen. Offenbar wollte sie ihren Häschern die Befriedigung nicht gönnen, sie weinen zu sehen, und rang deshalb heldenhaft um Tapferkeit.

Diese Erkenntnis zerriss Martins Herz noch ein Stück weiter. Er stürzte zur Bühne und zückte sein Schwert. Noch bevor er hinaufspringen konnte, warnte ihn eine kühle Stimme.

»Das ist nah genug, Monsieur le Loup.«

Ein großer, grobschlächtiger Mann trat aus dem Schatten, das Antlitz, das etwas von einem Habicht hatte, von einer rabenschwarzen Mähne umrahmt. Grinsend lehnte der Kerl seinen Fuß gegen den Hocker. Meg wimmerte entsetzt auf.

»Nein!« Am liebsten hätte sich Martin auf den Schuft gestürzt und ihm das Schwert in den Leib gerammt, aber ihm war klar, dass er es nicht schaffen würde, bevor der Kerl den Hocker wegtrat.

»Zur Hölle mit Euch, Gautier, wenn Ihr ihr etwas zuleide tut …«, schnaubte er.

»Ich versichere Euch, Monsieur, dass dem Kind nichts geschehen wird, wenn Ihr tut, was ich Euch sage.«

Martin kniff die Augen zusammen. Die seidige Stimme stammte nicht von dem Mann, der Meg bedrohte. Gautier steckte irgendwo im Schatten hinter der Bühne.

»Werft Euer Schwert weg und bleibt unten im Hof, sonst muss ich Jacques leider befehlen, den Hocker umzustoßen. Eure Tochter hat einen zarten Hals, Monsieur, er bricht bestimmt sehr leicht.«

Martin knirschte vor Wut und Hilflosigkeit mit den Zähnen, doch ihm blieb nichts anderes übrig, als zu gehorchen. Er warf das Schwert weg und hob die Hand, um zu zeigen, dass er nunmehr unbewaffnet war. In der anderen Hand hielt er das *Buch der Schatten.*

»Lasst meine Tochter gehen, Gautier. Ich habe Euch das verfluchte Buch mitgebracht.«

»Oh, Papa, es – es tut mir so leid«, stammelte Meg. Dass seine Tochter inmitten dieser grässlichen Szene so schuldbewusst aussah und ihn um Verzeihung bat, war Martin fast unerträglich.

Er bemühte sich, ihr aufmunternd zuzulächeln. »Alles wird gut, *petite*.«

»Jawohl, das wird es, Mademoiselle«, rief Gautier ihr zu. »Ihr müsst nur solange still sitzen, bis Euer Papa und ich unser Geschäft abgewickelt haben.«

Martin versuchte auszumachen, wo Gautier steckte – vermutlich im Souffleurkasten.

»Ihr müsst mir verzeihen, wenn ich ein bisschen skeptisch bin, Master Wolfe«, erklärte Gautier. »Bevor ich Eure Tochter freilasse, muss ich mich vergewissern, dass es das richtige Buch ist. Die Bemühungen meiner Herrin, Königin Katharina, in Besitz dieses Buches zu kommen, sind bereits zwei Mal durch üble Tricks vereitelt worden.«

Martin winkte mit dem Buch. »Kommt her und prüft es«, rief er. Er hoffte, Gautier dann überwältigen und ihn mit einer Klinge am Hals zwingen zu können, Megs Freilassung anzuordnen.

Doch der Schuft kicherte nur, als hätte er Martins Gedanken erraten. »Ich glaube, ich bleibe lieber, wo ich bin. Master Naismith, Ihr behauptet doch, Euch auf dem Gebiet des Okkulten ein wenig auszukennen. Geht hinunter und seht Euch das Buch an.«

Martin hätte Sander fast vergessen. Als der Junge hinter der Bühne hervortrat, war nichts mehr von seiner sonst so forschen Art zu sehen. Er schlich in den Hof und zuckte bei Martins finsterem Blick zusammen. Immerhin besaß er genügend Anstand, beschämt zu wirken.

»Es – es tut mir leid, Master Wolfe«, stammelte er. »Ich wollte Meg nicht schaden. Ich wollte Monsieur Gautier wahrhaftig nicht helfen, aber er hat mich gezwungen ...«

»Halt den Mund«, befahl Martin barsch. »Erspar mir eine weitere deiner Vorstellungen.«

Sander verstummte missmutig und streckte die Hand nach dem Buch aus. Martin überließ es ihm zögernd.

Beinahe ehrfürchtig fuhr Sander über den uralten Ledereinband. Als er es aufschlug und die seltsamen Zeichen sah, trat eine allzu offenkundige Gier in seinen Blick.

»Nun, Junge?«, fragte Gautier.

Sander wandte sich zur Bühne. »Es sieht echt aus, Monsieur.«

»Dann bring es mir!«

»Nein!« Martin packte Sander am Arm. »Erst, wenn Ihr meine Tochter freigelassen habt.«

»Das werde ich tun, sobald ich das Buch habe. Master Naismith, bringt es mir!«

Bevor der Junge etwas sagen konnte, handelte Martin blitzschnell. Er drehte ihm den Arm auf den Rücken, nahm ihm den Dolch ab und drückte Sander die Klinge an den Hals.

Sander atmete scharf ein, doch obwohl er grün anlief vor Angst, ließ er das Buch nicht los.

Martin fauchte: »Lasst Meg sofort frei, sonst ...«

Gautiers höhnisches Lachen ließ ihn verstummen. »Sonst was, Monsieur? Sonst schlitzt Ihr dem Jungen den Hals auf? Das hätte ich beinahe selbst schon getan. Er ist mir völlig gleichgültig. Nur zu, tötet ihn. Ich zähle jetzt bis zehn, wenn ich das Buch bis dahin nicht habe, werdet Ihr Eure Tochter an diesem Seil baumeln sehen.

Eins ... zwei ...«

Martin brach der kalte Schweiß aus, als Gautier zu zählen begann. Cat hatte recht gehabt – er war die Sache völlig planlos angegangen, und inzwischen bezweifelte auch er, dass Gautier ihn und seine Tochter am Leben lassen würde, ganz gleich, ob er ihm das Buch gab oder nicht.

»Drei ... vier ...«

Seine Gedanken überschlugen sich, während er sich klar zu werden versuchte, was er noch tun könnte. Ihm fiel nur eines ein: Er musste Sander wegstoßen und dem Mann, der drohend neben Meg stand, den Dolch ins Herz schleudern. Und dann musste er zu seiner Tochter eilen und sie retten, bevor Gautier bei ihr war.

War er geschickt und schnell genug dazu? Er musste es sein. Es war seine einzige Hoffnung.

Cat duckte sich in den Schatten der obersten Galerie. Aus einem Quell an Kraft schöpfend, der ihr bislang verborgen geblieben war, hatte sie den Weg ins *Crown* geschafft. Dank der Nachtluft waren ihr Kopf wieder einigermaßen klar und ihre Sinne geschärft.

Der Verband drohte ihr über die Augen zu rutschen. Cat riss ihn weg. Das weiße Leinen hätte sie ohnehin nur verraten, und das wollte sie tunlichst vermeiden, weshalb sie sich ganz in Schwarz gekleidet hatte.

Sie verharrte weiter im Schatten und beobachtete, was sich unter ihr abspielte. Bei Megs Qualen hätte sie am liebsten vor Wut, aber auch vor Angst um die Kleine laut aufgeheult. Doch sie biss eisern die Zähne zusammen, während Martin den Jungen als Geisel hielt und Gautier erbarmungslos zu zählen begann.

Der Mistkerl versteckte sich irgendwo außerhalb der Bühne. Ein Wüstling mit rabenschwarzen Haaren bewachte Meg.

Vielleicht lauerten noch andere in den Seitenflügeln, doch Cat blieb keine Zeit mehr, die Lage genauer zu sondieren.

Die Jägerin umklammerte Martins Bogen und bereitete sich auf den schwierigsten Schuss ihres Lebens vor. Sie griff in den Köcher, zog einen Pfeil heraus, dessen Spitze sie in Pech getunkt hatte, und zündete ihn an der Laterne an, die sie auf dem Boden hinter sich versteckt hatte.

»Fünf … sechs …«, hörte sie Gautier sagen. »Allmählich verliere ich die Geduld, Monsieur le Loup.«

Cats Herz begann zu rasen, aber sie wusste, dass sie es sich nicht erlauben konnte, die Nerven zu verlieren. Sie legte den brennenden Pfeil ein, hob den Bogen und nahm ihr Ziel ins Visier.

Einen Moment verharrte sie reglos und bat die Göttin Brigid und die gute Mutter Erde um ihren Beistand, dann ließ sie den Pfeil fliegen.

Er beschrieb einen flammenden Bogen und landete in dem Seil, das um Megs Hals lag. Noch bevor jemand dort unten reagieren konnte, hatte Cat schon den nächsten Pfeil eingelegt.

In dem Moment schleuderte Martin Naismith von sich und schleuderte den Dolch auf den Mann, der Meg bewachte. Jacques heulte auf, und Cats zweiter Pfeil durchbohrte sein Auge.

Jacques fiel der Länge nach hin und stieß dabei eine Laterne um und auch Megs Hocker. Doch das Seil gab nach. Meg war frei. Mit einem leisen Schrei stürzte sie zu Boden.

Martin raste zu seiner Tochter. Kaum war er bei ihr, als Gautier aus dem Bühnengebäude trat und wutschnaubend sein Schwert zückte.

Martin stürmte zu Jacques und schnappte sich dessen Waffe. Er bekam sie gerade noch rechtzeitig zu fassen, um Gautiers todbringenden Angriff abzuwehren.

Während die beiden Männer erbittert aufeinander einhieben, griff Cat nach einem weiteren Pfeil und wartete auf eine passende Gelegenheit, Gautier zu treffen, ohne Martin zu gefährden. Doch dann bemerkte sie etwas, das sie mit größter Sorge erfüllte: Ein Funken ihres Pfeils oder auch die umgekippte Laterne hatten die Binsen auf dem Bühnenboden in Brand gesteckt.

Die Flammen verbreiteten sich rasch und drohten, alles zu verschlingen, auch Meg.

Cat schlang sich den Bogen über die Schulter und rannte so schnell sie konnte nach unten.

Megs Hände waren noch gefesselt. Hustend versuchte sie, sich an den Rand der Bühne zu retten, weg von den Flammen.

»Meg!«, schrie Martin, doch Gautiers Klinge hinderte ihn daran, seiner Tochter zu Hilfe zu eilen. Nur mit knapper Not entkam er einem tödlichen Hieb.

Sobald Cat das Mädchen erreicht hatte, zog sie ihr Messer aus dem Gürtel und durchtrennte Megs Fesseln.

»Cat!«, ächzte Meg tränenüberströmt. Ob die Tränen vom Rauch oder von der Erleichterung kamen, konnte Cat nicht sagen.

Auch ihre Augen brannten, der beißende Geruch von brennenden Binsen und Holz reizte ihre Nase. Sie zerrte Meg von den Flammen weg und drückte sie an sich.

»Alles wird gut, Meggie. Jetzt bin ich da.«

»Ich – ich wusste, dass du und Papa kommen würdet. Aber Sander …«

»Mach dir um den keine Sorgen. Jetzt wird dir keiner mehr etwas tun.«

Meg entwand sich ihrem Griff und keuchte hustend und schniefend: »Du – du hast mich falsch verstanden. Sander flieht. Mit dem Buch.«

Sie deutete auf die gegenüberliegende Seite des Theaters. Naismith hatte das Chaos, das rund um ihn ausgebrochen war, genutzt, um sich zum Ausgang zu schleichen. Das Buch hielt er fest umklammert.

Cat griff nach dem Bogen. Den Jungen vor Megs entsetzten Augen zu erschießen, brachte sie nicht über sich. Sie tat das

Einzige, was ihr noch möglich war und was eine Tochter der Erde schon vor Jahrhunderten hätte tun sollen.

Sie setzte einen weiteren Pfeil in Brand und legte ihn ein. Dann zielte sie auf das Buch, schoss und traf.

Sander schrie auf, als die brüchigen alten Seiten in Flammen aufgingen. Dem Jungen wäre wahrscheinlich nichts passiert, wenn er das Buch einfach hätte fallen lassen. Als er die Flammen zu löschen versuchte, fing sein Ärmel Feuer, und Sander fuchtelte in seiner Panik wild herum, was das Ganze nur noch schlimmer machte.

Seine Schreie gellten durch die Nacht, als die Flammen ihn verzehrten. Cat wollte Meg den schrecklichen Anblick ersparen und vor sie treten, doch das war nicht nötig, denn inzwischen wütete das Feuer so heftig, dass sich eine dichte schwarze Rauchwolke ausgebreitet hatte.

»Cat!«, schrie Martin. »Schaff Meg raus!«

Cat packte Meg an den Armen und ließ sie von der Bühne gleiten, dann befahl sie ihr, zu rennen. Als sie sich nach Martin umsah, stellte sie erleichtert fest, dass er die Oberhand gewann.

In dem Moment durchbrach er die Abwehr des Hauptmanns und schlitzte Gautier das Gesicht auf. Der schrie wütend auf und ließ sein Schwert fallen. Als Martin zum letzten tödlichen Hieb ansetzen wollte, eilte ein dritter Mann, den bislang niemand bemerkt hatte, dem Hauptmann zu Hilfe.

Cat wollte Martin warnen, doch ihre Kehle war vom Rauch völlig zugeschnürt. Ihr blieb nichts übrig, als sich zwischen Martin und seinen Angreifer zu werfen.

Scharfer Stahl drang ihr in die Seite und ließ sie laut aufkeuchen. Bevor der Mann noch einmal zustoßen konnte, war Martin da und durchbohrte ihn. Cat schwankte, dann brach sie zusammen. Sie spürte, wie ihr das Blut zwischen den Fingern hervorquoll, und rang nach Atem, weil der Rauch immer dichter wurde.

Schwach war ihr bewusst, dass Martin sie hochhob. Sie schloss die Augen und ließ den Kopf auf seine Schulter sinken.

Ihr war, als wären sie beide in diesem brennenden Inferno hoffnungslos gefangen.

Wie er es schaffte, aus dem Theater und fort von der glühenden Hitze und dem erstickenden Rauch zu kommen, erfuhr sie nie, aber irgendwie gelang es ihm.

Die Lunge mit frischer, kühler Luft zu füllen bereitete Cat fast ebenso viele Schmerzen wie die Wunde an ihrer Seite. Als Martin sie vorsichtig absetzte, zwang sie sich, die Augen einen Spalt weit zu öffnen.

Überall herrschte Chaos, Rufe gellten durch die Nacht, Schritte wurden laut. Das brennende Theater erhellte den dunklen Himmel und trieb die Menschen aus ihren Betten hinaus auf die Straße.

Doch Martin und Meg waren in Sicherheit, das war das Einzige, was für Cat zählte.

Martin riss Megs Unterröcke in Streifen. Als er Cats Wunde damit verband, stieß sie keuchend seinen Namen hervor.

»Martin.«

»Sei still«, befahl er. »Wir sind in Sicherheit, aber wir müssen hier weg. Im Theater liegen vier Leichen, und es wird bestimmt nicht leicht, dafür eine gute Erklärung zu finden.«

»So schwer auch wieder nicht«, krächzte Cat, bevor sie zum zweiten Mal an diesem Tag in Ohnmacht sank. »Sie sind an bösen Gedanken gestorben.«

22

Den Rest der Nacht saß Martin zusammengesunken auf einem Stuhl neben Cats Bett und hielt Wache. Irgendwann holte ihn die Erschöpfung ein, und er fiel in einen unruhigen Schlaf.

Das Trällern einer Lerche weckte ihn. Er fuhr hoch, blinzelte und rieb sich die Augen. Nach allem, was sich in der letzten Nacht abgespielt hatte – all die Gewalt, das Feuer, das knappe Entrinnen – kam es ihm seltsam vor, durch etwas so Normales wie das Lied einer Lerche und die Sonnenstrahlen, die durchs Fenster fluteten, aufgeweckt zu werden.

Er stand auf und blickte besorgt zu Cat. Mit Agathas Hilfe hatte er ihre Wunde gereinigt und verbunden. Sie hatte viel Blut verloren, doch wenn sie kein Fieber bekam, würde sie wohl bald wieder auf den Beinen sein.

Sachte legte er ihr die Hand auf die Stirn und stellte erleichtert fest, dass sie sich nicht heiß anfühlte. Cats tiefer Schlaf ging hoffentlich nur auf ihre Erschöpfung zurück. Martin schnürte es die Kehle zu, als er daran dachte, dass er sie letzte Nacht beinahe verloren hätte.

Einst war er so töricht gewesen, zu glauben, Miri Cheney würde ihn bis ans Ende seiner Tage nicht mehr loslassen. Aber selbst in hundert Jahren würde er Cats Anblick auf der Galerie nicht vergessen – eine kriegerische Göttin mit feuerroten Haaren, den Bogen fest umklammert.

Jetzt sah sie nicht mehr so unbezwingbar aus, versunken in seinem Bett, das wirre Haar über das Kissen gebreitet, das Gesicht blass und zerkratzt, die Stirn von einer groben Naht verunstaltet. Doch für Martin war sie die schönste Frau, die er je gesehen hatte.

Sobald sie aufwachte, wollte er ihr so vieles sagen. Er musste ihr so vieles sagen. Doch ihm, der sonst so zungenfertig war, mangelte es jetzt an den richtigen Worten. Er wusste nicht einmal, wo er beginnen sollte.

Als er die Decke über ihre nackte Schulter zog, rührte sie sich ein wenig, ihre Lider begannen zu flattern, doch die blauen Tiefen ihrer Augen waren von Verwirrung getrübt.

»Martin?«

»Ja, ich bin hier, und du bist es auch.« Er streichelte ihre Wange. »Gott sei Dank! Ich hatte Angst, dich zu verlieren.«

»Nein, ich bin hier – wo immer das ist.« Ihr Blick schweifte durch den Raum, dann hob sie die Decke und spähte kurz darunter. »Ich bin nackt«, beschwerte sie sich. »Und schon wieder in deinem Bett.«

Vielleicht gehörst du ja dorthin, wollte Martin scherzen, aber sein Herz war viel zu voll. Cat runzelte die Stirn und schnüffelte.

»Du riechst nach Rauch.«

»Äh – ja. Entschuldige, doch nach allem, was passiert ist, war ich zu erschöpft, um zu baden oder mich umzuziehen.«

»Nach allem, was passiert ist?«, wiederholte Cat fragend. Dann stellten sich die Erinnerungen wieder ein und ihr Blick klärte sich. Sie stöhnte.

»Oh, verflixt und zugenäht – ich habe dein Theater abgefackelt.«

»Während du meiner Tochter das Leben gerettet hast, ganz zu schweigen von meiner eigenen elenden Haut. Das Theater ist mir nicht wichtig, solange ich noch alles habe, was mir kostbar ist.« Martin umfasste zärtlich ihre Hand.

Entweder verstand sie nicht, oder sie wollte nicht verstehen. Cat zog ihre Hand weg.

»Meg«, murmelte sie. »Wie geht es ihr?«

»In Anbetracht der Umstände ganz gut. Als ich das letzte Mal nach ihr sah, hat sie geschlafen. Ziemlich erstaunlich, wenn man bedenkt, welch ein Grauen sie zu verarbeiten hat.«

Martin schüttelte bekümmert den Kopf. »Ich war so eingebildet, als ich Meg zu mir nahm. Ich habe geschworen, mich tausend Mal besser um meine Tochter zu kümmern als ihre Mutter, sie stets zu hegen und zu beschützen. Aber letztlich habe ich wohl genauso versagt wie Cassandra.«

»Das stimmt nicht, Martin«, tadelte ihn Cat. »Du bist unfair zu dir.«

»Nein, dir gegenüber war ich unfair. All die Dinge, die ich dir gestern vorgeworfen habe – ich habe dir die Schuld an meinen Fehlern gegeben. Ich weiß gar nicht, wie ich dich um Verzeihung bitten soll.«

»Das musst du nicht. Du hattest genügend Gründe, mir böse zu sein. Ich hätte dir sagen müssen, dass Meg die Finger nicht von den alten Künsten lassen wollte. Ich hätte versuchen sollen, es dir zu erklären.«

»So etwas ist nicht leicht, wenn jemand nicht zuhören will. Ich möchte dir sagen, dass du gewonnen hast. Sobald es dir gut genug geht, bringen wir Meg nach Faire Isle.«

Cat musterte ihn traurig. »Oh, Martin, ich wollte doch gar nicht gewinnen. Ich wollte dich nie zu dieser Entscheidung zwingen. Ich hoffte, du würdest irgendwann von selbst einsehen, dass es das Beste für sie ist.«

»Jetzt weiß ich es, und vielleicht habe ich es irgendwie schon immer gewusst.« Martins Lippen verzogen sich zu einem schiefen Lächeln. »Aber ich bin ein sehr selbstsüchtiger Mensch. Meg weilt erst so kurze Zeit bei mir. Mir war der Gedanken unerträglich, sie mit jemandem teilen zu müssen, selbst wenn es die Herrin von Faire Isle ist.«

Cat sagte nichts, sie streckte nur die Hand aus, um ihn zu trösten. Martin sank auf die Bettkante und griff danach.

»Es gibt noch einen Grund, warum ich immer so schreckliche Angst davor hatte, dass Meg etwas mit dem alten Wissen zu tun bekommt. Ich kann es kaum mir selbst eingestehen, aber …« Martin benetzte die Lippen. »Manchmal bin ich am Bett meiner Tochter gestanden, habe ihr beim Schlafen zugesehen und ihr Gesicht nach Spuren ihrer Mutter abgesucht. Ich habe schreckliche Angst, dass Cassandra am Ende doch den Sieg davonträgt und Meg zur Silbernen Rose wird.«

»Das wird nie passieren; nicht, wenn Ariane sie leitet.«

»Hoffentlich hast du recht. Ich kann nur beten, dass der Mythos der Silbernen Rose mit der Zeit in Vergessenheit gerät. Diese Legende hat schon so viele Leben gekostet. Und ich fürchte, sie wird noch ein weiteres Leben kosten – das von Jane Danvers. Ich weiß nicht, wie ich sie retten soll, Cat, es sei denn, ich sage die Wahrheit. Aber Meg ist meine Tochter. Ich kann sie nicht opfern, selbst wenn ich Jane damit retten könnte.«

»Wenn wir Meg auf Faire Isle in Sicherheit gebracht haben, wird uns schon etwas einfallen.« Cat drückte seine Hand.

Martin lächelte sie dankbar an und zog ihre Finger an seine Lippen.

Keiner der beiden merkte, dass die Tür leise knarrte und eine kleine Gestalt davonhuschte. Meg hatte gelauscht und drückte sich nun an die Wand und presste die Hände an die Lippen.

Sie hatte sich nur nach unten geschlichen, um nach Cat zu sehen, hatte wissen wollen, ob sich deren Wunde geschlossen hatte. Nie hätte sie erwartet, selbst so einen heftigen Schlag einstecken zu müssen.

Papa … ihr eigener Papa fürchtete, dass Meg eines Tages so werden könnte wie ihre Mutter und die düstere Prophezeiung der Silbernen Rose erfüllte.

Megs Lippen zitterten, und eine Träne stahl sich über ihre Wange. Nachdem ihr Papa nun wusste, dass sie das *Buch der Schatten* bei sich versteckt hatte, würde er mehr denn je davon überzeugt sein.

Es gab nur einen Weg, ihm zu zeigen, dass er sich irrte; nur einen Weg, die Silberne Rose aus der Welt zu schaffen und Lady Danvers zu retten. Nur einen Weg … wenn sie den Mut dazu aufbrachte.

***

Noch immer völlig erschöpft von den Ereignissen der letzten Nacht, war Cat wieder eingeschlummert. Martin nutzte die Gelegenheit, um sich etwas frisch zu machen. Er hatte sich bis auf die Unterhose entkleidet und spritzte sich gerade Wasser auf die nackte Brust, als Mistress Butterydoor und Maude in seine Schlafkammer stürzten. Atemlos und verstört brabbelten beide gleichzeitig los.

»Oh, Master Wolfe, sie ist weg, und Maude ist daran schuld!«

»Das stimmt nicht«, protestierte das Hausmädchen und brach in Tränen aus.

»Das stimmt sehr wohl, du plärrender Hohlkopf. Du hast ihr geholfen, ihr schönstes Gewand zu schnüren.«

»Na ja, aber – aber wie hätte ich es wissen sollen? Nach all den grässlichen Dingen, die gestern passiert sind, habe ich mir gedacht, sie wollte einfach nur hübsch aussehen. Ich konnte doch nicht …«

»Närrin. Wenn du auch nur ein halbes Hirn besäßest, hättest du …«

Martin fuhr dazwischen und gebot beiden zu schweigen. »Mistress Butterydoor, würdet Ihr mir jetzt bitte erklären, was los ist?«

»Es geht um Mistress Meg. Sie ist weggelaufen«, verkündete Agatha, während Maude sich die Augen mit der Schürze betupfte.

»Redet keinen Unsinn, Frau«, fauchte Martin. »Nach allem, was sie gestern durchgemacht hat, würde Meg weder so leichtsinnig noch so töricht sein. Wahrscheinlich ist sie nur im Garten.«

Nun stiegen auch Agatha Tränen in die Augen.

Sie schüttelte den Kopf und hielt ihm eine kleine, gefaltete Nachricht hin. Martin riss sie ihr mit wachsender Sorge aus der Hand.

Es war eindeutig Megs klare, sorgfältige Handschrift. Als Martin die Zeilen überflog, fluchte er: »Grundgütiger!«

Der Lärm hatte Cat aufgeweckt. Sie versuchte, sich aufzurichten, und fragte besorgt: »Martin, was ist los?«

Nun las er laut mit angespannter Stimme:

> *Papa,*
> *es tut mir leid, dass ich dich so enttäuscht habe. Ich habe mich schrecklich bemüht, keine so böse Zauberin zu werden wie Maman, und ich möchte nicht, dass noch jemand meiner Legende wegen zu Schaden kommt. Es gibt nur einen Weg, wie ich Lady Danvers retten kann: Ich muss gestehen, dass ich die Silberne Rose bin.*
> *Verzeih mir, und gedenke meiner als deine dich stets liebende Tochter*
> *Margaret Wolfe*

Martin konnte die Unterschrift kaum entziffern, weil sie von Tränen verschmiert war. Er musste schwer schlucken, um nicht selbst diesem unmännlichen Drang nachzugeben und zu weinen.

Cat bemühte sich zum ersten Mal nicht, ihre Gefühle zu verbergen. Mit Tränen in den Augen rief sie: »Das süße, tapfere Mädchen!«

»Tapfer?«, jammerte Agatha. »Mein Püppchen ist verrückt geworden. Wie kann das Kind nur so entschlossen sein, gehängt zu werden?«

»Dazu wird es nicht kommen.« Martin warf die Nachricht auf den Nachttisch und begann hektisch, nach seinen Stiefeln zu suchen. »Ich werde Meg finden und sie aufhalten, bevor sie auch nur in Walsinghams Nähe kommt.«

Als er sah, dass Cat sich mühsam hochstemmte, befahl er ihr, im Bett zu bleiben. »Du bist nicht in der Verfassung, mich zu begleiten.«

»Das weiß ich«, meinte sie. »Aber du musst mir zuhören, bevor du etwas Unüberlegtes tust. Halt ein und denk nach,

Martin. Meg weiß nichts von Walsingham. Wenn das Mädchen entschlossen ist, ein Geständnis abzulegen, gibt es nur einen Menschen in London, den sie aufsuchen würde, und wir wissen beide, wer das ist.«

Martin erstarrte. Er fürchtete, dass Cat recht hatte. Und wenn ja, dann war es umso dringender, dass er Meg rechtzeitig erreichte.

Im Vorzimmer des Audienzsaals von Whitehall drängten sich Höflinge und Bittsteller. Alle hofften, die Aufmerksamkeit der Königin zu erringen, wenn sie aus der Kapelle zurückkam. Jeder, der anständig gekleidet war, wurde eingelassen.

Meg war einem stämmigen Landadeligen und seiner Gemahlin gefolgt und hatte sich in die Schar der munter plaudernden Töchter eingereiht. Nun stand sie inmitten der wartenden Menge und staunte, wie mutig Elisabeth sein musste, dass sie nach all den Attentatsversuchen wagte, so kühn an ihren Untertanen vorüber zu schreiten.

Sie konnte nur hoffen, ebenso mutig zu sein wie die von ihr bewunderte Königin. Allerdings fürchtete sie, dass sie das bisschen Mut, das sie besaß, bereits aufgebraucht hatte, um hierher zu gelangen. Sie zog sich an den Rand der dicht gedrängten Menschen zurück, konnte nun aber hinter dem Wald von Schultern und Köpfen nichts mehr sehen.

Erst als die Menge unruhig würde, Mützen von den Köpfen gezogen wurden und viele Stimmen riefen: »Gott schütze die Königin«, wurde ihr klar, dass Ihre Majestät in Sichtweite war.

Megs Herz begann so heftig zu pochen, dass sie kaum noch atmen konnte. Überwältigt von der Aussicht, endlich in Königin Elisabeths Nähe zu gelangen, aber auch von der Angst vor dem, was sie gleich tun würde, war sie wie gelähmt.

Doch sie wusste, wenn sie sich nicht bald aufmachte, würde ihre Chance verstreichen. Nachdem sie tief durchgeatmet hatte, kämpfte sie sich durch das Meer der seidenen Röcke und Kniehosen nach vorne durch. Ohne auf das Gezeter und die Proteste zu achten, gelangte sie schließlich in die erste Reihe.

Einen Moment war sie geblendet von dem Bild einer großen, schlanken Frau, die aus reinem Feuer und Gold zu bestehen schien. Ihr teures Gewand war mit Edelsteinen besetzt, der Seidenstoff bauschte sich über einer breiten Krinoline.

Meg verbot sich jeden weiteren Gedanken. Sie stürzte vor, fiel auf die Knie und senkte den Kopf.

»Du meine Güte – wer ist das denn?«, hörte sie eine melodiöse Stimme ausrufen.

»Gott schütze Eure Gnaden. Ich – ich erflehe …«, stotterte Meg, aber beim Summen der vielen Stimmen konnte sie sich kein Gehör verschaffen.

Dieses Problem kannte die Königin nicht. »Ruhe!«, gebot sie laut.

Ihrer Majestät wurde sofort Folge geleistet, doch das machte es Meg umso schwerer. Es war nun so still im Raum, dass sie nur noch ihren gehetzten Atem hörte und das Blut, das in ihren Ohren rauschte. Sie merkte, dass sich alle Augen auf sie gerichtet hatten, während sie den Blick noch immer starr auf den Saum von Elisabeths Gewand gesenkt hatte.

»Hab keine Angst, Kind«, sagte die Königin. »Nenne uns deinen Namen.«

»Margaret. Margaret Elisabeth Wolfe«, erwiderte Meg leise, fast flüsternd.

»Nun, Mistress Wolfe, was begehrt Ihr von Eurer Monarchin?«

Die Güte in der Stimme der Königin ermutigte Meg, etwas lauter zu sprechen.

»Gott schütze Eure Gnaden. Ich begehre Euer Gehör …« Als Meg den Blick hob, vergaß sie den Rest ihrer sorgfältig vorbereiteten Rede.

Ihr Mund klappte auf, während sie Elisabeth betrachtete. Die Königin überstieg Megs Erwartungen um so vieles, und gleichzeitig enttäuschte sie sie auch.

Elisabeth hatte eine königliche Haltung, ein steife Krause lag um ihren schlanken Hals. Sie hatte ein kluges Gesicht, lang und schmal, mit einer krummen Nase und einem spitzen Kinn. Ihre roten Locken waren offensichtlich eine Perücke, und eine dicke Schicht Puder auf ihren Wangen verbarg die Spuren, die die Pocken und die Zeit hinterlassen hatten.

Diese Elisabeth wirkte so viel älter und so viel sterblicher als die Königin in Megs Fantasie – bis auf ihre Augen.

Unter fein geschwungenen Brauen schienen Elisabeths Augen alterslos, so klar und durchdringend, dass Meg blinzeln musste. Ihr war, als blickte sie direkt in die Sonne. »Gloriana«, sagte Meg andächtig. Im Raum erhob sich Gelächter.

Selbst die Königin wirkte belustigt, doch ihr Lächeln kam Meg wie ein warmer Sommertag vor.

»Ihr könnt Eure Schmeicheleien einstellen und zur Sache kommen, Mistress Wolfe«, sagte Elisabeth. »Wozu braucht Ihr unser Ohr?«

Meg benetzte ihre Lippen, dann sagte sie unumwunden: »Ich bin gekommen, Euch zu bitten, Lady Danvers freizulassen.«

Das Lächeln der Königin verblasste, als verschwände die Sonne hinter einer Wolkenwand. Beunruhigtes Raunen war zu hören.

»Was hat das Schicksal ihrer Ladyschaft mit dir zu tun, Mädchen?«, fragte die Königin.

»Wenn – wenn es Euer Gnaden beliebt – ich … ich weiß, dass sie unschuldig ist.«

»Und woher willst du das wissen?«

Megs Herz klopfte so heftig, dass ihr die Sinne zu schwinden drohten. Sie schluckte, doch dann reckte sie tapfer das Kinn. »Weil ich es bin, die man hätte verhaften müssen. Ich bin die Silberne Rose«, verkündete sie.

Meg saß auf dem Hocker, wie es ihr die Königin befohlen hatte. Sie wagte nicht, sich zu rühren, ließ allerdings ihre Blicke schweifen.

Sie hatte damit gerechnet, zu dieser Zeit bereits verhaftet und unter Bewachung auf dem Weg in den Tower zu sein. Stattdessen befand sie sich in einem Teil des Palastes, zu dem nur sehr wenige Privilegierte Zugang hatten – in den Privatgemächern der Königin.

Trotz ihrer gefährlichen Lage konnte es Meg nicht lassen, ihre Umgebung wissbegierig zu betrachten – das imposante Bett aus verschiedenfarbigem Holz, die Bettvorhänge aus bemalter Seide, ein Tisch mit einer silbernen Platte, ein mit Perlen besetztes Schmuckkästchen.

Ein wahrhaftig königliches Gemach mit kostbaren Wandteppichen und einer vergoldeten Decke. Aber es war ein wenig düster, weil es nur ein einziges Fenster gab.

Wie seltsam und wie traurig, dachte Meg, dass die Königin nur ein Fenster hinaus in die Welt hatte, als wäre sie selbst eine Gefangene.

Dieser Eindruck verstärkte sich, als die Hofmeister die Türen schlossen und den Aufruhr aussperrten, den Megs Geständnis ausgelöst hatte.

Die Minister der Königin hatten sofort versucht, Meg von Elisabeth wegzuzerren, und ihre Höflinge hatten sie angefleht, sich gebührend fernzuhalten, bis man festgestellt habe, ob Meg nur eine Verrückte oder noch etwas weitaus Schlimmeres war.

Die Königin hatte sie alle hoheitsvoll missachtet. Selbst ihren Hofdamen hatte sie befohlen, sich zu entfernen, und sich ganz allein mit Meg zurückgezogen.

Jetzt saß sie in einem Sessel Meg gegenüber und betrachtete das Mädchen ebenso neugierig, wie Meg sie betrachtete. Sie faltete ihre eleganten, schlanken Hände im Schoß und verzichtete auf die Förmlichkeit, mit der sie im Audienzsaal gesprochen hatte.

»Nun, Mistress Silberne Rose«, sagte sie, »es ist lange her, seit ich einen Zauberer an meinem Hof empfangen habe. Das ist nicht mehr vorgekommen, seit mein unglücklicher Freund Dr. Dee der Hexerei beschuldigt wurde und ins Ausland fliehen musste. Er war ein sehr begabter Mathematiker und Astrologe. Unter anderem hat er den günstigsten Tag für meine Krönung berechnet.«

»Er hat eine gute Wahl getroffen, Euer Gnaden«, erwiderte Meg zaghaft. »Eure Herrschaft ist bislang sehr erfolgreich.«

»Hm, wie ich sehe, versteht Ihr Euch ebenso gut auf Schmeicheleien wie meine Höflinge.«

»Oh nein! Ich bin zwar nicht immer so aufrichtig, wie ich es gerne wäre, aber eine Königin würde ich nie belügen.«

»Warum nicht? Alle anderen tun es«, erwiderte Elisabeth trocken. »Dr. Dee wäre wahrscheinlich ungeschoren davongekommen, wenn er sich auf die Astrologie beschränkt hätte. Aber man warf ihm vor, sich auch in Geisterbeschwörung versucht zu haben. Angeblich wollte er mit Geistern und Dämonen aus dem Jenseits in Verbindung treten. Seid Ihr schon einmal einer derartigen Versuchung erlegen?«

»Noch nicht.«

Megs Offenheit entlockte der Königin ein Lachen. »Ihr erscheint ziemlich jung für Eure Behauptung, eine so mächtige Zauberin zu sein. Also sagt mir, wo habt Ihr Euer Wissen erworben?«

Zögernd erzählte Meg ihr alles, sie öffnete sich, wie sie es noch bei kaum einem anderen getan hatte, nicht einmal bei Cat. Sie beichtete der Königin alles, was sie aus dem *Buch der Schatten* gelernt hatte, und berichtete von ihrer Zeit in Frankreich und dem Aufstand, den ihre Mutter geplant hatte.

Die Königin hörte ihr gebannt zu.

Schließlich rief sie: »Eure Mutter wollte Euch tatsächlich zur Königin von Frankreich machen?«

»Ja, Eure Majestät. Aber ich wollte das nie werden.«

»Ihr seid ein sehr weises Kind«, sagte Elisabeth. »Königin zu sein und eine Krone zu tragen mag dem Betrachter ruhmreich erscheinen, für diejenige, die diese Krone trägt, ist es indes weit weniger erbaulich.«

»Alle glauben, dass meine Mutter böse war, und vielleicht

war sie das auch. Sie war eine Hexe. Sie hätte ein ganzes Königreich auseinandergerissen.«

»Meine hat es getan«, sagte die Königin so leise, dass Meg sie kaum verstand.

Doch dann wechselte sie rasch das Thema. »Also seid Ihr hier, Euch auszuliefern, um Lady Danvers das Leben zu retten. Wie mutig von Euch.«

»So fühle ich mich überhaupt nicht«, gestand Meg. »Aber mir erschien es als das einzig Ehrenwerte, das ich tun konnte. Ich hoffe inständig, dass Ihr sie freilasst, nachdem Ihr die Wahrheit kennt.«

Elisabeth schüttelte bedächtig den Kopf. »Vielleicht hat sich Lady Danvers der Hexerei nicht schuldig gemacht, aber offenbar besteht kaum ein Zweifel, dass ihre Ladyschaft mit Pater Ballard ein Attentat auf mich plante.«

»Nein, Lady Danvers ist Euch treu ergeben, dessen bin ich mir sicher. Ich habe einen Blick in ihre Tasche geworfen, und darin bewahrte sie zwei Schätze auf – ihren Rosenkranz und das da.« Meg kramte in ihrer Tasche und zog das kleine Stück des blauen Teppichs heraus. »Das ist ein Teil …«

»Ich weiß, was das ist. Ein Teil des Teppichs, über den ich zu meiner Krönung schritt.« Elisabeth nahm Meg das Stückchen ab. Als sie mit den Fingern darüber strich, trübten Erinnerungen ihre Augen. Meg fuhr fort, für Jane Danvers Unschuld zu plädieren.

»Ihre Ladyschaft hängt zwar dem katholischen Glauben an, doch sie ist Euch eine treue Untertanin. Sie mag enttäuscht sein, dass es Euch nicht gelungen ist, Eure katholischen Untertanen zu schützen, aber sie würde nie danach trachten, Euer Gnaden zu schaden.«

Die Königin gab Meg das Teppichstück zurück. »Warum seid Ihr Euch da so sicher?«

»Weil ich nicht nur in ihre Tasche geblickt habe, sondern – sondern auch in ihren Kopf.«

»Ihr könnt Gedanken lesen?«, fragte Elisabeth verblüfft.

»Das war eine der ersten Fertigkeiten, die mir meine Kinderfrau, Mistress Waters, beigebracht hat. Ich kann es ziemlich gut, zumindest meistens.« Meg zuckte zusammen, als ihr Sander einfiel.

»Könnt Ihr meine Gedanken lesen?«, fragte die Königin herausfordernd.

Meg glaubte nicht, dass sie den Mut dazu aufbringen würde. Doch als die Königin darauf beharrte, versenkte Meg sich in ihre Augen.

Sie runzelte die Stirn. Den scharfen Blick der Königin zu durchdringen, war nicht leicht. Elisabeths Verstand war wie ein Labyrinth aus Kammern und Räumen, vollgestopft mit Gedanken, Hoffnungen und Träumen eines ganzen Landes. Es war, als habe sich die wahre Elisabeth irgendwo in diesen verschlungenen Gängen verlaufen.

Die Falten auf Megs Stirn wurden immer tiefer, während sie sich weiter vorkämpfte, bis sie endlich die Frau hinter der Königin entdeckte. Sie bebte, überwältigt von den unterdrückten Gefühlen, die nun auf sie einstürmten.

»Oh! Ihr – Ihr seid so stark und mutig wie meine Freundin Cat. Aber Ihr seid auch müde und abgekämpft. Ihr sehnt Euch nach Frieden, den Euch weder Eure Berater noch Eure Feinde gönnen. Ihr fürchtet, dass Ihr bald gezwungen seid, eine harte, ja grausame Maßnahme gegen – gegen Eure eigene Cousine zu verhängen.«

Die Königin wich erstaunt zurück. »Ihr fangt an, mich zu überzeugen, Mistress Margaret. Ihr seid wirklich eine Hexe.«

»Es – es tut mir leid, Euer Gnaden«, stammelte Meg. »Wenn ich zu kühn war …«

»Nein, ich habe Euch ja dazu aufgefordert.« Elisabeth wirkte ein wenig beunruhigt, jedoch auch fasziniert. »Erschöpft sich Euer Zauber darin, oder könnt Ihr auch noch andere Dinge tun? Könnt Ihr in die Zukunft sehen?«

»Ich habe es mit einer Kristallkugel versucht, aber …«

»Zeigt es mir«, unterbrach die Königin sie eifrig. Bevor Meg protestieren konnte, schob Elisabeth sie zu ihrem Schreibtisch und zog eine kleine gläserne Kugel heraus.

Als sie ihr die Kugel reichen wollte, versteckte Meg die Hände hinter dem Rücken.

»Oh nein, Euer Gnaden. Ich habe es noch nie geschafft, in die Zukunft zu blicken.«

»Versucht es«, beharrte Elisabeth. »Auf mein Geheiß hat Dr. Dee oft versucht, die Kugel zu befragen und mir mein Schicksal zu enthüllen. Wenn Euch das gelänge, würde ich mich vielleicht überreden lassen, Eure Bitte zu erfüllen und Lady Danvers freizulassen.«

Zögernd nahm Meg die Kugel. »Ich kann das wirklich nicht sehr gut. Aber ich werde es versuchen.«

Nicht sehr gut? In ihrer Kristallkugel hatte sie noch nie etwas entdeckt. Nun drehte sie die Kugel in der Hand und dachte daran, wie Sander schamlos damit geprahlt hatte, dass er andere hatte glauben lassen, er könne zaubern. Meg fragte sich, ob sie es auch wagen sollte, aber sie glaubte nicht, dass sie Elisabeth hintergehen konnte, nicht einmal, um Lady Danvers zu retten.

Sie holte tief Luft, dann starrte sie in die Kristallkugel und strengte sich an wie noch nie zuvor, all ihre Aufmerksamkeit hinein zu lenken. Sie stellte sich vor, ihre Augen wären gewölbte Linsen wie die in ihrem Fernrohr, mit denen sie die Weiten des Himmels erforscht und die Sterne näher herangeholt hatte.

Stecknadelknöpfe aus Licht begannen vor ihren Augen zu tanzen. Dann schienen sie sich plötzlich zu einer Reihe verwirrender Bilder zu fügen, eines nach dem anderen tauchte vor ihr auf. Beim letzten schrie Meg auf und stieß die Kugel von sich.

Verzagt setzte sie sich wieder auf ihren Hocker und zitterte, während die Königin sich bückte und die Kristallkugel aufhob. Elisabeth legte die Kugel auf den Silbertisch und fragte: »Was hast du gesehen, Kind?«

Nichts, hätte Meg am liebsten geschrien.

»Ich – ich habe gesehen, dass Eure Herrschaft lang und ruhmreich sein wird. Eure Feinde werden Euch nicht bezwingen. Ihr …«

»Lüg mich nicht an, Kind. Sag mir die Wahrheit. Es war wohl kaum die Vision meines Ruhms, die dich erbleichen und zittern ließ, als hättest du den Geist deiner Mutter gesehen.«

Cassandras Geist … wenn die Königin nur wüsste. Meg versuchte krampfhaft, die letzte schreckliche Vision aus ihrem Kopf zu bannen. Bekümmert dachte sie an die anderen Visionen, die direkt mit Elisabeth zu tun gehabt hatten, und wünschte, sie könnte sie für sich behalten. Doch sie merkte, dass die Königin darauf beharren würde, alles zu erfahren, was ihr in der Kugel erschienen war.

Sie schluckte, dann gab sie zu: »Ich habe das gesehen, was Ihr am meisten fürchtet. Eine – eine Frau, kurz vor der Hinrichtung. Nicht Lady Danvers, sondern eine ältere Frau in einem alten Schloss, weit weg von hier. Ihr Schoßhund hatte sich unter ihren Röcken versteckt, als sie den Kopf auf den Block legte. Als der Henker sein Beil schwang, war er beim ersten Mal nicht erfolgreich, und …«

»Genug.« Elisabeth sprang auf. »Mehr brauchst du mir nicht zu erzählen.«

Sie trat an ihr Fenster und starrte hinaus. Eine schwere Stille senkte sich auf den Raum.

»Es – es tut mir leid, Euer Gnaden«, sagte Meg schließlich. »Was ich gesehen habe, hat vielleicht gar nichts zu bedeuten. Meine Freundin Cat sagt mir immer, dass die Zukunft nirgendwo festgeschrieben ist. Wir entscheiden uns stets selbst.«

»Und manchmal werden uns Entscheidungen aufgezwungen.« Als sich Elisabeth zu Meg umdrehte, schien etwas ihren Blick verschlossen zu haben.

Und dann sprach nicht mehr Elisabeth mit Meg, sondern die Königin. »Nun, Margaret Wolfe, Ihr habt uns überzeugt. Lady Danvers wird freigelassen. Aber wir müssen Euch der Person ausliefern, die am ehesten geeignet ist, die Verantwortung für eine so gefährliche Hexe zu übernehmen.«

Meg verließ der Mut. Sie hatte eine solch unerklärlich starke Verbindung zu Elisabeth gespürt, dass sie gehofft hatte, auch die Königin würde es spüren und geneigt sein, sie zu begnadigen.

Trotzdem nickte sie tapfer. Sie folgte der Königin aus deren Gemächern, straffte die Schultern und bemühte sich, nicht zu verzagen bei der Frage, welcher schreckliche Kerkermeister oder Henker auf sie warten würde.

Als sie ins Vorzimmer kamen und Meg den Mann sah, der dort auf sie wartete, blinzelte sie ungläubig.

Martin le Loup war wie ein gefangener Wolf in dem kleinen Raum auf- und abgelaufen. Als Meg hinter der Königin hereintrat, blieb er abrupt stehen.

Noch nie war Meg von ihrem Vater so streng angesehen worden. Sie zuckte zusammen. Vielleicht wäre ein Kerkermeister doch besser gewesen?

Martin fiel vor der Königin auf die Knie, gab ihr jedoch keine Gelegenheit, etwas zu sagen.

»Eure Majestät, ich flehe Euch an, begnadigt meine Tochter. Ich weiß nicht, was Margaret gesagt hat, doch …«

»Sie hat uns mit einer höchst ungewöhnlichen Geschichte unterhalten, Monsieur le Loup.«

Martin krümmte sich. »Meg ist leider mit einer sehr üppigen Fantasie gesegnet. Das Kind …«

» … ist eine der bemerkenswertesten jungen Frauen, die wir je getroffen haben«, fiel ihm die Königin ins Wort. »Sie hat uns überzeugt, Lady Danvers die Freiheit zu schenken.«

Martin warf einen besorgten Blick auf die Königin. »Und Meg?«

»Wir haben beschlossen, sie Eurer Obhut anzuvertrauen. Wir würden Euch jedoch dringend nahelegen, sie so bald wie möglich auf diese Faire Isle zu bringen.«

Mit einem scheelen Blick fügte die Königin hinzu: »Margaret ist nämlich nicht nur bemerkenswert, sondern auch ziemlich nervtötend. Deshalb denken wir, unser englisches Klima ist vielleicht nicht ganz geeignet für – für eine solch seltene französische Rose.«

Whitehall verblasste in der Ferne, während der Fährmann sein Boot die Themse hinab ruderte. Martin schlang den Arm um Meg und hielt sie so fest, dass sie fast keine Luft mehr bekam. Sie beschwerte sich jedoch nicht, sondern vergrub nur ihr Gesicht im Wams ihres Vaters.

»Bist du mir böse, Papa?« Sie riskierte einen kurzen Blick auf ihn. »Werde ich – werde ich bestraft?«

»Ich muss gestehen, als ich zum Palast eilte und mir die Angst um dich fast den Verstand geraubt hat, habe ich kurz daran gedacht, mit anderen Geschützen aufzufahren.« Martin bemühte sich nach Kräften, eine strenge Miene aufzusetzen, doch dann drückte er ihr einen festen Kuss auf die Stirn.

»*Mon Dieu,* Meggie, du musst aufhören, dich ständig davonzuschleichen. Weißt du denn nicht, was ich am meisten fürchte?«

Megs Augen füllten sich mit Tränen. »Es – es tut mir leid, Papa. Ich weiß, dass ich dich enttäuscht habe. Ich wollte schrecklich gern so sein, wie du mich haben wolltest …«

»Pst, *mon ange.* Kein Vater könnte stolzer sein auf seine Tochter. Was du getan hast – zur Königin zu gehen und dein Leben aufs Spiel setzen, um Lady Danvers zu retten –, war die tapferste Tat, die ich je erlebt habe.«

Meg blinzelte ihre Tränen weg und musterte ihn hoffnungsvoll. »War ich so tapfer wie Cat?«

»Ich schwöre, das warst du. Ihr zwei stellt mich wirklich in den Schatten.« Martin lächelte und wischte mit dem Daumen eine Träne weg, die Megs Wange hinabgelaufen war.

»Ich muss dich um Verzeihung bitten, Kind. Deine Mutter …« Ein Kloß im Hals hinderte ihn daran, weiterzureden. Er schluckte.

»Es war ein Fehler von mir, dir zu verbieten, je wieder von ihr zu reden; und außerdem habe ich noch vieles mehr falsch gemacht. Was Cassandra dir angetan hat und dass sie dich zwingen wollte, ihre Träume zu verwirklichen und die Silberne Rose zu werden, fand ich grässlich, aber ich habe dich um keinen Deut besser behandelt.«

»Oh nein, Papa, das stimmt nicht«, versuchte Meg zu protestieren, doch Martin fuhr unbeirrt fort.

»Ich fürchte doch, *petite.* Auch ich habe versucht, deine Zukunft nach meinen Vorstellungen zu formen und dich in eine englische Lady zu verwandeln.«

»Aber ein Vater hat das Recht, über die Zukunft seiner Tochter zu entscheiden.«

»Andere Väter und andere Töchter vielleicht. Doch du bist etwas ganz Besonderes.«

»Wir sind etwas ganz Besonderes«, sagte Meg ernst und legte die Hand an seine bärtige Wange.

Martin legte seine Hand auf die ihre. »Meine Pläne für dich waren falsch und vielleicht auch eine Spur selbstsüchtig, aber ich schwöre dir, ich wollte vor allem, dass du geborgen und glücklich wirst.«

»Ich bin glücklich, Papa, solange ich bei dir bin.«

»Einstweilen vielleicht.« Martin lächelte ein bisschen wehmütig. »Ich weiß, dass das nicht immer so sein wird. Ich habe keine Ahnung, welche Zukunft dich erwartet, aber ich bezweifle nicht, dass es eine außergewöhnliche sein wird.«

»Ganz bestimmt.« Stolz reckte Meg das Kinn. »Schließlich bin ich die Tochter von Martin le Loup.«

Als ihr Vater lachte und sie fest an sich zog, seufzte Meg zufrieden auf. Sie fühlte sich geborgen und geliebt. Fast spürte sie die Kraft in sich, das letzte Bild zu vergessen, das sich ihr in der Kristallkugel gezeigt hatte: eine beängstigende Vision, die nichts mit Elisabeth zu tun hatte, sondern mit einer ganz anderen Königin.

Meg hatte Katharina von Medici auf ihrem Sterbebett gesehen, und zu ihrer großen Sorge auch sich selbst. Sie hatte sich, die Hexenklinge in der Hand, über die dunkle Königin gebeugt. Und irgendwo in der Ferne war es, als hätte sie Cassandra Lascelles' triumphierendes Lachen gehört.

Meg erzitterte und klammerte sich an ihren Vater. Sie versuchte, diese grässliche Vision zu vertreiben und an das zu denken, was Cat ihr oft erzählt hatte.

»Dein Schicksal liegt in deinen Händen.«

Wie gern hätte Meg daran geglaubt! Sobald sie daheim angekommen war, wollte sie ihre Kristallkugel suchen und sie in tausend Stücke zerspringen lassen.

Epilog

Die Nacht war kalt, der Boden hart gefroren, doch das hielt die Frauen von Faire Isle nicht davon ab, sich vor Belle Haven zu versammeln und Wache zu halten. Sie hatten Kerzen angezündet und beteten für die sichere Niederkunft der Herrin von Faire Isle.

Das kleine Mädchen, dessen Ankunft so atemlos erwartet wurde, kam zu früh zur Welt. Eine Nacht und ein Tag waren bereits verstrichen, und die Herrin lag noch immer in den Wehen. Die älteren weisen Frauen in der Menge schüttelten traurig den Kopf. Angesichts von Ariane Deauvilles Alter und den tragischen Schwangerschaften, die hinter ihr lagen, war diese Verzögerung kein gutes Zeichen.

Das Fenster von Arianes Schlafgemach stand trotz der kalten Luft einen Spalt offen. Ariane, selbst eine kundige Hebamme, hielt nichts davon, Gebärende in einen düsteren, stickigen Raum einzusperren.

Doch trotz der frischen Luft war Arianes Hemd schweißnass. Wieder packte sie eine heftige Wehe. Sie klammerte sich an Cats Hand, bis ihre Knöchel weiß wurden.

»So ist es gut, Herrin«, schmeichelte Cat. »Haltet Euch gut fest. Ihr macht das hervorragend.«

Hervorragend? Cat krümmte sich bei ihrem leeren Geschwätz. Mit ihren dunklen Augenringen und dem wachsbleichen Gesicht sah Ariane alles andere als gut aus.

So sehr Cat ihre Freundin liebte, sie wünschte von Herzen, eine von Arianes Schwestern wäre da, um ihr bei dieser Prüfung beizustehen. Cat fühlte sich schrecklich hilflos. Es gab nichts, was sie für ihren Clanhäuptling nicht getan hätte, aber diesen Kampf musste Ariane allein ausfechten.

Sie konnte ihr nur die Hand reichen und versuchen, ihr ein wenig von ihrer Kraft zu spenden, denn Ariane wurde mit jeder Wehe schwächer.

Unter all den Frauen auf der Insel müsste es doch wahrhaftig noch eine weitere kundige Hebamme geben, dachte Cat. Aber keine von ihnen war so erfahren wie Ariane. Die Herrin hatte darauf beharrt, nur Cat, ihren Gemahl und ihre Zofe um sich zu haben.

Justice Deauville sah ebenso mitgenommen aus wie Ariane, jeder Schmerz seiner Frau spiegelte sich auf seinem rauen Gesicht, selbst als er versuchte, ihr Mut zu machen.

»Ich sehe schon das Köpfchen unserer Tochter, *chérie*. Noch ein oder zwei Mal pressen, dann kannst du dein kleines Mädchen in den Armen halten.«

Ariane sank auf die Kissen zurück, Tränen traten ihr in die Augen.

»Oh, Justice, ich – ich glaube nicht, dass ich es schaffe.«

Ihr riesiger Gemahl sah aus, als würde er vor Angst und Erschöpfung gleich selbst zu weinen beginnen, aber er sagte: »Himmel nochmal, Ariane, du schaffst es! Du musst es schaffen! Cat, hilf ihr. Heb sie hoch.«

Als die nächste Wehe einsetzte, schob Cat den Arm hinter Ariane und stützte sie, damit sie sich etwas aufrichten konnte. Ariane knirschte mit den Zähnen und nahm all ihre verbliebenen Kräfte zusammen. Sie stieß einen lauten Schrei aus.

Und irgendwo unter Arianes Schrei wurde ein Wimmern laut, erst schwach, dann immer kräftiger.

»Ich habe sie, *chérie*«, rief Justice. »Ich habe unser Mädchen.«

Ariane und Cat sanken lachend und weinend auf die Kissen zurück. Cat achtete kaum auf Justice und die Zofe, die die Nabelschnur durchtrennten und Ariane und das Kind säuberten.

Cat wachte weiter über ihre Freundin. Ariane schien völlig ausgelaugt, und Cat wusste, dass der Mutter nach den Strapazen der Wehen oft Gefahr in Form eines Fiebers drohte. Als

Cat die Stirn der Freundin mit einem feuchten Tuch abtupfte, war sie froh, dass Ariane die Augen aufschlug und sie mit einem klaren Blick musterte.

»Mein Kind. Ich möchte mein Kind sehen«, wisperte sie.

Cat nickte, der Kloß in ihrem Hals machte es ihr unmöglich, etwas zu sagen. Doch als sie mit Arianes Bitte zu Justice eilte, verließ sie der Mut.

Seinem ernsten Gesichtsausdruck nach stimmte etwas nicht. Das Kind, das zuvor so herzhaft geschrien hatte, war unheilverkündend leise.

»Mein Herr, was ist los?« Cat wagte kaum, die Frage zu stellen, doch schließlich fasste sie sich ein Herz. »Stimmt etwas nicht mit dem Kind?«

Justice nickte düster. »Das Kind – das Kind, für das Ariane ihr Leben aufs Spiel gesetzt hat und nach dem sie kein weiteres mehr bekommen wird …«

Er zog die Decke zurück und zeigte Cat das Neugeborene. Ihr stockte der Atem.

»Was soll ich Ariane sagen?«, fragte Justice gequält.

»Die Wahrheit.« Cat zuckte hilflos mit den Schultern. »Ihr könnt sie schlecht vor ihr verheimlichen.«

Justice wickelte das Kind wieder ein und trat zögernd ans Bett. Ariane rutschte ein wenig höher und streckte die Arme aus.

Er zuckte zusammen, als Ariane ihn erwartungsvoll ansah. Verzweifelt suchte er nach den richtigen Worten.

»Ariane, ich – ich muss dir etwas sagen …«

»Sag mir alles, was du willst«, fiel sie ihm ins Wort. »Aber gib mir erst meinen Sohn.«

Justice war so überrascht, dass er das Kind fast hätte fallen lassen. Er reichte es ihr zaghaft.

Ariane drückte das Kind an sich. Justice sank neben ihr aufs Bett.

»Du – du hast gewusst, dass es ein Junge ist?«

»Oh ja, das habe ich schon vor einigen Monaten gespürt.

Dein Sohn hat oft am frühen Morgen mit mir Verbindung aufgenommen. Meist durch herzhafte Tritte.«

Mit funkelnden Augen schob Ariane die Decke zurück und betrachtete die winzigen Finger und Zehen. Dann seufzte sie zufrieden.

Justice musterte sie weiterhin verblüfft. »Und es macht dir nichts aus, dass es ein Junge ist?«

»Warum sollte es? Er ist wundervoll!« Ariane strahlte ihren Sohn an und gurrte Laute in einer uralten Sprache in sein Ohr. Doch vielleicht war es ja auch die besondere Sprache, die nur Mütter und ihre Kinder verstehen.

»Aber ich dachte, du wolltest unbedingt eine Tochter, die dir als Herrin von Faire Isle nachfolgt.«

»Ich wollte ein gesundes Kind. Deines und meines. Und bei meiner Nachfolge kann ich so verfahren, wie es auch andere Herrinnen von Faire Isle vor mir getan haben. Ich suche ein passendes junges Mädchen aus und unterrichte es. Jetzt habe ich viel Zeit dafür.«

Justice lächelte sie zärtlich an. Er schlang den Arm um ihre Schultern und zog Ariane und ihren neugeborenen Sohn an sich.

Ariane streifte das Hemd von der Schulter und legte den Jungen an die Brust. Zur Freude seiner Eltern begann er sogleich gierig zu saugen.

Justice drückte Ariane einen Kuss auf die Stirn. »Als sich unser Sohn mit dir in Verbindung setzte, hat er da zufällig auch einmal erwähnt, wie er heißt?«

Ariane versenkte sich tief in die blauen Augen ihres Sohnes.

»Leon«, verkündete sie leise. »Sein Name ist Leon; unser junger Löwe.«

Die Menschen, die sich vor Belle Haven versammelt hatten und zuvor so ernst gewesen waren, begannen sofort ausgelassen zu feiern. Die Herrin von Faire Isle hatte einen Sohn zur Welt gebracht, Mutter und Kind waren wohlauf. Der Wein floss in

Strömen, Freudenfeuer wurden entzündet, Fischer, Hausfrauen und junge Mädchen tanzten fröhlich um die lodernden Flammen.

Martin le Loup hielt sich im Hintergrund und beobachtete das muntere Treiben aus dem Schatten einer großen Eiche. So sehr er sich auch für Ariane und Justice freute, er beobachtete das Fest lieber aus der Ferne. Sehnsüchtig sah er zu, wie Cat zusammen mit den anderen Frauen herumtollte und um das Feuer tanzte. Selbst die alte Agatha Butterydoor gesellte sich zu ihnen und hüpfte mit ihrem Stock fuchtelnd herum.

Von Martins Hausstand hatte nur Agatha den Mut besessen, den Kanal zu überqueren und ein Leben in einem fremden Land auf sich zu nehmen.

Ungestüm hatte sie erklärt, dass nichts und niemand sie von ihrem kleinen Püppchen trennen könne, und ganz bestimmt nicht ein Haufen Franzmänner. Nachdem sie sich an Mistress Cat und ihre seltsamen irischen Gepflogenheiten gewöhnt hatte, vertraute die Alte darauf, dass nichts mehr sie erschüttern konnte.

Und tatsächlich hatte sich Mistress Butterydoor, die nie weiter aus London herausgekommen war als bis nach Southwark, bemerkenswert schnell auf Faire Isle eingelebt. Sie bemühte sich sogar, Französisch zu lernen, auch wenn sich Martin bei ihrem Akzent oft krümmte.

Er brachte ein schiefes Lächeln zustande, als Cat und Agatha um die Flammen tanzten, obgleich er sich von diesem Fest ausgeschlossen fühlte, ja von allem, was Faire Isle ausmachte. Er hatte sich auf der Insel nie richtig wohl gefühlt, für ihn war es hier viel zu einsam und zu eng.

Doch Hauptsache, Meg war glücklich. Allerdings war es ihm häufig schwer ums Herz geworden, wenn er sah, wie sie sich in den letzten Wochen immer tiefer in Arianes Unterricht versenkte und im Leben der Insel völlig aufing. Es ging ihm viel zu schnell, dass seine Tochter erwachsen wurde und sich zunehmend von ihm entfernte.

Als sie auf ihn zuhüpfte, fand er, dass sie wirklich schon viel älter aussah. Doch sie schlüpfte unter seinen Arm und schmiegte sich an ihn, wie sie es immer getan hatte.

»Ist es nicht wundervoll, Papa, dass die Herrin von Faire Isle ein Kind bekommen hat?«

»Ja, das ist es.« Martin beugte sich zu ihr und drückte ihr einen Kuss auf den Scheitel. »Du bist also zufrieden mit deiner neuen Heimat?«

»Oh ja. Cat hatte recht. Faire Isle ist wirklich ein ganz besonderer Ort. Überall spürt man den Zauber, selbst in den Bäumen.« Meg rückte ein wenig von ihm ab und fuhr zärtlich mit der Hand über den Stamm der Eiche. »Siehst du? Versuch es doch mal.«

Um ihr den Gefallen zu tun, streichelte Martin den Stamm. »Für mich fühlt sich das nur wie Baumrinde an.«

Meg schüttelte lachend den Kopf. »Ich liebe dich von Herzen, Papa, aber in manchen Dingen bist du wirklich schwer von Begriff.«

»Mir ist klar, dass ich einen Fehler gemacht habe, als ich dich zwingen wollte, deine Gaben als Tochter der Erde zu leugnen. Ich glaube, dafür habe ich mich nun schon oft genug entschuldigt.«

»Ich rede doch nicht von deiner Blindheit, was mich angeht. Ich rede von Cat. Ich weiß, dass du sie innig liebst, und um eine Dame zu werben fällt dir wahrhaftig nicht schwer. Warum bist du noch nicht vor ihr auf die Knie gefallen und hast um ihre Hand angehalten?«

»Vielleicht, weil ich Angst vor einer Ohrfeige habe«, gab Martin unwirsch zurück, doch dann fügte er etwas ruhiger hinzu: »Cat liebt mich nicht, egal, wie sehr du oder ich uns das wünschen.«

»Oh doch, das tut sie«, beharrte Meg und stampfte ungeduldig mit dem Fuß auf.

»Woher willst du das wissen? Hast du in ihren Augen gelesen?«

»Zufälligerweise ja, aber jeder Narr würde sehen, wie sehr sie dich liebt. Sie ist nur viel zu stolz, um es dir zu sagen.« Meg stemmte die Hände in die Hüften und sah ihn streng an.

»Nun stellt sich nur die Frage, Papa, was du in dieser Sache zu tun gedenkst?«

Cat schlenderte über die Wiese, die frostigen Grashalme glitzerten im Mondlicht, die Erde knirschte unter ihren Füßen. Vom festlichen Treiben war hier nichts mehr zu hören. Sie holte tief Luft und genoss die Stille, die es ihr ermöglichte, ihre Gedanken zu ordnen.

Sie dachte an die Zeit zu Beginn des Sommers, als sie die Insel verlassen hatte, um Arianes Auftrag auszuführen. Damals hatte sie kaum gehofft, dass alles so gut ausgehen würde.

Ariane hatte die Entbindung heil überstanden, der Zirkel der Silbernen Rose war vernichtet, Meg war auf der Insel und in Sicherheit. Da das *Buch der Schatten* nun zerstört war, hatte wohl selbst die dunkle Königin keinen Grund mehr, das Kind zu verfolgen.

Und sie war ebenfalls zurück auf Faire Isle, der Insel, nach der sie sich so gesehnt hatte.

Warum war sie eigentlich so unruhig, gelegentlich sogar richtig trübsinnig?

Sie musste ihr Gehirn nicht besonders anstrengen, um diese Frage zu beantworten: Martin.

Cat merkte sehr wohl, dass er sich auf Faire Isle ebenso unwohl fühlte wie Jane Danvers.

Ihre Ladyschaft war gemeinsam mit ihnen zur Insel gereist, da sie in England nicht mehr leben konnte – eine traurige Gestalt, im Gedenken an ihren Bruder stets in Schwarz gekleidet.

Die mystische Stimmung auf Faire Isle war Lady Danvers offenkundig nicht geheuer. Sie hatte vor, nach Paris zu ziehen, wo sie Freunde unter den dort im Exil lebenden englischen Katholiken hatte. Es würde Cat nicht wundern, wenn sich Martin erböte, sie zu begleiten. Janes tragische Lebensumstände waren mehr denn je dazu angetan, Martins romantische Vorstellungen von Ritterlichkeit zu wecken.

Cat rechnete mit einem baldigen Abschied und bemühte sich nach Kräften, wenn auch bislang vergeblich, Abstand zu ihm zu gewinnen und ihr Herz wieder in Besitz zu nehmen.

Ein knackender Zweig verriet ihr, dass sich jemand näherte. Als sie sich umdrehte, sah sie Martin auf sich zukommen.

Wie immer führte ihr Herz seinen närrischen Tanz auf, doch sie versuchte, die Gefühle zu unterdrücken, die sie bei seinem bloßen Anblick überkamen.

»Martin.«

Sie schaffte es, ihn mit einem freundlichen, jedoch kühlen Nicken zu begrüßen. »Steht dir auch der Sinn nach ein bisschen Ruhe?«

»Die Leute werden sicher noch bis in die frühen Morgenstunden feiern.« Er lächelte. »Aber sie haben ja wirklich einen guten Grund, schließlich wird nicht jeden Tag ein junger Herr von Faire Isle geboren.«

»Alle freuen sich, dass unsere Herrin einen gesunden Jungen zur Welt gebracht und die Entbindung gut überstanden hat. Doch das Kind wird nie der Herr dieser Insel werden. Über diese Insel haben immer Frauen geherrscht, und so wird es auch bleiben. Ariane wird eine Nachfolgerin finden müssen.«

Cat zögerte, dann fügte sie hinzu: »Sehr wahrscheinlich wird ihre Wahl auf Meg fallen. Das Kind ist wirklich außergewöhnlich.«

Sie wusste nicht, wie Martin darauf reagieren würde, aber er erwiderte nur: »Ich wäre sehr stolz, wenn sie Meg wählen würde. Es wäre eine große Ehre. Cassandra hat immer darauf beharrt, dass es Meg bestimmt sei, eine Führerin der weisen Frauen zu werden. Vielleicht wird ihre Prophezeiung auf eine Weise wahr, an die sie nie gedacht hätte.«

»Und was ist Martin le Loup bestimmt?«, fragte Cat so beiläufig wie möglich. »Ich nehme an, du wirst dich bald in ein neues Abenteuer stürzen und dir wieder eine Dame suchen, die in Nöte geraten ist. Vielleicht ist Lady Danvers ja doch die Passende? Sie sieht aus, als bedürfe sie dringend der Rettung.«

»Das mag schon sein, aber das wird wohl ein anderer machen müssen. Ich habe genug damit zu tun, dich zu retten.«

»Mich?«, schnaubte Cat. »Wovor muss ich denn gerettet werden?«

»Vor deinem sturen irischen Stolz. Ich fürchte, er reicht, um uns beiden zum Verhängnis zu werden.« Martin trat näher, stemmte die Hände in die Hüften und die Stiefel fest auf den Boden. »Erwartest du etwa, dass ich einfach in den Sonnenuntergang reite und auf Nimmerwiedersehen verschwinde? Nun, ich kann genauso stur sein wie du. Ich gehe nirgendwohin, bevor du es mir nicht gesagt hast.«

»Was soll ich dir denn sagen?«

»Dass du mich liebst.«

Cat stöhnte auf und bemühte sich, empört zu sein. »Wer hat dich denn auf diese blöde Idee gebracht?«

»Meg. Sie hat gesagt, dass sie es in deinen Augen gelesen hat.«

»Dieses unverschämte kleine Luder.« Bestürzt stellte Cat fest, dass ihre Wangen feuerrot anliefen. Wahrscheinlich konnte es gar nicht dunkel genug sein, um das zu verbergen.

»Sag mir«, beharrte Martin, »stimmt es? Liebst du mich?«

Cat stellte sich kämpferisch vor ihm auf, die Arme in die Hüften gestemmt wie er.

»Mag sein. Und was ist, wenn?«

»Das«, knurrte er, zog sie ungestüm an sich und gab ihr einen heftigen Kuss.

Cat wollte sich von ihm losreißen, bevor sein Feuer sie in einen Zustand schmelzender Hilflosigkeit versetzte.

»Nein«, keuchte sie. »Du – du brauchst kein Mitleid mit mir zu haben, weil ich so töricht war, mich in dich zu verlieben. Ich werde mich nicht zum Objekt deiner Ritterlichkeit machen.«

»Ritterlichkeit hin oder her – ich bin völlig vernarrt in dich.

Siehst du das denn nicht? Was für eine Art von weiser Frau bist du überhaupt?«

»Eine, die nie besonders gut im Augenlesen war.« Cat wagte es kaum, ihm zu glauben. Sie wich zurück und versuchte in seiner Miene zu lesen. »Ich bin überhaupt nicht wie Miri Cheney oder Jane Danvers. Ich bin keine süße, sanfte Schönheit, die du – die du …«

»Die ich aus der Ferne verehren könnte?« Martin zog eine Braue hoch. »Du hast mir doch selbst gesagt, dass ich das nicht brauche. Was ich brauche, nein, was ich möchte, ist …«

Lächelnd gab er ihre Worte wieder: »Eine Frau, die weiß, worauf es ankommt, die mit mir durch Dick und Dünn geht, die an meiner Seite schwitzt und kämpft. Und ich und sie, wir kümmern uns umeinander, wir sorgen füreinander und wir beschützen uns bis ans Ende unserer Tage.«

»Oh.« Cat schluckte, dann brummte sie: »Na ja, möglicherweise könnte ich diese Frau sein.«

»Nicht nur möglicherweise, *petite chatte.* Ganz bestimmt.«

Martin nahm sie wieder in die Arme, und diesmal gab Cat sich ihm ohne Murren hin.

So verharrten sie lange unter dem unendlich weiten Dach des Nachthimmels.

Martin unterbrach die Stille als Erster. »Er ist weg«, rief er.

»Wer?«

»Der Komet.«

Cat hob das Gesicht und spähte zum Mond und zu den Sternen. Der Himmel wurde nicht mehr von diesem unheimlichen Phänomen heimgesucht.

Sie lächelte Martin nachsichtig an. »Das fällt dir erst jetzt auf? Das Ding ist schon vor etlichen Tagen verschwunden.«

»Du meinst, der Komet ist einfach verschwunden, nachdem er uns monatelang geplagt hat?«, fragte Martin staunend. »Vielleicht war er ja doch ein Omen.«

»Was hätte er denn verkünden sollen?«

»Ich weiß nicht. Vielleicht die Geburt von Arianes Kind,

oder – oder ein Ereignis, das noch weltbewegender ist: deine Einwilligung, meine Frau zu werden.«

Cat hob herausfordernd ihr Kinn. »Ich entsinne mich nicht, eingewilligt zu haben.«

»Das wirst du aber«, erwiderte Martin, arrogant wie eh und je. »Vielleicht hat der Komet unsere Verbindung angekündigt, eine Liebe, die Stoff für Legenden liefern und den Mond und die Sterne überdauern wird.«

»Und vielleicht war es ja doch bloß ein Komet.« Cat lachte, zog seinen Kopf zu sich und gab ihm einen weiteren herzhaften Kuss.

Nachwort

Der Komet, der in diesem Roman am Himmel entlangzieht, entstammt meiner Fantasie. Im Sommer 1586, in dem meine Geschichte spielt, gab es kein solches Naturschauspiel. Wie ein Komet auf die Menschen wirkte und wie sie auf ihn reagierten, ist in vielen Berichten belegt, an die ich mich in meiner Romanhandlung angelehnt habe.

Der Roman dreht sich zu einem guten Teil um eines der vielen Komplotte gegen Elisabeth I. Die Babington-Verschwörung war so vielschichtig und gerissen, wie es der Verstand des Meisterspions der Königin, Francis Walsingham, war. Allerdings musste ich die Details der Verschwörung verdichten und vereinfachen, um sie in meine Romanhandlung einzupassen. Martin le Loups Anteil an der Aufdeckung der Verschwörung und der Diebstahl des Gemäldes sind ausschließlich das Werk meiner Fantasie.

Das Gemälde selbst jedoch hat es wirklich gegeben. Die Verschwörer waren tatsächlich so töricht, ein solches Bild anfertigen zu lassen, das schließlich zu ihrer Verhaftung beitrug. Das Babington-Porträt ist eine der wundervollen Randerscheinungen der Geschichte, die oft viel erstaunlicher sind als alles, was sich ein Autor ausdenken kann.